本书为国家社科基金青年项目“近百年女性词及文献研究”（20CZW020）及第64批中国博士后科学基金面上资助“近百年女性词”（2018M641764）结项成果

近百年女性词史

赵郁飞　著

中国社会科学出版社

图书在版编目(CIP)数据

近百年女性词史 / 赵郁飞著. —北京：中国社会科学出版社，2023.8
ISBN 978-7-5227-1832-3

Ⅰ.①近… Ⅱ.①赵… Ⅲ.①词(文学)—词曲史—中国
Ⅳ.①I207.23

中国国家版本馆 CIP 数据核字(2023)第 073082 号

出 版 人 赵剑英
责任编辑 李凯凯
责任校对 李 莉
责任印制 王 超

出 版 中国社会科学出版社
社 址 北京鼓楼西大街甲 158 号
邮 编 100720
网 址 http://www.csspw.cn
发 行 部 010-84083685
门 市 部 010-84029450
经 销 新华书店及其他书店

印 刷 北京君升印刷有限公司
装 订 廊坊市广阳区广增装订厂
版 次 2023 年 8 月第 1 版
印 次 2023 年 8 月第 1 次印刷

开 本 710×1000 1/16
印 张 30.5
插 页 2
字 数 469 千字
定 价 158.00 元

才女说（代序）

马大勇

我想先说说“才女”二字。

才女是人类的一线缥缈回忆，是庄姜或萨福，在古夕阳中垂下睫影。才女是李清照、朱淑真，她们被正读反读误读的人生拼缀成文苑传的褪色花边，用以佐酒。才女是紧跟在风花雪月后的第五景，是经国文章所阙漏的语助词。才女必须忧郁。才女有传统而无系统，她们服务于男性士大夫控扼的供需关系，为文学史献出战战兢兢的诗句，和比黄花还瘦的影子。

时至今日，女人一旦做出些成绩，依然会和“才女”的赞美狭路相逢。但我遇到越来越多出色的女性，就越来越不愿使用这个词汇。所谓“闺房之秀”和“林下之风”实在太不现代人文主义，“才女”，也近似于沉香炉、烟袋锅一类半古董，气味暧昧；它一旦宣之于口，就消解掉了职业分工与个性特质，将鲜活的女性模糊成一团意义不大的谈资。

如果我们予历史以同情的阅读，那么旧时才女就有其自洽自足的审美含蕴，旧时的节令和语境，还要尽力复原；但如果我们仍执“才女”一词来指称和绳衡当今女性，那么恐只能收获刻舟求剑式的迂狭。我自问非迂狭，希望能够扫涤观念的障翳，烛照出文化、历史、性别等重大命题中那远未被深探和详察的细故。

所以，比起“才女写才女”的说法，我更愿表达成：这是一部女学者写女词人的书。

这些女词人，是获得了间世迁变之灵气的独特群落，是与“人类历史中最特殊的世纪”相辉映的文学星辰；这个女学者，有着同她的研究对象最为匹配的浓酽情感、深沉省思——这并不是说郁飞若改攻其他领域就会减损战力，而是说，心迹相通的身份政治使她作起这方面研究更具天然优势，“理解之同情”，没有比这更恰如其分的了。这是学术和女性双重之幸。

我常语诸生曰：第一等治学方式，是与你的研究对象做朋友，你想起他／她如同想起老熟人，谈起他／她的故事如数家珍。郁飞做得很好，她几乎附体在这百余家女词人身上，重新活了百余遍。圣因之雄奇，子苾之隽雅，翠楼之英朗，怀枫之笃挚，乃至百年词坛“蛾眉子弟兵”的清歌与哀吟，她三复出入，左右采撷，最终捧出了这样一部“史”“论”并举、文质相资的专著。

女学者写女词人，初无定法；女学者写女词人，必当如此。当然，在可期的来日，如能将以上所有“女”字定语去掉而略无曲议，我会愈感快慰。

无创造之学者不值一为，如无创造之人生不值一过。然而从学生到学者之路绝非坦途，其间种种动心忍性、困蹇迷疑，不足为未经者道。郁飞不以为苦，将此过程诗意地称为“到灯塔去”，这也是她的微信名字——或即古人之“别署”，并作词释名云：

到灯塔去，到哈特勒斯，岬湾诡细。到灯塔去，趁横厉帆势。这一念、到灯塔去。这一程、飞没飓波里。到灯塔去，望萤光如饵。
相约到灯塔去，便余生都掷。请引我、到灯塔去，再示我、搏风真意志。到灯塔去，梦晴沙万里。

到灯塔去，到托卡内夫，岸冰积铁。到灯塔去，荒寒十二月。带甚么、到灯塔去？伏特加、粗盐和书页。到灯塔去，带些象征物。
相约到灯塔去，击楫肯暂歇。谁曾悔、到灯塔去，谁不是、命运之船卒。到灯塔去，人生无家别。

——到灯塔去，伍尔夫小说名，比年深喜其字面蕴意。春昼稍暇，戏为敷衍，调寄皂罗特髻隐匿在研究工作背后的“自我”跃身而出，以高蹈绝俗姿态尽发书中所未言，当得起文狷诗狂，其水准毫不弱于、甚且还胜过她的很多研究对象；而这种真率的自白，又使我忆及先师严迪昌先生“支撑吾辈之生命者，舍学术岂有他哉”的诲导，使我想起自己的一个又一个丙夜清坐、读书思考的时刻。“到灯塔去”，真是见道之语。我辈的“灯塔”犹古贤的“名山”，学问和人生山长水阔，但押上满舵的气力，太值得。

我是非典型的导师，郁飞是非典型的博士，对于传统文史学科，我们都有不从拘羁而旁逸斜出的部分。她笑言希望这篇序文也能非典型，我临危受托，助全此书，并由“才女”驰想开去，寄一段心曲存焉。

己亥暮春于佳谷斋

目　　录

绪论　近百年女性词史研究论纲

一　概念厘定与研究起点

近百年女性词史研究，即以女性为创作主体、创作时间大致框定在1900—2000年的词史研究。① 这一概念是在“二十世纪（旧体）诗词研究”提出的基础上自然成立的，它既是“二十世纪诗词研究”的“子菜单”之一，又葆涵有自身特定的独立性。

宽泛而言，二十世纪诗词史研究伴随着二十世纪的时间运程一直存在，而作为一个学术概念、研究方向的“二十世纪诗词史”之明确提出则当以马大勇师《“二十世纪诗词史”之构想》与《20世纪旧体诗词研究的回望与前瞻》二文作为重要标志。② 十数年来，学界围绕此焦点展开了颇为激烈的讨论。③ 古典体式的诗词写作究竟应否进入二十世纪文学史？争持声浪犹在，答案已趋明晰。2014年年底在由中华诗词研究院主办召开的“现当代诗词文学史地位专题研讨会”上，“古”“今”两界数十位文学研究者共济一堂、各陈己见，总体达成了“理应入史”的共识。④

---

① 1900—2000年是物理时间，而文学史的发展当然无法从此截然割断。因而，百年词史的上下限应该也必须在此基础上有所延伸，即十九世纪最后若干年至二十一世纪初。见马大勇师《行走在古典与现代之间》，《二十世纪诗词史论》，时代文艺出版社2014年版，第46页。

② 分别参见《文学评论》2007年第5期、2011年第6期。

③ 相关论文如王泽龙《关于现代旧体诗词的入史问题》、马大勇师《论现代旧体诗词不可不入史——与王泽龙先生商榷》、吕家乡《新诗的酝酿、诞生和成就——兼谈近人旧体诗不宜纳入文学史》《再论近人旧体诗不宜纳入文学史——以聂绀弩的旧体诗为例》、刘梦芙《二十世纪诗词理当写入文学史——兼驳王泽龙先生“旧体诗词不宜入史”论》、陈友康《周策纵的旧体诗论和诗作——并回应现代诗词的价值和入史问题》等，不一一注明出处。

④ 以上文提到的研讨会为例，即便持反对态度者，也大抵承认这一研究方向成立的合理性以及对现当代文学研究的补益作用。

如此理论背景下，什么人什么作品应当写入文学史、怎样写入文学史就成了必须画出的一串问号。比如，女性诗词该以何等姿态与分量入史？在历代诗词史、诗词选本中，“妇人”之作或素来遭置殿末，或另被董理结集，“另眼相看”的态度是众所周知的。[①] 不必引入女性主义理论去评定这项选政传统之得失，这里想说的是：既然“女性词研究”是词史研究的一个天然构件，本身具有毋庸置疑的合理性，我们当然更有理由在二十世纪诗词研究日渐引起关注的今天将“近百年”与“女性词”两个维度统摄起来，并努力补填这项诗词史研究的留白。

在近代—民国词研究渐趋热火状态的大背景下，专门的女性词研究不免显得门庭冷落、贫瘠荏弱一些。虽然邓红梅的名著《女性词史》提供了坚厚的研究基石，施议对、刘梦芙、朱惠国、陈水云、曹辛华等也作了大量卓有成效的文献与理论工作，但整体系统研究近百年女性词——也即续写《女性词史》——的工作还仍然处于学界的期待视野当中。其实，对大量二十世纪女性词文献及理论的搜罗告诉我们：只要理念调转得充分允洽，对其进行整合性研究的时机已经基本成熟，条件已经大部具备。[②] 这部续写的《女性词史》虽在时段上不得不处于“续”的地位，而其理论意义则越轶出了古代文学研究的樊篱，成为中国文学熔铸对接的一个重要“中观”层面。

二　共时与历时：近百年女性词的词史定位

对于近百年女性词应予的观察维度——也即词史定位——而言，“历时性”与“共时性”这对语言学概念恰可提供适当的横、纵视角。横向而言，它是百年词业园圃中不容忽略和掩蔽的奇花芳树；纵向而言，它是千

① 前者如丁绍仪《词综补》“闺秀”部分，后者选集如陈维崧辑《妇人集》、总集如徐乃昌辑《小檀栾室汇刻百家闺秀词》与《闺秀词钞》等。

② 仅简述之，文献之宝贵者如施议对《当代词综》、刘梦芙《二十世纪中华词选》、王蛰堪等《二十世纪诗词文献汇编·词部第一辑》、李保民《吕碧城词笺注》等，理论探研之典型可举王慧敏《民国女词人研究》、曹辛华《论民国女词人创作状态与观念的新变》、刘纳《风华与遗憾——吕碧城的词》、叶嘉莹《从李清照到沈祖棻——谈女性词之美感特质的演进》、施议对《江山·斜阳·飞燕——沈祖棻〈涉江词〉忧生忧世意识试解》、徐晋如《易安而后见斯人——对〈涉江词〉在20世纪词史中地位的一种认识》等。

年女性词长河至今仍在流泻潆洄的“下游”。无论概览百年霞卷云舒抑或上探千年嬗递流衍，二十世纪女性词都参与组构了繁芜多元的文学场域。

（一）对近百年词史的补益

在窒息生机、夭阏性灵的漫长封建年代中，由“内言不出”“无才是德”古训阐发出的“莫纵歌词，恐他淫语”① 的妇德规范始终笼覆着闺阁。“深闺静好，光阴不动”②，在以“立言”为终极目的的文学创作的汜博疆土上向来只有男子身影，女性被天然地抑斥在外、视之蔑如。长于“事文字”的女子，往往荷负着尴尬沉重的“误入者”身份。文学上的“衣裳之制”，女子是断不能随意僭越的：“若文学者，必与人相通，必为人所知，既有外诱之虞，又不能专主中馈，于是乃为社会所厌弃，而谣诼从兹起矣！故历代女子负文学重名者……多为人所诬也”③；而在以吐露一己幽怀、消解特殊情累为主要功能的词的写作上，女性既从无真正意义上的话语权，也并未得到与男性词人完全平等的文学评议。④

“整个人类社会的历史证明一个事实：凡经历过封建专制的国家，女性文化的发展程度总是和社会的发展同步，这几乎是带有规律性的。”⑤ 自1900年庚子乱起，内患外侮，易代鼎革，古老诗国的社会各层面都经历着日新月异的洗礼和震荡。从秋瑾、吕碧城挟霜风剑气相视而笑开始，女性词人真正走出了闺闼，走上了历史前台，由“女龙套”“女配角”而逐渐获得“挑大梁”“压轴”的戏份，创作出了堪与男性词人等量齐观的杰作，词史千年运程上，还是第一次出现如此令人感奋的奇丽景观。

若将百年词业运程视作整体随意剖分，我们在任一横切面上都将会发现相当数量的女性词家的活跃身影。不必说沈祖棻、陈小翠、丁宁、周錬霞、冯沅君、张默君、尉素秋、李祁、张珍怀、茅于美、叶嘉莹等名家对于二十世纪历史风云与个人心灵世界的优异书写，也不必说围绕在吕碧

---

① 宋若莘、宋若昭：《女论语》，文渊阁四库全书本。

② 黄晓丹：《从林下之风到闺房之秀——盛清女性写作背后的身份认同》，《齐鲁学报》2013年第5期。

③ 文英：《朱淑真与生查子词》，《妇女世界》1943年第4卷第11期。

④ 如对李清照词，在诸褒掖中尚有“然出于小聪挟慧，拘于习气之陋，而未适性情之正”之语。见杨维桢《东维子集》卷五《曹氏雪斋弦歌集序》，民国商务印书馆涵芬楼版。

⑤ 严迪昌：《清词史》，江苏古籍出版社2001年版，第592页。

城、陈家庆、徐自华、汤国梨周围的南社女词人群体及其他数以百计的民国女性词人，即观今之词界，也还有吕小薇、刘柏丽、丁小玲、段晓华、景蜀慧、李静凤、李舜华诸家相与雁行，赓酬歌咏，扬风播雅。在另一维度的网络空间，女性词人/群体勃然云起，秀出林杪，个中可名一家者如青凤（即李静凤）、任淡如、孟依依、秦月明、如月之秋、添雪斋、问余斋主人、发初覆眉、夏婉墨等，俱可在网络词坛诸骁将中分得一席，大有平视须眉之概。创立于网络诗词肇兴之初、为国内最早的诗词交流平台之一的菊斋网为人淡如菊创建，曾由孟依依、秦月明等主持版务，为女词人重要活跃阵地。十数年间，菊斋凡注册诗友四万余名，发表今人诗词近百万篇，[①] 不可不说多赖女词人促兴之力。在二十世纪的每一时段与营域中，词界的“横戈木兰”[②] 都当仁不让地充任着男性词人富于创造活力的友军。

不徒如此，“只要一旦突破礼教观念的某些羁缚，女词人的创作在释放词的或一侧面的特性时绝不比须眉逊色”[③]。二十世纪女性词以有别于男性词人作品特异美感，拓宽了词的审美品格。作为“更多地呈现女性特质的一种抒情诗体”[④]，绮艳柔曼的“鸾歌凤律”是词之本色，亦是词体“自律”的要求；故男性词人仿拟、托言女性口吻的写作毋宁看作一种“化妆的抒情”[⑤]。在传统“性别文化的期待视野”[⑥] 等种种复杂因由以外，词体与女子品性确乎有着天然的相洽相谐。在男性词人佳作奕代迭出的百年里，女词人一旦涉笔填词，那种独有的才思慧心之美是须臾“代言”不得的。

试看周錬霞与发初覆眉两首作品：

几度声低语软，道是寒轻夜犹浅。早些归去早些眠，梦里和君相

---

① 引自“菊斋网”微信公众平台。

② 李清照《打马赋》：“木兰横戈好女子，老矣不复志千里，但愿相将渡淮水。”徐培均笺注《李清照集笺注（修订本）》，上海古籍出版社2013年版，第356页。

③ 严迪昌：《清词史》，第590页。

④ 同上。

⑤ 杨义：《李白代言体诗的心理机制》，《海南师范学院学报》（人文社科版）2000年第2期。

⑥ 叶嘉莹：《从李清照到沈祖棻——谈女性词作之美感特质的演进》，《文学遗产》2004年第5期。

见。　丁宁后约毋忘，星眸滟滟生光。但使两心相照，无灯无月何妨。

——庆清平·寒夜

镜里青瞳看不真，烛吹凉气夜呵尘。风过瓶梅花渐瘦，知否，一枝相伴未须亲。　故事回翻三十页，谁折，黄边书角白边痕。结局如今殊未了，微笑，此生聊待下回文。

——定风波·停电页翻旧书

无须费力地条分缕析，即能体味出两首词中悱恻芬馨的女性抒写之美质。周鍊霞为民国沪上名画家，时人誉其词作“咳吐珠玉，可以乱漱玉之真”①。这首自度曲则炉冶李清照、朱淑真、纳兰容若，全以纯情酝造、口语写就。下片结句“但使两心相照，无灯无月何妨”为毕生佳构，真纯挚热，情深一往，几突过易安《一剪梅》《醉花阴》诸作。然“文革”时竟因此惨遭“革命小将”构陷“但求黑暗，不要光明”，被殴打致一目失明，其怀璧之罪乎！发初覆眉为“八五后”网络词人，自发表作品之初即颇受刘梦芙、徐晋如等名家青目，其《空花集》为名诗人军持代集。② 今其虽已淡出词坛多年，而网间对“小眉体”的追慕摹习犹延绵不绝。《定风波·停电夜翻旧书》虽为集中较低调作品，然“眉氏”美感并未稍欠，读之分明可见女词人慧黠易感的身影娉婷穿行字间。发初覆眉另有《蝶恋花·是夜重读张爱玲》下片云：“倦缕炉香如半偈，想见人生，一袭华衣矣。着我时光灰烬里，寻谁空镜青螺髻”，与“烛吹凉气夜呵尘”“黄边书角白边痕”“此生聊待下回文”同一机杼，极尽空灵摇曳韵致，与所咏“临水照花人”张爱玲③气息相接；而词中对自己心灵洞幽烛微的观照与陶写，尤非敏赡少女不能为。

在对女子诗才的传统二元表述中，以清畅、明朗、秀逸为主要审美品

① 转引自薛峰《周鍊霞的华美人生》，《文艺报》2011 年 4 月 8 日。

② 刘梦芙编：《二十世纪中华词选》，黄山书社 2008 年版，第 1984 页。

③ 胡兰成：《今生今世》，中国社会科学出版社 2003 年版，第 159 页。

格的“林下之风”是明显区别于和雅、幽娴、柔婉的“闺房之秀”[①] 的。最具此种特质者应首推陈小翠。读其写于1934年的三首《羽仙歌》[②]：

甲戌之岁，家君自营生圹于西湖桃源岭。每春秋佳日，挈眷登临，辄徘徊不能去，曰：吾千秋万岁后，魂魄犹乐居于此。顾谓：翠儿，为我作歌。予呈词三叠，藏家君箧中，将七年矣。今春编遗稿，无意得之，为悲恸不自禁。嗟乎！慈父恩深，生我知我，一人而已。今距家君之殁，又半年矣，故乡风鹤频惊，不克归葬，予既心魂丧乱，不能措一辞。爰录旧词存之，以志不忘，工拙所不计也

人生何似，似飞鸿印雪。雪印鸿飞去无迹。是刘樊眷属，粉署仙官，却自来、留个诗坟三尺。　登临成一笑，谁识庄周，栩栩蘧蘧二而一。不用咒桃花，窄径春风，早开了、满山蝴蝶。看一片、湖光扑人来，证明月前身，逝川今日。

桃源岭下，愿一抔终假。借与行云作传舍。向山头舒啸，月下长吟，有千首、世外新词未写。　黄泉如有觉，咫尺松阴，亲戚何妨共情话。旷达竟如斯，知死知生，把千古、哑谜猜着。看蝴蝶、花开满山云，比坡老寒梅，一般潇洒。

吾生多病，似未冬先冷。一寸心灰九分烬。只蛮鞋蹴雨，絮帽披云，忘不了、天下崇山峻岭。　三生如可信，愿傍吾亲，明月清风共消领。种树小梅花，分占青山，浑不用、大书言行。遣翠羽、低低说平生，倘谥作诗人，死而无恨。

父女深情、黍离伤叹，雪泥鸿爪的坎壈生涯、成住坏空的生死哲思，被词人只笔轻轻绾结，浑化无迹而气韵通贯，何啻一篇沉哀而隽蔚的《先君诔》？刘梦芙在《〈翠楼吟草〉代前言》中状貌陈小翠词，拈出“仙心

① 刘义庆等：《世说新语校笺·贤媛第十九》，徐震堮校笺，中华书局1984年版。

② 《羽仙歌》即《洞仙歌》之别名。组词悼念父亲陈栩，故取“羽”字。

玉质”四字，然这三首《羽仙歌》却颇具萧散廓落风神而略无女态。若论词境之大，百年倚声家红妆行伍中，翠楼允擢第一。她自辟户牖的林下雅音，又以与同世男性词人“和而不同”的美态秀立于词坛。

(二) 对千年女性词史的续写

中唐时艺妓柳氏涉笔作《杨柳枝》赠答韩翃[①]，女子填词，自此滥觞。同词的发展经由酒席歌筵移向文人案头一样，女性词也从歌儿舞女的偶一为之转为闺阁中的专意写作。李清照起，《漱玉》一卷，“无一不工”[②]“神骏芬馨”[③]，独步千秋。朱淑真出，浓挚哀怨，幽襟独抱，亦称艳才。其后女性词“断香零粉，篇幅畸零”[④]，经由金、元、明前中期的“䢅萎”，至嘉靖间吴江午梦堂风华始振，叶氏母女下启有清一代女性词大观：先有徐灿之“伤逝工愁”、顾贞立之劲爽不群；又继有随园女弟子词群之交映生辉、熊琏之冷寂郁慨、吴藻之清俊敏妙、赵我佩之真纯流丽、沈善宝之脱略俊逸；顾太清《东海渔歌》六卷，大然神秀，曲终奏雅。词至清乃艳称“中兴”，闺阁清芬的远绍旁流正是词体复盛的重要表征。

虽然严迪昌先生在《清词史》中颇带理解之同情地援引况周颐《玉栖述雅》“但当赏其慧，勿容责其纤”的观点，认为“妇女词的‘春怨秋思’、离愁别恨，一般较真切，她们在诉述感情生活以及身世遭际时‘真’的成分要比摇笔即来的男性文人多得多。细腻与纤巧往往只是一纸之隔，这差距的关键每在于‘真’与否”，而又特别强调：“清代妇女词的抒露情怀的勇敢程度胜于前代，锦心慧口的充分表现，是不能用通常论词的所谓‘沉郁’‘浑厚’‘醇雅’以及‘雄放’等审美标准来绳衡的，更不应动辄以‘纤’来贬斥妇女词的细腻缠绵特点。”[⑤] 这是相当宽厚的文学评价，也是对女性词整体较为狭窄的审美风格擘肌入理的总结。

---

① 孟棨、叶申芗：《本事诗·本事词》，古典文学出版社1957年版，第8页。

② 李调元：《雨村诗话》，徐培均《李清照集笺注（修订本）》，上海古籍出版社2002年版，第530页。

③ 沈曾植：《菌阁琐谈》，徐培均《李清照集笺注（修订本）》，第532页。

④ 王鹏运：《小檀栾室汇刻百家闺秀词序》，见徐乃昌《小檀栾室汇刻百家闺秀词》，南陵徐氏光绪二十二年（1896）刻本。

⑤ 严迪昌：《清词史》，第593页。

邓红梅在《女性词史》中则对女性词的总体特色与主体美感作出以下精当阐述："这众多的声部混合而成的复调式美感，形成了女性词在历史发展中的多姿多彩景观……不过，月影千江的分别，实际蕴涵着千江一月的真相。在这各具特色和美感的女性词的世界中，有些抒情美感为众手所调，有些词情在历史上蔚为大观，就连语言材质也在变化之中包含着稳定的因素。这些变中的不变，流动中的不迁，使女性词在个体的分别之上有着整体的统一性，由这些统一性形成了它的总体特色和主体美感。"① 以此为前提，邓红梅将女性词之体貌判定为"'闺音'原唱与纤婉文学""苦闷渊薮与伤怨文学""师心自铸与清慧文学"三端，这是对女性词整体"纤弱婉约"风格更为细腻感性的切分。这里结合上述归纳，更着眼于女性词在二十世纪的"流中之变"②，试从如下角度对二十世纪女性词特质略作申说：

1. 从"闺音"原唱到"老凤新声"

二十世纪初民主、平等诸思潮带给传统女性最大的改变即是对狭隘生存环境与生活体验的质变性突破。反映到创作上，一方面，她们的词作不再拘囿于孤云淡月、落花飞絮等典型闺阁化的轻约意象而转为牢笼万象、吟咏百端。如吕碧城的诸多外邦纪游词作，驱遣异域雪山、大洋于笔底，"锦囊诗料，更兼收、十洲澜翠"，实为词之题材辟一新境；另一方面，词的抒情方式也由曲折幽眇转为明朗质直。如陈小翠《大江东去·题〈东游草〉》："燕市悲歌，黄龙痛饮，此意空今昔。长歌当哭，一杯且酹江月"、当代网络词人添雪斋《临江仙》："千古兴亡谁见，金戈铁马悲笳。唐文宋赋少风华。古今英烈句，碧血染黄花。"直抒胸臆到了此种程度，尽脱女子装裹作相而真"如丈夫见客，大踏步便出去"③。显然，千年女性词的品貌在二十世纪发生了由"燕燕轻盈，莺莺娇软"的纤薄靡弱向"剑门秋雨，归鞍驴背"④ 的醇厚深稳的"华丽转身"。

---

① 邓红梅：《女性词史》，山东教育出版社2000年版，第3页。

② 严迪昌《清词史》："本来，流变是一切事物得以发展的活力所在，反之，一味因循沿袭只能导致衰竭凝滞，进而必也失去其保持传统。"江苏古籍出版社2001年版，第4页。

③ 王士禛：《池北偶谈·论坡谷》，中华书局1982年版，第445页。

④ 陈小翠词《大江东去·题东游草》语。

2. 从苦闷渊薮到蹈扬性情

传统女性作词，笔下投射的精神形象大抵不外少女、怨妇，而二十世纪的女性词中时常现出“襟怀朗彻”（陈小翠语）、剑气箫心的文士、侠者等“须眉面目”，所抒之情亦由单一的“对情爱的盼望与怨尤”转变为对“国家的”“民族的”“政治的”“社会的”甚至“宇宙的（哲思的）”[①]真切悲悯与深沉感喟。女性词得从蒸郁着自抑与苦楚的窄小牢笼中突出，跃入表达自我、挥洒性情的广阔新天。叶嘉莹先生对沈祖棻的评价即是对这种转变的绝好总结：“女性的作家，从最初的用自己的生命血泪写出的诗篇到随着中国的男性词的演进，从婉约到豪放，到妇女的意识觉醒和解放，到沈先生完全跟男子一样了，她写出了跟男子一样的‘学人之词’‘诗人之词’‘史家之词’，而且写出不同的风格，不同的作品，那真是一个集大成的作者。”[②]

3. 从师心自铸到转益多师

“师其心而少师其人”“自铸其辞而少袭人”[③]的创作心态，塑造了旧式才女词纯真清慧而单调寡味的品格。进入二十世纪，女词人拥有了转益多师的幸运：从有形的承习与交流上看，民国“福州八才女”同出南华老人何振岱门下，沈祖棻、叶嘉莹、茅于美则分别师事名词人汪东、顾随、缪钺，当代词家苏些雩、梁雪芸则拜入朱庸斋分春馆门墙。女词人与广大男性词人的嘤鸣切磋、声气往还之便、之盛亦是从未有过的；从无形的创作资源上看，二十世纪女词人得以终结被词史传统“割断”与“沉埋”的命运，走上创作前台，与男性词人共享悠长文学史中的丰饶养料。如沈祖棻一生创作先后出入玉田、碧山、小山门庭而终能兼采众长、卓荦成家；吕碧城则在濡沃玉田、梦窗法乳以外，杂糅了楚骚、长吉、义山诡丽迷离的美学元素；发初覆眉的作品中则能清楚地觇见其瓣香姜张、追习纳兰的姗姗莲步。另外，随着礼教桎梏的渐次松解，在女性面前展扩的复杂社会生态也提供给女词人肥沃的创作土壤与

---

① 邓红梅：《女性词史》，第 6 页。

② 叶嘉莹：《从李清照到沈祖棻——谈女性词作之美感特质的演进》，《文学遗产》2004 年第 5 期。

③ 邓红梅：《女性词史》，第 15 页。

喷薄的灵感催剂，“转益多师”尤不可忽视现实生活给予词人们的重要启迪。

三 体量与坐标：近百年女性词的探研路径

有必要从数量角度检看一下整个世纪女词人的研究体量：

（1）据朱德慈《近代词人考录》①，卒年在 1900 年以后的近代女词人有二十家左右；

（2）据王慧敏《民国女性词研究》② 附录《民国女词人钩沉》，可考的民国女性词人共 168 家，其中悉其生平者 96 人，生平未详者 72 人；

（3）据曹辛华《民国女性词人考论》③：“民国女词人中知其生平与词作者 159 人，未悉生平而知有词作者 100 人，其他填词情况待考者 181 人。”

这几项数字叠加并去其重复已达四五百之数，若参以施议对《当代词综》、刘梦芙《二十世纪中华词选》等总集，则可知共和国前三十年中，进行“地下潜伏式”创作的女词人数量也甚可观，而自“新时期”迄今约四十年内，女性词人、词作数量更呈几何级数式迭增。即便相当保守地估计，近百年女性词人的总数也应在千家以上，而词作的总量更是一个难以蠡测的庞大数字。在总量无法数计的情况之下，划定“时间的”“人物的”“群体的”基本坐标且勾勒出二十世纪女性词的“绰约轮廓”④，是体认面貌、解决问题的正途。

面对如此巨大的研究体量，圈定研究对象必须给出相对严格的标准：一方面，词作应达到能体认“自家面目”的程度（包括结有词集或未有词集而存词较多者）；另一方面，词人/群体/现象在精神趣向、文本质量、艺术品格任一方面具有值得书写之特质。以此标准绳衡，点出百家左右女词人进入研究视域绝无问题。其中，冶异绝俗、逸思遄飞的吕碧城，意气轩举、寄托幽微的丁宁，吐属典雅、声情从容的沈祖棻与冷隽廓落、兴慨

① 中国社会科学出版社 2002 年版。

② 博士学位论文，南开大学，2012 年。

③ 2009 年上海中国词学国际学术研讨会发言。

④ 马大勇师：《20 世纪旧体诗词的回望与前瞻》中语，《文学评论》2011 年第 6 期。

多方的陈小翠可并称为“四大家”①，其他诸如陈家庆、冯沅君、李祁、叶嘉莹、张珍怀、盛静霞、茅于美、段晓华、青凤、添雪斋、发初覆眉……无不尽一时才调而各具面目。这些晨星般闪亮的名字不唯可照亮天之一隅，更运划出足以缩摄百年风华的溢彩流光的星轨。

在已有研究成果的基础上，似还有一些问题需要深度廓清：

如二十世纪最具人望、负“三百年来林下作，秋波临去尚销魂”②之美誉的沈祖棻能否毫无争议地占得百年女词人首席？若能，她的成就是否真正超越了“漱玉词宗”，可以凭借五卷《涉江词》越千年而上，被推尊为女性词史第一人？她与同世词家特别是学人群体在藉由词载运“心底的涟漪或狂澜”③ 的方式上有何异同？而细探沈词，拨开交叠着柳永、秦观、晏几道、周邦彦、张炎、王沂孙等两宋名家身影的表层技艺，其精神内核是否更和与她在身世、情怀等多方面有着诸多共同之处的李清照灵犀暗通？沈氏一生创作，虽偶有“何须文字方成狱，始信头颅不值钱”“无端留命供刀俎，真悔懵腾盼凯旋”之变徵④，但终毕生未出宋贤户限，那么在“古调自爱”“几可乱真”中，是否存在词人刻意的自我局碍？另外，其师汪东民国时所作《〈涉江词〉序》中有“窈然以舒”“沉咽多风”“澹而弥哀”的激赏⑤，那么在建国后她是否确如徐晋如等学者所言英气凋零、佳作难继⑥？

类此将镜头由“大词史”调转而内向聚焦于词人心灵的个案研究当然是这一课题关注的重心，可再举两例。丁宁在编定于1951年的《还轩词》自序中云：“第以一生遭遇之酷，凡平日不愿言、不忍言者，均寄之于词。

① 关于“四大家”之“四”与“大家”之辨说，可参见马大勇师《南中国士，岭海词宗：论詹安泰词——兼论“民国四大词人”》一文，《求是学刊》2015年第2期。

② 钱仲联：《近百年词坛点将录》，《当代学者自选文库·钱仲联卷》，安徽教育出版社1999年版，第713页。

③ 严迪昌：《近代词钞》，江苏古籍出版社1996年版，第20页。

④ 沈祖棻《鹧鸪天》词。是篇为1947年“六一惨案”而作，参见马大勇师《论现代旧体诗词不可不入史——与王泽龙先生商榷》，《文艺争鸣》2008年第1期。

⑤ 汪东：《涉江词》，湖南人民出版社1982年版，第1页，“序”。

⑥ 徐晋如：《易安而后见斯人——对〈涉江词〉在20世纪词史地位中的一种认识》，《甘肃联合大学学报》2010年第4期。

纸上呻吟，即当时血泪。果能一编暂执，亦暴露旧社会意识形态之一法也”①，而怀枫女士“惊霆骇浪人间世”“已拼生死共存亡”的人生后三十年的酷烈遭际又何止“呻吟”“血泪”！创作于1953年之后的《一厂词》及若干补遗是一定要给予特别关注的；再如集诗、书、画、词、曲诸隽才于一身的陈小翠，幼承家学，早年有“翠楼新句动江东”“坛坫声名海内传”② 之誉，中晚岁命途多蹇，“文革”时因不堪凌辱，引煤气自尽，故生命最后时段所作词应予格外珍重。

关于百年女词人的月旦品鉴，是深度个案研究以外又一大题目。前人评骘文字如钱仲联《近百年词坛点将录》点吕碧城为“地阴星母大虫顾大嫂”、左又宜为“地壮星母夜叉孙二娘”、沈祖棻为“地慧星一丈青扈三娘”，更对吕碧城《晓珠词》不吝揄扬：“圣因近代女词人第一，不徒皖中之秀”“杜陵广厦，白傅大裘，有此襟抱，无此异彩。”③ 再结合以点将录传统体例，钱先生心中近百年女词人位次即吕一、沈二、左三。施蛰存则云：“并世闺阁词流，余所知者有晓珠桐花二吕、碧湘翠楼二陈、湘潭李祁、盐官沈子苾、潮阳张荪簃，俱擅倚声，卓而成家，然以还轩三卷当之，即以文采论，亦足以夺帜摩垒，况其赋情之芳馨悱恻，有过于诸大家者。此则辞逐魂销，声为情变，非翰墨之功也。昔谭复堂谓道咸同兵燹成就一蒋鹿潭，余亦以抗日之战成就一还轩矣”④，将《还轩词》目为“并世”女性词压卷，可谓极尽说项之能事。当代文史学家周采泉在《金缕百咏》其一中起首便写道：“间气中兴矣。女词人、祖棻双蕙，怀枫一紫”⑤，提出又一种“前五强榜单”。诗词名家陈九思为陈蕙漪《蕙风楼烬余幸草》撰序云：“当代女词人者三，曰螺川诗屋周錬霞，飞霞山民张珍怀，蕙风

① 丁宁：《还轩词》，刘梦芙编校，黄山书社2012年版。

② 邵祖平：《陈小翠女诗人寄赠所著〈翠楼吟草〉，率题八绝为谢》，《翠楼吟草》，刘梦芙编校，黄山书社2010年版，第96—98页。

③ 钱仲联：《近百年词坛点将录》，《当代学者自选文库·钱仲联卷》，合肥教育书社1999年版，第709、713页。

④ 《还轩词》，第100页。

⑤ 周采泉：《金缕百咏》。其中除沈祖棻、丁宁外，双蕙指陈蕙漪、刘蕙愔，一紫为周錬霞紫宜。转引自刘聪著辑《无灯无月两心知——周錬霞其人其诗》，北京出版集团公司2012年版，第82页。

楼主陈蕙漪乃文，皆名重一时”①，则将女性词坛分此鼎足。刘梦芙《冷翠轩词话》专撰《女词人二十二家》，点出秋瑾、吕碧城、刘蘅、温倩华、陈小翠、丁宁、李祁、陈家庆、周錬霞、沈祖棻、吕小薇、张珍怀、潘希真、宋亦英、茅于美、阚家蓂、施亚西、叶嘉莹、刘柏丽、王筱婧、林岫、梁雪芸，“缀珠采玉，列为专辑”②，选擢女词人较多而自出手眼。凡此数种各异其趣的“排行榜”，背后俱潜含一部小型女性词名家论而理论浓度特高，极富研究价值。前文提出“四大女词人”之说不妨也可视作对前贤诸种评骘的呼应与别解，而倘能在此基础上取径入深，排定二十世纪女词人“点将录”③，则肯定更进一步号准了女性词史的脉象。

此外，在对百年女性词文学生态整体把握的基础上，可生发出的诸多理论命题包括：“无妇人气”一类对女性词的褒扬话语包含了怎样的逻辑？继续虚悬李清照这个性别标准，去衡量今日女性词之短长到底还有无必要？男性评论者对才女的过度表彰是否调低了文学批评品质？传统男／女气质的二元划分及由此衍生的批评路径是否已不适用当代？从这些问题入手，应可对传统文史价值观念与当代女性主义理论“错位”与“失衡”的现象作出适当程度的调整，并提供重建性别文学批评框架及话语的一种可能。

“二十世纪女性词史研究”绾结着“二十世纪诗词研究”与续写“女性古典词史”的双重理论维度，故而可成为理论价值、研究体量皆相当丰厚的学术富矿之一。传统诗词史本位当然不能离弃，而由于“女性”“二十世纪”等身份、时空特质，女性主义、“第二性”等现代性别理论也应适度引入，以期形成立体全景的观照视角。比如，遍览百年而溯流千年，女性词人中最醒目的当为那些不蹈闺阁习气者，余者则无藉藉名：“……千篇一律之闺情词，纤巧无格，读之令人厌倦。”④ 其实，豪言壮语之新篇并不乏空伪，搓酥滴粉之旧什亦可包孕性灵。重点关注和着力陈说那些“突出一军”也即前文所言“老凤新声”“林下雅音”固为题中应有之义，

---

① 陈九思：《〈蕙风楼烬余诗草〉序》（自印本）。转引自刘聪著辑《无灯无月两心知——周錬霞其人其诗》，北京出版集团公司 2012 年版，第 82 页。

② 《二十世纪名家词述评》，安徽文艺出版社 2006 年版，第 263 页。

③ 见文末附录一《近百年女词人点将录》、附录二《望江南・咏近百年女词人》。

④ 朱庸斋：《分春馆词话》，广东人民出版社 1989 年版，第 112 页。

但也须谨防由此陷入矫枉过正的功利态度而忽略了格调婉约而灵光照人的侧面。近年诗词界复古风大炽，相当一批“八五后”“九零后”女词人正以创作实践复归闺音，同时也面临着似曾相识的同质化困境，对此更不能简率地拢划阵垒、一笔抹杀。百年女性词史研究理当在重大与纤薄、豪壮与婉约、深厚与清浅种种离合的神光中洞见理念，提点命题，而其中最重要的意义是：“照我思索，可认识人。”①

① 语自沈从文《抽象的抒情》（《沈从文全集·16 卷》，北岳文艺出版社 2002 年版，第 527 页）：“照我思索，能理解我；照我思索，可认识人。”后人集沈氏此四句手迹，刻为碑文。

第一章　清民之际女性词坛

如同中国女性尚未完全从绵衍数千年的封建阴翳中突围而出，清代末年的女性词并没有随世纪更迭，萌生出足以革故鼎新的气象，才女们仍在花月小径之上依既定惯性滑行，“俱近世名家闺秀所作，亦无非状伤悲感，兼多风雅”[①] 而已；而自公元1900年庚子事变以来的频年祸乱，也将悲凉的末世气息吹入闺帷，在红笺小字上留下掸不去的烟尘。“未到晓钟犹是春”——这是此期女性创作生态的形象概括。故此，将“清民之际女性词坛”作为百年首章，正是出于保全文学史的内在沿流、肌理的考量。

文史学者冼玉清将古代女性作者身份概括为“名父之女”“才士之妻”“令子之母”[②]，这与本时段女词人尚未自脱于家庭、社会从属地位的实际情况是吻合的。入选本章的若干家旧式才媛中，有的未及完成向新女性的转型，有的自甘遗民终身，她们的那些颇具艺术特色的词作不应因“旧”而被忽视甚或遗忘。

第一节　凡鸟偏从末世来：论吕凤词

附许禧身、刘鉴、左又宜

“毗陵多闺秀”[③]。清中叶以降，英风渐炽：常派领袖张惠言女侄缙英、

---

① 姚倚云（1863—1944，字蕴素，安徽桐城人，姚鼐五世侄孙，范当世继室，有《蕴素轩词》）、屈蕙纕（1860—1932，字逸珊，浙江临海人，王咏霓继室，有《含青阁诗余》）、吕景蕙（约1873—约1924，字若苏，号璇友，江苏阳湖人，有《纫佩轩诗词草》）、杨延年（1880—1915，字玉晖，杨昌浚侄孙，左宗棠孙左念康室，有《椿荫堂词存》）等。

② 冼玉清《广东女子艺文考》：“就人事而言，则作者成名，大抵赖有三者。其一名父之女，少禀庭训，有父兄为之提倡，则成就自易；其二才士之妻，闺房倡和，有夫婿为之点缀，则声气自通；其三令子之母，侪辈所尊，有后嗣为之表扬，则流誉自广。”长沙商务印书馆1941年版，第1页。

③ 徐珂：《近词丛话》，载唐圭璋《词话丛编》，中华书局1981年版，第4221页。

姗英、纶英、纨英一门四杰，皆能诗词；庄盘珠莲佩《秋水轩词》、左锡璇芙江《红蕉碧桐山馆诗词集》①，允称双璧。缪荃孙《国朝常州词录》录闺秀三卷，收女词人85位，风雅迭递，蔚为大观。洎清民之际足堪接绍流韵者，应推吕凤。

吕凤（1868—1934）②，字桐花，武进人，适同邑赵椿年③，世称桐花夫人。工诗词，兼擅小篆④。有《清声阁诗草》《清声阁诗余》四种六卷，存词六百七十三首⑤。吕氏生平不甚详，仅于剑秋悼妇二联“来归之始，适君丧母，过门之后，值我奇穷。频年奔走四方，膳侍重闱，葬营两弟，总赖君辛苦支持。集蓼是今生，心力早从当日尽；八年在赣，正属盛时，卅载在燕，渐嗟暮景。毕世俭勤一致，病悭医药，愁积诗词，最使我追思哀悔。芝芙醒昔梦，闺房应惜此才惜”“恨我不知医，枉教诸苦备尝，终归不起；呕心空有集，未得及身镌定，遗憾难弥”⑥ 及自作词“此身堕地，有百千磨折，百千烦恼”“人海风云多变态，问生涯、怪底尘劳扰”诸语中略窥一生行迹。由清入民旧式才媛词界，吕氏为较亮眼一家，然其身后寂寞，近世以来少被论及⑦。目及者只有施蛰存氏“并世闺阁词流，余所知者，有晓珠桐花二吕、碧湘翠楼二陈、湘潭李祁、盐官沈子苾、潮阳张荪簃，俱擅倚声，卓而成家”之褒掖，亦仅提点名姓而已。吕凤其词其人，实颇有值得细探处。

---

① 王蕴章《然脂余韵》：“盘珠尤以词著。有清中叶以后，闺阁倚声，不得不推苏之庄、浙之吴为眉目。《秋水》一编，艺林传播……兼金双玉，美不胜收”；“左锡璇……是能从大处落笔，不作小红低唱者。”

② 吕凤生年据《清声阁词·词目》“光绪壬辰二十四岁”可推知为1868年；卒年据《中央时事周报》1934年第六—七期佚名《女词家吕桐花》，逝于当年一月二十六日。

③ 赵椿年（1870—1942），字剑秋，赵翼五世孙。光绪进士，官至江西知府。入民后任农工商部参议，元、五两任财政次长。著有《石鼓十种考释》《金石杂录》《覃揅斋诗文存》《癸酉消夏诗》等。

④ 樊增祥题《清声阁诗余》诗有“楹联二七蚕头字，亦与孙洪铁线侔”句；谭祖任题词有“金荃咏罢，银钩还肄官帖”句。

⑤ 《清声阁诗余》三卷共三百三十首、《和小山词》二百五十五首、《和漱玉词》五十七首、《和淑贞词》三十一首。民国二十五年（1936）刻本。

⑥ 见《女词家吕桐花》。

⑦ 近年有徐燕婷文《民国女词人吕凤的文学生活——以〈清声阁词〉为中心》，《文汇报》2019年11月18日。

一　漱玉为骨格，杂采诸家

在作于晚年、自叙情志的《金缕曲·记事自题拙稿并题清声阁填词图》组词中，吕氏有“忍说填词师漱玉”句，总结一生创作门径。遍检《诗余》，那种婉折哀丽的内向摹写确乎最近易安面目：

天涯岁月忒匆匆。乍展新凉，便听吟蛩，虚堂帘卷起还慵。病怯秋光，瘦怯秋风。　　斜阳悄立感重重。望断南云，数遍南鸿，愁添青鬓髻螺松。容易飞霜，容易飞蓬。

——一剪梅

秋窗正在无眠，可堪连夜催秋雨。丝丝静织，萧萧渐紧，绵绵不住。隔断砧声，湿沉漏鼓，搀将铃语，任香销宝鼎，灯飘朱箔，拚滴碎愁千缕。　　此际顿惊倦旅。听空阶，哀蛩絮苦。芭蕉卷恨，幽篁泻翠，疏杨低舞。桃簟凉侵，秋衾梦阁，枕函风度。怅乡心，暗集知音间阻，问谁堪诉。

——水龙吟·听雨

“帘外展西风，梦阁桃笙冷”“人寂寞，瑞脑烧残烟薄”“风前百倍增消瘦”则着意拼贴“易安元素”；《蝶恋花·重九》更是直接檃栝漱玉名篇：

秋雨声中人病彀，九日黄花、顾影同消瘦。百计难除眉上皱，题糕添得闲愁凑。　　佳节年年慵。把酒只有、诗心潦草还依旧。一缕药烟回永昼，寂寥庭院寒生骤。

拼贴檃栝，意尚不足，至有《和漱玉词》五十七篇，其中酷肖者如：

病眸入夜眠还醒，月照闲庭，月照闲庭。勾起乡心、忍怪月无情。
愁添篱豆虫声紧，一片凄清，一片凄清。不是离人、触耳也难听。

——添字采桑子

《如梦令》则可看作易安同调词另一视角的改写：

记得江干日暮，一棹藕花迷路。歌逐采莲舟，人在白蘋深处。飞渡，飞渡，好梦惯随鸥鹭。

这不仅仅是填词技法上的学而似，更是以易安怀抱、精神自许的。旧式才女生逢“城荒铁瓮，日沉琼岛”之乱世，无力“置身锋镝外”时，易安的词品甚或人格样板也许是师法的最优选。

吕凤法漱玉而能不泥于漱玉。集中题为“拟耆卿”“拟清真”乃至追步东坡、稼轩、碧山、竹山、六一、定庵之作则俯拾皆是。如《菩萨蛮》：“沉沉一枕懵腾里，日移帘影朝慵起。好梦落谁家，隔墙开楝花。　池塘芳草路，梦里频来去。燕子尽双飞，春归犹未归”，浑融高古，逼近花间；而《菩萨蛮·四时闺咏用飞卿韵》：“风摇帘影明还灭，枕痕红透腮边雪。新恨上双眉，春寒花放迟。　起来临宝镜，山黛遥相映。蝴蝶扑罗襦，声声啼鹧鸪”“纳凉夜向花阴歇，新裁纨扇圆如月。玉笛谱出成，满天星斗明。　新荷凝粉脸，翠盖娇难掩。蟾影上阑干，销凝更漏残”于飞卿特有之金粉底色上自饶清新；《解佩令·用蒋竹山韵》：“花开也好，花残也好，花片儿、飘来更好。花片纷纷，绣出红娇香袅。更不妨，群花谢早。　琼窗人悄，绿杨莺小，滞春寒、雨尖风峭。才见春来，怪一霎、又将春老。好光阴，切莫负了”可效竹山之清畅。

吕凤《和小山词》凡二百五十五首，大抵不为事所作，词藻多密丽，不专拟小山；另有咏物篇什若干，能略得浙西神理。兹各举一首：

鸣凤声传碧玉箫，吴娃丰格信妖娆。三眠蚕酿千丝就，一斛珠量百感销。　河渡近，路非遥。风前杨柳妒柔腰。屏宜深护千重锦，月不单明廿四桥。

——鹧鸪天

雅制菱花古。是当初、唐家故物，玉纤亲抚。并蒂芙蓉凋谢久，一片青铜认取。比沧海、遗珠同觑。见说绛云楼阁迥，理晨妆，屏启春痕伫。钗凤袅，彩鸾舞。　　情天易老才人去，尽凄迷、山庄红豆，美人黄土。韵事百年空想象，难传朱颜长驻。纵蚕缕、浓缠何补。阅尽兴亡惟剩此，只苔华、小印堪同语。曾鉴得，好眉妩。

——金缕曲·河东君镜

要之，这位千载下的“易安门人”实并未以门户自限，虽尚不能尽脱工愁善病的闺阁习气，但多方向的艺术尝试足可成就其清怨底色上兼综博采的风貌。综观《清声阁诗余》，樊樊山所谓“扫空胭粉”① 或未必，刘宗向之“漱玉柔纤断肠靡，空贵洛阳片纸。总逊尔、一珠一字”② 还是能颇具只眼地点画出桐花夫人眉目的。

二　吕凤与聊园词社

吕凤夫妇琴瑟甚笃，除证之集中“履诸松雪仲姬”③ 的频年唱和外，更以携手同临词社雅集为毕生鸾凤和鸣、花叶相当之韵事。夏孙桐子纬明《近五十年北京词人社集之梗概》记聊园词社始末云：“逾二年乙丑(1925)，谭篆青祖任乃发起聊园词社，不过十余人。每月一集，多在其寓中。盖其姬人精庖制，即世称之谭家菜也。每期轮为主人，命题设馔，周而复始。如章曼仙华、邵伯絅章、赵剑秋椿年、吕桐花凤（剑秋夫人）、汪仲虎曾武、陆彤士增炜、三六桥多、邵次公瑞彭、金篯孙兆藩、洪泽丞汝闿、傅心畬儒、叔明僡、罗复堪、向仲坚迪琮、寿石工玺等，皆先后参与。而居津门者如章式之钰、郭啸麓则沄、杨味云寿枬，亦常于春秋佳日来京游赏时，欢然与会。当时以先君年辈在前，推为祭酒。一时耆彦，颇称盛况。”④ 自“清季四家”及“庚春词人”星散，又“五四”新文学风

① 樊增祥：《赵嫂吕夫人属题清声阁集并谢篆联之惠》，《清声阁诗余》，民国二十五年(1936) 刻本。

② 刘宗向：《金缕曲·题内子所绘清声阁填词图》，《清声阁诗余》，民国二十五年 (1936) 刻本。

③ 《武进赵公椿年暨元配吕夫人合葬墓志铭》，夏仁虎撰，傅增湘、俞陛云书，赵、吕季孙赵祖纯誊录。

④ 张伯驹：《春游社琐谈　素月楼联语》，北京出版社 1998 年版，第 22 页。

潮起，辇下故人零落，至此始重现复振生机。聊园与须社（原名冰社）、沤社、趣园南北呼应，声气相求，[①] 担负了为传统词业续命之重任，而当“迨辛亥之春”后“甚为寂寞”的京洛词坛重新标举风雅时，吕凤是这场群星毕集的高规格词社中唯一就席的女性。

《清声阁诗余》卷三起于甲子年（1924），约与词社同时。其中颇可觅得“良朋雅集”的片羽吉光：“雨阁清明年逢闰，花下文星聚巧。更鲁殿、灵光巍照”（《金缕曲·戊辰清明日，外子偕樊山、味云、鹤亭诸公，在雩坛桃林下啜茗，风吹花片，坠入瓯中，味云曰：此桃花茶也。请樊山先生赋之，诸公继和》）“商略旗亭醇醪醉，共横琴、谱出清平调”（《金缕曲·和味云偕津地词流公宴樊山先生》）……斯人斯会，引人想往。但更值得注意的是，在与诸吟侣的嘤鸣切磋中，这位“同声之唱，时出新制”[②]的桐花夫人相当高频地提及了以柳永为代表的北宋名家：“残月晓风幽韵好……白石屯田才并到”（《蝶恋花·为奭召南题夏闰枝词卷》）“柳岸晓风才不让”（《蝶恋花·题叔庸弟高梧轩图》）“北宋才尊晏柳，翻新制、珠玉篇篇”（《满庭芳·滂喜斋词人夜集》）……这是足以为聊园词社完成了“以梦窗玉田流派者居多”到“提倡北宋，尊高周柳”的“一变风气”[③] 作一有力注脚的。聊园词社之“地位和影响”[④]，应是形成了对已流行了数十年的梦窗风的相当规模的纠弹[⑤]。

彊邨一派的理论倾向与创作实践为近世词史一大关目。朱氏素被目为学梦窗而得其神髓者，而须知若仅穷毕生之力搭建“七宝楼台”，而不间以“白石之疏越与东坡之旷朗”，是无法拔升凝结成“清雄”气格、最终

---

① 汪曾武《趣园味莼词序》：“于是澥内遗相率托于令慢，寓其忧思，沤社、须社，南北相遇；聊园、趣园，故都复振。”1941年铅印本。

② 董康：《清声阁诗余序》。

③ 同上。

④ 张牧石：《谭家菜、聊园词社及其他》：“……‘聊园词社’在近代词史上的地位和影响是留下了。”《津沽旧事》，天津市文史研究馆编，上海书店出版社1994年版，第63页。

⑤ 充溢晚近词坛的“梦窗风”，时间可大体划定在1899—1931年。王鹏运、朱祖谋合校的《梦窗甲乙丙丁稿》梓行后，郑文焯、张寿镛、陈洵等先后校勘、笺释、评点梦窗词，由理论而创作，导引为词坛主流。“没有一位词人像吴文英这样在晚清民国词坛受到如此多的词学家的青睐，得到如此崇高的评价，拟学梦窗成为晚清民国词坛时尚。”见王湘华《晚清民国词集校勘研究》（岳麓书社2012年版），“晚清民国梦窗词风”一节。

成就其宗师地位的①。彊邨派重要成员夏孙桐亦能不死守梦窗门墙而作隽快语②，故其执掌之聊园能调和南北宋，笼络名手，多出佳制。人的复杂性必导向人之创作的复杂性，汲汲于“异”而不见“合”，若削足而适履，门派、家法种种理论或将化为灰色目翳而遮蔽了长青的生命之树。清末民初词坛所以形成群星丽天、百舸竞流的局面，或即由于各家能不同程度地打破壁垒、逾越界限。本就不以家数自限的吕凤适逢风会，成了“群公慧业”的参与者与见证人：

> 小隐金门计非左。接地风云，得享安闲可。柳色花光仍婀娜，苍苍未许容高卧。　　奇句推敲愁阵破。坛坫名珍，唱汝还予和。听罢悲笳闻楚些，吟怀难免添无那。
>
> ——蝶恋花·为奭召南题夏闰枝词卷

三　传统才女的精神困境

前引《蝶恋花》作于丙寅年（1926），“接地风云”“悲笳楚些”应为都门连年兵燹之实指。此时吕凤随宦数十载，“望云望雁、听风听水”，年近花甲，早岁的“唠唠清声”③ 业已渐化为哀鸣。在次年生辰，她写下“不逢棋乱，也年年、愁集芳春三月。自愧浮生无好梦，劫后余灰休说”，这里的“愁”不再是无边丝雨般的女儿情绪，而是浓重得多的家国死生之感：

> 孤抱凭谁语。数萍踪、软红尘里，积年愁旅。劫换红羊飞燕子，重指宣南芳树。觑蓟北、风云几许。击筑悲深前代梦，乱棋枰、人海繁星聚。锋镝后，笙歌补。　　西山依旧眉痕古，只怜他、嫦娥天上，华年轻负。死魄倒生弦晦易，不使蟾圆三五。也一样、沧桑情绪。见说剧场袍笏变，唱新腔、喧遍花奴鼓。黄日落，江亭暮。

---

① 语自马大勇师《晚清民国词史稿》“论彊邨词”一节，华中师范大学出版社2006年版，第130页。

② 《悔龛词》中此类词如《石州慢·题谭篆青聊园填词图，用遗山体》《水调歌头·戏为人题醉钟馗》等。

③ 刘宗向《金缕曲·题内子所绘清声阁填词图》：“振鸣凰、唠唠清声起。”

种种凡属于男性士人的“激荡”“愤懑”“奇酷”“迷茫”[1] 非仅有，且倍过之，故产生的强大内驱力能使唱惯燕语莺声的女词人一发为变徵。吕凤早年亦怀有“修到三生完福慧”的旧式才女的良愿，“家国沧桑，生涯盐米”，频年磨折后，已将“夙慧轻抛去”，“青年绮思”也降格为“岁月平安，丝竹娱闲”的“乱世偕隐愿”；诗穷而后工，而吕凤却自言“三昧穷参佳句少，北宋南唐空羡。和残月、晓风才短”，这是因为她敏锐地体察到生平所钟“清妍砚几，温柔词翰”无力容纳与承托“悲歌无限”，自己是“词旨涩，文心倦”而“湘管秃，知音远”的。由清入民的女性自然属于遗民一群，但似比年辈相若的遗老们面临更多一层困境，即身份认同与文学理想的双重崩溃。这是末世的角声摇破了闺帷清梦后，传统妇女“遭遇外部世界”[2] 的必然结果。需要付诸“同情之理解”的是，吕凤在这类词中寄托的情感仍多归于自我伤悼和慰藉（晚年常体现为对遁世的祈盼），总体不离闺怨范畴。这是女词人识见、经历与性情在特定时空下真实的心灵投影，不应一味责之以伤靡纤弱。以今心例古，势必导致批评的失灵。

辛未年（1931）除夜[3]，吕凤于病中写下《菩萨蛮》四首：“量柴数米人将老，谈禅说梦谁同调”“家祭荐辛盘，未将前例捐”，家常言语，闲闲道来，背后潜藏着多少内心的海桑变幻！桐花夫人擅金缕，《清声阁诗余》即以十首金缕结篇，以志毕生鸿雪，并略陈抱残守缺、寄情词章之心。此录二首：

积梦终难剖。占清秋、西风卷帘，黄花人瘦。萝月当前吟补屋，憔悴晚凉时候。尽拍遍、阑干僝僽。虫语啁啾铃语碎，听商音、独夜喧遍骤。愁似雨，灯如豆。　牙签万卷长相守。叹平生、

① 严迪昌《金元明清词精选》：“晚清外侮频仍，天国举义，‘士’之神魂心绪或激荡、或愤懑、或奇酷、或迷茫，造就词史在殿末之期又晚霞一放，幽花重绽，终结之篇是颇斑斓的。”凤凰出版社 2002 年版，前言页。

② 钱南秀：《薛绍徽及其戊戌诗史》，载［加］方秀洁、［美］魏爱莲编《跨越闺门：明清女性作家论》，北京大学出版社 2014 年版，第 308 页。

③ 此组词未标明写作时间，依作于庚午年的《百字令》其后数首中的节序描写推定为辛未。

聪明早误，情怀非旧。回忆髫年如梦寐，心字香残金兽。拚病累、一身消受。茗苦荠酸原习惯，又何堪、荒岁兵尘凑。储落叶，霜盈袖。

凝睇江南路。隔家山、迢迢烟水，重重云树。门户荒寒悲祚薄，缺恨娲皇难补。得仙侣，刘樊心许。萍水情缘怜小草，幸瓣香、继续芳兰抚。期后日，楹书付。 怕看乱世多风雨，怨羁栖、懒吟春月，厌闻箫鼓。客抱无欢甘守拙，纸阁芦帘静处。翻旧稿、愁萦千缕。敢效词人终抑塞，似呕心、长吉耽辛苦。独俯仰，伤迟暮。

在词中，我们看到了对身世的感喟、对清贫的坚守、对往昔时光的怀恋、对易安的敛衽致敬。这是一个闺秀在垂暮之年卷起重帘，坦露出的复杂又纯粹的心境。近年“最后的闺秀”“民国闺秀”时闻于坊间，“闺秀”一词已近俗滥；如提高入选标准，工词善书的传统才媛如吕凤者可当之。就学理而言，“闺秀”的内涵或还包含封建纲常语境下妇女“才德之辨”的成分①，但这里我们只取它最好的意味。

四 庚子变局中的女性书写：许禧身、刘鉴

吕凤之下应接谈同为官夫人而年龄略长、“宠贲鸾纶，封崇一品”②的许禧身。禧身（1858—1916），字仲萱，一字亭秋，浙江钱塘人，三十一岁始归陈夔龙③为继室。性敏慧，能通大谊，工绘事，善诗词，有

① 参见黄晓丹《从林下之风到闺房之秀——盛清女性写作背后的身份认同》，《齐鲁学刊》2013年第5期。

② 叶庆曾：《亭秋馆词钞序》，《亭秋馆词钞》，民国元年（1912）刻本。

③ 陈夔龙（1855—1948），又名夔鳞，字筱石，又作小石、韶石，号庸庵、庸叟、花近楼主，贵州贵筑人。十九岁中举人，入丁宝桢幕。光绪十二年中进士，因一字之误置三甲，不得入翰林。兵部任上时得荣禄、奕劻、李鸿章倚重，官至顺天府尹。夔龙坚决抵制变法，尝会审“六君子”。庚子年筹资镇压拳民，得慈禧赏识，留京参与签订《辛丑条约》。为慈禧、光绪帝筹办“西狩”事宜。后历巡豫、苏，督川、鄂，调任直隶总督兼北洋通商大臣、长芦盐政。逊清后以遗老身份寓居上海，曾参与超然吟社活动。据《辛亥革命——贵州事典》，《贵阳文史资料选辑》。

《亭秋馆词钞》四卷，存词百余。禧身以“浙水名媛、颍川华胄”适陈氏，政治婚姻意味颇浓①。夔龙宦途通显，庚子岁以顺天府尹膺留京办事大臣，筹办两宫西狩，并随同奕劻、李鸿章两全权大臣襄办和议。禧身随宦经年，数度履险②而“气闲身静，临乱不惊”“枪林弹中，不失常度”③，甚至为风口浪尖中的丈夫提供计策与助力④。《词钞》中可略窥端倪：

漫点铜龙，缓敲檐铁，欣闻春雨纷纷。笼雾青纱，照来烛影偏清。隔闱共说安民语，喜听来、句句真诚。黯消凝。炉内香残，案上灯昏。　运筹决尽承平策，奈安边少计，鬓角愁生。一样无眠，静传银箭沉沉。祝天早罢干戈事，愿从今、永庆升平。倚窗听。残溜声低，滴至黎明。

——高阳台·感怀

小窗秋夜，听阶前风雨，声声落叶。天际孤帆疏柳外，水浪拍堤如雪。凉月乌啼，平沙雁断，回首成凄咽。愁云锁处，难抛玉宇琼阙。　最怜昨岁干戈，洞庭波沸，满地多荆棘。暮色层层迷远岫，一望千山重叠。感慨悲歌，断肠词调，不忍论畴昔。曲栏凭尽，淞滨

① 钱塘许氏为清代望族。禧身祖父学范官至京师顺天府治中，合家呼“京兆公”，自是家族科第兴旺，七子中，四人中举人，三人点翰林，时有“七子登科”之誉。禧身姊婿廖寿恒官礼部尚书；从兄庚身以军机处章京入仕，官至军机大臣、兵部尚书；寿身（后更名彭寿）与父乃普“父子鼎甲传胪”，任礼部侍郎，“辛酉政变”中以上疏请治“肃党”陈孚恩“党援之罪”而声震朝野；兄佑身为俞樾第二婿，妇绣孙有《慧福楼词》，女之仙、之引、之雯皆有才名。陈夔龙《梦蕉亭杂记》卷一：“余与嘉定廖尚书寿恒，先后随任黔中，同为泰和周氏婿。嗣缔姻钱塘许氏，又系尚书作伐。许夫人为尚书夫人之胞妹，重重姻娅，交谊弥敦。”

② 许禧身《偕园吟草·含真图咏》：“……七月二十一，洋兵枪炮逼城，予不得已怀利剪与阿芙蓉膏以备非常。”《亭秋馆诗钞》。

③ 陈夔龙：《亭秋馆诗钞序》，《亭秋馆诗钞》，民国元年（1912）刻本。

④ 《皇清诰封一品夫人陈尚书继配许夫人墓志铭并序》：“凡有规画，夫人赞助之力为多”，引自《杭州文博》第五辑。陈夔龙《水流云在图记·严城决策》：“（夫人认为）各国遇我情势，亦殊非一致要挟者”；“由是天心厌祸，各国亦如约缔盟，诚非始愿所及。”又，宣统二年监察御史江春霖上书弹劾奕劻，理由之一即“老奸窃位，多引匪人”。复奏：“陈夔龙继妻为前军机大臣许庚身庶妹，称四姑奶，曾拜奕劻福晋为义母。许宅寓苏州娄门内，王府致馈，皆用黄匣，苏人言之凿凿”；“夔龙赴川督任，妻畏道逗留汉口，旋调两湖，实奕劻力。”

权作羁客。

——买陂塘[①]·和徐花农[②]侍郎秋雨骤寒书感作

“隔闸共说安民语，喜听来、句句真诚”“祝天早罢干戈事，愿从今、永庆升平”，纯是命妇口角。夔龙于后世政声颇恶[③]，而这些片断镜头中，他“运筹诀尽”“鬓角愁生”，彻夜的祷祝是“句句真诚”的。在晚清风雨如晦的危局中，亭秋夫人不仅以政才成就了一世权臣，亦以簪花小笔勾画出了他春风得意背后的侧影——这或许也是“词史”之一种吧。

千里之外的湖湘之地，另一位名门女眷刘鉴（1852—1933）也在这场“千年变局”中留下了自己的词体记录。刘鉴字惠叔，一字慧卿，长沙人，祖刘权之、父刘若珪皆有政声于时[④]。适曾国荃次子曾纪官[⑤]为继室，婚后夫妇甚相得，惜纪官青年病殁，惠叔三十而寡，自此将全部心力投入子侄教育及曾家内务。1890 年曾国荃去世后，刘鉴实际成了家族四十余年间的核心人物。

惠叔《分绿窗集》存诗七百、词百余，时人评曰：“闳轶朴茂，渊雅澹正，精切稳炼，无体不工。”[⑥] 诗《读岳传》尾联“汤阴庙貌垂模远，赵氏何曾有寸基”沉痛无地，而笔锋所指，盖在眼前。《词钞》中绝大部分作品仍是“春闺”“忆外”一类长日消闲之属，伤时忧国题材的《满江

① 此词调应为《念奴娇》。

② 徐琪(1850—1918)，字玉可，一字涵哉，号花农，浙江仁和人，俞樾弟子，自幼与禧身三兄佑身善。光绪庚辰进士，官至兵部左侍郎、内阁学士，有《玉可庵词存》，俞樾、李慈铭为题序。

③ 同科进士中，陈夔龙显达最早、擢升最速，时人目为“巧宦”，盖指其善于投机钻营，蒙荣禄、奕劻、慈禧荣宠。今人陈捷延有诗咏之：“青蝇附骥已高升，媚夷卖国更飞腾。”《过客吟捷延咏史诗存》，中国文史出版社 2012 年版，第 1894 页。

④ 刘权之（1739—1818），字德舆，号云房，乾隆二十五年（1760）进士，以编纂《四库全书》功，升侍讲，累迁大理寺卿、左都御史、吏部尚书。后授军机大臣、吏部尚书、协办大学士、加太子少保，卒谥文恪。刘若珪（？—1854）字桐坡，嘉庆十八年（1813）中副榜，由工部员外郎就外职，历署遵化、黄州等府，题补安陆，迁盐法道，未赴任而太平军占黄州，去职，咸丰四年（1854）为太平军击毙于武昌。

⑤ 曾纪官（1852—1881），字剑农，一字愚卿，号郯卿、思臣。同治七年（1868）入湘乡县学，16 岁考取优廪生，伯父曾国藩以“少年秀才”称之。光绪二年（1876）以正一品荫生授员外郎，签户部云南司兼广东司行走，钦加三品衔。身后诰授奉直大夫、通议大夫，赐赠光禄大夫、建威将军。纪官原配夫人为曾国藩内侄女。

⑥ 程琼：《〈分绿窗词钞〉序》，长沙友善书局民国三年（1914）版。

红》一组七首以情怀忠耿，最为特出，先读《庚子感事》二首：

风鹤惊心，家书梗、梦魂飞越。深愤憾、顽民悍族，祸延君国。蚕食鲸吞东道尽，狼奔豕突神京兀。最堪伤、官府半凋残，金瓯缺。
求言诏，几微澈；匡时略，条陈切。叹饷储匮乏，莫舒筹策。革旧维新期后效，卧薪尝胆尊前辙。待从容、再复富强初，恢宏业。

烽火经年，痛畿辅、首罹浩劫。想当日、翠华西指，仓皇急迫。羸马敝车颠越险，豆羹麦饭供承缺。况长途、十户九无人，增悲切。
天潢胄，声威歇；台衡宰，犹未竭。奈联邦十一，互施抑勒。赔款止兵和约定，达聪明目邦交协。庆尧天、重整旧朝仪，胪驩切。

生长于侯门深院的惠叔不会有超越时代和阶级的政治主张，她所惋惜的是“官府半凋残”“饷储匮乏”，祈盼的不过“邦交协”“重整旧朝仪”；但她也将悲悯的目光投向了那“烽火经年”后“十户九无人”的神州大地，急切地希望朝廷能够“革旧维新”“卧薪尝胆”以“复富强”，这样的胸襟、器识就不是寻常闺秀所能企及。恨不能身为男儿一展抱负、实现报国热望——她的满腔孤愤凝结成了组词第四篇，也是整部词集最精光熠耀的《满江红·闻击剑》：

弹铗声来，抵多少、哀琴怨瑟。尘世事、转蓬无定，徒增悲切。昭烈情伤髀里肉，侍中愤洒襟前血。到而今、剩有蒋山青，吴山白。
追往迹，眉如结；悲近事，心尤咽。叹冶金跃跃，有怀空说。紫气冲霄形欲化，铁衣转战寒侵褶。耐青萍、结绿亦空谈，雄心歇。

约四年后[①]，时在日本的秋瑾发出了与“叹冶金跃跃，有怀空说”句意极其相似的不平之叹：“休言女子非英物，夜夜龙泉壁上鸣”！此时的惠

① 据郭延礼、郭蓁《秋瑾诗文选注》考证，秋瑾《鹧鸪天》应作于光绪三十年（1904）赴日后不久。

叔还只能收敛雄心、消歇志气，然而随着历史的转轨易辙，属于秋瑾、吕碧城和南社女杰们的时代就要到来了。

五　左又宜

钱仲联《近百年词坛点将录》乃当代“分布词史”首开风气之作[①]。《点将录》收“殁在光绪初元以后，生于宣统辛亥以前”[②] 词家百九名，洵一部“钩玄提要之学术专史”[③]，颇可从中觇得近世文学生态。而以文体规则所限，是著仅纳女头领三员。存憾的同时也应认识到：这三位女将——也即百年女性词人前三甲的选擢，必是颇经过了一番剔抉斟酌的。钱氏将“地阴星母大虫顾大嫂”“地慧星一丈青扈三娘”之位分予吕碧城、沈祖棻，向为诸论家心服首肯；而“地壮星母夜叉孙二娘”却出人意料地封给了声名不彰的左又宜，谓“左夫人挺秀湘西……慢词声韵幽美，能得白石、草窗神理”[④]。

左又宜（1875—1912），字鹿孙，一字幼卿，左宗棠第三子左孝勋长女。文襄公娶于湘潭周诒端，周、左数代女眷中多能诗者[⑤]。又宜幼承家学，“秉质冲懿，娴蹈轨训，受群经章句，类晓大谊。旁涉艺文，吐辞妍妙”[⑥]，祖父“特钟爱之，逾于诸孙”[⑦]。与母从子夏敬观[⑧]幼年即有婚姻之约，议未

① 朱祖谋曾作《清词坛点将录》，仅见榜名而未成文。后闻野鹤抄录呈龙榆生，以“觉谛山人”之名发表于《同声月刊》1941 年第 1 卷第 9 号。“分布词史”参考自王培军“分布诗史”之论，黄晓峰《王培军谈近代诗人排名风尚》，《东方早报》2014 年 12 月 14 日第 2 版。

② 《梦苕庵清代文学论文集》，齐鲁书社 1983 年版，第 159 页。

③ 汪梦川：《南社词人研究》，上海古籍出版社 2015 年版，第 126 页。

④ 《梦苕庵清代文学论文集》，第 174 页。

⑤ 左宗棠刊《慈云阁诗钞》，汇刻岳母王氏以下诸女子所作诗：筠心夫人有《饰性斋诗钞》、妻妹茹馨夫人有《静一斋诗草》、内侄女德媗夫人有《冷香斋诗草》；文襄诸女中慎娟夫人有《小石屋诗草》、静斋女士有《绮兰室诗草》、湘娵夫人有《琼花阁诗草》、少华夫人有《淡如斋遗诗》。《静一》《冷香》二稿附词。见夏敬观《忍古楼词话》，《历代词话续编》，大象出版社 2005 年版，第 376—377 页。

⑥ 陈三立：《夏君继室左淑人墓志铭》，《缀芬阁词》，民国二年（1913）刻本。

⑦ 夏敬观：《左淑人行述》，《缀芬阁词》。

⑧ 左又宜母为夏敬观七叔祖夏廷樾第三女。夏敬观（1875—1953），字剑丞，号盥人，又号吷庵，江西新建人。光绪二十年（1894）举人，纳粟以知府分发江苏，见赏于两江总督张之洞，后任复旦公学监督、中国公学监督。入民后出任浙江教育厅长，民国十三年（1924）退隐沪西。夏氏博涉经史、声乐、书画，尤以诗词为世推重。

成；年二十八，始归夏氏为继妻，“奉姑宜室，恂恂愉愉，匪懈益虔”①，时人又有记其佐夫为政、坚拒贿银事②。三十七岁以病遽辞世。又宜夙耽吟咏，“黝壁膏檠，对榻冥索，神开灵伏，精魂回移，迭不觉邂逅何所”，吷庵“尝诡语宾亲：帷几之侧，细旃之上，殆缅穹岩大谷，惘惘与造物者游也”③，笑谑中见夫妇相得之状。又擅绣，尝制《三村桃花图》，缀吷庵《蓦山溪》词于其上，联珠合璧，美传一时。又宜殁后，吷庵检校遗稿成《缀芬阁词》一卷，存六十五首，翌年即刊成，朱祖谋为题签。

《缀芬阁词》闺襜正格，题材风调不外怨绿啼红、滴粉搓酥，无多特色。“出语婉妙，不落俗凡，全集之中，零金碎玉，亦颇有佳什美句可寻耳”④ 之评语已略虚美，清三百年间此水准才媛实不知凡几，置于下迄当代的女性词史绚美长卷中更属平平小家数耳。然而这位本不应多耗笔墨论说的词人身上，却背负着一桩不为世知的剽窃重案。

在诗词创作中，同古贤神交冥漠、灵犀暗通的情况并不鲜见，偶一借援前人成句的行为也例被默许；如能在成句基础上另拓奇境，则应目作“二次创造”而予以褒赏。著名个例即小晏《临江仙》“落花人独立，微雨燕双飞”句之“原创版权”系归属翁宏，所谓“取古人之陈言于翰墨，如灵丹一粒，点铁成金”⑤，甚或有文君再醮而扬名⑥之喻——这是针对技术层面而言的大致“潜规则”。

但《缀芬阁词》并不在此规范内，而是构成了事实层面的剽窃。对照翻查徐乃昌刊刻于光绪二十二年（1896）的《小檀栾室汇刻闺秀词》，左又宜《缀芬阁词》六十五首词作中，剽窃作品多达五十七首，接近总量九成。其中包括邓瑜《蕉窗词》六首，吴藻《香南雪北词》、赵我佩《碧桃

---

① 夏敬观：《左淑人行述》，《缀芬阁词》。

② 见诸宗元《缀芬阁词序》、陈诗《尊瓠室诗话》（转引自陈谊《夏敬观年谱》，第44—45页，黄山书社2007年版）。

③ 夏敬观：《左淑人行述》，《缀芬阁词》。

④ 《续修四库全书总目提要》，转引自孙克强、杨传庆、裴喆编著《清人词话》，南开大学出版社2012年版，第2112页。

⑤ 黄庭坚：《答洪驹父书》，载郑永晓整理《黄庭坚全集辑校编年》，江西人民出版社2008年版，第733页。

⑥ 沈祖棻：《宋词赏析》，中华书局2008年版，第70页。

仙馆词》、陆蓉佩《光霁楼词》各四首，左锡嘉《冷吟仙馆词》、李佩金《生香馆词》、鲍之芬《三秀斋词》、方彦珍《有诚堂诗余》、苏穆《贮素楼词》、刘琬怀《补阑词》、袁绶《瑶花阁词》、顾贞立《栖香阁词》各三首，曹慎仪《玉雨词》、左锡璇《碧梧红蕉馆词》、殷秉玑《玉箫词》、熊琏《淡仙词钞》各二首，孙荪意《衍波词》、许诵珠《雯窗瘦影词》、汪淑娟《昙花词》、高佩华《芷衫诗余》、顾翎《茝香词》、吴尚憙《写韵楼词》、许庭珠各一首。

《缀芬阁词》的剽窃有以下数类情况，兹分述之：

（1）原封照搬。与原作雷同达80%以上的词作谓之原封照搬，是性质最为严重者。此类作品共十六首，约占剽窃总量28%。依集中顺序，计有：《玉楼春》（小楼人倚阑干立）、《浪淘沙·寄映庵金陵》《齐天乐·菊》《寿楼春》（惊东风吹来）、《柳梢青》（帘卷香销）、《如梦令》（芳草天涯青遍）、《醉花阴》（为恐江城风信动）、《临江仙》（莫道春归愁已绝）、《一叶落》（小院落）、《一叶落》（万籁寂）、《生查子》（把酒问东风）、《生查子》（珠箔隔轻寒）、《长亭怨慢》（乍惊觉）、《醉春风》（莫把辞春酒）、《桃丝·自度腔》《翠凌波·自度腔》。其中又有七首雷同比在90%以上，如两首《一叶落》。其一云："小院落。秋阴薄。夕阳一片画阑角。井梧已渐凋，新凉谁先觉。谁先觉。满眼西风恶"；其二云："万籁寂。霜天碧。月明满地夜砧急。雁飞紫塞遥，相思无终极。无终极。梦破蛩吟壁"，与左锡嘉原作无毫厘之差。而两首自度曲《桃丝》《翠凌波》系连同词调名一道窃自顾贞立，通篇仅改易一字，甚至顾氏叙说创作缘由的词序也被稍事删润后堂皇置于己作：

> 清波难写流虹影，喜梦里垂垂。比似人间枝叶异，桃丝。　红房烂煮琼花宴，问此会何时。四十九年偿慧业，归迟。
>
> ——左又宜《桃丝·自度腔　辛亥四月廿四夜，梦两仙女，遗予异卉二枝，其一条色惨碧，红丝垂垂，非花非叶，名之曰桃丝。其一翠叶浅深相间，方圆斜整，形不一致，名之曰翠凌波。觉而异之，因其名，各制一词》

香逼衾鸾，鬟攲钗凤。断鼓零钟，薄醉和愁拥。哀雁啼蛩清露重。翠生生、幻出凌波梦。　　灵根知是瑶台种。艳叶柔丝，不与凡花共。待展研粉吴绫，写幅屏山清供。珠箔深沉，不教风雨吹送。

——左又宜《翠凌波·自度腔》

清波难写流虹影，喜梦里垂垂。比似人间枝叶异，桃丝。　　红房烂煮琼花宴，问此会何时。四十九年偿慧业，归迟。

——顾贞立《桃丝·自制曲壬子九月二十一夜，梦两仙子，烟鬟云鬓，雾縠霞绡，芬芳袭人，珊珊而来，光彩耀室。遗予草二株，一枝条璧红丝，非花非叶，纤纤可爱，不与垂柳似，云是桃丝。一枝翠叶浅深，如梧如菊，如桂如藻，方圆斜整，种种可异，云是翠凌波，因其名，遂各制一词记之》

香逗衾鸾，鬟攲钗凤。断鼓零钟，薄醉和愁拥。哀雁啼蛩清露重。翠生生、幻出凌波梦。　　灵根知是瑶台种。艳叶柔丝，不与凡花共。待展研粉吴绫，写幅屏山清供。珠箔深沉，不教风雨吹送。

——顾贞立《翠凌波·自制曲》

再看《齐天乐·菊》与鲍之芬《台城路·咏瓶菊　其一》之比对，81%的雷同比之下，剽窃部分灼然可见：

十风九雨重阳过，秋光更饶篱菊。败叶阶除，疏桐院落，秀夺一天霜足。堆黄熨绿。自不为春华，不因寒肃。野韵幽芳，独开迟暮避尘俗。　　书窗分取一束，称诗怀淡雅，瓶水新掬。瘦影离披，青灯暗月，添写屏山六幅。翛然溪谷。伴楚客狂吟，乱头簪簇。醉擘霜螯，晚香泛樽绿。

十风九雨重阳过，秋光更饶篱菊。败叶阶除，疏桐院落，秀色一天霜足。堆黄熨绿。自不为春华，不因寒肃。野韵幽芳，独开迟暮避尘俗。　　书窗分取一束，称诗怀浓淡，瓶水新掬。瘦影离披，清灯暗月，添写屏山六幅。倏然溪谷。伴楚客狂吟，陶家清福。爪擘霜螯，冷香沁樽醁。

（2）移花接木。与原作雷同比在40%—80%的词作谓之“移花接木”，共二十九首，为集中数量最夥，约占剽窃总量51%。计有：《菩萨蛮·和映庵春雪》《一剪梅》（蜜炬熏炉细细烧）、《金缕曲》（莫放双丸逐）、《天香·牡丹》《满庭芳·柳絮》《浪淘沙》（何处望乡关）、《蝶恋花》（残月横窗帘似水）、《霓裳中序第一·用草窗韵》《临江仙》（月到当头何限好）、《虞美人·寄映庵徐州道上》《疏影·红梅》《菩萨蛮·自题小影》《摸鱼儿·玄武湖夜游》《临江仙·白荷》《苏幕遮》（漏沉沉）、《虞美人》（小楼一夜帘纤雨）、《蝶恋花》（怯试春衫寒尚悄）、《风入松》（玉阶芳草碧迎眸）、《苏幕遮·鸟声》《苏幕遮·卖花声》《减字木兰花》（春深春浅）、《水调歌头·题桃花源图》《如梦令》（金鸭香残烟暝）、《南歌子·寻梅》《探春慢·腊梅》《金缕曲·冰花》《忆秦娥》（山光白）、《浪淘沙》（帘外绿阴浓）、《蝶恋花》（云鬓蓬松钗欲坠）。此类词作往往将原作略为剪截拼接，羼入数处原创字句而通体面目无大改。典型者如左词《苏幕遮》二题“鸟声”“卖花声”，盖窃自刘琬怀同题之作，雷同比分别为65%与58%：

雨蒙蒙，春悄悄。柳陌花堤，宛转千回绕。燕舌莺喉容易掉。已解人言，只分伤春老。　度波心，穿树杪。一世歌唇，含恨知多少。短梦惊残晴色好。香雾迷离，一带楼台晓。

晓云轻，晴旭早。折取红英，欲换榆钱小。行过短墙经曲道。吴语声娇，相和枝头鸟。　暖蜂游，妆镜绕。梦隔纱窗，酒醒惊春闹。闲倚楼阑听渐杳。几阵回风，微送余音袅。

刘词云：

雨蒙蒙，春悄悄。柳陌花堤，宛转千回绕。绣舌娇喉容易掉。玉润珠圆，相和相争巧。　过池塘，穿树杪。爱学清歌，宫羽翻颠倒。短梦惊残晴色好。香雾迷离，一带楼台晓。

晓云轻，晴旭早。摘取红英，欲换榆钱小。唤过短墙经曲道。清脆吟腔，远远酬啼鸟。　雨初晴，春正好。忍贷韶光，不管东皇恼。闲倚楼头听渐杳。几阵回风，微送余音袅。

两首皆有大段文本与原作完全重合。又如与袁绶《虞美人》雷同比达63%的《虞美人·寄映庵徐州道上》，上片仅替换数处字面，下片在原韵上对煞拍施以改动即径署己名，且持赠夫婿：

宵长漏尽灯初炧，积雪明鸳瓦。月波寒浸小庭心，睡鸭香销还自拥重衾。　邮签细数程过半，肠逐车轮转。残淮残汴易生愁，为恐朔风吹霰白君头。

——左又宜《虞美人·寄映庵徐州道上》

宵长漏尽兰灯炧，残雪明鸳瓦。月波凉浸小庭心，睡鸭香销慵展九华衾。　邮签细数程过半，肠逐车轮转。一番离别一番愁，待不思量偏又上眉头。

——袁绶《虞美人》

（3）留骨换胎。与原作雷同比在20%—40%者谓之“留骨换胎”，此类共十二首，约占剽窃总量的21%。计有：《一斛珠》（绮窗月透）、《浪淘沙》（窗树夜萧森）、《一萼红·梅》《念奴娇·题丹徒包兰瑛女士锦霞阁诗集》《月上海棠·立秋夜对月》《摸鱼儿》（浸寒阶）、《暗香》（四山寒色）、《满庭芳》（溪水拖蓝）、《解语花·白桃花》《庆春泽》（霜月凝晖）、《声声慢·七夕》《齐天乐·新柳》。此类作品虽改头换面，但大幅度保留了原作架构及神髓。长调诸作以有篡改空间之故，为此手法“重灾区”。

此类中，首先应对邀誉最广的《暗香·除夕庭梅盛开，置酒花下，以凤琴谱白石暗香、疏影词，声韵幽美，因与映庵各和之》一首作一分析：

四山寒色。渐冷魂唤醒，灯楼横笛。细蕊乍舒，雪底阑边好攀摘。惊听催春戏鼓，休闲搁、吟笺词笔。趁此夕、一醉屠苏，花暖烛摇席。　南国。思寂寂。叹岁去年来，万感萦积。翠禽漫泣。仙梦罗浮那堪忆。清漏帘间滴尽，疏竹外、云封残碧。怕暗暗、年换也，有谁见得。

——左又宜《暗香·除夕庭梅盛开，置酒花下，以凤琴谱白石暗香、疏影词，声韵幽美，因与映庵各和之》

四山寒色。把瘦魂唤醒，声声长笛。绿萼乍舒，缟袂盈盈谩攀摘。忙了催春腊鼓，休闲了、生香词笔。趁此夕、约伴寻幽，乌舫载吟席。　花国。思岑寂。叹岁去岁来，别绪萦积。翠禽似泣。仙梦罗浮那堪忆。冻雪苍苔未扫，疏竹外、云封残碧。者暮景、将去也，问谁绾得。

——赵我佩《暗香·题孤山饯岁图，用白石韵，为絅士韵梅作》

即便去掉姜词原韵字，雷同比仍在38%，且有“四山寒色”“翠禽似泣”“仙梦罗浮”“疏竹外”关键字句及数处意象完全一致，而通篇意脉、情韵的高度近似亦不难感知。

再将左词《念奴娇·题丹徒包兰瑛女士锦霞阁诗集》与熊琏《百字令·题平山女史诗卷》作一对照：

瑶编一卷，是天孙云锦，霞烘晴腻。玉手蔷薇春泪涴，净洗粉浓脂丽。笔落珠圆，吟成绮灿，一种幽芬气。空江浮玉，翠蛾频照秋水。　闻道别浦花繁，收将凤纸，小叠回文字。夜月高楼香雾湿，肠断紫箫声里。明圣湖光，毗陵山色，绣幙莲风起。弄烟题叶，定应香茗能继。

清才慧性，是碧翁亲付，蕊珠仙子。玉手蔷薇花露涴，净洗脂浓粉艳。笔落珠圆，诗成锦灿，一种幽芬气。平山不远，箐华钟自邗水。　堪敬梁孟丰标，闺房师友，千载金兰契。夜月高楼香雾湿，秋在凤箫声里。愧我微才，瑶编幸接，展卷惊还喜。一词莫赞，惟知拜读而已。

33%的雷同比虽较前两类为低，然同前例一样，不难看出左词与原作整体上的肖似，更不必说“玉手蔷薇”“笔落珠圆”“一种幽芬气”“夜月高楼香雾湿”数句的原样照搬了。集中即如雷同比率最低的《摸鱼儿》（浸寒阶）一首，仍有“珠帘”及“西风”两句与苏穆《摸鱼儿·饯秋》完全一致，而通篇意象、句法绝多重叠，亦难逃剿袭之嫌。

有必要对这类作品多几句解释。“夫述者相效，自古而然”①。在诗词创作中，同古贤神交冥漠、灵犀暗通的情况并不鲜见，偶一借援前人成句的行为也例被默允。如“西昆体”诗人对李商隐诗、纳兰性德对王彦泓诗的袭用即是。若借用成句且能另拓奇境，则应目作“二次创造”而予以褒赏。最著名个例即晏几道《临江仙》“落花人独立，微雨燕双飞”名句之“原创版权”应属五代诗人翁宏，但最终被公认“灵丹一粒，点铁成金”②，沈祖棻甚至有文君再嫁而扬名之妙喻③。的确，“文学创作无意识的‘蹈袭’在所难免……无意的蹈袭与恶意的剽窃有时确难区分”④，然而左又宜这类低雷同比的词作之所以不可判为“无意的蹈袭”而确为“恶意的剽窃”，原因正在前两类高雷同比作品的存在。换言之，既已有如此高比例的剽窃在前，这些较低比例的雷同怎可判定为“无意的蹈袭”呢？

循声觅迹，可以看出左氏的某些剽窃规律。其词往往于前人题材近似之成篇基础上修改而成，行迹约有数端：第一，词题相近。如其《菩萨蛮·自题小影》剽窃陆蓉佩《菩萨蛮·镜影》，其《水调歌头·题桃花源图》剽窃吴藻《水调歌头·题柳暗花明又一村图》。第二，依自身地域特

---

① 刘知几：《史通·模拟第二十八》，上海古籍出版社2008年版，第158页。

② 黄庭坚：《答洪驹父书》，载郑永晓整理《黄庭坚全集辑校编年》，江西人民出版社2008年版，第733页。

③ 《宋词赏析》，中华书局2008年版，第70页。

④ 李明杰、周亚：《畸形的著述文化——中国古代剽窃现象面面观》，《出版科学》2012年第5期。

征篡改原作若干字面。如将左锡璇《浪淘沙》结句“飞到长安”改为“飞到湘南”，将邓瑜《庆春泽·冬夜盼家书》中“怕累伊”改为“念湘流”。第三，以别名置换原词牌。如将左锡璇《鹊踏枝》改作《蝶恋花》，殷秉玑《买陂塘》改作《摸鱼儿》等。此类掩耳盗铃式表现，恰令剽窃行为欲盖弥彰。

经过大量文本比对，左又宜剽窃案应说铁证如山，全可坐实，但兹事体大，仍需严谨论证：

第一，是否存在后人传写之误，从而将他人作品混入左氏集中的可能？就《缀芬阁词》的辑刻过程看，是为未经传抄的第一手文献（见《夏敬观年谱》中相关记载）；再从逻辑上讲，将数人作品经过不同程度的修改后打散混进一人集中的行为，可能性趋近于零，文学史中向无此先例①。

第二，会不会存在这样的可能性：左又宜的本意是将前人作品进行一番修改后编选成集，身后却被夏敬观误认作原创作品集付梓，遂致讹传于后世呢？尽管此概率极微小，仍不可不慎加稽考。这就需要找到左又宜生前对《缀芬阁词》“原创”版权的承认，来确定剽窃行为的主观故意性质。如下几则外证，可从传播角度砸实证据链条：

（1）左氏在词题/序中明确表示“赠外”及“和外”的作品共计六首，其中四首系剽窃之作。除前引《暗香》《虞美人》外，还有《浪淘沙·寄吷庵金陵》（与邓瑜《浪淘沙·其一 雨夜怀远》雷同比达81%）、《菩萨蛮·和吷庵春雪》（与孙荪意《菩萨蛮·绣毬花》雷同比达66%）。在这种夫妇心灵间“秘密对话”② 情境中，怎么可能告知对方“拙作”系修改前人作品而成呢？这四首作品，左又宜必然是以“原创”名义呈寄夫婿的。

（2）夏敬观刊刻于光绪三十三年（1907）的两卷本《吷庵词》中，将夫人窃自赵我佩的词作《暗香·除夕庭梅盛开，置酒花下，以凤琴谱白

---

① 参见李明杰《中国古代著作权研究》，社会科学文献出版社2013年版。

② 参见姜斐德《略说次韵诗作为秘密的对话——兼论其对墨梅画的影响》，载王水照主编《首届宋代文学国际研讨会论文集》，复旦大学出版社2001年版，第319—329页。

石暗香、疏影词，声韵幽美，因与映庵各和之》附于己作之下。这是其时尚在世的左又宜对夫婿眼中“原创”名义的再度默认。

（3）女诗人包兰瑛（1872—？）是《缀芬阁词》中除夏敬观外唯一提到的名字。包氏刊行于宣统二年（1910）的《锦霞阁诗词集》将左又宜剽窃自熊琏的《念奴娇·题丹徒包兰瑛女士锦霞阁诗集》收录于卷首题词中，可知左氏生前曾将剽窃作品以原创名义对外行使交际功能。包兰瑛又有《湘阴左缀芬夫人孝濙惠题拙集走笔赋谢》诗云：“行间字字艳兰苕，不愧才名匹左娇。自分蒹葭依玉树，敢期桃李报琼瑶。门风鼎贵轻黄散，墨雨纷披胜白描。从此盥薇吟不了，余音化作紫云飘。”① 自诗意可推知，至晚在去世前两年，左又宜作为词人——而不是选家——的声名业已远绍旁流。

从仅存的少数原创作品来看，左又宜并非全无天赋与才情；作为侯门闺秀、才子之妇，她几乎享有女性创作者所能梦想的“顶级配置”环境来研习词艺。那么，她为何置风险于不顾，身犯古今斯文之大不韪呢？现代心理学告诉我们：剽窃行为的深层原因乃“社会期待与实际能力的错位”。或许亲长的厚望、夫婿的盛名早使她不堪其负，她亦不肯坦然接受自己才力有限的现实，一两次抄袭侥幸过关后，她便放胆涉忌，终成难收覆水。天不假年，左又宜永远地失去了悔改的机会；而《缀芬阁词》也瞒天过海，一箧尘封，成就了她才女而不仅为命妇的嘉名。

左又宜的剽窃之举瞒过了视她为闺中诗侣的夏敬观，瞒过了周遭才士陈子言、诸贞长、龙毅甫、钱梦茗乃至一代词宗朱彊邨，甚或于妇女文学投入相当关注的王蕴章、梁乙真亦未曾发现②——这背后清晰地透现出了传统文学批评场域中那道习焉不察的性别隔膜。即以女性词最为隆盛的清代而言，那些“闺中顾妇”与“林下谢家”③ 们也仍因久处边缘化位置而被“打入另册”，声闻夙著如吴藻、熊琏、顾贞立者，其作品也并未进入

① 《锦霞阁诗词集》，载胡晓明、彭国忠主编《江南女性别集初编》下，黄山书社 2008 年版，第 1438 页。

② 二氏《然脂余韵》《清代妇女文学史》对《缀芬阁词》中抄袭作品予以表彰。

③ 语自陈维崧《妇人集》，周光培编《清代笔记小说》（第二十九册），河北教育出版社 1996 年版，第 335 页。

评论家的集体记忆。从这个意义上说，《缀芬阁词》剽窃案的破获，正是在性别维度上对文学批评的主客体提出了双向要求：男性评论家须摘掉有色眼镜，克服传统思维惰性，站在两性平等立场上秉公直断；而女性创作者既不应以性别之防而遭致漠视，也绝不能藉性别之利豁免于罪罚。

“文字千古事”。诗家可不慎独乎？论者可不明察乎？左又宜三湘才女之名及其文学史地位，应随之审慎重估。必准以《点将录》体，则莫如拟作“地贼星鼓上蚤时迁”——千年词史中窃名欺世若此者，左又宜外恐无第二人了。

第二节　最后的女性遗民罗庄　附李慎溶

出生于十九世纪末的罗庄（1896—1941），创作生涯实际已基本介入民国时段，然而对于旧王朝、旧文化的眷念坚守姿态，使她成为绝不多见的女性遗民词人。罗庄以家世渊源赏爱于王、况等老辈事，也折射出彼时词坛复杂生态之一隅。世纪之交的另一“名父之女”李慎溶也可附此一说。

一　“今日犹自不能忘”的故国情怀

罗庄字瘖生①，一作婺琛，又字孟康，浙江上虞人，学者、藏书家邈园公罗振常长女，近代著名金石家罗振玉女侄。自小生长淮安，短期寓居东瀛，后定居上海。孟康沾濡家学，耽坟籍，尤喜填词。邈园谓子女云：“诗词当如初日芙蓉，而不当若晚秋杨柳”，即题其词集曰《初日楼集》。年三十一，归周延年子美为继室，九年生三子一女，支持盐米不暇。迨抗战起，沪上沦陷，时子美病，孟康遂携子女避兵祸三阅月，自浔溪辗转至大唐兜，幸得生还。然孟康经此摧折，罹心悸之疾，年四十七而卒。

邈园公于孟康去世百日时作《祭长女庄文》，痛悔备极：“汝之所遭，固不肯尽言，以增两亲之忧。然一回相见一回憔悴，终至形神俱失。嗟

① 庄生为难产，祖母范太夫人因名之曰庄，字瘖生。见《初日楼主人罗庄年谱》，罗静编撰、周世光增补《初日楼稿》，上海辞书出版社2013年版。

乎！以吾婉娈膝前，丰神如画之娇女，乃令其憔悴至于斯耶！”“汝之肖予者至矣！坚定似予，兀傲似予，狭隘似予，重德义而轻金钱亦似予。甚至好花草、书画、明窗、净几亦无不似予。”“我于今世为怪物，为不祥之人，汝不以为怪，不以为不祥而步趋维谨，好者好之，恶者恶之……嗟乎！人之相知贵相知心。予阅世数十年，除二三友朋外，辄不为人所谅，不图管、鲍之交，牙、期之契，乃得之于吾女。则今之一朝永诀，予之心痛为何如也！”至文末已几不成语：“太史公曰尚何言哉！尚何言哉！此后吾之于汝，亦即缄口不言矣”，令人一掬心酸之泪。父女相知如此，恐不是因罗庄“为淑女为贤妇，无可訾议”，而是因为其继承了振常“坚定”“兀傲”“狭隘”种种不合时宜的心性品格。振常寒士，毕生周旋枯蟫故纸中，仅免于冻馁；值“大盗移国，宇内骚然”[①] 之世，颇以文化遗民自任。生存于清、民间解构与重建的时代浪潮中的邈园公，对某些规则颇致不屑，对某些传统却坚持固守。冲突之下，对女儿有一种矛盾的期许：课以诗文却不许有损女德；教导其“文字宽和”、颐养福泽的同时又需“严于律己”“内省不疚”。这样的“养生之术”“却病之方”并未疗救孟康“膏兰烧煎”的病体，振常亦以哀故，次年下世。

孟康涉吟咏甚早，为邈园评价为“摹《花间》即《花间》”的两首小词《菩萨蛮》与《更漏子》[②] 不过中规中矩的闺中习作，除了醰醰古味外也无多可圈点处。那些突出闺阈、不那么“运笔空灵，含思温婉”[③] 的作品似更佳：

爽气揭天宇，佳日正重阳。幽人置酒招我，胜境赏秋光。直上琼楼高处，俯察满前景物，纤芥未容藏。只惜东篱下，才放一枝黄。

---

① 罗振常：《浮海词序》，《清词序跋汇编（第四册）》，冯乾编校，凤凰出版社 2013 年版，第 1989 页。

② 《菩萨蛮》云：“丛兰泣露垂垂湿，美人堂上停瑶瑟。强起步中庭，玉阶残月明。　流年知暗换，未忍捐秋扇。弄影爱团圞，佳名记合欢。”《更漏子》云：“柳烟浓，花雨细，寒逼绣帷人起。临晓镜，洗残妆，黛眉添画长。　春过了，愁多少，满地落红谁扫？垂玉押，倚金铺，望沉双鲤鱼。”

③ 周延年：《初日楼遗稿序》，徐德明、吴琦幸整理《初日楼稿》，上海辞书出版社 2013 年版，第 107 页。

历千古，垂百代，几沧桑？流转故事，今日犹自不能忘。见说登高儿女，一例佩萸簪菊，相率兴如狂。何似名园内，雅集醉瑶觞。

——水调歌头·海藏楼登高视文渊

海藏楼为郑孝胥书斋，孟康以家世得瞻其概，“便移山挥日，只余太息”“流转故事，今日犹自不能忘”，感喟深沉、笔力重大而别有心曲存焉。如果说海藏楼在民初之世是前朝文化符号式的存在，那么光绪崇陵即相当于遗民文人们的精神支柱。故孟康《金缕曲·题刘翰怡少府〈崇陵补树图〉》一首情绪最浓足、声调最高亢：

鸿爪留缣素。忆当年、风埃澒洞，衣冠尘土。独有孤臣怀劲节，痛念故宫禾黍。叹陵寝、松楸谁补？梁格庄前披夕照，把锄犁、植满冬青树。葱郁气，散还聚。　果然丽日光重吐。启中兴、旧京丰镐，金瓯初固。收复神州宜指顾，未卜天心可许。奈几辈、城狐社鼠。争似先生成大隐，这丹忱赤胆超今古。图画里，自容与。

刘翰怡①名承干，工部郎中、内阁侍读学士刘锦藻长子，溥仪赏三品卿衔、候补内务府卿，时人咸以刘京卿尊称之。刘氏父子因著书进呈，颇邀异宠，逊清后，翰怡甘为遗少终身。光绪崇陵工程民国间方竣，梁鼎芬匍匐集赀，为种树数万；十年后，翰怡叩谒帝陵，见陵木无多，为具疏补种，又作《崇陵补树图》，夏敬观、杨度、夏寿田等先后题咏之，孟康亦为父执慨然赋词。“孤臣劲节”“故宫禾黍”已相当刺眼，“收复神州”“城狐社鼠”云云尤为诛心，整首《金缕曲》毋宁直接目为一篇遗民陈情状。孟康一介弱女，站在郑海藏、沈寐叟、梁节庵一众名家耆宿后的身影显得模糊而黯淡，但其守志之坚笃、发语之激厉绝不逊色于任何一位清遗民。生于遗老之家，长于乱世之际，未接受一日新式教育，

① 刘翰怡更重要的身份是清、民间藏书家，著名的“嘉业堂”主人，王国维称其“崛起丧乱之际，旁搜远绍，蔚为大家”。鲁迅致杨霁云信中云：“刘翰怡之刻古书，养遗老，是近于吕不韦式的。”翰怡能词，尝为况周颐评曰：“笔遒而意彻，非功力甚深不办”；“藻思绮合，芊绵温丽，读之齿颊俱香”。据徐中《嘉业堂藏书游记》、王国维《传书堂记》、况周颐《蕙风词话》。

未承担一日社会事务，孟康实无多少自由选择与判断的能力。她本能地抗拒着成为新女性的自觉，又不可避免地自困于旧才女的识见，对于她的这些精神内涵落后、错位于时代的作品的评骘，需付予“足够的温情、理性与体谅”①。

二 “被男人们宽容出来的才女”②

因“名父”“名伯”之荫泽，又久居沪上“轴心”，罗庄深受诸大家如况周颐、王国维、郑孝胥等之褒宠。况周颐就推其“立意新颖，语多未经人道”，欲罗致门下，振常以“恐盛名损福”之门面语婉谢之，实则不惬意于蕙风作派也。另外，王国维亦颇致欣赏，愿为其词集作序，振常喜甚，欲命拜师，后未及成而观堂已先逝矣。罗氏父女即着手编印《观堂诗词汇编》，特别是观堂生前未遑校勘的《人间校词札记十三种》均由罗庄一一录出、详校，得以刊发问世。罗庄虽没有正式拜入观堂门庭，却可称得上事实层面的私淑弟子③。

卸下文坛名公们因种种原因为之加持的光环，来看一看罗庄实际的创作情况：

木叶声干凉意满，墙头屋角秋零乱。落月穿篱光照眼。清露泫，牵牛花袅青丝蔓。　便觉越罗寒不暖，袷衣欲试吴绫软。早晚凭高迎候雁。穷睇眄，疏林指点霜枫岸。

——渔家傲

---

① 马大勇师《百年词史（1900—2000）》“清遗民”一节。

② 陆蓓容：《罗庄：被男人宽容出来的才女》，《新京报·文化周刊》2013 年 9 月 7 日。

③ 罗振常论词主“和雅”，故不甚满意朱、况为主的“非秦者去，为客者逐”的“某派”；在《历代词人考略》删订条例中，振常更批评况氏该书“贪多务得”“遗讥大雅”“任情拉扯”“辱没衣冠”“最无意味”等，皆可见反感。王氏欲序而未成，盖因长子之丧心情委顿、不久复自沉之故。详可参见彭玉平《夏承焘与二十世纪词学生态——以〈天风阁学词日记〉所记况周颐二事为例》（《词学》第三十五辑，华东师大出版社 2016 年版）、《罗庄论》（第八届中国韵文学国际学术研讨会论文）、陈鸿祥《王国维与近代东西方学人》（天津古籍出版社 1990 年版）、严晓博《罗庄与王国维之词学关系》（《开封教育学院学报》2016 年第 2 期）。

最是东风忙不住，迎得春来，又送春归去。几日夭桃秾艳吐，如何一霎飞红雨？　踏遍绿杨芳草路，十二金铃，犹系花开处。数尺游丝萦落絮，黄鹂百啭深深树。

——蝶恋花

四宇荆榛，十年荏苒，故园重到堪惊。渐荒三径，略认旧门庭。却访茅檐故老，歌薤露、尽已凋零。登高望，晴风吹野，乱草没郊坰。　愁生。当此际、伤今怀古，幽愤难平。叹兴亡如梦，蛮触犹争。恨少凌云才思，追全盛、感赋芜城。沉吟处，夕阳西下，晚寺动钟声。

——满庭芳·季妹养疴淮上，尝登南城晚眺，归为述其景物寥落之状，恨未能诗以写之，因代填此阕

虽然“清露泫，牵牛花袅青丝蔓”“十二金铃，犹系花开处”称得上描摹入微、“静细绝伦”①，《满庭芳》上下两结处也略能得沉厚之旨，但整卷词摹习痕迹颇重，艺术水准绝不能称高。孟康谓寻常“闺中名士”②尚可，“气韵纵不凌驾古人，亦分庭抗礼，无挠屈也”③ 则委实难副。今人陆蓓容说得好：“取罗庄一首词，再取若干清代女性词作放在一起，不说彼此间难分高下，就连各人的文风面目也都一样模糊。”“其最佳者明白如话而语意活泛，或者偶能肖似古人。次等则有句无篇，能令人眼前一亮，却终究稍欠流转。再次一等，便与自古以来满坑满谷的闺秀诗毫无区别了”，“才华与性别无关”，④ 更是相当有眼光的持平之论。盯住前人的“宽容”，其实是无助于清晰认知罗庄，也无助于给出准确的词史判断的。在传统性别视角所产生的巨大立场、话语偏差下，诗词史中“被男人宽容出来的才女”又何止罗庄一人？作家孙犁有言：“中国女作家少，历史观之，死于压迫者寡，败于吹捧者多。初有好土壤而后无佳气候，花草是不

① 罗振常评语，《初日楼稿》，第46页。

② 罗庄词《临江仙·是晚座客皆醉，惟王季淑姊洒然独醒，但亦渴甚，终夜》中语。

③ 侄罗继祖评语，《初日楼稿》，第90页。

④ 陆蓓容：《罗庄：被男人宽容出来的才女》。

容易成活壮大的。”[①] 此语足为评论者戒。

“如果说清代果然存在‘才女文化’，那么同样受到才女的训练，却刚好身处于清末民初转折期的闺秀，如何调适自己，并看待女性文学的过去、现在与未来？在现代女作家正式登上文坛之前，传统才女如何参与文化活动？这个过程是否与同时期旧式文人的命运平行？我们以为，探索清代女性与文学的问题，不应受限于进步的革命史观，而忽视了王朝末期最后的风华。”[②] 罗庄——这个在清末民初社会变革中面目独异的女词人，恰为我们提供了一个性别文学的典型观察样本。

三　李慎溶

最后可略谈早逝的才媛李慎溶（1878—1903），字稚清，闽词人李宗祎女，李宣龚[③]妹，孙鸿谟室。稚清承庭训，“髫龄绝慧”，“吐秀诣微，深契音中”[④]，遗《花影吹笙室词》。稚清以闺秀负词名，当世名家林纾、王允皙、樊增祥、周树谟、郭则沄、金兆藩、许承尧、叶恭绰皆称赏之，朱祖谋更径集其句为题咏[⑤]。首先看《蝶恋花》：

一夕凉飚辞旧暑。飒飒墙蕉，恐是秋来路。转眼熏风时节去，不知燕子归何处。　抽纸吟商无意绪。短槛疏窗，难写黄昏句。今夜夜深知更苦，阶前叶叶枝枝雨。

---

① 孙犁：《读萧红作品记》，载《耕堂劫后十种·尺泽集》，人民文学出版社2012年版，第129页。

② 傅璇琮、蒋寅主编，曹虹等撰稿：《中国古代文学通论·清代卷》，辽宁人民出版社2005年版，第395页。

③ 李宗祎（1857—1895），原名向荣，字次玉，号佛客，别署双辛夷主人，福建闽县人，沈葆桢外孙，与南社女词人徐蕴华之夫林寒碧为中表兄弟。年未四十，抑郁而终，樊增祥谓“疏俊似六朝人”。李宣龚（1876—1952），字拔可，号墨巢，有《硕果亭诗》《墨巢词》。民国间居上海，曾参与创办商务印书馆。

④ 王允皙题词。

⑤ 朱祖谋《烛影摇红·题花影吹笙室填词图即集其词句成一解》：“几日诗魂，不知燕子归何处。只多飞絮与飞花，换了门前路。曾采幽芳题句，况湖山、顿伤心素。娉婷一篴，解诉清愁，沉吟渐苦。”

笔意颇轻灵流转，上片尤警秀动人。芭蕉飒飒作声，原是秋之脚步所撩动，凉意遂可触可感；语、境之新异，虽老宿名家亦难措手。黄濬评曰："此词非夙慧妙诣不能道……以适用内典身如芭蕉为双关语也"①，稚清因得名"李墙蕉"②。诸家题辞如"秋在心头人不觉，错疑来路是蕉林"③"滴滴芭蕉心上雨，秋声长在曲阑干"④"墙阴却补丛蕉绿，写得秋来路也无"⑤皆櫽栝于此。《一落索·春雨缠绵偶以遣闷》新意稍有不及，清隽则不逊上篇：

晓雾溟蒙庭树，弄晴无据。深垂帘幕护清寒，却约得炉香住。燕燕莺莺无语，恼将春去。只多落絮与飞花，还未到听秋雨。

词上下两结俱摇曳流美。"深垂帘幕护清寒，却约得炉香住"似得自放翁"重帘不卷留香久"句；"只多落絮与飞花，还未到听秋雨"，是春犹未尽，已动秋思，宕开一笔，慧心自现。稚清存世词不多，除"飒飒墙蕉""听到秋雨"外，尚有多处描写到声音："何处听清商，竹院虚廊。夜阑却讶雨敲窗""影如潮满，明月江山。曾入梦、却被箫声吹断""绕砌鸣蛩旧识，凉宵厌寂寞，来伴低语""更凄迷、夕阳尽处，数声过雁"……雨滴、箫声、虫鸣、雁啼……这多重声响汇集成一片秋籁，并入词人心底。此即"自然之眼""自然之舌"一路，非性情敏感逾常者不能办。

与小令相比，稚清中长调中往往那种"好景难留、岁月不居的浓重忧伤"⑥似更为明显：

---

① 黄濬：《花随人圣庵摭忆》，转引自《二十世纪中华词选》，第1646页。

② 夏敬观《忍古楼词话》："拔可妹稚清女士著有《花影吹笙室词》……其《蝶恋花》有云：'一夕凉飔辞旧暑。飒飒墙蕉，恐是秋来路。'为稚清女士词中名句，当时传诵，称之为'李墙蕉'云。"转引自《清人词话（下）》，孙克强、杨传庆、裴喆编著，南开大学出版社2012年版，第2133页。

③ 周树谟题诗。

④ 郭则沄题诗。

⑤ 金兆藩题诗。

⑥ 邓红梅：《女性词史》，第569页。

恨轻被红尘缠着。往岁湖山，似曾留约，梦里沧波。去帆摇曳向何托。竹窗灯火，欢笑地浑如昨。畅好故园春，却孤我、听莺阑角。

萧索。恁苏堤柳色，犹倚翠腰新削。湔裙又近，有多少画桡芳酌。奈别后恻恻寒轻，怕征袂、和人飘泊。漫细数归期，容易江莲香落。

——长亭怨慢·戊戌二月寄拔可长兄杭州

越山清绝，泛湖光、中夜翛然孤引。一片玲珑，惊骤冷、月底杨花吹鬓。渔屋风生，篷窗人悄，谁解听高韵。细波轻桨，睡鸥沙际难稳。　长叹系梦西泠，夷犹片棹，欲去频无准。闻说交芦庵外树，犹怨当年先隐。半霎沉埋，水孤天阔，渺渺游人恨。传来新句，旧愁平地盈寸。

——百字令·和林畏庐诗丈泛湖之作

“翠腰新削”“江莲香落”“月底杨花吹鬓”“旧愁平地盈寸”，刻意雕琢的字句背后托寓了无边无际的人天怅惘之感。或许如樊樊山所言：“好女莫填词，呕尽冰茧丝”，稚清“恨轻被红尘缠着”的无心之叹竟成词谶。这位属于秋天的少女以二十六龄遽然仙去，如流星一般，甫一闪现出光芒即迅疾陨落，不能不让人想起三百年前的午梦堂故事①。稚清仅仅步入二十世纪三个年头，但已从清末飘荡着脂粉味的重重帘帏之中颖拔而出，难得地逗漏出几分清新和性灵——或许这正是“天将间气付闺房”的小小昭示。在她身后，女性词的元气和生机正在历史的烟波深处悄然孕变。

① 吴用威题词：“绝代词华殿一军。峨峨兰秀醉超群。返生香是卷中人。”

第二章　以南社诸子为中心的民国新女性词人群

南社领袖柳亚子云："从晚清末年到现在，四五十年间的旧诗坛，是比较保守的同光体诗人和比较进步的南社派诗人争霸的时代。但有一种怪现象，在同光体诗人中间，没有一个出名的女诗人。大概他们主张中国固有文化，认为内言不出于阃，是女子的本色，奉章学诚的迂腐议论为天经地义吧。在南社派中间，举得出名字的，却有旌德吕碧城，湘乡张默君，和崇德徐自华、徐蕴华姐妹，足以担当女诗人之名而无愧。从这点上来看，南社派是比桐城派高明得多了。"① 是的，南社的伟绩之一，就在于它扭转了主流社会已经运转千年、早已习焉不察的性别政治"旧乾坤"，将麾下的女性看作与男性完全平等的文学创作个体。破除了刻板化、边缘化后的文学场域，让"平睨须眉"第一次有了真正的可能。

六十八名南社女社员中有词传世者除柳氏点出的四位外，尚有张默君、陈家庆、顾保瑢、张光蕙②。本章即以上述女词人为核心，以词旨、词风相近的其他作者作为增补，以期立体呈现此期女性创作的面貌——在民国"黄金一代"崛起之前，这就是中国女性词坛的"最强阵容"。

---

① 柳亚子：《介绍一位现代的女诗人——为双五诗人节作》，载《磨剑室文录（下）》，上海人民出版社 1993 年版，第 1414 页。

② 据汪梦川《南社词人研究》，第 49 页。

第一节 “谁识隐娘微旨”①：论吕碧城词

附吕惠如、薛绍徽、陈芸、康同璧

吕碧城（1883—1943），谱名贤锡，字圣因，一字兰清，法号宝莲，安徽旌德庙首乡人。吕氏一族为徽州诗书望族，父吕凤岐②时任山西学政，母严士瑜为清代著名女性诗词家、批评家沈善宝外孙女③，亦通诗文。凤岐四女④中除季女坤秀早逝外，惠如、美荪、碧城俱以诗名著称当世，章士钊盛赞为“淮南三吕，天下知名”，其中碧城与长姊惠如雅擅词章。碧城一生飞扬跌宕，诸如十二岁驰书父执樊增祥求援；如娜拉一般于封建家庭中愤然出走；未及而立即先后任《大公报》主笔、北洋女学总教习、袁世凯机要秘书；与秋瑾惺惺相惜、同榻而眠；“角逐贸易”竟成巨富大贾，“只身重洋，自亚而美而欧，计时周岁，绕地球一匝”⑤，游尽十洲山水；晚年皈依佛海，宣扬护生，死后将骨灰“结缘水族”；包括其终身未嫁的原因，与英敛之、袁寒云等名流间扑朔迷离的“绯闻”……皆令人称异不置，诧为传奇。十数年来，好事者冠之以“民国第一奇女子”“民国四大

---

① 语出碧城十二岁所填词《法曲献仙音》。

② 凤岐（1837—1895），号石柱山人，光绪丁丑科进士，选翰林院庶吉士，历任国史馆协修、玉牒馆纂修、山西学政。学政任上时尝与张之洞共同开办令德书院，“其后通省人才多出于此”。据云其家中藏书三万卷，著有《静然斋杂谈》《石柱山农行年录》等。吕氏一族仅清代即有“父子翰林”吕贤基、吕锦文；著有《说文笺》《五代史补注》的吴培公；有《写韵轩诗稿》存世的女诗人王安人；与凤岐并称“奕世翰林”“旌德二吕”、胡适夫人江冬秀外祖、首倡修建皖赣铁路的吕佩芬。据方光华博客文章《吕碧城家族》。

③ 吕美荪曾云：“先母严淑人克俭克柔，年二十七嫔于我先君。幼怜于亲，得其诗学，亦上承其外大母沈湘佩夫人之余绪也。”

④ 二女吕美荪（1879—?），行名贤鈖，后改名眉孙、眉生，又易为美荪，字清扬，号仲素，别署齐州女布衣。历任天津北洋女子公学监督、奉天女子师范学堂总教习、安徽第二女子师范校长，尝东游日本，晚年居青岛。美荪诗名甚大，与赵尔巽、叶恭绰、梁启超、严复、林纾、陈三立、张謇、朱孝臧、樊增祥等皆有唱和，章太炎称“五古气味已尊”。有《葂丽园诗》《阳春白雪词》等，词存量较少，功力逊于姊、妹，兹从略。四女吕坤秀（1888—1914），行名贤满，以字行。先后任教于吉林、厦门女子师范学校，为奉母终身未嫁，27岁病逝，有《灵华阁诗稿》《撤珥集》，今不存，名声不及诸姊显。

⑤ 吕碧城：《欧美漫游录》，载李保民校笺《吕碧城集》，上海古籍出版社2015年版，第317页。

才女之首”等头衔，敷衍成“美文”之属，充溢坊间，其中“颇有俗伧揣以凡情，妄拘谣诼，爰为诠释”①。也正是因此，吕碧城在民国词普遍冷寂的20世纪能较早进入学界视野，跻身于端坐着众多男性词人的研究前排。“如何以平静的、科学的眼光打量这位传奇女性，摒弃一切猎奇的、盲目抬高或贬低的评价方式”②，深入关注其三百余首传世作品，是研究吕氏词的必要前提。

前人论碧城词，多着眼于内容上的“辟新理想”“破旧锢弊”③及技艺上的“积中驭西”④、融新入旧两个层面的开拓之功。为避冗赘，这里仅对其词的艺术特质、其人的词史位置作一点体认与辨说。

一　狂慧与奇哀：吕碧城词的艺术特质

碧城有《鹊踏枝·杨云史赠某上人诗云：词人风调美人骨，澈底聪明便大哀。绮障尽头菩萨道，水流云乱一僧来。兹隐括之，兼广其义而成此调》：“冰雪聪明珠朗耀，慧是奇哀，哀慧原同调。绮障尽头菩萨道，才人终曳缁衣老。　极目阴霾昏八表，寸寸泥犁，都画心头稿。忍说乘风归去好，繁红划地凭谁扫。”词序中“某上人”即弘一法师李叔同，李、吕生前是否有过交接至今说法不一，而彼此间“悠然神会”则应是肯定的。碧城仙去后，佛学杂志《觉有情》刊发《纪念吕碧城女士专号》，有《编者按》云：“揆其志行之坚卓，身世之特异，方诸释门硕德弘一大师，颇有类似处”，诚是。是故“哀”与“慧”——这里扩充为“狂慧”与“奇哀”——亦可作为理解碧城一生创作的关键词。

“狂慧”为佛家语汇，意指散乱不定、背离正道的浅慧⑤；自定庵“经济文章磨白昼，幽光狂慧复中宵”一语出而反贬为褒，带有才情纵横、奔泻无极

① 吕碧城：《晓珠词跋》，载《吕碧城集》，第646页。

② 傅瑛：《吕碧城及其研究》，《淮北煤炭师范学院》2004年第2期。该文于碧城生平持论最明慎。

③ 英敛之：《吕氏三姊妹集序》，转引自《二十世纪中华词选》，第1661页。

④ 沈轶刘：《繁霜榭词札》，转引自《二十世纪中华词选》，第1663页。

⑤ 隋智顗《观音经玄义记》卷上：“若定而无慧者，此定名痴定，譬如盲儿骑瞎马，必堕坑落堑而无疑也；若慧而无定者，此慧名狂慧，譬如风中然灯，摇扬摇扬，照物不了。”

而思致渊深、熔铸禅理的丰富引申义①。前贤评论如“笔扫千军而不自矜”②“飘逸似欲仙举”③“英姿奇抱超轶不羁”④“陆离炫幻，具炳天烛地之观”⑤“思虑更为深广博大，即所谓对宇宙万物之终极关怀也……尤富现代思想，其深邃之哲理内蕴，有待探求”⑥皆靠近此内涵。读早期几首《浣溪沙》：

色相凭谁悟大千。瑶峰无尽浸壶天。此中真个断尘缘。　淡掠烟波描梦影。净调冰雪练雪颜。一生常枕水精眠建尼瓦湖雪山四照，末句用韦斋赠诗。

蕙带荷衣惜旧香。梦回禁得水云凉。鱼书迢递诉愁肠。　已是槎浮通碧汉。更闻人语隔红墙。星源犹自见欃枪。

小劫仙都认梦痕。凄迷泪雨送芳辰。长空何处不消魂。　天际葬花腾艳霭，人间疑纬说祥云。人天谁忏可怜春。

词作于旅居瑞士期间，“瑶峰无尽浸壶天”“已是槎浮通碧汉”“小劫仙都认梦痕”盖实写，而“天际葬花”“人间疑纬”，已微见不凡气度。若说以上还只是限于“临流赋诗”，那么中、后期词则每近乎狂想：

腥海横流犴狴锁。为护群伦，欲作慈云弹。但愿哀鸿栖尽妥。不辞玉陨昆冈火。　历劫谁修罗汉果。佛顶香光，直照幽霾破。信誓他年傥证我。九渊应现青莲朵。

——鹊踏枝

① 后世诗文中颇有接续发扬此义者。如熊盛元《台城览古》：“古恨今愁自悠悠，幽光狂慧殊耿耿”；潘乐乐《深宵》：“只有诗人与明月，幽光狂慧破深宵。”

② 樊增祥致吕碧城书，转引自《二十世纪中华词选》，第1661页。

③ 郑逸梅：《味灯漫笔》，转引自《二十世纪中华词选》，第1662页。

④ 孤云评《吕碧城女士〈信芳集〉》，转引自《二十世纪中华词选》，第1663页。

⑤ 沈轶刘：《繁霜榭词札》。

⑥ 刘梦芙：《冷翠轩词话》，转引自《二十世纪中华词选》，第1664页。

影事花城闻冕邪。海水生寒，一夕霓裳罢。罗袜凌波归去也。遗钿坠珥皆无价。　浥透鲛绡谁与话。泪铸黄金，不为闲情洒。弹彻神弦啼玉姹。四天雷雨冥冥下。

——前调

凤德何曾衰末世。半壁丹山，十树红桐死。哀郢孤累空引睇。微波未许微辞递。　夜有珠光能继晷。见说仙都，不作晨昏计。石破天惊成底事。闲供玉女投壶戏。

——前调

梦想诸天联席会。为问烦冤，飞下皇华使。冰雪谁瞻姑射子。阎浮一见消疵疠。　石烂南山心不死。世变无穷，终待蛮腥洗。否则圆舆成粉碎。予将与汝甘偕逝。

——前调

即使剥除其中的佛、道语汇及理趣，仍可随手捕撷到其中的异想与灵机。由“腥海横流犴狴锁”中“罗袜凌波归去也”，亲见“半壁丹山，十树红桐死”，甚至“梦想诸天联席会”，亦真亦幻，高蹈绝俗；又以“信誓他年傥证我”“予将与汝甘偕逝”于靡密的游仙味外更添一种死生成坏感，令人于目不暇给间如闻梵唱，心目为一震悚。

至于那些包含着女权、民主、平等甚至环保等现代性特强之语汇思想的作品，亦从这种高昂的“狂慧”包容广大、牵连万有特质中得来。看《金缕曲·纽约港口自由女神铜像》《摸鱼儿》：

值得黄金范。指沧溟、神光离合，大千瞻恋。一簇华灯高擎处，十岳九渊同灿。是我佛、慈航舣岸。縶凤羁龙缘何事，任天空、海阔随舒卷。苍霞渺，碧波远。　衔砂精卫空存愿。叹人间、绿愁红悴，东风难管。筚路艰辛须求己，莫待五丁挥断。浑未许、春光偷赚。花满西洲开天府，是当年、种播佳莳遍。翻史册，此殷鉴美为自由苦战，见予所译《美利坚建国史纲》。

绕孤丘，苦芦寒濑，土花凄护贞蜕。义声不让田横岛，此豸迁就能继。词苑事，有翠墨，甄奇宫羽流哀丽。陇书休寄。早唤断银云，影沉沙屿，霜月吊汾水。　凭谁解，依样雀螳相伺。强秦盲视公理。我悲貂锦胡尘丧，歼弱亦吾长技。穹宙里，问齐物、同仁宁有偏畸意？尘缯应弃。愿手挽天河，圆舆净涤，终古雪斯耻。

碧城尝自言“年来十洲浪迹，瑰奇山水，涉览略遍，故于词境渐厌横拓，而耽直陡”[①]。“横拓”与“直陡”说法新异，他处未闻，似可作为理解其词的切入点：“横拓”应针对具体技艺而言，而“直陡”即指代词的精神气质。碧城入手填词甚早，二十三岁时所刊《吕氏三姊妹集》中词作虽题材较窄而手段老练，出入南北宋而无难色，得到樊樊山“南唐二主之遗”[②]“松于梅溪，细于龙洲”[③]的褒扬。然碧城英风超迈，直是传统词艺中缚不住者，又怎会安于“漱玉犹当避席，断肠集勿论矣”[④]的评价？特异的人生际遇与勇烈的禀赋性情必豹变为迥超流辈的艺术追求，不但同时代人所难仰及，亦非流派群体所能拘囿。碧城词固以炼字新警、体物精微而被目为胎息梦窗[⑤]，但更以洞邃人天、联结灵俗的“狂慧”从其中蝉蜕而出，拔升了梦窗的品格。如一定要将她拢入清、民际风行一时的梦窗派中，她也是其中自张一军、卓尔独行的异数。

再说“奇哀”。贯穿碧城词终始的情感，远不是寻常闺帏浮萍断梗般的幽怨，亦非那种道貌高远、故弄玄虚的文士闲愁，乃是一种旷绝今古的奇情大哀。那么她在“哀”什么？先看早期两首有明确情绪指向的词：

---

① 吕碧城：《晓珠词跋》，载《吕碧城集》，第646页。

② 《吕碧城集》，第4页。

③ 《吕碧城集》，第26页。

④ 樊樊山语。《吕碧城集》，第11页。

⑤ 吕氏《祝英台近》一首有樊樊山眉批：“世间无数钝汉，自命梦窗，纵使呕心十二万年，不能道其只字。”后世后中来。如刘纳《风华与遗憾》（《中国文学研究》1998年第2期）、王慧敏的博士学位论文《民国女性词研究》相关章节等。

绿蚁浮春，玉龙回雪，谁识隐娘微旨？夜雨谈兵，春风说剑，梦绕专诸旧里。把无限忧时恨，都消酒樽里。　君认取。试披图、英姿凛凛，正铁花冷射脸霞生腻。漫把木兰花，错认作等闲红紫。辽海功名，恨不到青闺儿女。剩一腔豪兴，聊写丹青闲寄。①

——法曲献仙音·题虚白女士看剑引杯图

百二莽秦关。丽堞回旋。夕阳红处尽堪怜。素手先鞭何处着，如此江山。　花月自娟娟。帘底灯边。春痕如梦梦如烟。往返人天何所住，如此华年。

——浪淘沙②

少年、青年时代的“哀”表现为喷薄欲出的“忧时恨”，表现为对碎裂江山、晦暗华年的伤悼。而中年去国后人生况味渐丰厚，“哀”的构成则愈来愈复杂。哀久离桑梓，漂泊无依：“天涯远，只孤星怨晓，病叶啼霜”（《沁园春》），“十年迁客沧波外，孤云心事谁省”（《霜叶飞》）；哀兵燹连年，生民倒悬：“鼎尚沸然，残膏未尽，腐鼠犹瞋”（《丑奴儿慢》），“啼鸟惊魂，飞花溅泪，山河愁锁春深”（《高阳台》）；哀人生露电，好景不居：“今试数。只一霎韶华，幻尽闲朝暮”（《摸鱼儿》），“镜逝颜丹，梳零鬓翠，暗转年华烛”（《百字令》）；还有那些无所指向、莫可名状又无法度脱的哀：“瀛洲何必生芳草，当时误判东风早。花信几番催，泪和红雨霏”（《菩萨蛮》），“入世早知身是患，长生多事饵丹砂。五千言外意无涯”（《浣溪沙》）……

“哀”既深而广，就不能反观铸造这一切的“人间”。碧城传世词凡三百余，“人间”一词以近三十次的出现频率颇为醒目。与行辈稍早、同样

---

① 此词据云为十二岁所作，版本较复杂，又有常见一版云：绿蚁浮春，玉龙回雪，谁识隐娘微旨？夜雨谈兵，春风说剑，冲天美人虹起。甚无限忧时恨，都消酒樽里。　君知未？是天生粉荆脂聂，试凌波微步寒生易水。漫把木兰花，错认作等闲红紫。辽海功名，恨不到青闺儿女。剩一腔豪兴，写入丹青闲寄。据李保民校，《吕碧城集》第224页。

② 据李保民考，词作于1915年袁世凯政府承认“二十一条”而举国震怒之际。江山、华年殆有所指。《吕碧城集》，第11页。

不能忘怀“人间”的王国维相比①，碧城“厌世”意较淡而“出世”欲颇浓。同一个“人间”，观堂深耽于斯，缠斗于斯，而终不能自解于斯；碧城则出走异域，皈依佛禅，复以悯恻姿态俯瞰之。尽管结局不同，“人间”还是成了末世中男女两大词人共同的情感引信。

成功的出世者其实也很难太上忘情。略一体会碧城词中充溢着的“前不见古人，后不见来者”的孤独与悲怆，即知她并不能做到隔绝淡漠。以下两首词虽名声不及诸代表作，却正为她苏世独立的一生作一传神写照：

闻鸡起舞吾庐，读奇书。记得年时拔剑斩珊瑚。　乡雁断，岛云暗，锁荒居。听尽海潮凄厉壮心孤。

——相见欢

何人袖手？对横流沧海，一样无情似湘水。任山留云住，浪挟天旋，争忍说、身世两忘如此。　千秋悲屈贾，数到婵娟，我亦年来尽堪拟。遗恨满仙源，无尽阑干，更无尽、瀛光岚翠。又变徵遥闻动苍凉，倚画里新声，万松清吹。

——洞仙歌·白葭居士绘松林，一人面海而立，题曰“湘水无情吊岂知”。南海康更生君见而哀之，题诗自比屈贾。而予现居之境，恰同此景，复以自哀焉，爰题此阕以应居士之嘱。戊辰冬识于日内瓦湖畔

碧城于词业极看重：“深慨夫浮生有限，学道未成，移情夺境，以词为最……至若感怀身世，发为心声，微辞写忠爱之忱，小雅抒怨诽之旨，弦歌

① 就此一点，严迪昌评说云：“……充分集中地表现出王国维词贯串始终的……厌世消沉的心绪，其名为《人间词》之意似也可探知及了。言为心声，这满纸‘最是人间留不住’的绝望之吟，几乎已为他最终自沉于昆明湖预为留言”，《清词史》，第588页；马大勇师云：“‘人间’构成了静安词言说的一个核心语汇，自然也构成了其思想构成的重要落脚点之一。我们看到了王氏笔下‘人间’的悲苦，‘人间’的庸凡，‘人间’的逼仄，‘人间’的无常，也应体会到这份‘人间’情怀塑造了王国维的独特艺术个性与风神，并成为我们观照其词心词境的最关键入口。”《晚清民国词史稿》，第186页。

变徵，振作士气，词虽末艺，亦未尝无补焉”①，是故这位多艺多能的才人选择在词体中自栖其志、自圆其命。碧城强烈而敏感的自我注定难以安放于时代，又必然无法见容于俗世，在与深渊的互相凝视中②，最终迸跃出大于甚至倍于自身的艺术人格——她的异彩斑斓的人生、“迅羽托浮生，老苍烟泉石”③ 的选择乃至“才人老去例逃禅”④ 的归宿，皆源于此。至此，以为略识“隐娘微旨”，不致堕入碧城所谓“自作郑笺”的“俗伧”之流。

二　“近三百年词家之殿军”辨

龙榆生《近三百年名家词选》选吕词五首置于卷末，其后颇有以“近三百年词家之殿军”指称碧城者，传布弥广，讫无异辞。然这一称号的合理性似可略作辨认：

龙氏《词选》后记云：“……词学中兴之业，实肇端于明季陈子龙、王夫之、屈大均诸氏，而极其致于晚清诸老，余波至于今日，犹未全绝……物穷则变，来者难诬，因革损益，期诸后起。继此有作，其或别创新声，以鸣此旷古未有之变迁乎？”⑤ 在《晚近词风之转变》中更表达了乐观的前瞻：“苟能因势利导，藉以继往开来，未尝不可发扬国光，陶冶民性，进而翊赞中兴大业。”⑥ 足见龙氏是主“变”而非“存”的，其选摭三百年间词的目的也是“纪其变”而非“断其代”的。龙沐勋一生力肃梦窗流弊而标举苏辛逸响，“欲与浙常二派之外别建一宗”⑦，其“风物长宜放眼量”的文学观念是相当明确的。这样看来，于词别有创辟之功的吕碧城在他眼中何尝不是“来者”“后起”与“新声”呢？故碧城应是以三百年时间线上的最后一位名家身份膺选，而“结穴”意义则较弱。这样看来，后人“词家殿军”的说法恐怕是过度阐释甚或误读了。刘纳《风华与遗憾——吕碧城的词》认为：“吕碧城作为是300年词家的殿军，那么，

---

① 吕碧城：《晓珠词跋》，载《吕碧城集》，第648页。

② 尼采名言：“与恶龙缠斗过久，自身亦成为恶龙。凝视深渊过久，深渊将回以凝视。”

③ 吕碧城《石州慢·自题晓珠词》句。

④ 龚自珍《鹊桥仙》句。

⑤ 《龙榆生全集·第八卷》，上海古籍出版社2015年版，第453页。

⑥ 《龙榆生全集·第三卷》，第474页。

⑦ 龙榆生：《今日作词因取之途径》，载《龙榆生全集》第三卷，第300页。

也可以说她是千年词史的殿军之一”，并据此作出这样的评述与判断：

> 处于中国词发展长链尾部的吕碧城不得不在传统模式的缝隙间寻找回避因袭性的途径，她对普泛性经验作了有限度的反抗……假如在1919年前后没有“五四”那一场变革，中国文学沿着古典之路继续走下去，会怎样？还能再显古典文学极盛期的灿烂辉煌吗？吕碧城在内的末代词人的出色表现，证明文言确实已被使用得老旧熟烂，它的词语与所传达的精神情感之间的联系已经紧密得定型了，因此，虽然产生于过去年代的优秀作品并未失去并且永远不会失去其价值，但是，处于古典文学长链尾部的诗人词人即使拥有超越古人的才情也不可能再实现古人曾经实现的成就。

“在传统模式的缝隙间寻找途径”“对普泛性经验作了反抗”确乎是吕氏一生创作的精准总结，然碧城之于传统，并不是被动地接纳、“回避”，而是主动地改造、开拓，尝有言：“文之为用亦大矣哉！所谓‘大之为河海，高之为山岳，明之为日月，幽之为鬼神，纤之为珠玑华实，变之为雷霆风雨’，随缘应用，獭祭于文人腕底，建其不世之功，跂予望之”[①]，襟度眼光，何其博广！在词中，碧城亦有“喜词坛、吾道传先例”[②] 的自许；具体到创作论上，她有《浣溪沙》一首表明立场态度：

> 斯道尊如最上峰。楼台七宝未完工。故疆休被宋贤封。　音洗琵琶存正始，律调宫羽变穷通。万流甄采汇词宗叶君遐庵弘扬词学，恒持通变，予深韪之。

圣因受梦窗一脉濡染不可谓不深，却也能明确地指出其“未完工”（即并不圆满无阙）之弊。秉持着“存正始”“变穷通”的通豁理念，她确是越轶了“宋贤故疆”的。吕碧城的努力，恐怕并不是将旧文学的制式

---

① 吕碧城：《文学史纲自序》，载《吕碧城集》，第682页。

② 《贺新凉》句。

砸实至“紧密得定型”，而是在看似固若金汤的词体中尝试撬动，发掘出更多的路径可能。她是形式上的“旧中之新”，而非时间上的“新中之旧”。如果一定要其比拟成古典文学长链中的一环，吕碧城应是嵌合新旧、联结今古的关节性人物，而不是为“气数已尽”“后继为难”① 的旧体诗词奏响所谓“终曲”的乐手。

马大勇师在《“二十世纪诗词史”构想及其意义》中曾说：“古典诗歌乃是一座停止了喷发的火山，一条干涸了的旧河道，在火山内部仍涌动着炽热的岩浆，河道下面仍潜藏着澎湃的暗流。它默默地蓄积着极其汹涌的气派和能量，一旦处于某些特殊的历史节点，或与某些特殊的人物灵犀暗通，就会破茧而出，洄漩激荡，奏出或昂扬慷慨、或凄婉悱恻的异样音调和旋律。”这里，“特殊的历史节点”即新旧交叠的清末民初之世，“特殊的人物”即“人中龙凤女苏黄”② 的吕碧城。碧城是一个近乎完全的新女性，却毕生坚持旧文学写作③，又特擅将新题材、新情感引入传统词体，重重矛盾，引人寻味；就在这样的纠葛缠绕中，她以旷世之才破蛹而出，蝶化成了百年词史中耀眼的“这一个”。比之“三百年词家之殿军”，“飞将词坛冠群英，天生宿慧启文明”④ 的吕碧城更应被列在“近百年词家开山一代”的候选名单中。

三　圣因长姊吕惠如

接续碧城当谈其胞姊吕惠如。惠如（1875—1925），原名湘，行名贤钟，以字行，圣因长姊。惠如“工书画，善诗词……为人婉嫕淑慎”⑤“邃于国学，淹贯百家，有巾帼宿儒之概”⑥，任南京女子师范学校校长有年。据载惠如有《清映轩诗词稿》四卷，身后俱散佚，龙榆生广征海内，辑成

① 邓红梅《女性词史》：“吕碧城词固然遗世独立，但女性词气数已尽、后继为难的消息，也因这一过于生僻的文字风格而泄露了出来。”第 575 页。

② 沈祖宪《金缕曲》句。

③ 吕碧城对白话文风潮颇致微词，其《国立机关应禁用英文》云：“……国文为立国之精神，决不可废以白话代之……文辞之妙，在以简代繁，以精代粗，意义确定，界限严明，字句皆锻炼而成，词藻由雕琢而美，此岂乡村市井之土语所能代乎？”《吕碧城集》，第 682 页。

④ 缪素筠诗。

⑤ 蔡嵩云：《惠如长短句附识》，载《吕碧城集》，第 236 页。

⑥ 吕碧城：《惠如长短句跋》，载《吕碧城集》，第 237 页。

《惠如长短句》二十四首，刊于《词学季刊》第三卷第二号。

英敛之《吕氏三姊妹集》序云："惠如则典赡风华，匠心独运；碧城则清新俊逸，生面别开"①；蔡嵩云称"长调雅近玉田，小令颇得易安神味，造境绝高"，碧城亦题其词云："片羽人间，零落犹存漱玉篇"②，实则其词风味特具，有未限于易安、玉田者。试读其小令：

残雪寄崖阴，浅碧已生纤草。三两幽花谁见，有诗人能道。春寒犹锁玉楼人，寻芳喜侬早。偏有小黄蝴蝶，更比侬先到。

——好事近

满袖落梅风，吹笛石头城下。杨柳小于娇女，倚赤栏低亚。六朝金粉尽飘零，燕子伤心话。剩有齐梁夕照，罨青山如画。

——前调

前首"三两幽花""小黄蝴蝶"，随手点染，若不经意，全词通体俱活；后首笔致颇奇，如镜头缓缓摇动摄入巨幅场景，又于杨柳低亚、青山夕照处特致停顿，景观历历，巨细靡遗。以短调篇幅注入家国沧桑感而举重若轻，兼具骨力巧思，是迦陵手法，允称上品。再读中长调：

记襟分辽月，鬓染吴云，十载犹赊。老向江南住，把莫愁故里，当作侬家。青山待人情重，留与共烟霞。看转烛人情，抟沙世事，且伴梅花。　独立水云侧，似信天翁鸟，饥守苍葭。没个消凝处，倚东风一笛，自遣生涯。平生不愿枯寂，冷处亦清华。正怕作愁吟，郊寒岛瘦谁效他。

——忆旧游·羁泊江南，匆匆十五年矣。桑海迁易，百忧填膺，行将卜居冶城山麓。以秣陵之烟树，作故山之猿鹤，胜地有缘，信天自憙，时藉倚声，聊摅襟抱

① 转引自刘梦芙编选《二十世纪中华词选》，第1661页。

② 吕碧城《减字木兰花·题先长姊惠如词集》。

步苍厓，扶藓磴，一径入幽窈。绝壑云深，翠色带风筱。可能呼起冬心，倩他古笔，写出这、寺门残照。　世缘少，待将结伴诛茅，乾坤一亭小。人哭人歌，甘向此中老。似闻鹤语空山，忍寒餐雪，总不向、红尘飞到。

——祝英台近·冬月六日，偕戚畹薄游清凉山，于扫叶楼清凉山之间，别得古刹，境极邃僻。搴萝攀崖，藉草成兴，惜无画手写此冬山共话图也。

蘩金碎玉，看几枝疏瘦。昨夜新霜又重九。正古帘月悄，罗荐香寒，是词客、薄醉微吟时候。　南山真意在，孤绝幽芳，千载襟期继陶叟。端不负初心，寂寞东篱，总未向、春风低首。愿岁岁、秋光似花浓，这夕照、闲门有人同守。

——洞仙歌·菊

谋篇遣字，固然有玉田的影子，而“独立水云侧，似信天翁鸟，饥守苍葭”“平生不愿枯寂，冷处亦清华”“似闻鹤语空山，忍寒餐雪，总不向、红尘飞到”“端不负初心，寂寞东篱，总未向、春风低首”合高华格调与蕴藉情思于一手，便玉田亦难为。惠如生平行迹较模糊，仅知其长江宁女校时期“人多仰其行谊”① “旧家名门慕其风，争遣子女来学，一时称盛”②。从词中，我们可以大致想象出一位民国早期颇有士人之风的女性知识分子形象。惠如集中有别调数首，恢奇脱略，绝似圣因神味。如《踏莎行》：“廊闪晶灯，鹦栖珊架。半庭竹影流云泻。紫箫吹澈洞天空，浩然风露飞蟾下。　碧海烟澄，霓裳曲罢。夜阑谁共琼楼话。冰壶休涴九秋心，天寒珍重姮娥寡。”《鹊桥仙》：“钟声远寺，鸡声近陌，曙色渐分林罅。秋云何处陇头飞，正木叶、亭皋初下。　瑶阶凉露，瑶窗明月，一片融成澹雅。晓来无处觅吟魂，想神与、西风俱化。”

① 吕碧城《惠如长短句跋》。

② 蔡嵩云《惠如长短句附识》。

惠如词技艺之精、格调之高，可从二十余首词中窥得一斑，如能观其全帙，信可自足一家，而不仅为碧城所掩矣。

四　薛绍徽、陈芸

福建女词人薛绍徽声名远较圣因寂寞，近十数年来研究自海上回潮[①]，始得学界注目。吕、薛二人同为“中华文明数千年未见之大转型时期”知识女性中之“佼佼者”[②]，生平思想、诗词创作等方面亦有相近处，姑视为“北吕南薛”，顺序胪列于吕氏姊妹之下。绍徽（1866—1911），字秀玉，号男姒，出身福建侯官士绅家庭，适同乡陈寿彭[③]。寿彭与兄季同[④]毕业于福州船政学堂，留学欧洲，获系统西方教育，绍徽由此颇得西学浸润。戊戌变法中，绍徽积极参与上海女学运动，创办女学会、女子刊物、女学堂；编纂《外国列女传》，并提出“中国女教”的主张[⑤]；变法败，退与寿彭合作编译包括儒乐·凡尔纳《八十天环游地球》在内的西方文史、科技、小说等著作并编辑报刊[⑥]。故虽旧家才妇，庶可当“第一代知识女性”[⑦] 之谓。绍徽毕生随夫乞食南北，以中寿终，《黛韵楼诗文集》有《黛韵楼词集》二卷，存词一百五十余首。

绍徽于词学见解独到，谓：“……世之填词喜以清真白石为宗，以其多合乐之作，然苏辛秦柳何尝无合乐者？若歌者能体会宫商，乐者能调匀节奏，则无一词不可入乐”[⑧]，“于是大言小言，无不宛转入拍”[⑨]。秉持着

---

① 美国莱斯大学教授钱南秀于薛绍徽研究最深，此外《薛绍徽集》2003 年由福州大学林怡点校出版，杨万里等人有相关论文问世。

② 杨万里：《薛绍徽吕碧城异同论》，载张宏生、钱南秀编《中国文学传统与现代的对话》，上海古籍出版社 2007 年版，第 378 页。

③ 陈寿彭（约 1857—约 1928），字绎如，光绪间举人，工词章、法文，有译著多部。

④ 陈季同（1851—1907），曾任清廷诸法外交官，娶法国女子赖妈懿（Maria-Adele Lardanchet）为妻，以中法互译出版译著数十部，被称为“中法文化使者”。

⑤ 薛氏的主张较康、梁、秋、吕等保守，提出新“女四德”，自言“坚守中国女教本位，对西方女学思想不敢苟同也”。钱南秀称为“借西洋之镜烛以中华之文明”。

⑥ 钱南秀：《薛绍徽及其戊戌诗史》，载［加］方秀洁、［美］魏爱莲编《跨越闺门：明清女性作家论》，北京大学出版社 2014 年版，第 287 页。

⑦ 郭延礼：《20 世纪初中国女性文学四大作家群体考论》，《文史哲》2009 年第 4 期。

⑧ 陈寿彭：《亡妻薛恭人传略》，《黛韵楼诗文集》，宣统三年（1911）刻本。

⑨ 薛裕昆：《黛韵楼词集序》，《黛韵楼诗文集》。

这种较开放的词学观，《黛韵楼词集》中必多新异之作。寿彭游学，尝以海外珍玩寄妻，绍徽遂以着意拣选词调[①]，填词回赠。词中寓西方文化、政治、宗教种种异事奇闻，故薛氏虽未有吕碧城式的壮游，却也有“海外新词”的尝试。读《八宝妆·绎如寄珍饰数事》《十二时·金表一，大如钱，配以珠链数十粒，大于豆蔻，背字谓系瑞士国手工特制也》：

玉匪连环，珠匪如意，斫粟配成金钏。百炼金刚原不坏，况有荧煌光炫。遥思腰细阏氏，饰臂轻盈，行宫祖帐开欢宴。麾指诸军行阵，钗声交颤。　　无奈敌势披猖，民心散溃，倒戈安事鏖战。唱麦儿、悲歌四起；避劫火、青纱蒙面。只空手逃亡，乞援翠翘，零落随花钿。剩绕腕一双，令人感叹沧桑变。

看团圞、循环旋绕，宛若元时宫漏。但脉脉、闻声轻扣。瞬息能分时候。机轴中含，金精外溢，况有铭文籀。饶古雅，万里同心，语简意深，感入肝肠雕镂。　　今始知，分阴可惜，辗转已殊昏昼。刺绣五纹，摊书午夜，出入皆怀袖。奈爱而、不见三秋，一日迟逗。最恼他、金针作怪，只管纷纷驰骤。催送年华，教人清瘦，添着眉痕皱。恐韶光易逝，不复青丝依旧。

前首词序为一长文，详叙普法战争中法国拿破仑三世王后欧色尼事，以一臂饰串联起宏阔战事，融通中西典[②]，感喟深沉，足见功力。后首体物入微，气脉井然。通篇词意与后世刘惜闇《齐天乐·和蒙庵咏手表》[③]灵犀相通，是才人异代同心也。

---

① 网络时代以所咏之物拣选词牌者又有女词人添雪斋等。

② “玉匪连环”用《战国策·齐策四》中齐襄王后破玉环典、“麦儿悲歌”指法国大革命歌曲《马赛曲》，用《史记·宋微子世家》中箕子《麦秀歌》典，据钱南秀《薛绍徽及其戊戌诗史》；“零落遂花钿”用《长恨歌》诗典。

③ 刘氏词云：“长依玉腕殷勤护，曾教钗钏生妒。引耳倾听，凝眸更觑，分秒萦回疑误。针锋指处，怪点点流光，暗偷将去。亘岁无休，一腔传缕意难抒。　　徐催美人迟暮，惧芳春逝也，无计留驻。凹馆联诗，回廊待月，还又频频相顾。微音似诉。念阅世良多，独伊如故。且伴余年，一声声细数。”

绍徽诗以纪史擅名。钱南秀称“几乎就是维新变法及其后新政时期的一部编年诗史”①；钱仲联《近百年诗坛点将录》许绍徽为“地阴星母大虫顾大嫂”，谓其《老妓行》《丰台老媪歌》等歌行体长诗“可以接武梅村”。② 绍徽词中亦有数首秉笔大书、慷慨肮脏的纪史之作：

莽莽江天，忆当日、鳄鱼深入。风雨里、星飞雷吼，鬼神号泣。猿鹤虫沙淘浪去，贩盐屠豕如蚊集。踏夜潮、击楫出中流，思突袭。　咿哑响，烟雾湿；訇訇起，鱼龙蛰。笑天骄种子，仅余呼吸。纵逐波涛流水逝，曾翻霹雳雄师戢。惜沉沦草泽，国殇魂，谁搜辑。

——满江红

碧天莽莽浮云，云烟变灭沧桑里。鲲身睡稳，鸡笼唱罢，竟无坚垒。莫问成功可怜，靖海原来如此。算槐柯邦国，黄粱梦寐，只赢得，豪谈美。　说甚蓬莱蜃市，忽跳梁、长蛇封豕。鲸吞蚕食，戚俞难再，藩篱倾圮。汹汹波涛，峗峗金厦，相关唇齿。对春潮夜涨，深惭漆室，为天忧杞。

——海天阔处·闻绎如话台湾事

《满江红》写1884年马尾海战事。此役福建水师几陷灭顶，寿彭船政学堂同窗多有战死者。词前有长序记本事，洵为一奇文：当日我水师既已战败，有当地乡野闲民埋伏芦荡间，于次日清晨展开突袭，重伤法军主将孤拔，而勇士亦随船化为齑粉。此节多为正史所不载，赖绍徽词以记之，英雄魂灵遂不致永世淹没碧海狂涛中。《海天阔处》写《马关条约》签订后“台湾民主国”事。时季同任布政使，力图救国，竟遭排抵，台湾终陷于敌手。词直写日寇之贪婪、清廷之绥靖，毫无避忌，无一字不悲愤，无一字不沉痛。这是倚声家之“大言”，是“词史”应有之义，与李鹤田《哀台湾》、丘逢甲《春愁》、陈季同《吊台湾》诸作共同勾画出了清末台

① 《孙康宜自选集：古典文学的现代观》，上海译文出版社2013年版，第301页。

② 《近百年诗坛点将录》，《当代学者自选文库·钱仲联卷》，第684页。

岛军民抵御外侮的壮烈图景。

寿彭回忆绍徽平生所成，赞曰“虽巾帼不啻儒生也”①；其实，寻常儒生尚且未必有她的襟怀、见识与造就。有论者谓绍徽之创作“既果敢热烈，又深沉多思；既脚踏实地，又富于想象；既恪守传统，又眼光开阔”②，诚是。凭着这些新意迭见、元气充溢的词作，薛绍徽是足以在世纪初的女性词坛分占一席的。

绍徽女陈芸、陈荭亦才女。陈芸（1886—1911），字芝仙，号淑宜，以孝闻，母殁后四十日以哀毁。《陈孝女遗集》存词三十二首，《迈陂塘·听唱桃花扇传奇》史心克绍其母：

> 笑桃花、一枝歌扇，南朝遗事如许。衣冠傀儡兴亡恨，都付舞台儿女。谁部署，算只有东风姊妹花眉妩。秦淮暮雨。竟楼启迷香，人来复社，戟指却奁语。　江南路。瞬息繁华易主。春灯燕子何苦。梅花岭上虫沙阵，奚似美人仙侣。卿忆否，空剩得，玉京黄绦秋月去。移宫换羽。纵擪笛魁官，琵琶顿老，亦复感今古。

又，黛韵楼藏闺秀诗词文集六百余，据云今日合京师之存量尚不逮其半③。绍徽藉此编成《国朝闺秀词综》十卷，陈芸更有《小黛轩论诗诗》二百余首传世，其中论及女性词者卓识尤多④。陈氏母女于妇女文学研究实具垂成之功。

五　“西游女士”康同璧

本节最末当附为吕碧城赋诗赞为“英气飞腾荡绮思，亦仙亦侠费猜疑”“而今蕙带荷衣客，谁识天花散后身”的康同璧。同璧（1889—1969），字文佩，号华鬘，康有为次女。戊戌事败后，康南海流亡海外，

---

① 陈寿彭《亡妻薛恭人传略》。

② 苏毅林：《曾掀起凡尔纳热潮的译坛伉俪——陈寿彭与薛绍徽》，载林本椿主编《福建翻译家研究》，福建教育出版社2004年版。

③ 杜珣：《中国历代妇女文学作品精选》，中国和平出版社2000年版，第335页。

④ 见王伟勇《清代论词绝句初编》，台北里仁书局2010年版。

病卧印度槟榔屿。同璧“以十九岁之妙龄弱质，凌数千里之莽涛瘴雾”①，孑身寻父，亲侍起居，自作诗云：“若论女士西游者，我是支那第一人。”同璧随父历游十余国，于乃父思想宣传最力、维护最坚，数十年为妇女解放事业奔波驱驰，康有为赞曰：“欧美几万里，幼女独长征”；“女权新发轫，大事汝经营”。后任万国妇女会副会长、中国全国妇女大会会长、山东道德会会长；1949 年前夕于傅作义召开之华北七省参议会上被推为代表，与人民解放军商议和平解放北平事宜。新中国成立后，在数次政治运动中被逐渐边缘化至“失声”状态，因感冒死于医院观察室。

同璧有《华鬘诗》《华鬘词》，今全本已佚，仅存诗词三十余篇。其海外纪游诗词固不及吕碧城“空际散花，缤纷光怪”② 之奇丽，亦颇有可观者。如诗写挪威之“山川锦砌成金碧，夜半波明涌日轮”，苏格兰之“白罗踏地舞回风，浅草平茵向晚中”，埃及之“白沙黄草路纵横，败垒颓垣埋石隙”，皆设色鲜明，动感洋溢如风光画卷。求诸词中，则有游印度大吉岭、士多嗷岛之作：

马跃天风上，崖横雪岭前。风峦层叠翠环偏。金碧山川灿晓，艳阳天。　宿雾收云脚，朝云浴涧边。望迷一片绿芊绵。须趁秋深茶熟，踏花田。

——南歌子·大吉岭秋晚试马　大吉岭沿山皆为茶田，当晓日方升，极目葱茏，香风送爽，驰骋其间，令人神怡

海气凉生夏亦秋，汐烟吹绿水悠悠。万山灯灿繁星列，千岛桥衔接水流。　停画舸，驻琼楼。如云士女载歌游。欢呼漫舞嬉潮月，夜夜随人上钓舟。

——鹧鸪天·咏士多嗷岛景物

骑马踏花之从容，欢呼载歌之闹热，信笔写来，情致宛然，引人遐

① 梁启超：《饮冰室诗话》，舒芜校点，人民文学出版社 1959 年版，第 3 页。

② 沈轶刘、富寿荪《清词菁华》评语。

思。同璧亦有副其女杰身份之词作，与吕碧城的备极精工相比，略输于文而胜在质，声调激越，英气耿耿：

斐尼汗漫，看琼楼、不是寻常宫阙。别有天风吹缥缈，寐泽星坡莹澈。上见飞龙，纷衔电闪，照眼惊明灭。珠光凝处，碧空香雾如织。　遥听凤啸鸾吟，悠扬疑是、曲按霓裳拍。回首人间知甚世，锦样山河分裂。金粉凋残，神州长望，妖氛漫漫结。谁挽银河，可能为浣腥血。

——念奴娇·题步月写怀图

同璧尝作《题天女散花图》述志云："亿万芳魂未醒时，沉沉依旧困泥犁。惜花还问花知否，故现华鬘作女儿"，人物襟抱，一时无两，"龙遭水逆悲难诉，雁遇风搏不忍闻"① 则不啻为其晚年谶语。同璧生荣死哀，可谓极矣，或云察见渊鱼者必不祥也。康同璧与《华鬘词》不应被历史遗忘。

第二节　"湖湘双璧"：张默君与陈家庆

附汤国梨、潘静淑、顾保瑢

南社女社员词名著者除吕碧城外，"第二梯队"中的张默君、陈家庆也颇引人瞩目。二人同为楚材，作品收入《南社湘集》，故可以"湖湘双璧"合论之。默君、家庆继承了悱恻芬芳的楚骚余绪，词风一高蹈，一俊逸，水准伯仲间而眉目各异。请先谈张默君。

一　"天予此生潇洒，不负雄奇骚雅"：论张默君词

（一）奇女生涯的词体写照

光不定，飞来飞去云影。空翠湿衣灵雨冷，烟波千万顷。　欲脱宝刀谁赠，除却词仙诗圣。举首放歌凌碧溟，鱼龙潜出听。

——谒金门·自美渡大西洋之欧舟中对雨

① 同璧诗《渡太平洋有感》句。

卅年民国，奇侠女子多矣！张默君生平行止之特异，有类吕碧城；对政治时局、世道人心之影响，则无逊于圣因。默君（1883—1965），初名昭汉，号涵秋，别署墨君、穆素、大雄，西名莎菲亚，湖南湘乡人，父张通典辛亥间人杰①，母何承徽亦以才干有声于当时②。默君“龚承家学，早饫慧名”③，弱岁已颇可观。后游学上海，龚炼百、黄克强奇之，挽入同盟会。秋瑾兴革命，制炸弹于沪上，默君密为筹措计划，又尝阴护其党人，所全非一；孙毓筠起事，默君亦遥相协助。事败，端方遣巡警围伺其寓所，幸得脱险。1908 年秋，端方忽延其任督署内模范小学教务，默君意有所图，慨然应之而不受脩金，数挟炸弹出入端方内宅，以军界大局未稳，竟不能成事。辛亥之役，通典举事苏州，默君制长幡盈二丈，擘窠书“复汉安民”，树北寺浮图顶，数里皆见之；又敦促江苏巡抚程德全脱离清廷，宣告独立。临时政府成立后，发起神州女界共和协助社，上书孙中山，疾呼“女界参政”；又主《大汉报》，鼓吹民治，进导女权。后游学于欧美，闻巴黎和会将不利，与留学士子奔走呼号，籲我代表退席。民国中，默君历官杭州教育局长、立法院立法委员、考选委员，持文衡最久，树人最多，又以为人率直伉爽，光风霁月，海内识与不识，皆呼先生。默君生平学识淹贯，诗、文、词无所不通，“精博典丽，于谢灵运、颜延年为近”④，冒鹤亭谓“珠光剑气，英耀逼人”，邵瑞彭谓“惊采壮志，辚轹千古”。有《白华草堂诗》《玉尺楼诗》《西陲吟痕》《黄海频伽弄》《正气呼天集》《扬灵集》《瀛峤元音》《红树白云山馆词》诸集。默君之任侠负气，如古

① 张通典（1861—1915），字伯纯，号天放楼主，晚号志学斋老人。少入庠，研经世之学，由诸生授分部郎中。先后入曾国荃、陈宝箴幕，任江南水师学堂提调、湖南矿务总局提调，倡办南学会、湖南时务学堂等。1905 年加入同盟会，1911 年参与黄花岗起义，南京临时政府成立后任内务司司长及临时大总统府秘书。通典毕生致力培育人才，创立养正学堂、养正女塾、湖南旅宁公学等，为近代教育名家。有《天放楼文集》《袖海堂文集》《志学斋笔记》等，皆未刊。

② 何承徽（1858—约 1918），字懿生，衡阳人，何承道妹。曾任中国南京旅宁学堂教员、长沙某女校校长，称“海内女师”。有《仪孝堂诗集》二卷。张翰仪《湘雅摭残》称“诸什高华而无闺阃态”。

③ 邵瑞彭：《红树白云山馆词草序》，《词学季刊》民国二十四年（1935）第二卷第二期。

④ 彭醇士：《张默君先生传略》，中国国民党中央委员会党史委员会编《张默君先生文集》，“中央”文物供应社 1983 年版，第 1 页。

之谢小娥、聂隐娘之属，文采之风华绝丽，则似近世易哭庵、樊樊山之流，非“剑胆琴心”不足称之。这一组高朗俊迈、脱出尘表的《如梦令》堪为默君一生写照：

水榭月明人静，花露满身香冷。试抚玉琴清，流入阆风尤劲。谁听，谁听。瘦尽碧梧秋影。

红豆刚随春展，便是海遥天远。璧月媚清波，莫问荡愁深浅。凄怨，凄怨。依旧鹤依梅恋。

弄玉倒骑青凤，月姊笑回琼鞚。花雨遍华鬘，补得天衣无缝。澒洞，澒洞。一片海云入梦。

跋浪巨鲸争怒，潜鹤瘦蛟齐舞。一舸拍天浮，那管御风何所。仙去，仙去。手抱冷蟾飞渡。

依旧山容水态，只是朱颜都改。俯仰卷风云，才信年光无赖。天外，天外。遥指乱愁如海。

天予此生潇洒，不负雄奇骚雅。七尺碎珊瑚，中有泪珠盈把。行也，行也。浊世恩仇无价。

（二）合剑侠与骚客于一手的美学风貌

默君身兼同盟会、国民党、南社元老，名垂民国史，又以诗歌成就为世瞩目，故与易顺鼎情况相似，其词作之艺术评价被政声与诗名“双重遮蔽”① 久矣。其实凭借七十余首《红树白云山馆词》，默君是足堪别张一军、领起风骚的。近世名家邵瑞彭于默君词最多赞肯，称“拾屈宋之香草，则青要乘弋拱其指㧑；听湘灵之瑶瑟，则海水天风答其幽响。按拍而玄鹤罢飞，擘笺则明月在手”，直揭其美学渊源。先看其接续楚骚遗意的《玉篁凉》《黄金缕》《青玉案》《翠楼吟》：

晶箔飘灯。正梦瘦梅花，月浸空庭。霜钟摇古怨，况雪意沉冥。

① 马大勇师论清末民初词人，谓易顺鼎为“被双重遮蔽的大家”。《二十世纪诗词史论》，时代文艺出版社 2014 年版，第 235 页。

红墙银汉缥缈，旧阆苑、髣髴曾经。云路冷，甚玉鸾啼处，哀断长更。　平生。当筵说剑，浮海赋诗，游侠肯误功名。鱼龙看变幻，指弱水膻腥。青城幽话未已，忽化鹤，足乱繁星。花雨外，响九天，横展修翎。

——玉篁凉

之子肝肠皎如雪，碧血凝香，染就秋罗结。闲来高奏湘灵瑟，余音凄楚寒珉裂。　遥怜蕉萃损黄发，镜里横波，含情愁欲绝。时有清芬书底发，素心共证幽兰洁。

不辞清瘦寒梅样，犹托微波，强报侬无恙。苦雨酸风天弗谅，幽忧都为离人酿。　长空缥缈横青嶂，意是匡庐，不见神仙状。云水苍茫遮远望，徜徉一舸何由访。

——黄金缕

浮槎何处神仙侣，直欲御风归去。群玉山头怜再遇，月波回雪，花灵飞素，幽绝携游处。　云骿吹澈愁千缕，珍重休将别离赋。一笑问天天不语，玉鸾缥缈，碧峰无数，人在清虚步。

——青玉案

岚影浮空，江枫照梦，娟娟美人天际。临风何处笛，恁哀入、凄清秋气。西山遥睇，奈碧海悬愁，青萍弹泪。吟难寄。馥云深护，独怜憔悴。　却记。春满钱塘，共访幽呼艇，射潮驰骑。景光还互惜。适乡国，疮痍同理。生逢今世，漫刊落豪情，消磨英气。砧声碎。月华初好，倦游归未。

——翠楼吟·白门秋夜闻笛怀翼如西山香云旅社用瞿安韵

珠光剑影，异香扑面，那种破空而来的旷古情仇感、高蹈遗世的姿态，在女性词史中不说绝无仅有，也是古今罕见的。默君供职政界数十年，“奇伟魁杰之士也。观其所用心，岂不欲至国家于殷周之盛哉？[①]”《红树白云山馆词》中，亦有少量“甚枭雄、彭城戏马，汉皋竿揭。堪笑触蛮蜗角上，一例尘沙倏灭。只赢得、四方枯骨”一类抒写历史兴替的作品，而其“高蹈乎八荒之表，抗心乎千秋之间”，对现实的刻意出离，恐怕也是“刊落豪情，消磨英气”之后的一种选择罢。

默君与国民党政要邵元冲[②]的婚恋故事素被传为美谈。元冲幼于默君七岁，属意佳人十余年，“虽屡次输诚，不无堂高帘远难以接近之感”[③]。默君四十岁时二人始成婚，才志相偕，鹣鲽情深，旖旎不输少年夫妻。元冲称默君为“金闺良友”，又自号“守默”，以志终身不渝之意。默君集中另副笔墨——言情篇什也颇多，亦有可称道处。读《菩萨蛮·甲子秣陵冬暮怀翼如宛平》之二、三、五、六：

名园记赏双鸳浴，藕花潋滟明红玉。晓露湿银塘，暖香回梦长。
月光同皎洁，底事生圆缺。岭海忽燕云，云端时忆君。

月窥琼树霜横地，无言绿萼馨相记。疏影媚残妆，静宵分外长。
洞仙歌独调，心字香轻袅。香尽惜余烟，低徊不卷帘，

溶溶梅月红墙角，香波掩映双栖鹤。梅自淡芬芳，微怜鹤梦凉。
襟期原玉雪，冰雪为卿热。素抱契灵襟，悠然天际心。

十三年已轻离别，者番何事愁如结。会少总离多，有涯生奈何。
江南春讯早，绿到长干草。红豆夺燕支，相思知未知。

---

① 彭醇士：《张默君先生传略》，《张默君先生文集》，第3页。

② 邵元冲（1890—1936），初名骥，字翼如，浙江绍兴人。元冲一生颇传奇：13岁中秀才，与邵飘萍、陈布雷并称“浙高三笔”；与蒋介石义结金兰，又因政见分驰而渐行渐远；为孙中山毕生亲密战友，与之朝夕相处，共谋事业，孙中山逝世时，元冲与汪精卫、戴季陶等同为总理遗嘱见证人，曾任立法院代院长、首任杭州市长等职，列名国民党中央常委，西安事变时为流弹击中身亡。著有《各国革命史略》《孙文主义总论》《西北揽胜》等，又为《中华民国国歌》作词者之一。

③ 曹聚仁：《邵元冲与张默君》，载《天一阁人物谭》，生活·读书·新知三联书店2007年版，第85页。

"洞仙歌独调，心字香轻袅""梅自淡芬芳，微怜鹤梦凉"的细致摹写深具静志居风味，而"溶溶梅月红墙角，香波掩映双栖鹤"的绮丽又近乎蕙风。其纤秾合度、馨逸自然者，在于参入了"岭海忽燕云，云端时忆君""素抱契灵襟，悠然天际心"的侠侣情怀。这是建立在"劲节孤风相互怜"① 基础上的平等、自由的现代婚恋观，情语能此，格遂转高。其时二十三四年间，河朔无事，夫妇同官金陵，筑巢玄武湖畔，有园林之胜。室内则多聚图书金石，日与鸿儒名士商兑旧学，饮酒赋诗，极一时之乐。自元冲亡后，抗战烽烟起，默君流离于滇黔间，所蓄文物多毁。内战后，默君赴台湾，仍任职教育界，八十二岁以胃癌病逝。默君有《解佩令·孤山吊曼殊上人》，是咏曼殊而承载自家心事者："冷香微度，阆风清吹，把斯人、哀艳都韬閟。画癖诗魔，算试足、尘寰游戏。最伤心，缁衣红泪。

三分贞谊，二分痴骨，且还多、一天灵气。断雁零鸿，早凄透、离忧肝肺。响名山，独参空慧。""三分贞谊，二分痴骨，且还多、一天灵气"堪为曼殊上人定评，而"算试足、尘寰游戏"更像是词人"凄透离忧肝肺"后的自叹。最后看《水龙吟·偶成》：

> 平生哀感雄奇，惊人何必文章露。太玄在抱，灵光照宇，潜蛟欲舞。未老兰成，无边生意，漫伤枯树。悯人天沉醉，独醒自惜，待打叠、清明路。　汉殿秦宫何许，甚衣冠，沐猴来去。高歌易水，吹箫吴市，酸辛无数。几见屠沽，偶倾肝胆，死生留取。试登临，放眼神州莽荡，总销魂处。

默君毕生未专意为词，然才气卓绝，终难羁束，以"一卷鸾龙高唱"② 卓立于词坛，令人不能无"石光火中惊此瞥"③ 之感。这种合剑侠与骚客为一手、风发踔厉的美学风貌，是屈子、青莲、长吉的，也是龚定庵、易哭庵的。张默君及《红树白云山馆词》实足以跻身南社、民国乃至二十世

① 元冲赠默君诗句。

② 借用王允皙《霜天晓角》词中句。

③ 默君诗《北湖含桃正熟次月庵韵》。

纪词苑名家之林。

（三）“非依傍老先生”的汤国梨词

默君之后当续谈其好友汤国梨。国梨（1883—1980），字志莹，笔名影观[①]，又名国黎，祖籍浙江乌镇，尝作《卜算子》回忆故乡云：“有客说青溪，来自青溪渚。我是青溪旧主人，记得青溪路。　窈窕梦青溪，花隔青溪雾。若使青溪似旧时，还愿青溪住。”1905年受革命感召，入上海务本女校，与张默君、张敬庄[②]同窗。民国建立后，同张默君、吴芝瑛等上书孙中山，筹创“神州女界共和协济社”、神州女学[③]；同年秋，任《神州女报》编辑，舆论称“发现于东亚大陆，开女报界之先河”。国梨性高洁，反对包办婚姻，自作词云：“独怜格调太孤高，致岁岁春心总负。”三十岁始由张默君之父、孙中山秘书长张通典作伐，与章太炎结缡[④]。婚礼由蔡元培为证婚人，孙中山、黄兴、陈其美到场祝贺，宾客逾二千，为民国肇兴时新婚史美谈[⑤]。太炎即席口占诗云：“吾生虽稊米，亦知天地宽。振衣涉高冈，招君云之端”；国梨亦出旧作《隐居》云：“生来淡泊习蓬门，书剑携将隐小邨。留有形骸随遇适，更无怀抱向人喧。消磨壮志余肝胆，谢绝尘缘慰梦魂。回首旧游烦恼地，可怜几辈尚生存”，夫妇风华可想。

章、汤新婚甫一月，太炎即“冒危入京师”讨袁，立遭袁羁禁。三年中曾四迁囚所，屡次绝粒，以“内念夫人零丁之苦，外思蛰公劝戒之

① 为乳名“引官”所改。见章念驰《国事心常在，梨花手自栽——先祖母汤国梨传》，《文史资料选辑》第12辑。

② 张謇之女。

③ 协济社成立于1912年3月16日，选举宋庆龄为名誉社长，张默君、杨季威为正副社长，汤国梨、唐群英为编辑部长；神州女学由张默君任校长，汤国梨任教员。

④ 1903年，《顺天时报》登载太炎征婚广告，一时传为奇谈。国梨尝云：“关于择配章太炎，对一个女青年来说，有几点是不合要求的。一是其貌不扬，二是年龄太大，三是很穷。可他为了革命，在清王朝统治时即剪辫示绝，以后为革命坐牢，办《民报》宣传革命，其精神骨气和渊博的学问却非庸庸碌碌者可企及。我想婚后可以在学问上随时向他讨教，便同意了婚事。”章念驰《国事心常在，梨花手自栽——先祖母汤国梨传》。

⑤ 证婚词为太炎自撰，词采华赡，节录如下：“盖闻梁鸿搭配，惟有孟贤；韩姞相攸，莫为韩乐。泰山之竹，结箨在乎山阿；南国之桃，蕡实美其家室……媒约既具，伉俪以成，惟诗礼之无愆，乃德容之并茂。元培忝执牛耳，亲莅鸳盟，袗以齐言，申之信誓。佳偶立名故曰配，邦媛取义是曰媛。所愿文章黼黻，尽尔经纶；玉佩琼琚，振其辞采。卷耳易得，官人不二乎周行，松柏后凋，贞干无移于寒岁。”

言”[1]，保存元气，竟不能死。国梨为图营救，四方求告，悲愤难抑，《菩萨蛮》《误佳期》即作于此期：

蓬窗悄倚愁如织，绿杨万树无情碧。只解舞东风，何曾系玉骢。夜深还独坐，辗转愁无奈。别绪满河梁，月圆人断肠。

雨过苔痕如扫，风定茶烟低袅。日长人静奈无聊，总比黄昏好。独自倚朱栏，对影怜残照。峭寒又到新罗衣，却恨秋来早。

太炎陷缧绁，举国皆惊，国梨尝致电、致信于袁世凯及国务卿徐世昌请求释放，语颇恳切[2]，时人据此编时事剧《救夫记传奇》[3]，可见影响。故这两首小词不应以寻常闺怨视之，“无情碧”“峭寒”云云，实是深重得多的家国情怀。太炎弟子黄朴谓国梨词“直己以陈，不屑师古”[4]；夏夫子客上海，与国梨论词，国梨谓太炎尝笑词人为词，颠倒往还不出二三百字，故其体视为卑。国梨云：“二三百字颠倒往还，而无不达之情，岂非即其圣处？”太炎无以难[5]。据此二家评说，可证其词清丽平易而善抒情之渊源。国梨最擅于平淡语中发凄苦之音，是以好句多于佳篇：“木叶飘摇风不息，残阳影里啼乌集”“座上客来真不速，水边灯火尽楼台。一杯聊以写深哀”“零脂剩粉劳相忆，奈残红、抵死无香。漫说花灵憔悴，终怜月魄荒唐”“一梦十年惊太骤。月似当时，花似当年否。补恨填愁消遣够，人生毕竟成孤负”……飘零落寞、怅惘迷茫感，

---

① 章太炎1914年10月17日家书。

② 致袁世凯电报云：“顷接外子电称，汇款适足偿债，我仍忍饥，六日二粥而已，君来好收吾骨……外子生性孤傲，久蒙总统海涵，留京保全盛意……伏乞曲赐慰谕，量予自由，俾勉加餐，幸保生命。黎结缡一年，信誓百岁，衔环结草，图报有日……”章太炎《訄书》，内蒙古大学出版社2006年版，第210—211页。

③《救夫记传奇》初见于1914年8月7日《时报》之《余兴》副刊，作者署名焦心，故事完全符合汤国梨上书事。见杜桂萍《文献与文心：元明清文学论考》，中华书局出版社2009年版，第245—247页。

④ 黄朴：《影观词序》，载章念祖、章念驰、章念翔初订《影观词》，《文教资料》2000年第4期。

⑤ 夏承焘：《章夫人词集题辞》，《影观词》。

触目皆是。而“铸词工苦”① 的特点体现最显明者是《苏幕遮 · 残阳既暮，夜色凄沉，时太炎逝世数月矣，爰成此句》：

暮云低，楼影直。楼外山光，山外斜阳色。嘹唳孤鸿怜影只，缺月疏林，何处还寻得。　画堂深，凉夜寂。幽思迢遥，绕遍天南北。冷砌吟蛩啼永夕。扶起残魂，独对孤灯侧。

月华凉，虫语哽。梦掩空帷，倚枕和愁听。泪洗残妆慵自整，万转千回，幽恨无人省。　烛花摇，光不定。九死残魂，扶起灯前影。冰衾无温衫袖冷，扪遍雕栏，雨隔空楼迥。

太炎一代朴学大师，以狷狂特立冠绝民国，去世时以时局危乱，只能借厝旧宅，未克迁葬。国梨为此事频年奔走，“我有烦冤无处诉，登高实欲叩天阍”的愤激宣之于词，表现为“嘹唳孤鸿”之凄紧、“九死残魂”之惨咽，个中乃有大悲痛、大感慨。时国难方殷，国梨以先夫遗志未竟，接过维持“章氏国学讲习会”重担，自斯词风亦转沉而健，殆夏承焘所谓“几更丧乱，不以忧患纷其用志，取境且屡变而益上”② 者。读以下几首：

不解参禅不学仙，闲门长闭似林泉。浮生非雾非烟里，却为梅花一展颜。　花正好，月仍圆。月圆花好似当年。与谁更话当年事，话到当年亦惘然。

——鹧鸪天

天半一轮月，分照有悲欢。佳人调冰雪藕，壮士铁衣寒。我是词家

① 黄朴：《影观词序》。按，黄朴即黄绍兰（1891—1947），原名学梅，字梅生，北京女师肄业后于上海开办博文女校，为近代开风气之先女杰。太炎大弟子黄侃（1886—1935）曾任其塾师，后苦求之。黄侃为避重婚罪名，以假名与之办理结婚证书，并育有一女；回北京女师教书后，黄侃又与他人同居，致绍兰欲哭无泪，告诉无门。后虽为章门唯一女弟子，从事学术工作而有名于时，终于难脱心灵阴影，疯癫自缢身亡。汤国梨极不齿黄侃作为，疾言厉色称其为“无耻之尤的衣冠禽兽”“小有才适足其奸”。

② 夏承焘：《章夫人词集题辞》。

倦客，怎得宵来虚幌，照我泪痕干。去住总无端，常记旧湖山。　柳千树，花十丈，藕如船。轻帆小桨，一舸容与水云间。更倚高楼长笛，唤起忘机鸥鹭，荡破万荷圆。经尘轻换劫，沧海欲成田。

——水调歌头·读瞿禅游夜湖词后作

画阁商量茗碗，身世轻舟推转。掬手临流悲逝水，俯仰顿成凄婉。为问倚楼人，知否朱颜已换。　闻道采樵归晚，一局棋枰未散。偷得闲情刚半晌，不道斧柯已烂。哀乐笑无端，三生恨长梦短。

——离亭燕·尝梦身为五岁幼女，俯船舷弄流水，仰见水阁有少年，丰度雍雍，转瞬已成五十许人，感衰暮之易，悲泣而醒

遣词造语，比之早期的一味哀苦要浑成得多，是“赋到沧桑”之故。《鹧鸪天》“花正好，月仍圆。月圆花好似当年。与谁更话当年事，话到当年亦惘然”，复沓回旋间锤炼入化；《水调歌头》“去住总无端，常记旧湖山”“经尘轻换劫，沧海欲成田”，词笔流转间沉慨顿出；《离亭燕》序已感喟之至，词中“身世轻舟推转”“俯仰顿成凄婉”句尤拨人心弦，全篇情绪浓足，自然浑成，允为国梨笔下第一杰作。国梨曾自言：“老先生声名盖世，虽擅诗文而不屑于词曲，我之习倚声，亦有意以示非倚傍老先生者！”① 至此，为夫婿盛名牢笼半生的国梨在千帆过尽后，终于形成了“词家倦客”的自家面目：

春老钱塘，人归歇浦，阵阵梦影前尘。油壁青骢，相将湖上嬉春。十年迁客曾经地，喜河山、荡尽尘氛。尽多情、怀古苍凉，展拜忠魂。　英雄一例归黄土，痛萧条遗榇，来与为邻。杯酒倾怀，兴亡把臂重论每年祭扫苍水公墓，必为外子安一席云。丰碑五字亲题句太炎自题墓碑仅“章太炎之墓”五字，于幽禁北京时手写，杜天一先生为之保存，并未加以生卒年月，为人间、鸿雪留痕。倘他年，野老村童，闲话遗闻。

——高阳台·往者章太炎反袁，被禁燕都三载。袁殁后，乡人迎之南归，偕余至湖上南屏山谒苍水公墓，太炎撰文悼之，此

① 徐复：《影观词前言》，转引自《二十世纪中华词选》，第1678页。

四十年前事也。太炎殁于苏州，会稽堵申父先生为觅茔地于南屏山荔子峰下，苍水公墓为邻。章君苍水，异代萧条，而今共此湖山风月，岂偶然哉。爰拈此调

国梨以望百高龄辞世，与章太炎合葬西子湖畔南屏山荔子峰下。在三百余首《影观词》划出的纵横交错的雪泥鸿印间，是章太炎“悲歌叱咤风云气”“泣麟悲风佯狂客”① 的留影，是汤国梨“堂前小立见风骨，犹说先生革命时”② 的音容，是雨打不去、风吹不走的民国风流。

二　“总芳馨怀抱意难禁”：论陈家庆词　附潘静淑、顾保瑢

南社地负海涵，社员往往合家入彀，郑逸梅《南社丛谈》载师生、父子、兄弟、姊妹、夫妇、同学同隶社籍者竟多至二百余③。其中偕夫入社而能词者有陈家庆、潘静淑、顾保瑢三家，可并谈。

（一）诗词并擅，才慧颖发

家庆（1904—1970），字秀元，号碧湘，别署丽湘，湖南宁乡人。陈氏世代耕读，家庆父陈瑞麟④，一门昆季家鼎、家鼐、家英、家杰，皆以诗文、革命有名于当时⑤。家庆未及笄年即颖慧，1923 年入北平师范大学，师从李审言、刘毓盘⑥。1928 年入东南大学吴梅门下，与卢冀野、唐圭璋同窗。毕业后执教于上海松江女中、安徽大学、重庆大学、中央政治大学、上海中医学院。1958 年在“肃反”中被划为“历史反革命”，开除公职；次年赴新疆

① 柳亚子诗《有怀章太炎、邹威丹梁先生狱中》句。

② 章氏国学讲习堂学生汤炳正诗《挽汤国梨》。

③ 其中多有身兼多项者，兹不计。《南社丛谈》，上海人民出版社 1981 年版，第 694—695 页。

④ 瑞麟号悔叟，雅好诗书，支持革命。黄兴尝手书联语“有子才如不拘马，知公原是涧后松”赠之。

⑤ 皆为同盟会、南社成员。

⑥ 家庆有《水龙吟·题刘子庚师毓盘噙椒室填词图》云：“月明笙鹤遥天，素琴弹出幽兰谱。玉台魂断，银屏梦冷，哀蝉重赋。秋雨闻声，春波弄影，碧城何许。怎灞陵桥畔，西风残照，多半是、悲来处。　莫说龙飞凤翥。好江山、可怜笳鼓。凭栏试望，莼鲈故国，杜鹃心苦。白社联吟，黄垆载酒，鬓丝无数。愿苍天留得，巍然一老，作词坛主。”是能契子庚之心者，亦有乃师“情哀辞捷”风神。

石河子医专改造。1961 年政策“忽显宽松”，得以因病南归沪上。以生计无着上书陈毅，安置入上海文史馆为馆员。“文革”中为里弄“管制”，1970 年 8 月，扫弄堂“请罪”时血压骤升而昏厥，旋不治。

家庆能诗，《碧湘阁集》中存近体诗二百一十余。其中佳者绝句如《金陵送春》云：“月子弯弯未肯圆，江南坐忆李龟年。幽窗夜冷无人会，自写新诗署谪仙”、《银塘看白荷花》云：“风摇环佩月裁裙，修到今生住水云。水上三千花姊妹，宜人都道不如君”；律诗中联语如：“晓雨帘纤寒薄袷，晚凉风细动流苏”“诗事闲寻驴背客，蚕时自赛马头娘”“曲水应觞无量佛，蕙风能祓不祥魔”，皆性灵摇曳，风情独绝，大有随园风味。尤值一说的是，家庆于诗特擅集句创作，凡集唐、集义山、集梅村，俱能驾轻就熟，出奇翻新。如集定庵句赠夫婿徐澄宇①云：“亦狂亦侠亦温文，朴学奇才张一军。难向史家搜比例，胸中灵气欲成云”“天将何福予蛾眉，六义亲闻鲤对时。从此不挥闲翰墨，一灯慧名续如丝”“三绝门风海内传，莫将文字换狂禅。一家倘许圆鸥梦，料理看山五十年”，非胸中才气纵横、于龚诗悠然神会者不能办②。

家庆诗句最动人心旌者，为《戊辰感事》之末联“太息高楼灯火夜，有人凝睇蹙双蛾”，洵为黄仲则《癸巳除夕偶成》“千家笑语漏迟迟，忧患潜从物外知。悄立市桥人不识，一星如月看多时”之异代女性版本。这样

① 徐澄宇（1901—1980），原名英，以字行，湖北汉川人。早慧，为文“风发泉涌”，22 岁入北平中国大学哲学系，从章太炎、黄季刚、林公铎问学；诗与古文为章士钊所推重。大学毕业后历主上海交通大学、暨南大学、复旦大学讲席。1957 年划为“右派”，次年下放新疆石河子医专，1961 年因病回沪，为文史馆馆员。1964 年以言论入狱，至 1979 年方从农场获释。著有《诗经学纂要》《甲骨文理惑》《黄山揽胜集》《楚辞札记》《徐澄宇学术论著集》等，“文革”中悉遭焚毁。钱仲联谓“汉川徐澄宇英，变风社社友，狂士也，于当世名流，无一不詈”。据刘梦芙《澄碧草堂集前言》，黄山书社 2012 年版。

② 参见马大勇师《朱彝尊〈蕃锦集〉平议——兼谈“集句”之价值》，《南京师范大学文学院学报》2003 年第 3 期；《南社诗人的“集龚”现象》，《中华活页文选》2004 年第 11 期。又，家庆亦有集句词，如《满江红·李涵初君索题出峡图，集宋人句》：“指引归舟，空怅望、江南天阔。回首处、故都禾黍，汉家陵阙。指点六朝形胜地，悲凉万古繁华歇。记一声鼙鼓揭天来，金瓯缺。　铜驼恨，应难说；铜仙泪，几时竭。但沧波画里，晓风残月。归梦已随秋风远，故园莫遣音尘绝。待从头收拾旧山河，肠先热。”《台城路》集白石句：“阑干表立苍龙背，未负沧溟烟雨。呼我盟鸥，与君游戏，湖山尽入罇俎。玲珑深处。似湘皋闻瑟，佩环无数。惊起鱼龙，化作西山云一缕。　彩霞飞过何许。天外玉笙杳，数峰清苦。虚阁笼寒，檐牙滴翠，不受人间袢暑。新诗漫与。仗酒祓清愁，林下真趣。第四桥边，拟共天随住。”

的卓荦才气非仅体现于诗，更贯穿了《碧湘阁词》之始终。

（二）“乾坤多少清气，笔底已全收”

刘梦芙在《澄碧草堂集前言》中追溯陈家庆与刘毓盘、吴梅两位业师创作、研究的关联，又以“兼容两宋与豪婉”“声律在宽严之间”“词风有似鹿潭”[①] 概括其词之艺术风格；杨启宇则归纳为“初学梦窗，更博采众家，融稼轩、白石、碧山、竹坨、迦陵、容若、皋文于一炉”[②]。这样看，刘、杨二先生多是从渊源与家法着眼论定，似离词心较远而削减了《碧湘阁词》的艺术独异性。实则家庆绝非一味拟古、尊师者，其词风以“遒俊”“清畅”二语当之，最为允洽。遒俊者，谓骨力挺健、含而不狂；清畅者，谓辞气通疏，不滞不滑。先谈“遒俊”，看其《玉楼春》二首：

清明过了仍风雨，着意愁春天不许。楚兰描出最销魂，半折芳馨谁寄与。　寸心千里浑无绪，醉拍阑干谁共语。江湖寂寞有鱼龙，莫向沧波叹倦旅。

——寄澄宇陪都

垂杨亸地愁难折，今日青山非故国。浮云西北有神州，万里雁飞关月黑。　流霞若可驻颜色，梦里休疑身是客。醉中莫放酒杯宽，斗大乾坤容不得。

——寄怀玉姊

词为怀人、寄远之常见题材，然“江湖寂寞有鱼龙”“浮云西北有神州”“斗大乾坤容不得”诸句皆笔力振拔，耿耿心事跃然纸面，分明是不甘于、也不安于闺闱凡俗语后的选择。这样的襟抱与情志每遇重大题旨则迸发出更大力道：

澄波十顷开妆镜，琼林又逢花事。王母辰游，东皇御宴，歌舞年

① 刘梦芙编校：《澄碧草堂集》，黄山书社2012年版，第79页。
② 《澄碧草堂集》，第291页。

年欢会。迷金醉纸，看仙殿嵯峨，佛香分泌。千折明廊，最怜宫眷驾亲侍。　繁华应叹一梦，鼎湖龙去后，都换人世。阿监啼饥，遗民蹈海，几度共人歔涕。湖山耸翠。任蜡屐重寻，画船闲舣。莫放春归，杜鹃犹带泪。

——台城路·颐和园

词写慈禧幸颐和园事，距词人生活年代相去未远。“王母辰游，东皇御宴”的歌舞声犹在耳，而人间已换尽海桑。如果说“几度共人歔涕”“杜鹃犹带泪”尚有限于吊古题面而意绪低徊的成分，那么当词人身处家国危亡之际，则毫无掩抑，投袂而起，慨然高歌：

西风容易惊秋老，愁怀那堪如许！胡马嘶风，岛夷入犯，断送关河无数。辽阳片土。正豕突蛇奔，哀音难诉。月黑天高，夜阑应有鬼私语。　中宵但闻歌舞。叹隔江自昔，尽多商女。帐下美人，刀头壮士，别有幽怀欢绪。英雄甚处？看塞北烽烟，江南笳鼓，不信终军，请缨空有路。

——如此江山·辽吉失守和澄宇

残照关河，听几处、暮笳声切。更休唱、大江东去，水流呜咽。越石料应中夜舞，豫州肯擘横流楫。怕胡儿、铁骑正纵横，愁千叠。　长城陷，金瓯缺；黄浦路，吴淞月。照当年战垒，霜浓马滑。三户图强惟有楚，廿年辛苦终存越。问中原、又见几人豪，肠空热。

——满江红·闻日人陈兵南翔感赋

海上繁华，江南佳丽，东风一夜愁生。看劫灰到处，尽化作芜城。忆当日、春光满眼，红酣翠软，歌舞承平。但而今、枯井颓垣，何限伤情。　河山大好，又无端、弃掷堪惊。叹血饮匈奴，肉餐胡虏，一篑功成。百万雄师何在？君休笑，留待蜗争。想神京千里，不闻画角哀鸣。

——扬州慢

寄声悲慨，骨力端翔，便厕列以卢前、刘永济为代表的抗战词大作手中，亦能相周旋而毫无愧色。以《如此江山》《满江红》《扬州慢》词调抒写悲怀显然是有意为之，虽有宋贤同调之作珠玉在前，仍以张弛有度、神完气足不遑多让。抗战词史诸女将中，家庆应是“打前阵”之先锋。

再说“清畅”。反复品读碧湘阁集中一百六十余首词，最显著体会即其对语言节奏的把控，用力恰如其分，锤炼浑化无痕。着意描绘特定物象而导致辞句粘滞不振、气息纤弱是闺中作手常见窠臼，家庆能自脱于此，是效梦窗之绵密较浅而学苏辛之畅达为多故。“鹤警戒霜晨”“鸣禽渐抽绮绪”一类涩感较重的语言在集中是很难觅得的，杨启宇所谓“学梦窗”者，殊难索解。家庆有《论苏辛词》一文，于东坡、稼轩之风度襟怀再三致敬，并指出二者“不经意”“粗率”而流于滑易的弊端，认为“当有东坡、稼轩之心胸，而加以人工之研求，庶使无往不佳，无懈可击”[①]。不溺于密涩、力避于滑俗，即可达到“篇无累句，句无累字，言如贯珠，犹其余事”[②] 的高格。读如下数首：

何处雪飞来，惊起满天风急。极目两三鸦点，向寒林飞入。
小窗无语独徘徊，却讶树头白。料得梅花有讯，报故国消息。

心似野鹤闲，梦里海天深碧。何处苍波人语，怕楼船风急。
夕阳如水下孤城，鸦阵带秋色。几度凭栏负手，听关山风笛。

沉水袅炉烟，风动篆纹浮碧。又是一帘纤雨，报黄昏消息。
湿云天远燕惊寒，愁对小楼立。明日百花归去，怕子规啼急。

吹笛柳阴船，悄共如飞双楫。梦得六朝风物，笑山河历历。
浮云踪迹一身轻，莫漫伤行色。何日寒潭秋水，与渔娃共席。

《好事近》本就以轻倩流利为长技，家庆功力深者，在于不使其一气

① 《澄碧草堂集》，第225页。
② 同上。

直下，两句一转，疏宕自然，有移步换景之妙，而“故国消息”“关山风急”“山河历历”诸语又如铜坠脚般压住笔意，别添一种沉厚味。

1936年夏，家庆、澄宇同游黄山，其时夫妇值韶年，“风流胜赏，如天外刘樊”①。家庆云：“天都紫府，东南奥区，宜纪游踪，为山灵寿”②，遂于旅中成词二十五首，高朗俊逸，为生平冠冕：

我本大罗仙旧侣，籍列蓬壶，犹记钓鳌去。曾入广寒攀桂府，几番窃听霓裳谱。　今日行经灵诰处，蕊榜高悬，姓字犹留否。回首高寒怜玉宇，翠微小立浑无语。

——蝶恋花·仙人榜

山半幽居留胜境，俊侣相依来问讯。小楼灯火手同携，风乍定，人渐静，绝壑娇龙初睡醒。　阑外烟鬟兼雾鬓，伫立靓妆花掩映。诛茅有约甚时偿，宜高咏，堪偕隐，说与山灵劳记省。

——天仙子

桃花溪畔银涛冷，看洛水、惊鸿留影。千岩万壑雪飞来，正潭上、珠流玉迸。　铅华净洗余娇晕，只约略、远山难认。横波无奈使人愁，却飏下、一天风韵。

——步蟾宫·观夷女裸泳

神思飞飏，清气拂拂，即山灵能言，亦当口诵此仙句矣！昔杨夔生《续词品·疏俊》云：“卓卓野鹤，超超出群”“短笛快弄，长啸入云。轩轩霞举，须眉胜人”，此之谓乎？与张默君的恃才放旷、不主故常相比，陈家庆是较讲求“控制”与“守正”的，然因性情、才力俱臻高境，故能“从心所欲而不逾矩”，形成了糅合“遒劲”与“清畅”于一炉的神貌。

① 陈声聪语，转引自《澄碧草堂集》，第82页。
② 《澄碧草堂集》，第235页。

（三）潘静淑、顾保琨

默君、家庆之下可接谈南社社友吴湖帆[①]夫人潘静淑。静淑（1892—1939），名树春，以字行，江苏吴县人。静淑出身簪缨世家[②]，然“既无金玉纨绮之好，也不喜应酬”[③]，唯以诗画自娱。与吴湖帆的家族联姻颇多艺术色彩[④]，伉俪倡随，极为相得，有质钗典书、鉴宝钤印[⑤]之韵事，时人比之梁孟、赵管。静淑三十初度，父潘祖年赠南宋景定年间刻本《梅花喜神谱》以当生日之贺，湖帆即以“梅影书屋”榜其斋，并作《梅影书屋图》分咏之；静淑亦制《烛影摇红》纪之，是应为填词之始。先读其最负盛名的《千秋岁·清明》：

梦魂惊觉，一片纱窗晓。春风暖，芳菲早。梁间双燕语，栏角群蜂闹。酬佳节，及时莫负韶光老。　　正好舒怀抱，休惹闲愁恼。红杏艳，夭桃笑。清明新雨后，绿遍池塘草。拼醉也，酡颜任教花前倒。

词作于1934年春偕夫归里之际，为闲步公园后所得。其中“绿遍池塘草”盖脱化自谢灵运诗“池塘生春草”，设色鲜丽，自然可喜，得吴瞿安盛赞曰：“清籁也”[⑥]，惜乎全词意境清浅，未衬佳句。其后静淑“顾自珍惜，亦不多作（词）了”[⑦]，今《绿草词》仅存十九首。

---

① 吴湖帆（1884—1968），原名燕翼，又名万、倩，字遹骏、东庄，别署丑簃，作画则署湖帆。民国间以国画、收藏、鉴赏蜚声艺坛。余事作词，有《佞宋词痕》。

② 苏州“贵潘”六七代中科甲鼎盛，因出版《潘氏科名草》，其中仅获得功名者之胪陈即有一函四册之多。静淑曾祖潘世恩为乾隆五十八年状元，道光时任武英殿大学士，充上书房总师傅，进太子太傅，有四朝元老之称，又与堂兄潘世璜、孙潘祖荫合称“苏州三杰”；祖潘曾莹官至工部左侍郎，精于书画；伯父潘祖荫为咸丰二年探花，官至工部尚书、军机大臣，曾与吴湖帆嗣祖兵部尚书吴大澂同朝为官。

③ 黄恽：《蠹痕散辑》，第107页。

④ 潘氏“攀古楼”所藏文物富甲东南，静淑成婚以欧阳询宋拓本《化度寺故僧邕禅师舍利塔铭》《九成宫醴泉铭》《皇甫诞碑》等珍罕藏品充嫁奁。此三件拓本与吴氏家传《虞恭公碑》合而为四，即名其室曰“四欧堂”，二人子女亦以“欧”名：长子名孟欧、次子名述欧、长女名思欧、次女名惠欧。

⑤ 静淑于鉴定字画见解独到，为湖帆倚重，夫妇有“吴湖帆潘静淑鉴定”章一枚，凡遇重要字画必钤此印。

⑥ 《梅景书屋人安在》，郑重《海上收藏世家》，上海书店2003年版，第161页。

⑦ 同上。

静淑善画，论者谓其花卉图“神韵超逸，窥宋元藩篱”[①]“运笔敷色无不神合”[②]，造诣之深不亚乃夫。其实一旦透以藏家之目、发以艺人之舌，作词更胜：

树影依稀，鹃声呜咽，绿杨摇怨花如血。南朝旧事且休论。仁寿宫中不尽惜余熏。　洛水惊鸿，韩陵断碣，奇文小字称双绝。玉钩斜畔溯前因。试看月华眉妩恰三分。

——踏莎美人·董美人墓志[③]

故垒长安，夕阳芳草谁为主。断碑如许，赢得消魂语。　不道江城，历劫无从诉。明珠露[④]。墨华凄楚，月吊离宫古。

——点绛唇

二词深婉蕴藉，文化世家中濡染出的“诗外功夫”毕现笔端。1924年湖帆于沪上染疾，静淑即负稚挈婴前往照料；1939年突患急性阑尾炎，三日而殁，湖帆哀甚，蘸血泪书《故妻吴夫人墓状》云：“从此绿草新词，反成肠断之句；梅花旧影，空照梦离之魂。金缕长埋，佳城永闭，我心碎矣，君灵知否？”自斯更名曰倩，取奉倩伤神意，又以遗作“绿遍池塘草”词意征诗、画于艺林间，三数月间得诗词书画作品计百五六十件，一时名家如冒鹤亭、刘海粟、溥心畬、张大千、叶恭绰、沈尹默、周錬霞、冼玉清等皆有题咏，湖帆遂辑为一册，题《金缕曲》于其上：“绿边池塘草。过清明、妒春风雨，春残人渺。无可奈何花落去，肠断离情难道。忍检点、零星遗稿。一念相思更番读，惹伤心、更把心萦绕。千万语，总嫌少。　危楼半角斜阳照，问从今、怨怀孤愤，何时能了？双眼泪痕干不透，去去寻思凄吊。料地下、应知余抱。指望虹桥

① 转引自谭延桐《民国大艺术》，中央广播电视大学出版社2014年版，第215页。

② 吴湖帆题静淑《华鬘倩影图》语。

③ 《董美人墓志》拓本亦为静淑嫁资，湖帆爱不释手，常拥之入衾，自谓“与美人同睡”。又因自藏《常丑奴墓志》拓本，遂请陈巨来镌一闲章“既丑且美”。

④ 其下自注：沈文忠题吾家唐崔敦礼碑，引孙退谷语：真如颗颗明珠也。

桥边路，叹青青一例年年扫。非痛哭，即狂笑。”以金缕赋悼亡为纳兰首制，此篇风义或不及而痛悔过之，“非痛哭，即狂笑”确乎为“颓唐之态，几不欲生”[①]之写照，情深至此，又何计语之工拙？其实湖帆、静淑词皆不甚佳，作为“画人词”之典型代表，尚可传世。

高燮夫人顾保瑢为南社女词人中较弱一家。保瑢（1879—1966），字幼芙，号婉娟，又号怀鹃，江苏松江人，父顾莲曾任四川梁山知县。保瑢有《怀鹃词》一卷，附于《高燮集》后，词多浅易轻快，如《虞美人·谒月下老人祠》云：“天下有情成眷属。愿已平生足。今朝未免似含羞。私与檀郎同拜祝温柔。　相传此老钟情特。好合凭神力。痴心儿女古来多。更愿同携共浴爱河波”，《临江仙》云：“篷底别饶清课韵，人间无此安便。输君斯意剧缠绵。双双人唤出，疑是小神仙。　令我生生生羡煞，展图一笑嫣然。湖山与尔倘前缘。将诗来献佛，参透有情禅”，皆无大可观处，唯略带民国间白话初兴之气味，稍觉新鲜耳。

第三节　“秋风秋雨”词人群：秋瑾、徐自华、徐蕴华

附刘韵琴、郭坚忍

鉴湖殉难，海内震悼，其时南社尚未成立，而核心成员陈去病、柳亚子、吕碧城、徐自华、徐蕴华、庞檗子、庞树柏、宁太一等皆参与悼念活动，又以南社与光复、同盟两革命团体关系密切，故其成立伊始即为“秋风秋雨”所笼盖。兹以秋侠及“刎颈之交”徐氏姊妹领起本节，以虽属社外而深受秋瑾影响的刘韵琴、郭坚忍殿后，以期大致展现民国前期女杰型词人的创作风貌。需说明的是，本节所述词人致力时务而余事作词，往往以词为口号、为武器发抒一己革命心志，难免粗率俚直、辞不措意之病。本“以词证史”“因词传人”之原则，对这类作品应当着眼于其“觉世”而非“传世”的一面纳入词史研究。

---

① 陈巨来语，转引自《民国大艺术》，第213页。

一 “后易安时代”的启幕者秋瑾

据黄文吉主编之《词学研究书目（1912—1992）》，二十世纪八十年间的词学研究论著共12702项中①，清词研究论著计1446项，以10000词人计，人均仅拥有0.14项。此种“大数据”下，拥有23项成果的秋瑾（1877—1907）得与词坛宗匠陈维崧、陈廷焯并袂列第十名。但不难想见这些研究中，非文学因素的超量注入以致同质化与低效重复的状况。

对秋瑾文学成就的体认，“从文本到文本”的痼习尚易避免，仅将文学创作视为她暂短而耀眼的革命生涯注脚式的存在、过度“以意逆志”的套式则难于摆脱。故此，首先有必要在文学本位予以明确认识与估价：一千年女性词史始终投射着李清照长长的影子，她的范型意义未在任何一个角度得到超越。而在“风住尘香花已尽”之时，是秋瑾一骑当先，将“后易安时代”的大幕飒然拉开。

与封建年代中无数天资颖慧却“纷纷开自落”的才女一样，秋瑾早期的作词用心只在“咏絮何辞敏，清才扫俗氛”（《谢道韫》），不外“闺中酬韵事”（《金缕曲·送季芝女兄赴约》）：“一曲清歌动绮筵”（《罗敷媚·春》）的惬适，“因书抛却金针。笑相评”（《相见欢》）的欢愉，“聊将心上事，托付浣花纸”（《菩萨蛮·寄女伴二阕》）的寂寥……情感或可称真挚，辞、境则陈旧浮浅，且几乎全无创作者的自觉意识。

俟移家春明，接受革命思想、交接进步人士后心眼为之一新的秋瑾，在婚姻宣告破裂离家出走的当日写下了石破天惊的《满江红》。它不仅标志着秋瑾词自斯迎来崭新气息，也可直目为女性词史的转捩点：

小住京华，早又是，中秋佳节。为篱下，黄花开遍，秋容如拭。四面歌残终破楚，八年风味徒思浙。苦将侬，强派作蛾眉，殊未屑！

身不得，男儿列；心却比，男儿烈。算平生肝胆，因人常热。俗子胸襟谁识我？英雄末路当磨折。莽红尘，何处觅知音？青衫湿！

---

① 论文与著作、论文集、校注、选本等均作一项统计。

让我们执《满江红》这枚激烈壮怀的符节，折回女性词史寻踪觅迹：

一晌清凉，西风起、吹来帘幕。恰又是、蛩鸣四壁，虚澄小阁。怪底秋声偏着耳，窗前淡月还同昨。叹年来、何处寄愁心，腰如削。
乡梦远，浑难托；琴书案，全抛却。但销磨羁旅，壮怀牢落。百年韶华弹指过，鸿来燕去岂漂泊。问襟期、原不让男儿，天生错！

滚滚银涛，写不尽、心头热血。问当年，金山战鼓，红颜勋业。肘后难悬苏季印，囊中剩有江淹笔。算古来、巾帼几英雄，愁难说。
望北固，秋烟碧；指浮玉，秋阳出。把蓬窗倚遍，唾壶敲缺。游子征衫搀泪雨，高堂短鬓飞霜雪。问苍苍、生我欲何为，生磨折。

作者吴尚憙①、沈善宝②，俱有从父随夫广阔宦游的经历。虽识见才力已属不凡，但也只能屈心抑志，发不平鸣辄止。词格如无人格作底，“红闺苏辛”③ 究为何用？秋瑾彻底以“觉醒的呐喊和宣言代替了妇女诗歌自从‘三百篇’以来的忧伤调子”④，着意以新语汇、新意蕴、新境界全面替换女词人归顺性的弱质：

祖国沉沦感不禁，闲来海外觅知音。金瓯已缺总须补，为国牺牲敢惜身？　嗟险阻，叹飘零，关山万里作雄行。休言女子非英物，夜夜龙泉壁上鸣！

——鹧鸪天

① 吴尚熹（1808—?），字禄卿，一字小荷，广东南海人，荷屋中丞吴荣光女，适同邑叶应祺，有《写韵楼词》。《佛山忠义乡志·才媛》称其“善画工诗，荷屋宦游所至，挈之以行……其自署小印曰：‘从父随夫宦游十万里’……豪宕之气，足以凌铄一切，巾帼中豪杰也”。

② 沈善宝（1808—1862），字湘佩，晚号西湖散人，浙江钱塘人，江西义宁州判沈雪琳女，咸丰朝吏部郎中武凌云继室。兼工诗、词、画，有《鸿雪楼词》一卷。

③ 潘飞声《论岭南词绝句·吴尚熹》：“毕竟岭南钟间气，红闺词句似苏辛。”转引自孙克强、裴喆编著《论词绝句二千首》，南开大学出版社2014年版，第659页。

④ 康正果：《风骚与艳情》，上海文艺出版社2001年版，第398页。

肮脏尘寰，问几个、男儿英哲！算只有蛾眉队里，时闻豪杰。良玉勋名襟上泪，云英事业心头血。醉摩挲、长剑作龙吟，声悲咽。

自由香，常思爇；家国恨，何时雪。劝吾侪今日，各宜努力。振拔须思安种类，繁华莫但夸衣玦。算弓鞋、三寸太无为，宜改革。

——满江红

秋瑾在文学创作上的“别有取法”①，正在兼握“纤毫”与“宝刀”（《日本铃木文学士宝刀歌》），以“侠”补“才”——更准确些说是以“侠”救“才”。糅合了“家国恨”与“自由香”（《满江红》）——即黍离之悲杂以剑气箫心的整体文学风调，求诸此前仅一定庵，在女性更属首次。

需要以此为例重申“觉世文学”的价值。关于“传世”与“觉世”，梁启超曾有明确区分：“传世之文，或务渊懿古茂，或务沉博绝丽，或务瑰奇奥诡，无之不可；觉世之文，则辞达而已矣，当以条理细备、词笔锐达为上，不必求工也。”② 秋瑾是不欲以文传的。在传世与觉世间，她和同乡鲁迅一样毫不迟疑地选择了后者，不管这是否会相应地耽搁文学天分，折损诗性表达。对文学功用性的追求历来承受颇多讥诮，论者每钻入“兴观群怨”的老话头中，为它找寻缥缈的理论支点。其实只需通过以秋瑾为代表的一代女杰词人，看到“觉世之文”为女性作者赋权这一层上，就可认识到它无可替代的意义。

“这是一条奇妙的历史的轨迹：词在其初兴时起，就表现为男性词人以女性柔婉轻软口吻来抒情达意的形态，而且这形态在近千年的历程中始终是处于主导地位，非如此不得称为‘正宗’，每被贬为‘变调’之体。有谁能想到，一部词史到了临终结点时，却站起了一位真正的巾帼英雄，奏弹起远较苏、辛激烈的铁琵铜琶……历史老人推转的这条轨迹，难道不奇妙，不令人惊诧和会心一笑么？”③ 一部《清词史》，结在如是

① 夏晓虹：《晚清文人妇女观（增订本）》，北京大学出版社2016年版，第235页。

② 梁启超：《湖南时务学堂学约》，载吴松等点校《饮冰室文集点校》，云南教育出版社2001年版，第198页。

③ 严迪昌：《清词史》，第615页。

一段饱含情感的表述上。我想，将秋瑾这位人格健全、英姿勃发的词人推举为新世代的启幕者，严迪昌先生也应含笑首肯。挥剑斩落了施于女性面前千年的青绫步障①，鉴湖女侠身后的词场上俨然在望的，是“觉天炯炯英雌齐下白云乡”②！

二　“秋山秋水带余哀”：忏慧词人徐自华

（一）寄尘与秋瑾

徐自华（1873—1935），据徐蕴华《记忏慧词人徐寄尘》云原名受华，后改授汝，书名自华，寄尘为丧偶后别署，忏慧系诗词笔名，又有别号秋心楼、听竹楼、尘寰寄客、语溪女士等，浙江石门（今桐乡）人。祖迓陶③为光绪庚辰科进士，官至安徽庐州知府；父杏伯④亦有文名。自华五岁从舅、父读书，“生而明慧，长娴文翰”⑤。迓陶《示孙女自华》诗云：“果然一介比书生，修到梅花骨格清。我已三更幽梦醒，楼头犹听读书声。”二十二岁适南浔梅韶笙，因夫婿“性庸懦，不劳而食，无所用心，文学无基础，工作又怠忽”⑥而感情不洽。甫七载，韶笙病逝，遗子女各一，寡妇孤雏，勉力为生。1906年受聘入浔溪女学主校务，结识秋瑾，同事两月，雅相欣赏，遂成莫逆⑦。自华有《赠秋璇卿女士》云：“萍踪吹聚

---

① 《晋书·王凝之妻谢氏传》：“凝之弟献之尝与宾客谈议，词理将屈，道韫遣婢白献之曰：‘欲为小郎解围’。乃施青绫步障自蔽，申献之前议，客不能屈。”

② 秋瑾所作弹词《精卫石》第一回回目。

③ 徐珂《清稗类钞·文学》：“石门徐迓陶太守宝谦工诗文辞，一门风雅，论语溪门望者，当首推之。太守尝与其妇蔡氏唱和于月到楼，女孙畹贞、蕙贞、自华、蕴华咸侍侧，分韵赋诗，里巷传为盛事。”《清稗类钞选》，书目文献出版社1984年版，第136页。

④ 杏伯名多缪，擅笛萧昆曲，有名士风，有《醉经阁集》诗稿。

⑤ 柳亚子：《忏慧词人墓表》，载周永珍编《徐蕴华、林寒碧诗文合集》，社会科学文献出版社1999年版，第143页。

⑥ 徐蕴华：《记忏慧词人徐寄尘》，郭长海、郭君兮编校《徐自华集》，浙江古籍出版社2014年版，第264页。又，秋瑾亦有诗戏赠自华云：“如何谢道韫，不配鲍参军？”

⑦ 小淑总结二人异同云：“皆擅长旧文学——诗词；祖父同为清皇朝三品知府，同抱爱种族，爱祖国的热忱。所以两雄相遇，一拍即合，心心相印。秋侠领前，寄尘追随于后，有着旧时代智识妇女的坚贞立场，一道努力于民族革命的不朽事业。她俩结合，实具备了自然条件，并非偶然巧合。但秋侠的魄力与见解，比寄尘胜过一筹，这与秋侠家庭环境，更恶劣于寄尘，而在认识上，寄尘只囿于国内。秋侠则远涉重洋。盖成就高下与各人的环境是分不开的。”《记忏慧词人徐寄尘》，《徐自华集》，第261页。

忽逢君，所见遽然胜所闻。崇嘏奇才原易服，木兰壮志可从军。光明女界开生面，但织平权好合群。笑我强颜思附骥，国民义务与平分。”后秋瑾因传播革命为校董金子羽所驱，自华亦愤而去职，归宁石门，潜与秋瑾往来。其时有《金缕曲·送秋璇卿妹之沪时将赴扬州》云：

送子春申去。好无聊、做愁天气，风风雨雨。萍梗江湖成浪迹，十事九同意忤。谁解得、用心良苦。仆仆尘劳嗟不已，问今宵、别后何时聚？君去也，留难住。　临歧记取叮咛语。慎风霜、客中珍重，勤传鱼素。闻说扬州烟景好，载酒虹桥秋暮。有几许、豪游佳句。劳我蒹葭秋水感，望伊人、不见知何处。空目断，江南路。

1907年春，自华与秋瑾同游西湖，密侦地形，以待起事。至岳王坟，璇卿“徘徊瞻眺，至日竟夕不能去”①“歌《满江红》词，泪随声下”，遂于自华订立“埋骨西泠”之约。六月，秋瑾访自华于石门，商筹军饷。自华姊妹以黄金三十两倾箧相助，秋瑾脱腕上翠钏一双回赠②，此即“好散千金交侠客，相与燕市买吴钩”诗意所指。临行前，秋瑾以宿诺叮嘱者再。七月，秋瑾殉难，草葬于山阴卧龙山。是年冬，自华风雪渡江③，迁柩至杭，会同吴芝瑛④埋侠骨于西泠桥塊，并赋《满江红·感怀用岳鄂王韵，作于秋瑾就义后》：“岁月如流，秋又去、壮心未歇。难收拾、这般危局，风潮猛烈。把酒痛谈身后事，举杯试问当头月。奈吴侬、身世太悲凉，伤心切。　亡国恨，终当雪；奴隶性，行看灭。叹江山已是，金瓯残缺。蒿目苍生挥热泪，感怀时事喷心血。愿吾侪、炼石效娲皇，补天阙。”秋墓既成，清廷为触怒，令

① 陈去病：《徐自华传》，载《徐自华集》，第231页。

② 自华有《返钏记》详记情形。

③ 自华《十一月廿七日为璇卿葬事风雪渡江，感而有作》云：“四合彤云起暮愁，满江风雪一孤舟。可堪今日山阴道，访戴无人为葬秋。”

④ 芝瑛（1868—1933），字紫英，自署小万柳堂，清季大儒吴汝纶女孙，户部郎中廉泉室。芝瑛通文史，能诗书，随宦京师时与秋瑾比邻，二人义结金兰。时王照自首入狱，吴芝瑛密劝廉泉营救，令得脱，又助秋瑾东渡日本，旋移居上海。秋瑾被难后与自华奔走营葬，亲书墓表；又贿两江总督端方，阴护徐氏姊妹。1915年，营救反袁女志士傅文郁逃脱天津警察缉捕。芝瑛卒后，秋社奉其栗主祔祀鉴湖女侠祠，其悼怀秋瑾诗文为世所称，有《吴芝瑛夫人遗著》。

损毁之。至民国肇造，自华敦促孙中山，力排众议，秋柩得以还葬西泠①。自华后出任竞雄女学②校长，继续革命工作。

1908 年第一次葬秋后，自华邀集光复、同盟两会同志陈去病、褚辅成、姚勇忱等结秋社，自任社长，组织祭秋活动，作《满江红·民国元年正月二十七日，为璇卿开追悼会于越中大善寺，谱此为迎神之曲》：

> 巾帼英雄，屈指算，君应魁首。好任侠、买珠换剑，拔钗沽酒。慷慨喜谈天下事，权奇掩尽闺中秀。痛无端、党祸忽飞来，伤吾友。
>
> 志未遂，刑先受；身虽丧，名垂久。又何妨流血、古轩亭口。五载凄凉风雨恨，一朝光复神州旧。慕芳徽、裙屐喜重来，君知否。

秋瑾仰慕武穆为人，一生作词亦有意继武，自华选择《满江红》词调原因殆此。即便剔除了其中“革命同志”的成分，这份生死以之的友情也是足以烛地洞天、警顽立懦的了。昔成容若读顾贞观《金缕曲·寄吴汉槎宁古塔以词代书》毕，为泣下数行，曰：“河梁生别之诗，山阳死友之传，得此而三”，不妨将自华此篇列名其下，为“友情诗词”这一品类添上煌然一页。

（二）幽细哀婉的《忏慧词》

自华与“南社首功”陈去病善，故入社甚早③，藉文学交接同人，尤以词章显名。巢南尝为《忏慧词》作序，又于《病倩词话》中颇多表彰：

> “石门有媛曰徐氏自华……顾独好文字，往往抽笺染翰，斐然有作，缠绵凄楚，如闻羌笛而听哀笳；呜呜然，其离鸾别鹄之音也。”
>
> “语溪徐寄尘夫人自华，记诵渊博，颖悟绝伦，为诗文词，操管

① 两次葬秋始末，见徐蕴华《记忏慧词人徐寄尘》、秋宗章《记徐寄尘女士》及《秋瑾研究资料·文献集》（郭长海、秋经武主编，宁夏人民出版社 2007 年版）等材料。

② 竞雄女学由秋瑾同志王季高等为纪念秋瑾，捐资创办于 1912 年。自华因葬秋开罪于浙江都督朱介人，孙中山力劝其远离新军阀，接掌竞雄。女学所聘教师还有胡朴安、陈去病、庞檗子、陈匪石、潘更生、徐小淑等。

③ 自华与妹蕴华、妹婿林寒碧于 1909 年 11 月加入南社，介绍人陈去病，入社号为 11、12、13。

立就，有似夙构。尤工倚声，以白石、玉田为宗，含情绵邈，藻思琳玢。所著《忏慧词》旖旎风流，自成逸响。虽未必娣视淑贞，姒蓄清照，要为吾家湘蘋以来，闺房之秀，一人而已，可无疑也。余甚爱其《秋宵忆韵清·调意难忘》……又《渡江云》……空灵澹荡，即置于漱玉集中，恐亦未易辨也。"①

今存《忏慧词》《秋心楼词》六十八首，面貌基本是巢南所谓"缠绵凄楚""含情绵邈"的，与秋瑾相关的若干首及《菩萨蛮·巢湖舟中守风》《满江红·雪夜业课感从中来爰赋长调》等"兀奡排宕，直摹苏辛之垒"② 的作品实在算是集中别调。这种人生形态与文学创作的"错位现象"③ 在女词人中并不鲜见，反差之大者应以自华为最。自华平生杰构多出于与南社友人赠答之作中，读《摸鱼儿·为楚伧居士题〈分堤吊梦图〉》：

甚萧条，几株垂柳，丝丝凄碧如许。画堂午梦频番冷，赢得风风雨雨。凭认取，道娟绝三姝，此是吟秋处。灵踪一去，叹月黯疏香，花残芳雪，都付断魂句。　琼楼杳，谁爇返生香灶，空闻凉雁私语。湖烟湖水年年绿，不见一家词赋。君莫苦，幸未把，瑶钗玉佩埋黄土。苍茫平楚，问何日梨花，载将春酿，来拜小仙墓。

楚伧早年于冷摊获一端砚，辨为明末叶小鸾遗物，遂考之族谱，始知与午梦堂叶氏同出一支，为小鸾九世从孙。因赴分湖凭吊，捐银三百五十余两，修葺香冢，又请苏曼殊作《分堤吊梦图》为小鸾张目，友人多有题咏，极一时韵事。自华此篇即字字句句贴合午梦堂故事，"琼楼杳，谁爇返生香灶，空闻凉雁私语"以下数句哀丽深折，能得竹垞《高阳台》之神

① 郭长海、郭君兮编校：《徐自华集》，浙江古籍出版社 2014 年版，第 253—254 页。

② 《徐自华集》，第 254 页。

③ 汪梦川以张默君为例阐释此种"错位"情况："张昭汉则是纯粹的革命家，为人行事都颇具男子气概……一洗女子纤弱习气，但是她的词作反而不以豪壮见称。"实则默君词去传统闺阁较远，颇多豪壮语。《南社词人研究》，第 51—52 页。

髓。自华中岁后词艺精进，是与南社诸友切磋往还之故。《鬟云松·今春余君十眉曾约佩子与余探梅邓尉，并梦余填词得红冰句，驰书见告。旋因他事，未果往。顷索题〈鸳湖双桨图〉，为赋此解，即用其语于末，以志梦灵也》允为寄尘生平佳作，哀艳感更胜上篇：

> 鬟拖鸦，钗堕凤。薄薄罗衣，可耐凉风送。双桨轻划休太重，湖有鸳鸯，恐破鸳鸯梦。　暗销魂，余旧痛。影事前游，绘入清图供。隔岸芙蓉曾与共，顷刻花开，泪结红冰冻。

词境迷离浑融，上结连缀两“鸳鸯”、下结以“顷刻花开”接十眉所梦“泪结红冰冻”句，俱能摇曳生姿，风情盎然，不在纳兰、蕙风之下。这样看来，自华实际是以感伤凄婉一类词擅场的，吴梅《绕佛阁·题徐寄尘〈忏慧词〉》“鬟华翠敛，琴思冷涩，珠露抛碎”“梦魂蘸水，题遍恨稿，空剩霜蕊。人殢残醉。苦吟诉雨嘶风溅鹤泪”、柳亚子《百字令·题寄尘女士〈忏慧词〉用定庵赠佩珊夫人韵》“翠羽萧条，梅花零落，迸入哀弦去”也是着眼于这一点而生发。

自华诗亦佳，《听竹楼诗》《秋心楼诗》四编中多隽美动人之作，可附此一说。《延秋阁夜坐》云：“桐阴翠润雨初止，风动湘帘夜气清。一二声钟邻寺出，两三星火隔湖明。怀人怕见月初满，顾影从知凉渐生。独坐延秋秋思远，玉珰缄寄雁无情”；《赠湘君并调佩忍云》：“初日芙蕖解语花，断红双颊晕朝霞。临春结绮今何许，此是当年张丽华”“雾縠冰绡一捻腰，秋波微盼欲魂消。为卿甘入胭脂井，金屋焉能贮此娇”。又紧随南社时尚，有《题〈子美集〉集定庵句》云：“年来花草冷苏州，风泊鸾漂别有愁。绝似琵琶天宝后，文人珠玉女儿喉”“窈窕秋星恐似君，亦狂亦侠亦温文。梅魂菊影商量遍，可肯花间领右军”。陆子美为民国间著名戏剧家，以饰演悲旦见长，故诗略作调笑云云。其实“文人珠玉女儿喉”“亦狂亦侠亦温文”转誉自华，毋宁恰切更胜。在这一点上，侠骨柔肠的忏慧词人是比死友秋瑾向前多行进了一步的——非仅“觉世”，亦可“传世”。

三　南社“格律派”女将徐蕴华

漱玉清音歇。可颉颃、女儿溪畔，犹留词笔。慧业忏除焚稿矣，黄鹄歌成凄绝。更又是、掌珠坠失。身世茫茫多感慨，抱愁怀、天地为之窄。谁解得，词人郁。　残山剩水悲家国，最伤心、秋风秋雨，西泠埋骨。风雪山阴劳往返，今日只留残碣。叹一载、空喷热血。造物忌才艰际遇，剩裁云缝月《金荃集》。恐谱入，哀弦烈。

——金缕曲·题寄尘《忏慧词》

词为自华胞妹徐蕴华所作。蕴华（1884—1962），谱名受润，后更单名润，书名蕴华，字小淑，抗战爆发后以轩名双韵为别字，别署月华、曾立雪人①，杏伯公季女。小淑小于自华十一岁，幼从姊课诗词，及长师事秋瑾。璇卿有《赠女弟子徐小淑和韵》云：“丽句天成谢道韫，史才人目汉班姬”“我欲期君为女杰，黄龙饮罢共吟诗”，厚望寄焉。尝与自华同助秋瑾起事并两度义埋秋骨。入南社后，拜陈去病为师。1916 年创办崇德女学、女子师范讲习所，抗战中为却伪职，流寓浙、沪。新中国成立后受陈毅市长聘，任上海文史研究馆馆员，1962 年病逝。小淑夫婿林寒碧②去世甚早，遗一女北丽，适南社“诗狂”林庚白③为继妻。

---

① “秋门立雪”之意。

② 寒碧（1886—1916），原名昶，一名景行，字亮奇，福建闽侯人，黄花岗烈士林觉民之侄，少美风姿，姚鹓雏谓其“骨重神清，朗彻如玉山照映”。曾游学日本，参与反清革命活动。1908 年由陈去病介绍与徐蕴华结缡，民国成立后任农林部秘书、众议院秘书。1916 年任上海《时事新报》总编辑，撰写反袁评论多篇。同年 8 月 7 日晚赴好友梁启超之约，为英人克明汽车辗伤横死；南社仝人多有悼怀之作，陈去病为作哀辞，柳亚子为书墓表。李宣龚辑遗作为《寒碧诗》。

③ 庚白（1897—1941），原名学衡，字浚南，又字众难，自号摩登和尚，福建闽侯人，与同乡林寒碧“两世相交”，同北丽结合后即以“丽白楼”颜其居所。十三岁肄业于北京师范大学堂，辛亥革命后历任众议院议员、非常国会秘书、众议院秘书长。后引退蛰居沪上从事文学研究，创办《长风杂志》。1932 年重入政界任立法委员，1941 年携家迁居九龙，某日夜归，遭日军射杀。庚白毕生眼高于顶，有狂言曰：“十年前郑孝胥今人第一，余居第二。若近数年，则尚论古今之诗，当推余第一，杜甫第二，孝胥不足道也。”林北丽有《我与庚白》一文详叙二人故事，见《子曰丛刊》1948 年第 2 辑。

小淑与乃姊并称于当时，柳亚子有“浙江二徐”“玉台两妙”① 之谓。存世词不多，很容易将其创作附着在“革命女杰”身份之下一笔带过，实则其词风与寄尘、秋瑾大异其趣。马大勇师撰《百年词史》，将南社词人分为“情志”“格律”“情格兼重”三派，小淑词走梦窗、白石一路，应作为唯一的女将被划归为“格律派”阵营。首先看其《花犯 · 樱花步调》与《声声慢 · 岁暮哀感，忽得陈、柳诸贤先后手札，或约西碛之探寻，或征胜溪之题咏，缅想世外游侪，独能无怀为乐也。倚歌此曲，奉题亚庐先生〈分湖旧隐图〉后》：

隔蓬莱、飘云一片，胭脂洗芳雾。虎飔微动，恁斗取铅华，鼓点催暮。北州血溅移根苦。凄清鸿鹄诉，奈转首，东邻一笑，窥人终肯顾。　仙娥岂屑作浓妆，篸篌咽，翠帷依稀回护。遭碧水，潜勾引，妩春应妒。休羞看、并肩绰约，只会向、层台承玉露。怎料得，莲前梅后，南天花作絮。

鸱夷泛舸，鹤市吹箫，羁心早晚秋潮。且向临邛琴台，酤肆堪消。休标向年高意，对疏香、芳雪凝消。伤神事，况松森永久，野圹萧条。　一角西山可住，甚赋矜孙绰，资薄郗超。藏海藏山，人间无地归桡。独临画图深，惘顾淮南，小隐能招。殢情地，想帆过、别墅正遥。

前首《花犯》赋樱花为春音词社首倡，后陈匪石有同题之作。此首词题云“步调”，致敬与“投诚”之意是相当明显的；谋篇遣词也确乎是南宋笔意，上下片起、结尤其有追摹白石《疏影》《暗香》的痕迹；后首婉折幽咽，欲说还休，吞吐间大有彊邨风味。如果说这两篇尚疏密相间，那么下面两首则到了无字不锤炼、无句不僻涩的程度：

① 柳亚子于1936年拟《文坛点将录》，其中天罡皆为南社、新南社成员，点寄尘、小淑为天暴星两头蛇解珍、天哭星双尾蝎解宝。余作《近百年女性词坛点将录》亦将二徐置此位，见附录一。

看山旧客，正冬荒冷落，群花都息。眼涩斜阳摇水外，塔梢登临奇绝。小侣停诗，奚奴载瓮，一笑闲游历。层层林磴，幽寻穿尽寒叶。　归爱转棹烟流，疏窗冷语，悄应溪声寂。掠鬓野风浑不醒，苦被垂杨承睫。折苇搀青，浮凫弄绿，吹待千秋月。一船休去，蘋洲无限渔笛。

——百字令·游虎丘

递眼高轩。正冷枫摇落，雁思初繁。惊秋无限意，抚鬓已微髡。遵北辙，折南辕。泫是未归魂。苦眼中，纷驰长路，马殆车烦。　伤情幂外霜痕。有凉灯吐暝，市吹流喧。林阴分域界，铃语破朝昏。思往事，略温存。剩日定难言。渐付凭、谁家管领，水陌花墩。

——意难忘·薄暮视鉴湖旧舍归，沿河往浦滩，軿窗写感，有寄慧僧

拗折之句法、繁密之意象，满眼皆是。学梦窗用力之深有如此，破碎堆砌之诮必不免。“掠鬓野风浑不醒，苦被垂杨承睫”“凉灯吐暝，市吹流喧”造语尚觉新警，“马殆车烦”则俚俗无味，至“归爱转棹烟流”“泫是未归魂”“伤情幂外霜痕①”，正堕入业师陈去病所谓“隶事僻奥，摛词窒塞，有类射覆，无当宏旨，虽使阅者终篇毕览，亦瞢然莫名其妙”之魔道。小淑学词，受秋瑾影响不可谓不大，向陈巢南执弟子礼不可谓不恭，而有意选择梦窗一体，向“格律派”靠拢，其实也正说明南社内部“格律”与“情志”并不是那么壁垒森严、截然对立的。

小淑之女林北丽幼承家风，长为才子妇，亦能诗词。录其《鹧鸪天·寄怀沙坪坝亚子兄》以为结末：

昨夜星辰昨夜风，鬓云衣雾两朦胧。吟笺入手伤心绿，骰子相思刻骨红。　愁万重，意难通，忍随流水各西东。寥天目送惊鸿影，魂断归来似梦中。

① 原作“幂”字下注云“指车帘”，《徐蕴华、林寒碧诗文合集》，第109页。

四　刘韵琴、郭坚忍

时报端有诗《吊秋瑾》云："剑芒三尺逼人寒，莫作寻常粉黛看。肝胆烛天尘世暗，头颅掷地梦魂安。女权未许庸奴占，种界空嗟异类团。怅然东瀛初返棹，秋风秋雨送罗兰。"作者刘韵琴也是一位"非凡粉黛"。韵琴（1884—1945），名羽诜，以字行，江苏兴化人，晚清著名文学家刘熙载女孙，父、兄皆有诗名。韵琴九岁能诗，及笄文名藉甚，十六岁适同邑李宜璋，因感情不睦，两年后即分居。十九岁只身赴沪上，任神州女校教师①。二十四岁旅居马来西亚，任马六甲培德女校校长②。民国初建，毅然回国，作诗述志曰："闲锄明月种梅花，破浪乘风愿已差。休笑者番无远志，也曾仗剑走天涯。"次年为寻求救国真理赴日本留学，归国后为上海《中华新报》聘为新闻记者，专事撰文反袁，作小说《烛奸》《皇祸》《痴人梦》《奇臭》抨击袁世凯，《大公子》讽刺袁克定，自述心志云："那独夫一天不死或一天不退位，笔者这支笔也是一天不能放下。必要把他种种奸谋揭露出来，在报纸上宣布，以尽我笔诛的天职。"③ 为护国运动中笔伐最力者之一。同事陈荣广曰："吾国女界能以文字托业于新闻，影响政局，启迪人群者，当推刘女士韵琴始矣。"④

韵琴为敦促各省将军讨袁，尝作诗《老将》："凛凛虬须虎帐中，老来未减少年风。剑锋尚带秋霜白，袍血曾染昔日红。谁道黄忠无敌匹，欲同廉颇共争雄。休言老迈难禁敌，一战犹能立大功。"笔势粗豪，可惭男子。诗人周退密手题《韵琴诗词》云："自是文坛不栉才，丰城剑气肯长埋。大家若使生今日，定有雄篇动地来。"拈出"雄"字，堪为定评。与诗相较，词较深曲而雄风不减，读《满江红·癸丑乱后过金陵有感》：

---

① 秋瑾于1906年到访神州女校，极有可能曾与韵琴会面。

② 马六甲培德女校创办于1913年，与培风男校同为华侨子弟学校，初期学生稀少，几难为继，俟韵琴长之，始脱逆境。事见梁绍文《南洋旅行漫记·短小精悍的刘韵琴》，中华书局1926年版，第152—153页。

③ 韵琴小说《烛奸》中语。转引自《韵琴诗词》，李西亭注，武汉工业大学出版社1996年版，第6页。

④ 转引自李西亭《近代女作家刘韵琴传略》，《韵琴诗词》，第4页。

大好江南，三年内两经战事。触目处，颓垣断井、劫灰而已。钟阜龙蟠消王气，石头虎踞空营垒。只矶头、燕子不曾飞，今犹是。　访故旧，存无几；桃叶渡，秦淮水。剩丝丝杨柳，冷清清地。无限沧桑怀古意，凄然一掬兴亡泪。况今人、愁较古人深，难言矣。

“癸丑乱”系1913年“二次革命”中江苏讨袁失败事。“况今人、愁较古人深”正话反说，是“今愁”较深之故吗？如此残山剩水，已是幽思尽销、不必吊古了！仅仅在两三年前，韵琴尚有“侬誓不为亡国奴”“自由不得毋宁死”的呐喊，与时局一道急转直下的，还有词人以教育业报国的热望。其后乃以报纸为阵地、以笔为刀枪，走上了著文章、担道义的道路。韵琴主《中华新报》撰席期间，有假其名者投稿于某报，韵琴因作词质之：

心地明如雪。转嗤他、须眉巾帼，供人愉悦。女界闻名参特识，谁谓人皆贤哲。独词藻、妍媸能别。尽尔妖魔鸣得意，比寒蛩、徒自吟呜咽。蝉饮露，惟高洁。　寻章摘句拚心血。费无限、揣摩简炼，低回曲折。男子才华须磊落，下笔力同屈铁。何屑效、香闺一辙？大雅骚坛供鉴赏，信品评、月旦非虚设。问叶否，音和节。

词效杂文体，锋棱不稍敛，极冷嘲热讽之能事，而诟骂背后实是对自己笔墨、名节的珍视与捍卫。虽然韵琴也偶有“卖赋无金，摊书有恨，赚得愁千缕”“只恐天高听不到，还道‘此何须汝’！”① 的幽怨和激愤，但这毕竟是推翻了纲常观念、走出家门后的第一代职业妇女所能做出的最可宝贵的觉醒和抗争。

韵琴晚年退居乡里，以兴化县中专事务员退休终。曾经“仗剑走天涯”的奇女子或许已安隐于市，然词心耿耿，终难消歇，晚年尝以《鹧鸪天》投新履省民政厅厅长王公玙，词云：“锦绣江河异昔年，孤蓬听雨下江船。长堤草长迷蝴蝶，故国春深泣杜鹃。　凝望处，总凄然。颓垣断

① 《百字令》句。

井两三椽。天涯何必逢寒食，不到清明已禁烟。”① 其时已至抗战前夜，故“孤蓬听雨下江船”“故国春深泣杜鹃”悲颓一如此。

为秋瑾影响更巨者为郭坚忍。坚忍亦清民际女杰，生平卓异，爰不惮烦，简录如次：坚忍（1869—1940），原名宝珠，字筠笙，扬州人。父钟灵②、兄宝珩③皆以诗文声闻乡里，先后入湖广总督张之洞幕。宝珠幼承家教，克娴诗礼，有“不栉进士”之誉，十八岁适亳州知州陈晋次子芷渔，以识见为阿翁倚重。清末维新，坚忍率先放足，为国内第一人。又筹立不缠足会，不施脂粉，不御簪珥，着革履，戴阔边草帽，奔走于士绅之家，直叩主妇，宣传天足。有识之士赏其才干，助其创办幼女学堂，教师悉延闺秀充之，是为苏北女学之始。秋瑾闻其名，与之通函，勉励备至。璇卿成仁后，宝珠毅然更名坚忍，字延秋，以继承遗志自任。时有“徐老虎”之谓的徐宝山督淮扬，坚忍以二夫人孙阆仙④义姊身份充为座上宾，力促其反清救国。其后凡二次革命、护法运动、曹锟贿选诸重大政治事件，坚忍皆投身其中，奔走呼号。民国十六年军阀孙传芳退居扬州，以私仇大索之，坚忍数履险境，几罹不测。抗战军兴，坚忍避地乡下，以贫病卒于破庙之中。

坚忍毕生积极入世，政治态度在《游丝词》中多有流露：戊戌政变，作《苏幕遮》云：“不测天心，一变竟如此”；对权臣误国，又作《苏幕

① 王公玙和作曰：“望断天涯又一年，几回误认林兰船。聊凭解语调鹦鹉，枉事催归怨杜鹃。　思往事，泪涓然。写愁只合笔如椽。夜来谁省凄凉苦，几点寒星一炷烟。”

② 钟灵字绣君，诸生，诗外工书画；弟钟岳，字叔高，号外峰，别署天倪子、讷道人，官浙江同知，有《和天倪斋词》五卷。

③ 宝珩（？—1928），字楚生，又字叔迟，号藷厂，光绪辛卯（1891）举人，以大挑教谕改知县，充河北抚院文案，后粤汉铁路总局詹天佑秘书、粤汉铁路管理局总务处长。诗文与梁公约齐名，称“梁郭”，有《五十弦锦瑟楼词》五卷及《藷厂诗》。

④ 孙阆仙（1883—1947），又名朗仙，晚称阆潜、铠隐庐主人，法名朗潜，扬州第二军军长徐宝山侧室。阆仙以梁红玉自况，倾向革命，扬州光复后曾组织女子北伐队、女界募饷会等。阆仙工诗善画，尤擅古琴，与冶春后社名流多有交接。其诗词由郭坚忍教习，亦颇可观，唯不留底稿，今止存《鹧鸪天》二阕，为李定夷《辽西梦》小说作，可称情怀悲壮：“一自欧西战衅开，河山破碎劫余灰。生灵亿兆皆荼炭，听笛军中字字哀。　金蛇电，玉虎雷，血流成海骨成堆。子孤妻寡知多少，莫对兵家说五材。”“待女兰心一点红，望夫石化最高峰。青闺浇恨三更雨，黑海吹愁万里风。　飘零梗，散漫蓬，战场到处泣沙虫。可怜无定河间水，雁杳鱼沉路不通。”

遮》讥刺："惊秋回溯贾平章，宋室偏安，半送半闲堂。"坚忍为兴办扬州女子公学毁家纾难，亘数十年弗衰。尝云："夫者扶也，妻者齐也，女子只须有钟仪郝范之精神，无不可与男子平等，以强民族。中华号称四万万同胞，今将二万万女子关于家庭之内，不得与闻政治，等于废人，则中华人民力量，不啻已减去一半。"[①] 俟女儿至上海学习手工，坚忍作《水调歌头》勉之："只过扬子江耳，毋用动离愁。莫怨孤身作客，千里古人负笈，不惮远寻求。""紧切记，奋志去，莫回头。苟能自立，何用守制嫁公侯!"这是平等、自由的女权主义思想在中华大地上自秋瑾以来发出的最强音。而其思想光芒最为腾跃、面貌最肖"秋闺瑾"者，应为《满江红·自题停琴拔剑小影》：

一表英风，只应是、绘图麟阁。却缘何、钗环巾帼，潜藏绣幕。抱负未能伸志向，遭逢大半多轻薄，激昂时，罢调弃参商，磨干莫。

长啸处，天惊愕；生铁铸，今生错。恨无知执法，欺人太恶。说甚德从唯顺守，更多仪礼加拘缚。偏登坛，演说我同侪，齐腾踔[②]。

坚忍擅口才，每登坛演说从不携讲稿，历数小时不倦，滔滔不绝，扣人心弦，听者无不倾倒。此篇之激切耿介如见其勃勃英姿，闻其朗朗雄辩，前文所述词"觉世"之大义，至此可谓极矣。

坚忍晚境颇恶，"天寒岁暮，困于兰若之中，上遮败絮，下垫穰草"[③]，一代巾帼奇才[④]，蹭蹬竟如此。"我自欲歌歌不得""清泪堕，谁念凄凉我"，几近谶语，令人发一浩叹。四十年后，《游丝词》重付剞劂，坚忍幼

① 杜召棠：《再记郭坚忍》，载陈保定编《郭坚忍纪念文集》，扬州大学印刷厂2014年版，第29页。

② 秋瑾文《敬告姊妹们》几乎可同坚忍词文白互译："唉，二万万男子，是进入了文明新世界，我的二万万女同胞……一生只晓得依傍男子，穿的、持的全靠着男子。身儿是柔柔顺顺地媚着，气虐儿是闷闷的受着，泪珠是常常的滴着，生活是巴巴结结的作着：一世的囚徒，半生的牛马……但凡一个人，只怕自己没志气；如有志气，何尝不可求一个自立的基础、自活的艺业呢？如今女学堂也多了，女工艺也兴了，但学得科学工艺，做教习，开工厂，何尝不可自己养活自己吗？"

③ 杜召棠：《再记郭坚忍》。

④ 康有为语。

子陈沣序之云："余深幸坚忍之将以诗歌文字传，余固尤愿坚忍之不仅以诗歌文字传也！①"诚哉斯言。文学与历史的英雄碑上，都应镌刻郭坚忍袭新式女装，"庄严凝重"②"一表英风"的丰仪。引快意飚飞的《金缕曲·檃栝李谪仙将进酒诗意》为郭坚忍，也为本章作结：

天上黄河水。恁滔滔，奔流到海，直过淮泗。明镜高堂君不见，朝暮头颅改矣。但得意、千金休吝。莫使金樽空对月，尽吾欢、酒后昏昏睡。歌一曲，愿长醉。　牛羊烹宰供飧馈。又何须、钟鼓馔玉，候尊王贵。自古圣贤皆寂寞，饮者名留后世。平乐宴、十千方已。莫叹囊中钱竟少，试呼儿，将去貂和骑。同二子，逐愁退。

---

① 《先母郭坚忍传略》，载《郭坚忍纪念文集》，第1页。《纪念文集》及《游丝词》为坚忍孙女陈保定女士、孙婿祝益生先生、扬州诗友刘存南先生寄赠，特致谢忱。

② 同上。

第三章　民国中后期女性词坛

二十世纪女性词史的第一个“波峰”出现在三四十年代也即民国中后期绝非偶然。一方面，南社女词人们已先行踏平了女性创作道路上的砾石与荆棘，并沿途留下足资继承、取法和借镜的思想艺术资源；另一方面，外忧内患的大环境使包括女性在内的全体创作者扬高、拓宽、探深了笔路，“国家不幸诗家幸”的效应再一次得到彰验。这是诞生了陈小翠、沈祖棻、丁宁、周錬霞等一流高手的“黄金年代”；这是在百年女性词史长篇中高潮澎湃的最强章回。

本章以沈祖棻、陈小翠、周錬霞及她们分别领起的学人、艺人创作群体为主干，辅以分散在此段时间线上的女词人如尉素秋、冯沅君等；僻处福建的寿香社群体虽相对封闭与独立，成员社会身份亦不能完全归属上述两类，然以时间重叠故，仍置于本章末节。丁宁因另有其他视角的论述，并入下一章。

第一节　千秋谁似李夫人：论沈祖棻词

沈祖棻（1909—1977）是整个二十世纪最闪亮的词苑明星之一。不消说其生前身后名与“晚清四大家”、夏承焘、詹安泰、龙榆生等耆宿名家相比无多逊色，即使纵目整个女性词史，亦以仅弱于李清照、朱淑真、顾太清[①]的关注度进入研究成果榜单前列。二十年间，沈氏别集、论著一再

① 在“中国知网”检索1980年至2016年中相关学术文章，篇名包含“李清照”者计3043篇、朱淑真252篇、顾太清106篇、沈祖棻80篇。秋瑾、吕碧城研究成果亦夥，但以较难剔除文学以外成分，未划进比较范围。

重版[①]，年谱、传记不断问世[②]，甚至有研究者自发成立沈祖棻诗词研究学会[③]、出版专题会刊……女词家中享此殊荣者，易安之后，也确是千古一人了。

对五百余首[④]《涉江词》的诸多论说，主要集中在两个问题上。略作梳理：

（1）辨认门径家数。业师汪旭初将沈氏创作历程总结为“三变”，向无异议[⑤]；这样对《涉江词》的读解就聚焦在其词艺师法上。其中较简略而感性者除汪东散见于集中的评语外，又有章行严之“词流又见步清真”[⑥]、施蛰存之“标格甚高，小令不作欧、晏以后语，近慢探骊清真，秦七、黄九且非所师”[⑦]、姚鹓雏之“黄花咏，异代更谁偕。十载巴渝望京眼，西风帘卷在天涯。成就易安才”[⑧]；条分缕析之长文中，识、理俱足者当推徐晋如、周啸天、施议对三篇。徐文认为《涉江词》“早岁出入玉田、碧山，而终以小山为归依”[⑨]；周文谓“她在婉约词创作领域，走的又是周邦彦、南宋格律词派及清代常州词派的路线，而非柳永、李清照及辛弃疾的路线……令词更近温、韦、南唐，而不是小山”[⑩]、施文则以“……读‘涉江’，只是到幼安、到易安，仍未知子苾也；必须到小山，才能领悟其

① 沈祖棻《涉江诗》《涉江词》《唐宋词赏析》《唐人七绝诗浅释》《古诗今选》及小说、新诗等杂著先后出版24种，其中包括河北教育出版社2000年《沈祖棻全集》四本。

② 沈氏年谱有马兴荣《沈祖棻年谱》（《词学》2006年第十七辑）、徐有富《程千帆沈祖棻年谱长编》（南京大学出版社2013年版）；传记有巩本栋《程千帆沈祖棻学记》（贵州人民出版社1997年版）、章子仲《易安而后见斯人：沈祖棻的文学生涯》（当代中国出版社2014年版）。

③ 协会于20世纪90年代由江苏海盐县王留芳等建立，现已发展会员千余人，出版会刊二十期。

④ 河北教育出版社《沈祖棻全集》收《涉江词》甲乙丙丁戊稿共403首、集外词108首。

⑤ 汪东：“余惟祖棻所为，十余年来，亦有三变。方其肄业上庠，覃思多暇，摹绘景物，才情妍妙，故其辞窈然以舒。迨遭世板荡，奔窜殊域，骨肉凋谢之痛，思妇离别之感，国忧家恤，萃此一身。言之则触忌讳，茹之则有未甘，憔悴呻吟，唯取自喻，故其辞沉咽多风。寇难旋夷，杼轴益匮。政治日坏，民生日艰。向所冀望于恢复之后者，悉为泡幻。加以弱质善病，意气不扬，灵襟绮思，都成灰槁，故其辞澹而弥哀。”《涉江词》，第2页。

⑥ 章士钊：《题涉江词》，载《涉江词》，湖南人民出版社1982年版，第179页。

⑦ 施蛰存：《北山楼钞本〈涉江词钞〉后记》，载《程千帆沈祖棻学记》，第451页。

⑧ 姚鹓雏：《望江南·分咏近代词家》，载《涉江词》，第181页。

⑨ 徐晋如：《易安而后见斯人——对〈涉江词〉在20世纪词史中地位的一种认识》，《甘肃联合大学学报》（社会科学版），2010年第4期。

⑩ 周啸天：《论沈祖棻现象》，《绵阳师范学院学报》2013年第12期。

词心”的“知心语”获程千帆“真能抉其征旨渊源”之首肯[①]。

（2）从《涉江词》中擢拔出“词史”意义。自周退密“杜陵诗史千秋业，肯与清真作后尘”[②] 之后，此论渐为研究者所重视[③]，“十年家国感兴亡，一编珠玉存文献”[④] 的《涉江词》由此与《水云楼词》《庚子秋词》《春冰词》《和庚子秋词》《晓月词》等一道被编入“词史”序列中。

以上盘点意在说明《涉江词》规模虽巨，为后学留下研究余地实已不多。如第一点即无从下手，若再逐篇逐句地指出此句胎息清真、彼句专拟小山，既不可能突过前贤，且难免凌空蹈虚、似是而非之病；第二点“词史”问题则尚可商榷。

一 “藏钩射覆总难猜”：“词史”还是“心史”？

青雀西飞第几回，不同心处枉劳媒。障羞无复遮纨扇，占梦何曾到锦鞋。　春酒暖，绮筵开，藏钩射覆总难猜。年年牛女空相望，终负星槎海上来。

妙舞初传向画堂，香车又见赛明妆。高楼佳会伤离恨，别馆新愁误报章。　阑斗鸭，帨鸣龙，近来踪迹太疏狂。春衣蓝似江南水，故损朱颜赚阮郎。

移得垂杨槛外栽，钿车竟日走轻雷。妆成对镜青鸾舞，睡起开帘社燕来。　歌宛转，酒追陪，鸳帷各梦漏声催。却怜神女难为雨，只解行云上楚台。

---

① 施议对：《江山·斜阳·飞燕——沈祖棻〈涉江词〉忧生忧世意识试解》，《中国诗歌研究》2007 年第四辑。

② 周退密：《鹧鸪天·读涉江词，喜题小词，以志钦挹》，载《涉江词》，第 184 页。

③ 如叶嘉莹《从李清照到沈祖棻——谈女性词作美感特质的演进》（《文学遗产》2004 年第 5 期）、王慧敏《论沈祖棻联章组词的词史意义》［《长春师范学院学报》（人文社会科学版）2011 年第 2 期］、黄阿莎《“一编珠玉存文献”——沈祖棻的“词史”创作与词学传统》（《中国韵文学刊》2015 年第 2 期）等。

④ 施蛰存：《踏莎行·奉题子苾夫人〈涉江词〉》，载《涉江词》，第 183 页。

芳会金钱约日来，香笺递处雀屏开。旧盟枉费三生誓，新制空夸八斗才。　金作屋，锦成堆，故应着意向妆台。佳人苦自描眉样，捧得瑶函上玉阶。

夕照萦情怯倚楼，相思何计付书邮。十年辛苦终成梦，两字平安却惹愁。　鹦鹉粒，鹔鹴裘，传呼女伴作清游。蛾眉还怕能招妒，闭入长门不自由。

凤纸题名易断肠，茫茫消息隔红墙。风侵锦帐春无梦，寒透并刀夜有霜。　休叹息，怕思量，闲门寂寞度昏黄。敢将心事传鹦鹉，只许相逢道胜常。

幽恨新来渐不支，红妆日日减胭脂。花前已厌蜂衙闹，海上还传蜃市奇。　珠论斛，桂成枝，天寒翠袖苦禁持。怕看明日春潮涨，化泪流愁又一时。

久病长愁畹晚春，蓬山争信绝音尘。眉颦难效惭西子，国色相窥恼宋邻。　捐玉佩，送金尊，情深一往忆王孙。东风已失韶光半，觌面红楼最断魂。

以上八首《鹧鸪天》笔致深婉而极题旨隐约之至，索解难度不在义山《无题》《锦瑟》之下。若无程千帆为作郑笺，恐怕很难理解其中的微言大义。看第一首笺注：

鹧鸪天八首皆咏抗日战争胜利以后解放以前时局。此第一首，叹国共和谈久而不成也。自一九四五年十二月美国总统杜鲁门派马歇尔元帅来华调处内战，一九四六年二月国共双方及美国在北平成立军师调处执行部，迄八月马歇尔及美国总统杜鲁门派马歇尔及美国驻华大使司徒雷登发表联合声明，宣布调处失败；一九四七年一月，美国国务院宣布停止国共调处，退出调处执行部，为时一年有余。虽多次达成协议，旋即撕毁，形成停停打打、打打停停之局面，终于爆发全面内战。青雀，神话中西王母之使者，喻美国政府代表马歇尔。马歇尔当时曾七上庐山谒蒋，故曰西飞第几回。障羞二句，古代妇女每以扇障面，用藏羞容，而鞋谐同音，故以梦鞋为吉兆。无须纨扇，不梦锦鞋，则断然决裂，不欲和好矣。以谓蒋介石有心黩武无心言和也。下阕春酒三句喻虽多方接触，会议频仍，而商谈内情，终难了解。年年二句则喻国共双方有如牛郎织女，但能隔河相望，而马歇尔则如偶然乘槎以穷河源之张骞，不能效乌鹊之架桥，未免负其调处之初衷也。

这一篇字数几乎四倍于原词的短文读罢，才算初步厘清了词之本事，再结合以“青鸟”“占梦”“牛女”等意象背后的古典文化意涵，终于触探到沈氏掩藏在清辞丽句后的曲折深心。一首词信息量之大，到了令人瞠目结舌、望而生畏的程度，更不消说依照常例，组词之整体内涵往往大于甚至倍于诸阕之和，若想深刻理解这一组作品恐不是朝夕之功，殆汪寄庵所谓“其间微意，有非时人所能领会者，易世之后，谁复解音？此所以有愈来愈少之叹也”①。那么，子苾这种顾此言彼、辞约意丰的风格是如何形成的，又透见了怎样的创作理念呢？

在同样以联章形式、春秋笔法创作的十首《浣溪沙》前，她写下这样的序文：

司马长卿有言：赋家之心，包括宇宙。然观所施设，放之则积微尘为大千，卷之则纳须弥于芥子。盖大言小言，亦各有攸当焉。余疴居拂郁，托意雕虫。每爱昔人游仙之诗，旨隐辞微，若显若晦。因效其体制，次近时闻见为令词十章。见智见仁，固将以俟高赏。②

虽作令词，却全以赋心出之。“放之则大千，卷之则芥子”“旨隐辞

① 汪东：《寄庵随笔·涉江词》，载《程千帆沈祖棻学记》，第439页。

② 《沈祖棻全集·涉江词稿》，河北教育出版社2000年版，第41页。

微，若显若晦”既是词人的审美偏向，又是相当严格的自我要求。但仅看到方法论这一外围层面似意未能尽惬，应再深按一层，探究其价值观与内驱力。

子苾一代词学名家，故其论词之语可看作直接目为创作心旨。看其“比兴”一席谈：

> 用比兴方法赏析古代作品，在词论家中间，有人赞同，也有人反对。至于就作者方面说，则运用这种方法从事创作，只见有人提倡，不闻有人菲薄。推究起来，大概有几层理由：一是这种方法的主要用意是在提高词的地位，增加词的价值，这自然是作词的人所乐于接受的；其次，这种“言近而指远，词浅而义深”的表现方法，如用得适当，的确能够使词的本身更加充实丰富，也没有招人反对的理由；三则温柔敦厚的《诗》教，一向被前人认为是文学的最高标准，而比兴却是达到这个标准的一种方便的手段，词人也不愿意反对它。①

比兴者譬喻也，亦即前文所谓“顾此言彼、辞约意丰”特质之理论来源。这一段话中提到的前两种理由与此处主题关联较弱，而最末一层恰好直捣问题窍要：“温柔敦厚”之帜高悬，乃文学创作者之终极追求，比兴原是通往目的的路径而已。正是秉持这样的观念，沈词才以托喻比拟为能事，显出含而不露、委而不讽的面貌，然而也正中“意深则词踬”② 之弊穴。其实子苾其人其词也正具有着高度同一性。在那一代人的回忆中，她“风神淡远”“韵态清癯”③ “为标准的苏州小姐，文弱清癯，善愁多病，颇像林黛玉，却心地宽大而慈悲”④，俨然一“珍重芳姿昼掩门”之传统闺秀。创作则“温柔敦厚”，为人则淑慎矜庄，也印证了诗如其人的老话头。

马大勇师《百年词史（1900—2000）》甫一开篇，即着手解决了词学

---

① 沈祖棻：《清代词论家的比兴说》，载《宋词赏析》，中华书局 2008 年版，第 291—292 页。

② 钟嵘：《诗品序》，载黄侃、陈衍、叶长青等撰《钟嵘诗品讲义四种》，上海古籍出版社 2018 年版，第 76 页。

③ 顾学颉：《吊珞珈山上的幽灵——记女词人沈祖棻》，载《程千帆沈祖棻学记》，第 411 页。

④ 徐仲年：《旋磨蚁》，正中书局 1948 年版，第 369 页。

研究中一重大问题——《庚子秋词》“词史”说辨。在清理确认了“词史”内涵[1]之后，他颇具胆识与创见地指出：

> 对于时事，《庚子秋词》有“陈”的一面，但似乎说不上“直陈”，更说不上“善陈”……举凡现实、忧患、褒贬、感喟，并非没有，且也不少，但大多是隐藏在那些深曲的字句意象后的。作者很花了一些心思将其包装出具有一种逼真的“古意”，苦心辨认，自然也能影影绰绰读出些潜台词。但一来不够劲直犀利，二来也更有大量无关乎时世人心的作品羼杂其间……很显然，也很遗憾，《庚子秋词》走的并不是真正的“词史”之路……总体而言，仍坚持的是相对保守的“意内言外”“比兴寄托”之家法。[2]

这段话移谓沈词，甚觉平允贴洽，或者简捷地说，《涉江词》即《庚子秋词》的重新搬演。试看“乱峰不度归梦，征路似愁长。便载酒听歌，吟杯赋笔消旧狂”（《忆旧游》）不就是“愁向酒边新，拙是年来旧”的发挥？“芳序换，故欢稀。等闲开过小桃枝。凭阑多少回肠处，语燕流莺未得知”不就是“花事已阑珊，燕子凭来去”的铺陈？这里不是为了贬抑《涉江词》与《秋词》的艺术价值（实际它们都能达到极高程度的圆融自足），乱世危局中每个个体的选择都值得理解和尊重；但动辄将其抬到“词史”的高度则既不准确，亦不公平：如果沈词可以被称为“词史”，那么与之同时期大多数词人的创作都可以划入“词史”之列；但这样又将专意大笔书写抗战词的卢前、刘永济等置于何地？即不提男性词人，女词人中陈家庆、冯沅君、吕小薇，甚至不那么知名的尉素秋、梁璆[3]等都比沈祖棻更靠近“词史”之内涵，这样划低标准显然是文学研究所不足取。

沈词中固然有一批直陈时事、质直刚健的作品[4]，但在五百余首的宏

---

① 马大勇师谓“诗史”之基本要点应涵盖“①善陈时事，补史之阙。②寄寓褒贬，抒述忧患。③风格刚健，情调悲壮”，而“词史”应近之。《晚清民国词史稿》，第 66—67 页。

② 马大勇师：《晚清民国词史稿》，第 68—70 页。

③ 冯沅君、吕小薇、尉素秋、梁璆皆见后文。

④ 如《鹧鸪天 · 惊见戈矛逼讲筵》《梦横塘 · 过江胡马》等篇。

富体量中约仅占到10%弱的篇幅，效用被极大地稀释了。总体来看，《涉江词》那掩藏在柳色花光、烟霞幂云之后若显若晦的分明是一段个人化的"心史"，而远非承载重大的"词史"。但沈词的价值也正在此，它是时代风云映在心灵上的投影、是"大历史"中私人化的"小书写"，又何必强为拔高？"如果将'国家前途''人民利益'一并荷肩，倒真的苦了那一叶'小小舴艋舟'。其实闺情自有闺情的'气象'和'境界'，何苦将之强入'载道'之列。"① 扬之水先生此语允为通人之论。如此，则"到易安"未必"不知子苾"也。

二　"难从故纸觅桃源"：《涉江词》的"奄有众妙"与自我局碍——兼谈词体拟古之得失

前文引诸名家评语、题辞虽各执其词，却不约而同地指向沈词善于拟古的特点，并将此视为优长所在。《涉江词》予人第一印象必是古意盎然、文雅典赡，子苾为拟古是很花了一番心思的："大凡诗歌中所用的词和字，常常有基于艺术的要求而加以夸饰的地方，为的是增加声音、颜色之美，这，也就是《文心雕龙》所谓'因情敷采'。"② 如以"骄骢"指代寇马（《临江仙》），以"轻雷"指代敌机轰炸（《霜叶飞》），以"并刀"指代手术刀（《宴清都》）；邂逅必"玉骢画毂"（《琐窗寒》），欢爱必"密誓鸾钗"（《拜月星慢》）；住处必"药阑花榭"（《虞美人》），用餐必"金盘脍鲤"（《琐窗寒》）……看两首拟古到信手拈来、熟极而流的作品：

社日才过，新烟初试，拂柳乍见双双。无多春色，领略杏花香。早是雕梁尘满，空费尽、软语商量。休回首，吴宫浩劫，往事断人肠。

移巢，何处稳，风帘不定，故垒都荒。叹旧时王谢，难觅画堂。惆怅乌衣零落，更销得、几度斜阳。东风里，呢喃不住，空自话兴亡。

——满庭芳·燕

① 扬之水：《"选析"一家言》，载《脂麻通鉴》，辽宁教育出版社1995年版，第166页。
② 沈祖棻：《唐人七绝诗浅释》，中华书局2008年版，第15页。

帘影摇波，屏山隔梦，孤衾闲数更筹。残月空庭，断肠人在南楼。相思应是无凭准，问何由、说与新愁？枉朝朝，独立雕阑，几度凝眸。　东风不解年时恨，纵心情如旧，漫溯前游。细字银笺，幽怀欲语还休。莺花过眼成陈迹，怕匆匆、春色难留。更谁知，天上人间，此意悠悠。

——高阳台

两首从辞到意俱称圆熟精美而逼肖古人。然前首《满庭芳》正如汪东“用意须避重复”的评语一样，较之史达祖、奚囊①同题之作乃至数以百千计的咏物怀古词，实未翻出多少新意。后首《高阳台》更如连缀两宋名家成锦章，仿拟到了跬步不失、惟妙惟肖的极轨。可以这样说：五百余首《涉江词》是唐宋词在二十世纪最大规模的接受之一，是南唐两宋名家的集体还魂。举凡飞卿、端己、小山、清真、易安、玉田、碧山、梦窗、梅溪、稼轩，都能找到对应的“隔代后身”。此即今诗人军持所谓“从文本到文本”的经典范例，而另一位网坛名家嘘堂②则更能打中要害：

像古人。太像古人。从辞色到意思到精神……都像。到了一处古迹，然后有凭吊之兴生焉，想到去古已远，不值相见。然后眼前有杨柳竹篁梅花瓦檐小桥山楼游女行客雨灯云岫邻笛远箫种种描摩，于其间提起客路迢迢知己零落世风日薄江山不改种种念头，予以或深或浅的浩叹太息。最后，一个或坚决或曲线的 pose 结煞……

这么写，自然合法性是没问题的。写得高明了，也就是像了，还有

① 奚囊，生卒年不详，字生白，一字申伯，江苏南汇人，南社社员。有《玳梁余墨》《香雪词》等。郑逸梅《味灯漫笔》云：“曩时所谓‘国魂九才子’，奚燕子其一也……有咏燕词，调寄《一斛珠》云云，人以‘奚燕子’呼之，以比贺方回之‘贺梅子’也。”《一斛珠·咏燕》词云：“玳梁未去，旧时王谢今何处。乌衣巷口斜阳驻。春色年年，怜煞差池羽。　绿水人家须记取，双双玉剪抛红雨。芹泥觅得商量补。隔断珠帘，花底喁喁语。”引自《二十世纪中华词选》，第1594页。

② 嘘堂（1970—　）本名段晓松，安徽合肥人，弱冠年感时事而出家，历任开元镇国禅寺监院、岭东佛学院教务长。十年后还俗，从事传媒业，又倡为衡门书院，自任山长。嘘堂平生戮力诗词写作，倡导文言实验，创新气质浓郁，为当代罕有作手，著有《须弥座》等。

掌声。但俺纠结的是，古人似乎复活了，但作者自己藏到哪里去了呢？

或者，作者没藏起来。只是根本没有进入过他的文本。从一开始，他就只是在模仿一种久远而经典的腔调，一套动作套路，他的所能见能思能指都从开始就被这些规范性的东西压制住了，不能通过文本的建构而相伴着自由生长。在这种状态下，语言和精神始终是被复制的，而没有发明和增长。作者的六根六识并没有被真正调动起来，对读者来说，也是这样。

讲得有点重。不过每见漂亮的拟古，俺真的总忍不住想问：为什么要这么像呢？①

为什么要这么像呢？一意求“像”，是不是同时也对文学标准进行了消极固化？在这样的标准之下，聪明的学词者或能“一学就学得非常像，一学就学得非常好，一学就学到青出于蓝”②，但同时是否也在相当程度上束缚了自我意识和创作才能？再究诘得深刻些，这种形式主义的模拟，到底是不是对丰厚的古典遗产最好的继承方式？比之诗文“复古—反复古—复古”的跌宕激烈③的清晰曲线，词的内在发展周期既缓慢，论争亦不激烈，实属小焉者。创作理论的相对单纯，使拟古至今仍然被视作学词正途，学古学得像不像，至今仍是评鉴词艺高低的重要维度。然传统并不必意味着毋庸置疑的合理，将拟古奉作圭臬、视为不二法门者必自我局碍、所得有限；论者将这类词推上高位也属眼界偏狭、泥古不察了。

这样说并不是要将拟古之功一笔抹倒，只要不将它作为填词第一要义，驭用得宜，慧心自运，就能将涵泳故纸后仿制出的“人巧”转化为发乎性灵的“天工”。看与沈祖棻年辈相若的周錬霞一首咏公交车的令词：

排就雁行阶畔立。玉毂驰来，阵阵鸣仙笛。两两朱扉相次辟。纷纷上下联珠疾。　　后拥香肩前触屐。玳瑁梁高，素手举难得。路转回环多曲折。人如嫩柳常欹侧。

① 微信公众平台“衡门之下”。

② 周啸天：《论沈祖棻现象》，《绵阳师范学院学报》2013 年第 12 期。

③ 如明代前后七子、竟陵派、公安派等此消彼长、循环往复的衍变过程，就是复古与创新的相互反拨。

拟古在周錬霞这里，是勾连新事物与旧词汇的手段，是妙趣，是性灵。其实子苾也偶有类似尝试①，只是因拟古而“一味矜严”②、束缚手脚，未能跃出“故纸”中的“桃源”，竟成株守。推举沈氏的背后，分明是对拟古一途的过度尊崇。“古”是超尘拔俗的象牙塔，也是日暮途穷的牛角尖，调谐古今、承古思变，是传统文学样式——或许不是唯一——也是最宽广的出路。这应是在日趋饱和、陈陈相因的沈祖棻研究中，我们更应该关注的理论问题。

三　写情圣手盛静霞

谢尽名园百种芳，客中春事太寻常。漫凭鹦鹉说离肠。　碧篆有心香蕴结，青山无恙梦微茫。泪丝离绪不堪量。

不去寻思怕断肠，绿杨烟里是家乡。满湖醇碧醉韶光。　四壁风声人入梦，一灯棋子指生凉。此时往事怎生忘。

——浣溪沙·和祖棻③

二首词作者盛静霞是与沈祖棻“萧条异代”④ 而齐名于当时的才女⑤。静霞（1917—2006），字弢青，扬州人，1936 年入中央大学，师从汪辟疆、

---

① 沈氏《浣溪沙》中写到电扇、播音、摩天大楼等，汪东评云：“善以新名入词，自然熨帖”，略过誉。《沈祖棻全集·涉江诗词集》，河北教育出版社 2000 年版，第 52 页。

② 沈祖棻《声声慢》词句。

③ 祖棻原作云：“满目青芜岁不芳，啼鹃听惯也寻常。而今难得是回肠。　燕子帘栊春晚晚，梨花院落月微茫。人间何处着思量。”“忍道江南易断肠，月天花海当愁乡。别来无泪湿流光。　红烛楼心春压酒，碧梧庭角雨飘凉。不成相忆但相忘。”蒋礼鸿又再和韵二首云：“小院春归散剩芳，履痕苔掩已寻常。此中驻得九回肠。　料得欢期犹间阻，只应星汉怨微茫。漫同孤影做商量。”“未忍诗篇号断肠，终期归占水云乡。采菱声里滟夜光。　依是鸳鸯湖畔客，须君同领芰荷香。鸥夷盟好莫相忘。”

④ 陆蓓容有文《萧条异代使人愁——沈祖棻与盛静霞》，收录于散文集《更与何人说》，中华书局 2011 年版。

⑤ 汪东有言：“中央大学出了两位女才子，前有沈祖棻，后有盛静霞。”蒋礼鸿、盛静霞《怀任斋诗词·频伽室语业合集》，香港天马图书有限公司 2004 年版，前言页。

吴梅、汪东、唐圭璋、卢前，参与雍社[①]活动。彂青诗特佳，尤擅歌行体，自云“谨以寸管写天下之恨事，庶几共抒天下人之愤懑”[②]，尝作新乐府四十首充为毕业论文[③]，今止存十七篇，已足见其嵚奇肮脏的奇女怀抱。其中大笔直书抗战时事之《大刀吟》《警钟行》《哀渝州》《天都烈士歌》《飞缆子》《张总司令歌》[④] 等得近时文友谓：“就诗艺而言，盛先生此新乐府远非白居易可比，自是直追杜工部。”[⑤]

彂青词较诗成就略弱，然亦能自足成家。《频伽室语业》存词八十余首，能在子苾之下自成一体。黄征云：“……两两对比，异同颇见……沈集以词为主，盛集以诗为主。沈词写愁最多，亦最妙。一句‘有斜阳处有春愁’便获‘沈斜阳’之称。盛词写梦最多，亦最有意境，如‘粉蝶飞迷千里路，落花飘下一声钟’句，便引人无限遐想……要之，词人骚客之抒情言事，于体裁往往各有偏爱，故颇难遽定高下、强分优劣。”总体观之，沈、盛二人均走婉约隽雅一路，审美风格则各擅胜场：沈词浓挚，盛词温淡；沈词“深”且“怨”，盛词“清”而“慧”。如处理同样的寄外题材，子苾每善造“药盏经年愁渐惯，吟笺遣病骨同销”“刻意伤春花费泪，薄游扶醉夜听歌”[⑥]的“有我之境”，彂青则将相思书写得空灵摇曳，烟水迷蒙：

---

① 雍社为汪辟疆创办，与吴梅“潜社”同时，二社社员多有交集。静霞诗《重阳登栖霞山分韵得开字》有序记录盛况：“彭泽汪辟疆师创雍社重九偕诸子游栖霞山，山多红叶，经霜弥艳。”

② 《盛静霞〈抗战组诗〉序》，网文。

③ 静霞之子蒋遂：《粉蝶飞迷千里路，落花飘下一声钟：盛静霞的诗意人生》：“转眼间，盛静霞就要毕业了，她一向怕写论文，于是向汪辟疆先生征求意见说：‘可否以四十首《新乐府》代替论文？’汪先生说：‘别人不可以，你可以’。”杭州市政协文史委员会编《之江大学的神仙眷侣——蒋礼鸿与盛静霞》，杭州出版社 2012 年版，第 17 页。

④ 录《警钟行》一首参看：“长空杲杲白日静，钟声呜呜传作警。狂飙蔽日走石沙，壮呼老啼汤沸鼎。穴中尽作蛙黾蛰，六街飒飒阴风冷。天崩地裂起奔雷，当头岩石訇然陨。父母妻子颤相抱，生离死别在俄顷。震荡昏眩得不死，耳聋睛突犹为幸。一弹中穴门，百口同灰陨。十里之外肢体飞，须发粘臂血肉紧。一弹中居室，四邻火光迥。焦梁灼栋落纷纷，滚地抱头无处遁。一弹复一弹，百弹千弹意未逞。毒雾下堕随风狂，轧轧机枪急雨猛。雕栏画栋焰冲天，红尘顷刻群鬼骋。鲜血模糊不忍观，游丝一息声悲哽。唤儿呼女如痴狂，遍街奔走双睛迸。龙钟老妪抱头颅，头颅半缺连儿颈。树头挂骸血淋漓，破腹流肠枝穿挺。衰翁拾得锦衾归，衾中热血包双胫。百里楼台化劫灰，万家骨肉忽异境。怒焰齐随弹火高，警钟震处痴聋醒。为谢东夷运无多，人寰惨绝天安忍？黄昏山色照群骸，野犬无声细舐吮。”

⑤ 《粉蝶飞迷千里路，落花飘下一声钟：盛静霞的诗意人生》，载《之江大学的神仙眷侣——蒋礼鸿与盛静霞》，第 16—17 页。

⑥ 沈祖棻《浣溪沙》十首之三、五。

款款清宵款款风。山楼沉入月明中。星河浪静接天东。　粉蝶飞迷千里路，落花飘下一声钟。眼波犹漾小帘栊。

——浣溪沙①

全词铸语自然馨逸，造境开阖得宜，为弢青笔下压卷之作。过片二句直可与少游"夜月一帘幽梦，春风十里柔情"相抗手，可准"沈斜阳"之例，呼为"盛落花"。同样流宕自然的秀辞丽句还有"月易朦胧天易妒，人间别有烟与雾""忽如有会微凝伫，万籁无声听杜鹃""一片佩声和露堕，满身花影似纱笼""几杵疏钟未散，一带谢桥斜"……一卷《语业》，灵光闪缀，落英缤纷，其中与夫婿蒋礼鸿唱和之情词数量最丰，亦是弢青一生创作精萃所在。

蒋礼鸿（1916—1995），字云从，语言文字学家、敦煌学家②，之江大学就读时受业于夏承焘。在与这位"长似垂头鹤"③ 的"末座少年"④ 半个多世纪的爱情长跑中，有"佯泥人扶，教看影并，寒光同暖"的甜蜜，有"从道拗莲作寸，千丝只要相连"的盟誓，有"知否相思无小别，便一分一刻都难展"的别离；有"迷离翻被绮怀纷，含笑一相视。纵有天孙机杼，怕心情不似"的待嫁情怀，有"纷纷催说，说早早、好入花乡。郁芬芳、有流苏一地，烛影千行"的新婚燕尔，有"和雨和烟坐夕曛，垂虹几度绕衣巾"的相对忘机。云从曾有《菩萨蛮》八首和大鹤山人，得龙榆生"缠绵悱恻，自振雅音"⑤ 之赞评，弢青亦有和作，婉曲窈丽不仅直驾乃夫而上之，即与大鹤原作相较也逊色无多。看第一、四、六首：

① 蒋礼鸿有同韵作云："卧后清宵细细风。徘徊明月静房栊。梦魂飞袅一声钟。　何处许加离别字？只今犹是未相逢。春蚕秋蝶思无穷。"

② 蒋礼鸿博学洽闻，二十一岁即以《说克》在学界崭露头角，有《敦煌变文字义通释》《义府续貂》《商君书锥指》《辞书三议》等著作，杭州大学有"夏、任、蒋三先生同在一室，则有关中国文化之疑问无不能解"之说法。

③ 吴鹭山赠诗中语。

④ 钱子厚来信为弢青作伐，寄集体照一张，云"末座少年即蒋云从也"。《之江大学的神仙眷侣》，第 18 页。

⑤ 转引自施议对《当代词综》，第 1634 页，施记为《玉楼春》，误。

东风不管人憔悴，珍珠万斛蔫成泪。深院背晴晖，游丝绾恨飞。小屏山色冷，梦断江南影。燕子未归时，庭花缓缓开。

恒沙流尽天难老，烧痕暗发原头草。油壁认香车，梦中犹有家。瑶华辞玉树，准拟频伽驻。莫更种夫容，恣君愁怨浓。

瑶台不许惊禽驻，低徊又向分携路。双鬓湿凄烟，萧萧风满船。水深波浪急，无数愁鱼泣。恩怨等难填，明珠何处衔？

词有自注云："大鹤词八首，系'托志房帏，缅怀君国'之作。云从爱其婉媚，逐首和之，余亦奉和，但与大鹤的寄托不同。时我已往白沙先修班任教。两人词中均有患得患失、忧谗畏讥等情绪，盖关系未完全肯定也。"组词意象重叠明灭，如人面花光交映，沉艳处竟能上摹花间。在"房帏"上升到"君国"，再由"君国"转回到"房帏"的过程中，词人完成了情感的高度提纯和技艺的取法乎上。弢青情词之"慧"，也有不那么"雅"而明畅诙谐的一格，如《定风波·雨中与云从共伞过白堤》：

急雨斜风堤上秋，一枝莲叶覆鸳俦。风骨如君原可爱，无奈。在侬伞下要低头。　湿透袷衣都不管，指点。烟中西子令人愁。泼墨谁能摹国色？奇极。却从黯黯见风流。

相比沈祖棻托寄至微的怨苦之辞，盛静霞笔下"在侬伞下要低头""湿透袷衣都不管"的美好场景似乎更接近爱情的常态，更能使平凡儿女会心解颐。三十余年后，昔日的伞下少年蒋云从在游览易安故居时写下一篇《水龙吟》①，词云："两家词卷长留，异才秀出雄齐鲁。云谁豪放？云谁婉约？纷纷称数。罗帐灯昏，星河帆舞，谁男谁女？向博山道上，心追口拟，何曾见，分张处？

① 词前有序云："自来论词者，率以稼轩为豪放，易安为婉约，余每非之。惟我乡沈寐叟论易安词云：坠情者醉其清芬，飞想者赏其神骏。易安有知，当以后者为知己，斯为先得我心。辛酉秋到济南，殷孟非兄、朱广祁君导游两家纪念堂，因为是解，以驽骀赞飞黄，只见笑于其辞之蹇耳。"

同是江南飘梗，未须怜鬓风鬟雾。栖迟零落，天应赚汝，腾声飞句。打马图开，美芹书献，恁般心素。倩何人巨笔，横施勒帛，扫浮萍去。”“异才秀出”的弢青，不正有着“豪放”和“婉约”两副笔墨？云从命笔之时，想来必有“词女之夫”的一份自豪与自矜在。

四　王兰馨

本节末可谈与沈祖棻词风相近的另一学界才女王兰馨。

兰馨（1907—1992），号景逸，广东番禺人，父官至广东巡抚。北京师范大学毕业后终身从事教育工作，曾任教于西南联大、南开大学、清华大学、云南大学，有《景逸词论》等著作。兰馨为新文学家李广田室，抗战中尝孤身将雏自沦陷区奔赴大后方千里寻夫①。兰馨涉词较早，大学毕业集民十八至二十二年间诗词为一册，名之《将离》，取将离花与“将离京华”二义②，系主任钱玄同为题签，业师俞平伯为作序（今佚）。《将离》存词近百五十篇，小令大抵如刘梦芙所言“缠绵凄恻，清丽幽窈”③：“昨宵魂梦堪惆怅，月明正在梨花上。窗下烛摇红，玉人隔画栊”“雨过月华清，小院人初静。一桁疏帘宛地垂，飞过杨花影”诸句颇有南唐北宋倚声初萌之时的清新浑雅。中长调亦佳作叠见：

城头碎柝已三敲。夜迢迢。雨潇潇。又是跳珠乱点、滴芭蕉。寂寞绿窗人一个，怀往事，谱新词、似那宵。　那宵。那宵。太无聊。灯半挑。香半消。睡也睡也，睡不稳、听彻琼箫。只有隔帏、明灭一灯摇。一夜落红知多少，春去也，在江南、第几桥。

——江城梅花引

西风纵吹老，吹不断、此时情。任秋浅秋深，秋寒秋暖，秋雨秋情。凄清。弦弦掩抑，是谁家、低按小银筝。远谪诗人老去，冰弦莫诉平生。

① 李广田长篇小说《引力》即本此事。

② 集中《浣溪沙》有句“花到飘零惜已迟”“谁人和泪唱将离”可作如斯解。

③ 刘梦芙：《冷翠轩词话》，转引自《二十世纪中华词选》，第1744页。

天涯涕泪一身行。极目望归程。奈尊酒芳华，良宵明月，瘦损兰成。飘零。数行归雁，倩何人、寄语过前汀。但剩荒烟幽翠，西风吹作秋声。

——木兰花慢

前首情思流动，有民歌风味，后首六秋字连用则纯然易安口角。将寻常题材处理得新意自见，是兰馨身手不凡处。

《将离集》中另有造语奇丽、感喟深沉的别调一种，格在蕙风、观堂间。读《浣溪沙·瑶亭唯兰过余，清谈竟至夜，其情可感，为歌八阕》第一、六、八首：

为感繁霜一曲歌。拟挟锦瑟泛银河。斜风细雨五湖波。　曲尽环声沉碧水，隔江隐隐现青螺。拔山力尽奈虞何。

事到难言只泪零。城南旧路怕经行。垂杨应不向人青。　岂是拈花难解脱，为怜明月太凄清。人生自是患多情。

抱得押衙今古怀。泥人宛转话蓬莱。多情无计为安排。　千劫华严心化石，愁如可忏愿长埋。花枝惆怅近人开。

若沿着这样的高起点走下去，兰馨是有望成为由民国入共和国的一代名家的，而晚年的《晚晴集》题材技艺上的生涩失准已大不复先前的诗思灵气。两位同样富于“涉江”情怀的优秀词人于苾中岁后绝笔不作词，兰馨亦令人不免“此花开后更无花”之叹。

第二节　乱世萍踪：尉素秋与冯沅君

民国黄金一代的“含金量”不仅在于子苾、翠楼这样的“超重量级”高手，即如长久不为世所关注的尉素秋、冯沅君两家，亦能成就斐然、各当一面。尉、冯词才相埒，抗战中俱飘零大后方，可并谈。

一 “自古逢秋悲寂寥”：论尉素秋词

（一）词林旧侣，海上秋声

病骨支离久。剩招魂、天涯尚有，几人师友？药盏飘零烽火外，更许苦吟消瘦。不及问、年来僝僽。破碎山河生死别，但关心、千里平安否。家国恨，忍重剖。　尘扬东海当丁丑。叹长安、露盘承泪，暮鸦啼柳。一缕心魂经百劫，还仗新词护守。恐负汝、金尊相寿。谱就商声肠易断，况空名、未必传身后。多少事，休回首。

寂寞人间世。论交游、死生患难，如君能几？辛苦分金怜管叔，知我平生鲍子。更莫说、文章信美。不见相如亲卖酒，算从来、词赋工何味？心血尽，几人会？　重逢待诉凄凉意。且休教、等闲飘尽，天涯涕泪。我亦万金轻掷者，今日难谋斗米。空料理、年年归计。一样关山多病日，未能忘、尚有中原事。堪共语，兄和姊。

1939年，病中的沈祖棻写下两首《金缕曲》，寄与时寓渝州的尉素秋。前首特用顾梁汾寄吴汉槎韵，有又序云：“秋固泪书，余亦泣诵。盖万人如海，诚鲜能共哀乐如秋与余者也”，沈、尉醇交如此。素秋（1914—2003），字江月[①]，江苏徐州人。民国二十年入中央大学中文系，先后从吴梅、汪东学词。瞿安勉之曰：“徐州一带，自徐树铮死后，词学已成绝响。现在素秋起来，又可以接续风雅了。”[②] 次年秋，与王嘉懿、曾昭燏、龙芷芬、沈祖棻结“梅社”[③]，后又纳入杭淑娟、徐品玉、龙芷芬、张丕环、胡元度、章伯璠、游寿等，“点绛唇”子苾、“西江月”素秋为社中最负词名

① 素秋本无字，后截在梅社时诨号“西江月”为字。尉素秋《词林旧侣》，《程千帆沈祖棻学记》，巩本栋编，贵州人民出版社1997年版，第403页。

② 尉素秋：《〈秋声词〉校后记》，台湾帕米尔书店1967年版，第112页。

③ 梅社首次社集定于梅庵六朝松下，又以首倡五人如梅花五出，因得名（一说以发起者均为吴梅弟子）。见《词林旧侣》，载《程千帆沈祖棻学记》，第401页。

者。诸女朝夕过从，裙屐飞扬，为民国词坛清丽一页[①]。今存《秋声集》中标明社集作品者，有《国香慢·与社中诸友分韵咏水仙，有所指也》，读来不难想见当日才女毕集的风流盛况：

倦眼微开。乍梅花梦醒，已谪瑶台。凌波漫摇清影，冉冉春来。偶向东风浅笑，住尘寰、不染尘埃。亭亭洛川畔，杜牧三生，恼乱情怀。

国香天不管，袅芳心一寸，无处安排。问春何许，惆怅春已天涯。绿叶成阴结子，更诗魂、黄土长埋。凄凉感迟暮，弱水盈盈，净洗苍苔。

素秋毕业后旅食沪上，至“八一三”沪战起沦飘赣、蜀、宁间。1950年底由香港辗转赴台，先后任教于成功大学、东海大学等，授台籍子弟以填词之学，树人特多[②]，以九旬高龄终。抗战中，汪东尝殷殷寄语云：“我看重女子教育，认为是改造社会国家的一个根本问题。现在我老病侵寻，要做的事太多。你一直服务教育界，希望胜利复员之后，实践你的诺言，为我所计划的教育事业尽力。”[③] 病中托命之言，令人感佩。其后半个多世纪中，素秋于海峡对岸落地生根，为“梅社”中唯一未中断教研、未荒废词业者。比之同学少年的种种遭际[④]，尉素秋是幸运的。然毕竟对故国须臾不能忘怀，“怅望关河，天涯人自老”“几番吞泪望神州，西北阻高楼”[⑤] 之情绪几乎充溢后期创作全部篇幅，又诚可哀可叹。人天遥隔，消息梗阻，秋声自海上传来，分外寂寥悲怆：

一江南北烽烟满，惊心范阳笳鼓。六代豪华，金陵王气，都入庾郎哀赋。荒园废圃。剩绕树鸦啼，留春鹃语。院落凄凉，伴人惟有窗

---

① 梅社事详尉素秋《秋声词校后记》《词林旧侣》、尹奇岭《梅社考》（《新文学评论》2012年第4期）等文。

② 《秋声集》中选学生词作若干首，皆功力初具。

③ 《〈秋声词〉校后记》，第111页。

④ 梅社中，曾昭燏1964年自坠灵谷寺塔身亡，杭淑娟瘐死于“文革”中，沈祖棻殒于车祸，游寿流亡极北。

⑤ 素秋词《关河令》《荷叶杯·壬辰春暮游阿里山。月冷霜浓，酷似深秋。凭高远眺，凄然动莼鲈之思》句。

前树。　垂垂枝上嫩子，渐微酸退减，红晕如许。夏昼初长，秋阴未动，谁信芳菲凋殂。天涯倦旅。又泪堕岩荒，梦萦中土。昔日园林，杏泉今在否？

——齐天乐·南京故居有老杏一株，疏枝着花如梅。己丑春，南京沦陷，余避乱出走。比归，杏已黄熟，摘取之后，杏树突然枯死。乃就其托根之处凿一井，名之曰杏泉。来台之后曾发表《杏泉之歌》《忆杏泉》以纪其事

（二）“者番归去已无家”[①]：托寄遥深的《秋声词》

素秋自言：“（词）牵引着我个人的生命内容。虽然鸿爪雪泥，尽属陈迹，而往事关情，并刀难剪”，《秋声集》更将七十五首词作置于诗、曲前，足见珍重。素秋向汪东执弟子礼甚恭，以面聆謦颏为毕生幸事。沈、尉同出汪门，为“学生中有成就者”[②]，实则尉较沈受乃师影响更深。旭初尝言祖棻小令特佳，长调嫌弱；而素秋长调较胜，小令也能作。[③]“长调较胜”固与吴梅启蒙有关[④]，更得力于汪东“服膺清真数十年如一日”[⑤]之宗法路数。素秋寄汪东以词代书之作最能见承传关系：

蕉窗风送雨，晚秋节候，孤馆暮愁宽。杜陵嗟病损，白发千茎，犹自理残编。文章信美，漫赢得，刻骨辛酸。回首处，茫茫天地，几度海成田。　怆然。巴山小驻，绛帐重过，诉心期何限。悬后约，鸿飞不到，咫尺云山。池塘渐次生春草，待追随，藜杖翩翩。能几日，看花又是明年。

——尉迟杯·吾师汪旭初先生患骨结核症，卧病歌乐山数年。壬午秋，余自赣返巴蜀，谒先生于静石弯寄寓，相违仅四年

① 素秋《浣溪沙·将返南京。留别无锡国专高材生张华铮女士》句。

② 尉素秋：《梦秋词跋》，载《汪旭初先生遗集》，台湾文海出版社1974年版，第137页。

③ 同上。

④ 素秋《秋声词校后记》：“瞿安师教我们填词，总选些难题、险韵、僻调，把我们逼得叫苦连天……瞿安师解释先难后易的道理说：‘射人先射马，擒贼先擒王，倘作词只会浣溪沙，作诗只会五七言绝句，那是没用处的’。”《秋声词》，第108页。

⑤ 程千帆《梦秋词跋》引汪氏对沈祖棻语，齐鲁书社1985年版，第495页。

耳，先生须发已皤然白矣。越数日，先生以《尉迟杯》词见寄，余乃赋是阕以呈

词笔深沉蕴藉，有一唱三叹声。结合词序及汪东原作[①]，可知师弟两代“宗周”乃“清真体”波卷层出、回旋跌宕之章法特点情感容量较大之故。此类典型例证又如：

几年离索。叹重来人似，辽东归鹤。漫搔首、欲问苍苍，又月冷蜀山，雾迷京洛。玉骨尘埃，忍问讯、旧游池阁。纵朱门未改，孤负松筠，那时盟约。　江城数声画角。伴蛩吟入梦，往事如昨。甚断魂、九辩难招，想披荔牵萝，独行林壑。败叶荒疏，苦忆汝，衣轻衫薄。夜迢遥，一帘月影，照人泪落。

——解连环·辛巳夏，日机连续轰炸重庆。余自赣归来，访南岸山中故居，惟见一片瓦砾，临舍三十余人同日殉焉。访蕊仙[②]，已迁居锦城，并传闻最近吾故，乃为以词哭之。后知此乃讹传。蕊姊读余是作，击节叹赏，谓“范巨卿之素车白马，张元伯犹及以身见之，何其幸也”

素秋长调手段精娴，小令则更有驾轻就熟之功力。1941 年夏，素秋由江西泰和返巴蜀，经衡阳、桂林、柳州诸地，历时一月，成《浣溪沙》数首。词写离乱行色，深抉内心飘零寂寥，颇有“役役尘壤间”“国破山河在”感，熔沉咽疏快于一体，为其毕生高境。倘能拓展篇幅至几十首，必可与老杜入蜀纪游诸作观互参。其一、二、四、五云：

曲槛灯窗细雨天。伶俜翠袖渐生寒。夜长睡起理征衫。　漠漠

---

① 汪东原作《尉迟杯》云：“废登临，下木叶，叹息秋渐深。残螺点染遥岑，如笑我，老难任。摊书未成睡，倦枕欹，寂历少知心。嗟此意，欲说还休，数行低雁沉沉。　昨暮步屧相寻，乍轻飞温语，已散烦襟。仿佛精庐开白下，宴阑同赏药抽簪。如今待，收聚毫端，画那时，笠屐北湖阴。更几人，白首扶携，但消沉醉狂吟。”

② 蕊仙名李久芸，详见附录一《近百年女性词坛点将录》。

车尘侵短鬓，迢迢驿路走丛山。任他离恨自年年。

——发泰和

向晚江风吹面凉。烟波一棹渡潇湘。行人今夜宿衡阳。　为吊骚魂怜碧水，漫寻香草倚修篁。留连浑忘路途长。

——渡湘江

一代文章百世诗。流风韵余柳侯祠。烟波澹荡草萋萋。　满目江山身似寄，一川愁绪雨如丝。渐行玉骨渐支离。

——过柳州，谒柳侯祠。侯即柳宗元也

瘴雾冥迷白昼昏。羊肠石径阻轮奔。乱山深处隐苗村。　风景宛然摩诘画，衣冠仿佛葛天民。优游我亦武陵人。

——贵定旅次。贵定在贵州境，城外为花苗集居地，余因行车故障，留三宿始去

素秋寓蜀时任教于四川省立教育学院国文系，生活稍定。1947 年夏，将归金陵，与诸生夜泛嘉陵叙别，叩弦作歌。其时素秋初阅沧桑，心境复杂，却在这一刻以矫亢姿态发出了一生鲜有的高迈之音。词有大苏遗意，襟怀朗彻，气骨毕见：

嘉陵江上，问几人似我，扁舟如叶。天际愁云风卷尽，皎皎一轮孤洁。断岸回旋，中流容与，万象俱澄澈。叩弦歌罢，浪痕摇荡空阔。　谁信画里山河，望中云水，过眼成轻别。回首弦歌酬唱地，一一从头难说。漫折垂杨，但倾樽酒，羞赋销魂阕。杜鹃声里，遽怜归去时节。

——大江东去

越三年，素秋与故国“轻别”，那“画里江山”也永远地变成了“梦中江山”。六十年代，远在台岛的素秋虽漫卷诗书、从容优游，但这一时期的词必然会“敛雄心，抗高调；变温婉，成悲凉”。1965 年，素秋与成功大学

中文系学生游彰化①，于山坳间重逢中央大学同窗。“问姓惊初见，称名忆旧容”，昔日少年皤然老矣，那“卅年电飞蓬转”中的一片曲折深心也就随着“京华旧梦”融化在山光、歌声与醉眼中了：

记轻车辇路，纨扇熏风，初到溪湖。邂逅成宾主，乍称名问姓，相对惊呼。卅年电飞蓬转，两鬓各萧疏。数雪案萤窗，京华旧梦，半已模糊。　雁书岭云外，唤细柳群英，雅聚斯庐。珍果筠篮荐，纵高歌痛饮，声动临闾。只今渐成追忆，回顾几踟蹰。倩谁买生绡，殷勤绘入消夏图。

——忆旧游·成功岭夏日雅集

二　知行兼擅的词学名家冯沅君

（一）二十世纪第一位女性词学家

沅君（1900—1974），原名恭兰，后改淑兰，字德馥，笔名大琦、漱峦等，河南唐河县人。冯氏为唐河书香望族，四代衣冠雍穆。② 沅君自幼承家学濡染，及长又熏沐“五四”风潮，旧学根柢与时代精神俱足。沅君初涉文坛即投身新文学创作，以小说《卷葹》《劫灰》《春痕》名满京华，由是受鲁迅奖掖。1922 年自北京女子高等师范学校毕业后，考入北京大学研究所国学门，成为该所首位女研究生，导师即“二十世纪中国文化的重要路标”之胡适。沅君历主金陵女子大学、中法大学、暨南大学、北京大学教席，1932 年与丈夫陆侃如同时考入法国巴黎大学文学院攻读文学博

① 事详《成功岭夏日雅集词序》，载《秋声集》，第 53 页。

② 冯沅君祖父冯玉文（1826—1892），字征圣，号梅村，有《梅村诗稿》；父冯台异（1866—1908），字树侯，号复斋，又号后乐生，光绪戊戌科进士，官湖北崇阳知县，为张之洞洋务帮办。有《复斋遗集》《复斋诗集》；母吴清芝（1862—1944）曾任县办女子端本小学堂监学；姑母冯士均“尤长于诗，清辞丽句，颇得晚唐风致”，有《梅花窗诗草》，年十八而卒；长兄冯友兰为当代著名哲学家；仲兄冯景兰为著名地质学家、中国科学院院士；友兰女冯宗璞为著名作家、中科院研究员；景兰女冯锺云为北京大学教授、古代文学学者；锺云丈夫张岱年、沅君堂妹冯镶云丈夫任继愈均为著名哲学家。据赵金钟《倚树听流泉：唐河冯氏家族文化评传》（郑州大学出版社 2013 年版）、《唐河文史资料第 1 辑》（唐河县政协文史资料研究委员会 1985 年编）、吕友仁、查洪德《中州文献总录》（中州古籍出版社 2002 年版）、姜丽静《历史的背影——一代女知识分子的教育记忆》（教育科学出版社 2012 年版）、曾大兴《词学的星空——20 世纪名家传》（河北人民出版社 2009 年版）等。

士，1935 年毕业回国。抗战中，夫妇流寓西南，新中国成立后任教于山东大学，并先后膺副校长职。

在去国离乡、漂流江海的十年中，年轻的学人伉俪完成了《中国诗史》的写作，其中“近代诗史”即词曲部分由沅君执笔[①]。《诗史》以“传信自勉”[②]，在导言中，陆侃如将所“传”之“信”作如下一番阐释：

> 我国诗歌历三千余年之久，所产生的作品实在不止恒河沙数，若要在诗史里一一叙述，不但势有所不能，抑且理之所不必。因此，不能不替它们分个轻重先后……例如汉以后的“骚”，无论是庄忌还是王逸，大都是无病呻吟，不值一读。又如近数百年的诗词，无论是李东阳或是陈维崧，也都不值得占我们宝贵的篇幅，为什么？因为它们是“劣作”。

这实在对两位作者的业师王国维“文学代际观”及胡适“文学进化论”的直接承继和倡扬![③] 站在今天“通变”与“全景”的理论立场上看，不能不说是文学观念的重大疏失[④]；然而这又何尝不是具有鲜明学术个性、完成了理论上的自洽与自足的一家之言[⑤]？何况具体到词史的写作中，冯沅君不徒对王、胡某些过于粗线条、情绪化的观点予以纠偏矫枉，其中一些论断如“苏柳相关”“辛词雅洁”等尤具片言折狱之功。曾大兴直言冯氏之词史“比刘毓盘的《词史》和王易的《词曲史》要‘新’，比胡云翼的《中国词史大纲》和薛励若的《宋词通论》要‘细’。它是 20

---

① 陆侃如在《诗史 · 序例》中作说明云：“此书是我和沅君合写的。起初我打算一个人写……便写成‘导论’及《古代诗史》……并续写《中代诗史》。时沅君在上海讲词曲，故以《近代诗史》托付她。我自己又写一篇附论，全书就此完成了。”张可礼《陆侃如、冯沅君先生〈中国诗史〉的主要贡献》，《文史哲》2002 年第 2 期。

② 袁世硕、张可礼主编：《陆侃如冯沅君合集》第一卷，陆侃如、冯沅君著译，安徽教育出版社 2011 年版，第 3 页。

③ 《诗史》体例设计曾征求胡适意见，胡适对此不持异议。见《词学的星空——20 世纪名家传》，第 97 页。

④ 可参见马大勇师《行走在古典与现代之间——关于近百年词史的若干问题》“千年词史与百年词史”部分，载《二十世纪诗词史论》。

⑤ 可参见陆侃如、冯沅君《中国文学史的分期》，载《文史哲》编辑部编《中国古代文学：作家 · 作品 · 文学现象》，商务印书馆 2012 年版。

世纪前半叶问世的一部最好的词史。”① “最好”与否或可见仁见智，它确乎与《南宋词人小记》等著作一道，造就了冯氏在现代词学史上“第二代拓荒者”的地位。从时序上看，二十世纪首位女性词学名家的称号，除冯沅君外不应作第二人想。

（二）合稼轩、白石为一手的《四余词》

较之新文学创作与古典文学研究领域，冯氏词的声名显得低调许多。今《四余词稿》《四余续稿》存词 101 首，始于 1939 年前后，终于 1944 年②，可直目为词人抗战时期流徙生涯中的心灵简史。总体看，冯词无观堂之理趣，更不类胡适之创体；在“守正”阵营中，是此期女词人中较少见的“南宋派”。沅君平生不作长篇，小令中特精《点绛唇》一调：

小阁支离，擎杯兀坐惊风雨。奔流千尺，情雪霏眉宇。　落落离堆，午夜听涛处。忘归去。澄江如练，依约蛟龙语。

——点绛唇·黄果树观因忆嘉州滩声

磊落群山，高人跌宕临流语。披襟散发，朝暮忘归去。　修竹便娟，竹外重重树。迷前浦。阴晴飘忽，咫尺愁风雨。

风定云开，远林推上明明月。扁舟如叶，稳泛蛟龙窟。　隐隐前村，渔火明还灭。沧江阔。人天悲郁，一啸千岩烈。

——点绛唇·阳朔道中

拔地孤峰，濡毫须用如天纸。长天如纸，不尽沧桑意。　冻雨飘风，袖底重云起。群山外。晴空无际，偷得哥窑翠。

——点绛唇·卓笔峰遇雨

① 曾大兴：《词学的星空——20 世纪词学名家传》，第 97 页。

② 由早期存词《点绛唇·翠湖》《点绛唇·曲靖待车却寄》等可知应作于词人 1939 年应武汉大学聘由昆明往嘉定途中；《续稿》倒数第二首《蝶恋花·甲申元日》可知作于 1940 年。参见袁世硕、严蓉仙《冯沅君先生传略》，载《冯沅君创作译文集》，山东人民出版社 1983 年版。

词之劲拔郁慨大有稼轩风味，“擎杯兀坐”“披襟散发”云云分明是辛老子沦隐英雄形象。更近稼轩者还有《生查子》之“酒味几曾知，牢落常如醉。宿莽狂摧心，羞逐娇红死”、《临江仙》之“大芋高荷鸣夜雨，听风听雨无眠。书空斫地只徒然。流飘行万里，丧乱过三年”、《霜天晓角》之“浮生还尔尔，眼看人尽醉。南朔千年行遍，知肝胆，向谁是”。在“不存好恶于心”[①] 的词史中，沅君对稼轩却有“他不独貌如青兕，精神尤健于猛虎”[②] “（辛词）不独为晏、秦诸人所未梦到，苏轼当之也有愧色”[③] 的逾常褒举。此类致敬之篇还有《蝶恋花》与《踏莎行·感时》：

> 中酒情怀何狡狯。作弄畸人，午夜难成寐。惊月栖乌声四起，清辉一抹明窗纸。　墙角秋虫尤好事，啼到鸡鸣，直凭凄清地。驰骤回旋屏障底，鼠饥却解闲游戏。

> 契阔肠回，沦飘心捣。廿年电抹真潦草。料量往事惜余生，余生久分风尘老。　虏骑纷拿，烽烟夭矫。四方瞻顾伤怀抱。几番西笑向长安，茫茫只见云山绕。

如果说稼轩风是烽烟年代中普泛且必然的创作倾向[④]，那么对某一词家的模拟则是关乎审美的纯个体化选择。在词史“姜夔”一节中，沅君尝作如下评述：“他的性格是偏于高雅萧闲方面的……他不汲汲于功名，仅只是‘来稗奉常议，识箫鼓羽葆’而已；他不沉湎于声色，仅只是‘自作新词韵最娇，小红低唱我吹箫’而已。他喜欢静观，他喜欢细细地玩味，他爱好的是清旷，他贪恋的是寂静……但同时他又是个富于感情的人，对于家国都有很深浓的感情。”结合以沅君“欢场惯作寂寥人”（《浣溪沙》）“年来意趣喜萧闲”（《踏莎行·岭上秋居》）的志趣行止，这毋宁视作词

① 《词学的星空——20 世纪词学名家传》，第 98 页。

② 陆侃如、冯沅君：《中国诗史》，百花文艺出版社 2008 年版，第 386 页。

③ 《中国诗史》，第 389 页。

④ 马大勇师：《“将我手，写余心”：论卢前词》：“当山河破碎之际，直抒胸臆、大张辛刘雄风是我们最佳的，甚至唯一的选择！”《晚清民国词史稿》，第 403 页。

人的自我剖白。同时又谓白石“清超绝伦”① 的特殊作风“大约以高雅而多情的性格为根柢，沉郁的气魄为主干，工巧的辞句为枝叶，另辅以和谐的音律”②。对此种作风的心摹手追贯穿沅君创作始终，故不肯作一字秾艳语、熟软语，写节序则云：“乍喜桃笙云母滑，一凉恩到骨”；写景则云：“洞里读书人去，烟鬟隔水飞来”“隔山泠泠钟磬，没苍烟丛里”；写情则云：“知谁误。心随云去，独立江天暮。”除去自注“用姜韵”的若干首，“精工而清挺”③、神肖白石者还有：

水佩风裳，辰稀月皎横塘路。流萤无数。烟柳迷前浦。　一袖天香，夜气清尘虑。花深处。喁喁私语。鸥鹭惊飞去。

——点绛唇·横塘　塘在澄江南门外，纵横数亩，芰荷弥望

江上数峰苦，红日半规初落。拄杖都忘归去，爱朱霞灼灼。　窥人老鹘坐林枝，吠沼蛙声恶。草气雨余清美，更流萤轻掠。

——好事近

沅君晚期词由南宋而窥清人堂奥，大有后出转精之势。两首《谒金门》俱能险丽警炼，深而不涩，有大鹤神味：

斜阳没。鱼尾明窗霞赤。烦惋轮囷不可说。无言三叹息。　别泪沾襟犹湿。一一都成尘迹。夏雪冬雷江水竭。飞龙甘骨出。

——谒金门·书《上邪》后

销魂极。果而相逢今夕。阿緆轻衫玉雪色。双眸岩电发。　夜寂星繁月黑。艳艳烛花红坼。执手闲阶成小立。人间同恍惚。

——谒金门·癸未生朝思往事

① 《中国诗史》，第402页。

② 同上。

③ 同上。

沅君1942年偕夫入川，受聘东北大学（时设于三台），生活稍定。此后填词渐少，抗战后更将全副才力投入教研，百首《四余词》遂成绝响。冯词辞清、形瘦、味冷的特质承继了稼轩、白石余绪，在民国学人词坛可称名气未彰而风神独异的一家，同时也将她那牢落不群、踽踽独行的背影留在了女性词史长卷上。

三 孙祥偈

此时期又一位曾就学女高师、为鲁迅所笔涉①的女性词家孙祥偈（1903—1965），原名荪荃，安徽桐城人。女子高等师范哲学系毕业后入北师大国文研究科，从李大钊、鲁迅等受学，即关切革命之始。1929年出任北平市立第一女子中学校长兼国文教师，同时任《朝报》《新晨报》副刊主编。1931年以宣传抗日活动为有司勒令停校长职，掀起舆论风波，是为“十·二九”事件②。后历任河北大学、山西民族革命大学教授，中国民主宪政促进会常务理事兼妇女委员会主任委员。新中国成立后任国务院参事、九三学社中央委员、全国政协委员等职。

荪荃亦新旧文学两栖者，有新诗集《生命的火焰》（1930年北平孤星社出版）存世。梓行于1935年的《荪荃词》录词作七十余，前有顾震福、顾颉刚、吴宓题辞，孟宪章、孙闻园序。荪荃笔下大抵蛩凄蝶怨之闺声小调，被刘子庚褒赏为“词家作手”“老夫亦拜倒门墙矣”的《摸鱼子·衰柳》二首确可称雅隽浑融，学稼轩而自成法度，是集中压卷。读其二：

忆隋堤、淡笼春色，游丝轻绾飞絮。陌头彻夜西风紧，摇落可怜金缕。君莫舞。君且听，阳关三叠催行路。沉吟不语。只烟雨浇愁，星霜砌恨，皴损翠眉妩。　伤心事，试向伊谁细诉？韶年休谱筝柱。

① 鲁迅1929年5月17日致许广平信：“台静农在和孙祥偈讲恋爱，日日替她翻电报号码（因为她是新闻通讯员），忙不可当”；5月28日日记：“孙祥偈、台静农来访，未遇。”转引自汪成法《〈鲁迅全集〉内外的孙祥偈》，《鲁迅研究月刊》2014年第5期。

② 事详《一道停职令引发的风波》，载北京市妇女联合会编《巾帼英雄》，中国妇女出版社1988年版。

清波倩影今何在？旧迹已成尘土。无意绪，南内月，画阑干外犹凝伫。离情正苦。又草没铜驼，露零华屋，羌笛弄凄楚。

1945 年，已投身革命多年，与民主革命人士谭平山结缡的孙祥偈作《沁园春·雪》和韵一首，与柳亚子、聂绀弩、郭沫若诸作共同揭载报端，为这一文化宣传战线大事件倾输忠忱，并由此获领袖垂注①。词云：

三楚兴师，北进长征，救国旗飘。指扶桑日落，寇降累累；神州陆起，独挽滔滔。扫尽倭氛，归还汉土，保障和平武力高。千秋事，看江山重整，景物妖娆。　　文坛革命词娇，有锄恶生花笔若腰。谱心声万里，直通群众；凯歌一阕，上薄风骚。谁是吾仇，惟其民贼，取彼凶顽射作雕。同怀抱，把乾坤洗涤，解放今朝。

此后绝少为词，为"一二·一"血案所作《满江红·吊昆明死难师生》应即封笔之作，激忿质直已全无十年前故态。据陶行知书信②，此事件中各界人士悼念诗结集达九册之多，其中不乏马叙伦《昆明民主运动死难师生挽歌》、萧涤非《哭潘琰君》等情感烈度并不弱于新诗的格律诗杰作，这是现代史程中传统诗词始终在场的又一佐证。

荪荃生平思想主张固多可嘉许处，然其词置于民国坛坫则难充上驷，诸师长"吾家道绚妙填词"③ 之赞肯云云似多出于勉励。以存人纪史故，附此一谈。

四　梁璆的《菩萨蛮·五都词》

本节末可略谈中央大学词界后进、潜社成员梁璆。梁璆（1913—2005），字颂笙，又字庸生，福建闽侯人。大学时受业于吴梅，与同期盛

① 毛泽东 1946 年 1 月 28 日致柳亚子信："先生的和词及孙女士的和词，均拜受了。"转引自王彬彬《柳亚子的"狂奴故态"与"英雄末路"》，《并未远去的背影》，广东人民出版社 2010 年版，第 108 页。

② 据陶行知 1945 年 12 月 11 日致吴树琴信。《行知书信集》，人民出版社 1981 年版，第 370 页。

③ 孙闻园《题荪荃词》句。《荪荃词》，文海出版社 1998 年版，第 4 页。

静霞、陶希华称“三才女”。适同窗徐益藩[①]，举家辗转宁沪间。益藩去世后，颂笙赴连云港，任海州师范学校教师，“反右”中革去教职，划为“右派”，下放至图书馆任管理员。今存《颂笙诗词集》为平反后有关部门退还剩纸所辑。

颂笙才不及子苾、弢青，可关注者似只有与吴梅所倡潜社之关联，尝自述云：“‘潜社’系南京中央大学数届同学追随霜厓师习作词、曲之组织。每于春秋佳日集社于金陵。自1926年起共历时十一年。1937年春外子徐益藩汇而付印，题为《潜社汇刊》。《潜社词续刊》始于1936年春，共六集。时余初入校，始学倚声。集中所作，大都经过先师定稿正韵。五十年中屡遭劫难，旧作不存，独《潜社汇刊》尚留一册于箧中”，[②] 此应与王季思《忆潜社》、徐益藩《师门杂忆——纪念吴瞿安先生》等同看作潜社研究的一手材料。

颂笙词《声声令・拜孝陵》[③] 系潜社后期社课，锋颖初露，尚嫌意气质率；《菩萨蛮・五都词》则重大精悍，合哀愤峻健于一手，堪浓墨书入抗战词史，故不吝篇幅，全引如下：

> 千年史事彤毫秃，伤心一片连昌竹。谁与话昭阳，卷帘飞燕忙。霓裳迷旧曲。天宝繁华速。无地避干戈，北邙残骨多。（西都）
>
> 宫前荆棘纷如织，铜驼应向金阶泣。落照映寒邱，绿珠何处楼。中原空逐路，铁马金戈促。谁记旧伽蓝，与君挥尘谈。（东都）

---

① 徐益藩（1915—1955），字一飄，又字南屏，号璞斋，浙江崇德人，潜社社员，曾编印《潜社汇刊》。益藩为徐自华、蕴华堂侄，小淑有诗贺益藩、梁璆新婚：“一角红楼避俗氛，双栖道韫与参军。光阴蜜样休轻度，打叠温存细慰君。”引自朱成安《梁璆年谱》。又夏承焘贺诗云：“同声歌和九张机，夫妇才华眼见稀。祝汝明年归便得，语儿亭畔桨双飞。”

② 梁璆：《颂笙诗词集》，自印本，第2页。

③ 词云：“连朝风雨，一夕山陵，国愁无处诉幽冥。英雄气概到今日，已无灵。听塞边，胡马又鸣。　三百年间黄土路，恨难平。想他犹记旧宫廷。繁华去也，两朝更，再称兵。问后生，谁更请缨?”吴梅1936年5月3日日记云：“下午往夫子庙老万全举潜社第三集，课题为《声声令・拜孝陵》。诸子陆续交卷，余亦成一卷。”转引自徐有富《吴梅与潜社》，《古典文学知识》2011年第5期。

虫沙海内纷如织，黄袍竟见陈桥驿。奠国几何时，议和三四回。凄然遥望北，一片胡尘墨。卧榻容人眠，天津听杜鹃。（汴都）

凄凉一片烽烟逼，皋亭山下胡兵入。半臂纵偏安，行都守亦难。百年重寂寞，秋水钱塘落。莫过半闲堂，秋原蟋蟀荒。（临安）

南朝金粉成尘迹，蒋山飞翠秦淮碧。古渡噪昏鸦，莫愁犹有家。黍离伤故国，燕子应能忆。胜地又中兴，新都即旧京。（建业）

第三节　百年冠冕陈小翠词

陈小翠（1902—1976），原名璻，字翠娜[①]，别署翠侯、翠吟楼主、空翠居士[②]等，浙江杭州人。父陈栩[③]、兄小蝶[④]两代实业家皆以诗词名于当时，又以译、著小说有"大小仲马"之誉；母朱恕[⑤]、弟次蝶[⑥]并擅文学，

① 诸文献多以"翠娜"字为小翠别名，从小翠自撰《半生之回顾》改，小翠生平亦多参考此文。《宇宙风》1938 年第 62 期。

② "空翠居士"之号为诸书所不载，仅见于周錬霞《满江红·题小翠终南夜猎手卷》词序。

③ 陈栩（1879—1940），近代爱国实业家、发明家、诗人、小说家、翻译家、画家、报人。原名寿嵩，字昆叔，后改名栩，字蝶仙，号天虚我生，别署超然、惜红生、太常仙蝶、樱川三郎、大桥式羽等，钱塘儒医陈福元第三子，表兄顾紫笙为胡雪岩第四婿。清优附贡生，曾作幕平昌、绍兴、靖江、淮安等地。民七年创立"家庭工业社"，研制成"无敌牌"牙粉，风行全国，自此渐专实业，先后开办化妆品厂、汽水厂、造纸厂等，建立"家庭工业社"日用品生产体系，遂成一代国货巨子。蝶仙著述宏富，传世者达二百四十余种；又尝主《申报》副刊《自由谈》，亲撰研究科学内容。抗战时转移工厂至西南，未及胜利，含恨而逝。陆澹安挽之曰："公真无敌；天不虚生"，朱大可挽之曰："文物逍遥，一夕仙踪圆蝶梦"；"儒林货殖，千秋史笔属龙门"。

④ 陈小蝶（1897—1989），原名祖光、琪，又名蘧，字小蝶，四十岁后改名定山，别署蝶野、萧斋、醉灵、醉灵生、醉灵轩主、定公、定山居士、永和老人等。早年由圣约翰大学退学，随父从事实业，创办"家庭工业社"，抗战初期任上海市商会执行委员会兼敌后援会副主任。后与陈栩将企业内迁，又因父病由滇返沪。陈栩病逝后为日伪宪兵逮捕，至日本投降后始获自由。1948 年赴台湾，历任中兴大学、淡江文理学院、静宜女子文理学院教授，逝世于台北。小蝶擅诗、文、词、曲、小说，兼能作画，著有《醉灵轩诗存》《醉灵轩文存》《春申旧闻》《蝶野画谈》等。

⑤ 朱恕（1878—1944），字澹香，一字素仙，号懒云，笔名云女士，浙江仁和人，朱祥甫次女。懒云工诗词、擅书史，小翠作诗即由母启蒙。有《懒云楼诗钞》《懒云楼词钞》及散曲若干。

⑥ 陈次蝶（1905—1948），原名祖翚，字叔宝，卒业于震旦大学理科，后任职家庭工业社。有《贮云楼诗》。

一门风雅，有类眉山苏氏①。小翠通人，举凡诗、词、曲、文、书、画、小说，俱一空依傍，造诣超卓，生前身后颇享声名：名山老人钱振锽有诗云“老子目光高一世”“连朝击节翠楼吟”②，与订忘年交；郑逸梅平生阅人最多，独有“手屈一指”“最为杰出”③之称赏；即今之研究者，亦可称实繁有徒④。然总体看关注度仍远逊子苾、圣因、怀枫诸辈，且局限于学术小圈子内部，翠楼一代女词宗大抵仅以书画为世所知，惜哉！余比岁沉耽《翠楼吟草》⑤，数度废书而叹：此诚“一千年来见斯人”也！以为彰其姓字，还其魂魄，正在吾曹。

一 “算能传天壤惟文字”：陈小翠的填词生涯

（一）“隔帘倩女亭亭，是诗灵画灵”⑥

小翠天赋颖异，四岁入塾，八龄能诗，《银筝集》中十三岁作品已具相当功力，殆今所谓“天才少女”也。小翠填词由陈栩启蒙，其时蝶仙于栩园设帐授徒，据云弟子数百，小翠为个中佼佼者。左家娇女，才情艳发，词虽克绍乃翁，已隐然作出蓝势⑦。又“家庭工业社”成立以来家境渐优裕⑧，出嫁前的小翠过的是“孕月为怀、刈花为舌”⑨的出世生活：

---

① 小翠《半生之回顾》：“暇则斗酒相劳，家君擫笛，予倚声和之，阿兄月琴，小弟琵琶，阿母手红牙拍，欢歌之声，喧腾一室。”

② 引自钱悦诗《诗人陈小翠》，《世纪》2003年第4期。

③ 郑逸梅：《才媛陈小翠》，载《郑逸梅选集》（第四卷），黑龙江人民出版社2001年版，第758页。

④ 较有分量论著如刘梦芙《二十世纪传统文学的玉树琪花——陈小翠作品综论》、颜运梅硕士学位论文《陈小翠诗词曲研究》（华南师范大学2005）、黄晶硕士学位论文《陈小翠旧体诗词创作流变论》（华中师范大学2015）、王慧敏博士学位论文相关章节等。

⑤ 《翠楼吟草》版本余目能及者有上海著易堂1927年《栩园娇女集》版（此即婚前陈栩为刻印充嫁奁者，附于《栩园丛稿二编》后）、台湾三友图书有限公司2001年“全集”版、黄山书社2010年版。其中黄山书社版以《栩园娇女集》为底本，编校最为精审，又有刘梦芙先生序于前，惜五十年代后作品未收录；台湾版虽错讹处颇多，然以全故，足补黄山版之阙。

⑥ 小翠词《醉太平》句。

⑦ 刘梦芙《翠楼吟草前言》：“《绿梦词》的早期作品……除生活面较狭，情境尚未臻沉郁浑厚之外，艺术风格已高度成熟，能融化贯通，成为自我。”《翠楼吟草》，第53页。

⑧ 郑逸梅《才媛陈小翠》：“小翠早年，在乃翁余荫之下，生活条件是很优越的。这时卜居在杭州西子湖头，有着别墅，如蝶庄、香雪楼等，山色水光，清扑几席，吟啸挥洒其间，真是得天独厚。”《郑逸梅选集》（第四卷），第761页。

⑨ 顾佛影评小翠诗语。见《篋衍丛钞》，《佛影丛刊》，浦东旬报社民国十三年（1923）版。

荷蕖十万，拥孤亭如岛。寸寸莲房绿心小。对红阑枕水，翠槛围山。却偏被、凉月一弯寻到。　卷帘人悄悄，吹罢瑶笙，一缕秋魂月中袅。仙骨不知寒，倚冷琼楼，只觉得、衣裳缥缈。待手挽银河洗干戈，傍十二颓栏，星危风峭。

——洞仙歌

《绿梦词》中，有“睡起梦魂缥缈，抱膝偶然微笑”的娇憨，有“记络索秋千海棠阴，问采伴鹦哥，盼侬来否”的狡黠，有“骑蝶花天春梦小，系灯屏角晚烟昏”的绮靡，有“小碗调羹，小扇题名，闲听凉蛙作水声”的闲淡。小翠毕竟非寻常闺襜作手，“宠柳娇花”远不是其词笺底色。看《寒夜曲》《蝶恋花·病中作》：

屏山断梦愔然碧，湿烟飘堕兰釭歇。帘外更无人，但半庭残雪。　凝寒漠漠珠帏隙，落花飞上衣裳灭。永夜抱冰清，向云中闲立。

花影当窗人未寐。无赖银蟾，偷窥文鸳被。小梦载愁飞不起。和烟堕入蛮荒里。　如豆灯花红欲死。坐起还眠，睡也无滋味。漾皱罗帏风影细，模糊幻作蚕眠字。

词固雅韵欲流，然一种奇崛拗折气扑面而来。“屏山断梦”“小梦载愁”“灯花红欲死”颇新警，出自少女笔下即令人陡然心惊，“永夜抱孤清”云云似乎正昭示着词人才命相妨的后半生。

（二）“收拾狂名中岁近”①

小翠二十六岁始归萧山汤彦耆②，名门大贾，足称联璧，然夫妇不睦，

① 小翠词《酹江月·题礼蓉招桂图》句。

② 汤彦耆（生卒年不详），字长孺，民国首任交通部部长、浙江督军汤寿潜长孙，浙江省议会议员汤孝佶长子，诗人、学者马一浮内侄。

生女后即隔室而居[①]。其实二人属“和平分手”，小翠彼时尚有多首赠夫婿诗，虽有寥落感而心态大致不恶[②]。此后将心力投入“中国女子书画会”[③]建设，同声呼应的友情使词人笔端蘸润着“鲜花着锦、烈火烹油”般的明快色调[④]。未几抗战烽烟起，上海陷落，父、兄相继赴西南，小翠困居孤岛，自云“年来诗境伤离乱，不是艰辛学盛唐”[⑤]：

鸣咽边笳，把战地、菊花吹醒。危乱里，中原豪杰，一时都尽。香稻秋荒鹦鹉泣，江潮夜急鱼龙信。更骊山烽火逼人来，时时近。　风雨里，菰蒲病；霜雪里，苍松劲。念伏波横海，长城千仞。草尽平原驰铁骑，秋高大漠盘鹰隼。想黄沙一片断人行，旌旗影。

——满江红

天倾西北，蓦东南海市，晚霞俱赤。废井颓垣浑不似，换了旧时宫阙。玉骨成灰，干戈影里，艳魄搀云立。故都何处，铜仙夜夜偷泣。　忍饥三月围城，青鸾咫尺，无计传消息。蜀道艰难悲望帝，难怪杜鹃啼血。唐韵书空，秦箫咽泪，何暇伤离别。人生到此，问天天竟何说。

——大江东去·十一月十二日上海失守

① 见郑逸梅有关叙述。周鍊霞亦有词调此事，见后文。又，世多有以之讥议陈栩嫌贫爱富者，均不足征。小翠友人陈懋恒子妇许宛云转述邻人语：“小翠先生还告诉我，以后偶然和汤先生见面在馆子吃饭，两人反而客客气气地总是抢着会钞。”许宛云《我所认识的陈小翠先生》，《东方早报》2011年2月27日。

② 1931—1934年小翠多次出游莫干山、太湖等胜地，曾以诗代家书。刘梦芙谓此期居娘家，失考。

③ “中国女子书画会”为我国历史上第一个女子书画团体。1934年由冯文凤、李秋君、陈小翠、顾青瑶、杨雪玖、顾默飞、周炼霞、吴青霞、庞左玉、唐冠玉等发起成立于上海，后由江浙发展至全国，鼎盛时会员数百。书画会十五年间举办展览数次，影响波及海内外。

④ 小翠《画展小句》诗序云：“甲戌春四月创女子书画展览会于海上，一时巾帼隽才不期而集者凡一百二十一人，可谓盛矣。为诗纪之，以留鸿爪。”录前三首以见盛况：“月殿云廊逦迤开。佩环簇簇尽仙才。此间真与蟾宫似，中画山河万里来”“楚山吴水写性灵。满堂荒绿起秋声。登坛笔阵千人敌，小队蛾眉子弟兵”“玉尺更番费我持，昭容楼上是吾师。夜珠明月难分别，各有千秋笔一枝”。

⑤ 《题山水卷》诗句。

1940 年春，陈栩辞世，此为小翠生平重大激变点，词亦如锦瑟砉然裂弦。那种隽雅的底子仍在，而由清唱渐悲鸣，由悲鸣渐幽咽，境遂转深，即刘梦芙所谓“气骨坚苍，蔚然深秀”① 者：

山外斜阳仍故国，可怜名士新亭。飘零切莫悔多情。诗心词梦外，何计遣今生。　风雨摧花情更苦，不晴不雨冥冥。将身愿化护花铃。有祠皆祀鬼，无海可扬舲。

雨滴幽篁琴韵绿，春流绕砌争鸣。偶然相顾若为情。雍门存旧曲，凄绝不堪听。　凭损罗衣楼上望，碧天几点疏星。姮娥心事剧孤清。玉阶凉似水，无处着流萤。

往事长江流不尽，废苔几处朱门。人天何地寄情根。春波千万曲，曲曲是啼痕。　拥髻樊姬怜瘦影，银屏灯语宵分。断肠心事莫重论。

——临江仙·甲申旧作，时在沦陷区

庚寅年（1950），已移居台岛的陈定山作《大妹将发疆中，渡海峤久滞不至，喜惧有怀，用谢康乐四首寄惠连韵》诗，据此推测小翠是年或有渡海之志，惜不果行。今存 1954—1966 年词虽所存无多②，亦足勾画出“万恨千愁”③“忧贫垂老”④ 的晚年境遇。

（三）“被尘缰、缚煞横空马”⑤

小翠 1948 年始任无锡国专诗词曲教授，新中国成立后首批聘入上海中

---

① 《翠楼吟草》，第 58 页。

② 据台湾三友图书有限公司《翠楼吟草全集》统计，此期《翠楼吟草》第四编存词三十八首，黄山书社版《翠楼吟草》未予收录。又，据所遗自撰年谱云，六十五岁后作诗甚多，编为《翠楼吟草》五编，今已不存，应为临终前自毁。许宛云《我所认识的陈小翠先生》。

③ 小翠词《蝶恋花》《金缕曲·对雪》句。

④ 小翠诗《送克言侄远行》，见陈定山《萧斋诗存》。陈克言为定山独子，小翠甚怜之，为取字“学诗”。

⑤ 小翠词《金缕曲·夜读迦陵集》句。

国画院，故虽受生计牵役，“乾坤大错”[①] 铸成前尚可自足。又以性情简傲而远离政治旋涡，然风暴前夕亦感知到“乾坤失序”[②]、黑云压城态势。1954 年，杭州市政府垦荒征地，龙驹岭陈氏祖坟奉令迁移，桃源岭陈栩墓道将充为公路。小翠归乡请愿，不许，遂作诗“人为不达方言命，产到全无转放心”聊以自嘲自慰，实为狂极转狷的大悲怆语。1959 年清明，小翠寄陈定山信云：“海上一别，忽逾十年，梦魂时见，鱼雁鲜传。良以欲言者多，可言者少耳。兹以桃源岭先茔必须迁让，湖上一带坟墓皆已迁尽，无可求免，限期四月迁去南山或石虎公墓。人事难知，沧桑倏忽，妹亦老矣。诚恐阿兄他日归来，妹已先化朝露，故特函告，俾吾兄吾侄知先茔所在耳。”[③] 数语波澜不惊，竟将两代死生大事交代干净，直令人仰天发一浩叹。在高歌猛进、狂飙席卷的年代里，小翠无一“歌德”、表态语[④]，反而振笔直书云：“猿啼鹤唳满吟坛，文化从来渡劫难。我劝诸公去陈见，暂留元气镇中原。”[⑤]“不能变心以从俗”的陈小翠，在重压之下积聚起的凄寥撞击心头、也注入笔头：

燕子归来春已暮。对我呢喃，忽地高飞去。皱水粼粼桃叶渡，诗魂一瞥无寻处。　玉弹金笼何所慕。珍重香泥，莫作惊人语。绿是侬心红是汝，千花百草同辛苦。

——蝶恋花

猛忆少年游。语不惊人死不休。犹有回肠看断否，悠悠。雪压霜欺四十秋。　逝水莫回头。到海奔波岂自由。闻道蝶庄门外路，啾

---

① 小翠诗《秋兴》句。

② 小翠诗《甲午夏日杂书》有“乾坤失其序”句。

③ 陈定山寄诗云：“魂梦牵萦十九年。桃源陵谷几移迁。他年化鹤归来日，何处南山有墓田”“白发天涯忆老兄。阿兄顽健尚能胜。独怜有妹悲穷谷，手葬双亲泪似蒸”“未必频年两祭扫，何妨胜日一登临（先君自题墓联）。当年达语偏成谶，风木难防六贼侵”“望祭招魂泪涌泉。声闻犹可达于天。一傢并作生民泪，社稷丘墟未必然”“清明岁岁荐黄花。麦饭天涯不到家。已信深山无杜宇，此间还有杜鹃花”。见《十年诗卷定山词合刊》，台北正中书局 1968 年版。

④ 仅《墨牡丹》诗颈联“收拾玉台封建体，扫除芍药女郎诗”微见“表态”意而语含怨诽。

⑤ 小翠诗《文坛》句。

啾。新鬼悲啼旧鬼愁。

——浪淘沙

九九消寒节。漫低帏、红炉扑尽，梦痕冰结。一夜朔风飞瑞雪，香透梅花心骨。凭寄予、故园消息。不是残年多杰作，要填平、万古乾坤缺！山尽白，水尤黑。　幽兰声价孤高绝。总输他、巴人下里，弦歌满邑。匹马南山看射虎，一代英雄豪杰。浑不数、袁安清逸。长笑凌云归去也，掷新诗、都化珠玑屑。天自冷，地逾热。

——金缕曲·雪夜漫书

尽管以“珍重香泥，莫作惊人语”惕厉自儆，然鸟儿的光辉羽翼岂是“雪压霜欺”所能掩蔽、“玉弹金笼”所能羁縻？“不是残年多杰作，要填平、万古乾坤缺！”这是何等浓烈饱满的生命能量！在最后的时日，小翠作《莲陂塘·题女评弹家朱雪琴自传》，题人自题，华屋山丘、天涯沦落之同感存焉，而为旧友施蛰存[①]所作《湘月·甲辰正月施君来访感占》则可目为词体自传：

是何人、琵琶一曲，凄凄切切如此。天回地转山河改，不是寻常兴废。君信未，只歌扇斑斑，犹渍前朝泪。教卿回比，问茶苦荠甜，梅酸桂辣，今昔竟何味。　当年事，生长蓬门贫里。敢辞弦管生计。低鬟掩袂登场日，多少攫人魑魅。风雨霁，算挨到，天明也自非容易。而今老矣。尽怨怨恩恩，生生死死，逼吐

① 1922年1月，《半月》杂志24号刊发施蛰存、陈小翠作《半月儿女词》二十四首。组词后有周瘦鹃按：“松江施青萍君惠题《半月》封面画，成《半月儿女词》十五阕，深用感佩。今《半月》已出至二十四号，而施君迄未续惠，因倩陈翠娜女士足成之，清词丽句，并足光我《半月》也。”施氏表叔、家庭工业社职员沈晓孙遂生文字因缘之想，旋代施蛰存提亲，陈栩提出须得施登门拜访。晓孙携小翠照片赴松江施家，施父随即赴之江大学与施蛰存商议此事，施蛰存以“自愧寒素，何敢仰托高门”为由坚拒之。1964年2月，施蛰存自郑逸梅处得知陈小翠住址，同月20日即登门拜访。施《闲寂日记》云：“访陈小翠于其上海新村寓所……坐谈片刻而出，陈以《吟草》一册为赠。”23日成十二绝句，寄小翠。此词中“半月”“青萍”“翠柳”俱有所指。

不平气。

盈盈半月，纪髫龄、联珠缀玉，小名曾识。嚼蕊吹香三五卷，费我半生心血。湖上青萍，楼头翠柳，聚散皆陈迹。花天旧句，至今啼宇能说。　忽然岁晚寻来，崎岖门巷，可有当年雪。四十三年真一刹，谢女双鬟俱白。落落尘寰，寥寥知己，回首堪于邑。万尘奔马，蜉蝣生死朝夕。①

其实“天回地转”即在眼前，“攫人魑魅”又何止旧日方有？“蜉蝣生死朝夕”竟成词谶：是年“文革”起。小翠遭里弄组织频肆凌辱，不得已与庞左玉换宅而居。两次逃往外埠，均被捉回画院禁闭，因私藏粮票遭“革命小将”毒打。避居友人陈懋恒处，亦被迫遣返。1968 年 7 月 1 日晨，小翠甫及画院之门，即望见画师罗列成行接受批斗，旋返身逃回寓所，未料已被红卫兵发觉，追踵而至。小翠坚闭其门不纳，一时叩门如擂鼓，势将破门而入，遂引煤气自尽身亡，绝命诗遭撕毁。古今才人之劫，未有惨乎此者！

二　“湖海胸襟，珠玑咳唾”②：陈小翠“词人之词”论

刘梦芙在《翠楼吟草序》中辟专节论小翠词，谓其“不受词坛风气的影响”“含英咀华，自成馨逸，属于纯粹的‘词人之词’”③，洵为卓识。“词人之词”说法由来甚久，持论者大致分两类：或着眼外部，辨析“词人之词”与“诗人之词”④“学人之词”之分轸；或强调创作者精神气质，特重“词心”云⑤，鲜少立于词体本位阐发者，而论小翠词则不得不从此处参入。故不揣谬妄，请提出“词人之词”一家言，即：“本色”与“自觉”。

---

① 此词首句与词谱有出入，应为作者记忆之误。

② 小翠词《高阳台》句。全词见下文。

③ 《翠楼吟草》，第 50 页。

④ 如王士祯《倚声初集序》、李佳《左庵词话》、夏敬观《遯庵乐府续集序》相关论述。

⑤ 如况周颐《蕙风词话》等。

陈家老友周之盛[①]《栩园词集跋》论蝶仙词佳处，谓“……绝不沾沾焉模仿一家，人谓先生诗似元白，词似秦黄，曲似东篱，文似史迁，说固近之，然予以为终未可以概论也……明白晓畅，情文相生，每能举眼前物、心中事，一一描写而出，使人读之，绝似麻姑指爪，搔着痒处，则又非古人所曾有者。以视矫揉造作、堆砌典章、期期格格、辞不达意者，殆不可同日语矣”。“明白晓畅，情文相生”“绝似麻姑指爪，搔着痒处”即陈栩自道之“立时捉住，方是本色”[②]。郑逸梅云：“陈小蝶诗文，胜于乃翁蝶仙。陈小翠诗文，胜于乃兄小蝶。”[③] 实则蝶仙固艳才，文略胜质；小蝶“‘端庄’味浓，性灵稍淡”[④]，质过于文；小翠则文质相当，冠绝三家，拜花于乃翁妙论移谓其词毋乃更洽。

“本色”主要就词的技术水平而言，要求思精研巧，即“写什么便像什么”。最能见“本色”者当属咏物词。读几首：

> 篰篱渔舍星星火，乘潮乍来秋浦。多病文君，秣陵秋到，常是为君停箸。横行何苦。算率海之滨，莫非王土。解甲归休，万家鼎镬待烹煮。　珠玑怒吹香雪，算奇才缚煞，来伴樽俎。东海尘沙，诸天妙想，心上些些留住。平生都误。只酒畔红衣，芙蓉休妒。骨出飞龙，断肠终为汝。
>
> ——齐天乐·咏蟹[⑤]

---

① 周之盛，生卒年不详，字拜花，室名秋影楼、倚红仙馆，余杭人。民国鸳蝴小说家，栩园两代好友，小翠谓“晏如一家人”，蝶仙、小蝶、小翠诗词多赖其纂集整理。拜花殁后，小翠作《金缕曲》挽之，词云：“卅载家庭泪。经几许、生离死别，只君能记。少小相看今白发，小吊忘年知己。总至情、奇才相许。万首新诗犹待录，讵匆匆、一别成长逝。垂死日，为惊起。　九原倘见兄和弟。好问他、频年肥瘦，与谁同倚。我似归来辽海鹤，独立苍茫而已。待欲哭，已经无涕。白马素车空相待，负山阳、死友临危意。尘世倦，竟归矣。”

② 陈栩：《泪珠缘全集自跋》，载《泪珠缘》，百花洲文艺出版社 2011 年版，第 337 页。

③ 郑逸梅：《艺林散叶荟编》，中华书局 1995 年版，第 168 页。

④ 马大勇师语。见《百年词史（1900—2000）》。

⑤ 小翠又有《高阳台·家君咏蟹命和，谓当细腻，不得作横行语》虽“正犯”前题，亦妙趣横生：“湖海胸襟，珠玑咳唾，一樽同醉重阳。左手携来，怜伊鸟爪逾长。文园病后心禅定，剩伊人、深嵌桃瓤。唤渔娘，络索蓬窗，篝火菱塘。　汉宫艳虎轻点额，记银灯轻剔，为汝题王。蟢子来时，茶铛初沸山姜。酒边夜话鱼龙气，笑沉沙、怒戟犹张。漫评量。司马文章，叔宝肝肠。”

色染金鹅，缭乱情丝，低遮黛蛾。爱胜他丰韵，回盘堕马；传伊心事，宛转旋螺。花缬笼春，银箝炙晓，熨帖春云覆粉涡。花阴午，见水晶帘底，窣地纤波。　丽华丰态如何。算我见犹怜况老奴。正及笄年纪，春愁较少；倾城时节，诗意偏多。织就蛛丝，喷来鲫墨，小字羞将爱唤他新式髻名爱斯。亭亭处，有下风香送，小扇轻罗。

——沁园春·新美人发

开近高楼底。认盈盈、蕊宫红袖，掌书仙侍。诗梦满楼春旖旎，为问江郎醒未？却刚共、垂杨及第。摘粉熏香惊蛱蝶，蘸蔚蓝、不动天如纸。修花国，起居注。　画图井汲胭脂水。记樱唇、银毫小吮，一般红腻。临出银钩花欲笑，宜称卫娘纤指。有绝艳、惊才如此。撑住天南灵秀气，共吟风醉竹娇相倚。歌一阕，为君写。

——金缕曲·木笔花

何止“细腻”妥帖，何止“刻画工细，形神俱肖”①，确乎“绝艳惊才如此”。翠楼集中咏物隽句又如“一勺水钗嫩”“错认做、荷叶生时，小鱼长一寸”（《绮罗香·咏莼》）、“睡余挼眼，灯花生缬；憨时折纸，人物如弓”（《沁园春·新美人手》）、“细处疑蜂，飘来似蝶，一折春波一寸情”（《沁园春·新美人裙》），即以《庆春泽》同一调分咏白梅、红梅，竟能使人从“粉蛾冷抱春前泪，误瘿仙、毕竟天真”与“空山昨夜群仙醉，点苍苔、蜡泪汍澜”辨认出历历不同，手段高妙乃尔。

体物而无深心，情感未浓足，不可称“本色”上品。看《金缕曲·对雪》《绿意·秋柳》：

昨夜楼前竹。有凌风、万千胡蝶，翩然飞落。霁雪帘栊疑映月，镜里朱颜如玉。况正是、酒香茶熟。眼底湖山无俗念。尽尘谈、消却尘千斛。君莫唱，懊侬曲。　仙人未必皆孤独。只空明、襟怀朗彻，

① 刘梦芙：《翠楼吟草序》，载《翠楼吟草》，第57页。

有情无欲。骑虎入山心愿足，挥手云烟万幅。堕地便逢衰乱世，算天才、只合添沟谷。君不见，狗生角。

画园垂柳，渐萧条溅水，雨斜风短。倚遍危栏，蛙鼓池塘，又是夕阳人散。芦花赚得霜寒至，浑不管、吟蝉声变。且叮咛，休剪荒烟，留取一丝秋恋。　　旧日江南堪念。绿云楼外路，麴尘波软。系马湖堤，打桨画桥，长是毵毵拂面。天花散尽心禅定，负几许、风尘青眼。甚无端流涕江潭，一树婆娑攀遍。

前首如雪片回旋，由高昂而渐低徊，正为托出“堕地便逢衰乱世”之下数句，奇情怨怒破纸而出；后首则蕴藉深沉胜之，词作于“眼前国事类蒲枭”[①] 之际，那种“树犹如此，人何以堪”的感喟便可清晰闻得。从小翠不袭古、不蹈俗的艺术个性看，她不是宗常派“寄托”之旨辈，只是言必由衷、情见乎辞的词家本色而已。

再说“自觉”，此亦“词人之词”重要指标。因循程序而自囿气格者，于词业无推动贡献，似不可称真词人、好词人。小翠特钟爱《洞仙歌》一调，常一叠数阕，集中存二十五首之多。选三首：

银屏折梦，逗纤纤鹅月。满院湘桃坠晴雪。恰花梢过雨，帘幕同寒，轻轻替、掩过罗衾一页。　　掌珠擎雪玉，雏凤娇莺，画枕银床罢调舌。小梦忒蘧蘧，飞入花间，定宛转、化为蝴蝶。待临去低徊又沉吟，替熄了银缸，更番怜惜。

载春船小，恰春人双个。坐近湘裙并肩可。把罗襟兜月，玉笛吹烟，风催放、鬓角素馨一朵。　　四围山睡尽，瞒却鸳鸯，满载闲云过南浦。树影暗成村，如水罗衣，有几点、流萤飘堕。听落叶萧萧下长堤，恰浅笑回眸，问人寒么？

---

① 小翠诗《大风雨之夕》句。

斜阳满地，滤一重帘影。茉莉钗头向人靓。正飞泉噀雪，镜槛敲冰，悄悄地、深院日长人静。　天鹅银扇小，摇动春葱，唤起秋风白云冷。鸿雁渺长空，不信相忘，难道是、归期渐近。念水国连朝杂阴晴，莫孤艇寻愁，单衣催病。

《洞仙歌》自苏轼首创[①]后佳篇寥寥，清初朱彝尊《静志居琴趣》藉此调抒风怀，开出范式。民国间有程十髪、王蕴章、沈宗畸十数首赓续之，规模亦不甚大。至陈蝶仙及小蝶、小翠的“栩园时代”，始妙手点化，使其生发出风情摇曳的专属魅力。其中小翠又以清雅隽逸超越父兄[②]，不仅与上述名家相抗手而无愧色，更为这一较冷僻词调起推进之功。

读《翠楼吟草》，往往诧其堂庑阔大，不知其师承，亦难概括其风貌。取诸宋以下大家与之参照，似取径多端而未见痕迹，无所因袭而不显生造。其实小翠绝非钻研故纸堆中、墨守兔园册者，她以“从知绝技即千秋，何必邯郸尽趋俗”[③] 自勉，净洗陈言，辞必己出，不赖托庇，自成造化。她向不作、也不屑作一字密晦语，在梦窗风正炽时能够保存这样一颗明净沁透的词心，岂止性灵，尤须胆略。总体而言，翠楼词糅合了高超、名隽、灵活[④]等

---

① 此调原为唐教坊曲，后作词牌。敦煌曲、柳永《乐章集》中《洞仙歌》体式芜杂，今以《东坡乐府》“冰肌玉骨”一首为准。

② 录陈栩《洞仙歌》二首、陈小蝶《洞仙歌》一首略窥衣钵承传：“洛妃罗袜，怎者般轻健，携手登山小如燕。采山花几点，缀上衣襟，说比似、西地罗兰娇艳。　春衫刚称体，抱月飘烟，一尺腰围九分欠。婉转解依人，仔细思量，伊与我、有何情恋。惟愿顾取，惺惺惜惺惺，料不是姻缘，毋须哄骗。”“画船一舸，载春人两个。百叶窗中比肩坐。喜憨容入画，吹气如兰，没情的、款乃一声柔橹。　回头杨柳岸，含笑春山，帘隙窥人把人妒。古迹证模糊，苏小冯娘，比作那、贞娘坟墓。只可惜、桃花已飘零，剩流水斜阳、此番来错。”“恨烟愁雨，又匆匆春暮。偏长堤断杨树。便桃花开尽，柳絮飞完，只把个、眼底愁痕留住。　堕欢无觅处。燕懒莺啼，草草芳樽总辜负。低首细寻，浅印香泥，记前度、踏青微步。只埋怨花间杜鹃声，却何苦殷勤，劝他归去。”

③ 小翠诗《观印度画展》句。

④ 郭麐《词品·高超》云：“行云在空，明月在中。潇潇秋雨，泠泠好风。即之愈远，寻之无踪。孤鹤独唳，其声清雄。众首俯视，莫穷其通。回首薮泽，翩哉蜚鸿”；“名隽”云：“名士挥尘，羽人礼坛。微闻一语，气如幽兰。荷雨夜歇，松风夏寒。之子何处，秋山盘盘。万籁俱寂，惟鸣幽湍。千漱百咽，奉君一丸。”杨夔生《续词品》“灵活”云：“天孙弄梭，腕无暂停。麻姑掷米，走珠跳星。荷露入握，菊香到瓶。如泉过山，如屋建瓴。虚籁集响，流云幻形。四无人语，佛阁风铃。”

多个审美向度上的成就，形成了“色香味俱全”① 的独特品格；从女性词大背景着眼，她树立起超越前代、亦迥异于同辈的风貌，是从被动的接纳者向主动的缔造者转变的关键人物，在百年、千年词史中“先策蛾眉第一勋”②：

小玉钩帘银蒜亚。菡萏开时，逼得明湖窄。一桁秋河天际泻。石阑人影清于画。　　双髻词仙娇不嫁。嚼蕊吹香，日日红楼下。向晚沙堤风渐大。柳丝扶上桃花马。

——蝶恋花

美人来未。正江南日暮，碧云千里。情太芳菲心太冷，谁是梅花知己。老干风雷，仙姿冰雪，别有伤时意。胭脂几点，泪痕吹下天际。　别来杨柳依依，树犹如此，顾影添憔悴。梦醒空山人一世，换了冷红生翠。洗马愁多，避秦地窄，并作三姝媚。春魂如水。无端风又吹起。

——湘月·题何香凝女士画梅、余静之女士桃花、张聿光补柳合图

露叶擎珠，萤灯照梦，秋在藕花深处。小倚红栏，凉气袭人如雾。渐吹残、水阁箫声，刚睡静、玉阶鹦鹉。剩纤纤新月如眉，含颦相对两无语。　　罗云千里似絮，待借轻舟，泛遍绿涛红树。立足昆仑，高唱大江东去。只伶仃、人似秋花，怕旋被、罡风吹堕。趁余醺拔剑闻鸡，夜深和影舞。

——绮罗香

三　“三百年来女布衣”③：“中性视角”与高士情怀

除前文重点表彰之《洞仙歌》外，小翠令词还擅作《浣溪沙》。此调轻灵谐畅，宜写风怀，以下两组词虽为先后创作而同题“拟饮水”：

① 小翠诗《黑桥桃　谢顾飞》句：“论诗我贵色香味，缺一不足称诗王”。

② 小翠诗《画展小纪·赠冯文凤》句。

③ 转引自周采泉《女布衣陈小翠》，载《孤山拾零》，浙江省文史研究馆编，上海书店1993年版，第40页。

夹岸桃花落不禁。红楼听雨又春深。水风凉上美人心。　山里沧桑云起灭，乱中消息雁浮沉。绿阴深处万愁侵。

小扇单衫瘦不支。一春幽梦逐游丝。恹恹睡过日长时。　低髻围花蔫白奈，银纨揩粉写新词。等闲何敢说相思。

窄袖天寒耐薄寒。自缄锦字劝加餐。山桃微涩小梅酸。　斗草年华悲喜易，养花天气雨晴难。纵无情思也相关。

小院春寒花放迟。碧纱窗外雨丝丝。日长何事耐寻思。　香近语低疑薄醉，离多会少却宜诗。当年未到可怜时。

丽泽流动如珠走盘，“水风凉上美人心”“山桃微涩小梅酸”使置《饮水词》中，也是一等好句子。拟饮水则饮水自不必说，需要指出的是“酷肖纳兰”不是小翠的终极目的，她并未仅限于技术上的学步，竟由“拟”而“入戏”，以旁观者手眼来摹写女性情思容态。小翠固也以词抒写一己幽怀，但更多时候选择了持中性视角：试读“系领芙蓉缬，堆鬟茉莉珠。绿阴深处闭门居。记得个侬生小，窈窕十三余”（《喝火令》）、“风曳绣襟斜，花径春寒峭，是谁唐突唤芳名，羞还恼。欲作娇嗔佯不理，禁不住，眉先笑。　故理鬓边丝，软破樱唇小。美人心似未眠蚕，难猜料。花底鸣蝉无意识，偏说是，他知了”（《一搦花》），写美人到了这样生动和深细的程度，是无论如何也不能草率地归为“自许”“自画”的：这是女性词人第一次由摹画自身的“画地牢”中跳脱出来，站到镜头之后，暂时摒弃了传统女性身份——同时也疗愈了“工愁善病”的“先天不足”，还原成“中性”（或曰“无性”）的词人身份来进行彻底“无我”[1] 的无差别创作。这或许与小翠艺人善咏的经历[2]有关，

① 此处“无我”为字面意，未借鉴观堂理论。

② 小翠尝为周瘦鹃主编之《半月》杂志作小词九首题其封面美人画。

但更应归结到“名士气”的性格特点上。

小翠及笄年有诗云：“自笑孤高成底事，天涯潦倒女陈登”①，活画出狷介高逸的士人风神。其实自幼时兵乱中读《史记》、使诸兄姊强呼“翠哥哥”② 等逸事即可看出不喜拘忌、自视如男的秉性，蝶仙亦特钟爱，倚为良友，胜于二子③。除“女陈登”外，她又尝自比为“女东坡”（《桐江夜游，逢二女道士，相指谓曰：此必陈小翠也，戏占》《大风雨之夕》）、“女相如”（《戊寅感怀》）、“香山女居士”（《门前》），以“女要离”为“易钗而弁，从军江西”的弟子周丽岚铭剑（《剑铭》）。这里“女”仅作修饰词用，并不为与“陈登”“东坡”等男性士人对立起来。尽管她也不满于“庄以仁义为桎梏，孔以女子为小人”（《率笔》）、自叹“心雄力弱终何用”（《戊寅感怀》），但也写出了气格昂扬的“漫云巾帼无奇士，君不见道蕴缇萦皆女子”（《桐阴曲题汪夫人〈桐阴集〉》）、“美人出处似英雄”（《元日牡丹》），几乎全无女性诗人习见的自怜、自卑情绪，而是“大踏步”地径入男性古贤中寻找精神相通的知音。小翠论诗云：“我爱雄奇胜娟媚”（《山游杂记》）、“诗忌纤秾落小家”（《偶过孤山路过曼殊上人墓》），故下笔每峻健如唐人：“安得长弓射夕阳，携书重返水云乡”（《题山水卷》）、“不祥士气能鸣雁，垂毙民生入肆鱼”（《戊寅感怀》）、“黑白他年凭史笔，玄黄我马感虺隤”（《除夜又书》）、“太息中原豪杰尽，雨中立马望黄河”（《偶书二首》），又尝临席赋《将进酒》、为抗战死难烈士作《招魂》，豪情壮采，胜于男子。如最负重名的诗作《双照楼诗》：

> 双照楼头老去身，一生分作两回人。河山半壁犹存宋，松桧千年耻姓秦。翰苑才华怜俊主，英雄肝胆惜昆仑。引刀未遂平生志，惭愧头颅白发新。

① 小翠诗《午夜书怀》句。此诗作于庚申年小蝶成婚前后，时年未满二十。

② 事皆见《半生之回顾》。

③ 陈栩《翠楼吟草序》：“予生平寡交游，不喜酬酢……可与言诗者，则惟吾女一人。予素健忘，视吾女为立地书橱。今将离我而去，正不知来日光阴如何排遣，予心中有万千感想，而不能措一辞。以视河梁握手、朋友分襟，其情状何如耶？”《翠楼吟草全集》，序言页。

世人言汪之功过，持论中正、笔力深浑似无出此右者①。其实翠楼词士气绝不逊诗，《大江东去·题东游草》《洞仙歌·题谢月眉画稻雀》是兴亡满眼、幽忧满腹之作：

高楼一笛，被离情吹得，柳丝无力。夹道樱花容马过，踏碎满街红雪。广袖唐装，轻纱宫扇，人似扶桑蝶。赋才减尽，可怜恩怨难说。 君看故国河山，边关铁骑，几度金瓯缺。无复新亭能下泪，名士过江如鲫。燕市悲歌，黄龙痛饮，此意空今夕。长吟当苦，一杯还酹江月。

平畴侵晓，望黄云如雪。禾黍离离旧宫阙。甚青苗古怨，玉食新忧，除非是、野雀啾啁能说。 凤凰饥欲死，贻笑侏儒，击缶休为妇人泣。破产到农村，恒舞酣歌，早废了、万家耕织。对四月南风易思乡，忆茅屋斜阳，荷锄提馌。

小翠士气又不止体现于此。《解珮令》《金缕曲·题迦陵集，夜读其年词，慷慨激昂，为击碎唾壶，占题即仿其体》堪称壮心激越，高蹈尘表：

黄河立马，青山射虎，论平生、肯被残书误。旧日豪华，销磨到、十分之五。尽悲歌、穷途日暮。 燕卿金弹，信陵珠履。有多少、酒人徒侣。斗大孤城、且暂把、斜阳悬住。破江山、待侬来补。

谁是知音者。猛悲歌，穷途日暮，泪珠盈把。季布千金轻一诺，不识绮罗妖冶。惭愧煞、龙门声价。十载依人厮养耳，被尘缰、缚煞横空马。吹铁笛，古城下。 秋声一派清商泻。向三更、危楼黄叶，潇潇盈瓦。太华莲花千丈雪，上有神人姑射。（此处脱一字）不似、姮娥思嫁。碧海银涛三万里，冷江山、尚有荆关画。掷椽笔，自悲诧。

① 此诗解读可参照叶嘉莹《汪精卫诗词中的“精卫”情结》，《凤凰副刊》2014年7月2日。

这是由书卷气质、才人心性、名士襟怀[①]共同熔铸而成的词篇。她发顾贞立、吴藻这类闺阁人杰所未言，完秋瑾、吕碧城及南社诸贤所未竟，扫尽了庸弱卑隘，显示出作为“人”而不仅仅是“女人”的宝贵的精神力量——这就为女性词别辟了千年未有之境界。

1934年，甫逾而立的陈小翠写出了旷代杰作《羽仙歌》[②]组词。以艺术水准论，此应为翠楼笔下第一，求诸文学史，亦“不可无一，不能有二”：

甲戌之岁，家君自营生圹于西湖桃源岭。每春秋佳日，挈眷登临，辄徘徊不能去，曰：吾千秋万岁后，魂魄犹乐居于此。顾谓：翠儿，为我作歌。予呈词三叠，藏家君箧中，将七年矣。今春编遗稿，无意得之，为悲恸不自禁。嗟乎！慈父恩深，生我知我，一人而已。今距家君之殁，又半年矣，故乡风鹤频惊，不克归葬，予既心魂丧乱，不能措一辞。爰录旧词存之，以志不忘，工拙所不计也

人生何似，似飞鸿印雪。雪印鸿飞去无迹。是刘樊眷属，粉署仙官，却自来、留个诗坟三尺。　登临成一笑，谁识庄周，栩栩蘧蘧二而一。不用咒桃花，窄径春风，早开了、满山蝴蝶满山蝴蝶花，色如紫云。看一片、湖光扑人来，证明月前身，逝川今日。

桃源岭下，愿一抔终假。借与行云作传舍。向山头舒啸，月下长吟，有千首、世外新词未写。　黄泉如有觉，咫尺松阴，亲戚何妨共情话予三姨丈夫妇子女一家四口，皆葬此山。旷达竟如斯，知死知生，把千古、哑谜猜着。看蝴蝶、花开满山云，比坡老寒梅，一般潇洒。

吾生多病，似未冬先冷。一寸心灰九分烬。只蛮鞋蹴雨，絮帽披云，忘不了、天下崇山峻岭。　三生如可信，愿傍吾亲，明月清风共消领吾父拟于圹侧为予营冢，故云。种树小梅花，分占青山，浑不用、

① 陈栩临终前嘱子女云：“儿当知之名士与名人有别！名士者，明心见性，以诗书自娱，苟得其道，老死岩壑而无悔；偶传令名，非其素志。古之人，如渊明是也。名人则不然，延誉公卿，驰心世路。今之人，如某某是也。吾愿儿等为名士，勿为名人是也。”《翠楼吟草全集》。

② 即《洞仙歌》，名自宋潘牥始。“羽仙”者，陈栩也，蝶仙、小蝶、温倩华亦偶用此调名。

大书言行。遣翠羽、低低说平生，倘谥作诗人，死而无恨。

小翠中年尝拟编《古今闺秀诗选》，见“巾帼词人仅一易安，淑真犹病其弱”[①]而殊有才难之叹，终未付梓，我今为替乎？又其诗有云：“死后乾坤宁有我”[②]“春秋责备请从严”[③]，旻天不淑，斯人陆沉，我欲擢之为百年女性词首席，翠楼其许乎？

四 “鸳蝴词”[④] 传人温倩华

蝶仙女弟温倩华为小翠闺中挚友。倩华（1896—1921），名不具，以字行，一字佩萼，世居无锡。十八岁问业栩园，时小翠年十二，以声气通缔金兰，频相往还。倩华才兼六艺，有《黛吟楼遗稿》传世，存词二十五首。后以母丧哀毁，得龄仅二十六。陈栩合家大恸[⑤]，小翠作《祭梁溪温氏姊倩华女士文》《黛吟楼图序》[⑥]，极尽追思。

陈栩名列鸳鸯蝴蝶派骁将[⑦]，诗词亦濡染“鸳蝴”味。“盖小说家，故其所作无论诗文词曲，无不情景兼到，具有引人入胜之魔力。虽聊聊二十八字，亦可作一部小说观，盖其间亦必有景有情，浓郁如春酿之酒，足以醉人心魄，几疑身入其间。”[⑧]倩华得天虚我生亲炙，词似较小蝶、小翠更近乎

① 《画余随笔》，《大陆》1941 年第 2 卷第 2 期。

② 《除夜又书》句。

③ 《论诗有谢》句。

④ 汪梦川《南社词人研究》“词与‘鸳鸯蝴蝶’论”一节颇详赡，故“鸳蝴词”提法之合理性此不赘述。第 345—346 页。

⑤ 陈栩《梁溪女士过温倩华小传》：“予时惊骇欲眩，犹疑字句或讹，反复回环，拭目谛视，乃始泫然恸曰：倩华死矣！内子小女，闻声集询，予色惨沮，咽不成言，授书读之，则各涕下，亦无能言。”《自修文选》1939 年第 65 期。

⑥ 此文颇流美，爰录部分：“自太湖逆流而上三四里，恒见小楼，矗然踞于山背，晶窗射日，煜耀作光，是曰黛吟，倩华女士读书之所也……芭蕉展绿，乞临怀素之书；秋水挹神，宜着樊川之句……芸编纤手，非有慕于玉台；锦瑟华年，辄抒情于象管。落花如雨，吹满衫中；吟魂如丝，袅来笔底。故当芳藻艳发，谢尘想于鬟中；高清不滓，立丰标于物外者矣……流水之归，征蓬长逝，人生似此，才知何为？刘侯答身后之书，此情无限；季子悬空垅枝剑，有恨何如。”《翠楼吟草》，第 102—103 页。

⑦ 1922 年《红杂志》载“大胆书生”所作《小说点将录》，点陈蝶仙为“双鞭呼延灼”。转引自《南社词人研究》，第 327 页。

⑧ 周之盛：《栩园词集跋》，载《栩园丛稿二编》，上海著易堂书局民国十三年（1924）刻本。

此。《鹊桥仙·为从兄企殷题并蒂莲花》直可作一则微型鸳蝴小说读：

玲珑心性，缠绵情绪，在地本为连理。绿波相照太分明，看花颊、也含羞意。　莲依薏汝，形偎影倚。不怕蜂狂蝶忌。临风双笑傲鸳鸯，似说道、痴情胜你。

流丽、清畅实也是"鸳蝴词"特质的题中之义。看《羽仙歌·春寒》《壶中天·胡园观荷作》：

清明近了，怪莺花还睡。杨柳含颦尽憔悴。正踏青时节，斗草年光，禁得个、二月东风沉醉。　秋千庭院悄，人倚栏杆，一缕轻寒袭罗袂。消息锁桃花，燕子来迟，浑不管、春闲如水。又社雨声中鹧鸪啼，剩草色如烟，扑帘争翠。

晓云笼树，笑看花来早，花还慵起。一角红亭三面水，消受四围香气。露咽蝉声，风惊鸳梦，写出凉无际。采莲儿女，雅怀倜傥如此。　远听泉水淙淙，炎氛不到，罗袂侵秋思，十万田田花世界，留得幽人芳趾。拗藕抽丝，跳珠掬水，无限娇憨意。夕阳明处，小鬟催作归计。

刘梦芙谓"琢语精工，铺叙婉转，章法浑成，情境幽雅，驾驭长调之笔力，不减耆卿、淮海"①；其实栩园一脉作词家数还在次，苟性灵之气一贯到底，则长调必不滞不涩、流转自然。昔严迪昌先生谓郭频伽词"透明度极高的清灵气韵游转而出，疏朗净明的美感触之即得"②，移誉倩华亦感恰切，盖性灵才人异代相通也。

陈栩于词一道用力甚深，今存词集六种③，作品凡五百余，个人风

① 《二十世纪名家词述评》，第 272 页。

② 严迪昌：《清词史》，第 445 页。

③ 据《天虚我生诗词稿》《栩园丛稿》，计《海棠香梦词》《眉山冷翠词》《清可轩词》《招花记月词》《海山仙馆词》《香雪楼词》。

格亦颇鲜明。又尝据编辑、出版之便，自刊《文艺丛编》杂志五册连载《栩园酬应集》，传授填词法，于主情尚意之外又颇讲究句法、声律。《丛编》中《栩园儿女集》专录小蝶、小翠诗词，《栩园弟子集》选登门生佳作，规模俨然。至此，以陈栩为主将，小蝶、小翠为左右翼，顾佛影①、温倩华、顾青瑶、汪石青、冯大舍等子弟为中坚②，以《文艺丛编》及其他文学报刊为阵地的“栩园词群”可告成型。佛影有成后，又步乃师后尘，教习女徒③，撰《填词门径》《填词百法》等，于《酬应集》基础上发明推毂。男性词人非本书所重点关注，又蝶仙生平传奇，可论者实难限文艺一门，栩园词群乃至其一生行迹尚多值得挖掘处，可俟有心。

温倩华有《高阳台》一阕，是集中筋力健、境界高者：

> 虎帐功名，凤池画策，那堪往事重论。十载江湖，依然憔悴风尘。英雄事业供屠狗，夜寒时、空啸龙纹。且韬真、风月文章，任寄闲身。　漫愁琴剑飘零尽，有清才胜雪，豪气凌云。刻翠裁红，头衔还属词人。十年一觉荒唐梦，料从头、说也酸辛。梦无痕、写入丹青，证取前因。

词题今已佚，不知所咏谁氏，“虎帐功名”“琴剑飘零”语与蝶仙事迹有暗合处，姑视为赠师之作。天虚我生自许“国货之隐者”，或谓栖之商界而隐于文字也，其实“刻翠裁红”对他而言实在只能算作“余事”了。倘能摒除他事，专意词业，栩园词一脉必可开枝发叶、传继绵衍，陈栩或挟此跃上民国词坛前阵，甚至开宗立派，亦未可知也。

---

① 顾佛影（1898—1955），原名宪融，别号大漠诗人、红梵精舍主人，上海南汇人。早年任上海商务印书馆及中央书店编辑，抗战间避居四川，任教大同大学、金陵女子大学、中大附中等，著有《大漠诗人集》《大漠呼声》《文字学》及杂剧传奇数种。《红梵》《红梵精舍》二集存词百首以上，具体见马大勇师《百年词史（1900—2000）》相关章节。

② 其余具名词弟子有朱穰丞、郑炜光、汪炳麟、劳稼村、徐中杰、姚奠邦、吴仲杰、郑留隐、沈倩若、汪瞻华、宋鸿镇。

③ 佛影有《红梵精舍女弟子集》。

五 艺苑词侣顾飞、顾青瑶、陈乃文、陈懋恒

民国女界多词、艺两栖者，大多为“中国女子书画会”[1] 成员，进与小翠投契。此处谈顾飞、顾青瑶、陈乃文、陈懋恒四人。

顾飞（1907—2008），字墨飞、默飞，别署杜撰楼主，上海南汇人，顾佛影妹、裘柱常[2]室。墨飞以画、诗分别为黄宾虹、钱名山“双料”入室弟子，朱大可爱其诗才，直呼为“女虎头”[3]，其词亦能得画艺之助，小有所成。去世后子女整理父母遗作合刊为《梅竹轩诗词集》[4]，其中墨飞《烬余集》存词五十八首，又可由民国报刊搜得若干，总数应在七十首上下。

小翠《寄顾飞》诗云：“夜雨春灯对读诗，十年初见已嫌迟。近来苦忆君知否，到处逢人问顾飞”，雅相钦重；墨飞亦每多怀想：

> 清波桥下啼鹃。梦如烟。只有斜阳红处、似当年。　　蕉不展，花不语，竹凄然。寂寞水禽三两、雨中眠。
>
> ——相见欢·过小翠杭州旧居

> 衰柳万千丝，遮断天涯路。一样斜阳两样愁，身世西风误。　　波影似年时，照影人何去？纵不凄凉也是秋，几滴黄昏雨。
>
> ——卜算子·杭州小翠旧居

与小翠、佛影纵脱俊爽的风调相比，墨飞词较温文内守，走古雅一路：

> 昨夜东风扫玉柯。一池春水起愁波。辗转思量无限恨，是离歌。

---

① 可参见包铭新《海上闺秀》附录一《海上闺秀书画家汇传》，东华大学出版社 2006 年版。

② 裘柱常（1906—1990），浙江余姚人，历任中学教师、上海《新闻日报》编委，为上海中华书局编辑所“四大编审”之一。新诗创作及翻译领域亦有所建树。

③ 《女虎头》云：“余交顾佛影二十年矣，知其有弟有妹，然未之奇也。前数年，佛影刊《红梵精舍女弟子诗集》，其最后一人曰‘顾默飞’；佛影指以告余曰：‘此舍妹也’。余始矍然异之……因笑谓佛影曰：‘令妹诗笔，无愧大苏，但有屈阿兄作苏小妹，奈何？’佛影亦拊掌大噱。”转引自“天风上人”新浪博客。

④ 西泠印社 2006 年版。

几度花开先下泪，伤心人已泪无多。枝上明年如更见，莫怜他。

——山花子

秋云不语，秋花不语。秋水潺潺不住。凭高何处是天涯，只千里、迢迢江暮。　燕来雁去，雁来燕去。来去匆匆无据。自来辛苦自相催，自谱出、人生律吕。

——鹊桥仙

二词设色澄淡，气息沉静，真挚似欧而自持似晏，是能得北宋声家三昧者。顾飞固不以词名世，而小翠付青眼者未尝不在此。

陈栩谓爱女“居恒好静，绝少朋俦，惟与顾青瑶时通笔札，余皆懒慢，往往受书不报，盖以寒暄语非由衷，不善为酬应辞也”[①]。青瑶（1896—1978），名申，别署灵姝[②]，生于吴中望族，曾祖顾椒园、祖顾若波为清代著名画家[③]。青瑶擅书画，尤长于篆刻，与金石家何卍庐于冷摊得汉鸳鸯印成眷属，为艺林佳话[④]。曾为柳亚子治“前身青兕”印、为周錬霞治“有限温存，无限酸辛”[⑤] 印。新中国成立后移居香港，为新亚学院（香港中文大学前身）聘为艺术讲师，1972 年赴加拿大，终老于北美。著有《金石题跋》《青瑶题画诗录》《青瑶诗稿》等，多不存。

青瑶十一岁拜蝶仙学诗词，“天分学力超诣均迥绝”[⑥]，小翠视同骨肉，为平生第一知己[⑦]。青瑶《金缕曲·汪桂芳招引，与小翠游龙华归后作》

① 《翠楼吟草序》，《翠楼吟草全集》，第 2 页。

② 青瑶之“灵姝”号多有讹作“灵妹”者，从其书法作品款识改。

③ 青瑶持印“若波女孙”，为邓散木所刻。

④ 卍庐、青瑶以“金鸳鸯印室”榜其斋，发愿与天下有情人结金石缘，凡有以新婚贤伉俪名号属刻合璧双印供钤婚书用者，无论亲疏，一律赠刻，不取分文润资。《红玫瑰》1929 年第 5 卷第 1 期。又，小翠有《虞美人青瑶嫁后久不晤，往访不值，戏占题壁》调之：“知卿心似小回廊，只有重重卍字嵌中央。”

⑤ 錬霞《采桑子》词句。

⑥ 《红玫瑰》1929 年第 5 卷第 2 期。

⑦ 小翠有赠诗云：“我视顾君同骨肉，髫年马帐共传经。”陆丹林《介绍几位女书画家·顾青瑶》：“陈小翠是她唱和最多而且最知己的吟侣。”《逸经》1937 年第 33 期。

最能见二人笃睦：

为是消愁耳。感殷勤、主人杯酒，把尊先醉。载去杜陵消瘦影，眼底春烟碾碎。记曲岸，柳溪风外。一阕放翁词入变，雪胸中、块垒都成水。千古憾，略相似。　难言心事如潮起。更休论，母衰子幼，一身空寄。赢得十年知己感，肝胆文章相似。便何恨，今生都已。镇守心魂无别语，把飘零、诗卷从头理。孤愤处，昔今异①。

词为“德也狂生耳”一首苗裔，二女之盛才高谊也略如容若、梁汾。惜背后本事未详，否则当更能解会词人的“块垒”与“孤愤”。青瑶又有纪友情同调词，深情殆同而别致胜之：

别矣浑难说。恁年时、剪灯披雪，往还深密。最爱灵心天赋厚，艺事磋磨第一。但记取、待人真切。寥落生平哀恸感，倾青罇、解我肠千结予奉先慈讳，丧葬文翔恒侍左右，值周忌必来伴，邀外出终日。吾有疾，汝先急陈乃文尝笑文翔曰：顾先生有病，她先急煞，以告小翠。　红梨秘阁临歧擘。想低鬟、拈毫腕底，宛然亲炙。粉划丝量刚合手，一任吹霏降屑予案头一红木搁手，文翔云久制一搁手未成，遂手擘为二，其一赠之。要几番，绸缪摩拭。伴去吴云春树里，只殷勤、重叠加胶漆。长把臂，不离隔。

——金缕曲·文翔将举家迁，遂手擘红木秘阁贻之，遂填此解志别　甲申仲春

全写眼前事，不着典故，“剪灯披雪”“低鬟拈毫”句摹画如微，如摄小影；“粉划丝量”“重叠加胶漆”，直是艺人本色，非精此门者不能道此。

---

① 小翠和词云：“把酒邀诗侣。道龙山、落红三月，青春将暮。携手小桃花外路，有阵疏疏微雨。浑不似、寻常心绪。四海飘零诗与画，纵人皆欲杀吾怜汝。身世感，有同处。　苍凉词句真如诉。算往来、几分才思，几分凄楚。同学少年多不贱，惟有杜陵艰苦。总愁眼、看花如雾。一许钟声禅响寂，算人生、梦耳休回顾。千万语，忽然住。”

词勾连顾青瑶、文翔[①]、陈乃文、陈小翠故事，为女子书画会保留一弥足珍贵的词体文献。

青瑶据云有《归砚室词稿》，已佚。今可由存世书画、信札中觅得若干断简零篇，其间多才气勃发、性灵跃动感。如天壤间幸存全帙，则青瑶当非仅附骥以传也。

前首词中提到的陈乃文也可附此一说。乃文（1904—1991），又名蕙漪，号蕙风楼主。上海崇明人。三十年代加入中国女子书画会，持志大学毕业后任教暨南大学附中，后兴办治中女学，矢志女性教育事业，晚年出任上海市文史馆馆员，与陈九思、陈声聪合称“海上三陈”。

乃文师从胡朴安[②]、施淑仪[③]，诗远胜词，《悼陈小翠》可称清哀悱恻：“‘小妹诗仙’小蝶诗[④]，西泠韵事记当时。狂飙吹散神州梦，蝶也南飞翠折枝。”《蕙风楼烬余词草》录词九十首，《浣溪沙》《苏幕遮·怀兰姐》以少年才气出之，清婉可诵：

酒醒无端百感生，支颐忽忆少年情。碧天如水夜凉轻。　倚槛微风闻短笛，比肩絮语话双星。一帘风露湿流萤。

小桃红，霞一抹。燕稚莺娇，柳外初啼鴂。芳草牵情愁欲绝。往事思量，悔把金兰结。　聚和离，都似月。碧海青天，那得无圆缺。又是禁烟逢时节。花开依旧，人却长离别。

乃文词大多手段平平，即处民国艺坛亦不能称佳。陈九思“无巾帼

① 遍寻文献，未发现书画会有名“文翔”者，疑为冯文凤，或青瑶为避母讳改。

② 胡朴安（1878—1946），安徽泾县人，名韫玉，字朴安、仲明，别署有怍、半边翁，同盟会、南社成员，著名诗人、学者。著有《朴学斋诗文集》《中国文字学史》《中国训诂学史》，编有《国学汇编》《清文观止》《南社丛选》等。

③ 施淑仪（1876—1945），字学诗，上海崇明人，有才干，年未三十主上海尚志女学，育女弟子数百。有诗集《湘痕吟草》，辑有《清代闺阁诗人征略》十卷，为女性诗歌断代重要文献。易顺鼎序曰：“造四万八千塔功德，竟见出蛾眉；荟二百数十年光气，长留于麟角。”

④ 陈小蝶有诗句：“只有谢庭堪压倒，侬家小妹是诗仙。”

气、无脂粉气，无虚娇气、无萧瑟气”的评价[①]已属过誉，周采泉之“前五强榜单”[②] 则更难副。论女性词常偏离文学标的，百年间捧杀者何止乃文，被“选择性忽视”者亦代有人也。

小翠晚岁知交零落，可与同声歌哭者惟陈懋恒一人。懋恒（1901—1969），又名珊，字稚常，号荔子、墨痕等，福建螺洲人，陈宝琛女侄，合家称“十八姑”。懋恒为顾颉刚高弟，与丈夫赵泉澄双获燕京大学历史学硕士学位，先后工作于东吴大学、圣约翰大学、上海美术专科学校、上海历史研究所等。晚年遭里弄强制劳动后摔伤，赍志以终[③]。懋恒“才具良史，锦心椽笔”[④]，《明代倭寇考略》《中国上古史演义》等著作为学林所宝，又长于诗、书、画、棋。懋恒与小翠订交于四十年代，“文革”中，小翠避地无方，依懋恒所，懋恒慨然迎接，自此坚壁相守[⑤]。小翠赠诗云：“狼狈青毡百不存，解衣推食女平原。乞天暂缓三年死，我有平生未报恩”[⑥]，一字一泪，令人不忍卒读。《翠楼吟草全集》之出版即由懋恒及子媳许宛云履险收存，多方奔走，力促其成。

懋恒词远不逮史学成就，又多宗朱颂圣之篇，盖时代痛症。写于抗战时期的《满江红·代题精忠柏用岳忠武原韵》最能见学人手眼：

大好河山，恁容许胡奴马歇。掷多少、头颅涕泪，古今义烈。竟使精忠伤缪丑，空留俎豆光星月。溯祸源、道学教猱升，精而切。

① 张嘉玲：《回忆母亲陈乃文》，《陈乃文诗文集》，张晖整理，上海社会科学院出版社 2013 年版，第 1 页。

② 周采泉《金缕百咏》：“间气中兴矣。女词人，祖棻双蕙、怀枫一紫。”“双蕙”为陈乃文蕙漪、刘蘅蕙愔，“一紫”为周錬霞紫宜。

③ 懋恒晚年寄儿信中云：“吾尝发愿广写历史读物，俾使芸芸学子无埋头故纸之劳，而粗知中国史实，以激扬其正义爱国之心。今史料渐裒，而岁云暮矣，彼苍天者宁有知耶？如斯文之未丧，或能鉴吾之诚。来日大难，倘有必不可免者，吾宁折臂断足以当之。假吾数年，以成吾志。”卢美松《陈懋恒诗文集前言》，福建文史馆编，海峡文艺出版社 2011 年版，前言页。

④ 卢美松《陈懋恒诗文集前言》，福建文史馆编，海峡文艺出版社 2011 年版，前言页。

⑤ 事详卢美松《陈懋恒诗文集前言》、许宛云《我所认识的陈小翠先生》。

⑥ 懋恒有《丙午冬雪和翠姐》云：“对此茫茫强自宽。北风正烈莫凭栏。愧无咏絮堪娱客，剩有晶盐可佐餐。茅屋破时谁得卧，琼楼高处若为寒。败鳞剩甲三千万，只当冰山一例看。”

迂儒耻，从今雪；邪说谬，终当灭。淑麟经、褒贬追弥残缺。铸鼎禹州穷魅魍，燃犀温渚呕心血。诛奸谀、定谳到幽冥，文无阙。

卒章显志，铮然有声。然天下尽有盖棺而未定之奇事，“谳到幽冥”求诸今日恐亦难能。

第四节 “一生爱好是天然”[①]：论周錬霞词

民国海上词坛堪与翠楼合称“双子星座”而“流光相皎洁”者，唯周錬霞可当之。錬霞（1906—2000），原名紫宜，又名茝，字霱，号螺川，笔名錬霞、忏红、紫姑、秋棠等，江西吉安人，名士周鹤年[②]女。錬霞生于湖南湘潭，少年随父移居沪渎。十六岁从郑德凝学画，不数年即播名艺界，为中国女子书画会创始元老之一。1927 年适徐晚蘋[③]，婚后育子女五人。1949 年后首批聘入上海中国画院，晚年赴美与家人团聚，享寿逾九秩。

錬霞惊才绝艳，负世之诬名久矣！数十年中绝多无聊恶俗者[④]，据其涉情爱之诗词捕风捉影、深文周纳，又联想与吴湖帆、宋训伦、朱凤慰[⑤]

① 錬霞词《清平乐·政协上海市卢湾区委员会，月前举行纳凉晚会，参加者千余人，表演节目甚多。其中以九龄女儿唐莺莺的琵琶评弹最为精彩，欣赏未已，词以宠之（其二）》有“天然爱好”句。

② 周鹤年（？—1940），光绪间以名举人候补湖南长沙知府，遂举家寓湖湘，尝从名家尹和白学画。

③ 徐晚蘋（1906—？），原名公荷，号绿芙。江苏嘉定人，曾祖徐郙为同治元年（1862）状元，累官三部尚书，兼协办大学士，颇受慈禧荣宠。1946 年徐氏离家去台接管当地邮政，夫妇一别三十余年。

④ 錬霞之污名多本自陈巨来《记螺川事》（《安持人物琐忆》，上海书画出版社 2011 年版），此即今之“荡妇羞辱”也。书中事多不足为征。

⑤ 吴湖帆为周錬霞“绯闻对象”中唯一可坐实者。周、吴事最权威考证为刘聪《〈佞宋词痕〉中的一段吴湖帆、周錬霞往事》（载“上海书评”微信公众平台 2017 年 7 月 18 日），可参见。宋训伦（1910—2010），字馨庵，号心泠，别署玉狸。原籍吴兴，大学毕业后供职上海金融机构。后移居香港，晚年定居泰国。有《馨庵词稿》，存词 29 首。朱凤慰（1893—？），浙江海盐人。清末入同盟会，民初入南社，与柳亚子、陈佩忍、叶楚伧善。以政界、文坛资历，人皆称“老凤”，另有笔名凡鸟、芷香、碧湘楼主等。

等名流间扑朔迷离的“情事”，“鍊师娘”[①] 之艳名遂坐实。今人刘聪《无灯无月两心知——周鍊霞其人其诗》出，爬梳史事，清理谣诼，始还鍊霞以芳誉，其治学功力既深，而态度尤可贵。本书亦于此书得益良多，使不致陷外围琐屑事，专意谈螺川词业造诣。

鍊霞当世即有词名，然多“不让李漱玉”[②]“诚今日之李易安”[③]“清照珠玑，祖棻才调”[④] 一类老调重弹，反而某不具名者“碧城姿首仗严妆，子苾犹熏漱玉香。若比灵心与仙骨，都教输与鍊师娘”[⑤] 之论最能直抉螺川词特质。“灵心”“仙骨”云云，实正揭出“天然”两字。

一 艳词中女作手

艳词之定义以内涵及边界模糊故，至今莫衷一是，大抵描写女性姿容体态及情词中“尺度”较大者都应划入此范围。两宋名宿鲜少不涉艳词者，多诋为游戏笔墨；有清以来，即使朱彝尊、纳兰性德、况周颐等名家打出性灵、寄托等理论旗帜为其洗刷污名、尊体张目，在主流批评话语体系中，艳词仍以格调尘下、内容空泛而遭到普遍性的贬抑挞伐。螺川词凡三百余，泰半即所谓艳词，亦一生成就最高者，所谓“一语之艳，令人魂绝；一字之工，令人色飞”[⑥]，足为绵衍千年的艳词史添上活色真香的一章。先看《醉花阴》：

粉面团圞如满月。越显唇儿血。秋水剪双瞳，纵使无言，也有情

---

① 据刘聪考证，“鍊师娘”得名由来有两说：一说江南才子卢一方向周鍊霞请教舞技，遂以“师娘”称之；又一说从与老画师丁慕琴谈笑中得来。《无灯无月两心知——周鍊霞其人其诗》，北京出版社2011年版，第19—20页。按：据小田《论江南乡村女巫的近代境遇》考，吴语“师娘”即“女巫”，而“师娘”之“师”应为“尸”雅化而来。如光绪时倪绳中《南汇县竹枝词》云：“却笑鬼神通问语，男称太保女师娘”，下注“俗言神鬼，病则多事祈祷，男巫曰太保，亦曰火居；女巫曰师娘，又谓看仙，能与鬼神通语”；虬公编《苏州风俗谈》：“苏人称新亡之鬼曰亡人，欲与亡人谈话，须请女巫（俗称尸娘）召鬼。”“师娘”又引申出对能言善辩女子的揶揄戏谑意，可备参考。

② 冒鹤亭语，转引自《无灯无月两心知——周鍊霞其人其诗》，第105页。

③ 胡先骕语，同上。

④ 宋训伦语，同上。

⑤ 柳芜：《螺川韵语辑》，载《诗铎（第二辑）》，复旦大学出版社2012年版，第379页。

⑥ 王世贞：《艺苑卮言》，载《词话丛编》，第385页。

难说。　　玉纹圆领光于雪。扎个殷红结。着步总翩翩，如此丰神，软倒心肠铁。

词写女性神貌，设色明丽，刻画至微，是标准艳科，唯不知所咏何人，不妨视作螺川自题小影之作。鍊霞又最喜以艳词题赠朋辈，以为调笑：

盛鬋齐眉，轻鬟贴耳。生成光滑油油地。怜她纤薄似春云，嫌他波皱如春水。　　爱好天然，懒趋时事。淡妆不借兰膏腻。倘教侬作隔楼人，但闻香息不须寐。

——踏莎行·小翠不喜烫发，与其藁砧隔室而居，写此调之①

满阶黄叶飘凉吹，红楼犹倩斜阳媚。静极不闻声，娇眠人未醒。梦魂酣且乐，甜笑留嘴角。未忍动经她，轻轻掩碧纱。

——菩萨蛮·访紫英留作

前首写小翠淡妆素服，实为烘托其高洁品性，是背面傅粉法，结句又谑其小姑独居事，非极知心好友不能、不敢作此。后首叙事如缀短镜头，语极新鲜俏丽，一眠一醒两佳人皆如画图。《采桑子·调蕙珍》则大胆刻露，略无遮掩：

斜袒酥胸闻笑语，宛转纤腰。罗袖轻撩。不是鸳鸯意也消。
梳罢云鬟重对镜，淡抹兰膏。双颊红潮。说为郎归特地娇。

“斜袒酥胸”“双颊红潮”使置男性词人笔下，也足称得上淫艳猥佻、惊世骇俗的了！周鍊霞的勇气来自何处？恐怕唯有胸无尘滓，一派率真，才能够无视世俗绳矩；唯有对自身才华品貌有着高度自信和自豪，才敢于

① 词载1945年5月3日之《海报》。次日《海报》又刊小翠《虞美人·戏答周鍊霞》，词云：“虬鬟鸳帔新妆束。越显人如玉。对卿原当画图看。可惜看时容易画时难。　　灵心慧舌工调侃。戏汝何曾敢。背时村女怕梳头。那及南唐周后擅风流。”据《无灯无月两心知——周鍊霞其人其诗》，第171—172页。

“纵笔所之，靡有纪极”。这样的艳词不是男性作者“花似伊，柳似伊”式的狎赏，也不是传统闺秀“人比黄花瘦”式的顾影自惜，是女性对自身美感与性魅力的自觉的、极度的张扬。

錬霞又特擅写情。读《明月生南浦》《潇湘夜雨》《洞仙歌》：

云母天阶光似洗。仙乐铿锵，依旧临风起。道是当年酣舞地。逗他猜问谁同醉。　携手花阴娇语细。住住行行，行近芙蓉水。唤渡无人明月媚。小舟横在银云里。

凉月一弯，纤云四卷，迢迢银汉无波。有人数问夜如何。听隔院竹声琐碎，看满地花影婆娑。罗衣薄，重帷早下，怕又风过。　销魂最是，胭脂醉颊，红晕双涡。遣酒兵十万，战退愁魔。休负了千金良夜，消受者一曲清歌。堪怜处，盈盈素手，含笑指银河。

三生花草，惜深埋幽径。湖石涵波碧摇影。正抛残象管，瞒过鹦笼，携手处，曲曲回廊语静。　斜阳明又隐，小憩风庭，雪乳蒙蒙荐芳茗。何必费清才，难得偷闲，应莫负眼前佳景。倩替挽香囊暂更衣，指柳外红桥，那边相等。

柔情宛转，绮思芊眠，恐不让小翠同题材作品专美于前，而较陈作清气拂拂、纤尘不染的品貌又多几分旖旎甘秾，昔陈廷焯谓朱竹垞之“仙艳”语庶几近之。螺川集中更多的，是那些因注入了自身情感体验而格外纯挚动人的情词。最负盛名者即其自度曲《庆清平·寒夜》：“几度声低语软，道是寒轻夜犹浅。早些归去早些眠，梦里和君相见。　丁宁后约毋忘，星眸滟滟生光。但使两心相照，无灯无月何妨。”实则錬霞一生情语夥矣，而此词非关风月[①]。明确写情者可撷得“为惜眼波亲泪枕，解怜心

① 按刘聪《无灯无月两心知——周錬霞其人其诗》此词下按语多至六页，考其末二句盖暗陈日伪统治下上海灯火管制时弊，以旷达语作微讽意，而无关风月。后人有以情色香艳视之者，有以“不要光明，只求黑暗”诋毁者，皆非正解。第224—230页。

事护梨诃”“金粉扇题亲手字，银丝绒寄称身衣”“溯相思春梦难留。独对千金怀一刻，纵一刻，也千秋”“欲凭芳草问东风，何时吹绿心头叶”“相思何苦太殷勤。有限温存，无限酸辛”“分取一双红豆颗。心事应全拖。两地记相思，我不忘君，君也休忘我”等，无不令人心荡神驰，如堕绮梦之中。再看如下数首：

玉绳斜，银箭下。又是销魂，又是销魂也。百尺层楼容易画。千尺情难，千尺情难写。　　展新诗，怀旧话。字字珍珠，字字珍珠价。一寸函堆山枕亚。梦也温馨，梦也温馨煞。

——苏幕遮

三尺缕金裳，六幅青绫纻。一斛明珠百斛愁，抵多少缠绵语。长被音书误。别恨何堪数。几度秋风几度春，空负了华年五。

梦断落花深，酒醒斜阳暮。眉上春山眼上波，拦不住愁来路。此意难分付。空把心期数。蜜有蜂房蔗有浆，解不得相思苦。

——卜算子·又一体

鍊霞有妙语云：“我尝譬其（徐晚蘋）跳舞如诗之苦吟也，其实好随便一点，自有性灵，跳舞然，治一切艺术，莫不皆然”①、“（我）觉得诗是现实的，词是超现实的……词是有着摇曳的曲线式的韵味，仿佛是美妙的音乐，在幽静的夜晚奏出，会给人们的灵魂由飘忽而陶醉”②，正可视作“解码”其艺术创作的锁钥。在创作而言，就是慧心与绮语、深情与性灵的有机合融。结合螺川率直豪爽、脱略形骸的处世风格③，人与词就具有了高度同一性。冒鹤亭“一破陈规，务为欢娱，以难好者见好，而有时流于骀荡”的评语未免难使人悦服——这表面上是“欢娱”和“愁苦”“骀

① 刘聪：《无灯无月两心知——周鍊霞其人其诗》，第 103 页。

② 陆丹林：《介绍几位女书画家》。

③ 如“水晶肚皮”“宣告破产”“比上不足，比下有余”等。

荡”和“矜庄”的题材、路数选择问题，实则是真与伪、性灵与矫饰的争衡：因“真”而不为“艳”所囿，正因“俗”而“不俗”。

诗人包谦六尝为谓鍊霞辩诬云：“少时颇端丽富文采，所作词语颇大胆……其实跌宕有节，有以自守，只是语业不受羁勒而已”①，实蕴提点规劝意，但也已是相当宽容的评价。问题是，为什么要“羁勒语业”？为什么要削足适履、矜束性情？在这样不可羁勒、逼面而来的性灵面前，这些冠冕堂皇的话实在不值一哂。冒广生序《螺川韵语》云：“（词）亦多姚冶不可名状，虽有法秀呵山谷绮语为当堕马腹，螺川亦笑置之，仍其本乡先辈欧阳六一之余习，而风流自赏”②，大哉螺川！其纯为艳而大书艳词，不以“空中语”一类话头为己琐琐申辩，亦不屑去寻析“艳”与“淫”之间若无若有、暧昧不清的界限③，更不为寄寓什么“重拙大”的家国情怀④，不伪饰，不作态，口说我心，光风霁月，岂不愧杀须眉也欤？

二 “峻嶙奇气不堪驯”⑤

周采泉《金缕曲·寄怀吾家紫宜用钱释云丈忆小翠韵》句云：“倜傥风流游戏耳，孰知他、胸次波千迭。”鍊霞之“倜傥风流”未必皆“游戏”，而确有满胸波涛块垒存焉。她的“绣窗情思”（《菩萨蛮》）与“女儿刚肠”（《临江仙·为郑子褒题香妃影片特刊》）实是天然才性的一体两面，不应以“豪婉相兼”的寻常论调轻轻掩过。

螺川咏物、题画诸词，不惟见艺人本色，更能纵横跌宕，翻新生奇：

---

① 刘聪：《无灯无月两心知——周鍊霞其人其诗》，第103—104页。

② 冒鹤亭：《螺川韵语序》，转引自《无灯无月两心知——周鍊霞其人其诗》，第424页。

③ 姚昌铭《帆风词草序》：“若夫巫山云雨，密约幽期，败俗伤风，本为恶道，大雅君子岂宜以腻粉残脂之缛缋作换声偷气之伎俩乎哉？”蒋重光《昭代词选序》：“艳固不可以该词也，即艳矣，而绮丽芊绵，骚人本色，苟不亵狎而伤于雅，不可谓之淫也。如子之言，词皆艳，艳皆淫，则先大儒如宋之范文正、司马文正、元之徐文正，本朝之汤文正诸公，其所作词悉淫艳也？”皆引自冯乾编校《清词序跋汇编（第二册）》，第511页。

④ 况周颐《蕙风词话·卷二》：“半塘僧鹜曰：奚翅艳而已，直是大且重”，孙克强编《唐宋人词话》，河南文艺出版社1999年版，第62页；赵尊岳《蕙风词史》：“先生斯时造诣益进，故于艳词亦能悟‘重’‘拙’‘大’之旨，为他人所未易”，载孙克强、杨传庆、裴喆编《清人词话（下）》，南开大学2012年版，第2007页。

⑤ 螺川词《浣溪沙》中语。

泥金镶裹。闪烁些儿个。引得神仙心可可。也爱人间烟火。多情香草谁栽。骈将玉指拈来。宠受胭脂一吻，不惜化骨成灰。

香云不语。吐属清如许。灰到相思将尽处。终被黄金约住。枝枝味遍心尖。几时辛苦回甘。解得看花笼雾，莫教错认三缄。

——清平乐·金头香烟

十尺生绡，描摹出，龙眠家学。分明处，浓钩淡染，墨痕新渥。不是诗魂吟月冷，错疑仙梦教云托。背西风，磷火闪星星，秋坟脚。

枭鸟泣，山魈恶；貔虎啸，神鹰跃。看揶揄身手，狰狞眉目。摄尽人间魑魅影，布成腕底文章局。猎终南，一夜剑光寒，钟馗乐。

——满江红·题小翠终南夜猎手卷

前首“挥洒随意，收发自如”①，深得体物“不粘不离”之旨。后首更夭矫腾跃，奇语峥嵘，过片以下数句何减陈迦陵“男儿身手和谁赌，老来猛气还轩举”之笔力！也难怪鍊霞自许“数江南我亦填词手”②，海内咸称“金闺国士”“海角诗人原善饮，江南词客惯能文。一时低首尽称臣”③了。螺川自撰《金闺画牒》为此词解题，语谑而能隽，如见其人。姑录之：

空翠居士以《终南夜猎卷》索题，且嘱必题得“艳丽清新”，是诚大难。试思“钟馗捉鬼”，艳丽将何从？费二日夜脑经，竟不得一艳句，恨极，几欲就画案，将钟馗涂脂傅粉，猬毛短髯，编成小辫，群鬼亦一一化妆，庶乎“削足适履”。然一细思，若果如此，非特大好画图成一幅怪现状，而居士必责令赔偿，是又将奈何！无已，取淡胭脂钩花纹于冷金笺上，然后为写《满江红》一阕以塞责。词虽不

① 刘聪：《无灯无月两心知——周鍊霞其人其诗》，第95页。

② 螺川词《金缕曲·立秋次夕摩诃池畔饮冰，明日宋伉俪瞒人去姑苏避寿，免酬应之劳》。

③ 出处同此节标题。

艳，而题法亦合乎“艳丽清新”也。[1]

鍊霞非一味戏谵谈谐者，中年后所作词每有“第一趋时能媚俗，还要夫人学婢”“好光阴一局樗蒲戏”之类清醒避世语。自度曲《书落魄》则更是愤激牢骚、锋棱毕现：

> 憎命文章，喜人魑魅，古今同例。工商能富士长贫，侏儒饱煞臣饥死。笑无用书生，错怨天公忌。空领略，酸辛味。更休问起，破碎家山，乱离身世。　放眼嚣尘，商量出处，总成追悔。砚田何似稻田丰，笔耕未抵牛耕愚。叹百斛清才，不换升斗米。只赢得，穷愁累。故教子弟，但习生财，莫攻图史。

鍊霞“文革”时以“毒草”画师身份遭批斗管制，后竟因“但使两心相照，无灯无月何妨”之词句见诬于“革命小将”，一目被殴打致盲，遂请友人代刻“一目了然”“眇眇兮予怀”二印聊自解嘲，旷达如此。昔年俊侣中，翠楼阑干已朽[2]，左玉命同落花[3]，鍊霞仍勉力求生，萧然自足，从未揭发他人，只手擎心灯捱过漫漫长夜。在“万里干戈、虫沙浩劫”[4] 卷地而来时，陈、庞那样宁为玉碎的理想主义诚然是可贵的，但周鍊霞这种坚忍、迂回甚至妥协的精神难道不是同样值得敬佩？螺川尝自陈心志云：“脱手新词万口传。缥缈何用贮残编。从来得失存心间。　莫指江山怀旧梦，且抛哀乐过中年。松鬟一笑仰青天。”好一个“松鬟一笑仰青天”！好一位奇情逸发、奇气横胸的真才人！螺川其人其词，将与长夜中的熠熠心光一道，历劫不磨，朗照百年：

> 任使无灯无月。一点仙心亮于雪。十分明洁十分清，更有十分凄

---

① 《无灯无月两心知——周鍊霞其人其诗》，第 185 页。

② 周采泉《金缕曲》有“闻道翠楼栏已朽，蓦想同深哽咽”句。

③ 庞左玉 1969 年跳楼自尽。周鍊霞“三反”“五反”中有《感时诗》云：“呼声动地电流波，别样网常四壁罗。销尽繁华春似梦，坠楼人比落花多。”

④ 鍊霞词《大江东去》中句。

切。　望中多少思量。盈盈秋风难忘。合是人间真美，千秋不死光芒。

——庆清平

三　爱国女侍杨令茀

民国女画人能词者还有以忤怒希特勒闻名于世的杨令茀。令茀（1887—1978），名清如，江苏无锡人。杨氏累代书香，六世祖杨若千由博学鸿词科入翰林，祖杨延俊、父杨宗济、兄杨味云俱一时名士①。令茀五龄能画，又通西语、擅诗文，时人目为神童，上海启明女塾毕业后执教于南京女子师范学校。1911 年随兄味云赴辇下，拜文画两界耆宿樊樊山、陈师曾为师，从丁闇公、林琴南、张季直、吕碧城②游，诗文画艺日进，得齐白石“开图足可乱师真，夺得安阳石室神”之誉。后入故宫陈列所、沈阳故宫博物院任画师。“九一八”事变后，日本派间谍相笼络，令茀峻拒之，慨然书“关东轻弃千钟禄，义不降日气节坚”，去国逃亡。1934 年由领事之介赴德国柏林，适逢联合画展开幕，其《鹌鹑翠竹图》为展览主持者希特勒看中，强请题款。令茀以中文题“致战争贩子”，飘然而去。希特勒得知真相后大怒，令文化部门驱逐之，已启程赴北美矣。令茀侨居美国四十年，终未成归计③。遗骨归乡后，刘海粟为题墓志铭云：“旅美半

---

① 杨延俊（1809—1859），字菊仙，李鸿章乡试同年，官至山东肥城知县，有勤政爱民名。墓志铭为张之洞撰、翁同龢书。子宗濂、宗瀚为李鸿章倚重。杨宗济（1842—1897），字用舟，又字作舟，禀贡荫生，同治四年补博士弟子员，光绪五年选授江苏溧阳训导，有《修吾庐诗文集》。杨味云（1868—1948），名寿枬，以字行，晚号苓泉居士。早年入宗濂幕，光绪二十七年入京任内阁中书，三十一年以参战身份随五大臣出洋，嗣任农商部公务司主事，旋升员外郎，宣统元年任度支部丞参兼财政清理处总办。入民后历任盐政处总办、粤海关监督、总统府顾问兼财政咨议、山东财政厅长、财政部次长等职。退居后兴办实业，成纺织业巨头。有《云在山房类稿》《云迈漫录》等。据杨世纯、杨世缄《双松百年》（中国社会出版社 2006 年版）、严克勤《发现无锡》（上海三联书店 2010 年版）、江苏省地方志编纂委员会《江苏省志・人物志》（凤凰出版社 2008 年版）。

② 吕氏《报杨令茀女士书》称“文藪写像，操手凌烟，卓迈千古”。《吕碧城集》，第 563 页。又，张謇尝托媒求为儿妇，令茀抱独身主义，未许。

③ 令茀 1960 年曾致信周恩来请归，并表达将珍藏文物及所作历代帝后像献给祖国的心愿，因故未能成行，有诗云：“我在海外作隐伦，每见落叶思归根。”令茀事据过耀华等《画苑奇女：杨令茀》（《无锡书画》，凤凰出版社 2009 年版）、郑逸梅《杨令茀诗书画三绝》（《郑逸梅选集》第六卷，黑龙江人民出版社 2001 年版）。

生，爱国女倖。博搜文物，尽献神州。寿享期颐，诗风清流。天风万里，遗范千秋。”

民国诗人唐玉虬极激赏令茀文才，称可与吕碧城、陈小翠鼎足而三，“其气之盛，足以推倒一世豪杰”“才气横溢，如未鞅之骥”①，又谓其诗集《塞上草》“哀笳奏月，飞石摩天，黄云断春，赤烽袭夜，力追岑参边塞诸作矣”②。《莪慕室诗余》存词仅十五首，兹引长调可观者二：

灵和殿畔年年，落花飞絮因风坠。石渠清浅，钓游旧地，系人离思。昼禁金吾，囊砂夜积，朱门深闭。问夕阳芳草，重来何日，又城外，边笳起。　　记取西宫玉砌。有多少、丹铅点缀。湘帘斐几，霎时收拾，缣零锦碎。霜叶秋红，凭谁写怨，付宫沟水。隔女墙一垛，愔愔碧树，剩啼鹃泪。

——水龙吟·用长兄味雪杨花词韵留别武英殿

莺掖门边路。待重寻、云阶月地，零缣剩素。一径飞英红拂辇，领略茶瓯逸趣。认曲水、钓游旧处。冷落秾春羁绝塞，尽黄沙、毳幕餐风露。琼岛梦，年年负。　　双轮又碾西城雨。望前津，去留无奈，依依延伫。芳树夕阳千万里，花谢花开谁主。描不尽、离人情绪。画里愁痕襟上泪，溯永和、人物成前度。春去也，浑难住。

——金缕曲·辛未自哈尔滨回旧都重别武英殿

词如哀弦夜弄，极幽深绵邈之至，格在白石、碧山间。不必索引本事，以故宫画师身份，则“夕阳芳草”“永和人物”即别具深意存焉，较之同类题材的《庚子秋词》，似更能使人扪触到那种人事销沉、古今兴废的苍凉心音。

① 《唐玉虬诗文集》，刘梦芙、汪茂荣点校，黄山书社2014年版，第1113、1116页。
② 《唐玉虬诗文集》，第1113页。

第五节　寿香社女词人合论

一　寿香社词群简论

八闽古称“海滨邹鲁”，中晚清以还，渐成词乡。前有“重振闽人治词风气”① 的叶申芗，再有聚红榭领袖、张扬“词史”之说的谢章铤，至清民际，陈宝琛、王允皙、李宣龚、郭则澐、何振岱、林纾等结“闽派”，领一时风会。闽中闺襜作者则“代有名家”②，清初文士黄任《十砚斋随笔》云：“吾闽闺秀多能诗，近更有结社联吟者……每宴集，各拈韵刻烛，或遣小婢送诗筒，无不立酬者。女士立坛坫，亦一时韵事也”③，才女传统，其来有自。除前述李慎溶、薛绍徽、陈芸、梁璆、陈懋恒等，南华老人何振岱所倡“寿香社”更为民国女性词坛醒目一页。

何振岱④一代文坛职志，诗称闽派殿军，“词亦足殿谢枚如之门庭”⑤，设绛帐于乡里，“为人父母皆以子女得附门墙为幸”⑥，一时桃李峥嵘，尤以女弟子为众，至有“八才女”“十姊妹”之名⑦。“寿香者，同人祀陶所由名也”，盖黄花永馨之意⑧。寿香社诗词兼课，月集一次，临场拈题，题多“对月”“咏花”之属，以“雅兴深情”为要旨⑨。梅叟清规甚严，令男徒不得参与寿香社集，诸女嚼蕊吹香，剪红刻翠，有类大观园韵事。弟子叶可羲回忆云：“负墙红梅两株，花时吹香满庭。诸弟子恒聚杯盘于花

---

① 严迪昌：《清词史》，第550页。

② 陈声聪：《闽词谈屑》，载《填词要略及词评四篇》，广东人民出版社1986年版，第159页。

③ 据黄任生卒年，则福建女诗（词）人群体活动最晚可上溯到18世纪中晚期，约于随园女弟子同时。陈名实、黄曦点校《黄任集》，方志出版社2011年版，第235页。

④ 振岱（1867—1952），字心与，号梅生，晚岁改称梅叟，又号南华老人，光绪二十三年（1897）举人。从陈曾寿、陈宝琛、陈衍游，石遗有“吾州后起能诗，无出何之右者”之誉。今人汇《觉庐诗存》七卷、《我春室集》四卷成《何振岱集》（福建人民出版社2009年版），另有《诗经偶论》《莺鸠斋偶记》等。

⑤ 马大勇师：《清民之际词坛的地域观照（下）》，载《晚清民国词史稿》，第239页。

⑥ 东南网2013年3月22日网文《福州，才女何在?》。

⑦ 寿香社有女弟子十一人，其中“八才女”为王德愔、刘蘅、何曦、薛念娟、张苏铮、施秉庄、叶可羲、王真，“十姊妹”增洪守贞、王真，刘明水为王真介绍入社。

⑧ 转引自何琇编《王闲诗词书画集》，福建美术出版社2012年版，序言页。

⑨ 何振岱：《竹韵轩词序》，《何振岱集》，第31页。

前，唱白石道人《暗香》《疏影》为先生寿”[1]，雅丽如此。

今存《寿香社词钞》刊“八才女”词作八卷，依年齿为王德愔《琴寄室词》、刘蘅《蕙愔阁词》、何曦《晴赏楼词》、薛念娟《小懒真室词》、张苏铮《浣桐书室词》、施秉庄《延晖楼词》、叶可羲《竹韵轩词》、王真《道真室词》，共362首。抉其可论者简述如次：

（1）从女性词史大背景着眼，《词钞》可说是清代闺词在后世的一次大规模接受。然“八才女”“十姊妹”中并未出现格外颖异、自树一家者。

（2）具体到渊源家法上，寿香社虽同为谢章铤——何振岱一脉传人，受女性乡贤李慎溶影响亦颇显明。稚清名句“一夕凉飔辞昼暑。飒飒墙蕉，恐是秋来路”竟有“照见秋魂来往路。香边帘幕重重护”（刘蘅《蝶恋花》）、“梧桐早报秋消息，细追寻，又无迹”（叶可羲《昼夜乐·海滨秋夕》）、“绕院觅秋声，听不断，西风梧叶”（叶可羲《长亭怨慢·酒醒见月作。社集》）、“云际雁声迢递，是新愁来路”（王闲《风入松·夏夜坐月追忆道真七姊》）、“秋声莫更下芭蕉”（梅叟夫人郑元昭《赤枣子》）的次第回音。这是对同乡“旧头领”的集体追慕，亦是囿于女性身份而取径未广的自限之举。

（3）诸女词风同中有异，陈声聪“虽取径不同，灵襟亦有上下，要皆婉丽明蒨”是切中肯綮语。兼与以“意致清迴，音节谐婉，功力可相伯仲”合论何、薛、施，似失之率易。此将寿香社词人以词风取向之别粗略撮为两“派”，前者偏清刚一路，去薛而增王真、王德愔，余者刘蘅、叶可羲、张苏铮、薛念娟、王闲划入婉约阵营。振岱夫人郑元昭亦能词，列于最末。

二　王真、何曦、王德愔、施秉庄

王真（1904—1971），字道真，一字道之，号耐轩，王寿昌[2]次女，少从郑无辩、何振岱、陈石遗习诗文经史。戊子年闽地大水，何家墙倾壁

---

① 叶可羲：《忆怀先师何振岱先生》，载福建省政协文史资料委员会编《文史资料选编》，福建人民出版社2001年版。

② 王寿昌（1864—1926），字子仁，号晓斋，闽县人。福建船政学堂肄业后留学法国，归国后任船政学堂教习。尝为林纾口译《巴黎茶花女遗事》，成就琴南翻译事业。清廷修京汉铁路借款法国，寿昌任总翻译；铁路建成，调任汉阳兵工厂厂长，为张之洞器重，充经理各国事务衙门章京。民元年任福建交涉司司长。有《晓斋残稿》。

冗，振岱老人盘坐柴盆中顺流而下，幸为道真所援救[①]。振岱序道真诗谓之“有独得之趣，钩深探邃，有渊源陶、韦又有逼肖韩、孟者”[②]。似此勇异才性为词必多劲语，可从《金缕曲·寄念娟》中见志节怀抱：

身世君知否。恁高楼、蠹琴虫册，我能穷守。卅载辛酸尝已遍，略把幽闲造就。与元化、虚寥为友。斩虎争龙休相问，任詅痴、惯弄雌黄口。言易尽，心难剖。　寻思独自沉吟久。念名山、著书信世，古人长寿。啮着蔬根安布褐，漫怅年华非旧。只莫把、今生孤负。好景当前须同领，那轻教、无事双眉皱。歌一阕，酌杯酒。

《风入松·初阳》为社课之作，词上片平平，下片忽翻作雄奇飞腾之势，确有“为渊龙之潜，不为沼鳞之跃”[③]的精神气息：

初阳好景上层檐。呼婢卷重帘。锦屏护处熏炉暖，爱天容、无限堆蓝。初晓鸡声犹倦，快晴衾语堪占。　腾光出海揭金奁，寒气欲无纤。鱼龙岛屿都惊醒，看仙舟、安稳张帆。重海阴霾都息，古松千尺垂髯。

何曦（1899—1980），一名敦良，字健怡，何振岱独女。振岱视女如男[④]，敦良果能“健”而“怡”，词风刚爽：“谁箍寸塔，隐隐片云来去。问甃成、丘壑无多，教人结想神仙府。待招呼、上界星辰，手扪天尺五”；“翦翎笑我雕龙里，仰望云霄辽绝。思归檝，知甚曰，阶苔再印词人屧。胜密镂深存，自珍頳影，共照离边月”。《临江仙·剑意》是集中第一劲笔，社中同人似难措手。陈声聪谓“道心侠骨，足为天下女子一洗绮罗香泽之气”：

愿铲妖氛消众魅，至刚原属多情。人间悍怯苦相凌。好凭三尺，

① 何振岱《洪水行》序：“……大水骤至，涨至丈余，合家聚一廊隙，予则盘坐柴盆中，饿两日不粒食，被救乃出，至王耐轩家。”载《何振岱集》，第350页。

② 何振岱：《道真诗序》，载《何振岱集》，第32页。

③ 同上。

④ 振岱不许女儿缠足，里巷传为异闻。

万恨为君平。 记昔秋霜飞月，寒锋照胆晶莹。剑光人影两分明。云山千叠，来往一身轻。

王德愔（1893—1977），字珊芷，王允皙[1]季女，从何振岱、林琴南学诗词画，梅生谓其“有渊源，有根柢”“词心清妙”[2]。德愔词豪婉相兼，《卜算子·帆影》《瑶华·帘》是清人咏物笔路，不徒“学漱玉，得其神似”[3] 也。《忆旧游·先严碧栖公与陈太傅共宿听水斋，有“山秋割半床”之句，今日登临，慨然感赋，亦聊寄风木之思耳》有南宋遗意，其中含蕴的父女情尤深挚动人：

入抉云深径，隐日危峰，石峭藤悬。半塔斜阳影，照沾衣竹粉，滑步苔钱。欲寻擘窠岩字，攀葛上灵源。看听水斋存，诗人尽去，月冷床闲。 怎堪。凭栏处，更鼓籁无休，风木凄酸。记得垂髫事，正铜街灯好，良夜随肩。转眼雾消冰散，空剩旧词篇。任丝泪千行，魂兮唤不回九原。

施秉庄（1901—1980），字浣秋，名儒施景琛[4]次女。国立艺术学院毕业后任中学教员，“生徒千数”[5]。浣秋诗妙趣天然，如咏风云“水纹皆风

---

① 王允皙（约1858—1930），字又点，号碧栖，长乐人。光绪十一年（1885）举人，先后入奉天将军、北洋海军幕府，后任安徽婺源知县，隐居以终。从陈宝琛学，遗《碧栖诗》《碧栖词》各一卷。碧栖诗为同光体闽派代表人物之一，有“真词人”之誉。碧栖生年从马大勇师所考。

② 何振岱：《与王生德愔书》，载《何振岱集》，第58—59页。

③ 陈声聪《闽词谈屑》，载《填词要略及词评四篇》，第161页。《卜算子》词云：“掠苇带微阴，随月生初暝。岛屿烟云写不成，一幅秋江景。 几转失前踪，又逐潮归去。带着轻烟没白鸥，遮暗芦花路。”《瑶华》词云：“重门掩树，朱阑凭花，带垂檐浓绿。凉云一片，低窣处、曾听玉奴歌曲。摇曳湘魂，算解慰、词人幽独。最可怜、入夜尖风，护得纱窗红烛。 几番燕子归迟，只枯坐无言，衣单寒缛。银钩漫上，有微月、初挂小楼西角。欲眠未忍，恁愁思、如波难掬。怕梦见、千里来寻，隔断怎生重续。”

④ 施景琛（1873—1955），字涵宇，长乐人，光绪间秀才，师从陈衍。光绪二十九年（1903）创立泉山学校（民元后改女子职校，由其姊毓敏任校长），先后任职于福建高等学堂、公立苍霞学堂、商业学堂等。民初入同盟会，黎元洪尝召之赴京任国务院秘书、参议。晚年致力于闽地古迹保护工作，后逝世于台北。有《鹭江集》《石鼓集》《鲲瀛集》《泉山全集》等。

⑤ 何振岱：《延晖楼诗草序》，载《何振岱集》，第31页。

纹，风姿随之妍”，咏雾云“是烟还是云，触之微于雨”①。词中《满庭芳·延津客夜，霜月交辉，孤坐至明有作》是孤光自照、标格不凡之作：

叶落庭宽，秋高月大，绕屋霜气棱棱。直疑苍宰，移昼作深更。道睡如何睡着，回栏上、百遍间凭。凝眸处，千江尽白，星火闪渔灯。　伶俜。天际影，飞过双雁，略不留声。早金缸焰灭，檀鼎香轻。身在琼瑶世界，看上下、一片空明。忘怀也，孤游已惯，谁道是萧清。

三　刘蘅、叶可羲、张苏铮、薛念娟、王闲、郑元昭

刘蘅（1895—1998），字蕙愔，原号秀明，后改修明，闽侯人，黄花岗烈士刘元栋胞妹。少从陈衍、何振岱习诗文，1949 年后历任福州业余大学教师、福建省文史馆馆员。蕙愔曼寿至百四龄，为史载女诗人之最，《蕙愔阁诗词》亦百年中享誉高者。李宣龚谓其诗“淹博丽密，令人不敢逼视，大江南北名人皆诵之矣”②；陈曾寿谓其词“气息深静，无近世纤薄晦涩之病，即境别有会心，常语转为妙谛”，激赏如此。振岱老人寄书中屡有“君以为何如?”“弟谓然乎?”甚或“抗颜为师，不敢妄言，幸明察之”的逾常语，足见爱重。蕙愔固为寿香社首席，然以未全脱出闺词窠臼，置于百年词史中不可称一流作手，声名之盛盖乃师“逢人说项”故。梅生尝劝导之：“词……长调再添数阕，以沉郁悲壮为主。盖词家于苏辛派亦不可少也，弟意如何?”亦即委婉点出其气骨不坚、境界未大之弊。

蕙愔词小令较长调略胜：

华屋悬珠不夜，朱楼散绮如烟。贫家积雨长苔钱。买断盈阶花片。　好鸟娇春啼涩，暮钟抱佛声圆。重山分绿到窗前。润遍黄昏庭院。

——西江月

① 何振岱：《延晖楼诗草序》，载《何振岱集》，第 31 页。

② 何振岱：《与刘生蕙愔书》，载《何振岱集》，第 60 页。

以短调尺幅之地容纳巧思慧心，上结下起尤工丽而自然。集中又多长调，遣词造语固“清华雅洁”[①]，然腕力较纤弱，致气息未能通篇贯注，陈声聪谓“长调亦多以小令之法为之”[②]，甚确。典型作品如《长亭怨慢·酒醒见月》：

甚吹湿、香边云髻。一枕寒光，月明如水。院静杯空，为谁前夕尽情醉。试扶残梦，人犹在、惺忪里。镜影压阑干，恨不照、罗衣双倚。　独自听啼鸦隔树，也被寺钟催起。凄清风露，都忘却、翠樽花底。问褪了、两颊轻红，剩多少、春酲情味。料此际天涯，端合凝愁无寐。

《齐天乐·鸠声》题面新异，“万里培风，千寻择木，未解昂头宵汉”“却比流莺，更无情万万”数句富感慨，似较前首有味耐读：

抢榆那识鹏程远。曈曈只余朱眼。万里培风，千寻择木，未解昂头宵汉。营巢自懒。听传语阴晴，舌端多谩。绣羽华冠，一般文采最堪叹。　纱窗午阴思倦。画帘开又掩。人在天半。驿柳沉烟，园花病雨，谁暖谁寒怎判。屏边枕畔。正好梦来时，数声惊断。却比流莺，更无情万万。

蕙愔词的白话运用还应一提。如果说“如月窗儿着俊人”（《减兰·宿竹韵新轩题赠》）、“问梦儿、还肯来否”（《渡江云》）只是清通近乎曲，那么“这般的朝暮”（《瑞鹤仙·秋感》）、“我的心头，这是何滋味”（《苏幕遮·新寒》）、“月儿只在心儿里”（《虞美人·月夕寄健怡城中》）直是家常口角，必是词人有意识的融通尝试。这些游跃于百余首词作间的尚不成熟的白话，比那些连篇累牍的拟古苦吟更能令读者眼前一亮，或也因此

① 刘梦芙：《二十世纪名家词述评·女词人二十二家》，合肥文艺出版社2006年版，第269页。
② 陈声聪：《闽词谈屑》，载《填词要略及词评四篇》，第161页。

而更真切可贵——易安当年，不正如此么？

叶可羲（1902—1985？[①]），字超农，叶伯鋆[②]女侄，北平国立艺术学院毕业，解放后任福建省文史馆馆员。“八才女”中，超农最早拜入我春室门庭，梅生收为谊女，然予其词“学北宋而去其嚣，近南宋而濯其腻。益以深刻之思、幽窅之趣，远追济南，近驾长洲、无多让也”[③]之评价，似嫌过誉。《鹧鸪天·梅叟师以大觉寺杏花及梨花各三四朵缄寄，命题小句(其二)》能于婉秀中饶感慨：

不见墙头晓露开，东风移向日边栽。人间色相留余恨，萧寺钟鱼化劫灰。　春渐远，露侵苔，几番花信误天涯。帘垂一阵清明雨，生怕衔泥燕子来。

张苏铮（1901—1982），字浣桐，侯官人，张恭彝[④]女，尝任福建省立女子家事职业学校教师。浣桐词空灵有韵致者如《虞美人·萤火》：

冷光未肯因人热。隐约偏难灭。凉宵为底入疏棂，却被银灯掩得不分明。　流辉破暝归何处，珍重秋芜路。有人携扇下空庭，莫向月篱烟砌弄星星。

梅叟门人中，薛念娟、王闲以词意单薄寡味，为较弱两家。薛念娟(1901—1972)，字见真，号小懒真室主人，晚号松姑，外祖父为晚清名儒薛裕昆，外祖姑即薛绍徽。见真词今存十二首，殆顾影伤怀一类闺阁老调，《虞美人·秋夕》较浑融无阙：

---

① 叶可羲卒年有两说，据王闲《哭超农》诗推断，约在1985年。

② 叶伯鋆，生卒年不详，字鹤舫，侯官人。船政水师学堂毕业，留学于英国皇家海军学院。历任登瀛洲兵舰舰长、南瑞铁舰舰长，官至总兵。有《自治斋刍言》。妻施毓敏，字晴雪，擅诗文史，有《浣花诗集》《蜃楼人影》。

③ 何振岱：《竹韵轩词序》，载《何振岱集》，第32页。

④ 张恭彝，生卒年不详，光绪间进士，曾任江苏沭阳令，有政声。

流萤几点疏篱外，总觉秋无赖。不如闭户剔银灯，一穗凉红照梦却分明。　何因悄立风檐下，对此凄清夜。只怜孤赏有寒香。花发庭墀和露着轻黄。

王闲（1906—1999），字翼之，号坚庐，王寿昌小女，王真妹，适振岱次子敦敏，晚年聘入福建省文史研究馆。翼之词才不及姊，盖气格孱弱、造语空泛。陈曾寿“其长短句无纤巧轻倩之语，亦无近人堆砌晦涩之习，有白石之清雅，易安之本色，词中可贵之品也”① 云云恐也是对何氏儿妇的过情推许。翼之词《祝英台近》能清畅略近易安：

梦初回，帘半卷，月影湿苍翠。几阵清风、悄悄引花睡。却忆剪烛西窗，琴边絮语，静中领、深秋滋味。　旧天气。添了旧夕青灯，便有新愁思。甚日重来，共醉游前地。都将千里离情，几年幽恨，分付与、一炉烟细。

梅生室郑元昭（1870—1943），字岚屏，林则徐小女林金鸾女孙②，有《天香室诗》《天香室词》各一卷，附《何振岱集》后③。岚屏词中隽句如“看花心事上眉端”（《浪淘沙》）、“记否凭肩。记否碧窗前。记否灯青人睡后，昔昔教调弦”（《喝火令·秋夜寄外》）、“尤念新来病后，苦沉吟、谁与拥诗肩。谢双鱼为道，道新寒早晚宜棉”等大有饮水风调，与乃夫相偕。《清平乐·生辰，心与寄词，奉答》小笔颇含雅趣：

朱笺秀笔，远道觞佳日。未恨天涯人小隔，依样双星今夕。
儿曹欢舞咿哑，梳头新结丫叉。为道阿爷今日，也应醉拥荷花。

① 转引自《二十世纪中华词选》，第1739页。

② 据杨国桢《林则徐论考》，福建人民出版社1989年版。又，林则徐次女林普晴女孙沈鹊应（1877—1900）亦工词，有《崦楼词》存世。适“戊戌六君子”之林旭，夫殁后以哀毁卒。

③ 何振岱生于腊月，故自号梅生、梅叟。何家天井旧有梅墩，植红白梅各一株。传岚屏殁后红梅枯死，振岱殁后白梅亦枯。

第四章　新中国成立初期词人群体

新中国成立后的三十年间，随时风遽变，包括诗词在内的传统文学创作运程经历波折。然仍有相当一部分词人在迷狂环境中坚守撑持，护斯文一线命脉不绝，词也成了他们舒吐垒块、安放心灵的桃源。丁宁、吕小薇、茅于美三位女词家虽行辈较早而创作生涯较长，且都在此时间段内贡献出了具有独特思想性、艺术性的作品，故置于本章。个人命运、创作轨迹与时代发展高度关联，以词体记录时代创痛的丁小玲、周素子、张雪风、王筱婧等亦此期典型。自民国延传而下的岭南女性词，可据地域自成一发展小史，其中分春馆门人苏些雩率先鼓扬起清新明畅的时代新风，是女性词人中“报春第一声”。

第一节　“不种黄葵仰面花”：论丁宁词

丁宁（1902—1980），原名瑞文、遂文，曾用名瑞贞、昙影等，嫡母丧后更名怀枫，斋号还轩，生于镇江，长于扬州。还轩出身士绅家庭，幼敏慧，九岁从名儒戴筑尧习古文辞，十二岁即学为小诗；青年时先后受业于陈延韡①、

---

① 陈延韡（1879—1957），字移孙，一字含光，扬州人。十六岁县试第一，举秀才，授拔贡，而后乡试落榜，从此绝意仕进。民国九年（1919）聘为清史馆协修，后还里，以诗画自娱，抗战时杜门坚卧凡八年。三十七年（1948）随子往台湾，终于台。以诗、书、画、骈文称“四绝”，有《含光诗》《含光诗乙集》《台游诗草》《人外庐文集》等。汪辟疆《光宣诗坛点将录》点为“地丑星石将军石勇”。

程善之[1]，1931 年由程氏专函之介，与词坛耆宿夏承焘、龙榆生订师友交，作品遂得以刊载《词学季刊》，声名振起。其后数年漂流江浙间，曾助龙榆生编《同声月刊》，任职于南京泽存图书馆、中央图书馆、国史馆[2]。1952 年入华东革命大学，结业后分配至安徽省图书馆任馆员，此后长居合肥，终老于此。还轩晚年曾拟蒋捷词意，作《虞美人》回顾生平云："儿时弄笔红窗下，片语珍无价。中年觅食暂离家，不道故园从此即天涯。　老来潦倒书城卧，蠹卷青灯伴。吟魂消尽漏将终，双鬓萧疏黄叶堕西风。"皆写实语。

还轩词名藉甚，刘梦芙《"五四"以来词坛点将录》擢为"地慧星一丈青扈三娘"，谓与沈祖棻为二十世纪女词人中"光芒熠耀之双子星座，成就尤高，超越前古"[3]。素昧平生而为才情倾倒，竟至以九轶高龄手录全词的施蛰存则谓"足以夺帜摩垒……有过于诸大家者"，举为"并世闺阁词流"之首座[4]，激赏如此。以审美论，人或各存其偏好，而丁词成就卓越，不仅是历代理论家共识，更应为词史不刊之论。

一　"断肠人一生心事"

丁宁亦"古之伤心人"[5]。生为庶出，未满半月，母亡。十三岁父病殁，虽富庶之家而门户萧条，族人频肆欺凌。十七岁与黄氏子成婚，夫妇向不和，幸得一女文儿慰藉。文儿四龄而夭，遂再无眷念，提出离婚。以嫡母所迫，跪于亡父灵前立誓永不再嫁，从此独居终老。加之时局簸荡，萍飘蓬转，独身女子畸零无依可想。还轩集传统妇女悲惨命运于一身，毕生周旋于"未得到"与"永失去"间，人世间温暖美好竟无一垂眷，无论同世子苾、翠楼、螺川辈，即上溯漱玉、幽栖，亦未有逾此者。其自序词曰："屡遭家

---

① 程善之（1880—1942），名庆余，安徽歙县人，居扬州。同盟会、南社成员，辛亥革命时执笔《中华民报》，"二次革命"中随孙中山参加戎幕，失败后归隐扬州执教，并主《新江苏报》笔政，抗战中受日伪"清乡"刺激病逝。程氏以小说家名世，执教扬州有年，有《骈枝余话》《倦云忆语》《沤和室文存》《沤和室诗存》。

② 1947 年，丁宁尝由黄稚荃引介，短期供职于南京国史馆档案室，马兴荣《丁宁年谱》不知此节，以为致夏承焘函中"国史馆"为"中央图书馆"之误。

③ 刘梦芙：《冷翠轩词话》，转引自《二十世纪中华词选》，第 1722 页。

④ 施蛰存：《北山楼钞本跋》，同上。

⑤ 冯煦《宋六十一家词选序》语。转引自《人间词话》，第 204 页。

难，处境日蹇，每思深郁极时又学为小词，以遣愁寂”、“第以一生遭遇之酷，凡平日不愿言不忍言者，均寄之于词，纸上呻吟，即当时血泪”①。质言之，“断肠人一生心事化为掩抑之声”② 也。

故读还轩词往往三复怅触，“悲其遇”③、哀其人，被撩动起那根最柔脆的心弦。其中最显著也最“悲凉而独到的主题”，即“母爱的缺失与无着”④。早期存词《临江仙·秋宵不寐忆文儿》虽特色未具，而全出以真情，工拙可不计：

> 心似三秋衰柳，情同午夜惊乌。柔肠已断泪难枯。愿教愁岁月，换取病工夫。　只道相寻有梦，那堪梦也生疏。西风凉沁一灯孤。魂牵还自解，分薄不如无。

“愿教愁岁月，换取病工夫”“只道相寻有梦，那堪梦也生疏”，何其平易，又何其沉重。而最能触痛人心目者为煞拍一句，词人林贞木评曰：“非慈母，非女词人有此遭际者不能道出如此沉痛之句。昔徽钦二宗北狩时，路见杏花，填燕山亭词，极为凄婉。王静安云此词似血书者，不知读者对还轩词读后，又当生何感觉？李后主亡国后犹有小周后可伴朝夕，还轩自离婚后，惟文儿可与相依，而文儿又殁，故李后主虽有词圣之誉，亦不能道出‘分薄不如无’之伤心至极的词句来”⑤，知言也。求诸诗史，昔随园老人闻爱女阿成病殁，有“独活草生原命薄，未亡人去转心安”句，今人月如诗《灯下。时父亲葬礼前夜》云：“来生不必仍父女，怕到灵前热泪时”——看似无情无理，实则至情至理，所谓“决绝语”，大抵扑灭希望、摧烧寸心而后成。

施、受母爱的双重缺失是贯穿丁宁一生创作的情感引信，也造就了还轩词“低回百折，凄沁心脾”⑥ 的悲寥底色。除了“一自瞻依痛失，不得承亲

① 《还轩词自序》，刘梦芙编校《还轩词》，黄山书社 2012 年版，第 1 页。

② 扬之水：《开卷书坊·棔柿楼杂稿》，上海辞书出版社 2013 年版，第 118 页。

③ 施蛰存：《北山楼钞本跋》。

④ 周啸天语。《丁宁及其词》，《中华诗词》2012 年第 10 期。

⑤ 《名人盛赞丁宁词》，《扬州文史资料》（第 10 辑），扬州市政协文史资料委员会 1991 年版，第 100—101 页。

⑥ 周子美评语。转引自《二十世纪中华词选》，第 1720 页。

颜色。夜夜断魂空绕膝，觉来何处觅”“一自牵裾无术，不得寻亲踪迹。月暗青林云似幂，路遥儿莫识”（《谒金门》）、“记牵衣、霜柑笑索，映柔靨、宫梅红展”（《莺啼序》）等明言失亲、丧女之痛的句子外，“偏是愁多，偏是梦难成。偏是梦难成也，新恨似潮生”（《喝火令·一夕西风，离怀百转，再寄味琴》）、“检点清愁随逝水，莫教凄断吟魂。飘零何用问孤根。华年枝上露，往事梦中身”（《临江仙》）、“炉香空有回文意，不到成灰死不休”（《鹧鸪天·薄命妾辞和忍寒，用遗山韵》）等皆应视作由此生发的情语。看“如午夜哀鸣，声声泣血”① 的两首悼女词：

绕长堤。正东风孕絮，缥缈绿初齐。浮云世味，芳序回首凄迷。恨弹指、仙昙分短，剩此际和泪忆牵衣。落日孤村，伶俜三尺，碧草天涯。　多少哀蝉心事，问青山无语，只是莺啼。唤客疏钟，催程薄暝，湖上灯火船归。揽双鬓、星星碎影，甚轻魂、不共纸灰飞。一夜空阶细雨，还梦棠梨。

——一萼红·辛未清明前二日，出北门视文儿墓，归成此解

微凉一夜音尘远，喁喁绿窗何处。聒耳呢喃，惊魂隐约，兜转伤心无数。低迷认取。似学步阶前，揽衣娇语。强起凭栏，絮蛩催泪堕如雨。　年来怕闻楚些，那堪温旧恨，灯下儿女。贴水犀钱，缨珠象珥，肠断优昙难驻。重逢莫误。待沤灭空泯，白杨黄土。

——台城路·夜凉不寐，问隔院小儿唤母声，极似文儿。悲从中来，更不能已

往事不仅无时或忘，并且经常地反刍、温习。即使在垂暮之年，她仍然被隔院歌声“唤起伤心叶叶”：

市远繁声歇。峭寒侵、凄凉病榻，旅怀愁绝。何处歌声春样暖，

① 刘梦芙：《二十世纪杰出的女词人丁宁与其〈还轩词〉》，载《还轩词》，黄山书社 2009 年版，第 22 页。

唤起伤心叶叶。想绣褓、花枝交缬。慢抚轻怜珠在掌，绕回廊、数遍花砖缺。伟大爱，无边热。　半生栗碌乡关别。更那堪、南陔梦醒，鬓丝如雪。魂断庭闱何处是，未语柔肠先结。空梦绕，青林冷月。梗泊萍飘三十载，了枯禅、弹指轻沤灭。漫回首，倍呜咽。

——金缕曲·病中闻隔院有唱催眠歌引小儿入睡者，音韵凄婉，极似余儿时所悉闻感赋

还轩《丁酉季秋，子美为余校印还轩词成，赋此志感》诗云："落叶枯蝉井底波，一编重省泪痕多。羡他幸福新儿女，不解伤情唤奈何"，深入体察"伤情"本末，是解悟丁词的第一步，殊为关键。正如驼庵云："在苦中用力最大，所得趣也最深"①，在百年乃至千年词史中，还轩应是将愁苦之音抒写得最回肠荡气的词人之一，甚或瞿禅有"倘持血泪论文字，欧文坡公等游戏"的论断。周啸天"丁宁堪与吕、沈诸家争胜……正在于此——人无我有，人有我深也"② 之语，可谓切中肯綮。

二　刚柔并举、骨采相兼

丁宁以遭际惨酷，其实是很容易陷入所谓"习得性无助"，沉湎于悲情、也拘囿于心囚的。其自强不自怜，能于逆境中振拔而起，原因在于：性情简默坚毅，学佛尚武③，百折不屈，一也；抗战至解放后历次运动中仍能保持清醒，不因时风而倾移，二也；投注生命于古籍整理保护事业，因敬业而能忘我，三也。正是这些独特质素，搭建起了丁词之骨。读还轩词，不能不自优柔入，从刚健出。

还轩之豪壮气格有其发展、成熟过程。如果说"星辰三万里，故国苍茫里。长啸倚吴钩，西风吹客愁"（《菩萨蛮·听黄老谈少年游侠事》）还只是一

① 顾之京、赵林涛、高献红主编：《顾随全集·卷五·传诗录一》，河北教育出版社 2014 年版，第 216 页。

② 周啸天：《丁宁及其词》。

③ 丁宁青年时代曾随刘声如习剑术、技击，随程善之学佛。刘声如（1898—1984），名镛，声如其字，扬州人。早年游历岭南，北伐战争时曾任叶剑英军医，北伐失败后回乡隐居。以"能书善画，能医能武"闻名。

种雄奇浪漫的想象，“沉沉兵气，恍见星如雨。往事念干城，悄西风、神鸦社鼓。莼鲈秋老，何日是归期，烽北举，江东注，一息愁千缕”（《蓦山溪·江南故里，一别且二十年。丙子秋登平山堂，望隔江山色，感事怀乡，遽成此调》）是糅合了乡思的较传统的感时伤怀，俟抗战军兴，她方得以进一步拓开笔路，悲凉沉郁有之，拗怒激亢有之，呈现不同以往的面貌，所谓“抗日之战成就一还轩矣”①。且读《金缕曲·午桥医师以毛刻谷音词为赠》与《满江红·甲申七月》：

抚卷增凄切。甚当时、残山剩水，竟多高节。渺渺蘋花无限意，长共寒潮呜咽。算今古、伤心一辙。搔首几回将天问，问神州何日烟尘歇。天不语，乱云叠。　　未酬素抱空存舌。更那堪、苍茫离黍，斜阳似血。惟有君家壶中世，销尽泉香酒洌。再休道、沧桑坐阅。好展平生医国手，把孱夫旧恨从头雪。金瓯举，满于月。

匝地悲歌，叹此曲有谁堪和。莫认作雍门孤唱，楚湘凄些。白日昏昏魑魅喜，清谈娓娓家居破。问鲁戈，何日振灵威，骄阳挫。　　繁华梦，烟云过；鸥波乐，何时可。笑鹓鶵腐鼠，也言江左。鼋下金鱼难作脍，盘中紫芡偏成果。剩钟山一逻向人青，遮风火。

其时还轩处沦陷区，故前首因见宋遗民诗集《谷音》益增禾黍沧桑感，切盼金瓯重圆之日；后首慨叹围城度日之艰辛，恨不能如吴王之食金色鱼以驱除夷狄②，全词连缀数典，精稳沉雄近乎稼轩。《金缕曲·题醉钟馗横幅》则通篇寄托语，又是别一样气色：

进士君休矣。想生前、触阶不第，几多失意。死后偏教传异迹，颠倒三郎梦呓。夸妙笔、又逢道子。写向人间图画里，入端阳、绿艾

① 施蛰存：《北山楼钞本跋》。

② 二词解读参照黄稚荃《丁宁与〈还轩词〉》，载《杜邻存稿》，四川人民出版社 1990 年版，第 139—140 页。

红榴队。如傀儡，同魑魅。　　早知饕餮非常计。悔当年、希荣干禄，自残同类。鬼国纵横千载久，弱肉浑难剩记。到今日、独夫群弃。五鬼不来供使役，对蒲觞、未饮先成醉。掩两耳，昏昏睡。

钟馗原为民间传说中正面形象，本篇一反其意，直揭“希荣干禄，自残同类”之祸心，刺世力道甚大，极能见刚凛气节。至若向被目作丁宁笔下第一杰作的《鹧鸪天·归扬州故居作》则是遁隐乡里时“不合作”心志的直接表达，安贫克笃之坚有过于邵平、陶令者：

湖海归来鬓欲华，荒居草长绿交加。有谁堪语猫为伴，无可消愁酒代茶。　　三径菊，半园瓜，烟锄雨笠作生涯。秋来尽有闲庭院，不种黄葵仰面花。

女学者、诗人黄稚荃民国间任职于南京国史馆，曾义助丁宁，在《张溥泉先生言行小记》中记此词背后一段故事：“颐和路图书馆，乃汪伪时所建，藏书四十万卷，多善本。有女职员丁宁者，曾学于柳翼谋、徐森玉两先生，谙版本目录学，喜填词。日本投降，陈群自杀，馆中之人，乘间盗窃，丁宁冒生命危险与盗窃者斗争，得将书籍保全。国民政府还都接收后，更名为中央图书馆特藏组，丁宁仍供职其间。特藏组职员，背地呼丁宁为‘小汉奸’，丁不能堪，见我常去看书，向我倾诉其苦，且书其所作词见示。我欲请先生调丁来史馆，又以其曾任敌伪职员，顾虑数日，终言之，并呈其所作词。先生看到‘秋来尽有闲庭院，不种黄葵仰面花’之句，曰：‘此人颇有志气，一小职员耳，何汉奸之有。且保全国家书籍，于民族文化有功。’遂调丁宁来史馆。”① 此前丁宁曾力拒入汪伪政府工作，泽存一段应完全出于才人爱书情结，故并无损于其品格。

---

① 黄稚荃：《杜邻存稿》，第173—174页。又，《天风阁学词日记·一九四六年一月二十六日》：“……丁怀枫……谓三十一年二月，就泽存书库事，阇楼主人（按：陈群）相待逾于寻常。三十四年八月，主人自裁，遗书相托，以维持一年为期，不得不与佩翁共任艰危，尚有书库十余间（主人尝言，三十年心血所积，东南文化可首屈一指），一俟启封，即作归计。”《天风阁全集》第六卷，浙江古籍出版社1992年版，第628页。此事亦可同《杜邻存稿》互证。

丁词成名在三十年代，抗战中渐入成熟期，论者多据此将丁宁划入民国词家行列。其实自1953年始的《一厂集》不唯在艺术上臻于洗练凝厚，而且相当真实深刻地反映了其晚年生存与心理状态，尤不应忽略。以“东窥西笑如宫茧，说甚庸中佼佼”（《买陂塘》）、“剩无边东流淝水，助人凄咽”“也识此行犹未已，甚鼠肝虫臂争偏烈”（《金缕曲》）可知在投函郭沫若前景况是颇窘困的。小环境必大气候之缩影。约作于五零年代末、六零年代初的组词《菩萨蛮》末章上片云：“螳蝉扰扰鸡虫得，循枝执翳无休息。饥雀漫徘徊，隔林惊弹来”，据1985年安徽文艺出版社版《还轩词》整理注释者吴万平阐说，此处用“螳螂捕蝉，黄雀在后”典，写“反右”扩大化带来的人人自危的状况①，甚确，还轩新中国成立善用曲笔有如此。在读同时期②的《玉楼春》组词第二、三、四、六、七首：

小桃未放春先勒，几日轻阴寒恻恻。梦中惜别泪犹温，醉里看花朱乱碧。　鸣鸠檐外声偏急，云意沉沉天欲黑。呼晴唤雨两无成，却笑痴禽空着力。

石尤风紧腥波恶，鳞翼迢迢谁可托。任他贝锦自成章，岂忍隋珠轻弹雀。　连朝急雨繁英落，过尽飞鸿春寂寞。休言花事在西邻，回首蓬山天一角。

当时常恐春光老，今日春来偏觉早。杜鹃啼罢鹧鸪啼，参透灵犀成一笑。　怜他慧舌如簧巧，诉尽春愁愁未了。绿阴冉冉遍天涯，明岁花开春更好。

雨云反复桃呼李，暮四朝三惟自熹。欣看红粟趁潮来，愁见雁行随地起。　离群独往由今始，带砺河山从此已。几回含笑向秋风，

① 参照吴万平网络文章。

② 刘梦芙《二十世纪杰出的女词人丁宁》将组词创作时间定为五十年代初中期，徐晋如《缀石轩论诗杂著》定为1957年，似均略早。

心事悠悠东流水。

伯劳飞燕东西别，落日河梁风猎猎。纵教旧约变新仇，谁见新枝生旧叶。　衷怀一似天边月，阅遍沧桑圆又缺。浮云枉自作阴晴，皎皎清辉常不灭。

前两首仍写“反右”扩大化中局势，“小桃未放春先勒”“云意沉沉天欲黑”“石尤风紧腥波恶”“连朝急雨繁英落”句盖指当时严酷政治气候；第三首以众鸟竞啼喻“鸣放”运动，“春”并非自然界的芳春，所谓“知识分子的早春”是也；末二首“雨云反复”“暮四朝三”“旧约新仇”形容政策变化之迅疾，“红粟趁潮来”应即农业生产“放卫星”事。试问此时的中国，有多少文艺作品深刻犀利似此一组词者？丁宁将“离群独往”的背影作为无声的回答，却又回首向无边喧腾妄相抛来冷峻一瞥。舍此期词而单论1949年前作品，则不能解丁宁其人，更不能完丁宁之精神。

还轩一生畸零不遇，为百年女词家遭现实磨折最多者。不管身处风高浪险的政治旋涡中央，还是青灯黄卷的冷寂书城，她始终“温不增华，寒不改叶”①，在淋漓血泪与惨淡现世间始终维持着坚朴志节与清醒头脑。二百首《还轩词》固然为丁宁的忧患人生作一侧记，然何尝不应视作自民国而下五十年词史中的隽永刻度？

三　“民国四大女词人”简论

词史向有词人并称之流习，至近世则有标举“四大”之例。若“晚清四大家”“民国四大词人”之说②可予成立，那么站在本书所秉持的性别文

① 诸葛亮《论交》语。

② “晚清四大家”通行版本为王鹏运、郑文焯、朱祖谋、况周颐，并称由来、基本定位与理论祈向。参见马大勇师《晚清民国词史稿》“‘晚清四大家’平议”一章。“民国四大词人”说法始于施议对《民国四大词人》长文，提出“施版四大”夏承焘、唐圭璋、龙榆生、詹安泰；刘梦芙《“五四”以来词坛点将录》所点前四位为夏承焘、钱仲联、饶宗颐、龙榆生，应即“刘版四大”；马大勇师则云：“夏承焘以‘博大’，詹安泰以‘苍辣’，沈祖棻以‘深秀’，顾随以‘新异’，他们联袂构成了我心目中的‘民国四大词人’”。（《晚清民国词史稿》，第453页。）对此我有不同看法：夏、詹、顾无异议，然必若点出一位女性词人进入“四大”，则应退沈祖棻、进陈小翠。

学立场上提出“民国四大女词人”也应获得理论上的允准。

这四位女词人是：吕碧城、沈祖棻、陈小翠、丁宁。其中人格、际遇双奇的吕碧城以创作出了以“海外新词”为代表的惊才绝艳的词章，是百年、千年女性词史中空前——恐怕也将“绝后”的——不可复制的“这一个”；沈祖棻之功在于全面承继了宋贤法乳，将词体之雅发扬到极致。论守正之纯粹，民国才人殆无出其右者；陈小翠为近世女词家堂庑最大者，真正地为女性词史辟未有之境；翠楼攀其高，怀枫潜其深，丁宁以一“深”字即岿然成重镇，其情楚恻，其志贞清，有余子所不及处。又一生存诗仅十首，并以“女词人丁宁”榜其墓，是四家中专力为词者。再跳出性别界限、单以词业成就而言，其中任一位都可以与这一时期中最顶尖的男性词人相周旋而无难色。

民国三十年，风云万变，战乱频仍，却如“避雷针的尖端汇聚了整个大气层的电流”① 般密集地喷涌出了无法数计的高质量精神成果。至此，可对此时段作一简略总结：圣因之奇、子苾之雅、翠楼之大、还轩之深，都应在文学史上留下属于自己的厚重章节。她们与其他女词人一道，铸造出了女性词史流光溢彩的黄金时代。

四　“慷慨使气”的吕小薇词

吕小薇（1915—2006），名蕴华，小薇其字②，号竹郵，江苏武进人，吕祖绶③女、吕思勉族妹④。竹郵无锡国专时从唐文治、钱基博、陈衍、王

---

① ［奥］斯蒂芬·茨威格：《人类的群星闪耀时》，舒昌善译，生活·读书·新知三联书店1986年版，第2页。

② 小薇嫡祖母王采藻工诗书、善丹青，与姊妹采蘋、采蘩有“一门班左”之名，合称“太仓女三王”。有《紫薇轩手稿》，毁于张勋复辟兵乱。吕祖绶望女“有以继之”，取字小薇。

③ 祖绶（1873—1932），字浩生，少有排满强国志，南京陆师毕业后得公费保送日本，东京陆军士官学校肄业。归国后参加辛亥革命，为常州光复之先锋。入民后历任北京总统府咨议、参议，论功得少将衔，尝向章太炎执弟子礼。吕氏常州名族，高祖吕官为有清第一代状元，累官至鸿文院大学士，曾祖吕诠孙官至福建巡抚，祖吕懋德以军功出任浙江归安县令。

④ 思勉女翼仁（1914—1994）与姑母年相若而情甚密，曾同校就读，亦能诗词。竹郵谓“小令之温厚缠绵，非一般习作可比”，《水龙吟·杨花》远绍东坡同题作而柔婉有过之：“有情长傍花飞，风前欲坠还吹起。朱楼曲槛，雕鞍紫陌，依稀犹记。水远山遥，萍踪何处？回头千里。奈柔肠弱质，相思纵有，也难向天涯寄。　几度卷帘凝伫，却相怜、烟消影碎。东风无力，与春妆点，为春憔悴。乱似闲愁，闲愁更乱，那堪细味。不解人、燕子飞来，又衔向深闺里。”见《吕思勉先生年谱长编》，上海古籍出版社2012年版，第1085页。

蘧常学。抗战中流寓江西，后从事中学、高校教学及古籍整理工作四十余年。祖绶允文允武，有幼安遗风，诲女云："汝气类近词，而诗则未可"，"词之为体，多哀怨窈眇，虽风云月露，宜可寄托，然吾期汝勿为纤弱哀靡，宜见振拔。苏辛所作，开拓心胸，沉雄气骨，汝当以此陶铸性情，涵泳神致耳"①，竹郬"奉此勿敢替也"②。又晚年特提出"女郎诗好，固不仅要眇宜修；时代感强，亦何妨慷慨使气"③，"苏辛气骨"即吕词宗法渊源与艺术追求，"慷慨使气"则应是创作风貌的自我总结。今存《竹郬韵语剩稿》中词占三之二，涤尽绮罗香泽气，而代以哀乐过人的情志与关切现实的士君子精神。

竹郬青年时代下笔即不凡，为同窗、恋人所作词每不为儿女态，不作温款语，有胸罗社稷、目极河山之概：

劝君莫问今何夕，潮痕早没沙滩血。残垒在西边，哀鸿绕暮烟。霓虹灯似雾，歌媚"毛毛雨"。谁唱大刀环？长城山外山。时指认淞沪抗战遗迹，国事苍茫，共起唏嘘

——菩萨蛮·一九三四年秋，与卢沅、周振甫、吴德明等同学五六人，游吴淞野宴。诸君各携酒肴，为余饯别也。醉成三阕，今但记其二矣

昨夜山灵语。道姑苏、天平幽胜，待小薇去。晓起驰轮三百里，惊破空山烟雾。便谢却、人间尘土。怪石嶒崚森万戟，甚朝天、玉版奴媚主！看列阵，刑天舞。　吴宫废址今何许？上荒台、渺然四顾，凉生袂举。目极沧浪悬一棹，记取盟心尔汝。肯闲誓、明朝牛女？夭矫龙蛇影外路，共斯人、忧乐迈千古。同下拜，松间墓。

——金缕曲·一九三六年七夕前，应衡九约，游姑苏天平山。观山前所谓"万笏朝天"者。既而独上觅吴王台，遥瞩太湖

① 吕小薇：《先世纪闻》，转引自李永圻、张耕华《吕思勉先生年谱长编》，第20—21页。
② 同上。
③ 傅义：《读武进吕小薇女词家词》，摘自熊盛元博客。

天际。衡九以病后心悸未登。下，共谒万松林范墓。归作《金缕曲》二阕，以纪兹游相许盟心之约。稿久散失，仅记两首之残，合为一词，以存永念。一九八七年老薇追记

前首借“故垒”“哀鸿”忆血战事，“谁唱大刀环”一问力道千钧，堪与沈祖棻《虞美人·成都秋词》[1] 称姊妹篇，而较沈作更质直刚健。后首全篇壮志奇情流动，将儿女情怀与家国忧思打叠一处，“目极沧浪悬一棹，记取盟心尔汝。肯闲誓、明朝牛女”“共斯人、忧乐迈千古”，古今情词未有似此大气磅礴、洞见肝胆者！作于抗战鏖酣时的《曲游春·咏燕》《南乡子·为人题寒鸦营巢图》虽名题咏寄托，亦锋颖毕露：“怎新巢挈侣将雏，忘了旧家风物”“羞再绕、垂杨争腰折”，这是讽刺汪伪政权[2]；“经营，要与严冬作斗争”“合力共扶倾，多少盘空子弟兵”这是直喻空军将士。竹邨抒情不耐曲折，不屑婉晦，总是这样一气贯注到底的。

“慷慨使气”还表现在能“转消沉而为坚励”[3]。抗战鏖酣时，满面尘灰、困顿不堪的词人犹有“小唱太销魂，写罢容华，掷笔怆然起”（《醉花阴·题所临易安居士折菊图》）的挺健腰骨，有“要坚信、河清能俟!”（《贺新凉·避寇泰和，病中两得晴梅馆自沪来书，谱此寄答》）的乐观态度。至八九十年代亦“丝毫无老手颓唐”之态[4]，后劲饱足，《百字令·读〈铜弦词〉为铅山蒋士铨二百年祭》《南乡子·为青云谱八大山人纪念馆作》能以淋漓墨笔书大题旨：

高秋盛集，把清樽共酹，信江词魄。遗响风雷空西载，孤凤一生曾厄。百折黄流，千寻赤壁，怪底飘零咽。铜弦水调，此中似闻消息。

江山异代藻思，起君应恨，生不同今日。白发青颜来万里，翔翥鹅湖秋翮。丘壑烟云，风骚坛坫，更树千秋业。词人往矣，为君啜醨扬粕。

① 其二云：“地衣乍卷初涂蜡，宛转开歌匣。朱娇粉腻晚妆妍，依旧新声爵士似当年。回鸾对凤相偎抱，恰爱凉秋好。玉楼香暖舞衫单，谁念玉关霜冷铁衣单。”

② 从熊盛元说。《师门学词散记》，《述林》第三辑，武进南风词社2008年编。

③ 吕小薇评安易《贺新凉·登高有感》句，载《竹邨说词》，《述林》第三辑。

④ 熊盛元：《师门学词散记》。

哭笑岂无端。零落王孙道路难。奕代相残民族泪，斑斑。休作朱明一姓看。　郁勃涌霜纨。生面翎鱼溅肺肝。似不似间真得似，宗传。艺苑千秋照逝川。

《忆江南·一九九〇年十月十九夜，重读鲁迅先生〈野草〉数页，吟此记念先生逝世五十四周年》以寥寥数语檃括《野草》诗句，举重若轻，神采顿出：

诗人口，大笑复长吟。欢喜腐亡成过去，证知生命继来今。野草自芳馨。

诗人泪，曾抹小红花。灼灼于今千万朵，仰看双枣铁杈丫，风雨怎摇它！

诗人爱，记莫小青虫。赴火身投光一闪，敲窗声破户千封。鬼眼闪秋空。

熊盛元《师门学词散记》云竹邨词“小令得东山之神，慢词则直摩梅溪之垒”，并明确指出其“不赏爱梦窗”①。其实若不以苏辛一派的“气”或曰骨力统率，是无法生长出“异彩纷呈、风格多样”的“筋肉”的。她的这种真气不仅没有随时风转易而走失或消泯，反而愈臻浑厚壮健，最终形成了“陶写真率，鼓吹正声，传统如新，机杼自出”的面貌②，“于当代巾帼词坛，拔戟自成一队”③。

吕氏晚年栽植桃李，门中弟子熊盛元、段晓华、李舜华、蔡淑萍等俱名驰吟坛。竹邨仙逝后，《南风》词曲专刊征集各家《水龙吟》挽词数章，

① 熊盛元：《师门学词散记》。

② 姚公骞：《吕小薇先生〈竹邨韵语〉序》，转引自《二十世纪中华词选》，第1775页。

③ 刘梦芙《冷翠轩词话》评语，同上。

录青凤一首：

莫追鹤外西江，毗陵月暗悲名媛。青箱旧业，荒波挟瑟，芳时离乱。霜叶风翎，小桥垂手，白莲花畔[①]。叹词心一缕，才情绝代，都留种、芝兰馆。　　争甚脂笺粉翰。画难成、水云相见。昏鸦寒树，瓣香持爇，吴山千点。灵石分温，银床寄意，梦深缘浅。背苍茫浊世，蝶衣鹃血，为先生唤。

第二节　蔡淑萍与“边雁啼秋”的《萍影词》

附丁小玲、李蕴珠、王筱婧、周素子、张雪风

蔡淑萍（1946—　），四川营山县人。自幼因家庭成分“归另册”[②]，高中毕业后未准大学录取，回原籍务农，二十二岁赴新疆阿尔泰兵团农十师183团工作、生活十七年，以自修取得大学学历，1985年自戈壁而“抛落大江边”，返重庆巴县任教师，八十年代末入四川诗词学会，历任多届常务理事、副会长，又为当代阵容特强之持社[③]首批社员，为西南诗词界“拔戟新军”[④]中老而弥壮者。

《萍影词》成书于2009年，词计三百六十余，又益以其后博客所存作品，总数在四百首以上，成就可跻身当代名手行列。集中“边雁啼秋”“渝州咏怀”“蜀中风物”“嘤鸣友声”“蒹葭苍苍”“秦川屐痕”及《萍影词续》诸卷中，“万里龙沙旧客袍”[⑤]的“边雁啼秋”创作时间最早，水准或难称高而艺术特色最为明显。边塞题材向为诗之大宗，词则

---

① 化用小薇词《清平乐·偶经吴品今家，吴夫妇相邀小饮而归》“独立小桥垂手，白莲只向风开”句。

② 淑萍诗《可叹复可笑》语。

③ 持社2010年11月由王翼奇、杨启宇、熊盛元、刘梦芙、段晓华、龚鹏程六人发起于四川乐山，18日，登峨眉金顶，宣告成立。持社取诗“持”人情性之义而命名，以“戒虚声，绝伪学”“诗起百年之衰，功在千秋之后”为宗旨。陈永正为顾问，杨启宇、段晓华为正、副社长，熊盛元、刘梦芙为正、副主编。

④ 淑萍词《浣溪沙》中有“西南拔戟起新军”句。又，蜀地诗家重镇，当代杨启宇、刘静松、陈仁德诸老皆精于诗词。

⑤ 淑萍词《一剪梅·词社雅集》句。

鲜少涉笔于此，蔡词出，足为“边塞词”这一芜荒之地补缺增色。

一 “边雁，边雁，南去云天漫漫”[①]

淑萍1968年先入兵团农场连队干“家属队”，属体制外成员，艰辛可想。[②] 82年冬参加教师进修学院“边风词社”，作词始于“大雪封门的漫漫寒夜”[③] 中。此期《兰陵王》记“西出阳关”旅途：

> 蓦闻笛，车发何须恁疾。心神黯，呵去积霜，泪眼盈盈隔窗泣。经年竟一夕。长忆，蛾眉屡嫉。千般恨，今日去休，一任天山限南北。　和丰宿孤驿。但冷月凄清，荒野沉寂。何堪回首伤离席。伊瘦损依旧，乱愁新种，今宵何处月下立，怕徒惹忧戚。　斜日。晚风急。正两两三三，牛马归匿。苍茫大漠思无极，待雁字重到，雪原新碧。关山飞度，似梦里，觅旧迹。

从呵去车窗积霜、泪眼相送到投宿孤驿、月下悄立，再到斜日晚风中抵达“苍茫大漠”，如逐帧播放黑白默片，十数载青春岁月倏忽而逝。词人惯看“炎日彤云，疾风飘雪，素毡白草黄沙”[④]，听熟“驼铃，如诉声声”[⑤]，曾生起“苇棚篝火”“拾枯枝烤冻馕”[⑥]。在这样普泛性的时代悲剧面前，“国家不幸诗家幸”的名言或许显得佻薄，但以蔡淑萍为典型的这一代词人，确乎在命运巨石的重压下顽强地吐绽出“雪原新碧”，将诗思才情“染翠到天陬”[⑦]。

边塞生涯也不全然是苦役，正如“穷边沙棘”[⑧] 酸涩中尚有一丝回甘：

---

① 淑萍词《转应曲·重阳》句。

② 淑萍诗《就业》云：“绝塞漠风急，檄文中夜传。普天皆革命，寸土岂平安？忍辱一弹指，偷生十七年。唯余堪忆者，雪夜牧羊鞭。”

③ 淑萍博文《回忆阿尔泰》语，摘自微信公众平台“远山星际”。

④ 淑萍词《扬州慢·戈壁车行感怀》句。

⑤ 同上。

⑥ 淑萍词《小秦王·忆往事五首》句。

⑦ 淑萍词《水调歌头·塞柳》句。

⑧ 淑萍词《满江红·七十初度并谢诸诗友赠诗》有“故国炊烟伤梦魇，穷边沙棘知酸涩”句。

> 烟树迷茫。泉水沧浪。东风细、瓜果飘香。轻车过处，隐约红墙。看远如霞，近如画，似仙乡。　葡萄架下，流水桥旁。客心醉、不为琼浆。悠悠琴韵，妙舞娇娘。正裙儿飞，眼儿媚，手儿扬。
>
> ——行香子·新疆风情

词人对这段生活的感受是深刻而复杂的："忆当年，凄惶出阳关……记得额河冰解，正种瓜种豆，野牧挥鞭。渐开张胸臆，也学舞胡旋。问缘何、乡愁难泯；待归时、塞上又情牵。"① 离疆时又有作《金缕曲·自疆返渝答友人》：

> 惆怅关山月。又依然，大江东去，浊波千叠。廿载风华如水逝，负了青春热血。回首处，荒原飞雪。欲逐归鸿寻旧梦，奈风吹旧梦如秋叶。恨此意，与谁说。　听君金缕情犹热。愧平生、辛酸都味，竟非英物。敢望好风舒羽翼，正怕人间缧绁。对夕照、茕茕蹀躞。欸乃一声牵望眼，却扁舟过处烟波阔。心魄动，泪盈睫。

复得返自由之快意，离别之不舍，追悔与伤感，忧畏与向往，打叠成沉甸甸的人生况味。"扁舟过处烟波阔"或本自大苏"天容海色本澄清"句意，但真能轻易地说出"九死南荒吾不恨"吗？"廿载风华如水逝"是谁之罪？那"人间缧绁"缠缚太久，那"青春热血"也不复奔涌了！过往种种齐上心头，化作盈睫之泪。篇末有自注云："终于回到重庆，本应欣慰，但情绪反而更为波动激愤，这或者是从懵懂惶惑到理性思考一个必经的过程吧。"我想，词人的"理性思考"中应有对历史的反思、对国家社会前途的瞻望，也一定包括对个人创作生命的审虑。

---

① 淑萍词《八声甘州·读〈军垦颂〉寄唐世政先生》句。又尝言："我不讳言自己的遭际……新疆是我的第二故乡，她慷慨地接纳离乡背井去投奔她的游子，令我感恩；她雄奇广袤的雪山大漠，在我的性情变得'粗犷'的同时，心胸也逐渐开阔；我对她的怀念是深切而无止尽的。"据博文《小词只为写胸襟》。

二　笃诚与忧患

淑萍自言："学习作词写诗那一刻，曾定下一个原则：写实。只写自己亲身所历、亲眼所见、亲耳所闻、真心所想的。对自己不了解的东西，无论是怎样的大题材、大事件，保持沉默。艺术水准如何，可能由不得自己，但说真话、不人云亦云，却是自己完全能够把握的。"① "我也听说过，写诗词，作为一种艺术创作，是可以'源于生活，高于生活'的，但我仍然坚持甚至拘泥于这种'写实'。因为凡是善的、美的，首先必须是真的；如果没有'生活真实'，那'艺术真实'必定站不住。"她的这种"誓不与心违"② 的态度不唯在创作中有自我导引意义，更是那个年代拨乱反正、唯实是求的新风气下被率先从"集体无意识"状态唤醒的心音③。

这样看来，以技艺来考虑《萍影词》，反而不够"瓷实"④，落入论家下乘。周济夫、张结"诗家风旨在真诚"⑤ "彩毫偏与庶黎亲"⑥ 的评语是攫中其艺术真价者。摒除了玄虚高深，俯身亲近日常生活，就必然会诞生饱蕴自然与人性美的作品。集中不着典故、不倩镂饰而蕴深意者如《临江仙·参观蝴蝶展览馆》："指点柜中壁上，其生栩栩如斯！翼轻如幻影参差。迷离惊所在，芳甸满春晖。　遥想当时轻捷，与人浑不相疑。蓦然回首剩凝姿。翩翩如可起，梦里向谁飞"，《生查子·闻某县上空，一蜈蚣风筝连日盘旋不去。后坠地，乃一鹰翅缠筝绳，苦不得脱而死》："遥天风静时，百足翻腾久。一日坠平芜，道路争回首。　我心伤猛禽，曷被柔丝纠。凡鸟自飞飞，壮志埋尘垢"；写山乡人物、见闻，明白如话、生趣盎然者如《生查子·小学生》："侄儿年十余，美目清如

---

① 淑萍博文《再读〈萍影词〉》。

② 淑萍词《水调歌头》句。

③ 马大勇师《百年词史（1900—2000）》论启功一节："……时代风会对于文学之影响不仅是实存的，而且如影随形、如响斯应。或者时代气氛的转换引发文学的相应变革，或者文学作为报春鸟提前感知了时代的运会转移，两者总在紧密地产生互动效应。"

④ 周啸天《读〈萍影词〉》："这个质朴的点评（指谭优学之评）比'出于清真''出于白石''出于玉田'之类的套话，瓷实多多。"

⑤ 《浣溪沙·读蔡淑萍新版〈萍影词〉》。

⑥ 《萍影词》序。

水。道我远归来，遗我双红鲤。　鱼鲜新出池，问告阿爷未。含笑只摇头，此我课余饲”、《江城子·故乡行四首　春日即事》：“溪桥那畔有人家。径横斜。菜花遮。新竹娇柔，绰约绕篱笆。三点两株桃李树，红与白，满枝桠。　少妇园中正种瓜。小娇娃。坐爬沙。篱外人声，笑问崽他爹。上月买来新解放，疯不够，肯还家。”《萍影词》中予人印象最深刻的，当数那些饱含现世关怀与忧患感的作品：

> 卌载重来心倍酸，败茅瑟瑟掩颓垣，忍听邻妇说当年。　底事群氓人作兽，无端江水碧成殷。深悲巨愤泪汍澜。
>
> ——浣溪沙·悼少年刘永

> 欢声盈街衢。正迎春节下，人竞欢愉。忽报东邻玉陨，女兮何愚！魂魄渺，黄泉途。忍弃他、哀夫孤雏。料惨怛回眸，应伤白发，肠断泪都枯。　知生计，长拮据。但辛勤料理，淡饭粗蔬。可耐青春抛掷，梦总成虚。如蚁死，徒唏嘘。看满城、豪车华居。愿惊使君心，春阳一缕分得无？
>
> ——寿楼春·哀邻女　某邻家女，职高毕业，向无工作，辛巳春节后九日，又招工应试不取，竟自缢而亡，年二十余，遗一子，二三岁

词不全为纪实，更在警世：为了骨肉死别的悲剧不再重演，“深悲巨愤”须臾不可忘。这样直面现实、披肝沥胆的创作精神是和雅雍容的倚声家们所缺，却是蔡氏所贯彻终始的。淑萍晚岁创作生命力犹健旺，《减字木兰花·友人旅美归，发来多帧照片，中有自由女神照。隐括镌刻于神像基座铭文、美国女诗人爱玛·拉扎露丝〈新巨人〉，成小令一首》，为近年思想、艺术俱臻高境之佳作，兹以作结：

> 百年屹立，为你自由呼与吸。灯盏高擎，缄默双唇听有声。　全都给我，悲惨哀吟枷与锁！瞻彼金门，劳瘁流民之母亲。

三　丁小玲

丁小玲（1947—　）亦“文革”中“困顿浮沤”[1]，以诗词书“苦寒章”[2] 者。小玲自号半丁[3]，浙江嵊县人，下放十年，企业退休；四十后学诗，现任多景诗社副社长等职，《半丁集》存词百四十余。半丁生平未详，以“劫历万千”“于家不家中形影相吊久矣”语可推知辛酸坎壈。自云创作“未敢有所期，风铎自鸣，孤怀自宣而已”[4]，实已微见风霜不平气。《贺新郎·知青十年》上片记下放劳作生涯：“一霎酴醾雨。想年时、罱泥东水，插秧南亩。饾饤荇花星星白，五月周遭杜宇。强作了，牵车孺犊。老柳卧途犹未斫，阻百盘千折青山路。记弹羽，在天暮”，尚能闲闲道来，同调之《第一楼》《天目湖》则悲怀难抑，满腔孤愤透纸而出：

第一楼前路。漫寻思，盐车汗血，羁云归处。千柳妆成澄波底，一带疏花怪树。三二蝶、巡畦问圃。行迹悠悠重过眼，俱付他、沙岸闲蛙鼓。帆远近，荻翻舞。　休从烟月言吴楚。肯沉销、大旗人物，劫灰龙虎。种树先生人久去，我亦枝头朝露。听惯了、秋蝉噪暑。华发当歌歌当哭，已端阳、风雨重阳误。天易老，孰与语。

说甚天公目！正迷离、萍花荇草，莠良并蓄。都说耕烟人不老，指马今仍成鹿。枉把笔、枝枝摇秃。千里来寻天目水，待归时、好展眉山蹙。烟雨湿，几行竹。　天如有眼天俱哭。尽排空、云堆雪浪，牢愁难斸。帆影湖风狂飙起，叩壁呵天再续。比拟是，峨冠簪菊。敲日羲和玻璃响，把玄黄、一曲从头祝。余醉矣，懒敲筑。

北固山、天目湖形胜佳丽之地，于词人冷眼中却是“疏花怪树”“莠良并蓄”。前首有注云：“十年知青，作马牛于北固山前过往，不知凡几”，

---

① 丁小玲词《贺新郎·重五偕诗友登焦山万佛塔》句。
② 丁小玲词《临江仙·再寄曲阿》（其一）句。
③ 取“生不在，男儿列”意。
④ 《〈半丁集〉自序》，南京出版社 2014 年版，第 4 页。

“作马牛”三字刺目锥心，令人不忍细忖。在泼天狂澜面前，个人的青春岁月乃至命运不过“枝头朝露”，只能随“劫灰”一道晞灭罢了。然真能敛尽心事、甘愿“醉矣”吗？须知“指马今仍成鹿”！佯狂毕竟不是词人故态，在《临江仙·戒诗寄金陵李静凤》中将牢骚愤激吐露无遗：“不信有天长似醉，最怜无眼识新衣。谁倾银汉一醒之”，这词句间的芒刺是看得再清楚不过了。青凤《浪淘沙令·读小玲姐半丁集依宋祁体》有云：“判今生，几个醉眼醒眼冷眼”，极贴切半丁为人。

半丁特擅对偶，短调中如“海月一轮看李白，寒花万朵说黄巢”“沈括溪山芦荻月，寄奴巷陌海门潮”“子规思小杜，虫梦响深山”“晚来双燕子，轻剪一行烟”“月巡江远，林筛霜入”句或琢刻，或自然，俱备极精工，虽闲淡语亦呕沥鉥刿而后成也。

四　王筱婧、李蕴珠、宋亦英

若准当代文学之命名，则记录“文革”创痛之诗词作品可称“伤痕文学”一大分支。以词为刀匕剥剖时代伤痕、作深刻省思者还有王筱婧、李蕴珠、宋亦英。三家年齿参差，而“拈大题目，出大意义”之胆识笔力略同，可并谈。

王筱婧（1931—　），别号青女，福建福州人，毕业于上海外国语学院俄语系，福建师范大学退休后执教于华南女子职业学院。筱婧六十年代初得夏承焘称赏，并以通讯形式受业于龙榆生，为其私淑高弟。其词大抵还是如陈声聪所谓“妍丽”[①] 的花月朦胧声口，《金缕曲·邓拓同志逝世廿周年纪念》一首突作风雷叱咤：

忧国书生事。记东林、头颅掷尽，茫茫劫里。三百年来花开落，何意重逢天圮。星乱陨、红羊祸起。万丈罡风吹血雨，问避秦、可有容身地？千载恨，倩谁记。　家山故宅今犹是。想明朝、功成四化，策励情味。华表归来回首处，猿鹤沙虫俱已。但左海、英灵长识。欲话燕山新消息，向夜台、秉笔应无忌。还更吐，浩然气。

---

① 《读词枝语》，《填词要略及词评四篇》，第116页。

邓拓为鲁迅后首屈一指之杂文家，“文革”初期去世。词开篇以明末东林事引入，其后振笔直书，不稍掩讳，将“血雨”劫难源头指向“天圮”。下片写英雄魂返，“欲话”以下数句为词眼所在，越沉痛，越昂扬，真“催肝裂胆、泣鬼惊神”①。

李蕴珠（1958— ），号猗竹阁主，甘肃天水人，从事会计工作，先后问学于张举鹏、文怀沙、袁第锐，作品载《海岳弦歌集》。蕴珠词风颖俊，《蝶恋花·听宝琴女史鼓琴》之“拨碎芭蕉心上雨，窥人月在闲窗户”《金缕曲·送别》之“情字难图画。问从来、有谁量过，相思尺码”等具见才性。《酹江月·解读〈普罗米修斯受难的一日〉》最富思想精光：

> 高加索冷，有群鹰、啄食殷殷心血。欲使人间知黑暗，窃火照红妖孽。皓月清霜，丰城剑气，万里寒光彻。铁窗孤胆，壮怀能向谁说。　强权主宰黎元，千年一慨，抗手真豪杰。饮弹从容奇女子，冷眼不图昭雪。填海移山，补天逐日，青史彪英烈。沉吟抚卷，望空涕泪如泄。

词为“盗火者”“自由神”击筑长歌，怒目金刚态顿出。为与“群鹰”“妖孽”辈比照，特以“铁窗孤胆”“饮弹从容”勾画圣女英姿，至于“强权主宰黎元”句，乃是今古词家发出的最具胆气与风骨的声音之一。所咏叹对象绝命诗有“惊飙为我自天来，一曲清笳动地哀”句，诚此之谓也！当代女诗人陈逸卿有同题材古体长诗《精卫歌》，得此而二，足奠英魂。

宋亦英（1919—2004），又名梅，安徽歙县人，苏州美专毕业，四十年代投身革命，1949年后以画艺供职美术部门。亦英诗词为个人革命史之记录，故多富时代感与战斗气息。时代颂歌以外，还有思想、艺术水准颇高的作品，如《满江红·读烈士事迹有感》：

① 刘梦芙语。《二十世纪名家词述评》，第320页。

怒发冲冠，问此是、人间何世？有多少、一字倾家，一言弃市。真理斗争人有几，英雄末路空垂泪。恸丹心碧血委黄沙，谁之罪？ 天地转，群魔溃；云雾散，风光媚。喜沉冤昭雪，石人飞泪。此事此情人共奋，何时何地无斯例。乞杨枝洒水一般匀，山河翠。

以词论不及王、李之作，而“人间何世”“谁之罪”之说问亦振聋发聩，堪儆醒万千“苟活者”①。亦英又有同题歌行诗，以格律束缚较小故，发语更淋漓痛切。肯于盛世光景中作清醒反思已属难得，而出自主流创作者笔下尤显可贵，似此良心之作是每见快慰，且不惮其多的。

五 周素子的“传体词”与张雪风《鹃红词》

此类词家还不可不提为一代“形骸销甚”② 的底层士人写碑立传、遂有“平民章诒和”之誉的周素子。素子（1935—2022），号白芷、芷阁③，出身浙江乐清“功臣世家”④，适诗人陈朗⑤。福建师范大学艺术系毕业，曾任高校教师、杂志编审等职。素子生涯流徙，自五十年代始数次由西北而东南，由山野而海陬，浮家泛宅，迄无宁日⑥。1995 年移居新西兰后，发愿为“辱没烟沉五十年”⑦ 间结交之明代遗贤书一独家小史，今已将所成数十则汇成《情感线索》⑧ 行世，其中所记人物如吴鹭山、吴藕汀、程

---

① 韩瀚纪念诗歌《重量》：“把带血的头颅，放在生命的天平上，让所有的苟活者，都失去了——重量。”

② 陈朗《情感线索后记》中《高阳台》词句，花城出版社 2013 年版，第 383 页。

③ “芷阁”盖其杭州旧住处，钱君匋为题额。

④ 素子伯父周六介为同盟会、光复会会员，辛亥革命先驱。武昌起义次月与月空和尚组建青年敢死队，参加杭州、南京光复战。入民后历任杭州知事、上海道台。父周云平抗战时任职安徽省国民党党部，长兄周昌澍毕业于南京警官学校。周素子《情感线索》，第 293 页。

⑤ 浙江温岭陈氏一门风雅：陈朗父仲齐及叔伯辈伯龄、叔寅、季章（后名沧海）、鹗、凌云，兄弟行让、永言等皆耽吟咏。陈让《一家诗话》，《秋半轩诗词钞》后附，台湾朗素园书局 2015 年版。陈沧海（1901—1964）、陈仲齐（1890—1979）有关论述见马大勇师《百年词史（1900—2000）》。

⑥ 见周素子《晦依往事》之《辗转的户口》《西域探夫记》，生活·读书·新知三联书店 2013 年版。

⑦ 余英时诗句。《情感线索序》。

⑧ 港台版名《右派情踪——七十二贤人婚姻故事》。素子又一书《晦依往事》记乱世中个人家史。

十髮①等皆为可史补白，弥足珍贵。

由此其诗词便不得不发抒“抑塞盘郁之气”②，字句间不得不“流荡了一整个时代的肃杀”③。素子工哀诔之辞，《减字木兰花·雁荡铁城障悼吴鹭山先生，时墓新筑成》之“铁障连城，骨与名山一样清”，《浣溪沙·悼徐行恭先生》之“词苑难求玄发叟，吟坛岂少白头人”俱贴合人事，可称定谳。而集中“大包涵、大承担”④ 者，当属为同事沈奇年、胞兄周昌谷的长歌当哭之作：

三尺坟堆起。隔年期、偏遭阳九，我今来此。化蝶纸灰飞灭处，淫雨霏霏又至。添多少、同侪清泪。莫道孑然单形影，有苍然、松柏相依倚。朝与暮，啸吟替。　石人峰下云根底。有当年、魏君雪窦，堪称知己。异代英雄应非寂，共话布衣滋味。也抵得、恶风猖厉。况有我师刊章在。较千寻、华表高多矣。冰雪操，汝其比。

——金缕曲·为沈奇年周年祭作⑤

孩提往事，历历几人同。和泥土，寻书蠹，比鱼龙。骋芳风。尝有筑巢志，长相聚，勿离别，雁荡麓，山溪厄，旧游踪。师法天然，泼墨写生处，林木葱茏。叹如椽彩笔，输与一毫锋。负笈武林，觅潘翁。　渐关河破，红尘堕，分襟乍，各西东。居难稳，机易失，少何养，老何终。膝下斑衣痛。唯一点，孝心通。不由己，不由彼，梦

① 俱见马大勇师《百年词史（1900—2000）》。

② 林锴语。《周素子诗词钞序二》，台湾朗素园书局2015年版。

③ 何英杰：《周素子诗词钞跋：休再提、世难年荒》，台湾朗素园书局2015年版。

④ 施议对：《周素子诗词钞序》，台湾朗素园书局2015年版。

⑤ 奇年与素子交契，遂同执贽周采泉门下，事详《情感线索》。周采泉、陈朗同题词云：“近泪无干土。哭颜回、不留文字，但传琴谱。谬采虚声甘北面，愿列我家墙庑。形影吊、乐而忘苦。意气少年撼山易，为群氓、奋击登闻鼓。心似佛，气如虎。　畸人并世谁堪伍。莽书生、偷光凿壁，囊萤刺股。刁静潜研终不懈，忘却置身图圄。虽获释、栖身无处。待到十年才定案，罡风来、毅魄通衢舞。昭雪矣，又何补”；“甑也成何事。记年时、漫天舞雪，阁中相视。鬼影参差能辞让，还识杨雄奇字。空一片、贺兰山史。推得君心留他腹，甚肝肠、热血菩提似。都不识，铁窗味。　南山垒垒人谁志。便修文、他生未卜，此生休矣。白马素车今仍旧，雨横风狂若是。天不管、城狐狂恣。天也不仁胡如许，赦书来、偏着宁馨死。罗刹也，去无止”。

成空。留得丹青，只把众生相，涂抹其中。共湖边苏白，南北两高峰。烟水蒙蒙。

——六州歌头·哭胞兄昌谷[①]

未发一字怆地呼天语而哀感淋漓，词中摧人肝肠者莫逾于此。施议对评后首曰“负载极为沉重，足堪以血书之”，以为“编中所录第一”，诚是。千万“右派”中闻人多矣，而奇年、昌谷之名得赖此二词长存天壤。据陈朗《情感线索后记》，素子被驱逐兰州前曾遭遇抄家，红卫兵将书籍碑版捆载运走之后，“家徒四壁，惟对一榻”。是夕寻得幸存《金石录》一册，捧读《后序》大哭。“哭何？哭金兵渡江，宋室南迁，家庭残破？抑或哭赵明诚？抑或哭文化受摧残、遭泯灭？兼而有之。”[②] 素子书《情感线索》《晦侬往事》与诸篇“传体词”虽云个人史，但何妨看作我们这个时代的易安文章？

素子之下当接谈与陈氏家史关联密切的张雪风。雪风（1917—1998），号鹃红，浙江玉环县人，为“赤脚蹴踏海涂长大”[③] 之渔家女。雪风抗战时与陈沧海[④]结识于寺庵并得其庇护，遂缔结一生情缘。雪风有《蝶恋花》组词纪之：

织得新词轻似缕。多谢西风，吹到巴山去。你若春泥初着絮。我为落叶飘何处。　　万绿丛中闲佛宇。一点红灯，是我当年意。此意从来不肯语。夜深相对秋深雨。

---

① 昌谷事见《谷哥米哥》,《晦侬往事》。素子又有诗《清明忆胞兄昌谷》《蚓书颂为亡兄昌谷书法作》。

② 陈朗:《情感线索后记》，第 382 页。

③ 周素子:《追忆张雪风》,《沧海楼诗词钞》，台湾朗素园书局 2014 年版，第 393 页。

④ 陈沧海（1901—1964），原名季章，陈朗四叔。毕业于浙江第一师范，师从李叔同、经亨颐，与潘天寿、郁达夫等为友。壮岁出家，法名蕴光，自号寒石子，托钵天台、雁荡间。抗战中慨然还俗，参第十集团俞济时幕，又任职委员长侍从室、重庆社会局、上海民政局等。五十年代后调上海农场管理局，旋流放苏北劳改。1962 年获释返乡，两年后罹癌症去世。《沧海楼诗词钞》由侄辈陈朗、陈诒编辑出版。马大勇师论之云：“其‘揽镜头颅空自惜，金鞭铁钵两蹉跎’的‘穷途’在‘毛时代’里具有着相当的典型性，诸多‘劳改词’更是近百年词史绝无仅有的一页苍凉乐谱”。

燕剪湘帘春雨细。抽尽蚕丝，不尽春蚕意。昔日同寻诗料处。白头啼老五桥树。　重到西青无一语。扇弃秋风，人在风前住。自料今生偿不已。欠君一钵鹃红泪。

荷锄种梅人远去。瓣瓣芳心，开到离人处。制就寒衣寄未寄，寒风已到江南地。　梅自多情人有意。摘朵梅花，共枕衣裳睡。夜雪无声来万里。梅花梦冷人三起。

沧海洪波今又起。燕子香笺，烧到名和字。一撮寒灰一勺水。背人葬入回肠底。　检点旧盟犹在臂。衣袂松烟，只是当时翠。十载重愁何处寄。秋风秋雨夜郎地。

投钵匆匆弄鞭去。失手蟾宫，误损桂花树。踏破冰霜千万里。十年塞北苦寒地。　杨柳板桥依次记。驻马题诗，梦也何曾遇。心事如来难共语。袈裟还有胭脂泪。

痴缠幽丽，挚诚耿耿，直可上埒静志、饮水，而“沧海洪波”“十载重愁”中所传达出的儿女沧桑感又胜之。据周素子笺，词所叙情事时间跨度二十余年，“制就寒衣”有本事：沧海“反右”时陷苏北狱中，雪风曾寄去寒衣，又以钱物接济其妻女，事为有司侦之，即遭围攻。沧海出狱后制《金缕曲》六首以词代柬①，凝结毕生血泪，读之泫然。雪风存诗词不多，然一观即叹为人间至情。乙未冬，素子老人以《鹃红词》书影见寄，

① 选录第一、六首：“依黯情何极。记年时、春申江畔，黄昏时节。已恨十年成一面，那更匆匆握别。十五载、又轻抛掷。纵使相逢犹有日，怕两人、面目难相识。泪欲堕、肠暗结。　前年我渡钱江日。喜探知、故人别后，平安踪迹。明媚江吴都会地，输与廿年栖息。今逸兴、可还如昔。春到孤山山下路，问怎生、分付探梅屐。无恙否，咏絮笔。”“总算生还矣。看门前、春风两度，吹开梅蕊。消息未通君莫怪，愁隔钱塘江水。尝已惯、别离滋味。纵有吴笺三百尺，也无由、一罄萧郎意。屡举笔，旋抛弃。　故人毕竟情难已。近些时，中宵少睡，挑灯还起。谱出心弦甘苦曲，权当巴山夜雨。念后会、相期何处。老矣文园多病客，愿他生、重结成知己。言止此，沧海启。”

言其格律不葺（如前举词有异部通押处，乃倚声大忌），恐“不入君眼”。答曰词之大者唯情一字，苟真情动人，虽白璧微瑕而不掩真价[①]，雪风其人其词值得铭佩处亦正在此。

第三节 “妾有夜光珠，采掬经沧海”：论茅于美词

便道孤贞终不负。争便江头，抵过潮吞吐。海内狂飙掀怒雨。滔滔尽逐洪波去。　　潮退沙滩余蚌数。暖日融融，犹自濡干苦。遗壳存珠心血铸。留连俯拾期行旅。

——蝶恋花·海贝

茅于美（1920—1998），笔名方今、灵珊，江苏镇江人。茅氏诗书世家[②]，至父辈以工程技术科学特起：茅以升（1986—1989）青年时以第一名考取清华学堂留美官费研究生，获工学博士学位，为我国桥梁、铁路建设勋臣。于美1938年以同等学力资格考取西南联大中文系，后转学至浙江大学（时在遵义）外文系，选习中文系缪钺教授词选课，是为填词之始。1943年入清华大学（西南联大）研究院，随吴宓修英国文学，1947年入美国华盛顿大学，次年获英国文学硕士学位。在“新政”“嘉惠”消息中买得“归船”[③]，1950年偕丈夫徐璇[④]共同放弃博士学位归国，先后于中央编译局、中国社科院文研所从事翻译、研究工作，后长期担任中国人

① 马大勇师《晚清民国词史稿》中朱生豪部分亦持此观点：“诗词原为言之写心抒情之物，倘心性卑琐庸俗，陈陈相因，全无自家性情面目，则又何贵乎技法声律之严谨？今之欲自艺苑跃为‘国学大师’者有云：‘吾诗词无一字平仄差错。’此断为不知诗词底蕴之外行话。”第501页。

② 曾祖茅谦（1848—1917）为光绪二十年（1894）举人、“公车上书”草拟者之一；父辈中三人接受海外教育，叔父茅以新（1902—1990）亦著名铁道机械工程学家，当代经济学家茅于轼为其长子。茅于美母戴传蕙（1895—1967）为扬州词家、丁宁业师戴筑尧长女。

③ 茅于美《好事近·有人自国内来美，盛赞新中国各项政策》：“消息半传闻，来客竞夸新政。都道这番嘉惠，到寻常百姓”、《浣溪沙·一九四九年五月二十四日上海解放，与璇兄喜候船回国》：“故国春回新梦里，客怀顿改一年前。只凭风讯买归船”。

④ 徐璇（1918—2017），浙江海宁人，学者吴世昌、吴其昌外甥。华盛顿大学经济系研究生毕业，归国后在中国人民大学经济系任教多年。

民大学语言文学系教授。[①]

茅氏今存《夜珠》《海贝》二集，词凡三百二十六首，十九乃令词。于美词缺乏题旨重大、内蕴深广的一面，然清丽真淳，情见乎辞，托捧出了一颗明珠朝露般莹澈的词心，在现代词史中留下一帧含情凝睇的面影。

一　叙写一己情事的《夜珠词》

《夜珠词》作于1937年至1945年，为少女时代“深于哀乐，好修为常”[②] 之生活实录。1940年前词不多作，“时有俊语”[③] 而已，转学浙大后竿头日进，“韶令靓深”，竟“行且弁冕词坛矣”[④]。古来情语举凡深挚动人者，必非“空中语”而有其本事，若纳兰悼亡词、朱彝尊《静志居琴趣》之属，于美《夜珠词》中则藏着少女时代一段刻骨铭心的情史。同《静志居琴趣》一样，《夜珠词》以数十篇情词串起了密约、相思、盟誓、离别、追忆的终始：

小院月华来，流影深怀贮。共倚危栏百尺楼，暗把行人数。含笑指青桑，灭烛重相语：“拚得春蚕未了丝，织就君衣着。”

——卜算子

春来日日赏新晴。人语宝帘轻：“罗襦初换休掷，风雨未分明。”闲梦处，也心惊，最无凭。不如趁取，室暖灯深，幽恨都倾。

——诉衷情

夜久落灯花，未敢问伊消息。人意不如流水，任春归犹碧。

① 因外文系为“阶级斗争”旋涡之一，1958—1971年，茅于美曾三度下放，并随“高等院系调整”多次更换工作单位。以上据《茅于美年谱》，载茅于美《中西诗歌比较研究》，中国人民大学出版社2012年版。

② 缪钺《〈夜珠词〉序》，载《缪钺全集（第7、8合卷）·冰茧庵序跋随笔》，河北教育出版社2004年版，第6页。

③ 同上。

④ 柳诒徵《题〈夜珠词〉》句。

别来魂梦几回同，不道了无益。解道梦魂难据，怕窗儿先黑。

——好事近

拥髻向灯前，又是梦回时候。双睫盈盈揉了，认疏棂依旧。别怀欲诉诉还非，惆怅独归后。可奈薄衾单枕，有微寒初透。

——好事近

泪盈双睫。低眸旋向君前说："只缘今日春风别。草草秾华，个个先春活。　芳径里，秋香未歇。凭君护惜经年月。思量那必霜中折。争奈愁肠，兀自还如结。"

——一斛珠

"惜春莫便愁如结，行见荷花开胜雪。"那时言，重见说，终古馨香无断绝。　算曾经，千万劫。信得侬心如月。却怕碧云重叠，晴光长似缺。

——应天长

愁心近似丁香结，郁郁吐清芬。萧条庭院，斜风细雨，谁为护深根？　天畔寒星疏欲坠，胸际有微温。长跪紫藤花荫下，风露里，问前因。

——少年游

重帷忆昔勤将护，犹自君前说苦。别后晓阴轻雾，不道寒如许。　舟行重到曾游处，惊见湖山如故。但记梦中花树，莫识愁来路。

——桃源忆故人·九月五日，意强决。七日，首途赴昆明。考入清华研究院为研究生。自一九四〇年夏别昆，倏忽三年矣，湖山如故，怅然心惊。缅怀年内遇历，恍然在梦，因书此抒感

珍重今宵，试看取、空碧冰轮寒彻。身影相伴清辉，人天共芳

洁。应更惜、去年今日，笑谈里总关离别。一梦钧天，当时怎似，离恨休说。　愿终守千载心期，任时序匆匆换凉热。“明月纵随灯尽，夜珠光奇绝。”频忆起、临歧絮语，怪旧愁惘惘难辍。多少马迹蛛丝，那堪重拾。

——琵琶仙·十二月六日，岁逢阴历十一月初十。层云过尽，天色晴朗。昆明地势高旷，夜月绝佳，迥异黔境。小院徘徊，爱不忍寐，心有所触，恍然得此阕

柔思缱绻，楚楚动人，又每引喁喁情话，口角宛然。末二首极叙别后情状，此期对方亦有怀恋之作，也写得相当“实”①。在这段世所难容的情缘中，于美尽管也有“如何才了心期得？拚尽一生难必”的失落感，有“剪破人间情网，任他帘月玲珑”（《清平乐》）的决绝语，甚至有“灯前焚尽模糊字”（《玉楼春》）的黛玉式举动，总体的格调仍是纯笃温厚、怨而不伤：

妾有夜光珠，采掬经沧海。悱恻以贻君，奇处凭君解。　近偶失君欢，断弃平生爱。不敢怨华年，但惜珠难再。

——生查子

展读这样的词作，谁能不被唤起初恋的记忆？谁能不为之心折神伤、沉吟久之？写情至此，已不是纳兰、小山辈所能措手，直可越唐轶宋，使置于《子夜歌》卷中而光彩不失。民国至当代词家中，不可不读茅于美；今人选今词者，尤不可不录此篇。

写下这首绝唱的三年后，于美去国，于太平洋舟中作《卜算子》：“昨夜月明时，云净天如洗。万顷波深澄且蓝，宛忆君眸子。　长念久凝眸，

① 《好事近》：“款语似平时，忽道翌朝当别。泪落梦醒时候，正悲欢相接。　人已隔千山，屋角照残月。却愿更寻前梦，把殷勤重说。”《浣溪沙》：“烟雨秋心冷自知。自君去后更无诗。山间红叶渐辞枝。　千里滇云迷远目，数行小字寄新词。昨宵风露立多时。”《十二月六日，病中拟有所作，未就，后三日补成》：“三年此日题新句，谁料今朝病废诗。一往自甘哀窈窕，所期与世久差池。阻帘药气侵人寐，绕树禽生向晚嬉。遥忆滇南池上客，探梅应寄独馨枝。”

问我忧何事。云月迢迢路几千，寄意凭流水”，未知此时所思之人，其实又何必细求？少女的心胸在海天的环抱中开阔了，渐由一泓深碧的湖泊流淌成明澈奔跃的河流，曾经的苦恋也随之一去不返，这应该是此段情史的“结案陈词”了罢？至此，我并不为“侦破”现代词学史上一桩公案而意得，而希望由此获得深度的思考：人类情感光谱何其丰富多频，“山谷忠爱，不避泥犁之辱；竹垞显达，不删风华之诗”①。是不是应带着对人性的深刻洞察与智性思考，去理解和欣赏那些世俗陈规以外的美呢？——这或许是文学研究者应格外具备的“悯”与“恕”罢。

二　“此是纯粹之诗”

“纯粹之诗”系吴宓《声声慢·题茅于美〈夜珠词〉》中赞，原词下片又有“仙乐似闻远奏，雪莱济慈，万古精魂不灭”句。吴氏博雅学人，他的“纯粹”必不仅指天然清丽、芬馨悱恻的风格言，同时也越轶传统词体式，着眼于茅词熔炼中西诗歌菁华的特质而感发。

在民国以还至现当代的女词家中，茅于美仰承庭训②，复受西南联大“通贯”“博采”之学风影响③，而后精研比较文学，是最早也较好地实现了“中外交通”④ 的一个。她尝如是说：“中西诗人的作品，于巨大处，反映了时代和民族的精神气质；于细微处，倾吐出个人幽深奥秘的心声。诗人之间的诗意与诗风的相似相通，竟有不可思议的地方……若济慈生于中国宋朝，会写出晏小山的‘当时明月在，曾照彩云归’那样清艳绝伦的词

① 陈声聪：《读词枝语》，载《填词要略及词评四篇》，第 79 页。

② 茅于美云：“父亲常说现在大学分科太细，文、理、工各成系统，可以互不往来。一个人竟可以禁锢在一个限区里，画地为牢，老死其间，实可惋惜。说到西欧的文艺复兴时期，或是中国的远至秦汉，都是不乏通才巨人的。我非常同意父亲的观点，现在有些青年人，学理工的不通文史，学文史的不通理工，就是学中国文学的，对外国文学也知之甚少。而一些老科学家却很少有不通文学的。父亲如果没有很好的文学修养，没有渊博的知识，只会造桥，我想，他不会有现在这样的成就和影响。”郭梅尼《生当做人桥——桥梁专家茅以升》，辽宁教育出版社 1999 年版，第 128—129 页。

③ 《〈茅于美词集〉自序》：“这几位教授（指朱自清、闻一多、浦江清、冯至等）分属于中国文学系和外国文学系，全是学贯中外，博古通今的专家学者……他们常说文学不要分中外，中文系和外文系的学生应该打通两系的界限，自由选读，才可博采中外古今之长，不可株守一隅，束缚了自己。”第 6 页。

④ 语出马大勇师《四个交通：浅谈古典诗歌的读解》，《语文知识》2007 年第 1 期。

来；而辛弃疾若生于19世纪的英国，可能唱出拜伦的《哀希腊》那样壮怀激烈的诗篇来呢!”① 又有创作论云：“我借鉴中西诗歌抒情的技巧，来表达自己的思想感情，开拓词体的新意境，几乎不觉得它那谨严的格律对我有多大的约束力。”② 在中西诗歌的交会处确立了不同以往的填词道路，也就无怪她在那些纯情篇章之外，尚多睽乎时风伦辈、新意栩栩的作品了。

早在求学浙大时，于美就以《菩萨蛮》调译英国十九世纪诗人但丁·罗色蒂（Dante Gabriel Rossetti，又译罗塞蒂、罗捷梯）《幸福的女郎》诗意：

模糊往事重思忆，梦余惆怅偏无极。蜡炬忆前时，成灰总不辞。七星云汉上，一霎人间望。楼阁称玲珑，金栏隐约红。

罗色蒂诗歌最早由闻一多、吴宓等引介入中国，以辞句典丽、想象大胆③与义山、飞卿的绮靡风调不期而合，茅词能取神遗形，虽未称“信”而可臻“雅”“达”之境界。这类词还如《思越人》之“花余红瑰开犹嫩，满园绿意相衬。一夕但愁吹蕊尽，夜阑独与深吻”，颇具王尔德诗《爱神的花园》之唯美感伤气质，《卜算子》之“生命似危舟，一舵相依系。双桨朝朝暮暮情，挣扎风波里”暗合柯勒律治《古舟子咏》之旨。俟学有所成，则能剥落斧凿痕，圆融自然，如《卜算子·余在美国学习英国文学，常以英、中文诗歌互译，久为一集，自名〈移植集〉，此首词试译英国十七世纪抒情诗人赫立克（R. Herrick）小诗两首入词调，似甚谐调。原诗题为〈赠朱丽叶〉》：

萤火明君眸，星点侍君侧。别有晶莹细目虫，故故与君昵。鬼火莫君亲，蛇蝎莫君逼。去去君行坦且安，行行勿畏怯。

---

① 茅于美：《〈中西诗歌比较研究〉自序》，中国人民大学出版社2012年版，第2页。

② 《〈茅于美词集〉自序》，第9页。

③ 邵洵美语。《一朵朵玫瑰》，上海书店2012年版，第31页。

圆月睡诚酣，黑暗毋须惧。似烛天星亮且繁，为尔明今夕。
于此望君来，我爱唯君识。静夜若聆君足音，预卜两心结。

将相当忠实于原作的译文纳入词体，略无违和感，一如出于己手，而格调高古，“绮思柔语”① 竟得古乐府神味，尤不易为。茅于美的“移植”功夫或许根柢尚浅，且还显出水土不服的“副作用”症候②，但这株在中西文学精神的双重哺育下萌出的嫩苗还是生机充盈地生长起来了，沿着这条道路走下去的后来者（如后文所述刘柏丽、韩倚云、添雪斋及近年以七绝、集句形式译波斯诗人莪默的钟锦、眭谦等）的“跨诗体”③ 创作理念大体不离此。这样，茅于美笔下的串串珠玉不仅没有“永沉埋”④，从词体发展角度看，还具有了灯塔般的导引意义，其功独异。

三　志洁情芳的张珍怀词

再可看年辈相若、同为名家子弟的张珍怀。珍怀（1916—2005），别署飞霞山民，浙江永嘉人，张之纲⑤第三女。珍怀家世芬泽，少耽吟咏，无锡国学专修学校肄业，受古文学于王瑗仲、钱仲联，问词于夏敬观、龙榆生、夏承焘。珍怀长期从事教学及古籍整理工作，尝协助龙氏整理校勘《唐宋词格律》，所辑《词韵简编》堪称习倚声者案头工具书，又网罗海外遗珍，辑有《日本三家词笺注》并与夏氏合编《域外词选》。《飞霞说词》收论清代女词人文三十五篇，学理情感俱臻其妙，更兼有断代、性别文学

① 郑振铎：“（《子夜歌》）只有绮思柔语，而绝无一句下流卑污的话。”《中国俗文学史》，上海古籍出版社 2013 年版，第 69 页。

② 如《卜算子·词用希腊神话故事：普罗米修斯窃火种给人类造福，我则要窃取仙国花朵，播向人间也》《荷叶杯》等作品尚嫌其浅易俚直。

③ “跨诗体写作”意指新旧、中西诗体间交融互渗背景下产生的具有突破意义的诗歌创作现象。该研究跨中、外、古、今各领域并旁涉比较文学、译介学等多学科，尚有待系统深入的理论阐释。可参见潘建伟《中国现代旧体译诗研究》，上海三联书店 2017 年版。

④ 茅于美《昼夜乐》词句：“珠贝永沉埋，寂寥人间世。”

⑤ 张之纲（1867—1939），字文伯，号君辅、池上楼旧主人，晚号谢村老民，光绪二十八年（1902）举人，历官内阁中书、制诰局佥事，人民后任财政部监务署佥事。诗文之外，精于古文字学，有《毛公鼎校释》《池上楼诗稿》等传世。

双重意义，可作一部清代女性词史观①。

珍怀词为诸大家推挹：除陈九思②外，周退密“万叠秋心难写处”③，王蘧常“情致缠绵，往复而归于雅正”“抱贞绝俗”④ 云云还主要针对情志言，陈兼与“清真二窗之间，而时有新题新意，谱时代之新声”⑤ 则直揭其词师古而能出新之特质，最足取。先看创作于1946年的组词《鹧鸪天·六阕悼亡》第一、五、六首：

> 遍野迷阳却曲行。身存长是负深情。超神独翥重霄上，薄祜难胜一羽轻。　三月暮，好春倾。如潮鹃语不堪听。清愁才逐飞花去，又着繁阴翳翳生。

> 顾影回灯费泪珠。聪明终古不如愚。遁尘未肯抛吟卷，损福多因好读书。　人静后，酒醒初。华年依约梦模糊。浮生窥隙千欢逝，孤抱阑宵万感殊。

> 一呋风吹万古尘。花开顷刻抵千春。稽天巨浸滔滔世，斫地哀歌滟滟尊。　愁缱绻，忆纷纭。芳华有翼梦无痕。心光忆旧明如电，客意于今冷似云。

珍怀青年孀居，词中多此题材。自古闺中怀思词罕见佳者，大抵写怨苦易，融入忧患感难。组词第一首尚围绕一“愁”字生发，后二首则从一己境遇中擢跃而出，观照“浮生千欢”“万古尘”“稽天巨浸”，境界遂大，堪嗣响东坡、方回。如将悼亡理解为爱情（包括但不限于婚姻）关系

---

① 后由台北文史哲出版社辑为《清代女词人选集》，于1997年出版。又，张珍怀学术研究总评可参看徐培均《张珍怀词学研究的特色》，载《岁寒居论丛》，黄山书社2011年版，第400页。

② 陈氏《〈蕙风楼烬余幸草〉序》：“当代女词人者三，曰螺川诗屋周錬霞，飞霞山民张珍怀，蕙风楼主陈蕙漪乃文，皆名重一时。”

③ 周退密：《念奴娇·和霜华簃咏白菊》，载刘梦芙、黄思维编校《飞霞山民诗词》，黄山书社2009年版，第17页。

④ 刘梦芙、黄思维编校：《飞霞山民诗词》，黄山书社2009年版，第13页。

⑤ 刘梦芙、黄思维编校：《飞霞山民诗词》，第14页。

中一方对已逝对象的纪念，而不限定主客体性别，那么女性为男性，甚或男性为男性[1]的此类作品都可阑入悼亡诗/词范畴，张珍怀的这一类词无疑是丰富了悼亡词的或一层面的。

再谈其“新”。珍怀集中还有相当分量的作品，笔法“雅洁明快，举重若轻”[2]，尤具妙想灵心，是法古而能不泥于古者。《水调歌头·蠡园长廊眺望太湖》神思逸迈，怀抱高华，遥接大苏、茗柯而能打入现代人特有之时空感，而毕生杰构《减字木兰花·近阅天文研究云，银河系星球有高级动物，智慧远胜地球人，居水中者，楼阁宏丽》竟能有机融合文学与科学之美，奇丽空灵，最为可传：

三万六千顷，浩渺水云天。轻帆日日飘漾，凝伫碧螺鬟。一舸鸱夷方发，曾见倾城顾影，今古刹那间。夕阳逐波去，过客且留连。　持薄醉，飞遐想，倚朱栏。依稀步屧摇佩，风岸起微澜。西子天生丽质，九薮具区第一，众鋆望洋叹。休说妆浓淡，笠泽藐姑仙。

夜空灿烂，银汉无声球似霰。几万光年，智慧高峰在那边。九重天外，一颗星辰一世界。贝阙珠宫，多少鲛人碧海中。

四　黄墨谷、柯昌泌、吴君琇

黄墨谷（1913—1998），名潜，墨谷其号，福建同安人。鼓浪屿慈勤女中毕业后考入厦门大学中文系，“九一八”后赴马来西亚槟城执教，两年后再入厦大续学。“七七”事变后避地新加坡、缅甸，回国后于重庆南京大学、中央大学旁听乔大壮、唐圭璋课程。由潘受之介往谒乔曾劬，成其词弟子。1949 年后先后就职于中科院文学研究所、河北省师范学院、中

① 如陈维崧悼念紫云《摸鱼儿·清明感旧》《瑞龙吟·春夜间见壁三弦子，是云郎旧物，感而填词》诸作；宋代女词人孙道绚有《醉思仙·寓居妙湛悼亡作此》，清末女诗人张之钰有《悼亡》诗，前述当代女词家丁小玲亦有《临江仙·悼亡》三首，亦极哀感之甚。可参见周明初《“悼亡”并非悼妻的专称——读明代六位女诗人的〈悼亡〉诗》（《中国文化研究》2008 年第 4 期）。

② 马大勇师评语，《晚清民国词史稿》，第 25 页。

央文史研究馆。墨谷精研词学，著辑有《重辑李清照集》《唐宋词选析》等，诗词集名《谷音》。施议对以沾溉多故，为撰一长文《二十世纪词坛飞将黄墨谷》，誉为“第三代后起中之佼佼者”①。

“飞将”原系乔大壮诨号②，移谓墨谷亦无不可。墨谷词多受乃师“刚柔相济”③ 风调之陶染，“要皆明快，不伤晦涩”④，于明秀中蕴雄直亢爽气，出入二安间。总体小令优于慢词，又特精临江仙一调：

大好河山余半壁，谁云天网恢恢。征程万里赋归来。风雨如晦，黎民叹劫灰。　残烛半遮屏影静，十年前事堪哀。此生何计可安排。断云浮岭外，流水绕城隈。

——临江仙·余于“九一八”事变后去国，太平洋战争爆发，壬午除夕，由缅甸飞抵渝州。风涛南北，荏苒十载，凄然感赋

九日黄花开未半，疏篱过雨斜曛。远峰凝黛几重云。寒流如练，呜咽下前村。　谁会年年登眺意，山川满目沾巾。北鸿南雁往还频。千城哀角，宝剑赠何人。

——临江仙·重阳

望极高城春畹晚，凭阑此际谁同。微云淡扫隔江峰。草生行处碧，花落逝波红。　画阁沉沉垂绣幕，长更细雨斜风。锦书无计托归鸿。狼烟连塞北，残泪注天东。

一带沧江寒寂寂，长堤柳色如何。孤峦叠巘碧嵯峨。群莺啼远树，双燕剪层波。　今岁凤城春事早，谁家玉辇经过。忍收千斛泪，来

① 《二十世纪词坛飞将黄墨谷》，《词学》2004 年第十五辑。

② 汪东语。出处见唐圭璋文《回忆词坛飞将乔大壮》，见《乔大壮手批周邦彦片玉集》，齐鲁书社 1985 年版。

③ 马大勇师论乔大壮语。《晚清民国词史稿》，第 558 页。

④ 黄墨谷：《先师乔大壮遗事》，载《乔大壮手批周邦彦片玉集》。

作四时歌。

词有稼轩笔意。须知词人亦能为“薄雾轻烟，露湿金缕鞋”（《江城子》）、“黄昏阵阵廉纤雨。花谢重阶三月暮”（《玉楼春》）的喁喁私语，若无非凡器识，是很难由疏篱斜曛、画阁绣幕宕笔至远，目极千城哀角、塞北狼烟的。又，据施文，常任侠云曾见章士钊以墨谷词书条幅，未知所书何词，“宝剑赠何人”“残泪注天东”句确是颇能合章孤桐之寥纠心事的。

有弟如此，大壮可称道不孤也。乔氏居雍园尝时为客“出示墨谷词，激赏逾恒”①，又手书“澄之不清，扰之不浊；难者弗避，易者弗为”联赠墨谷，虽云勉勖而有类知己互赏。抗战胜利后，乔大壮本拟随中央大学南下，不意翌年陡生教师解聘风波，大壮为仗义执言，亦遭驱逐，旋渡海出任台湾大学教职。丁亥（1947）岁暮寄墨谷书，谓“此间言语不通，不如各自还乡”。墨谷遂制《苏幕遮》奉答，词云：“大江横，残漏滴。一夜天涯，魂梦空寻觅。窗外霜寒风又急。寂寂书围，宝鼎生烟碧。　岁将阑，家远隔。身世萧条，万事难将息。强把断肠题素帛。付与征鸿，聊作惺惺惜。”虽“风涛南北”②，颓唐心绪能一也。大壮又作和词二首，有句云：“明日阴晴，未敢寻消息。壁上四弦曾裂帛。拨到无声，断了何人惜”，在自己的得意门生面前，乔氏是能够卸下心防、袒露心声的。其实彼时已微露弃世意，“前路从头觅”③ 而不得，终于自决，惜哉。

墨谷1949年后偏重研究，论词于李清照尤有会心，除对《词论》颇多申解④外，特别致力为其晚节辩诬，属“未改嫁派”中著名代表。在今天看来，脱离史本位而一意讨论“名节”不免近迂，易安改嫁与否既无损人品，更无关乎词业成就，然这也正体现了那一代风雅正传学人“以道自洁”的宝贵品格。在《八声甘州・祝圭璋翁词宗八十五寿辰》

① 唐圭璋：《回忆词坛飞将乔大壮》。

② 以上引文均自《先师乔大壮遗事》。

③ 乔大壮和词句。

④ 黄墨谷：《谈“词合流于诗”的问题：与夏承焘先生商榷》，《文学遗产》1959年第284期，收入《重辑李清照集》，中华书局2009年版。

中，墨谷有“仰止文章道德，有宏论超俗，漱玉冰清”句，无论乔大壮、唐圭璋及晚一辈的黄墨谷，俱当得起“宏论超俗”、人词合一的评价。

最后看墨谷晚期杰作《永遇乐·题蒲松龄故居》：

> 子夜灯昏，荒斋案冷，满腔孤愤。狐鬼奇文，风雷绝唱，托寄痴狂忿。汨罗沉石，寒郊骑驽，一例吞声饮恨。想当年、呕心沥血，总为苍生泪揾。　　松溪映带，三间茅舍，依旧烟霞隐隐。魂返归来，青林黑塞，比黄州困顿。藏之名山，传诸后代，春秋微义谁引。算知我、刺贪刺虐，诗人笔奋。

“狐鬼奇文”“刺贪刺虐”固贴近留仙事迹，而“汨罗沉石”“吞声饮恨”① 云云能不令人有所联想？黄墨谷谓“大壮先生之于美成，可谓既知音，又知人”，而墨谷之于大壮非仅知音知人，更能继其志、光其学，护其飞将英魂不坠，功非小焉。

再接谈另一位名门后学柯昌泌。昌泌（1899—1985），字徵君，山东胶州人，史学家柯劭忞②女。昌泌初从姑母劭慧③学词，亦即取径北宋，后与弟昌沂同入观堂门庭，自斯“词艺大进”④，有《石桥词稿》，已难觅得，今存《和观堂长短句》系应苏昌辽之倡所作。苏氏业师陈方恪尝取静安《沧海遗音》本存词二十三阕遍和之，题曰《适屦集》，汪辟疆为录于《光宣诗坛旁记》中。1983 年由程千帆钞示，昌辽乃“枨触情怀，亦敬和之”⑤，并征许莘农、郭荦、柯昌泌三家同和。比之陈之郁怒、苏之幽忧、

① 汪东悼乔大壮词《水龙吟》亦有“屈原何事沉湘”“吞声死别”句。

② 柯劭忞（1849—1933），字凤荪，号蓼园。光绪十二年（1866）进士，历官翰林院编修、侍讲、湖南学政、贵州提学使、学部丞参等。辛亥后任清史馆总纂，赵尔巽殁后兼代馆长，总其成。毕生于蒙古史用力最深，所撰《新元史》为二十五史之一。有《蓼园诗钞》五卷、《续钞》二卷，汪辟疆《光宣诗坛点将录》点为地雄星井木犴郝思文，评曰：“凤荪师……诗为余事，然以学赡才高，不肯作犹人语，故风骨高骞，意境老澹。《蓼园》一集，五百年中，难可泯没。”

③ 柯劭慧（1854—1898），字稚筠，劭忞妹。与妹劭蕙同传母李长霞锜斋之学，有《楚水词》一卷，存三十首，《晚晴簃诗汇》云其“有北宋风格”。

④ 《近代词钞·柯昌泌小传》，第 727 页。

⑤ 苏昌辽：《和〈观堂长短句〉》，载顾国华《文坛杂忆续编》，上海书店1999 年版，第317 页。

郭之疏放、许之绮恻，昌泌词“蔚然深秀”而别有托寓，非止“端庄清雅，意境高洁”① 之皮相耳：

燕去莺来多少恨。帘卷高楼，又是黄昏尽。几日桃花红瘦损，天涯消息无人问。　碾尽香尘车辚辚。别后江南，烟水谁相讯。蜡炬烧残红几寸，今宵归梦犹无分。

小阁西风秋已半，夜色沉沉，帘影连天汉。采得幽兰还独看。楚衣憔悴无人管。　缺月嫦娥窥半面。孤兔凉蟾，应共同清怨。千古桂花香一片。人间冷落昭阳殿。

——蝶恋花

昌泌为五家中直接承继观堂法乳者，辞句间固不免“人间情怀”，有酷肖乃师的一面在，又多女性芬菲思致，为婉约正体。而自“燕子归来，楼阁惊今世”（《苏幕遮》）、“往事沧桑今莫说，举目风光都别”（《清平乐》）、“几载风霜双鬓色。万水千山，来去由车辙”中参味出的悠悠喟叹，又岂仅“削足适履”② 的赓和所能缚住？再读《浣溪沙》：

蓬岛琳宫放眼看。烟云笔底幻波澜。红尘绿海换人间。　秋月春花浑似梦，琼楼玉宇几凭阑。繁华重与话长安。

昌泌生于十九世纪末，历经清、民、共和国时期，其时已“迷晓雾，改云鬟”，寂然一老矣。她的“勉力振作，凡数易稿，始成全什”③ 一定牵动了许多关于先师、关于家国的渺远回忆。“未能虚掷，旧梦还重觅”，作为平生终曲的二十余三首词已超出了唱酬之限，“是必有物焉，存乎音律之外”④。

① 苏昌辽：《〈石桥词稿〉跋》，转引自《近代词钞·柯昌泌小传》。

② 陈方恪自谦语。转引自苏昌辽《和〈观堂长短句〉》。

③ 柯昌泌：《和观堂长短句》后记，转引自《诗书画（试刊）》2011 年第 2 期。

④ 郭莘：《和观堂长短句》后记，同上。

昌泌母为晚近大儒吴汝伦女。汝伦女孙吴君琇（1914—1997），字美石，号遗珠，承家风，亦能诗词，《水调歌头·寄表姊柯昌泌》云：“君自沉浸文史，我爱诗词雅颂，殊路探新风。赋笔俱清健，异曲有同工。”君琇据云有诗词上千首，集为《舒秀集》，然隔膜率易者多，成就较昌泌为弱，同和观堂的《蝶恋花》兼有诗心理趣，尚可读：

早岁丹心期自许。镜里流光，不绾朱颜住。搔首问天天不语，堂堂白日晻嗞去。　万户千门新燕乳。转绿回黄，不许人迟暮。纬地经天时不与。苍生转被浮生误。

第四节　广东现当代女性词人举述

粤地百年词薮，女词家亦代有高材硕彦，自清季“煮梦仙姝”叶璧华①、为况蕙风激赏之伦鸾②以下，民国间又有康同璧、王兰馨、张纫诗、潘思敏③等一时之选。迄现、当代则有冼玉清及朱庸斋门下女弟子沈厚韶、梁雪芸、苏些雩④等接递渊源，如岭梅比年盛放，为海峤生香色。

一　“岭南巾帼第一”⑤　冼玉清

冼玉清（1895—1965），南海西樵人。冼氏祖辈零替于洪杨之乱，父

① 叶璧华（1841—1915），字婉仙，号润生，广州嘉应人，以才学受聘为张之洞家庭教师。戊戌后创办懿德女校，为我国首批现代女性教育家。有《古香阁集》传世，丘逢甲题曰：“翩翩独立人间世，赢得香名饮粤中”；“煮梦仙姝”为叶衍兰语。见陈永正《岭南诗歌研究》，中山大学出版社2008年版，第449页。

② 伦鸾（？—1927），字灵飞，广东番禺人，师事名士邓尔雅。十五龄即据讲座为人师，先后任桂林女学教习、北大词学教授。有《玉函词》，今不存，况周颐《玉栖述雅》载其词五首及断句若干，谓“矜持高格，浚发巧心”。

③ 张、潘词详后文“港台海外词坛”一章。

④ 分春馆弟子众，女性具名者尚有陈宝珍、张国欢、辛嘉玲及丁嫦仙等。

⑤ “岭南巾帼第一”系由“数百年间岭南巾帼无人能出其右”（见陆键东《陈寅恪的最后二十年》，生活·读书·新知三联书店2013年版，第40页）之评语推演。又，秦牧《冼玉清文集》序言：“我们虽然不必推诿冼玉清什么‘一代大家’，但说她是近百年岭南杰出的女诗人、国学学者、广东文献专家，却是恰如其分的。我想来想去，想不出有哪一位妇女在这方面的造诣超过了她”，可并征。中山大学出版社1995年版。

冼藻扬以航运业起家，成巨贾。玉清长于澳门，少年入灌根学塾、圣士提女校，继入“藏修之所”岭南大学（后并入中山大学），后留校执教。玉清终身未婚，不求显达，以学问为职志①，著有《广东文献丛谈》《广东女子艺文考》《广东丛帖叙录》等，为近世岭南学派大纛。玉清交游甚广，“名门闺秀、上庠学人”② 时期尝北游京洛，谒郑孝胥、陈三立、黄节、陈垣等，以才情见赏③，晚年与陈寅恪相濡沫于涸泽④，声气最为相应。玉清不为时流裹挟，不为富贵所累，劲骨清节恰副其“碧琅玕馆主”别号，至为学人典型。

也许是谨遵晦翁“勿去陈言”“勿成篇太捷”⑤ 的训诲，玉清《碧琅玕馆词钞》存词仅二十余首，然手眼不凡，能以少许胜人多许。抗战中《高阳台·羊城沦陷，客滞香江，杜宇声中，一山如锦。因写〈海天踯躅图〉以志羁旅，宁作寻常丹粉看耶》“万方多难登临苦，览沧江危涕，洒向长空”“青山忍道非吾土，也凄然、一片啼红”数句已能见襟怀恢廓，早期词更沉郁真挚者如《金缕曲·哭陈子褒⑥师》：

搔首人间世。向青山、悲歌天问，彷徨挥涕。出足金棺嗟莫及，慧业平生已矣。但一脉、斯文谁继。木壤山颓宗仰绝，记辞归、深悔当年易。况离索，久相弃。　十载春风成底事。最难忘、椒几催

---

① 冼玉清《〈广东女子艺文考〉后序》云：“学艺在乎功力。吾国女子，素尚早婚，十七八龄，即为人妇。婚前尚为童稚，学业无成功之可言。既婚之后，则心力耗于侍奉舅姑周旋戚党者半。耗于料理米盐，操作井臼又半。耗于相助丈夫，抚育子女者又半。质言之，尽妇道者，鞠躬尽瘁于家事且日不暇给，何暇钻研学艺哉？”应即其矢志不婚之原因。香港商务印书馆 1948 年版，第 2—3 页。转引自邝希恩《冼玉清研究》，硕士学位论文，中山大学，2010 年。

② 陈永正：《〈碧琅玕馆诗钞〉前言》，广东人民出版社 2008 年版，第 1 页。

③ 郑孝胥评《碧琅玕馆诗》云：“古体诗时有隽笔”；陈三立题曰：“澹雅舒朗，秀骨亭亭，不假雕饰，自饶机趣，足以推见素抱矣。”（《〈碧琅玕馆诗钞〉前言》）。

④ 事详陆键东《陈寅恪的最后 20 年》，生活·读书·新知三联书店 2013 年版。

⑤ 陈希：《岭南诗宗：黄节》，广东人民出版社 2008 年版，第 136 页。

⑥ 陈子褒（1862—1922），名知乎，号荣衮，又号耐庵，子褒其字，广东新会人。光绪十七年（1893）恩科第五名经魁，以门生帖从游康有为。康、梁“公车上书”时，子褒亦随同，共拟变革事。变法败，以康门关系遭通缉，脱逃日本。回国后流寓澳门，以政府不可恃，投身教育业，自号“妇孺之仆”，提出“欲存国学，必赖女子”主张，创立灌根学塾，首开男女同校先河。培育杰出女学生除冼玉清外，又有教育家廖奉基、曹美琼等。据《陈子褒先生教育遗议》（广西师范大学出版社 2012 年版）、《广东文史资料精编》（中国文史出版社 2008 年版）。

诗，灯床校史。海上移情回溯隔，林鸟呼号何意。怅寒潮、惊翻月碎。欲赋大招天路远，莽层云、可唤真灵起。奠盈斝，画图里。

冼氏蒙师陈子褒为近代教育改革家、妇女教育先驱，“木壤山颓”绝非夸饰语。词串联人事，内蕴极丰而不曲晦，大抵同诗一样是“不假雕饰”、情见乎辞的。

玉清晚年多题咏倡和之作，每能不作熟语，托寄深心于层波雄宕间：

对江山、浑多枨触。伤怀翻托豪语。行人眼界词人腕，胎息梦窗如故。光气吐。十二渡。鲸洋珠玉收无数。旌蜺起舞。趁浪雪千堆，槎风万里，呼吸入毫素。　年时事，颇记明公题句。海天踯躅图补。鹃花历乱，红凝血溅，泪襟痕疑醑。公最恕。说那有感时，竟不裙钗许。公今按谱。正铁板铜琶高歌，引得威凤振霄羽。

——摸鱼儿·题廖忏庵《扪虱谈室词》①

何必曾相识，谈笑小楼中。携来海上风雨，江浙最浑雄。独许花间格调，一洗花间脂粉，高唱大江东。开拓词场眼，回首马群空。　菊坡祠，南雪宅，怅游踪。待留后约，未应滞雨怨天公。相对焚香读画，袖去苍松翠竹，归路慑蛟龙。莫惜匆匆别，云外又飞鸿。

——水调歌头·和夏瞿禅兼简张仲浦

廖、夏二老一为香江词坛“旧头领”，一为近百年词界尊宿，冼作不惟刻画风神、推戴才力，从中尤能见这几位二十世纪顶尖才人之间“知君

① 忏庵系廖恩焘号。恩焘（1864—1954），字凤舒，亦作凤书，广东惠阳人，廖仲恺胞兄。弱冠为诸生，应试未售，遂入外交界，任清廷驻古巴马丹萨领事馆翻译官，后升任领事、总领事等。1918年起又任驻日本、朝鲜、智利、古巴等外交使节，后去职经商。晚年任汪伪政府委员，四十年代末移居香港，与刘景堂、罗忼烈往还，发起“坚社”。廖氏《八犯玉交枝·题冼玉清〈琅玕馆修史图〉，依元人仇山村四声。女士任教岭南大学有年》云：“花下书年，蝶旁编月，曾早续成班史。晴日和风轻扫叶，皱得池波鳞起。华妆初洗。护馆千百琅玕，应凭坚节完乡志。罗袖忍寒遥想，拈毫频倚。　不知是雨是烟，不堪是泪。层层堆上云翠。定还认、弦歌佳地。待重唤、雩龙降尾。影帘隔、言禽近咫。莫教饶舌先朝事。但笑指门前，新阴顿觉桃添李。”

仙骨”般的高风雅契，进而可参味出诗词以外的文化史意义。

二 分春馆女弟子群：沈厚韶、梁雪芸、苏些雩

近百数十年两粤词运大抵发轫自以清季四家为轴心之“临桂派”而壮大于“海南上将”① 陈洵。彊邨老身后半世纪中，梦窗脉息得赖述叔掌门弟子朱庸斋②葆守。庸斋六十年代初于广东文史馆设词学讲席，自此斯文再振。故粤地词坛不唯“言词者多爱推”③ 之，更多赖其传灯续火、开枝散叶，朱氏门人的创作成就是完全能够占去此期坛坫“春一半”④ 的。

（一）长师姊沈厚韶与“砚边磨出精神”⑤ 的梁雪芸

首先应提分春门下长师姊沈厚韶。厚韶（1914—?），字晋笙，一字进思，画家沈仲强长女，就读中山大学时从朱庸斋学词。晋笙虽年略长于庸斋而始终以弟子礼事之，同门皆呼“韶姐”。朱氏《分春馆词》即以《瑞鹤仙·题沈进思萝岗探梅图卷》⑥ 为殿尾。“分春无弱士”，晋笙为侪辈中最早漏泄“春信”者。其《画余词草》有《琵琶仙·萝岗探梅，分春同门各自倚声，余更绘图，以志雅兴》纪门中盛事：

烟雨飞鸿，几曾探、粤峤高标丰韵。幽壑香滞仙禽，苔枝正栖稳。疏竹外、冰纨万点，倩谁为报将芳讯。照影清溪，矜寒画阁，蛾

---

① 陈洵（1870—1942），字述叔，一作术叔，广东新会人，补南海生员。三十始学词，尝为梁鼎芬推誉。五十岁后见赏于朱祖谋，为校印《海绡词》，题句曰：“雕虫手，千古亦才难。新拜海南为上将，试要临桂角中原。来者孰登坛”，复收入《沧海遗音词》；又荐之教授中山大学，自此无人不知其词名。

② 朱庸斋（1921—1983），原名奂，字仲章，以号庸斋行世，新会人。父恩溥以岁贡生从学彊邨，又拜入康有为万木草堂。庸斋十五岁以年家子从述叔学词，年甫逾冠为汪精卫聘至南京任私人秘书，旋遭革除。后短期主广东大学、广东文化大学教席，新中国成立后以失业知识分子登记。五十年代中得叶恭绰举荐入广东文史馆，由干事而馆员、研究员。“文革”中履险过关，以肾病卒。

③ 何耀光：《分春馆词序》，转引自《二十世纪中华词选》，第1168页。

④ 王蕴章《临江仙·题朱庸斋分春馆词》有“平分春一半”句。

⑤ 梁雪芸《临江仙·过惠州朝云墓》句。

⑥ 朱词云：“轻寒侵晓试。叩玉岩深处，先窥春意。堆云髻螺腻。似因风随月，缟衣酣醉。携春袖底，数芳游、当年第几。料山灵、不预顽愁，冷眼酒边人世。　空记。繁英攀摘，小队经行，赋情多丽。悲欢画里，花万点、总成泪。怕冰魂天外，欲归无地。谁酹清杯问水。恁苍茫、独自披图，旧狂倦理。”

绿羞近。　与愁寄、羁旅迢遥，怕惹尘襟旧离恨。空把卅年醒醉。换星星华鬓。风露峭，横斜舞态，裹素妆，胜染金粉。待得春满前川，玉人休问。

晋笙画人，词艺未娴，俟崔浩江、唐景凯、叶霖生、吕君忾、陈永正等人杰竞起，又六十年代朱氏正式设馆授徒，梁雪芸、李国明、苏些雩等踵武赓续[①]，那时才真正是"春满前川"了。

梁雪芸（1948—　），原名雪卿，号浣香，斋名浣香亭、华雪楼，南海人，曾任广州某家电厂管理员，业余任广州诗社社委、《诗词报》编委等，现居美国，有《浣香亭词草》。雪芸入手填词即"试问生灵禁得几摧残"[②] 之"文革"初期，数十载间殆恪守梦窗门风，为岭表时人所重。刘梦芙甚推赏之，谓"其词才华艳发，小令清丽婉妙，长调英爽高秀"[③]，以为《近百年名家词话·女词人二十二家》收束。然雪芸词雅则雅矣，唯运笔未臻浑灏圆融，距"运意渊微，遣词纡徐"[④] 之高标准尚不可以道里计，未可称"火传梦窗"[⑤] 中高手。《八声甘州·癸亥春分哭分春馆庸斋朱师》应是锤炼至精微之作：

甚春分万感痛分春，危弦乍遗音。剩词追南岭，钩笺润墨，戛玉敲金。种得依依桃李，苦系一生心。畹晚吹寒急，月落星沉。　长记楼题泰华，认几时曾见，初领微吟。叹十年孤抱，消得几晴阴？尽相期、云山料理，却何堪，病榻送疏砧！空回睇，影留斜照，从步江浔。

词拨人心弦处在"种得依依桃李，苦系一生心"的怀想，在"长记楼

---

① 广州诗社2004年出版之《分春门人集》收弟子十九家。

② 1966年所作《乌夜啼》句。

③ 转引自《二十世纪中华词选》第1856页。

④ 张尔田《与龙榆生论词书》评陈洵语，《遯庵文集》，民国三十七年（1948）铅印本。

⑤ 龙榆生评陈洵语。转引自《近三百年名家词选》，《龙榆生全集（第八卷）》，上海古籍出版社2015年版，第422页。

题泰华，认几时曾见，初领微吟”的追忆（原词后有注：首次见朱师甚觉面善，时在泰华楼），并不在所谓雅韵、技巧。此外偶有咏叹时事者[①]，语感驳杂不协，亦不见大佳；反是若不经意的信手短章（如作于芝加哥雪后的“一雨铸成冰世界，莹莹八面琉璃。十分惊喜动山眉”“骤惊春雨在琼枝。摇摇红豆垂”等）以不事涂饰的“素颜”予人印象较深。由此种角度，殷殷深情的《思佳客・辛巳春分答吕君忾词兄兼寄分春馆同门》可看作晚岁佳作：

> 寄语春分隔海听：可曾酹酒踏西城？可曾溪畔寻芳去？可有诗成天地惊？　　多宝路，荔湾情。生生难拚系心旌。刺桐花树开还未？荷叶茨菱青未青？

问者，誓也。“生生系心旌”的，是分春门人同乃师一道“以此终身”的“素守”[②]与精诚。

（二）另辟蹊径的苏些雩词

苏些雩（1951—　），广州人，祖籍东莞虎门，生于行伍世家[③]，因有“我亦将门后”句。下乡七年，务工五年，后从事银行工作至退休。词结集名《拾翠台》，又散见于各选本，存量可达数百首。些雩词名不若雪芸之盛，论家亦鲜少抉中其特质[④]，或以“梦窗味”较淡故。然苏氏以清新明畅之风调“从梦窗打出”[⑤]，不佞古，不趋时，亭亭独立于同辈诸侪外：

---

① 如《蝶恋花・纽约二千年四月一日晚，电视前观世界女子花式滑冰锦标赛，十九岁美籍华人关颖珊第三度荣获冠军，喜极而赋》《金缕曲・二千零一年九月十一日纽约世界贸易中心大楼被炸，作此》等。

② 佟绍弼《分春馆词序》语。

③ 苏些雩曾祖苏桂森同治间任福建水师提督、台湾总兵等职，官至二品；父苏鸣一（1893—1959），名光，字启昕，晚号百杖翁，民国间追随蒋光鼐多年，得其倚重，有《百杖翁诗稿》等。

④ 刘梦芙《冷翠轩词话》评曰：“些雩……承乃师法乳，长调有南宋标格……惟以女性视野与思路所限，故未臻沉郁高浑之境，于意内言外之旨，终隔一层。”转引自《二十世纪中华词选》，第1860页。“南宋标格”论之既不当，归咎于“女性视野与思路”尤不确。

⑤ 张尔田：《与龙榆生论苏辛词》，转引自孙克强、杨传庆、裴喆编《清人词话（下）》，第2069页。

春潮晚涨，拍拍舟轻漾。乳燕掠榕阴，问此时、劲歌谁唱？绿女红男，乘兴踏香来，三两两，寻画舫，淡淡葡萄酿。　流光溢彩，夹岸华灯放。何处认虹霓，倚翠堤、风衣半敞。碧涛东去，一笛彻长空，看快艇，腾白浪，梦也江波上。

——蓦山溪·长堤春晚

月笼沙。把渔灯点上，追浪听喧哗。抛却烦嚣，忘怀都市，濯足履印些些。少年梦、扬帆大海，但留得、好梦尽咨嗟。岸远山遥，云翻波涌，一枕烟霞。　曾说青春无悔，怅蓦然回首，两鬓飞花。小岛秋临，长河雾淡，堪忆似水年华。晚凉渐、涛声四起，有鸥鹭、扑扑恋轻槎。不信江流日夜，不到天涯。

——一萼红·听浪感赋

人或病其“绿女红男”“忘怀都市”字面浅俗，余偏嗜其“风衣半敞”“把渔灯点上”之眼前即景，赏其“行于所当行”之脱略笔致。“因经历人各不同，况今古时移世易”①，创作者观念、境界的微妙差异投射到艺术趣味上，便外化为“道不同”的大取大舍。

1.“性情自出，面目自具”②：走出路径阈限

些雩之“道”其来有自。庸斋老人文学观远较彊邨、海绡辈闳豁通达③，非死守梦窗“原教旨主义”者。其自作固“雅正”“深厚”④，而能持博采、通变论，难能可贵。《分春馆词话》甫开篇，就是这样一番掷地有声的宣言：

① 《分春馆词话》卷一·一〇，第7页。

② 《分春馆词话》卷一·四〇，第21页。

③ 江晖《〈分春馆词话〉研究》：“他对各家词是没有偏见的，能客观对待，根据自己的需要和目标，学其所长，不论南宋北宋，常州浙西阳羡，对‘词学’和‘学词’始终持博学博采的态度。故《分春馆词话》有很大的包容性，也显出其胸襟。”参见硕士学位论文，中山大学，2011年。又马大勇师《百年词史（1900—2000）》：“（朱庸斋）便与一味拟古者划开了清晰的界限，其实是与其师承的朱祖谋、陈洵等也在某种程度上显示出了不同的理论祈向。”

④ 《分春馆词话》卷一·一五，第9页。

文章各体不断演变，魏晋时之诗，无齐梁之境也；齐梁时之诗，亦无唐代之境也；唐时之诗，亦无宋代之境也。设齐梁为诗，必须如魏晋人风格，否则不足称之为诗；唐时为诗，亦必须如齐梁人手法，始得称诗；宋人为诗，亦必须一一如唐人；果如是，诗之领域，凭谁张而广之？诗如此，词亦如此。北宋中期以后之词境，为花间五代中所无；南宋之词境，亦为北宋所无。各大家能开拓词境，使“文小声曼”之词，得以宏大……倘仍恪守玲珑其声，妙曼其音，境不外乎闺阁，意不外乎恋情，何以而大、而深、而变乎？①

吾人倡词，应使词之意境张、取材富。不然词之生命绝矣，尚足以言词乎？②

上升到词体存亡的高度，其意在担起对前人词论补偏救弊的责任。朱氏所言之“变”，除“因时制宜”的浅层义外，还着重点出了“古”与“我”的关系、语体风格的选择问题：

学词之道，先求能入，后求能出：能入则求与古人相似，能出则求与古人不相似。倘能出入自如，介乎似与不似之间，既不失有我，复不失有古，方称能成。惟其不似，是以能似，所谓善于学古者也。③

明人学唐诗，务求与唐人相似；宋人学唐诗，务求与唐人不相似。此种消息，当从出入之间参之。彊村、述叔毕生瘁力于学梦窗，晚年所作与梦窗体格不甚相似，此不徒去貌存神，且学古而有我者也。④

学词有偏重于性情，或偏重于词藻。人各不同，情词并茂，固是

① 《分春馆词话》卷一·一，第1页。
② 《分春馆词话》卷一·二，第2页。
③ 《分春馆词话》卷一·一一，第7页。
④ 《分春馆词话》卷一·二七，第14页。

大佳；然情深意足虽白描亦能真切动人，稍加词藻则情文相生矣。①

> 夫耆卿乐府，并无奇、险、新、怪之字句，而能以平凡易出之语言，“状难状之景”，“达难达之情”，其所成就，固极不平凡者。乐天、东坡皆多平凡字句与意境，然人人不以其“平凡”而减损其地位。其实彼所造诣非时彦所谓平凡，实则胸怀坦荡，一切意境，均取于当前，不必穷高极深，自然真切卓越……大率言情寓意之作，宜出以平凡，以其存真且不能作伪也。②

朱庸斋所以成大词人，《分春馆词话》所以成“当代最好的词话”（徐晋如语），必在此也，其容任门下弟子在程序化的美学风格中注入“新鲜血液”，也就不足为怪，甚至自然而然了。带着这样的理论视角再看前引苏些雩两首词，孰能不谓“能出能入”？孰能不谓“情深意足”？梦窗拥趸者们所重视的繁复、高难的技术手段当然需要传习和维护，但一味追求血统纯粹，刻板地复制前人的一招一式，只能暴露眼界的狭小与修为的不足。苏些雩这样走出路径阈限，在崇古之风盛行的粤地词界“另立户头”，何尝不是别具智慧和勇气的继承？

2. “我亦小鱼儿，不管天寒地冻”③：白话化与生命感

自前引词已可以稍感受到苏词出语平易、富于现代气息的特质。其实早年亦颇有一批从辞到意古味浓重的作品（《暗香·荷风》《洞仙歌·暮春》等），大抵流丽不密晦，去南宋较远。此后数年中曾三赋水仙，从“金盏谢她相待，分明水国梅花”到“青青飘带同心，今宵肯一醉”，再到“灯红酒绿满人间，送君一盏玲珑月”，越来越舒展跌宕，分明可循得其由量而质的“变法”轨迹。

变法既成，艺术个性渐趋成熟，就必会于传统技法中旁逸斜出，自成机杼。在白话中熔铸深情与哲思、从而传达出或深沉或鲜活的生命感是些

---

① 《分春馆词话》卷一·二五，第 14 页。

② 《分春馆词话》卷一·五三，第 28—29 页。

③ 些雩词《如梦令·乘船偶感》句。

雩长技：

翩然飞下，雏凤归巢也。古调谁弹星月夜，拾得雪翎盈把。
不如簪上鬓边，不如佩在襟前。总有清香一路，何悭唤我少年！
——清平乐·拾白兰

“雏凤归巢”“雪翎盈把”琢语尖新鲜洁，如目见手触，煞拍较观堂“看花终古少年多，只恐少年非属我”①、今人李子“采采少年郎，中有从前我”② 思致更进一层，乐观舒扬的情怀尤过之。将白话运遣得更为纯熟、回味也更悠长者如姊妹篇《忆少年·殒星》《忆少年·对昙花》：

无需花好，无需月满，无需莺和。千金值一刻，把遥空划破。
拚尽年光冰与火。问何曾、寸阴虚过。迷茫向长夜，怅无言是我。

相期若梦，相邀对月，相倾凭酒。琼卮酹夜色，问青山醉否？
摘取浮云留永昼。这星空、也曾拥有。清芬任一刻，亦天长地久③。

现实与梦境，瞬间与永恒，都融化成满怀的馨香、莫可名状的怅惘。词几乎全以白话出之，不仅无伤于典雅温醇，而且比文言更具弹动人心的力量。属于现代人的精神气质，似乎通过这样的语言才能更顺畅地表达，或者说，“白话化”与“生命感”二者间是相辅相成、互为因果的。

些雩笔下亦多田园风光，可视作其白话词的另一种笔墨：

小陌轻车，疏篱老屋。山如屏障月如烛。松风满枕夜凉时，豆花零落荷花馥。　彩蝶翩翩，白鹅扑扑。青蔬摘罢又新谷。呼儿早起

---

① 《玉楼春》句。

② 《生查子》句。

③ 当代男性词人陈伟《定风波·丙申仲夏之夜诸生宿舍优昙正开赋此寄兴》有异曲同工之妙，词云：“守到凌波缓缓来，依然白月上阳台。一缕香魂真尔汝，无语。素心留与晓风猜。弹指清眸圆夙梦，轻送。琼歌莫放唱成哀。纵是离长终聚短，不管。好花今夜要全开。”

下田垄，一声蝉唱一番熟。

——踏莎行·山居

春涧浅，板桥高。斑鸠啼上嫩芭蕉。“阿妹新村何处去?”“柏油路。新刻里程三百五。”

青石路，小桃枝。赶墟鸡鸭闹多时。花伞斜撑遮落照。花花袄。手捧新书《三季稻》。

灯影淡，月牙斜。相呼里巷共单车。花犬随人村外去。闻歌鼓。银幕高悬棕榈树。

——南乡子·山村小调一、三、五

除前文所论蔡淑萍外，田园题材似鲜见于女词家笔下者。些零摄取乡村生活若干典型镜像，以白描笔法稍事连缀，便使人翠意满眼、清香满怀。词中或远景特写，或画外音，“但闻人语响”，须臾不离“人”这一中心。阿妹的花袄上，村外的露天影院里，无处不充溢着朴质清新的生活气息。论当代田园词，平湖许白凤①必推翘楚，苏些雩则是女性词人中得风气之先的一个。昔有论者云许氏词“如农家少女，不施脂粉，袛裯跣足跳跃陇亩之间”②，移之谓些雩词亦大感恰切。许、苏虽年辈悬殊，而此类词写作时间大体差近，是时代风势簸荡南北，广开人眼目胸臆故。

最后看些雩笔下声调最豁亮、精神最昂扬之《夜游宫·往游丹霞山途中因交通阻塞，车不能前往，遂乘夜徒步廿余里。天黑路滑，时雨时晴，汗雨淋漓莫辨，作此以记》：

闻道丹霞似画。急急地、兼程连夜。我约流萤早迎迓。笑鸣虫，

① 见马大勇师《百年词史（1900—2000）》相关论述。

② 沈本千语。见许白凤《亭桥词　丁卯庐诗》，浙江省平湖市文史资料委员会1993年版，第5页。

向林间，吹打打。　　路在天之下。人世间，行、行、行也。历雨经风中跋涉者。有晨星，在高山，遥遥挂。

词非辞句明快爽捷而已，其风度襟怀昂扬豁达、振起顽懦者有如此！“路在天之下。人世间，行、行、行也”，不就是“谁怕？一蓑烟雨任平生”的现代白话翻版？东坡有知，定为之掀髯大笑矣！在白话词的实践上，些零虽也有矫枉过正的尝试，但在一片风雅正声中高唱“添油”[①] 调，已具有了足够的理论自觉。在“李杜苏辛俱远去”[②] 的今天，些零挟着“彩蝶翩翩，白鹅扑扑”般跃动着的生机，不仅完足和推进了分春馆词业，更应在二十世纪白话词史这条“鲜亮清澈、婀娜多姿”的“流线”[③] 中踞一席之地，获得应有的认同与关注。

---

① 苏些零词《玉楼春·打油诗贺新年》：“诸君风雅我添油。”

② 些零词《金缕曲·远眺玉龙雪山》句。全词亦佳，爰录此：“得仰雄姿矣。笑山鹰、也来传说，玉龙奇事。剑铸寒霜惊魍魉，直捣冥王天子。教另写、仙魔战史。襟月千秋头尽皓，信风华、未减当年绮。都忘却、有红紫。　　我来惜是神游耳。问峨峨、谁将雪髻，日边盘起。真欲峰尖敲一角，移作书斋镇纸。再刻上、冰心二字。李杜苏辛俱远去，若回头、想亦顽如此。终不改，梦恣肆。”

③ 马大勇师：《晚清民国词史稿》，第 26 页。

第五章　以学人为主干的“新时期”词坛

本章的“新时期”指1976—2000年即二十世纪最后四分之一这段时间，正如“旧”代表着断绝了一切“生”的希望的万马齐喑的暗夜，“新”的取字在一开始就被赋予了向往、欣悦的感情色彩①。“词坛，也必定要在这种转寒回暖的大气候下发生新的递变”②。

“继业往圣，守中不移，惟见之于学人”③，传统文学百废待兴之际，为词业重新注入元气和生机的使命必由同时具备襟抱、修养、才思的精英学者担当。这一时期女性词作者多为气息纯正之学人④，她们研精覃思，含英咀芳，在多个审美向度上进行开掘的同时，也为下一阶段——网络词的雄飞突进奠定了深稳基础。

第一节　“不变惟此变，渤海半扬灰”⑤：论刘柏丽词

如果说这一时期的词界如同星座弥天的夜空，那么刘柏丽就是其中光

① 据徐庆全考证，“新时期”概念大抵出于1977年十一大上华国锋、叶剑英、邓小平的报告，以“新的时期”“新的发展时期”等表述。1978年5、6月间，全国文联三届三次全委扩大会决议中首次使用“新时期文艺”的概念。年底，周扬有《社会主义新时期文学艺术问题》的报告，“新时期”至此定型。徐文还指出：“新时期”并不科学，总该有个下限，故建议用“转折年代”。见徐《你知道“新时期”这个词是怎么来的吗》，“八十年代”微信公众平台发布。黄平对于“新时期文学”有着更加精详的考证，见其《“新时期文学”起源考释》，《文学评论》2016年第1期。又可见马大勇师《百年词史（1900—2000）》相关表述。

② 马大勇师《百年词史（1900—2000）》第五编“‘新时期’词坛1976—2000”引言。

③ 徐晋如：《论当代学人诗之特质及源流》，《吉林大学学报》（社会科学版）2016年第3期。

④ 李静凤、周燕婷等虽从事其他行业而学养颇厚，可视为广义学人。

⑤ 柏丽词《水调歌头·书张惠言〈春日赋示杨生子偀〉五首后》其五句，全词见后文。

耀迫人的北斗大宿，在二十世纪的最后二十年横绝坛坫。柏丽（1928—2001），原名伯利，湖南长沙人。周南女中毕业后入北京师范大学外文系，1953年投笔从戎，任军委联络部翻译。1958—1962年被划为右派，下放唐山柏各庄，后调往吉林桦甸基层中学。“摘帽”后辗转豫、鲁各地水电站，1982年调水利部天津勘测设计研究院，从事英语研究工作至退休，有《柏丽诗词稿》、小说《人间只有情难死》，译著《怒湃译草》由钱钟书、施蛰存题签。柏丽词夭矫腾跃、郁勃淋漓之声色足称当代词史奇观，使人辄生“诗人例作水曹郎”之叹。（按：柏丽词往往直接于原文加详注，本篇为助理解本事及寓意，不予删去）

一　当代学辛首功

刘柏丽生平“怕向针神称弟子”“大放金莲量地脚”①，存词凡二百七十四首（包括八首译英诗之词），几乎尤一首所谓“婉约体”。除了“湘女多情天畀与”② 的文化基因与军旅生涯影响外，刘柏丽词的思想、艺术资源应自以稼轩为首的辛派而来。作者在“词坛青兕，辟地开天。已超靖节，凌清照，越苏髯”③ 的认识下，宣称“辛青兕及王家拗相公亦吾崇拜偶相”④ “犹剩香菱痴一点，偏好辛陈标格”⑤。身为“十七年”间参与“改造”的一代，在全民狂飙突进的建设时期不能没有“世界第一个人造卫星上天”“读陈毅元帅诗……心向往之……”一类作品。作于“文革”结束时的《南乡子》应即蝉蜕龙变之始：

何处不相逢，九派参差总向东。莫道苍茫无变化，鱼龙。扬激何干造化功。　赫日自当中，彪炳明河照太空。天地洪炉谁扇鞴，鲲鹏。击水抟霄九万风。

---

① “耻向”为柏丽词《定风波》句，系引顾贞立句；“大放”为《满江红·壬寅有赠》句，全词皆见后文。

② 柏丽词《玉楼春·一九八三年五一，贺长沙周南女中母校八十大庆》句。

③ 柏丽词《行香子》句。

④ 柏丽诗《1992年11月桂林“李商隐学术研讨会”作》下自注。

⑤ 柏丽词《贺新郎》句，全词见后文。

虽然“赫日自当中”语意还难尽洗颂圣痼习，而“莫道苍茫无变化”“击水抟霄九万风”云云，则正是刚刚从无边暗夜中挣脱出来，站在时代桥头迎接八面来风的那一代知识分子混杂着迷惘、憧憬、感奋、渴望的心态的再形象真切不过的表达。词中“何处”“天地”盖陈亮原句，足见作者对辛派词人的熟习。《渔家傲·1976年红10月》则全集稼轩句，将多声部的雄浑声响调和为一手：“老马临流痴不渡，联翩万马来无数。众里寻他千百度。夸翘楚，几人真是经纶手。　且喜青山依旧住，玉环飞燕皆尘土。莫问兴亡今几许，风雷怒。截江组练驱山去。”至《贺新郎·书辛陈唱和词后，即用其韵》最能见倾倒追慕：

八百年传说。叹辛陈、壮怀一世，殷忧覃葛。胡鞣仆姑征讨梦，膻腥几时湔雪。空白了、冲冠英发。痴孝愚忠谁具眼，叩帝阍、枉费年和月。靖胡虏，柱胶瑟。　情知造物心肠别。唯尔汝、胸襟激荡，云烟开合。西北神州今一统，堪慰鹅湖英骨。长短句、读来奇绝。安得庄生能起死，看今朝、华夏真如铁。共工活，不周裂。

安坐？浑胡说！耻酸儒，研精阐细，滥拉藤葛。万古心胸开拓处，烈雨迅雷崩雪。奇气在、粗豪英发。猬磔鸿毛俱已矣，拨浮云、终见团圆月。经春暖，恨秋瑟。　隋珠鱼目宁无别。谙倚伏、何须磊块，哭歌遇合？百世之长一朝短，谁解千金市骨。淝水破、战歌雄绝。正好长驱无反顾，进洪炉、百炼分金铁。燕雀死，蛰龙裂。

佳气东南说。怀北固、孙权孺子，敢当刘葛。六百诗余多警句，最爱松枝微雪。垂天翼、昆仑朝发。歇脚潭州梳羽翰，引吭鸣、驱策风雷月。榆塞角，楚灵瑟。　诗情难再诗肠别。年少事、回旋万马，气吞六合。杀贼连呼南岳动，此老忠贞到骨。与同父、一时双绝。火种千年燃不熄，转丹砂、点化寻常铁。镰斧举，庙堂裂。

辛陈鹅湖之会及其后的长歌唱和是千年词史最具气魄和血性的章节，他们的悲叹、笑语和呼啸穿透了八百年的时空，至今仍能震荡出崩云裂岸般的回响——这一组词就是与之同频共振的曲调中最强劲的音符之一。第一首中“西北神州今一统”“看今朝、华夏真如铁”的正大题旨自然是和词应有之义，然也不乏“痴孝愚忠谁具眼”“靖胡虏，柱胶瑟”地站在现代多元立场上的深刻省思。辛、陈“殷忧覃葛”一生的意义，在于留下了“胸襟激荡，云烟开合”的词篇，在于把守住了那个时代所剩无多——也是词场上前所未有的英雄豪杰气。次首起句“安坐”指辛弃疾《美芹十献》中“苟朝廷不以为然，择沉鸷有谋、厚重不泄之人，付以沿边州郡，假以岁月，安坐图之，虏人之变可立而待”[①] 之论。边火燃眉之际，“安坐图之”实是消极抵抗的下下策，稼轩安有不知？柏丽即借此发挥，对庙堂上嫉功害能的主和派“酸儒”“研精阐细，滥拉藤葛”的行径直予痛骂。其后长驱直下，“万古心胸开拓处，烈雨迅雷崩雪。奇气在，粗豪英发”……至后首“镰斧举，庙堂裂”，高视阔步，神完气足。其实被“千年燃不熄”的“火种”“点化”者，就是作者自指。组词固是对稼轩传奇经历、峻伟人格与词业成就的表彰，更可直目为辛派传人的传法宣言。

柏丽集中又多摹稼轩以文为词一体，皆由豪情逸兴推动“若水之就下”，两起句“伯也”纯是辛老子口角：

伯也毫之末。为诗颠，京华憔瘁，山东落魄。犹剩香菱痴一点，偏好辛陈标格。何敢望，诸公清洌。我是杂家穷摭拾，不耐烦、两句三年得。披肺腑，吐心膈。　文人相重还相隔。叹年前，斯文骨肉，扫地搽黑。邂逅诗刊逢赵叟，独具识人青目。况邻接、王翁芳泽。肖学乐天何学杜，信潭州自古诗人国。祈惠我，楚吟册。

伯也何曾利。探麓山、烟封雾锁，胸中灵气。白鹤泉头兰未展，扪辨二南碑字（张南轩、钱南园）。寻不见，魏源踪迹。等是有家归未可，咽离愁、万斛娱亲泪。明日过，暮云市。　儿时景色非耶是。倏飞车、珞珈山没，昙华林逝。红色钢城留我憩，握别苍颜兄姊。谁解我，天涯心事。轨迹斑斑从头画，料行程、五万差相似（长征二万

① 刘乃昌编：《李清照志·辛弃疾志》，山东人民出版社 2009 年版，第 344 页。

五，四化谅倍之）。掉头北，澄胸次。

——贺新郎·一九七九年二月由德州返长沙寿父八十生辰，湘谭访妹特利，过武汉见可姐宾哥。曾偕斐妹爬岳麓山，看兰花展览未得，匆匆北返赴京看结论。火车上回想半百韶华，不禁痛哭。口号寄赵甄公、何泽文、王克老、肖彻翁，平仄工拙，不暇计也

学辛若只学到高声大嗓、狞髯张目，止皮毛耳，须知稼轩是也能“敛雄心，抗高调，变温婉，成悲凉”的。柏丽早年下放柏各庄时所作《浣溪沙》“非不为也不能也，既已来之则安之”句其实已微透出抑塞不平气，在主旋律为主的《柏丽诗词稿》中，此格不多见，然亦精彩。读《卜算子·学韦陀步稼轩韵》三首：

调级慢如牛，涨价惊同马。谁是腰缠十万金，跨鹤扬州者。下匿栎樗材，上盖琉璃瓦。不料批金只见沙，岂得豁如也。

天道亦转蓬，世法如亡马。扰扰京华宛洛尘，谁是长年者。金谷已无珠，铜雀焉存瓦。不腐长生只至文，永劫难销也。

椽吏自他坟，款段非吾马。日御羲和月望舒，往复骎骎者。已碎赤矶砂，空顾长平瓦。一事差堪自慰诸，善走书橱也（《后汉书·马援传》：从弟少游曰：“士生一世，但取衣食裁足，乘下泽车，御款段马，为郡椽吏守坟墓，乡里称善人，斯可矣”）。

不管是“下匿栎樗材，上盖琉璃瓦”“扰扰京华宛洛尘，谁是长年者”对世相的揭讽，还是“一事差堪自慰诸，善走书橱也”的自嘲口吻，愤激牢骚态都不在辛作之下。刘柏丽对辛弃疾的接受是全方位的，在专力创作的第七年，即关注到了稼轩“平生滑稽怪伟之最”① 的《沁园春》“止酒”二首，

① 马大勇师《晚清民国词史稿》“‘直逼稼轩’的半塘词”一节，第108页。

效作《沁园春·词仙问答，学稼轩体》，真可谓学到了细处、学到了根柢：

词！负余乎？飞马行空，且驻若骖。甚颐颔气使，于君安忍；发髡面墨，谓我何堪。平仄难调，短长不葺，大吕黄钟得未谙。供驱使，愿神游玉兔，汗渍银蟾。　为人性僻偏耽。怪幼妇黄绢作笑谈。写新愁旧恨，黄添绿减［新愁旧恨，莎翁剧《第十二夜》中作“青愁黄恨”（“green and yellow melanchol”），余甚爱之］；晨歌晚啸，宋馥清香覃。汗简无门，垂青有目，自断今生作茧蚕。能弹指，吐古香今艳，织霭裁岚？

刘！小哉言！怡情养气，不亦善乎？按亮节崔巍，楚濡晋染；清词警策，月积年储。学忌无恒，文须有骨，廿纪旁搜得裕如。无他诀，似山蜂酿蜜，海蚌胎珠。　词源阔接天衢。况黑洞银河有尽无。若万吨筛矿，得铀些许（马雅可夫斯基认为：造句炼词。如从万吨矿中炼取几微克精品）；频年观虱，命中须臾。国步安危，时潮进退，史笔词流痛切肤。功夫到，会水清鱼出，霓聚云舒。

稼轩创奇体后，踵事增华者代不乏人，清末王鹏运之《岛佛祭诗，艳传千古。八百年来，未有为词修祀者。今年辛峰来京度岁》可推为个中翘楚，①

① 详见马大勇师《辛稼轩〈沁园春〉“止酒”二首接受考述》，《中国诗学》第十三辑，人民文学出版社2008年版。辛词曰：“杯汝来前！老子今朝，点检形骸。甚长年抱渴，咽如焦釜；于今喜睡，气似奔雷。汝说刘伶，古今达者，醉后何妨死便埋。浑如此，叹汝于知己，真少恩哉！　更凭歌舞为媒。算合作、平居鸠毒猜。况怨无大小，生于所爱；物无美恶，过则为灾。与汝成言，勿留亟退，吾力犹能肆吾杯。杯再拜，道麾之则去，招则须来。”“杯汝知乎，酒泉罢侯，鸱夷乞骸。更高阳入谒，都称齑臼；杜康初筮，正得云雷。细数从前，不堪余恨，岁月都将麴糵埋。君诗好，似提壶却劝，沽酒何哉。　君言病岂无媒。似壁上、雕弓蛇暗猜。记醉眠陶令，终全至乐；独醒屈子，未免沉灾。欲听公言，惭非勇者，司马家儿解覆杯。还堪笑，借今宵一醉，为故人来”。王词曰：“词汝来前，酹汝一杯，汝敬听之。念百年歌哭，谁知我者；千秋沆瀣，若有人兮，芒角撑肠，清寒入骨，底事穷人独坐诗。空中语，问绮情忏否，几度然疑。　玉梅冷缀苔枝。似笑我、吟魂荡不支。叹春江花月，竞传宫体；楚山云雨，枉托微词。画虎文章，屠龙事业，凄绝商歌入破时。长安陌，听喧阗箫鼓，良夜何其。”“词告主人，釂君一觞，吾言滑稽。叹壮夫有志，雕虫岂屑；小言无用，刍狗同嗤。搗麝尘香，赠兰服媚，烟月文章格本低。平生意，便俳优帝畜，臣职奚辞。　无端惊听还疑。道词亦、穷人大类诗。笑声偷花外，何关著作；情移笛里，聊寄相思。谁遣方心，自成沓舌，翻讶金荃不入时。今而后，倘相从未已，论少卑之”。

柏丽此二篇亦与词问答，灵感应源自王作①。词虽不如辛作之纵横排奡，王作之深曲重大，然“自断今生作茧蚕”“国步安危，时潮进退，史笔词流痛切肤”的痴诚和担当感还是很能打动人，“词源阔接天衢。况黑洞银河有尽无。若万吨筛矿，得铀些许；频年观虱，命中须臾”数句尤出奇翻新。在《沁园春》“止酒”二首的接受史中，刘柏丽是开当代先河的一位②。

柏丽晚年甚爱《定风波》一调，常一作数首，极跌宕潇洒之致，如见其人高谈大笑于前。又以多摹写自家创作、研究心境，特具知识分子情怀趣味，卓然学人词林，应无愧色。故不惜篇幅，全引二组如下：

把酒花前祷玉壶，苔纹乞倍洒琼琚。瑟瑟秋深枫树叶，羞怯。饶添妩媚碧成朱。　深探玉溪心忑忐，无胆。迷宫苦诱摘骊珠。天岂无情生百怪，当代。晨星犹幸绛河趋（试译义山诗为英格律诗，殊难把握）。

把酒花前月上弦，情移心碎觅桑田。海水崩澌回棹处，奇遇。伯牙琴妙仗成连。　铺垫泥犁玫瑰路（吕碧城词“苦向泥犁，铺垫蔷薇路”），谁悟。华鬘兜率奈何天。千载文章知己少，倾倒。阑珊灯火剧堪怜。

把酒花前月似钩，伤春伤别望重楼。黄金台夜燃兰烛，停足。怀素狂书在上头。　江河难实金卮漏，空怒。乐游原暗使人愁。漆室涂山挥泪雨，无语。天倾西北漫黄流（伤苏联解体）。

把酒花前月又圆，追欢端欲日如年（中书君名句）。载鬼同车悲往昔，呵壁。不能成佛懒生天（黄人摩西句）。　怵翻百万蛮夷字，

① 柏丽后有集半塘句之《定风波》，集入“词亦穷人大类诗”“笑我吟魂荡不支”句，可知对此二词熟悉。

② 当代又有马大勇师作“与钱问答”三首、网名“东海客”“芊若”者于菊斋论坛、天涯诗词比兴板块发表“戒烟”“戒诗”等。

无恃。斜阳乞照学青莲。转折人生知几许，吾汝。相将赶路趁星妍。

到此宁甘死便埋？燕昭市骨可怜台。铁树不花容有待（苕纹句），澎湃。月明珠涌大潮来。　江上空怜商女曲（顾贞观妹贞立[①]句），昂藏。我思吹律动葭灰。怕向针神称弟子（顾贞立句），深耻。干邪脊背漠生苔。

三尺青蛇七宝缨，兜鍪不羡五侯鲭。四十年来悲急景，奇冷。昔时盛鬋已鬅鬙。　知己文章千古业，胡越。只余清梦到黄陵。歌笑原堪珠玉赏，迷惘。糟糠养士石坊旌（李白诗“珠玉买歌笑，糟糠养贤才”）。

稗史翻残落蠹虫，情为何物叩天公。芸阁痴嫌银汉浅，无忝。深情我辈独能钟。　风雅不亡缘善变，生面。酿雷蕴霱碧翁翁。我见青山多媚妩，何补。青山见我笑凡庸。

醉素蕉书敌万钱，郁葱葱室[②]发云烟。千载犹能生意满，春暖。尖荷陡绽古时莲。　须把洛城花看尽，天性。春风话别始怡然。标格清华梅菊色，缄默。虫多言语不能天。

有清一代词宗、同样终生学辛的陈维崧尝为史惟圆评论为：“及观吾子之词，湫乎恤乎，非阡非陌乎！何其似两山之束峭壑，窘蠢阨塞，数起而莫知所自拔乎！抑众水之赴夔门乎，旋涡湍激，或蹙之而转轮，或矶之而溅沫乎！”[③] 在稼轩风流脉处于迦陵下游的刘柏丽“水势”固不及其壮大，亦能饶“吐吞沙岛、剥蚀岩礁”[④] 之气派。1990 年，在赴江西上饶“辛弃疾 850 岁诞辰国际学术会议”前，柏丽为她的偶像如是庆生云：“谁

① 按：应为贞观姊。
② 按：“郁葱葱室”系柏丽书斋名。
③ 转引自严迪昌《清词史》，第 217 页。
④ 柏丽词《八声甘州・看电影〈大浪淘沙〉后》。

谓稼轩死？凛然哉、俊词六百，烟霞腾纸。镗鞳大声雷震耳，旖旎星娥月姊。青兕力，叹为观止。肌理范苏庄骚骨，莽苍苍、宇宙相终始。胸不让，片云滓。”是啊，稼轩不死，热血永存。刘柏丽以三十年专力学辛，略无旁骛，至为当代首功。当然，这位“穷摭拾”的“杂家”的作品中时见浅率辞句与格律上的疏失，或也正因此粗服乱头面目不为方家所喜，其实泥沙俱下、菁芜杂生之病求诸稼轩、其年且不免，应取优长处辩证看待，不可一笔抹倒。

二 “风雅不亡缘善变”

如果说前举《沁园春》还只是“古香今艳”的略一吐绽，那么《定风波》之“风雅不亡缘善变”句就是对生平创作理念的回顾与总结。自八十年代始，柏丽有意识地进行自我革新，将“通变”践行得格外全面和彻底，“实验”“先锋”感强烈。如坚冰之消泮必为春风催化，“变”亦绝非偶然，而是有其深刻的内在驱动力，“从事科学研究工作，复受欧西文学影响至深”① 只能算作诱因。先读其《水调歌头·书张惠言〈春日赋示杨生子掞五首〉后》：

春夜夜班冷，炉炭敛余温。不知南极北极，仍否雪为坟。告别十年恶梦，乍听龙蛇蛰动，凌汛挟冰崩。掩卷携琴剑，青鸟致昆仑。
谒太白，叩疑义，析奇文。斗杓东指，卫星出没测天津。毕竟迎来青帝，酝酿明晨绿意，淑气渐氤氲。笑劝团圆月，休泫旧啼痕。

春眠不觉晓，汽笛苦催予。津沽马路争渡，流水自行车。忽诧杨梢转绿，不似严冬拘束，朝露渗醍醐。消息花期定，九十只须臾。
蜂舞未，蚕市否，燕归欤。山茶老杏，春分点缀粉姑苏。回首岱宗初旭，海角涌金喷玉，青岛更青无。不必传钟铎，遍地事犁锄。

春午尤应惜，秉烛得毋迟。何能坐愁怫郁，当复待来兹。纵不生

① 刘梦芙语，见《二十世纪名家词述评》，第316页。

年满百，忧虑千秋万国，肝胆岂求知。红雨和香絮，甘化护花泥。
桐花凤，翠竹笋，白琼卮。春深南国，先荣龙血入云枝。莫与青春背弃，毋负清明节气，休再误农时。稻麦超天演，蜂蝶决雄雌。

棠棣棣棠俊，春晚晚春嫣。四季蝉联取代，地轴转须偏。浇尽千年血泊，赢得十围苍翠，云锦灼红棉。欢乐颂交响，悲怆曲回旋。
瞰川黔，骋河洛，翥幽燕。阳春有翅，银柳飞嫁古穷边。唐汉驼铃雁字，今又丝绸舶市，芳草更芊芊。纵说黄昏近，霞彩欲烧天。

不变唯此变，渤海半扬灰。京垓宇宙皆尔，何必为春悲。十八姨虽多妒，香雪海偏潮怒，错铸九骖追。春亦旅游惯，或去乌拉圭。
由春去，留春住，待春归。斯须涓滴，五洋终古汇奔陲。日怒云危长夏，黍熟果繁秋夜，天道喜循回。曲折征遐迩，纡转探宏微。

茗柯五首水调向为论家推美，谭献评曰：“胸襟学问酝酿喷薄而出，赋手文心，开倚声家未有之境”，陈廷焯盛赞云：“……既沉郁，又疏快，最是高境。陈、朱虽工词，究曾到此地步否……热肠郁思，若断仍连，全自风、骚变出。”① 柏丽词爽骏不逊原作，更能横涂竖抹，机变万端，将“南极北极”“卫星”“汽笛”“自行车”“地轴”“欢乐颂”“悲怆曲”“宇宙”“乌拉圭”等现代语汇缀嵌其中，并无凌杂伧攘感，反而提亮、激醒了大段文本。词作于1983年，此时的“春”既指节序轮转中的一季，亦是“思想解放”“抢回为‘极左’路线耽误的十年光阴”风气中酝变出的乐观昂扬的时代旋律。“告别十年恶梦，乍听龙蛇蛰动”，明朗温润的“春气”沾沐全民，当然也毫无偏私地吹拂到词人案头。身兼科技、文学之能的刘柏丽自然要挣脱窠臼，不作凡响：她的思绪从夜班的办公室起飞，由俯览津沽到叩访祖国边陲，最后纵目“五洋”、驰想“宇宙”，这种神游或为古人笔下所有，但品格、精神都是崭新的。“稻麦超天演，蜂蝶决雄雌”“浇尽千年血泊，赢得十围苍翠”“京垓宇宙皆尔，何必为春悲”中传达出的意蕴，则是词人在大笔

① 转引自严迪昌《清词史》，第478页。

疾书的同时，随手泼染出的现代人文主义的星点光芒。

更迥特奇创者如《定风波·读顾随苦水先生仿醉翁把酒花前之什，深叹其美。颇不自量力，丁卯上元，对月戏发诸问。并呈苦水先生高弟叶嘉莹教授一粲。——破折号后，乃姮娥答语》：

把酒花前欲问君："颦眉阅世怨何深?"——白日炎蒸宵酷冷，谁省？环峦都被死氛吞。　"人境花期应尚记，多丽。映山红醉媚朝暾"——百五韶光容易了，昏晓。地长天久不无垠。

把酒花前欲问渠："广寒清夏近何如?"——挥汗吴刚淹桂斧，何补？深谙太始月盈虚。　"闻说银河千数亿?"——谁计。渐知天外有天衢。"晚露晓珠徒痛泣"——何必？菱缠藕叠出芙蕖。

把酒花前问素娥："一生圆月几嵯峨？孤另自寻缘窃药?"——猜着。璇机云锦入天魔。　"射日枭雄非怨偶?"——无咎。世间儿女怎如他（文廷式句）？错许长生天却妒，回顾。西番莲颤橡哆嗦［希腊神话：厄律西克同（掘地者）斧砍神圣森林，挂着感恩牌的橡树亦不免，诸神怒罚砍树者永恒饥饿，终至擘食自己内脏而死］。

把酒花前欲问伊："消寒可有辟寒犀?"——午夜罡风吹玉兔，奇瘦。此时仙阙等泥犁。　"璇宫背面唯卿见？氢箭。徐妃全息摄无遗"——俯看孤山梅正冽，清绝。剧怜天上夜凄其。

把酒花前问月华："几生修得到诗家?"诗路历程高且陡，难走。狄安娜境必清嘉（月神狄安娜，已成志行高洁的淑女之同义词）。　——枝空月桂颁冠冕，芽浅。老癯丹桂剩丫叉。境界天人为底设？驰掣。诗词新意本无涯。

把酒花前问月皇："中西诗道可相妨?"——亚波罗亦诗歌主，跋扈。长庚无赖掩天狼（天狼星，全天最亮的恒星，但因距地球 8.7 光年，虽直径倍于太阳，表面温度摄氏万度，视星等只 -1.45；远不如距日亿公里，直径小于地球5%之太白金星，其亮度仅次于月、日。它朝名启明，暮号长庚）。　“桃金娘对仙人掌（桃金娘花，西方名花，即番石榴，一名爱神木，古希腊人以之在酒宴中传枝吟诗，如我国击鼓传花。仙人掌多刺，然生命力强。周采泉丈以之誉拙诗，愿勉力），天壤。人为局限惹忧伤。好趁银潢航电子，宁死。不为诗狷定诗狂。”

于浅语中传达人生真味是苦水长技[①]，“镜里星星难整顿。双鬓。今年已比去年新”“明岁花如今岁好。人老。悲今吊古总成痴”的思致虽较永叔原作翻进一层，然毕竟没有突破感时伤怀的古典语境。柏丽词则只沿用其体，言辞意趣可称旷古未有。新名词、新思维倏往忽来，令人目不暇接，若观万花筒，若乘旋转木马，抵得一篇科普奇文。怀抱着浪漫想象与姮娥问答，仙子却据实相告：“白日炎蒸宵酷冷”“此时仙阙等泥犁”，作者恢复科学工作者的谨严，告曰：“璇宫背面唯卿见？氢箭。徐妃全息摄无遗”——这种亦庄亦谐的格调是属于现代人的新式的俳谐。除了纳新入旧，词中还有关于“中西诗道”的严肃一问——“长庚”与“天狼”“桃金娘”与“仙人掌”“银潢”与“电子”的对决，其实正是中西诗歌在凿通过程中所呈现的“错位之美”。尽管刘柏丽已经用包括这组词在内的成功尝试为此问作答，但她还是明确提出“境界天人为底设？驰掣。诗词新意本无涯”——这应是此期词坛最具理论自觉与自信、也最有价值的声音之一。惜其时苦水老已谢世近三十年，不然定当闻言心喜，颔首微笑也。

作为毕生“结案陈词”的《满江红·壬申有赠》则从心所欲，抟合新

① 顾词云：“把酒东篱欲问公，菊黄何似牡丹红。依样看花依样醉，相对。花香沁入酒杯中。　今日花开明日落，萧索。东风原不让西风。记得留春无好计，垂泪。秋来著意绕芳丛。”“把酒东篱欲问君，十分秋比几分春。记得春花零落处，尘土。秋英未肯惹黄尘。　莫对佳花还坠泪，无味。空教花笑有情人。镜里星星难整顿。双鬓。今年已比去年新。”“把酒东篱欲问他。秋来底事著愁魔。北地晴天尘不起，千里。一轮明月澹银河。　君道春光容易老，烦恼。送春无计奈春何。寒雨一场霜霰至，憔悴。请君起看有秋么。”“把酒东篱欲问伊，忍教辜负菊花时。万物逢秋摇落尽，争信。山前尚有傲霜枝。　明岁花如今岁好，人老。悲今吊古总成痴。尝得酒中真意味，沉醉。樽前听我唱新词。”“酒醒扶头曳杖行，依依残照上高城。住得尘寰三十载，堪怪。今秋秋意恁分明。　自笑怜花无好计，惯会。山泉汲水共银瓶。采得黄花归去后，回首。四山无语只青青。”

旧典、眼前事，以阅历学养趋厚，气息亦转沉郁老健：

一掷何尤，能几度、武夷酬酢？书斗大、钟繇字妙，蔡邕碑卓。酒阵褰旗牌免战，诗城斩将图行乐。慰卌年、羁怨故山云，平峰壑。

黑漆漆，君网脱；苦兮兮，吾胆割（余1989因结石作胆切除手术）。悟腐史膑孙，刑余刀斫。银晶晶随山雪下，郁葱葱共芳芽茁。定猴年、马月雾翳开，欣相酌。

落落平生，年六四、冷渊热薮。都阅遍、楚榆京柏，鲁槐沽柳。大放金莲量地脚，全皈玉楮钩沉手。纵词心、七窍比干输，巴河藕。

人去往，离合钮；心向背，开关牖。数今生契阔，得未曾有。袁虎（袁宏，小字虎，月夜于估客舟上朗咏其咏史诗，为镇西将军谢尚所赏）之余皆鸟鼠，董龙（《南北史》："董龙是何鸡狗"）以外非鸡狗。才一滴、差足酹波斯，葡萄酒。

女性词史出一刘柏丽，何尝不是"得未曾有"！柏丽词颇以"炫奇"见讥[①]，余不谓然。盖诗道之大，浮载万物，何来新即鄙拙、古必高雅之论？岂不闻"刘郎不敢题糕字，虚负诗中一世豪"？又"新""旧"本是相对而言，好诗人大抵不离古，不忌新，弥缝补罅，兼收并蓄，驰骋于今古两间。龚鹏程《晚清诗话》中说得通透不过：

诗家搜罗物象，本无之而不可，所谓牛溲马勃，尽成雅言，岂有新材料旧材料之说？自妄人不知谁何者，揭出此义，世遂哄哄，若诗果不宜于用新名词，果不能写当时事，偶或用之，则以为以新材料入旧体制，如于山水画中着一飞机轮船者然。于是马远夏珪四王八大，竟只可为马远夏珪四王八大，不可于其中入一今时衣冠人物矣。于是为唐为宋

① 刘梦芙评曰："……意象过于稠叠，章句尚未浑融乍读之新鲜，细品则乏味。盖倚声一道，贵在情长，若一味炫奇，不在情韵上着力，终觉色艳而香微，鲜能沁人肺腑。"《二十世纪名家词述评》，第317页。吾不谓然。

为汉魏六朝，遂只能为唐宋六朝，不得于其间着一时代语言事类矣。此弊自明人好用古官名地名始，以为用唐以下名物为不雅。夫雅俗自有品格，岂着一古衣冠即以为雅耶？唐宋人写秋千写玻璃，又岂非当时之物耶？①

又，柏丽九十年代酷耽集句，“痛读诸家，撷其妙句”②，尝一年中集义山、东坡、定庵、半塘、芸阁乃至今人林锴诗句作《定风波》二十四首。此调句式较整饬，易纳入七言诗，使作者“有余裕开掘抒情的深度”③。在强烈的审美偏好影响下，刘柏丽对前人诗句的拣选、裁截、排布皆带有鲜明的个性，这种再创造——毋宁直接说是创造力——足为集句词史添上一笔异彩。选五首：

倾盖相逢胜白头，乞浆得酒更何求。顾我已无当世望，愚妄。堆墙败笔如山丘。　四十三年如电抹，须豁。岁寒松柏肯惊秋。望断碧云空日暮，蟾度。会看光满万家楼。(集苏轼)

词亦穷人大类诗，文章何处不骈枝。蜡烛有心灯解语，蛾舞，笑我吟魂荡不支。　好句自来还错过，无那。许事人间未要知。歌哭无端燕月冷，憧憬，刀圭难已有清痴。(集王鹏运)

可解骚人万古情，不情端恐负神明。指点齐州烟点外，慷慨。一杯举手劝长星。　似锦年光浑忆旧，悠谬。十年踪迹楚江萍。人生只有情难死，奚止。哀猿啼急雨冥冥。(集文廷式)

谁识秋河几许深，天花落满月中身。碧透须眉清透骨，思哭。千鬟万笏来纷纭。　一碗琼浆凝百感，苍莽。我思吹律助东君。大宙

① 《当代诗词丛话》，黄山书社 2009 年版，第 593—594 页。
② 柏丽词《定风波集句一打》自注。《柏丽诗词稿》，中州古籍出版社 1994 年版，第 103 页。
③ 参见马大勇师《朱彝尊〈蕃锦集〉平议——兼谈“集句”之价值》。

真魂何处觅，长揖。起抖衫月白纷纷。（集林锴《苔纹集》）

依旧掀髯画里仙，有云数亩故山颠。自有心香自焚祷，三宝。几人面壁道心坚。　直上与天通呼吸。惊觌。星镶云靥月如钱。蓦然豁朗惊回首。狂走。斧柯烂尽矗枰边。（集林锴《苔纹集》）

第二节　学人三家词：段晓华、景蜀慧、李舜华

一　渊雅雍容的段晓华词

段晓华（1954—　），字翘芝，号颖庐，别署菽子，祖籍江西萍乡。八十年代起先后于南昌大学、广州大学从事教研工作，现已退休。辑、注、校有《清词三百首详注》《周济词集辑校》《偏行堂集》等。

颖庐年辈名望较高，为鸿雪社①、持社首批成员。有论者称："她在创作方面……代表了当今学院派词人古诗词创作的高度"②，颖庐诗特佳，诸体中又必推七律为第一。如《修人先师百年祭同门筹议整理出版夫子学术论文集》云："奔电流云拱大星，拜山楼外总青青。著书愿拭秦民泪，托梦频牵楚畹馨。风气百年沦典雅，苍坚两宋警顽冥。爨余犹有心弦在，一掬灰红试起听"，《读玄隐庐诗感赋用其〈梦畲山茶花〉韵》云："放逐无论九曲滨，神州何处可呼群。吞声野老诗凝泪，吊夜寒蕤影怯春。先淴噞然窥网破，中微幸甚与禽邻。至今讳数魔王孽，斫地修蟾乏大斤"，俱沉郁遒健而饶檐铁铿然声，是大手笔、大担当所为。以诗法入词者如"草甸风轻容放鹤，桃湾水浅不胜篙""哭笑两间鸥独立，凄迷中夜月同昏""摊书有味拈奇字，枕手无眠数阵鸿"等，至若《浣溪沙》"自拂冰弦自赏吟，西楼一角逗轻阴。盘花髻子落梅襟。　蝶羽难搧新旧梦，鳞波岂送去来心。等闲莫续广陵琴"则极见情性心志，不啻才人自画。颖庐之精雅本色首先直接体现在对前辈词彦的

① 1990年由王蛰堪、刘梦芙、熊盛元首倡，遍邀海内中青年词人入社，聘沈轶刘、缪钺、周汝昌、孔凡章、陈机锋、张珍怀等前辈为导师。社员作品均寄蛰堪，由其重新抄录复印，糊名呈导师评览，导师批改社员课作并评出前三甲。鸿雪社前后历时二载，成员三十余名，活跃者除王、刘、熊外，有魏新河、段晓华、景蜀慧等。

② 赵燕网文。此说法亦获诗坛巨擘嘘堂首肯。

追慕瓣香：

涉江临去秋波顾，波光百年如诉。沸海嘘凉，空桑斲瘦，谁共伤心人语？难通锦素。听风拍灵襟，夜台深处。变入秋声，砉然吹落碎星雨。　回灯漫思换羽。向空弹一曲，遥岸知否？恋毂轻尘，衔香倦蝶，应怕重寻归路。簪花剩谱。尽梦里高飞，病中南渡。托命红蚕，织愁今更苦。

——台城路·沈子苾先生百年祭

霜痕镂空，红蜕词华冻。一瓣痴心千迭梦，要补蔓天劫缝。拓来烟语①余馨，穗帏隔代传灯。夜半浏然环佩，人间认作秋声。

——清平乐·新河以白石老人所镌梦碧翁印蜕属题

萤窗拓取青青薤，魂断沧波外。骊歌变徵袅余馨，掩卷不堪闲卧月中听。　远游公子萍难住，一瓣词心苦。思归总在乱尘中，孤桨梦遥愁水更愁风。

——虞美人·题《乔大壮先生手墨遗藁》

帘外已斜阳，静室生凉。何人盥手检残章。乱叠书衣浑不觉，墨淡笺黄。　海国卷枯桑，向此深藏。应怜叶叶拓流光。临去秋波惊一顾，小笔留香。

——浪淘沙·中山图书馆坐阅数日，偶见旧册中所夹冼玉清大家手迹

暖梦滋兰，深心种茝。不教九畹从荒秽。几番摇楫摘星回，弦歌乍起寥天外。　夜衬珠明，波推云沛。遗篇翻处春风在。凭谁折简报春风，诗丛已放花如海。

——踏莎行·题孔凡老回舟全集

① 词下有注：“梦翁好用‘烟语’一词。‘小篆吐秋心，隔纱烟语深’，‘隔帘消息怯笼鹦，漫道星星烟语欠分明’。”

几首作品单以词论已属上佳:《台城路》声情沉婉低徊，换头处以“回灯漫思换羽”照应上结之“变入秋声”，两片遂如榫卯相接，自然而然;《清平乐》“红蜕词华冻”“拓来烟语余馨”语奇巧而不生造;《虞美人》句句不离“波外”两字①，词意确如层波宕进，通体俱动，略无琢刻痕;《浪淘沙》竟以令词之容量详述坐阅、沉思、感慨、离去全过程，意韵绵长如泛黄书页。然更不易作处是对沈、寇、乔、冼、孔五家人格词心的通透解会，隐现在辞句中的论断语“梦里高飞，病中南渡”“暖梦滋兰，深心种莛”“隔代传灯”等俱下得极精准深刻。

灵犀的“打通”赖于才华，更关乎学养、品位。当代女词家中，颖庐无疑是最富书卷气的一个。其自云“书生意气偏好古”②，此处“古”不仅指“说部英雄脂粉里，角招歌彻老鳞残”(《平韵满江红·与乐乐晦窗凝月诸兄雨中游巢湖姥山岛》)的幽思，“深流枯瘦成滩，犹将冷眼旁看。空坏干卿何事?朝朝一炷香檀”(《清平乐·乐山大佛》)的灵悟，更在于那些咏古物之篇什。如《徵招·题文文山履式遗砚》《采绿吟·得影印密韵楼蓝字本〈草窗韵语〉依蘋洲渔笛谱》:

如何勘得人寰古?星尘此间扬簸。血雨会须凉，褪漫漫天火。劫华开一朵，是娲石、淬成抟妥。叩壁铜声，聚池铅滴，夜深犹和。　甚夥。转飙轮，兴亡事、都从梦边经过。万死荩臣心，被愁洇恨涴。更无蟾啮锁。莽天地、只身担荷。又还怕，神蹯腾挪，踏紫衣都破。

蚁国凉声起，知快雨、打叶楼西。新裁握素，古馨栖影，小砚匀诗。扫尘还独坐，苔丝袅、润青染入琉璃。抚云轻，游心窈，沉沉秋夜堪寄。　兴废等池灰，低眉问、阿谁能比柔脆。尤物自千秋，佩薜带绡衣。共茶烟，消与分阴，空今古、长拍诵无题。摩挲久，曦色透帘，灯痕式微。

① 乔氏词集名《波外乐章》。

② 《渼陂行》诗句。

前首破空一问即定下高华基调，“血雨”“劫华”空处着笔，“铜声”“铅滴”近景摹物，“莽天地、只身担荷”则极言文山孤忠，古与今、虚与实“都从梦边经过”，浑化无迹；后首意象较前作为密，然落字在浓淡之间，故能流动不板实。与“千秋尤物”相对“共茶烟”，真“视物如人，物我融一”① 也。咏有形物易，赋无形物难，颖庐又有《无闷》以“寒湿轻裘，风折乱葭，跳瓦零星霰子”“梦压年根，要巨擘、提将乾坤洗”咏雪意，《曲玉管》以“嫋嫋初沉，悠悠还起，不教空外游丝断。系住斜晖，几许闲处悲欢。共流烟”咏晚笛，俱微细入神，臻词体形式美之极致，便咏物圣手碧山亦当避席。今词家秋扇有妙论：“咏物词约可分为两类，描摹物态，曲尽其功，一也；不粘不脱，寄托遥深，二也”②，颖庐才能兼美，当世倚声家中罕有其俦。

颖庐近年治清词颇有功，发余绪为词，那种在“蠹蝶游蟫”中拍肩古人、寄寓浮生的情致颇深沉动人：

大实惊舟，摇楚佩、萍波空绿。依稀见、隔花弹泪，斯人幽独。残鬓尘吹分罫路，九垠电笑投壶曲。甚谈手、凉局子无多，穷征逐。　汗血马，曾批竹；窥肉隼，方钩足。砌百年块垒，难平笺幅。砺圻带回红雾里，箕扬彗走银潢北。燧神火、排闼海飙来，山如蹙。

——满江红·东萍女史赠示《云起轩词笺注》漏夜环诵感赋步文氏韵

芸屏迭影，凝尘不到画楼深。乌丝素轴披寻。阅尽人天无恙，铿尔没弦琴。只低眸消领，满把光阴。　酸风罢吟。向古艳、一推襟。寄得浮生短梦，蠹蝶游蟫。嗜他残叶，浑忘却，飘摇在海心。任帘外，暮雪飞临。

——婆罗门引·岁暮上图检校　甲午腊八前后，于上图检索

① 魏新河《秋扇词话·三八》语，载《当代诗词丛话》，第669页。

② 魏新河《秋扇词话·二七》语，载《当代诗词丛话》，第666页。

周止庵数据，所获多有。尤为意外者，得武进盛氏《止庵遗集》红本，犹今之所谓“清样”也。封面有赵叔雍手迹，抚诵沉吟良久。又见周词有《齐天乐》一阕，“蠹蝶”二字，触目惊心。归来赋此

“雅”固是诗词创作的重要目标，“书生好古”的审美惯性也在所难免，但求雅过甚总令人生“水清无鱼之恨”①。颖庐近年渐入二窗堂奥，时出涩语，复驱遣驭用《夏云峰》《鬲溪梅令》《江月晃重山》等冷僻词调，正走上了学人词高峭也窄险的老路。《喝火令·邂逅》为集中难得平易家常语，词虽自老杜脱出，亦能尽写自家心事：

执手看秋鬓，呼名敛泪光。浅涡犹认辨梢长。流水廿年无响，生趣在空忙。　事比云烟乱，回头更易忘。几曾留意路边香。但说儿孙，但说岁胜常。但说晚来天气，不似旧时凉。

深稳醇厚之外，颖庐还有轻灵宛转一格。刘梦芙谓“为词冰雪聪明”②，盖指此。兹引二首以顾见全人：

诧轻盈，怜薄翠。未雨低飞，怎拣荷心睡？红浅纱儿青虿尾，偶上香鬟，痴与搔头配。　拟千回，裁一纸。除却相思，拈管浑无味。凉梦风前容易坠，写个虫虫，点破空明水。

——苏幕遮·题新河工笔蜻蜓

风清夜清，鱼灯兔灯。梅心梦湿珠莹。抱枝头旧馨。　三声四声，零琶碎筝。春天隔个帘旌。要伊人细听。

——醉太平·灯夕雨

① 周济《宋四家词选序言》语，见《词话丛编》，中华书局1986年版，第1644页。

② 刘梦芙：《冷翠轩词话》，载《二十世纪中华词选》，第1869页。

二　幽秀深窈[1]的景蜀慧词

与颖庐年齿相若、交接甚密而“同时瑜亮、各擅轩轾”[2] 的景蜀慧（1956—　），祖籍山东章丘，生于重庆，1978 年入四川大学历史系，后随缪钺治魏晋南北朝史，博士由缪钺、叶嘉莹联合培养[3]，现为中山大学历史系教授。缪钺尝以其名作嵌头联语勉之曰：“蜀道艰难，此地有崇山峻岭；慧心缥缈，乘风去玉宇琼楼”，足见爱重。

蜀慧创作理路、词学观念陶化自乃师。缪氏有一律云：“论词似悬最高境，奇气灵光兼有之。玉宇琼楼饶远想，斜阳烟柳寄幽思。由来此事关襟抱，莫向瑶笺费丽辞。察物观生增妙趣，庭中嘉树发华滋”，极言词“幽深曲折之美”与“高缈修远之境”[4]。景词“奇气”或稍弱，“远想”与“幽思”则颇擅。如《鹊踏枝·己巳端午，读冯正中集，因效此体》之“鹃口斑斑声如昨。漫托春心，惘惘空沉着”“数点疏钟云外静。碧空望断明河影”确“幽”而“远”，大类冯延巳声口。体现得更为显明的是《水龙吟·梅花　七十年代，予从军陕南。驻地后山有野梅花，每岁花开，幽香数里。霜晨雪暮，辄与一二友人入山访之。徘徊花下，逸兴遄飞。倏然已过十年，感念旧踪，爰赋此解》：

> 恍然梦里溪山，苔枝又缀疏疏蕊。幽红淡白，当年几树，露凝寒翠。缥缈孤鸿，联翩双鹤，欲飞还止。正阆风人远，冷香凝雾，想三弄，空山里。　过眼韶华易逝。待归来、旧时环佩。堪惊绝艳，缟衣尘满，愁生汀蕙。金缕歌残，玉龙吹彻，东君沉醉。待深宵暗对，横窗瘦影，诉相思意。

---

① 郭麐《词品·幽秀》：“千岩巉巉，一壑深美。路转峰回，忽见流水。幽鸟不鸣，白云时起。此去人间，不知几里。时逢疏花，娟若处子。嫣然一笑，目成而已。”

② 刘梦芙：《冷翠轩词话》，《二十世纪中华词选》，第 1876 页。

③ 1988 年，缪钺出面提议并报请有关部门同意，聘请叶嘉莹为兼职导师，共同参加培养。景蜀慧：《殷殷滋兰意——浅记彦威师晚年对学生的辛勤培养》，《魏晋诗人与政治》，中华书局 2007 年版，第 277 页。

④ 景蜀慧：《殷殷滋兰意——浅记彦威师晚年对学生的辛勤培养》，《魏晋诗人与政治》，第 279 页。

此一篇为“鸿雪社”第四期课作，诸评委擢为榜眼。粗看虽皆白石、玉田常用之字面，但“当年”“旧时”中“有‘我’在”①，故能动人。词如工笔淡彩，不着重墨，惟结句逗漏心事，题旨为张。景词也不尽是意在言外、蕴藉空灵之作，读《八声甘州·癸酉秋，读〈陈寅恪诗集〉仰怀大师，感慨时事，赋此二阕》：

渐金风凄凉满神州，落叶又惊秋。更蒹葭凝露，蘋花似雪，雁去悠悠。尘聚蜂房蚁穴，槐国亦封侯。乱句棋枰外，独上高楼。　记取衰翁心事，怅名园寥落，沧海西流。漫存身夷惠，兰柳暗生愁。任哀时、江关迟暮，写兴亡，诗史自堪留。青空碧，锁孤鸾影，月冷沙洲。

对一编遗墨冷秋烟，歌哭问苍天。记沉湘心事，河汾旧梦，幽恨销残。几度南飞乌鹊，惆怅换人间。海沸桑枯后，何处家园。　满目湖山依旧，正江枫叶落，桂影高寒。费吴刚斤斧，蟾月已娟娟。便千年、文章弦箭，倚新妆，眉样尽争妍。芸窗下，望秋河转，露重霜繁。

词沉痛处还不在对“名园寥落，沧海西流”的寻访，对“沉湘心事，河汾旧梦”的追忆，“尘聚蜂房蚁穴，槐国亦封侯”“便千年、文章弦箭，倚新妆，眉样尽争妍”数句笔力重大至极，刺世意是明显得自陈寅恪“蜂户蚁封一聚尘”“涂脂抹粉厚几许，欲改衰翁成姹女”诸诗句的。

东篱休叹黄花瘦。春水未生秋水皱。寒鸦衰柳自相哀，午夜清飚来远岫。　刘郎已去蓬山久。王母白云深户牖。华林园冷月将斜，劝汝长星一杯酒。

——玉楼春·乙巳岁末感赋

① 陈机锋评语。

佳人鹤发娉婷出。舞乱银屏罗袖窄。镜中自赏旧时妆，眉上频添新黛色。　何郎粉面堪经国。右相元功称盛德。独持杯酒向黄昏，今古茫茫风露白。

——前调·电视新闻

“刘郎”“王母”“佳人”“右相”等应俱有所指，唯针线谨密，难于察究。手段虽仍是子苾《鹧鸪天》组词“藏钩射覆”一路，然结句“劝汝长星一杯酒”“今古茫茫风露白”视角宕开，以间前文之秾缛，是高妙处。

世素以段、景并称，实则景词境深，段词味厚，如处理类似题材，景之《唐多令·读〈长恨歌〉书后》只到“欢怨古今浑若梦，幽窗外、月空明”的寻常境界，段之《沪昆天蟾舞台观〈长生殿〉》则有“甚尤物从来凤毛轻，更不抵痴鹃、白头江浒”的落在高处的思索，遂优胜。

三　剑气箫心[①]的李舜华词

略晚出而俊迈如“快马斫阵，登高一呼”[②]的李舜华（1971—　）可推为当代学人词“射雕手”。舜华号复庵，江西广昌人，先后就读于山东师范大学、北京师范大学，现为华东师范大学中文系教授，从事古典戏曲、小说研究，有《冰栀楼剩稿》《复我庵吟稿》《沪上吟稿》。陈永正谓：“涣斋[③]之文，复庵之词，当世学人罕有”[④]，这句“罕有”既潜含着学界“文雅不闻，伪体斯兴”[⑤]的代际性共识，也是有感于诗坛卑庸之风劲吹、“江湖侠骨已无多”的喟叹。

复庵十七岁始作诗即手眼甚高：“等闲风月等闲诗，夜半忽听碧玉辞。

---

① 世以“剑气箫心”状貌龚定庵诗词，复庵诗词中多有此意象。

② 郭麐《词品·雄放》语。

③ 涣斋为舜华夫邓秉元号。秉元（1974—　），原名邓志峰，号涣斋，吉林农安人，复旦大学历史系教授，师从史学家朱维铮，从事经学与历史研究，著有《周易注疏》《孟子章句注疏》等。

④ 转引自《徐晋如谈〈百年文言〉：风雅不灭，高贵长存》，网文。

⑤ 钱之江：《〈春冰集〉序》，河北教育出版社 2005 年版，第 1 页。

一自蓬山孤凤杳，桐花空发两三枝”中的矜许感最近于“一睨人材海内空”的龚自珍。其后夙志不改，“铿然宝剑欲何屠，肯教高情对酒沽。一自九州风雨骤，扁舟挟策啸江湖”“无数繁花过眼明，百年深巷梦犹馨。谁教四面八方雨，惊破龙蛇四壁声”“看尽山寮共水寮，铜鸾无处证芭蕉。愿焚三万六千障，不许春深过二乔”等句，使杂《己亥杂诗》卷中亦不辨楮叶，顶礼定庵之心志颇昭明。

故此其为词必“耻为娇喘与轻颦”①，不作一字软媚平熟语。《蝶恋花·春暮忆江南》《蝶恋花·上巳感怀》《浪淘沙·丁亥秋沪上别涣斋》为怀思、送外的婉约题面，而以“待理琴弦歌素志。深山一夜春鹃起”“梦底琵琶声似铁，天风吹落檐前月”“截断行云崖上雨，出没孤鸿”煞尾“提神”。即如《六丑·咏海棠》《曲江秋·白莲》等熟题下亦有“教烂春遣放平生志，休随海汐”“欲怅古连桥，双星隔断空明灭”的奇气横逸而出。《卜算子·丙戌六月》组词前小序云：“偶然整理旧纸，得少作《咏柳》五首，分题四季，复总一篇，以拟一生之追悟。事隔一十八秋，不意当年所语尽皆成谶。忆得少奉冰心语，以为生命必历百劫而不悔，始称圆满，不知今日一一历尽后，犹能不悔否？圆满二字，又当何解？怅怅不已。复题词五首，回首沧桑，俱结于‘柳’，或抑中麓前有《卧病江皋》、后有《中麓小令》之意耶？”应是难得的明言述志之作。读第一、二、四、五首：

歌尽绿芜琴，怕问东阳瘦。几处梧桐碧可怜，花灿黄昏后。梦欲挽长河，谁是经纶手。放眼青山皆不言，匹马长堤柳。

风定午阴圆，绿满新荷瘦。一点黄蜂扑素经，莫道寻芳后。阅遍古今辞，翻笑文章手。青鬓长青总是痴，策杖东坡柳。

落叶满京华，蝶冷雕鞍瘦。玉砌朱栏只等闲，生小横塘后。暗老丁香梦，闲看翻云手。已觉西风百样愁，更着斜阳柳。

---

① 龚自珍《己亥杂诗》第二百五十三句。

孤月下飞霜，风起寒波瘦。刻骨相思已惘然，谁问三生后。梦逐落鸿吟，香冷攀梅手。云落云飞一瞬间，又见新亭柳。

“总是痴”“百样愁”“刻骨相思”可证其“哀乐过人”“万感幽单”的词家质素，而“梦欲挽长河，谁是经纶手”“阅遍古今辞，翻笑文章手”的少年自负必定在涉阅人事后转化为或沉郁、或披扬、或苍凉、或岑寂的中年感怀。其中以寄情于景的长调最能见坎壈胸次，所谓“风雨江山外万不得已者”①：

断鸿影里斜阳，黄芦一片秋无际。江南塞北，伤心又是，萧然归矣。燕子楼头，百花洲外，依稀清丽。恍流年似水，红颜如梦，付风雨、斓斑里。　惆怅与谁拼醉。共西风、泪倾如水。萧萧狂去，悠悠愁起，推排无计。何事年来，剑喑箫冷，栖尘如此。待寒江月落，千笳声动，逐孤云逝。

——水龙吟

噫我归欤，望七星岩，听邻院蕉。念鸳盟虽证，人生难百；文坛逐鹿，毕竟蓬蒿。半月千江，万荷一梦，十载江湖对雪消。灵山好，问流连底事，不解霜袍。　秋风难唱渔樵。争不见深林翔朔枭。顿金刚嗔目，地皇发愿；魔生种种，劫变滔滔。我本无根，君归何处，满目疮痍待酒浇。凭栏久，恍鱼龙俱动，松影如潮。

——沁园春·重过青雨寺　八月中，同涣斋、民弟，携丰、凡、晨、露四甥重过青雨寺，攀七星岩不得而返。旧地重游，少年意兴，俱成流水，而此后荆途，犹自苍茫，能无深慨乎

千嶂烟深，四郊莺起，朝阳初上花野。粲粲游人，翩翩飞辇，悄向春边倚马。怕问垂裳日，试弦索，清真偏写。半生箫鼓烟霞，可怜都作虚话。　欹倒红醪醉也。任散发芳溪，泠泪盈把。掷剑龙惊，

① 况周颐：《蕙风词话·卷一》，人民文学出版社1960年版，第10页。

题兰人老，莫道古今都冶。行尽天涯絮，待唤影、芭蕉荫下。一砚如冰，文章销尽长夜。

——探春慢·沚斋蝠堂童轩诸先生招上巳雅集奉题，用白石韵

这绝不是寻常的登高怀古、临流赋诗。“人生难百”“毕竟蓬蒿”背后的人世无常感，“萧萧狂去，悠悠愁起”“掷剑龙惊，题兰人老”曲折传达出的浩茫情怀，底里都是中国文人那种失落已久的狷狂标格，而“散发芳溪”的遗世姿态与激亢的啸傲声尤令人凛然动容。即在应制而作的《水龙吟·和颖庐香江纪念黄遵宪词章长卷附骥以答晦窗》中，复庵也能脱出羁束，放笔写自家心事：“百年吹尽红棉，风骚何处梅江冷。将舟失楫，欲呵无壁，萧萧鸿迥。驾鹤归来，还应怕见，芸芸人境。叹九州横肆、斯文兴废，扶日事、凭谁证。　回首万峰烟暝。但疏星、乍惊还醒。良方莫诩，当时热血、尽成新病。且把芙蓉，天涯望断，野蒿初劲。要寒涛怒起，铁弓迸雪，认鱼龙影。”长调之外，形制较短的词作以情绪较“浓缩”而更易感及：

苦雨腥风梦易寒，重添春蜡坐参禅。层云万里迷孤影，都是冻蕊千重裹寸丹。　分碧海，破苍山。乘风欲去又茫然。不如挂剑磻溪上，楚些周诗带醉看。

——鹧鸪天

爆竹声中欲断魂，暂携村醴过阛门。华灯夺月迷千眼，破帽遮颜剩几人。　春梦影，旧歌痕。已凉鹃血倩谁温。等闲浇遍芙蓉土，千树桃花漫水坟。

——鹧鸪天·上元

卅载流年任转输，偶然南粤结松庐。苍崖已没三君篆，红烛还看四壁图。　乘赤豹，撷芙蕖。梦来惘惘欲何如。屠龙事业生花笔，尽付灯前一策书。

——鹧鸪天·寄怀

湘扇谁题幽思赋，销尽流年，犹有余香驻。打桨西湖斜日暮，当时红叶应无数。　欲寄愁心关塞阻。蝶梦无端，携入春兰谱。回首津桥惊一羽，天风吹下星如雨。

——蝶恋花

神色虽比前举几首略颓淡些，然“不如挂剑磻溪上，楚些周诗带醉看”“等闲浇遍芙蓉土，千树桃花漫水坟”“乘赤豹，撷芙蕖”“天风吹下星如雨”诸句仍如银钩铁画，光耀纸面，这种慷慨高歌在一片“小红低唱”中显得殊为可贵。复庵词的锋锐面目是审美取向、个人经历共同造就，而总由情性先导。与其交谊颇深的徐晋如曾对“剑气箫心”作出如下沦肌浃髓的阐释：“定公诗：‘一箫一剑平生意，负尽狂名十五年’‘狂来击剑更吹箫，剑气箫心一例销’‘气寒西北何人剑，声满东南几处箫’，设剑箫为喻，揭破体象之密，于诗道庶几近之，然终稍嫌单薄。至若谭浏阳‘禅心剑气相思骨，并作樊南一寸灰’，说尽诗奥，斯乃可谓至矣极矣，蔑以加矣。清刚妩媚之外，饶多执著深沉。”[①] 他毕生实践鼓扬的诗学理论核心与李舜华正多殊途同归处。如同调同题的唱酬之作[②]，男性的胡马有“篆灰争得似侬心？侬心已似霜冰冷”的深情，女性的复庵偏作“天风尽处铁枝横，一一教写刀霜冷”的劲峭，其实又都是“清刚妩媚，执著深沉”的这种复合型审美祈向中的一端，大可合而观之。尽管这种芳菲悱恻的情怀与高蹈超俗的笔路已是词坛——也是现世之稀缺品，但它毕竟是一泓未曾断流的“活水”[③]，一个“烁然难灭”[④] 的火种，一旦与英卓才人心会神合，就会呈现出异于、也高于侪辈的艺术品貌，龚定庵、文芸阁如此，徐晋如、李舜华亦如此。

当代学者型词人还有辽西陈逸卿（1954—　）与津门安易（1947—　）、毕恭（1977—　）等。陈氏本名文杰，号卿云阁主，锦州师专中文系教授，承社荣誉社长。逸卿以诗、赋擅名，词时有俊句，《蝶恋花》忆山

① 《缀石轩诗话·七六》，载《当代诗词丛话》，第714页。

② 《踏雪行》为2016年末徐晋如首作，刘斯翰、陈初越等倡应。《踏雪行》即《踏莎行》，名自《鸣鹤馀音》。

③ 马大勇师论龚自珍、文廷式词语，《晚清民国词史稿》，第165页。

④ 李舜华词《满江红·庚寅暮春重返粤中，过厓门感文信国事作》句。

乡少女生活云：“听雨潇潇瓜豆架，露井苔深，花好应初夏。二十娇羞犹未嫁，双亲指月言同价。　听雨每思珠泪下，桑柘人家，先学樊迟稼。草木春风经数化，荫成已近先儒舍。”安易网名细辛，就职南开大学古典文化研究所，词富历史感，格调沉雄，《六州歌头·秋兴》可接武东山。毕恭号多闻，工印事，学诗词于张牧石①，得乃师典雅，可存一家。

第三节“衣边吹散余馨”②：论李静凤词

李静凤（1964—　），字羽闲，别署青凤，斋号散花精舍、褪红簃、曼陀罗龛，南京人，生于扬州。幼甫识字，即为老宅中太师椅背所镌李谪仙、贾阆仙诗境界所摄，神往古意。十二岁学诗，十八岁填词，师从当代名家俞律③。《散花词》《散花词续》凡六百八十二首，非徒数量为百年女词家之冠④，琼思玉想，尽态极妍，粹然为当代婉约大宗。俞律评曰：“善于鉴裁，更聪慧异于常人，乃得非常情之情，非常理之理，非常趣之趣。翰墨会心，真有须眉不能及处”⑤，刘梦芙致函谓：“清芬拂拂，仙骨珊珊，洵万难得一通才”⑥。青凤为传统词家中较早介入网络者，曾任著名诗词论坛菊斋版主，网人咸重之，至有“焦明不至，河不出图”⑦之叹。洗砚斋作《青凤曲》赞曰：“海内纷传顾太清，人天未绝相思种”“一时群笔荡

---

① 张牧石（1928—2011），原名洪涛，因学篆师从寿石工（玺）、心慕黄牧甫，遂改今名，字介庵，号丘园，别署月楼外史等。1949年天津法商大学法律系毕业后任教于中学，数年后被牵入“胡风案”停职审查，“文革”中复因张伯驹“春游社案”遭调查数年。著有《茧梦庐诗词》、《篆刻经纬》《张牧石艺略》等《茧梦庐丛书》八种。牧石词为当世推重，张伯驹谓：“能入于情境，出于情境，学梦窗而又能自树”；龙榆生谓：“婉曲厚丽，四明法乳，读梦边词可知七宝楼台不容碎拆也”；寇梦碧谓：“牧石词师法觉翁，衍彊邨、大鹤之余绪，情真意新，辞美律严，允为当代巨手。”

② 李静凤词《夜飞鹊》句。

③ 俞律（1928—　），扬州人，鸳蝴小说家俞长源之子，先后拜入沈尹默、林散之、唐玉虬门墙。五十年代初毕业于光华大学商科，1957年被划为右派，七十年代平反后任青春文学院教务长、南京市作协副主席等。俞律以小说、散文等有声于时，《菊味斋诗钞》存词六十余首，数量较小而精粹颇多。

④ 第二名为吕凤《清声阁词》，存六百七十三首。

⑤ 《〈散花集〉序》，转引自“九风斋书画”微信公众平台。

⑥ 同上。

⑦ 菊斋“雪妙子”语，见菊斋论坛。

风雷，独见天花散卿手”，诚非夸饰语。

一　“藕孔藏身”“天机触发”的创作观

青凤昔年序刘晏如《小庭霜月杂存》有云：“想吾人皆为耽于文字者，或共慕于千古同构高贵绝美之化境，或共沦于累世之文字宿命乡愁。而负此种种怀想，辗转觅诸红尘。”① 在《散花集》自序中，“耽溺文字”“潜沦宿命”语则更为直接地表达为不能尽驱的“结习”。越九年，青凤作为当代女诗人代表入选《诗书画》期刊②，进一步发潜阐幽，向我们展示了她丰美的心灵世界：

> 昔帝释与修罗战，修罗败北，走避藕孔不见，则藕孔实为避地藏身一大佳处。吾人生此世中，有诸多身不由己、事不得已，障眼红尘避无可避。况余非有勇力者，凡事皆欲逃之避之，而当避无可避时，则生出大苦恼。文字一道，遂为余之藕孔矣。所谓一生但与笔砚知交，此乃脆弱者生存自欺之道，原不足为训也。
>
> 天地有大美而不言，吾辈时与己晤，或能独有感会于天乎……司马氏云：“诗三百篇，大抵圣贤发愤之所为作也。”韩昌黎亦云：“夫和平之音淡薄，而愁思之声要眇；欢愉之辞难工，而穷苦之言易好也。”故诗词以骚雅为特质。盖以文字悟入人生之苦境，又将此苦境化为美境，得相与慰藉也。因美乃是弃绝现世一切利害关系之物。故诗词度人超脱，以助精神上升不堕，人藉诗词亦为暂时解脱之道。此亦言诗禅相通，皆求内证以达解脱。然诗为方便法门，禅乃究竟法门，诗由动入静，禅由静以入于寂灭尔。
>
> 故此，偶有兴会，若虚室枯坐，有忽来之风雨，若夜窗独寤，见乍到之明月，一时得句，如同天机触发者，是为最自然浑成之上品。一生中，此境难遇也。至若搜索枯肠，钉餖成篇，不过中者小蛮针线、下者老僧百衲衣耳。此亦人人皆知之理，而未必人人易取之径。天地间原有

① 见刘童新浪博客。

② 《吟坛女诗人六家》，《诗书画》2015 年第 4 期。

> 一种音节、文采，必待吾心皈依、暗合于此道，方允一窥其妙。斯亦藕孔中别有之天地也。文字本缘情而作，又遑论为己、为人，因时、因事，要皆是天地间一种大同情，百川到海，大乘小乘终归于一乘也。究竟此一人，犹是此世间之一人，此一藕孔，亦犹是此天地间一物耳。

一席倾谈，可谓明心见性。从这段话中，我们至少可辨认出三点：(1) 诗词于青凤首先是“避地藏身”“暂时解脱”之所，即今人秦紫箫“人间更辟小红尘”意是也。虽自谦为“脆弱者生存自欺之道”，然在此“佳处”中，作者能够获得“心境和思维上的自由”，“完全享受独立于万人的我的世界/时空”①。诗词所以可贵，正在“为己”——这与强调“为人”的“老干体”之流自有霄壤之别；(2) 诗词人生慰藉，故应为一尘飞不到之“美境”，由此必生发出唯美是求的雅正一路的艺术祈向；(3) 颇带有几分神秘主义的“天机触发”论虽不过是“文章本天成，妙手偶得之”的老话重提，亦可觇见其严敬的创作态度。

词心端粹，一丝不乱，也难怪《散花词》淹雅精洁世所罕觏了。《忆旧游·题旧稿》最能见“我”与“痴语”也即佛家所谓“文字障”的往复周旋：

> 对斜行矮卷，褪染轻缃，金焰身前。旧迹浑非是，甚名山慧业，拭粉吹绵。暗窗病叶惊坠，光景逼灯间。料化蝶心灰，风长翼短，冷砌堆烟。　清妍。爨桐后，问灶底丹成，须到何年。九转精禽恨，共娲天同炼，难补娲天。剩些蔡楮仓字，痴语爇三千。怅敛手寒温，樽空鬓绿人未眠。

二　雅厚深挚的《散花词》

婉约词不易作。况蕙风谓：“自唐五代已还，名作如林，那有天然好语，留待我辈驱遣”②。果欲取径于中，不沦为“清浅才人”辈而卓然成家

---

① 夏婉墨语。

② 《蕙风词话·卷一》，第 8 页。

如青凤者，曰真，曰厚。

青凤虽从事金融业而心慕古典，诗词、书画、昆曲、古琴之业无一不精。诗意生活不能向壁虚造，她的那些实录日常起居与心境的词作中“真”的成色是相当高的。《虞美人》一组七首分咏煎药、读书、拍曲、弹筝、写笺、种花、扫尘事，细腻入微，若“词体日记”然。再读写“红尘清况”之《踏莎行》：

屋角停筝，风前小睡。后湖多少荷花水。解怜昨夜谢红衣，闲窗的的青莲子。　与雁呼凉，和虫作计。两般无赖无情味。还无一语抵深愁，真书临遍麻黄纸。

山雨初横，梧风渐紧。窗前听过雷车阵。耽秋早是惯阴晴，阴晴转尽心犹肯。　人世千年，天官一瞬。秋星不信无情分。能存一字到神仙，回肠拚付银鱼吻。

淮水邀灯，台城看柳。红尘清况年时有。做场风雨自生秋，怅然绿鬓斟红酒。　身转浮萍，琴传素手。仙方驻景谁能够。秋如小病已磨人，思量病与秋长久。

桐叶如花，桐花似凤。飘零合是无人懂。修成痴福羡枯蝉，无愁无闷泥中蛹。　春瘦千回，秋清一种。算来都是醒时痛。小灯如月照醒人，不知醒也还如梦。

“屋角停筝，风前小睡”“身转浮萍，琴传素手”，清气袭人，飞琼生涯无过此矣，以词论亦富风韵：“回肠拚共银鱼吻”“秋如小病已磨人”似无理，又甚工。笔致更绵丽也更古香古色的是《生查子》与《醉太平》：

吹残白絮风，熟透红蚕果。瘦了紫桐花，卧倒酴醾妥。　龙涎迷迭香，鱼钥葳蕤锁。裙绿草埋烟，镜古烟欺我。

尘花慢香，情昏意伤。夜来雨倦灯凉，对眉心淡黄。　　云仙绿章，天荒地荒。蝶衣晒遍莓墙，在风旁露旁。

柳絮、桑葚、桐花、酴醾，皆春末夏初风物，龙涎香、鱼锁、古镜，则闺房清供也。伊人流光转盼，由户外而室内，如工笔画图，“烟欺我”琢字极考究。《醉太平》更是通篇眼前语而未经人道。其他如《月宫春》之“宁耐蠹灰分纸寿，春蚕小字侧厘笺”、《玉楼春》之“小词吟到唇红褪，花事寒苗心最俊”，《系裙腰》之“鱼纹春水绿油油，朝采翠，晚梳头。愿身长住百花洲”，《喝火令·冬至前六日制得九九消寒句》之“写成云篆列婵娟。一画烟江，一画染青山。一画绛梅霜笛，吹破艳阳天”乃至连缀二十六“红”字的奇巧回环的《庆春泽》，皆以倾抱写诚而略无隔膜空泛感。

“还似古时人”（《浣溪沙·菊秋》）而能自出新意之作又如《行香子·甲午九月半寒露月全食》与《御街行》：

飘海飞槎。桂窟杈枒。甚银光、障了仙蟆。红纱灯影，度与人家。但风听云，水听石，霜听花。　　莫吟蒹葭。未抱琵琶。忒轻悄、惊起昏鸦。露凝琼面，生小无瑕。管被他瞒，从他昧，为他奢。

冲街冷雨听风咒。已过了、烧灯候。腥波平泛小桥晴，人似青衣杨柳。樱桃枝上，朝来寒峭，才点胭脂瘦。　　桃花尚在樱花后。次第是、春妆就。年年花事小情天，天也翻新成旧。仓庚鸣罢，一林岚气，春味尖于韭。

或自幼时学诵“却下水晶帘，玲珑望秋月”起，词人即对月怀有向往。在现代科学话语下，月全食作为习见天文现象早已揭去神秘感，然并不妨碍“露凝琼面，生小无瑕”的浪漫想象，“管被他瞒，从他昧，为他奢”，分明人月双写。后首流美更胜，“春味尖于韭”，何等警秀，将无形春意经通感手段具化为可视之事物，若“无边丝雨细如愁”“寒山一带伤心碧”一类，非词心细于毳毛、净于琉璃不能到此境。“凡有所作，率兴之所至，以美为归，但求不悖于真，适性而已”[1]，其词“真”，盖先有“性”之真挚也。

在雅正的“主干”上，旁逸斜出其他包含审美质素的“枝叶”，形成积苍叠翠的复合型美感，即“厚”。若同叔花落燕归外，尚有“高楼目尽欲黄昏，梧桐叶上萧萧雨”之孤迥，永叔西湖棹歌罢，犹能发“陇上雕鞍惟数骑，猎围半合新霜里”之壮音。《散花》集中，同样可见多种层次的艺术“变相”。她有“大法螺吹兵似豆，金刚杵坏鬼如麻。怪他月白碍归鸦”（《浣溪沙》）、“怕爨火、试将奇石，禅天须烂煮”（《花犯·子春赠戚邑红叶》）的拗峭，有“雷声并，倒山推海，烛龙翻挺”（《翠楼吟·溽夏雷雨夜》）、“江山龙战血，碧落飞黄叶”（《菩萨蛮·蒋鹿潭子夜歌七阕，谢玉岑以为怨骚之遗，遂有继作，余慕而仿焉》）的奇横，偶尔也将“太宇光浮，瑶舱电闪”的火箭发射时事、“舞残百合枝底，匀趁足尖行”的芭蕾舞剧纳入笔底，又能庄谐并作，《清平乐·兴化得板桥道情手迹影印本》“渔樵旧事，鼓板青衫记。介竹撇兰都是字，瘦作人间寒士。　如何乱石铺街，有人乘醉归来。月是扬州精怪，醒时化个梅胎”居然十足板桥风味。青凤之雅，雅得宽豁，雅得丰盈。

青凤擅画，又自谓“刻骨由来山水癖”（《金缕曲》），故每将水墨笔意参入词作，最典型如《生查子·宿灯影峡》，全词句句一气贯通又各成起讫，如一卷八开山水册页，将词调句式整饬、转韵灵活的美感发挥到极致：

夜渡铁船来，水玉笼江雾。晓幄逗烟光，半峡鸡啼雨。　当面起山云，缭绕危崖路。身幻万千峰，淡了青红树。

青凤避嚣习静，气息庄穆如空谷幽兰，然而出世者又每多奇志狂想，故她的作品中也有超逸俊爽的一面：

国在妙香里，虹气可浮天。荷锄谁种寒玉，古佩踏琼仙。倒扣银

---

① 《吟坛女诗人六家》。

河宽广，开得花枝十丈，着个小菱船。我欲住花底，霜骨也珊珊。　风来去，鹭上下，叶田田。红鲜绿湛，同抱清梦夜深眠。漫道和云和月，又恐为冰为雪，飞散露盘烟。一棹生秋雨，洒作水心圆。

——水调歌头·金湖荷荡

翠雪生寒，来勺我、一瓢短筏。休捧起、指间冰茧，水精明滑。侧目滩行山势转，拍肩涧走洄声咽。伴孤影、尽日送行云，飘红叶。

忘机事，情正惬；窥鬓上，双蝴蝶。看残崖度夕，老藤苍葛。非雨非晴凭激荡，疑今疑古都消歇。剩长绳、不系更归来，追明月。

——满江红·漂猛洞河

“和云和月”“为冰为雪”，《散花词》之色貌也；“非雨非晴”“疑今疑古”，《散花词》之品格也。网人“瑰丽雄奇，骏发豪放，几闻大海潮音；仙姿清绝，异卉奇花，时睹上林春满”[①]之评，可谓慧眼。青凤的高情雅趣，也正是其词的成就与特色——这是词学批评史上“词品出于人品”的经典话题了。昔年王昶论友人江宾谷词云：“君耿介峭冷，熏心炙手之地，望望去之。每逢荒溪幽汀，孤游独谣，归而掩关却扫，日以图史、金石、笔墨、香茗为伴侣，俗客罕闯其户……而诗与词之工实在于是。”[②]姜张以下，真雅者几？青凤的人品与词品之雅，皆发乎天性，绝非今日词坛顾盼自赏之“媚雅”[③]俗子所能习摹，她的创作，就是文人雅词在当代最为血统纯正的承传。

在典丽雅厚之外，青凤还有灵动天然一格。《虞美人·辛卯乞巧前夕于思明海边》《浣溪沙·南京火车站与鸿儿》二首全出以白描，不事雕琢，

---

① “雪樵”评语，菊斋论坛。

② 王昶：《江宾谷〈鹤梅词〉序》，《清词序跋汇编（第二册）》，第539页。

③ 陈舒劼《认同生产及其矛盾：近二十年来的文学叙事与文化现象》：“‘媚雅’源发于对高于自身实际水准的文化素质与文化品位的渴慕，但这种渴慕并不除朝向真正意义上的修习实践，而是转化为对高品位文化的符号化篡改，并以消费这些文化符号的方式营造出一种占有的表象。”江苏大学出版社2013年版，第220页。

别有机趣：

龙腥泛了银河暗，月小飞云乱。何人跣足白如霜，一任海潮来去夜茫茫。　波涛未比尘天阔，细数恒沙沫。扶舷灯火正模糊，那块黑礁曾坐美人鱼。

寒轨悠悠一线长，车厢些小待徊徨。蓓情蕾梦付行囊。　红绿街灯如问答，咖啡夜色等微茫。繁华今属少年郎。

三　谷海鹰与“天心冷、清骨难描”[①] 的《捞月集》

同时期较有影响之婉约作手还有谷海鹰（1968—　），斋号唤云楼、非非小筑，天津人，师从王蛰堪、熊盛元。蛰堪以“半梦”榜其斋，意在秉承寇翁所传南宋气脉[②]，海鹰尝有“底事缘悭，不教华鬓识眉妩”[③] 句，守家法亦甚虔恪。又以业医礼佛，多勘幻灭，下笔务绝凡俗，其孤清凄冷得于白石，幽深险涩得于梦窗。《捞月集》[④] 词凡一百八十九首，殆一片“殢雪凝霜彻骨寒”[⑤]：

翠影欹波，明妆褪日。倦消心力。万点凝珠，因风堕池碧。游禽渐远，争负却、瑶台迁客。幽寂。霞烬渚烟，恰芳魂容息。　尘喧紫陌。弦换清商，孤怀竟何藉。而今怕忆水国。小亭北。最是采莲人语，耳畔尚如新历。叹此情无计，堪送梦边行色。

——惜红衣·金水兄邀赋残荷，拈此调，依白石韵

鸾台群玉。漫凌霄舞，绮思难足。灵飏欲遣襟愫，争云路断，烟

---

① 谷海鹰词《风入松·白云》句。

② 熊盛元《半梦庐词序》：“蛰堪以半梦名斋，似谓仅得觉翁一半，实亦隐含别开蹊径之意。”《半梦庐词》，黄山书社2010年版，第5页。

③ 《齐天乐·梦碧词翁九十诞辰祭》句。

④ “捞月”典出《法苑珠林·愚憨·杂痴部》。

⑤ 谷海鹰词《南乡一剪梅·本意》句。

凝蛾绿。为底铅华顿洗，自空许倾国。向九域、捐尽纤埃，万岫千林守幽独。　天香只怕凡心触。便相怜、莫使多情掬。惊鸿那日应记，松佩堕、鹤盟梅竹。暖阁芳樽，犹妒山阴访戴车毂。怅别后、鲛泪封痕，梦锁吟窗烛。

——雨霖铃·雪

字斟句酌，求雅洁近乎“洁癖”，终成“芳魂容息”“守幽独”的敛束离僻意态。如此则不免伤挫性情，也即晦窗所谓“所作虽美如兰苕翡翠，而终乏掣鲸碧海气象……笔路眼界，犹未臻恢弘之境也”①。集中似唯《淡黄柳·红豆项链》一首尚存几分人间烟火气：“相思一掬，痴锁连环结。半泠心痕凝碧血。忍负灵根慧业，甘堕红尘种离别。　枕妆奁。情波涌千叠。百年誓，水中月。证柔桑瀚海成枯竭。绾倦玲珑，故枝回盼，谁共春宵采撷。”海鹰修行人，深情所不宜，其实就词论真即可贵，“执”大不必全破也。

四　周燕婷、韩倚云、伊淑桦、徐源、王黎娜

周燕婷（1962—　），号小梅窗，广州人，中学物理教师。早岁学词于岭南名宿张采庵②，适诗人熊东遨③，夫妇酬和最惬，又与熊盛元、王蛰堪、魏新河、苏些雩、段晓华等当世名家往还密迩，极风雅之盛。燕婷《小梅窗吟稿》存词数百，触目晓月残风、花愁柳怨，不出晏欧牢笼，其病与子苾同：溺于一“雅”字难自脱也。《好事近》《眼儿媚·百花生日寄菊斋主人》词句尚称轻捷流丽不作态：“何处一声箫，吹落杏花如雪。悄倚碧阑干下，把茜裙轻褶”“美人头上幡风绕，初蕊可宜簪？思量明日，一枝撷取，和露封函”。最为人称道的压卷之作《高阳台·过都城南庄》

① 熊盛元：《〈捞月集〉序》，黄山书社2010年版，第6页。

② 张采庵（1905—1991），字建白，番禺人，有《春树人家诗词钞》。采庵与朱庸斋、刘逸生、陈寂、邓桐芬等交好，为广东现当代词人群体重要一员。刘梦芙论其词曰“风格多变……意在融唐宋清词而自成一家，不囿于晚近风气，且每每琢语尖新，阑入曲味，又不失词之体度”；熊东遨评曰：“自具星疏月朗之光，涛涌云奔之势。”采庵又有女弟子任文媛、潘洁华等，词风差近。

③ 熊东遨（1949—　），字日初，号楚愚，湖南宁乡人，从事新闻、教育、外贸工作，著有《诗词医案拾例》《求不是斋诗话》《忆雪堂选评当代诗词》等。

与竹垞同调名篇[1]同一机杼，然亦中规中矩，未见特出：

曲径苔侵，闲池萍倦，凭谁认取名园。记得桃花，曾经一段因缘。如尘往事都消歇，甚零愁、又到吟边？更何堪、柳影依依，鸟语关关。　流光不带相思去，剩斜阳古巷，细草平川。莫闭重门，天涯恐误归船。蓬山或有重逢日，到而今、应悔当年。对桃蹊、梦也无由，泪也无端。

尝为周氏绘《小梅窗填词图》[2] 的韩倚云也是圈内同人。倚云（1977—　），斋号倚云轩、倚梅书屋，河北保定人，工学博士后，有《科技与诗词综述》《科技与诗词之技法》等文，现任北京航空航天大学教师。倚云亦一跨界学人，尝以《鹊桥仙》译拜伦《兰叶清泪》、《金缕曲》译歌德《恨别》，单以词论已属妙品，“凿通”手段之细腻融妥则较茅于美更进一步，确乎“化意绪、成诗绾绾”：

幽幽兰叶，溥溥零露，都在罗兰娇靥。清扬巧笑闪灵光，任流眄，人间风物。　纤云抱日，绮霞染水，化作斑斓一抹。欢颜暂借悦双情，更些影，深心珍摄。

策马心驰远。越群山，树笼秦栈，岭云疏卷。入目迷茫层槲立，辽阔霜天横雁。念去去，无为泪眼。红叶秋江凝碧思，可阻拦、襟抱兰香散？鸦过处，助天晚。　凭栏再忆桃花面。笑春风，催鬓飞雪，故颜偷换。些许旧愁都消去，莫使新愁弥漫，化意绪、成诗绾绾。信有飞鸿城隅过，望君怀，与我同肝胆。分辉月，共流眄。

---

① 朱彝尊《高阳台·吴江叶元礼，少日过流虹桥，有女子在楼上，见而慕之，竟至病死。气方绝，适元礼复过其门，女之母以女临终之言告叶，叶入哭，女目始瞑》云：“桥影流虹，湖光映雪，翠帘不卷春深。一寸横波，断肠人在楼阴。游丝不系羊车住，倩何人、传语青禽？最难禁，倚遍雕阑，梦遍罗衾。　重来已是朝云散，怅明珠佩冷，紫玉烟沉。前度桃花，依然开遍江浔。钟情怕到相思路，盼长堤、草尽红心。动愁吟，碧落黄泉，两处谁寻？”

② 题《小梅窗填词图》活动为王蛰堪首倡，后得网间五十余家响应，为近年吟坛盛事。

另一婉约作手伊淑桦（1972— ），网名皎月，湖北蕲春人，医务工作者，从陈忠平①、段晓华学诗词。淑桦词各家兼取，疏密得宜，《玲珑四犯》赋鸦声、莺声，是浙西咏物一路，隽雅不堆垛：

乍散荒庭，又噪野群飞，乱影如织。拣尽枯柯，呼破暮山幽寂。底事万感难休，对旧景、总成凄恻。隔垅楸欲话行客，未肯暂栖归翮。数声催送层林黑。叹春来，卷巢风急。嘈嘈枝上谁怜取，一片伤心色。猜说冷梦今宵，绕不到、花蹊柳陌。正怨长哀短，共骤雨，争听得。

度陌临流，听小语绵蛮，似促芳事。转叩雕窗，催唤晓鬟梳洗。新碧乍掩巢痕，隔不断、数声圆脆。念枝头清籁如水，未放海棠花睡。 上林唱彻东风醉。恼无情、送春桃李。纷纷舞到青莎路，空卷歌尘起。帘外旧曲重闻，更甚处、感红怨翠。正嫩凉院宇，又巧啭，浓阴里。

啸云楼主刘梦芙门下两位“八零后”词人徐源与王黎娜也可附此一谈。徐源别号懒于云、啖鱼扑蝶斋主，生于南京，长居北京，自云最喜蒋鹿潭、陈小翠，词风清丽中寓亢爽，确有翠楼遗韵：

楼外莺啼醒梦酣，镜中眉画月初三②。新试轻罗舞回雪，藕花衫。梅雨湿衣山泼翠，蘋风催桨水挼蓝。谁采红蕖凉夜好，替侬簪。

——山花子·为天宝女作

王黎娜字希颜，又网名追儿、凡尘一梦，有《光影掬尘室词》。希颜吉林松原人，写民俗句如“谁擎银碗踏歌来”“马头琴唱潇潇雨”“松花那合酿相思”颇秀颖，而整体较徐氏偏幽密。新题下最可读《金缕曲·听降央卓玛〈那一天〉感赋》一首：

① 陈忠平（1965— ），字半愚，网名一得愚生，别署鄱湖野人，江西都昌人，粮油质检工程师，著有《鄱湖野语》，未梓。马大勇师谓“诗功深湛，雕刻入神而造平淡，于古贤最近陈后山，今诗界之‘赣派’也。义宁衣钵，后继有人”。

② 此句似化自陈小翠《春日》诗。原句云：“帘外花风春廿四，镜中眉样月初三。”

香雾飘空碧。恍身临、岚霏深处，翠筠千百。听水潺湲听珠落，触我中肠渊默。者一曲、缠绵如织。若有冰怀明似月，愿年年、顶礼伽蓝侧。浑不管，天涯隔。　东风尽日摧颜色。费黄金、胆瓶新铸，暂维呼吸。堪叹浮生知音寡，兰蕙几人植得。莫弹指、放花魂魄。何况歌尘当此夜，惹汍澜、泪向毫端滴。屏漫掩，梨云湿。

第四节　叶嘉莹与红蕖词弟子[1]

一　“人生易老梦偏痴”：论叶嘉莹词

诗教讲坛领起风骚者，十数年来必首推叶嘉莹。嘉莹（1924—　），别号迦陵，原姓叶赫那拉，满洲镶黄旗人，生于燕京旧家。少年时由伯父狷卿开蒙，1941 年入辅仁大学国文系，受读顾随唐宋诗、词选诸课程。1948 年随夫往台岛，1954 年起任教于台湾大学。六十年代赴北美，后迁居温哥华，任不列颠哥伦比亚大学终身教授，1989 年被授予“加拿大皇家学会院士”。七十年代末即返大陆讲学，2014 年正式结束“候鸟”生涯，归国定居南开大学。

迦陵著述美富，当世仅见。其“感发”“弱德”诸说镕合驼庵、观堂、彦威三氏义理[2]，复寖馈于西人思想，成一家闳论，果不负乃师“别有开发，自成建树，成为南岳下马祖”[3]之厚望。《论词绝句五十首》原为与缪钺合著《灵谿词说》篇章前导语[4]，然警颖精赡，可胜多许。选五：

---

① 叶氏乳名荷，平生多咏之，弟子亦常以荷相譬喻。2013 年出版《红蕖留梦——叶嘉莹谈诗忆往》。

② 自言“平生论词，早年曾受王国维《人间词话》及羡季先生教学之影响”（《学词自述》，《迦陵诗词稿》，中华书局 2007 年版，第 3 页）“前后曾经有两本评赏诗词的书，分别给了我很大的启发和感动：一本是王静安先生的《人间词话》、另一本就是缪先生的《诗词散论》……《人间词话》是我在学习评赏古典诗词的途径中，为我开启门户的一把钥匙；而《诗词散论》则是在我已经逐渐养成了一己评赏之能力以后，使我能获得更多之灵感与共鸣的一种光照。”（《〈唐宋词名家论稿〉前言》，河北教育出版社 2000 年版，第 1、2 页）

③ 顾随 1946 年 7 月 13 日致叶嘉莹书。见赵林涛、顾之京编《顾随与叶嘉莹》，河北教育出版社 2009 年版，第 6 页。

④ 创作论词绝句之始末见《灵谿词说》前言，上海古籍出版社 1987 年版。

平生心事黯销磨，愁诵当年煮海歌。总被后人称腻柳，岂知词境拓东坡。（柳永）

捋青捣麨俗偏好，曲港圆荷俪亦工。莫道先生疏格律，行云流水见高风。（苏轼）

顾曲周郎赋笔新，惯于勾勒见清真。不矜感发矜思力，结北开南是此人。（周邦彦）

幽情曾识陶令泽，健笔还思太史公。莫谓粗豪轻学步，从来画虎最难工。（辛弃疾）

楼台七宝漫相讥，谁识觉翁寄兴微。自有神思人莫及，幽云怪雨一腾飞。（吴文英）

迦陵尝自述创作之路曰："吾平生作词，风格三变。最初学唐五代宋初小令，以后伤时感事之作，又尝受苏辛影响；近数年中，研读清真、白石、梦窗、碧山诸家词，深有体会，于是所作亦趋于沉郁幽隐，似有近于南宋者矣。"① 从中至少可体认出两点：1. 叶氏词乃其学之余绪，为冯沅君、沈祖棻、李祁后又一学术研究与创作实践的"良性交互"典范；2. 所谓"近于南宋"而毕竟未脱北宋衣胞，以"平稳出新、自然隽永"② 之体貌，似更宜"由南返北"③。

苦水对这位传法弟子④可谓倾囊授之、倾盖识之，于批改稿中劝掖者再："作诗是诗，填词是词，谱曲是曲，青年有清才若此，当善自护持，勉之、

① 转引自缪钺《〈迦陵诗词稿〉序》，载《迦陵诗词稿》，第3—4页。

② 沈轶刘《繁霜榭词札》评叶词语。转引自《二十世纪中华词选》，第1821页。

③ 缪钺《〈迦陵诗词稿〉序》，载《迦陵诗词稿》，第4页。

④ 顾随1946年7月13日致叶嘉莹书："然不佞却并不希望足下能为苦水传法弟子而已。假使苦水有法可传，则截至今日，凡所有法，足下已尽得之。"《顾随与叶嘉莹》，河北教育出版社2009年版，第6页。

勉之”；“太凄苦，青年人不宜如此”①。迦陵习作《踏莎行·一九四三年春，用羡季师韵，试勉学其作风苦未能拟》其二、三“闲行花下问东风，可能吹暖人间世”“楼高莫更倚危阑，空城惟有寒潮至”之眼前景语颇有乃师神味，顾随也确于后句密加圈点。区别处是苦水朴厚，那种对人世的“不可言说的温爱”② 时时倾注笔端；嘉莹易感少年，只是偶一为之。被苦水誉为“飞动中有沉着之致，颇得辛老子笔意”的《贺新郎·夜读〈稼轩词说〉感赋》中多见知音赏会，读之仿佛见师生共辛老子促席谈：

> 此意谁能会。向西窗、夜灯挑尽，一编相对。时有神光来纸上，恍见上堂风致。应不愧、稼轩知己。爱极还将小语谑，尽霜毫、挥洒英雄泪。柏树子，西来意。　今宵明月应千里。照长江、一江白水，几多兴废。无数青山遮不住，此水东流未已。想人世、古今同此。把卷空余千载恨，更无心、琐琐论文字。寒漏尽，夜风起。

迦陵亦“百凶”成就之学者词人也。叶门弟子黄晓丹有《春日忆迦陵师》一文，极笃诚动人，文云：“先生的人生和学术中最有力的地方，正是在人天两造往返间体现出的巨大的韧性，是承担琐碎艰难的生活后依然能投入精美而持久的精神活动的能力。”③ 正是这种以柔克强、千折不回的韧性，向“浮木断柯”④ 般的生命中灌注了丰沛的能量。迦陵近年多以小令摹写心曲，兼有高骞恳挚，是刊落声华、净洗心胸而后作：

> 广乐钧天世莫知。伶伦吹竹自成痴。郢中白雪无人和，域外蓝鲸有梦思。　明月下，夜潮迟。微波迢递送微辞。遗音沧海如能会，便是千秋共此时。
>
> ——鹧鸪天·偶阅黛安·艾克曼（Diane Ackerman）女士所

① 《顾随与叶嘉莹》，第 21、39 页。

② 沈从文语。《〈边城〉题记》，《大公报·文艺副刊》1934 年 4 月 25 日。顾随《生查子》：“越不爱人间，越觉人间好。”

③ 见黄晓丹豆瓣网日记。

④ 同上。

写《鲸背月色》(The moon by Whale Night) 一书，谓远古之世海洋未被污染以前蓝鲸可以隔洋传语，因思诗中感发之力，其可以穿越时空之作用盖亦有类乎此，昔杜甫曾有"摇落深知宋玉悲"之言，清人亦有以"沧海遗音"题写词集者，因赋此阕

又到长空过雁时。云天字字写相思。荷花凋尽我来迟。　莲实有心应不死，人生易老梦偏痴。千春犹待发华滋。

——浣溪沙·为南开马蹄湖荷花作

二　曾庆雨、石任之

迦陵门下多俊彦，其中钟锦、汪梦川等用力于诗，程滨（矫庵）、曾庆雨、石任之等以词章胜场。曾、石二女史词各臻精诣，可附一谈。

曾庆雨（1975—　），河北廊坊人。1998 年即拜入叶门，2004 年正式考入南开大学治词学，同年从王蛰堪习创作①，后入华东师范大学攻读博士学位，与导师胡晓明共同编纂《历代女性诗词鉴赏辞典》，现供职于华东师大图书馆。庆雨词心纯厚，故《定风波·送别迦陵师》《鹧鸪天·读迦陵师梦中得句三首感赋》诸作无肤俗之弊。又虽为半梦庐弟子，实则受梦窗沾染较少而能入清人法门：

掩词笺，依然旧月如银。映千花、交光泪影，幻成笔底乾坤。爱湖梅、色深情重；怜移菊、景短霜频。处士孤怀，遗民断梦，信芳遥接楚骚魂。更别有，闲情幽显，离合雪中春。沉吟久，然疑任我，否可凭君。　叹寒灰、星星宿火，岂能回照荒坟。继家风、臣心未死；罹末世、晚节尤屯。无始飘零，无终缱绻，苍茫独咏竟何人。只余韵，似传微旨，香国写前因。风来处，落英点水，水又成文。

——多丽·题苍虬咏花词

① 蛰堪门庭广大，女弟子除曾庆雨与前文所述谷海鹰外，还有杨敏、林素芳、霍梅雪、赵亚娟、郭珍爱等，窃以为庆雨为个中翘楚。

庆雨硕、博士期间精研苍虬阁诗，所著《陈曾寿诗歌研究》论说精微，内蕴丰美，可谓抉中末代遗民深心。是篇《多丽》沉郁折宕，一咏三叹，上下片数对句或点化陈氏词意，或为其定评，皆合洽工致。更能觇见功力者为《鹊踏枝·春日和王鹏运鹊踏枝》组词。其一、三、五、六、九云：

风剪长云千万片。静映澄江，动又因波转。枉向人间悲聚散，死生不为愁城限。　乱蕊繁花纷觌面。一似前春，只较前春浅。果复童心花底见，不辞业眼寻春遍。

意到难平吹笛裂。雪浪排空，天柱常忧折。浪景风微声渐歇，芳缘未向芳时节。　剩有冰心同皓月。醒后颜开，梦里还呜咽。往返两间无处说，销魂何必生离别。

知我百年能几许。再整行囊，只影迢迢去。苟遇知音倾盖语，流连又恐归期误。　绾住游丝千万缕。不绕巫山，不滞桃源路。回首飞花飞雨处，此生此际关情否。

惆怅路遥忧昼短。未及中流，已惧心情换。露宿宵征天不管，挂帆系缆凭君断。　一道虹霓分两岸，下接孤舟，上拱连云汉。招手高呼同路伴，四天垂尽烟波满。

小住长留皆有尽。梦未圆时，一例因春困。漫倚虚空书爱恨，剧终犹恋残妆粉。　人海遥时天路近。冬雪春雷，各递人天信。月鉴山河谁更隐，垂髫老至繁霜鬓。

“招手高呼同路伴，四天垂尽烟波满”“苟遇知音倾盖语，流连又恐归期误”“漫倚虚空书爱恨，剧终犹恋残妆粉”“月鉴山河谁更隐，垂髫老至繁霜鬓”，从辞到意都可在读者心头击叩出同频共振的悠长声响。那种

"于千万年之中，时间的无涯的荒野里"[1] 踽踽独行的寂寞感，非现代人不能言。从这个意义上说，她突越了王半塘、冯正中"郁伊惝怳，义兼比兴"[2] 的传统抒情路径，因其"现代"反而具有了经典性。庆雨谓读《苍虬词》"如临古月，如遇故人"[3]，此一组词亦适相称副。

石任之（1983—　），字安措，别署盟虢室，江苏徐州人，先后毕业于首都师范大学、南开大学，现供职扬州大学，国家图书馆在站博士后，整理出版《宋四家词选・词辨》等。任之学词甫数载而手眼不凡，盖夙慧。自云诗词"欲取陶达杜优之中，而于义山、稼轩、苍虬、还轩特有情结在，处乎太上不及之间"[4]，自辑《未凉灰集》《西海玄珠集》《余生未央集》等。在小序中，任之有一番"细入毫芒"[5] 的论述：

> 十九首虽只二意，而人人读之皆若伤我心者，盖诗本性情，流出肝肺，其触动性灵，原无关乎绮丽。词之低徊要眇，又倍于诗矣，而其陶摅胸臆则一也。倚声之道，予中岁始学之，不过以哀乐过人，无由自遣。癸巳中，寓南海普陀禅院，野旷天荒，平居但一二飞鹭过我。入夜，心田就芜，意海微澜，一点青灯如死。而庭中疾风疏竹，朗月孤松，吾闻天籁也，吾见天心也。郁积于中不可遽解者，悉发而为词。乃知死生忧患之外无诗，去就爱憎之外无词。即片叶飞花红生香灭，草木微末所以成咏者，莫不以瓣香为祝。非人能主之，情实主之。今以二三年之涂写，裒为未凉灰集。火尽灰存，虽惧大方之哂，而我不能心死也。

未凉灰者，不能心死，集中"一寸成灰彻底藏""第几炉香袅月痕""已死焚灰不肯寒"等即申纾此意。任之有言"喜爱还轩词多过涉江"[6]，其楚恻幽窈中隐伏骨力之体格确实很得怀枫遗意：

---

① 张爱玲散文《爱》中语。

② 王鹏运原词前序。

③ 曾庆雨：《末代遗民陈曾寿及其咏花词》，硕士学位论文，南开大学，2006 年。

④ 石任之自传。摘自"光影掬尘"微信公众平台。

⑤ 钱基博评况周颐词论语。转引自《二十世纪中华词选》，第 131 页。

⑥ 摘自其微博。

梦觉扪之一片冰。逆风人在梦中行。可无上座当头喝，幸有西湖向眼青。　千万念，两三城。此生修不到无情。新尝世味如梅卤，渐解酸咸味外成。

——鹧鸪天·甲午夏，又之广陵

芙蓉藏萼谁同老。高阁逢秋杪。江枫气候带微腥。小坐纷来万念过流萤。　火中池下三千炬。未抵心灰数。西风一唱眼犹酸。匪石何为此夜不能言。

——虞美人

桥外舟中竞指，试拈入、半杯寒水。波底青冥千万里，七十年，到今宵，才略迩。　太艳生锋锐，纵明灭，岂因人耳。亘古何尝私一士，我来前。赋归时，但如此。

——夜游宫·与力扶姊什刹海看月，光气利如干莫，六十八年至大至圆，再期则有十八春之久，于人可谓一生，而月何必相顾

类此似达实伤、纠葛缠绕语在任之笔下俯拾即是，余者如《菩萨蛮·见人送小猫》“无毡与卧无鱼食。怀中分别成南北。软软小衔蝉。团团作可怜”之温馨，《相见欢·楼外红叶李》“邂逅时空一角，暂为身”“花道我，不是主，亦非宾。五十亿年才共，此星尘”之超脱不多见。短章组词《致权游里几个喜欢的人》则可称奇辟纵横：

尊前父姊莫知吾，未必长民非矮奴。楚有良才被楚拘。作龙徒，三尺昂藏伟丈夫。

——忆王孙·提利昂

自挽双鬟卖蛤蜊，谢翁生女胜生儿。无面者，列名时，夜裁仇项若缝衣。

——渔歌子·艾丽娅

誓灼灼，行丘壑，美人力敌世情薄。勉之纵似愚，平生从人谑。从人谑，我自无轻诺。

——叶落·布蕾妮

从题到意，俱大有现代“网络味”，而倡应菊斋“《金缕曲》老歌翻唱”词课[①]所作《括港乐〈囍帖街〉》《括港乐〈一丝不挂〉》已是对网络词界的直接参与。任之《忆王孙》“小虹桥接小湖山，三月扬州最少年。多谢杨家天子船。有人焉，拨弄琼花五八弦”写与友人发初覆眉、岛姬等舟游瘦西湖事，二子俱网间名手。自传统家门论，任之为驼庵再传弟子、迦陵门生，行辈不低，从时序上看，其填词始于 2010 年后，应划入网坛“晚生代”。因着这种奇妙的“时差”，石任之正可为铁才秀出、万花为春的网络词坛张启帷幕。

---

① 见马大勇师《百年词史（1900—2000）》“网络词坛”部分。

第六章　网络女性词坛

民国三十年的“黄金时代”已成春风尘迹，日居月诸，文气潜行，女性词史在划过了一段“U”形曲线后又在21世纪的前十数年中迎来了“白银时代”。以蔡淑萍、段晓华、李静凤等为代表的“前网络”词人仍吟写不辍，且展现并出了不弱于此前的成色；更主要的是，数以百千计的七零、八零、九零年代女词人凭借网络大举介入创作场域，她们天性才华各异，而都在这个有史以来最为开放、自由、多元的创作时代中闪耀着栩栩性灵之光。从早期论坛再到当下“自媒体”时代，女性词人参与度的高涨、创作生态的多样是整个百年都不曾出现过的。

女词人姜学敏总结得很好：“当今信息化时代，在诗词创作之新的视点、角度、机遇和平台上，女性诗词中展现的是对自己独特于他人的精神自诩，和对世间万物诸相、社会历史领域的感性、理性之双重思考及精神关怀。”① 是的，对女性而言，文学的舞台从未如此平坦广阔，自我表达从未如此舒展快意。十数年中，留下了问余斋主人、月如这样墨笔淋漓、雄风鼓荡的书写，也出现了添雪斋这位驰风骋雨、卓诡变幻的“开新”名家，以孟依依—发初覆眉—夏婉墨一脉为代表的清丽婉约的“纯女性化写作”则从未断绝……女性词史就这样以自己的姿态向前蜿蜒流淌，而网络时代远不是她的终章。

第一节　早期网络女词人群体扫描

“却顾所来径，苍苍横翠微。”网络诗词鸿蒙初开时，即有女性的参与

① 《吟坛女诗人六家》。

和贡献①。带着“礼失求诸野”的江湖意味，一批诗词网站诞生了，其中“菊斋论坛”几乎拢聚了此期所有优秀的女词人。那些藏在闪灭头像后的天南海北、各行各业的作者们，代表着早期网络女性词创作的最高水平。将菊斋作为网络女性词史的第一块路标，是天然合宜的。

一 “菊斋主人”任淡如与“葬花教主”孟依依

2000年，任淡如创办“菊斋论坛”，内设“诗词曲联”板块。在BBS从风靡一时至由盛而衰的十数年间，菊斋始终保持着较高的用户质量、活跃度与“清雅”品位②，今已注册诗友四万余名，发表今人诗词近百万篇③，成为网间最重要诗词阵地之一，至2021年年末方告下线。

如同所有“承担了几乎所有的象征Web2.0的使命”的BBS社区一样，菊斋网“近乎垄断性地围住了需求鲜明的精准用户”④——身负才华、惺惺相惜的网络诗词作手，而总由版主吸引凝聚，如孤屿连聚成皋陆。二十载后，任淡如回忆其时盛景，不胜慨叹：

> 于是有了菊斋和许多其它的诗词论坛。在虚空里遥伫十数年。
>
> 彼时，在文学范畴中湮没已久、仿佛已死去多时的古诗词，似乎隐隐有了一点新生的希望。这是热血的力量。在最热情的时候，有的人可以一晚上写三十首七律，有的人可以一年结几百、上千首的集子，有些论坛的讨论一晚就可以跟出几百上千帖。⑤

任淡如辛卯年自寿诗有云“刻木十年羁此舟，未知身过大江流。云逢

① 据多方考证，第一位网络女词人为莲波。

② 菊斋网“诗词曲联”高悬版主声明曰：菊斋……多年来保持清雅氛围，如有出言肮脏者，秉性油滑者，意非在诗词而其心卑下者……将暂时封禁。

③ 引自“菊斋网”微信公众平台。

④ 阑夕新浪博客文章《借着西祠胡同，让我们来谈一谈渐行渐远的BBS社区》。网间重要诗词论坛如诗词雅聚、天涯“诗词比兴”、故乡“唐风宋韵”（后改名“诗公社”）、诗三百、光明顶、六艺、今天“文言旧邦”、中华诗词、芸香社、榕树下、秋雁南回、流觞亭等。据留取残荷《网络诗词小史》，“现代诗词”微信公众平台。

⑤ 任淡如：《风雅三千年：一诗一词一天下》，北京化学工业出版社2021年版，第339页。

道路二三子，忽忘平生天地囚”，适足为这位才干、见识、器量俱不凡的“菊斋主人”作一写照。

故读任淡如词难免以沉着大气之“壮音”为第一印象：

咄咄堪谁识。觑人间、奇才俊彦，狂生迁客。垂耳苍髯依稀是，天纵骅骝骏骼。正乱雨、蓬蓬击壁。舟楫急摇离古渡，向风前解缆催人剧：“看得么？上船吓。” 茫茫嗟尔生偏僻。似听闻、空中传语：吾九汝七。瘦骨难同英雄老，困倚江山一色。料岁岁、春潮生碧。天意从来岂能问，且野花深处寻村陌。桨影碎，橹声寂。

——貂裘换酒·九马画山

如月明明，似歌隐隐，照我前生。忽诡峨奇石，须臾自现；苍茫怒海，彳亍危行。我本何身，魂其何待？与彼知能共此程？待回首，有模糊淡影，侧目相惊。 “哀哉朽木痴症。竟一语、不听何所成。尽九分热血，前生借去；数钱薄福，本命消沉。徒费推心，几曾作戏，可笑人情两皆清。”正一恸，被风前竹雨，飒飒催醒。

——沁园春·梦

九马画山在桂林漓江岸，传说为天马误入石壁而化，游客以辨认数目多者为富贵之兆。词意不仅在纪游，其神光所聚即词眼在由“吾九汝七”逸闻引出的“天意从来岂能问”一句，煞拍“桨影碎，橹声寂”遂生无限空幻沧桑味。次首为稼轩“止酒”体苗裔，在与前生之“我”答问间，今生性情全出；而下片“几曾作戏”之“戏”系指菊斋“三国战隋唐”词课。

2004 年 7 月中，菊斋发起“三国战隋唐”活动。参与者分成三国名将、隋唐英雄二阵营，以《沁园春》词对阵高低，或限同韵，或限同题，既比速度才气，亦比步韵技巧①，至 8 月鸣金收兵时，共得词帖百余，《沁

① 唱和规则要求限时，如隋唐营发“挑战帖”，三国营须在 24 小时内按要求发出同韵或同题之“应战帖”，否则作负论，反之亦然。

园春》数百首，“于时，真见秦琼战关公之事”[①]，洵为早期网坛盛事。作为菊斋之主，必躬先士卒，登高一呼，以造声势：

壮士前来！汝本英雄，奈何无名？正一城杨柳，乱飞江北；三千烽火，艳烧隋京。旧鬼凄凄，新魂耿耿，毕竟谁支天欲倾？好兄弟，把头颅义气，结个忠盟。　　峥嵘十八霜琼。刹那化、奔腾龙虎营。看枪激寒雪，锏欺新火；棒囚铁翼，锤劈流星。贫贱如何，纵横由我，匹马曾归十寨兵。待他日，晒征袍血甲，不负平生。

——沁园春·隋唐点将令

毅魄归来，烈烈旌旗，重点群星。视草莽揭竿，新烧劫火；烟尘啸聚，席卷长缨。七十二年，碑铭鼎鼎，谁恃河山带砺形？补天事，向诸公认取，歃血前盟。　　至今歌舞堪惊。有挂壁、龙泉不住鸣。料千载风姿，犹堪逐鹿；钩天浩气，正似雷霆。春水方生，擞敌宜退，睥睨关前十万兵。长安好，问能消多少，离乱承平？

——沁园春·三国点将令

肝胆开张，豪气充塞，远绍辛老子、陈迦陵遗韵。在引得诸名将、英雄“攘臂而加入混战”[②]之际，任淡如又乘兴作“李靖”“单雄信”二首，其中“君已非君，我来识汝：流落民间三尺神”“魂魄来时，拂衣稍坐，犹带当年铁骨香”数语横涂纵抹，颇能点画出英雄眉目。这场云集了一时高手的“战役”是菊斋对网络诗坛的一次重要的阶段性点兵，其后“战国风云录”“古龙群侠传”乃至“班花豆蔻”“老歌翻唱”等活动皆由此滥觞。将视角拉远，从词史发展大背景看，这又是词课在网络时代“转型”最成功案例之一——“诗词，原来也可以这样写去！”[③]

任淡如云“愿意别人网上当她是中性人”[④]，一手创建、主持菊斋之功

① 《十年前壮士安在？记那年隋唐英雄大战三国名将》，“菊斋”微信公众平台。
② 同上。
③ 同上。
④ 孟依依《十年》，“网络诗词百花潭”网站。

也使人几乎忘记了她“遥知月也觇吾。久不见、眉儿暂且舒”（《沁园春》）、“盈盈今向东风祝，趁此日，缓缓催葭”（《渡江云》）的清丽一面。再引《西江月》一首觇其侠骨柔肠：“道是不如不见，相逢何处何乡。旧书一束坐新凉，忽忆槐花小巷。　　我已十年无梦，忘了明月如霜。知君心事换流光，须是双双无恙。”

何极何维，尽阻绝、朱轮兰桨。网屏开、漫牵一线，人声熙攘。赌酒论情吾太下，谈天说剑谁居上。更卢前王后定才名，休相让。

潘郎鬓，空悬想；江郎笔，应无恙。怅尧章去后，韵失清响。一十六年无后约，百千万字留谁赏。竟不来此便不相逢，川涂广。

这首可作“菊斋小史”观的《满江红》出自网络词坛早期第一偶像[①]孟依依。正如言诗词网站不能不举菊斋，谈网络女词人尤不可不提孟依依。依依又网名谢青青、秦绕绕等，居北京。2000 年出道于天涯论坛，初，拜种桃道人[②]为师，后因与任淡如相契，转投菊斋，任版主，作诗云：“一诏官封道蕴家，罗衣初换正乌纱”“惟于徐子留陈榻，不是奇文不肯夸”。十数年间“倾慕者夥夥矣如草虻江鲫”[③]而依依始终不肯见一人，真容至今为网坛悬案。

孟依依《月出集》存诗二百、词百五十余，又多有作品散于网间，传诵弥广，时人有评语曰：“清水芙蓉，全无雕饰，唯存灵性”“多愁善怀，感春伤秋，诗多断肠之辞，为之百嗟千怜，泪湿青衫”“时见巧思，时见颖悟，浅浅深深，冰雪聪明，其玄光妙语，俯拾皆是”，赏爱如此。

依依于爱情题材抒写最多，又多出之婉约，自许笔下“除却离愁即是痴”（《减字木兰花·检零三诗稿》），“葬花教主”之号遂不可作第二人

---

① 孟依依曾获 2008 年北京中华诗词（青年）峰会“偶像奖”。

② 苏无名：《网络诗坛点将录》：“托塔天王晁盖：种桃道人。道人身材胖大，不善饮，是梨园旧部，比兴初创，择留女子十数，教授格律，闻风来拜者多矣，实不为种桃，为诸女弟尔。于是比兴大盛。偶与寄客口角，则女弟蜂簇，无人能抗行矣……道人才具见识，俱平平。词多曲味，诗能化前人句，时至清明澹泊。”

③《网络诗坛点将录》。

想。《金缕曲·五月五日》似写自家一段情事："此日终无悔？者三年、消磨不尽，心头滋味。时向空中虚应诺，唤我声声在耳。忽自笑、真如天使。一堕凡尘千丝网，纵天堂有路归无计。甘为汝，折双翅。　聪明反被多情累。奈无情、人间风雨，别离容易。百结愁肠如能解，不过相忘而已。海天隔、莫知生死。重访桃花题门去，便有缘亦在他生里。今生事，止于此。"辞句颇真切动人。依依气质最善经营小令，看几首"依依体"典型：

名园事若烟花散，折柳祈三愿。为君一愿祝平安，二愿好风借力上云天。　剩将三愿留诸己，自此相思止。他生他世莫重逢，莫累他年他月复愁中。

——虞美人·许愿

树树杂花开远近。卷地香浓，风暖游人困。裙下落红堆一寸，寻芳竟入桃花阵。　春尽今生缘也尽。收拾痴心，封个相思印。他世重逢如有分，拆开此印从头问。

——蝶恋花

立久，呵手。雪濛濛。歌舞喧阗市东。鲜衣绣帽与谁同，灯笼，向人双脸红。　提着玻璃灯易碎，流光里，歌阕生查子。送年华，粲若霞，烟花，不曾留一些。

——河传·元夕忆童年

辞句明畅真纯，小女儿态度宛然。《虞美人》依冯正中《长命女》格，下片以决绝语反其意，愈见情深；《蝶恋花》"相思印"语奇；《河传》辞、境皆佳，通体自然流转，晶莹剔透。即纪新事、咏新物，亦不离儿女情长，因寄托于中故别多一种郁纡低徊：

一寸离程愁一寸。满目山河，芳草清明近。解道情深偏自吝，闲言只报花开讯。　雨误风愆都不问。湖海归期，后约无凭准。有限人生堪用尽，绵绵销此无穷恨。

——蝶恋花·寄手机短信

开也寻常，何能异众？花中独占三千宠。谁人好事许多情，批风支月年年种。　除却殷勤，百无一用。惯将儿女相欺哄。自君买取赠春风，至今尚有春风痛。

——踏莎行·情人节咏玫瑰

其他如《南歌子·周末网上算命》“抱枕人迟起，居家发懒梳。蓬头且作小妖巫，卜卜将来那个是儿夫。　已自心中有，如何命里无？刷新之后再重输，不信这台电脑总欺奴”之灵俏、《减字木兰花·灰姑娘》“南瓜车马，未许良辰成永夜。十二楼台，遗落瑶阶一只鞋。　多情王子，访我殷勤须凭此。深坐春城，只待郎来试水晶”之新巧，皆可圈可点。至“小坐无边风月入中年”后以尘事多历，风调趋沉，情味愈厚：如对湖海楼“八大名家词一部，我最怜卿”的癖爱就不是先前所能道，而“不死即存云天约，间山川忽逢重逢想”的时空之叹更远非昔日少年口角。这是孟依依词近年令人赞佩的转变。

孟依依和她的清丽小词在古典情怀甫被唤醒的网络诗词发轫期横空出世，自有其成就特色，“守正”之功尤在网络女性词界可名一家，又以为人低调持重，正投合了大众对传统才女的想象。故“佳评如涌，虽多洞见之语，然亦颇存爱屋及乌之意，以是所评常觉夸饰难惬”①。如苏无名《网络诗坛点将录》点为“智多星吴用”，将《月出集》与碰壁斋主《荷塘集》并举为“双璧”，即使在并不以座次论英雄的品藻理念②之下，也明显推许过情了。创作者当然可以任择审美取向与创作路径，也不必要求所有人都承担起“开新”的重任（孟依依笔下亦偶有新事物，如前举几首），但客观来说，她的个性与突破是较有限的。必欲捧杀之，则无异将本意摒

① 《君要归来，君要归来早——残荷评孟依依月出全集》，诗词吾爱网站。

② 《网络诗坛点将录》引言：“点将录例有魁定甲乙，以座次论高低之嫌，余作点将录，力避其弊，名次前后不必诗才高低。”

绝声名的孟依依置于进退惟咎的尴尬境地。在文学批评观念日趋现代性的今天，对旧式“才女”的迷信可以休矣。

网间诸多溢美之词中，以诗人留取残荷对孟依依的认识最为允正，可为本部分作结：“对于许多普通读者来说，月出集的影响大概今世难有侔者，孟的粉丝之多分布之广争议之热烈，可以为此语之注脚。我想对许多人而言，孟便好似天上下来的接引使者，孟便是他们的津梁、渡筏，因为读孟，他们心生爱诗慕词之心，遂为古典诗词增加了无数拥趸。从这个意义上，‘孟子’之功，亦可谓大焉。”

二　秦月明、看朱成碧、秦紫箫、萼绿华、采薇、兰之幽兮

庄谐并作、风神健朗的秦月明以“卓伫菊斋”①，又与孟依依同任版主多年，正宜于任、孟二子后接谈。月明法学博士，任职河北工业大学，诗词结为《金错刀》《小神锋》《归匣》诸集。月明才兼文史，《菊斋春秋》虽一时游戏作，而文采性情俱大佳，可与苏无名氏《网络诗坛点将录》《苏子世说》鼎足而三。诗最擅七言②，律则气接老杜，绝则直入定庵，自云“海岳填胸意不平，八方风雨洗月明。一歌一哭金石质，不作寻常呜咽声”“沧海归来势已雄，人生长灌水长东。岂因宠辱更颜色，开我胸襟八面风”，恰副其慷慨任侠、踔厉风发之面目，网人遂直呼“秦王”。

“秦王”的士气与侠气较少沾濡词，《浣溪沙·有诗兄作〈悼念〉读而有感》是能熔铸诗心史笔之作：

> 吟罢长诗意惘然，滔滔往事淡如烟。谁家如此旧江山？　愧我沉浮心渐冷，感君慷慨泪无端。不堪闹市起歌弦。

作品背后一场沉痛史事为有司所掩，今已罕闻，赖秦月明等网间诗人以另种方式保存纪念，世之健忘者庶几可拾回一点良心与记忆。词上下两

① 苏无名：《网络诗坛点将录》。

② 时人谓现下真正能作七律之女性惟秦月明与贺兰雪（即后文问余斋主人）。转引自“白菜”新浪博客。

结俱沉痛无已，“淡如烟”“心渐冷”，徒唤奈何之辞。

灯下何人，隔海望、百年愁苦？摩挲尽、曲江花月，晓岚故物？题柱悠悠云水客，登临谁是湖山主？惹多情、看剑起悲歌，中宵舞。

冷落了，将军目；吹散了，幽灵怒。叹谁倾华厦，谁哭于柱。词鬼痴心真大梦，名王事业终一赌。者中间、多少可怜虫，吾犹汝。

——满江红·阅微载爱书者死，子孙典卖藏书，夜中闻鬼哭，复感董曲江语

掩卷游思，想君是、鲜衣怒马。春风里，高歌驰过，绿珠楼下。一凤初鸣湖海望，千金曾诩长门价。渐消磨、风雨过中年，鸡窗话。

伤羁旅，江淮夜；悲摇落，南柯下。正人间尽道，的卢堪炙。只合晴秋游上党，岂宜盛世谈王霸？念须眉敷粉老迦陵，同悲诧。

——满江红·夜读迦陵

此二首亦大题目之下透发大意义者。“词鬼痴心真大梦，名王事业终一赌”“只合晴秋游上党，岂宜盛世谈王霸”，辞锋所指，盖在当下。月明嗜陈维崧诗词，以为“气场合”，此二篇置于阳羡诸贤册中，确乎难辨楮叶也。

网坛早期女性名家还有看朱成碧（1979— ）与秦紫箫（1977— ）。二氏“论交倾盖，天涯俊赏”，菊斋亦夙以朱紫并称。看朱成碧原名秦萤亮，黑龙江人，供职国企企宣部门，业余从事儿童文学创作，有《珞璎集》，风度出入稼轩、东山、樊榭间，苏无名点为“锦毛虎燕顺”，谓“不减宋人”。阿朱以居北方工业城市，故别具一种泛着“冷金属”光泽的质感。看《蝶恋花》：

铁色黄昏任俯仰。落日荒原，车轨沿天响。一路苍茫何所向，浮生失却珠擎掌。　我与春风无过往。生老原乡，四野萧然旷。应是行人长寻望，年年冰雪芦花荡。

“铁色黄昏”“落日荒原”“四野萧然旷”“冰雪芦花荡”皆眼前景，非北人不能刻画至此。《破阵子·春雷》《西江月》佳处略同而愈见锤炼：

天际横生水墨，临空蘸下霜锋。渐次远来春轨迹，波澜翻涌到前庭。仰首暮云平。　空自电光坼裂，何曾雪练倾城。千里冬袍花欲染，人间待见草青青。江海破春冰。

回首金依林杪，觉来翠抱双肩。铜阳铅月久沉潭。淬得凉波如练。　去路黄花四野，离人红叶三千。西风一入九州寒。遥饮天星对岸。

秦紫箫原名李文卿，广东佛山人。其《恃酒集》中虽也有“异乡新雪，故人旧语，齐逼心潮立”（《青玉案·次韵》）、“汝亦称刀，何以生斯世。美人指，不妨一试，血色犹佳耳”（《点绛唇·手指为菜刀割破》）的峥嵘笔路，然整体较阿朱为和婉，被评为菊斋 2009 年度最佳词作的《南乡子·记我的亲亲宝贝》组词最可读，“初生”“满月”“四十朝后理胎毛”“病好了”几首题、意俱词史之未有：

心事说应奇。乍见亲亲信复疑。玉琢冰搓娇好甚，如斯。实抱怀中是我儿。　不比少年期。从此肝肠只为伊。顿感深恩怜父母，方知。爱我一如育我时。

赐我万明珠。能及亲亲一笑无？地有山川天有日，何如。如此娇儿真属予。　姓氏自宗吴。想个名儿好唤渠。宝贝乖乖都唤遍，猪猪。犹记猪猪满月初。

剃个小光头。生小欺她未识羞。嘱咐行刀须仔细，轻柔。伺立身旁不转眸。　从此便无愁。烦恼离伊一去休。见说胎毛堪辟煞，忙收。珍重如金为保留。

开口笑天真。虽是寒冬一室温。月样弯眉星样目，朱唇。渐有雏形近美人。　　合掌谢天恩。幸甚儿今壮健身。从此平安无痛病，亲亲。为汝能消爱几分。

母爱发乎天性，自然而然，“亲亲”“乖乖”唤小儿声，填入长短句中，居然天籁。网间词作“哀苦之音”夥矣，此为最温馨动人一页。

为孟依依许为“花冠魔杖小神仙”的萼绿华又网名成昆、能饮一杯无，词多缥缈游仙境界，读之使人顿生尘外之想，苏无名点为“一丈青扈三娘”，以为“灵性较孟依依犹胜”。《疏影·雨天有感》悱恻幽艳，辞微旨远：

雨潺梦浅，又静日小年，闲尽风片。渺渺山川，漠漠云林，去去烟波何限。无端莫怅清愁满，更读取、汉家经传。念西风、残照至今，月老天荒地远。　　惊彻光阴百代，羡赤松举止，王母眉靥。石骨糯香，细字蚕眠，青冥浩然瑶殿。长生非为琼花面，缥渺去、星霄踏遍。待归来、翠影桑田，重把三千史卷。

菊斋“采薇茶馆”栏目“掌柜”采薇与兰之幽兮为格调较婉约两家，《清平乐·海的女儿》《清平乐·绿藤》一深情，一恬淡，糅入现代感，予人印象深刻：

娉婷豆蔻，初为情消瘦。一尾双分巫女咒，不悔人间邂逅。晨曦殒落星星，梦魂碧海飘零。宁任相思成沫，终生守口如瓶①。

回廊深曲，晓色明如玉。底事风来吹若麼，一泻壁间凉绿。闲情摘取无端，指尖露转清圆。那日君家巷外，忽然已是多年。

---

① 女词人何璇有同题作《鹧鸪天·小美人鱼》，绮思深情殆同：“一掷韶华如水晶，可曾涸辙悔多情。心灯已如风灯冷，绝望终从希望生。　　人世事，命何轻，空蝉浮梗雨飘樱。是君错寄年华信，是我错听打马声。”

三 如月之秋、蓝小蚁、蓝烟、绿烟、飘茵

菊斋之外，早期网坛重要女词人还有如月之秋、蓝小蚁、蓝烟、绿烟及留社女成员等①，可略作一盘点。

如月之秋，本名、生年、经历俱不详，重庆人。如月出道时功力已甚纯熟，刘梦芙评价特高："词心玲珑，警句迭出，吹气若兰，风韵独绝……心丝一缕，不断绵绵，凄凉中寓火热，虽九死而未悔""词情富而词格甚高"②，苏无名谓"花间风度，江西手段""似清茶檀香，久而有味"，城南僧则直以"词妖"呼之。如月《未转头集》中隽句如"此时低语，君亦旧曾闻，云散后，两忘中，谁识来春碧""月度楼中，照见小瓶花淡红""瓶花听落，脉脉还送残香，而今恐是无心惜""长记别离时，风露里，淡妆人，悄立衣如雪""雨至如佳客，对我说秋凉"，宛转迷蒙，空灵澄澈，风格大抵类此，与古贤"如逢故人"、心灵相通处，堪称白石、玉田当代传人：

> 清音一阕，想泛流弄影，当年狂客。万里归来，寂寞家山，悲怀竟与谁说？盟鸥买酒西泠路，怕见得、芙蓉消歇。却醉吟，字字都愁，题落一江红叶。　聊忆繁华旧事，尽教与草木，萤幻烟灭。独有词笺，笔墨幽香，还写素心如雪。而今惆怅无人续，恐已作、广陵弦绝。但偶然，倾盖相逢，如见古时明月。
>
> ——疏影·于旧书摊上偶得张炎白云词。如逢故人，怜其飘零，为赋

再读《蓦山溪》：

> 春消无迹，山远连天碧。树老午生烟，向阶石、浓荫堆积。渐凉微汗，谁共缓行来？听鸟啭，两三声，忽掠光中翼。　尤怜清昼，尘定风无力。却送惘然香，正栀子、花开素白。一时人倦，衣薄压阑

① 此几位女词人亦短暂介入菊斋，如如月之秋只于2002年发表数帖而已。

② 苏无名：《二十世纪中华词选》，第1978页。

干，云又淡，隔花看，仿佛成相忆。

《白石道人诗说》云："一篇全在尾句：如截奔马。词意俱尽，如临水送将归是已；言尽词不尽，如抟扶摇是已；词尽意不尽，剡溪归棹是已；词意俱不尽，温伯雪子是也。"① 此篇应即"剡溪归棹"之属。全词起自茫昧，结于虚空，殆"羚羊挂角，无迹可求"之境乎？

只有厚重的精神底蕴，才能使词品不止步于"空中语"。如月还有沉着老辣一格，比之清空婉约之作毫不逊色：

我乃先生蠹。想当时、虫沙纷化，竟为灵物。闻道此中黄金屋，策杖欣然来住。却几卷、残章朽赋。尝遍五经同嚼蜡，况史多腥秽诗酸苦。名盛耳，味无趣。　　先生更莫称知遇。看如今，文轻纸贵，渐成饥腹。若不弹铗思归早，一旦埋身尘土。还羡那，朝歌暮舞。怀诈弄权皆同列，笑食书者瘦食人富。言也尽，别君去。

——贺新郎·代蠹答我哭我笑笑复哭②

我哭我笑笑复哭《贺新郎·再与书蠹》"情致恳切，诙谐中不乏沉痛之感"③，本篇佳处略同，"史多腥秽诗酸苦""食书者瘦食人富"之警策尤在原作之上。如月于原作下跟帖云："蠹鱼口快，先生笔快。同此一快，是所谓有其主必有其蠹也"，联珠合璧，网坛一小佳话也。

另一位豪婉相兼之女性作手为蓝小蚁（1978—　）。蓝小蚁本名向春雷，字殷苏，号嗅薇轩，四川泸州人，网间存词甚多。《满江红·癸巳秋上青城山谒岳飞手书前后出师表》思、力俱足一观：

① 转引自魏庆之编《诗人玉屑》，上海古籍出版社1978年版，第12页。

② 我哭我笑笑复哭《贺新郎·再与书蠹》云："蠹汝还藏否？看箱中，书成斑驳，汝真快口。我读文章才一合，汝食文章三斗。剩几卷，非残即皱。原本文章无大用，既心同，此癖当携手。今汝蠹，是吾友。　　孑然湖海飘零久。待归来，依然推汝，相怜相守。近日频闻书价涨，恐汝将成消瘦。枉我为，稻粱奔走。暮四朝三君勿罪，实狙公、袋内无何有。呼醉起，再添酒。"

③ 马大勇师《晚清民国词史稿》，第21页。

气压崔嵬，但一片、苍然石矣。浑不管、怒猊惊骥，挟云欲起。带血残阳休久望，经霜乔木还重倚。青山下，独自立秋风，真男子。
蜀相恨，公为祭；公有恨，凭谁涕。甚头颅掷处，胜游佳地。社稷无须愁变换，英雄原自轻生死。况如今、歌舞醉年年，升平世。

近作《好女儿·电影〈你的名字〉》通篇辞句俱关合影片情节，以词论亦佳制，煞拍韵度楚楚，尤动人：

梦瓛天涯。难上仙槎。隔明河、一霎流星雨，坠苍茫川野，阑珊灯火，暗换年华。　欲把云笺重展，只心影、尚留些。纵相逢、你我皆成梦，恁无端忘了，手心小字，人外樱花。

蓝烟（1971—　）与绿烟（1978—　）网名、词风差近，可合观。蓝烟原名李亚丹，浙江宁波人，从事教育业，作品入选《海岳天风集》《九野采萍录》等。2009年进修康园，从刘斯翰、熊东遨等前辈问学。绿烟原名郭竞芳，湖南长沙人，现居株洲，会计师。两家以抒写闺中情思见长，纤巧有余而沉厚不足。兹各引一首：

沧海生波烟起碧。夜夜蟾光，不照倾城色。今我耳边明月泽，是谁怀里晶莹滴。　一向凄凉人未识。辗转经年，记忆何曾失？身已清圆无可剔，深心尚与繁华隔。

——蝶恋花·珍珠耳环

去年红泪，今年红泪，拟换珍珠十斛。夜阑忍对月明时，一颗映、相思一幅。　心期又冷，归期又晚，纵写新词谁读？看人笑语映霓灯，替人向、苍冥深祝。

——鹊桥仙·七夕

曾于前文详叙之留社实际由男性成员主导风气，八十四名社员中女诗/词人仅柳色、薄荷、飘茵、天青、翠袖、燕河、石人山、梦语、兰之幽兮、董惜白数名，又多以诗体擅场。其中飘茵（1973—　），本名刘小楠，又网名红萼主人，天津人，《浣溪沙》云："欲共秋星结百年。银潢一线界中天。淡蛾人爱夜阑珊。　四海黄金多铸错，三生白玉愿为环。月华盈手赠君难"，格近饮水。董惜白原名董哲楠，"九〇后"，留学伦敦，从嘘堂学，为"实验派"后进。前期网坛女词人知名者还有月依然、柳如烟、司马绿绮、疏影残香、朱八八、朱募沉、花径三三、雍容等，或遁网较早，或才力稍弱，皆不及上述诸家。至若网间"女子十二词坊"等多本旧式女性结社余习，无多可观，不赘说。

第二节　网坛"二斋"：问余斋主人与添雪斋词

网络词坛前、中期女性领军人物当推问余斋主人与添雪斋。二氏以杰特的创作成就与鲜明的艺术风格卓立于流辈之外，成南北掎角之势，理应辟一专节分谈。

一　上揖湖海楼的问余斋词

问余斋主人名系取意太白诗，本名于戎，曾用网名贺兰雪，七〇后，山东人，现居北京，任职电业部门，任"秋雁南回"论坛诗词版版主、网络诗词百花潭潭主等职。问余1999年即涉网，成名既早，地位亦高：苏无名《网络诗坛点将录》擢为五虎上将之"双枪将董平"，嘘堂谓"当代最好的女诗人""网络诗坛，离开她去谈则毫无意义"①，雅重如此。问余作诗极快，有"人工作诗机"美誉，今《焚余草》《酒余风》《劫余灰》《飞雪集》《兰雪诗》六集存诗词三百余，虽丛芜之病难免，然佳制亦夥，读之若海雨天风觌面而来。网间名家对于问余词审美取向的品评，有胡不归之"雄深雅健"、青风之"大气浑涵，清刚劲峭，略无脂粉习气，奇哉"、绍兴师爷之"若怒潮欲举，铁骑将腾，有薛校书《筹边楼》之气势。网间巾帼而能须眉响者，舍贺君其谁？"不约而同地指向了她越轶性别樊篱的雄风鼓扬的精神气质。

① 嘘堂与笔者谈话中语。

词史上的雄性之美也有很多种：东坡式的、方回式的、稼轩式的、芸阁式的……问余斋词则最近乎“苍茫中见骨力”[①] 的陈维崧。其《沁园春·自述》曰：“不羡梅花，不立危楼，不弃前嫌。任铮铮穷骨，得名愚鲁；谦谦君子，笑我刁顽。半壁尘烟，平生才气，只借江山作手谈。闲情里，听风扬碧水，燕语红檐。　归途误许征帆，饮几日离亭酒半酣。数故人去处，何关淮北；新愁来路，多在江南。好梦难长，欢容未久，眼外云天忘卷帘。欣然事，把吴钩对影，染就青衫”，那种纠合了诗酒风流与家国之思的才调声口，分明一女迦陵也。

（一）史心与士气

严迪昌先生《清词史》云：“构成陈维崧词‘精悍’‘横霸’之风格的基因……是他的史实、史才”[②]，这同样也是问余斋词坚实饱满的内核。对于时事，问余斋较同期其他女词人要关切敏感得多，下笔每涉大题材，或即事直陈，或曲尽深心：

盛世如斯，歌舞乱、杯盘难歇。疑此地，座旁多肉，碑石无鳖。报上略无三两句，网中幸有君成阕。堪慰处，公道在人心，立新碣。　南京血，东海月；中夜望，食犹咽。奈此情谁记，此心谁切。击楫中流今在耳，强胡一日终可蔑。民意深，纵此际无言，仇千结。

——满江红·和伯昏子。有感于南京盛岛大酒店于大屠杀纪念日开业[③]

一树梅花万树春，熏风不肯记霜痕。守寒无奈已无人。　留得芳心成底事，但随垂柳过朱门。残山剩水梦同温。

——浣溪纱·南京慰安所遗址将拆，哀南京屡见此类事件。

---

① 陈廷焯《白雨斋词话》评语。转引自严迪昌《清词史》第209页。

② 严迪昌《清词史》，第214页。

③ 2000年12月，南京盛岛酒店因设址需要私拆正觉寺遇难同胞纪念碑等行径，触发强烈舆论反应。网间诗词界亦闻风而兴。伯昏子词云：“千古秦淮，繁霜里、风流未歇。庆生辰、门盈朱紫，镬腾鱼鳖。漠漠寒城伤古道，煌煌盛岛翻新阕。吊苍生，郁郁断垣边，寻残碣。　钟山草，凋明月。下关水，声犹咽。对冤魂咫尺，迓宾歌切。世事易忘忧不解，民情难泯谁相蔑。正襟听、官样好文章，舌堪结。”

2005年2月24日，最长寿慰安妇朱巧妹去世，终年96岁

二首选自问余斋纪念抗战诗词作品集《东事集稿》。其实早在“国家公祭日”设立之前，网络诗词界即有相当成规模的纪念与反思，十数年间诞生了如嘘堂《死战》、冯乾《战城南》、军持《如玉歌》、月如《跑反歌》① 等一批杰出的作品。“岂图报寇仇，君子恒夕惕”“唯有数文字，聊以志其光”②，能于身侧歌舞升平之际先天下而忧悯，正是现代人文主义所必有、“诗史”与“词史”所特有的宝贵情怀。网络诗词堪光于世、名于史，此必居一。

即便如此，问余仍在访谈中针对网络诗词的思想性提出尖锐批评：“总体说网络诗词对民生的关注甚少，传统意义上的现实主义作品式微，有时集中在几个敏感时期生发感慨，符号意义大于体验。写自身经历的作品大多技术尚浅，望元白新乐府犹差数筹，况乎老杜”③，她自己就以创作实践勉力靠近自杜陵、元白传递下来的现实主义精神。问余之史心士气绝不仅限于与时闻史事直接关联的题材，在较易以平顺语出之的寄赠词中，也通篇充溢着“纵横议论，洞照古今”④ 的峥嵘心音：

十万丹山，百代逐臣，珠海琼崖。自男儿意气，须行险路；英雄风味，要向天涯。成败不言，是非当畏，寄柬长听两部蛙。君知否，莫求田问舍，壮志虚嗟。　　飞花落处无家。任看到春深世漫夸。慕车萤戴雪，哪得称老；鸡鸣牛角，勤力堪嘉。雏凤声闻，囊锥锋锐，新笋庭中初见芽。停桡处，那迎宾鸥侣，送客琵琶。

——沁园春·再赠W君

议酒言欢，议笔言狂，议史言悲。看金陵城上，漫天霜角；秦淮

① 俱见《勒石集——抗战暨反法西斯战争胜利七十周年纪念专辑》，“衡门之下”微信公众平台。

② 胡僧《纪事》、十方《七十周年祭先烈二章》诗句。

③ 《宁静以致远——问余斋主人访谈录》，网络诗词百花潭。

④ 严迪昌：《清词史》，第214页。

河畔，一片歌吹。借典非难，愤俗何用，无奈书生力最微。知别后，纵风清月炯，莫绕残碑。　黔娄岂可扬眉。让半寸春光过锦帏。记彭宣说义，青笺埋没；伏波聚米，战马空肥。迁地由巢，择邻孟母，短棹歌残知为谁。传诗路，觅无情杨柳，有限余晖。

——沁园春·重赠W君

W君为问余挚友，味词意，应为放逐“珠海琼崖”一青衫落拓书生，遂典故招来挥去，不嫌杂冗。“再赠”与“重赠”之间势态亦有变，故格调由“男儿意气，须行险路；英雄风味，要向天涯”的劝慰遽转为“借典非难，愤俗何用，无奈书生力最微”的哀激。问余斋此二篇虽云赠人，底里情绪实是伤人自伤、别有怀抱的。

小笔书大字不可，斗笔书小字则偏宜，以墨饱腕强也。将丰富“信息量”与悠长喟叹纳入小令也是迦陵长技，问余虽气势或所不及，而深曲笔致及浓足弦外意颇肖：

隔代书文不可听，驱虏逐鼎土还腥。覆亡依旧北来兵。　虐士深知遥胜宋，奴颜犹未重于清。可怜无运满荧屏。

——浣溪沙·南游记之南京明孝陵

古塔名成却为斜，田园初绿柳新芽。檐前偶展数枝花。　劈石剑长成底用，涌潮恨好送鱼虾。小儿争指卖糖家。

——浣溪沙·南游记之苏州虎丘

（二）慷慨中寓悲郁的审美风格

问余斋趋于朝而隐于词者，在“奇葩逸藻，波腾云卷”① 的同时，别有一种江海飘零、烟波日暮感，这与陈维崧词“多声复调”的丰厚艺术内蕴也是接近的。勘破世事的清醒与略微消沉的心绪时时反映在词中：面对金粉故迹，她有“春风犹在，为谁乍暖征席”的诘问，也有“烂柯山里，

① 董俞《贺新郎·怀陈其年》句。

元来都是行客”（《念奴娇·怀古》）的彻悟；她自许“旗亭歌咏，频来画壁；中流击桨，几度争先”（《沁园春·拟自寿》），又感叹“向来风骨不合时”（《朝中措·寄远》），自嘲“算此生困顿，空怀忧愤；虚名误我，我误云烟”（《沁园春·重过拒马河》），甚至发出了“宗相筹谋，岳王豪气，却事徽钦”（《一萼红·记梦》）的牢骚。她有“习儒看剑都虚，要一苇渡江到太湖”（《沁园春·再赠小饮归来》）的出世愿望，但深知“人事无常，寸望能成，深愿偏乖”（《沁园春·饮酒行》）、“俳优看我亦俳优”（《临江仙》），最后以“且向瑶台花下老，做个书虫”（《浪淘沙·夜饮三章》）聊自开解。读《贺新郎》与《渡江云》：

甚白云苍狗。问尘间、河清海浚，几时能够。倾尽弦胶无人惜，惜取楼头章柳。看遍地、犀觞称寿。东虏西夷窜狐鼠，尚春呵秋逐求其友。人与我，竟长久？　亡秦三户君知否。奈身在、庙堂高处，岂容消瘦。聚落成村村千牧，凄绝风宵雪昼。敌不过、寒衣吹透。骏骨市金真铸错，只从前心意留身后。蓬岛事，莫回首。

平生投刺处，朱门紫苑，意气几曾舒。向千江立马，莫御苍茫，流水意踟蹰。英雄老去，问东山、何处归欤？星星鬓，不知星转，还道少年初。　萧疏。蛮笺人倦，锦句囊空，恐良宵都误。先过了、铜驼青棘，铅泪红蕖。九州铁字黄金铸，到云楼、难计贤愚。天下事，可怜依样葫芦。

笔力固不若湖海楼滂沛恣肆，调子也较消沉，然“倾尽弦胶无人惜，惜取楼头章柳。看遍地、犀觞称寿”与“耳热杯阑无限感，目送塞鸿归尽。又眼底、群公衮衮”①“英雄老去，问东山、何处归欤？星星鬓，不知星转，还道少年初”与“我在京华沦落久，恨吴盐、只点离人发。家何在？在天末”②，一何相似！三百年下，问余同那位烟尘满面、涕泪满襟的陈检讨一

① 陈维崧词《贺新郎·题曹实庵〈珂雪词〉》句。
② 陈维崧词《贺新郎·秋夜呈芝麓先生》句。

样，奔走在长安市上，以词笔丈量“今昔、盛衰、得失、哀乐”之间的距离[1]。她无法驯从于“云泥冷落，江天萧瑟，波纹谲诡”（《水龙吟·感事寄某君》）的现实，更难以触及“石解听经，花能知语”（《沁园春·游百里峡见回首观音》）的理想境界；她告诫友人“功名慎取”（《摸鱼儿·寄Y君》），自我宽慰“把笔书生事，何必问中流”（《水调歌头·代人送己》），虽然“人生寂寞而已”（《青玉案·排闷作》），但“无聊际，敢时发谬论，偶忆南山？”（《沁园春·欣闻Y君右迁》）长啸短歌，悲欣交集，这些复杂微细的不同侧面，合力构成了问余斋词整体沉郁悲凉的艺术风貌。

问余特精长调，往往一挥数首，辑为联章，这种阳羡习好在惯以小令陶写柔情幽思的女词家中不多见，《满江红·杂咏五首，韵寄有子万事足》与《贺新凉·2002年5月七首》是网络时代、也是百年女性词史中罕见的杰作，兹各选三：

一向伤怀，无非是、春时秋候。更不待、长阶苔满，剑铭都锈。阡草劫余犹可刬，诗情去后偏重有。笑此生，辜负梦中人、樽中酒。　收长叹，钳恨口；刚易折，柔难守。遇釜下无焰，由他燃豆。欲换清肠移傲骨，祝黄天厚青天寿。酒醒时，愁海正茫茫，羲鞭朽。

密雨无情，应洗尽、群芳满地。难唤取、补愁添恨，惨红衰紫。纸上云烟都作古，看花深处音尘鄙。听夜阑、滴落两三声，如清泪。　长乐老，兴亡计；王谢宅，闲歌吹。算桃根种后，易成萍柢。无用书生休击楫，消磨忧国文章事。到头来、有恨岂堪言，空中字。

枫叶新红，偏相值、千田褪绿。收割罢、几家能粥，几人食肉。放赦鸡鸣疑跖喜，金吾大道相驰逐。今宵月，曾照绮罗筵、逃亡屋。　春不见，天雨粟；秋不见，苍生足。只欢歌唱似，故陵名曲。北毒南船西陕水，更深恻恻鬼听哭。愿明堂、富贵迫人来，时扪腹。

---

① 严迪昌：《清词史》，第205页。

事已何堪说。到斯时，燕台秦柽，炎凉裘葛。饱死侏儒笑方硕，六月飞霜跨雪。语明晨、荼蘼花发。诗笔因斯寒彻底，欲归来，写老窗前月。经战场，听琴瑟。　风情雨片终无别。叹由来，神州长夜，眼心难合。蹈海沉沙同博笑，衰却英怀侠骨。问谁不、故园心绝。更惜铸错成一字，人道是、此地元多铁。补天罢，必重裂。

重雾横重野。看轮回、浪连风涨，风接云下。茶床前岁煎龙羽，把臂约曾旧话。那一刻、料应难画。青鸟殷勤传嘉意，觅霜毫、为尔争陶写。更结作、杏花社。　孤帆疏骑斜阳下。想故人、纷纷远矣，星星鬓也。塞上雄关横道路，暗忆江南俊雅。灯明处、依然长夜。燕赵英豪成往事，问何来、寂寞当歌者。空亭馆，老台榭。

屡误春光约。总杯前、易川湘涧，平生长酌。且放胸中山与水，削尽巉峰锦阁。昔年事、思来拒却。白雪从今关世用，待神仙、附和人间乐。双竖子，不须药。　曾经云际看飞鹗。傲群生，横空电掠，浮尘安攫。笼底金莺喑笑里，闹市倒悬两脚。是还否、相邻一发。满耳城郭尧吠犬，感怀时、都是丁家鹤。名远志，埋沟壑。

交叠顿挫，映带连环，胸中积郁倾泻而出，竟是口口气不断。平睨须眉，到此方可！网络时代似此大手笔，数人而已。横向来说，问余斋词艺术个性极鲜明，思想深度尤远轶同期女词家；纵向上，她是稼轩——迦陵一体当代接受史中的重要一环（此前恪守豪壮体格的女词人中最杰出者为刘柏丽），拓开了女性词的抒情疆域。所谓“闺词雄音”① 还仅是将女性视作文学“他者”的旧论调，在网络时代，问余斋和她的创作实践有力地证明了：当女性作为与男性毫无二致的人格独立、完满的个体，她就并不会被传统性别的二元分野所限。“豪气笑难藏，标格凌人骨亦方”（《南乡

① ［新加坡］王力坚《清代“闺词雄音”的二难困境》：“闺词雄音，即清代女性词中所表现的男性化（masculine）风格。这是清代女性词创作的一个显著特征，是对词学婉约（阴性）传统的颠覆”，“‘闺词雄音’作品的内容大都为怀古感时的政治情怀，一反闺词以儿女情事为核心内容的隐形传统，显现‘豪情壮采’的风貌”。《中华词学》第三辑，东南大学出版社2002年版。

子》)！文学的“性别天花板”绝不是牢不可破的。

(三)“缘君胸腑有春潮”[①]：论月如词

月如又网名服媚、小微许回，生于长沙，现旅居澳大利亚。月如为军持[②]弟子，曾任“诗三百”及“光明顶”论坛版主，诗词作品结为《苿苡集》(初、二)《水边歌唤》三集。月如当世古风大手，可与网坛巨子碰壁斋主、尘色依旧[③]鼎足而三。苏无名《网络诗坛点将录》点为“青眼虎李云”，谓“怀抱深渊，不可即测”；又有论者云：“……诗近摹晚清诸家，远者肆宋，清刻、奥衍，奇丽，曲冷，幽峭，嘘吸俯仰，纵横开阖，比兴连环，发为无穷，‘奥莹出妩媚’之境。余私以为其别署‘服媚’焉不是因此而来哉?”[④] 皆应自此处着眼。诸篇中以《坦克曼》与《权力的游戏》组诗最为精光熠耀，录《龙母歌》一首以觇才力：

> 危城向日凝血色，拥岬鲸涛聚沫白。铁链昆奴臂古铜，重门扃关喧暂息。城下鼙鼓鬼伯惊，伫听龙母龙盘鸣。金发飘扬森长戟，回照鳞甲双紫睛。吾乃暴风降生之王女，七国全境之领御，大草原之卡丽熙，血火三龙之圣母。吾乃旧国罹乱之传人，烈火中之不焚身，奴隶湾之征服者，打碎枷锁之龙神。驰目彼岸翼影迅，五王之战雷殷殷。不知火龙喷焰拍碧波，白衣龙母千军肃步正逼近。

月如词稍不及诗，然亦有别于网间众女处，一则风神多端、不拘一隅；一则深情刻骨、真气充盈，故其间生命感如野风猎猎，不可抑遏：

---

① 月如诗《南湖之五》句。

② 军持（1967— ），本名秦鸿，字子云，江苏泰州人，现居沪上，自由职业者。诗词不由人授，得之自悟而卓特瑰异，有《雪泥词》梓行。刘梦芙云：“倚声骋怀，迭出奇境……才情如此才，岂非词国万人敌哉！徐君晋如目无余子，论子云词则谓‘当代第一’。三复其集，余亦为之心折……已足居百年来一流词家之列而无愧。”《二十世纪中华词选》，第1453页。

③ 尘色依旧（1969— ），本名沈双建，江苏南通人，某职业学校教师。中华诗词研究院2010年词组屈原奖得主。尘色诗词总量逾千，马大勇师谓“为今世难得之全能作手，篇什宏富，笔法多态，古近体长短调皆有可观，总由才情阔大故。诗多用钱牧斋、易实父韵，词多用陈迦陵韵，笔力健举、不择地而施亦如诸先贤”。《网络诗词三十家》，未刊稿。

④ 摘自微信公众平台“乐府之妃豨谁和”。

为谁系了青丝带，更抹个、疯油彩。瓶颈应嫌光线矮。那时人过，金黄正是、年少狷狂态。　幽窗渐渐尘如海，便把尘心向窗外。一霎悲生疼不解，几团浓烈，分明都喊：我在我存在。

——青玉案·向日葵致奈儿

沐露于晨，撷光于午，抱影哭过长夜。鸢尾丝绦，菊黄金盏，惜惜唤侬阿姐。狷狂殊异，都俘获、凡高笔下。深意画成谁解，惟解商衢名价。　何时攫争肯罢。信官人、刺花闲话。不见辟邪宝典，果能传者。甚矣其衰孰赦。且倚柱听园歌啸也，向鲁阳开，随秦雨谢。

——天香·向日葵步小眉韵

“疯油彩”“疼不解”“抱影哭过长夜”诸语撞入眼中，色调之炽烈、情绪之饱足皆为前人笔下所罕，“我在我存在”，放声一呼，又何其痛快！作者自谦为词不解“含蓄”，然其可贵处正在“直白”的“年少狷狂态”。这种“拙”而“真”，实是胜过那些雕章琢句、惺惺作态的作品百倍的。月如尝云：“时事之诗难作，盖言他人之苦、国家之难也。若无切肤之痛、深刻之思，慎莫为之。非感同身受，第欲以他人之苦难成就一己之诗篇，孰若不作。”[①]《河传·芣苡》《南乡子·惘然记》即第一视角写作之联章情词，故能兼“切肤之痛、深刻之思”。后者将儿女悲情与重大时事打叠一处，在承平年代尤属难得。“我是雪皑皑，君是初阳耿素怀”“岁月于今是永刑”之句以写情至哀深，令人过目难忘：

双影印青苔，肩并熏风款款来。过尽晨昏仍不觉，相偕。小巷呢喃荫绿槐。　我是雪皑皑，君是初阳耿素怀。山自失棱天自合，无猜。只恐情浓化不开。（五月）

---

① 转引自“芸香社”微信公众平台。

铁甲满长安，君著白衣去不还。衣上血痕须错认，谰谰。犹畏高街有应鼋。　已惯莫能言，已惯相思苦自瞒。偶过广场偷一瞥，军辕。记得当时放纸鸢。（六月）

旧梦惘然醒，膝下娇儿鬓脚星。莫向庭前深树望，青青。谁倩红禽唤我名。　是我负前盟，君亦何其负我轻。泉下相怜还速忘，狰狞。岁月于今是永刑。（廿年）

月如未以“实验体”擅名，而以《水调歌头》咏咖啡，以《金缕曲》《生查子》赋英文儿歌、日剧《昼颜》，皆以才情阔大而不嫌隔膜，妙趣横生。看《金缕曲·戏为小女歌〈五只小南瓜（Five Little Pumpkins）〉》：

怕莫三更近。坐门墩、支颐鼓腹，便便而奋。老大唔哝行将晚，管是饱餐添笨。看老二、连眉生晕。尖叫女巫飞月下，曳长袍扫帚争奇运。迟到未，惶思忖。　老三漫道无当紧。谁介怀、它时落幕，糖都分尽。老四狂言须为乐，此刻何妨蠢蠢。趁膛肚、烛光暂稳。老五高呼同归去，向风中光影从容进。万圣夜，抱头滚。

《减兰四章》分咏四季，其宏大静穆感与西方史诗气息遥接。其夏、冬云：

诸神执炬，瞻护幽蝉于絮絮。绽放初心，菡萏挥穹于翰音。不须人子，庶赦魂灵于抵死。生命悠长，静待风雷于远方。

瑶华梦语，沉睡山河于慢舞。狼骋冰原，情死情生于至寒。恸声长夜，未许微光于惑者。更始形骸，待振骁腾于覆埋。

“生命悠长，静待风雷于远方”“狼骋冰原，情死情生于至寒”“更始形骸，待振骁腾于覆埋”，其中传达出的雄拔气韵、深邃哲思绝不应仅划归“实验”之作而一笔带过。月如之功在于“破”，而文学创作中的“破格”每与作者生命体验直接关联：元气越充沛，冲击则越强；感受越敏锐，体察到的事物则越广大深刻。二者相叠加、补益，就形成了诗/词人卓绝的创造力。若执此而论，则以月如为代表的一批网络作者何逊于古贤？当今诗词界不主依傍、避俗趋新而才力眼界阔大者，月如应占一高席。

（四）石人山

另一位出道较早、“虽须眉罕能相敌”① 的网络女性作手石人山（1976—　），原名刘芳，河南人，适碰壁斋主，夫妇游于深、港间。苏无名点为“小李广花荣”，谓：“擅七古五古，词亦好，韵律亦美，仿佛白衣人中宵立高崖之上，风扬其袂……混迹网中，人皆不知为女子，甫其诗一出，相顾惊呼。”花荣为梁山第九条好汉，可谓褒赏逾常。盖《点将录》成文于2006年，彼时网坛风气初开，女诗人罕见，而问余、添雪等大家亦未进入创作成熟期，此位次应可称允当。

石人山专力为诗，词不多作，以小令最为可观。先看《蝶恋花·秋蛾》：

孤焰隔帘风未稳。眼底长望，惆怅心难准。彻骨光明安可忍，蛹身不悔当时拼。　微烛遥遥光渐隐。魂抱残芯，两两何堪认。犹剩窗前堆一寸，此中可有侬身分。

词末句用静安“蜡泪窗前堆一寸，人间只有相思分”句意而孤勇执着有过之，又同题诗云“元知一炙即身死，君若怜时许一亲。便抱焰心成永梦，烛灰埋我不须坟”，真情痴近魔也。当然，仅有小女儿情态还不足将其托入网络名家行列，石人山还有笔致奇横、沉着大气的一面：

高秋浪起溅溅黑，纵横一派泥涂白。荻叶正萧萧，荻花满路凋。茫茫失路客，试上危岩立。三面海声寒，乱云驰复还。

——菩萨蛮·记梦

① 苏无名：《网络诗坛点将录》。

湖山著墨浑如锁，电光千顷倏开破。此际一天波，沉雷波底过。何人天外俯，高杪奇辉舞。即此是人间，人间雨色寒。

——菩萨蛮·五月三日夜铁山水库雷雨

辞、境中的苍茫古意不难感知，然而“茫茫失路客，试上危岩立”“即此是人间，人间雨色寒”背后蕴含着的现代人那种无处言宣的寂寥与恓惶，不更令人愀然动容？近年石人山、碰壁夫妇于网坛渐少参与，《鹧鸪天》下片或可视作“挂剑南山，不问江湖”心态的别样表达：

沉梦幽魂两并迷，有期无定是无期。谁知歌管繁华地，独坐江天冷露迟。　深措意，漫寻辞。月光移过万家篱。横斜千百知何字，矮纸微风淡淡吹。

二　“这一抹、灵魂澄碧”①：论添雪斋词

世纪初词苑方兴，百派竞流，鼓吹喧阗，添雪出，以“色相纷呈，笔墨灵幻”②“幽幻妩媚，重颖谲丽”③独拔于群峰之外，也因此较早为学界注目，为女词人中首位作品付诸剞劂者④。添雪斋（1976—　），又网名Lamses、西丝、紫藤萝、影青等，广东人，作品结为《影青词》。论词“异质感”之浓郁，堪称网间倚声家第一。

（一）网络词坛美学先锋

我是深秋夜女郎，发丝淹没了斜阳。星如冷眼冰蓝色，一瞥千年

① 添雪斋词《金缕曲·冬雨中的小叶榕》句。

② 添雪斋简介，李遇春编：《21世纪新锐吟家诗词编年（第二辑）》，华中师范大学出版社2016年版。

③ 苏无名：《网络诗坛点将录》。

④ 添雪斋著，刘梦芙校：《添雪韵痕》，黄山书社2010年版。相关研究者如刘梦芙、李遇春、倪博洋、马大勇师等。网络诗词选本亦多选入添雪斋，以为新创代表。

世界霜。

——魇语之诗篇——妖夜八章其二

昔之世界有精灵，摇落群星作夜萤。两种天真盈我手，绮光注入水晶瓶。

——星座宫神话题记

添雪之才，艳如桃李；添雪之词，冷若冰霜。这位“深秋夜女郎”星眼所瞥处，有千年积雪，有暗夜残月，有风中孤萤，有雨余寒花，而又与那些被一代代才人之手盘弄得温润香腻的雪、月、风、花绝不相同。她亦自知与世寡合，在《催雪·为添雪诗序》中写道：“催雪词成，催别曲结，令已深知是客。此失路之人，与谁重识？纵有诗章万古，唱和者、而今都沉寂。色心渐淡，文心渐灭，独看飘白。”她是闯入传统又“挥一挥手，不带走一丝云彩”的“客”，是在看似阡陌交通的古典世界“失路”，又最终反客为主、树立起新的美学原则的创造者。

添雪知交好友、知名诗人尘色依旧在《做一树梅花添雪斋》中独具只眼地指出“琉璃朵曾经炽热、暗瓦曾经光明、碧火也是一种燃烧……添雪眼中一切的冷，正是心中热的渴望”①，敏哉斯言。然而对于诗词兼能的添雪斋来说，她的“炽热”一面更多地表现在诗中，如《Khmer Rouge》写柬埔寨红色高棉之劫②，《雏鸟为李思怡作》《童话及五一二的孩子》以四言“童话体”为殒于人祸天灾的孩子招魂，《琴曲歌词十二操》笔锋所指广涉诸时事，那种贯穿历史、现实间的担当感确实有着烙痛眼睛的炽烈温度。冷与热、高隐与入世是可以统摄于一手的，添雪的诗心有多热，词心就有多冷。与诗不同，词是她彻底践行美学理想的

---

① 《诗书画》2016年第4期。

② 马大勇师《“种子推翻泥土，溪流洗亮星辰”——网络诗词平议》：“作者秉笔直书，毫不回避‘恍如乌托邦，覆作阿鼻狱’的种种惨状。‘革命百余万，筑此理想律。理想高万物，血色饰其质’‘谁言鲜红温如火，分明见之冰冷且怵栗’，这样的反思实已站到了历史的制高点上，思想价值当永不磨灭。添雪斋夙以荒寒诡异、缥缈离奇著声网间，有‘女长吉’之称，而如此气盛胆张、‘敢于直面淋漓的鲜血’的古风居然出其笔下，本身就以说明思想在网络诗坛难以遮蔽的强大存在和夺目光焰。”《二十世纪诗词史论》，第298页。

"不动道场"。

添雪词风不是一夕养成，早年也有过多方向的尝试。如作于2003年的《魇语词之浣溪沙·七色夜》之《第七晚·黑夜》："串串星辰垂小楼，时光挂在梦肩头，黑纱遮下夜之眸。　风笛一声飞冷冷，青藤半壁锁柔柔。归于熟悉那深秋"的娴静婉媚，在其他女词人笔下是常态，出于添雪竟是颇不和谐的变调了。她应也有类似考虑，在最近一次"筛滤"作品入选集[①]时即予删去，只保留了最有"添雪味"的《第五晚·绿夜》与《第六晚·紫夜》：

疑问生于亘古因，苍苔储藏旧灵魂。预谋复活在初春。　老巷看穿青石路，故吾抛弃旧罗裙，风中埋葬是天真。

隔世情怀多一些，天空魅影已倾斜。谁将哭泣变流沙。　开始秾华诸相灭，低头幻影刹然加。满池黯紫睡莲花。

"抛弃旧罗裙"，换着夜行衣。这种融合了谲丽、幽深、森寂的冷色调之美在其后十余年中渐次铺展为添雪词的背景色。她不去礼赞繁华，而是痴迷于描绘繁华焚尽后的"锦灰堆"，她将流星陨灭、落花飘零摄入慢镜头，捕捉生命最后一瞬的燃烧与盛放。昔人论李贺，谓他人作诗如在白底子上作画，唯长吉是在黑底子上作画，故色彩格外强烈炫目[②]，此语移谓添雪斋亦能允洽。

添雪之长在体物，集中咏物词凡什九，又特注重词牌与所咏之物的巧妙关合（《影青词》即"影青瓷"谐音）。今人魏新河谓："词之选调，必要允当，尽意与词题合乃妙，词之调名二千有奇，必有一曲为我所用，不可信手拈来。如玉田咏春水用《南浦》，咏梅影用《疏影》，碧山咏新月用《眉妩》，咏龙涎香用《天香》之类是也。"[③] 添雪则更进一境，以《露华》

① 指《20世纪新锐吟家诗词编年（第二辑）》。

② 汪曾祺西南联大时期为闻一多唐诗课所作读书报告《黑罂粟花——〈李贺诗歌编〉读后》。

③ 魏新河：《秋扇词话》，《当代诗词丛话》，第660页。

咏露、《白雪》咏雪、《采绿吟》咏祖母绿宝石、《鞓红》咏“雪后的红山茶”、《滴滴金》咏“此刻世上最古老的琥珀”……无不手到擒来，调遣自若。尝将历年所作咏物词辑为《浅烨集》，其中《万花醒处》咏花木之属、《气引天星》咏神话故事、《一瞬秾华》咏自然景观，奇文瑰句如繁葩相亚，交映生辉。又以咏花诸作最为特出：

有人山之上，从星驾、薜服衣云纱。有人山之阿，初心幽立，遥听夜壑，歌溯上邪。待某世、媞媞而远逝，弃者木兰车。覆手握空，已知成谶，三生皆梦，如幻如嗟。　精魂将何去？低声答：今日笔焰孵花。明日银觯浮白，酡影风斜。后日擎青莲，刃光千瓣，剖分星脉，砭骨清些。末日素鸟振羽，掠向天涯。

——风流子·一株玉兰的轮回

渊薮苍龙，夭矫向春山搏。葛陂间、碧鳞摽落。于斯解角，溢光林壑。如月刃、初裂古今风幕。　豹变玙璠，倾瑟瑟生喙啄。截封狐、尾青之魄。眉心之翠，海陬之廓。摧笔锋、飞草锐勾成雀。

——拾翠羽·魔幻剧的翡翠葛

吾魂七月化青莲，雨无边，梦无边。默立丛生，冷冷对苍然。缈缈天香风欲起，氤氲里，只悄看，人世间。　世间。世间。三千年。星不悬，月不悬。业也果也，幻者也，露泡相缠。覆水痴痴，照影淡如烟。一瞬幽光生即泯，悲或喜，漫空冥，夜坠肩。

——江城梅花引·青莲

前首遐想木兰树为仙人弃车所化，其下表时间状语“今日”“明日”“后日”“末日”俱为扣紧“轮回”，“笔焰孵花”“银觯浮白”警秀夺目；次首想象奇肆，珍禽异兽作为喻体轮流登场，正副“魔幻剧”之名。翡翠葛以花形似倒垂鸟爪，故“倾瑟瑟生喙啄”“飞草锐勾成雀”云；末首摒弃莲之具象而专写“吾魂”，全词若“烟笼寒水月笼沙”，淡不可画，渺不可听。添雪从千年沿袭之下早已逼仄不堪的传统赋形路数跳脱而出，全凭艺术直觉落笔，专力表现“色彩感、构图感与镜头感”[①]，故能化腐为奇，面目一新。应该认识到：添雪斋的咏物词与传统词论中的比兴、寄托理念是有本质区别的：自我的强烈疏离使创作提纯为超越主观的审美活动，所谓“有明暗，有黑白，有寂动，有痛痒；无善恶，无褒贬，无是非，无今古”[②]。昔苏无名点将录封添雪斋为“急先锋索超”，其于词功兼破立，造诣独绝，诚网坛被坚执锐、一骑当千之“美学先锋”也！

（二）熔旧铸新，穷工极变

在与马大勇师合作的《当代诗词写作的价值确认——读〈21世纪新锐吟家诗词编年〉漫记》中，我们写下这样一段话：

> 新世纪以来的（网络）旧体诗坛呈现出一种不同以往的征象：优秀的作者往往是接受了新诗、新文学哺育的，而带着这样的“操作系统”（独孤食肉兽语）“勒马回缰作旧诗”时，就不约而同地觉察到了古典诗体日益显露的疲态——李子谓之“矛盾”，嘘堂谓之“坎陷”，独孤食肉兽谓之“辎重”。具体而言，古典的语词告竭了，句法熟滥了，意境枯腐了，古典的舟舆因全方位“过载”而不堪其任，旧诗亟待“外输血液以延生命活力”[③]——这紧迫程度甚至不亚于几千年来的任一次诗文革新运动。
>
> 这种革新绝不指“老干”式的时代颂歌，亦不仅限于容纳白话的表面功夫，而是在现代意识指导下进行、游刃于文本内部、析剖出多向度审美价值的诗学实践。

古典话语的衰朽与诗词在网络时代的全面回归，构成了一座矛盾重重然而也生机勃勃的创作场域，欲于此中自立，必须另辟蹊径。添雪斋是女性词人中别具远见、觉醒最早的一批：“我唯一不喜欢的就是重复”“我的创作没有太多传统的格局，能早一步开始自己的局面，哪怕早期并不为全

---

① 添雪斋：《我的创作道路》，《21世纪新锐吟家诗词编年（第二辑）》，第231页。

② 矫庵：《影青词序》，《添雪韵痕》，第153页。

③ 嘘堂：《时语入诗小议》，“衡门之下”公众微信平台。

部人接受”[①]，她的“局面”无疑已成功打开。大凡理论往往滞后于创作，于添雪尤然。“对于添雪斋狭而深的诗歌内容，究竟是要批评其表现境界狭窄，还是将之视为一个自足的文本空间……在‘当代网络旧体诗词’这种兼有传统与现当代的两重性身份下，这类作品是用传统的诗词审美理论还是引入西方现代文论来进行文学批评？”[②] 研究先行者提出的这个颇耐寻绎的问题，至此可作一解答：将添雪斋这样有着除旧布新意义的奇才强捺在传统文学批评框架中，既难于寻找话语，对作者而言也未公平。面对崭新的文学现象、潮流，研究路径必须随之转轨[③]。可借用伯昏子《“现代文言诗”与现代精神》中的观点：“‘现代文言诗’的现代性是多方面，但是大致可以体现在三个方面：一表现方式的现代性；二审美价值的现代性；三思想价值的现代性。”[④] 添雪斋词是完全可以覆盖前两点的。

论及“文言诗”[⑤] 及其“现代性”，则不可不说“实验体”。“实验体”为“响马先导，嘘堂踵继。高树等人影从之”[⑥]，先后以“故乡诗公社”“今天文言旧邦”等网站为据点，代表作者还有无以为名、杨无过等。虽有“无体”的口号，但“实验”所以成体，特点还是相对一致而显明：杂糅传统语言与白话、不避新名词，在创作中渗透现代精神，采用解构、意识流等手法，每造成“错位”“失衡”的新异观感，嘘堂五古《自由之白日》[⑦] 应为最具实验气质的作品之一。在实验派招兵买马、意欲崛起的过程中，添雪斋

① 添雪斋：《我的创作道路》，《21 世纪新锐吟家诗词编年（第二辑）》，第 230 页。

② 倪博洋；《“而今童话中藏”——添雪斋的诗词造景与情感倾诉》，《现代语文》2013 年第 5 期。

③ 田晓菲著，宋子江、张晓红译：《隐约一坡青果讲方言：现代汉诗的另类历史》：“实践当然总是领先于理论，但是今天，古代和现代文学学者们的当务之急是与时俱进，跟上诗人的步伐，加强沟通，发展出一套另类批评话语，并且找到关于现代中国文学史的另类思考方式。”《南方文坛》2009 年第 6 期。

④ 见伯昏子新浪博客。

⑤ “文言诗”概念诞生于网络，率先提出者已渺不可考，可视作旧体诗词约定俗成之指称。

⑥ 苏无名：《沉寂与喧嚣——网络诗词的七年》，“网络诗词百花潭”网站。

⑦ 诗云：自由之白日，秘密我已悉。自由之秋天，炎阳犹赫赫。楼道静悬钟，眩晕复沉溺。若有偷窥者，收听而反视。既已厌葳蕤，谁其辨五色。连空蝉声寂，呻吟孰可抑。裸妇肌胜雪，形象于禁闭。树叶转欲黄，暂停内分泌。偶尔闪微光，庄严如悲剧。观众固无言，悲伤或战栗。悲伤我不能，战栗亦乏力。我在自由中，自由独寂寂。乃入地下室，轰响发我侧。七彩球碰撞，一局斯诺克。

似一度被划入阵营①，但她同时也说“……网上说这是‘实验体’，我不置可否，因为实不实验与我无关”②。尘色依旧《寄添雪》“子有文章敌山鬼，谁人心胸真磊磊。画饼声名争不休，却看斜阳付流水。笑论悠悠岂难知，但开风气不为师。许子飘逸丁香句，安用争议复今时”中“争议”即指此事。

可这样看待添雪斋与“实验体”间关系：（1）实验体作者群体的主要阵地还是诗（尤以格律较为宽松的古风为最），而“开新”风格的著名词人如李子、独孤食肉兽、添雪斋等更倾向于单打独斗，并未明确表现出对“实验”理论的皈依；（2）“实验”其实是个延展性极强、内涵极丰富的概念，对传统诗词内容形式任一层面上的改造都可视作实验，同时也不一定要以“实验”之名来逼窄门径、划分壁垒。添雪斋是否从属于“实验体”并不重要，她的奇光异彩是无论如何也掩藏不住的：

> 残梦结寒分两境：叶上斜阳，叶底枯黄影。堆积层层秋气冷，淡烟天末吹无定。　　忽又扶风如蝶醒，骤死知生，魇语无须应。辐射微光呈线性，穿过暗碧深林径。
>
> ——蝶恋花·落叶。入冬，近郊树林见落叶堆积，乡人焚之

> 冬凛何萧瑟。故淋漓、冲寒漱叶，夜衢深墨。忽有流灯侵榕影，浸出霁青釉色。这一抹、灵魂澄碧。相悖时光如叛教，理与真、分割成双域：天国的、人间的。　　众生匍匐诸神侧。正见证、诸神已死，希音沦匿。银像熔融垂铅泪，暖笑浮于唇额。是谛信、自由未熄。是以重申春华气，是祭徒、欲破千年壁。风展翼、雨鸣镝。
>
> ——金缕曲·冬雨中的小叶榕

“辐射微光成线性”“相悖时光如叛教”“是祭徒、欲破千年壁”的语言充满“跨界”意味，“理与真、分割成双域：天国的、人间的”的特殊句法

---

① 刘梦芙《〈添雪韵痕〉引言》：“吾皖嘘堂君，网络诗坛之猛将也，以生命为诗，力行于‘实验体’，而添雪乃导夫先路者，嘘堂与之切劘，网上风行，波澜乃壮。”第2—3页。但包括嘘堂在内的“实验体”诗人并不完全认同此说法。

② 添雪斋：《我的创作道路》，《21世纪新锐吟家诗词编年（第二辑）》，第231页。

尤令人匪夷所思。添雪的创造力不止于“用旧砖瓦盖新房”①，再引伯昏子的话说，她是“用旧的泥土烧出新的砖瓦，再用这些新的砖瓦来盖新房……为文言诗注入现代性的特质，在写作中自由地创造和运用非传统的意象和符号，从而产生出合乎现代审美价值标准的旨趣。这种旨趣，可能是传统审美观念追求的谐和之美，但也可能是现代审美标准更为关注的半谐和之美，乃至不谐和之美”。如《扬州慢·四之日逢端午》“记春去、相逢暮色，冷城灯火，销毁天真”“万物影中弥散，将灵魂、凝作铭文”以“非传统意象与符号”对端午熟题的“溶解”与“稀释”就是一例。但这还只是近似“和水抟泥”的准备工作，以下两首从题到意、从表面字句到内部精神都达到全面“陌生化”的作品，堪称以“新砖瓦”筑造的“新建筑”：

忽丝成蛹，勒停驹隙，太虚前夜。叠折时空谒其神，众神已、长辞也。　裂界谁抟风之驾？在花开之野。星陨投光化春冰，照见了、归来者。

——留春令·遏停六十秒的光

故事低声咽。圣歌中、精灵哭泣，众神垂睫。耳畔依稀曾相诺，许下生生笑靥。风信子、初开季节。金色陨星悄折翼，正恍然、唇角绯红灭。黝黑夜，灰蓝月。　淡银发辫温柔结。待时光、凝如琥珀，收藏心蝶。地久天长之奢望，不是风间一瞥。恋恋者、无从隔绝。迷迭香和玫瑰色，缀白纱七十年如雪。覆你我，终同穴。

——贺新郎·埃利斯。埃利斯：17世纪瑞典一个矿难的故事

吟咏“遏停六十秒的光”与17世纪瑞典矿难故事，究竟有何意义可言？这种既不言志也不言情、在格律外壳中盛放并不古典甚至毫不“中国”的内容的作品，还能不能被称作诗词？去功利化，甚至去意义化的诗词写作是否可行？换句话说，旧体诗词到底可不可以“到语言为止”？这是添雪斋的创作给我们带来的完全不同以往的思考。“‘诗歌’之为‘诗

① 伯昏子：《“现代文言诗”与现代精神》。下同。

歌’，外在形式从来就不是第二义的，它是诗歌灵魂不可切割的核心部分。”① 有时，“形式即内容”——这种一反传统的观念，反而是当代诗词研究者应该具有的理论储备。将视角放远一些，添雪斋相当精准地吻合和呼应了西方唯美主义与象征主义文学“为艺术而艺术”的创作主张，词笔起落间，中西诗道已被砉然叩破：

愈黑，愈沉凝夜壁风垂翼。愈天地如水灯如砾。愈幽蓝镝上腥红滴。　尽悉，尽燐光网结荒城寂。尽枯骨春卵千千亿。尽西壬海底悲歌息。　人愈瞽，锷尽熠。皆神愈说尽将来式。剪丝者深瞳，隐去冰霜色。是星宫失落过客。

——踏歌·神话外传二首之卡珊德拉。卡珊德拉（Cassandra），特洛伊公主，不为人所信之预言家。预言特洛伊战争、灭亡、自己死亡，却无力改变

履长街、独息归其穴。一把披荆残骨。一夜风魂生槁叶。怀抱着、秋之蝶。春之尾、夏之丘，终等到、冬之月。照戈多者，来影明灭。　颓址立死生，销铄观波劫。陌上繁花谁说。只在无家声里歇。尘化也、髐形裂。窥幻昧、界三千，还记否、深眸澈。梦中人、白发如雪。

——塞孤·街头的微型骷髅　西班牙艺术家Isaac Cordal

网络词界创新一路领袖式人物独孤食肉兽②自谓“和李子一样属于拓新阵中单打独斗的另类文本”③，其实他们身边至少还并肩站立着添雪斋这

---

① 马大勇师《百年词史（1900—2000）》之《“种子推翻泥土，溪流洗亮星辰”：论李子词》一节。

② 独孤食肉兽（1970—　），本名曾峥，又有网名摩登白石、秋渚采萤人等，武汉人，供职武汉某高校，著有诗词集《格律摇滚Y2K》。食肉兽提出并力倡“现代城市诗词”创作理念，多自先锋艺术攫获灵感，擅以蒙太奇等超现实手法整合拼接，特质个性极为鲜明，有“兽体诗词”之称，其中以“火车词”系列影响最巨，可谓网络诗词独树一帜之“印象派”。《网络诗词三十家》。

③ 《断裂后的修复——网络旧体诗坛问卷实录：李子、嘘堂、徐晋如、独孤食肉兽》，《新文学评论》2014年第2期。

一员女将。三家中，李子由“具有巨大包容性和强烈发散性”的“平民立场”[①]出发，去除掉一切不必要的修饰，将琐屑甚至荒诞的日常生活披露靡遗；独孤食肉兽“抗拒充斥于传统文本中的精英圣哲思想”，“凭借个人体悟及浮想，提炼、展示现代城市”[②]；而添雪斋的视野和才力使她自觉远离传统审美资源，以诗词为杓打捞起内心幽深幻影中的吉光片羽，用以营造自己的新的美学世界。较前两位从现实生活中“还原”或“提炼”素材的方式来说，她是以一种新的“魅”来“祛魅”，手段更加形而上。逡录李子两首、食肉兽一首代表作，可感知其中差别：

一盏高灯吊日光，河山普照十平方。伐蚊征鼠斗争忙。　大禹精神通厕水，小平理论有厨粮。长安居久不思乡。

——浣溪纱·租居小屋

方便面，泡软夜班人。一网消磨黄永胜，三餐俯仰白求恩。蚁梦案头春。

——望江南·夜班

火柴盒里，看对面B座，玻璃深窈。冬雨江城流水粉，树影人形颠倒。达利庄周，恍然皆我，午梦三纳秒。石榴血溅，花间蝴蝶尖叫。　频赴屏后良缘，移形换镜，像素知多少。林外片云凝酽酪，月戴面模微笑。空巷笼音，古墙泌影，仿佛前生到。邮筒静谧，冬眠谁遣青鸟。

——念奴娇·千禧前最后的意象

自下而上的解构，自上而下的颠覆，指向的都是对传统的叛离和改造。从这个意义上看，“实验”或靠近“实验”的创作，其实是同质异构

---

① 马大勇师《百年词史（1900—2000）》之《“种子推翻泥土，溪流洗亮星辰”：论李子词》一节。

② 独孤食肉兽：《我的创作道路》，载《21世纪新锐吟家编年》，第121—122页。

且殊途同归的。添雪斋与“开新”一军的仝人们正在挟疾风迅雷之势，合力向传统发起冲陷。若说“诗词未死”，那么它迥乎前代、充满魅力的“今生今世”，正是由这些人缔造。

（三）飞廉、灏子

自网名即能见驰想无极、矫然不群姿态的飞廉与添雪斋氏交谊颇厚，词风亦最近。飞廉（1982—　），本名张印瞳，江苏无锡人，现居美国华盛顿。自云“生于沪上，长于纽约，二处依般亲近，无能割舍。于是字里行间，还分得甚东西古今”①，故奇采异质有过于添雪斋者。古诗《飞廉歌》为释名而作，最能副其豪言：“飞廉徕，徒四海。濯汪洸，文豹采。飞廉徕，拔岩岫。双麕角，鸾皇后。飞廉徕，怒空雪。骤千里，云与決。飞廉徕，直重光。将集也，长相羊。　飞廉徕，涉玄冬。壶桂酒，嘉夜容。飞廉徕，天地穷。使衙衙，以沨沨。”读《鹊桥仙·次韵非烟》《露华》与《玉京秋·摩羯》：

夜时风缓，醉中香冷，谁正铸殇成壁。羽飞不到夏洲西，着幻梦、寥天浪迹。　霓光荏苒，尘霜一再，磨却捻花心力。冀云为我酹遥星，漫消得、月华将息。

朔来魅魇，幻艳射无边，拟作星羯。鱎尾羚犄，赠我琼浆如血。夜光斟了风华，醉到紫云同烨。千万语，眉低那时，渐凝于睫。
此生不可方物。立镜水之渊，萧瑟而骨。兀自炽冰成愫，一试清绝。忽地耳角微声。毕剥有谁澌灭。睁缓缓，床前几分白月。

天斗北。璚浆不曾舀，讵归南雪。挂角吴州，出河大尾，凝光于睫。看了参辰日月。者人间、多少离别。还吹拂。一身星火，与风长颸。　未识云华尘刹。只三星、煌煌烨烨。极目清寒，渠侬堪毁，烟波飘兀。瘴海痴仙，叹莫叹、临丑神宫如汩。最难歇。心下些些酕醄。

① 转引自“雅集文化”公众微信平台。

奇谲幻诞之意象、句法纷至沓来，确乎“煌煌烨烨”“不可方物”，去传统路径愈远。飞廉于语言有其独特体悟与措置，较添雪斋应更接近“异数”一词的意指。正如旅美作家张宗子所谓“琉璃世界，晶红寒碧。云飞星散，恍不若尘境”“有很多句子是打了飞廉的印记的，隔三尺远就能看见只能出自飞廉之手”①。

此种带有解构气质的审美与深细的思察亦最宜体物，所谓笔端“藏了三千世界”②。如《天仙子·素馨》与《千秋岁引·赋云并寄非烟》：

一识夏州烟雨薄。山露山风山鹿角。别时惟叹数优游，尘岁邈，孰能觉。白玉子开初若若。

如是清轻，如来漠寞。碧宇而缨万千络。绸缪一时燧素羽，翩翻一世潾天阁。风月回，衣裳冷，以为泊。　或作雷霆长恣略，或御沧浪从冰魄。宿雾朝霞任相托。虚空绽成光影梦，娑婆谢在光明萼。此无生，亦无着，何当缚。

素馨番种，飞廉亦逢之于海外，“夏州”，夏威夷也。全词灵隽跳宕，“山露”“白玉子”句尖新而状物甚鲜明；后首以“清轻”“漠寞”“绸缪”“翩翻”“无生”“无着”反复皴染云之意态，于极壮阔景中描画纤毫，有须弥芥子之妙。此二首尚疏朗易读，至《兰陵王·落叶》则恣意想象铺排，殊难索解：“双眉眨。便与星颓月乏。寻常者，风去尘回，紫陌黄阡使飞駇。班班渐杂沓。应洽。娑婆各业。三千丈，欲堕欲翻，夜雨山林滴红翜。　闲时假荷锸。着半缶清酤，一炮残蜡。何当相坐到空劫。穷万里云專，几枝岑寂。新秋缀满旧白袷。醉来领昌盍。　霅霅。复萧飒。是消息殊乡，不纪年甲。火华金蝶堪离合。但交落如晤，死生无怯。浮天多少，世倾圮，思片霎。”驱遣冷僻辞句当然需要高明的功力，也的确很

① 转引自飞廉新浪博客。

② 发初覆眉语。

能见其高蹈特立品质，但刻意搜奇抉异，“虽弃凡庸而近乎生硬深艰也”①。或曰诗词为己之学，飞廉词应与其奇志狂想高度同构，则另当别论。

同样富于新创色彩、以奇丽一路擅场的灏子与飞廉堪称添雪斋麾下两副帅。灏子（1968—　），本名汪顺宁，西方美学博士，现任上海财经大学副教授，著有《醉的泛音乐化——论尼采的艺术与权力意志》《诗歌、女性与古典传统》，诗词结为《廓尔集》。灏子词得益于所学，色彩光影感如印象派画，有“幽花静瓶”② 之美，方之网间作手，则格应在添雪斋、独孤食肉兽间。《一斛珠·明晨谷雨》之“素坛鸟骨沉簧管”、《减兰·夏日雨后的窗前盆花》之“褐灰栀子，殓迹收香开后死”、《疏影·绿旗袍》之“光影如禅似定，有黑猫醒坐，空里游息”，皆诡靡艳冶，令人称异。再读《风敲竹·有木屋的风景》与《洞仙歌·鸢尾》：

> 阔叶镶油画。绿浓深、枝桠摞就，褐红砖瓦。薜荔半缠窗半隐，木格纱帘淡挂。一声后、有鸦飞罢。料得中宵灯火满，蘸醇灰蜜紫挥和洒。风窸窣，起于夜。　　是谁走在今年夏。兀低头、三横两点，看荫成卦。唿哨偶来无着处，有蕊悄然碰下。晚霞影、与身同化。蹑足慊慊经过也，望人家院落秋千架。檐与彼，默无话。

> 是希腊绉，萨福绸裙子？是海沉蓝到薰紫？是穹苍夜划、蹈浪而来，醇黄月，透入微香芦纸？　　传奇藏种种，至此悄声，裂作窑烧一花事。
> 只不似冰瓷、散乱攲斜，留与问、春龟卜筮。细看取、肌理宛然生，魅犹笑：谁言佛将拈指？

《风敲竹》即《金缕曲》别名。“油画”“木格纱帘”的现代语汇与“院落秋千架”的典型中式意象并无驳杂感，而回忆现实间总由过片“是谁走在今年夏”轻轻统摄。与其说运用了中国诗歌“移步换景”的传统手段，莫若说借鉴西方“蒙太奇”自由拼贴、剪辑的视觉艺术。后首“海沉

① 严迪昌论沈曾植语。《近代词钞》，第 1673 页。

② 灏子词《太常引·得陆离题〈廓尔集〉词一阕用其韵还答》句。

蓝到薰紫”“醇黄月”指鸢尾色彩，“冰瓷”“春龟卜筮”喻花瓣肌理，已令人称异，而由萨福写至佛更可谓奇绝至矣，前人咏花殆无此格。其实包括添雪斋在内的这一路作者都难免偶落入逞奇炫技格套，予人“刺口剧菱芡”之印象，但这也是创作理念新故代谢中必会伴随而生的副作用，所谓新滩必有险石，宽谅并期待可也。

第三节　“我是池中素色莲”[①]：发初覆眉与“小眉体”

发初覆眉（1985—　），本名许方冬子，又网名书生骨相、素手把芙蓉，上海崇明人，现供职东航。2004年始出道，甫二三载即声闻遐迩：名词人军持代集其作品为《空花集》，倾力揄扬；刘梦芙《二十世纪中华词选》选百年词人凡八百三十八家，小眉乃“题名处最少年”；苏无名《点将录》拟为“毛头星孔明”，称“前途无量”。十数载间毋论网上网下，万口竞传，积誉累累，学步乃至摹窃者不绝如缕。现象级名手发初覆眉的登场，将网络词史带入“小眉纪元”。

一　从“与子宛如初见”到“与俱磨欲尽，壮骨与春鬓”[②]

发初覆眉《空花》《后身》《天涯清露》《小淹留》四集分别存2007年以前、2007—2013年、2013—2016年、2017至今所作词约四百。“惨绿少年情绪，红余半生词句”（《天香·归寄》），她的创作历程，亦正一部“致青春”心史[③]也。

小眉最早惊艳网坛的，是一批叙写初恋情怀即刘梦芙所谓“善写锦瑟年华之情思，芬馨悱恻”的作品。先读《喝火令》《临江仙·中秋夜有寄》与《洞仙歌·别后有寄》：

那夜谁曾语，痴儿我是莲。爱君腕底有缠绵。一诺江湖烟水，不

① 发初覆眉词《减兰·我》句。

② 《如梦令·与南华》《菩萨蛮》句。

③ 发初覆眉《菩萨蛮》句：“何以致青春，斯言终未陈。”

记几生前。　除却伤心事，深情未可怜。江南昨日落花天。淡了红笺，淡了好容颜。淡了许多言语，之后许多年。

永夜天心斑驳色，危垂一线深蓝。银河发瀑坠凉簪，诸星光褪处，开出淡优昙。　我亦人间孤独者，与君揖手清谈。许多言语不如缄，无为轻合眼，有籁呓喃喃。

是谁失语，是谁微微叹。是梦初醒是初见。是人间、与子相看深深，人散后，容我垂眉缓缓。　无情终此夕，握指冰凉，泪湿青丝不能挽。说此去如何，此恸如何，当此际、相逢已晚。待忘里他年擦肩过，有一唤回头，那时心暖。

无须费舌解说，于文字稍存敏感者即会被“那夜谁曾语，痴儿我是莲”“无为轻合眼，有籁呓喃喃”“待忘里他年擦肩过，有一唤回头，那时心暖”的少女含泪低诉般的楚楚风致打动。值得指出的是，《喝火令》词牌虽冷僻而声情甚美，下结处极层叠递进之妙。求诸词史，此一调也不过黄庭坚之“晓也星稀，晓也月西沉。晓也雁行低度，不曾寄芳音”、吴藻之“等得花飞，等得柳丝拖。等得芭蕉叶大，夜夜雨声多”、樊增祥之“记得清明，记得小窗纱。记得小桃人面，低映小桃花”、丁宁之“记得相逢，记得看双星。记得曲阑干畔，笑语扑流萤”数名句而已。在网络时代，则密集地出现了诸如青凤“莫问葱纤，莫问柳如眉。莫问旧江云雁，过也一声低”、李子“一阵风来，一阵夜伤寒。一阵星流云散，灯火满长安”、问余斋“一样燃烧，一样会离分。一样徐徐凋尽，散作万山尘”、夏婉墨“看敛烟光，看失远山长。看到上灯时候，都市已迷藏”等佳作，大有枯木回春之势。而以上所举，皆不若“淡了红笺，淡了好容颜。淡了许多言语，之后许多年”之一咏三叹、烟水迷离感。至于那组传布最广的《忆王孙·那年春》，更是将这种烂漫情怀发抒到极致：

重来我亦为行人，长忘曾经过此门。去岁相思见在身，那年春，除却花开不是真。(崔护)

落花时节不逢君，空捻空枝空倚门。空著眉间淡淡痕，那年春，记得儿家字阿莼。(桃花女)

等闲烟雨送黄昏，谁是飞红旧主人？也作悠扬陌上尘，那年春，我与春风错一门。(桃花)

小眉早期词格大体如此。题材、风格的纯粹一方面使她挟鲜明的个人特色迅速地从同期作者中脱颖而出，另一方面也收获了“初看尚可，十首八首后，便觉无味。终是不厚之故”① 一类质疑。《后身集》即“变法”之始，如同样是端午词，她已从“艾叶虎符草色黄，阿婆粽子傍街香。午酌菖蒲新制酒，怀旧。光阴渐转镂花窗”之清浅渐入“沙上乌螺冢，日边草木春。世间未有我和君，存此一江微照一江云”之沉潜，透见“自我”也更强烈。再看数首：

不须歌到梅花引，双桨惊潮韵。摘秋星拨一湖云，坐近碧天渐老白鸥驯。　　嗟如指上拈风露，鬓上销风雨。寂如心上返流晖，流去山无眉目水无悲。

——虞美人·湖上

醉里听潮，醒时看月，不为古梦不为蝶。夏花身世自幽寻，坐待风蝉相感我沉吟。　　烟水黄昏，故人白发，昔怜红萼今红叶。芳情题且到光阴，又觉尘心已较去年深。

——踏莎美人·病中口占

云踪雨迹人千里，还猛省、苍凉气。大梦逾奇心逾悔。月光华美，时光栖止，君亦生兹世。　　落花何幸先吾死，三十繁枝空如纸，未得风流着一字。少年情事，中年情味，渐与愁深似。

① 天涯诗词比兴网名“叶孤乘”者评语。

——青玉案·夜不能寐

有论者谓《虞美人》一篇可称《后身集》压卷[①]，其实后两首亦佳。“嗟如指上拈风露，鬓上销风雨”“又觉尘心已较去年深”“少年情事，中年情味，渐与愁深似”，兴慨一何深也。至《天涯清露集》时期则几乎自始至终伴随着“斑鬓江湖，千万虑入方寸心，夤夜坚坐时终有‘万人如海一身藏’的恓惶感喟”[②]：

花不堪持，星堪语、东风楼上。人天有、古愁今恨，众生梦想。良愿固违肝胆冷，沉歌早负诗词壮。者迢遥一水复千山，曾相望。
双鬓老，一襟放；衔薄慨，销奇怅。识中年哀乐，红尘板荡。夜雨江湖吾痼疾，海桑世界君无恙。又何须一夕尽千言，从头谅。

——满江红·癸巳七夕

鬓入江云，襟连江树青犹隽。问愁江水复江风，影事从头幻。辜负尘涯杯卷。怅残宵、兴孤梦险：晚花冷淡，细草无情，斜阳深婉。
我亦中年，春痕不上秋眉眼。微笺何必祝长生，天意高难眷。万一人间相见。况江声、如歌如愿：一身哀乐，十载深衷，三生未远。

——烛影摇红·生日前夜梦渡江而返，梦中亦惊岁迈如流

发初覆眉对莲花意象钟爱特甚[③]，字面点出“莲”（包括直接咏莲者）的词作凡三十余首，贯穿了整个创作历程。自古以来女性作者（或代女性言者）附着于莲花的青睐、莲与佛家乃至“因缘说”的密切关涉都应是个中原因。读其竹山体的《虞美人·荷》：“少年识尔东风末，清极沧江阔。壮年看汝似看山，也带烟云妩媚破红禅。　天香谪尽生凡骨，俱亦池中物。花徒浩荡我无成，共此顽愁肃肃雨棱棱。”“花徒浩荡我无成”，一语

① 松鼠吃松鼠鱼：《发初覆眉词的艺术特色》，“诗歌大观”微信公众平台。

② 发初覆眉新浪微博文章《三十而立》。

③ 松鼠吃松鼠鱼文中亦特设“‘莲’这一意象的重塑与升华”一节。

道破奥义：清幽出尘的莲是词人万千情志的具象——或者可直接说是词人的自我譬喻。理解到这一层，即知小眉笔下诸多佛禅语莫若说是情语："愁到阑珊，传灯有分，焚香无果"（《水龙吟·灯花》）、"约过惊红期绿骇，小劫因缘，大梦情无碍"（《蝶恋花·第七年，再翻前韵》）、"眉萼损，愁根长；今非昨，身同妄。愿双星照见，三生业障"（《满江红·甲午七夕》）……至"以我观物"时，必更"着我之色彩"：

淡淡闲春属阿谁，吹香隔院野蔷薇。水墨苔晕初过雨，何许，青青犹待齿屐归。　依语温柔收纸伞，回面，卖花女子笑容微。为我白兰簪一朵，街左，有人无处避芳菲。卖花女子

巧篆凉垂发滑簪，盘丝系腕唱江南。摇壁风灯光蜡染，花瓣，化身岁月歇深蓝。　有美瞥然过老屋，华服，朱颜肯爱布衣衫？见说人生如锦绣，看透，飞红落尽不开帘。蓝印花布铺女掌柜

一马风蹄是的卢？一人催鼓或花奴？灯夜何年临古镇，中隐，春秋纸剪亦成书。　绮陌繁华无过往，深巷，我于世事久糊涂。永忆失传皮影戏，吴记，人间相忘即江湖。剪纸艺人

——定风波·朱家角印象四首

从纯澈如一泓秋水的《空花集》到"和光同尘"的《后身集》，再到"万感悲凉"的《天涯清露集》[①] 与《小淹留集》，发初覆眉多思易感的心性脱然而出。术法可磨练，学养可累积，唯一种殷挚执着、痴情孤注之天性教不得、学不得。秋扇词人谓："词人者，生而心灵极端敏感，深情厚意，一往沉绵，温柔自溺，终其一生，是故出一词人尤难一诗人也。"[②]

---

① 发初覆眉《天涯清露集》前自序云："再不作刻意争气的'聪俊'语，依然未能浑雅，亦渐失之激烈，只余一点点沉闷而又绵邈的情愁，见证了这万感悲凉的三年。"引自其新浪微博，"和光同尘"语出处同。

② 魏新河：《秋扇词话》，《当代诗词丛话》，第667页。

二 “白是情痴红是慧”的小眉体[①]

至迟在2005年，网间即有“小眉体”之称谓。网间署名“松鼠吃松鼠鱼”者《发初覆眉词的艺术特色》一文立论可取处不少，然未能明确“小眉体”之概念。发初覆眉词辨识度极高——这首先是一个感性体认；而其之所以成“体”则应有较为清晰的理论内涵。

（一）“以词托命”的创作态度

2014年也即学词十载后，已淡出网坛的发初覆眉回顾心路云：“与人性不同，诗兴是自由、反常、荒唐甚至非理性的，需要对人生保持高度的敏感，可以超越年龄却不应超越人生阅历。他人把诗词当作话语、思想、情绪，而我认为诗词是一种文字上感同身受的本能，唯一值得思考的就是它把生命与自己之间的距离拉长还是拉短。”[②] 这种古典的、全情投入的态度在创作观念多元的当下显得格外珍贵，对其作品尤具有重要的认识意义。

小眉这样诉说“词”与“我”往复周旋又相互依存的关系：“写到泫然惟两字，谱入新词，谶在他年事”（《蝶恋花·无那尘缘》）、“余生如谶终无解。最伤心、讳言微叹，一声痴騃。续就那回金缕曲，偿了十年诗债”（《金缕曲·有寄》）、“笔花开尽心花秃。是前生、镜花身世，此生难赎”（《金缕曲·夜坐，夜饮，兼自寿》）、“朱朱白白，是女儿颜色。借我一枝霜气力，不作春风词笔”（《清平乐·赋得木芙蓉寄清角叔叔》）、“白练裙藏，青螺髻好，也作描红纸上诗。些些意，趁今宵有月，写到无题”（《沁园春·廿一自寿》）、“案上流光笺上注，词癖心魔，不与君相遇”（《千秋岁引·与连连》）、“素抱依然霜词老，到前缘后迹俱生泪”（《金缕曲·途见木芙蓉》）……最能体现词作为“撑起心灵空间的最重要载体”[③]功能的是如下两首：

---

① 网名“从丰田与”者有《网络诗词七体》一文，总结十年中网坛影响较大的风格流派，“覆眉体”名列其中。“白是情痴红是慧”为《蝶恋花·第七年》句。

② 本段首发于发初覆眉新浪微博，后半依“长安诗社”微信公众平台刊载版本。

③ 马大勇师论郑文焯语。《晚清民国词史稿》，第117页。

我生如魇，我合无光珠蚌敛。我死之年，我是池中素色莲。
我曾离去，我入倾城冰冷雨。我欲归来，我与优昙缓缓开。

——减兰·我

我与我鏖战，相斫卧寒僵。人间倚伏，踟蹰未死意頽颃。海岱辞锋流辈，浮世劳歌吾党，清露识行藏。梦败智人语："慎勿作芬芳。"　兹夕永，惊故故，去堂堂。风潮四面，万虑皎皎激中肠。愿照尘骸犀火，更判春心泥絮，峭冷固其常。千载隔晨矣，斯雨转新阳。

——水调歌头

《减兰·我》八句皆以"我"发端，绝不仅意在创体，更是在"生""死""离""归"四个生命维度与"无光珠蚌""素色莲""冰冷雨""优昙"等繁杂意象的晶光明灭间完成了深刻幽折的自我观照[①]；后首则是小眉作品中罕有的激言烈响。两首词写作间隔近十年，那个喃喃低语"我是池中素色莲"的少女沉浮世事，经历犹疑、失意、痛楚后，仍选择丹心不死，拥抱生命。小眉喜爱陈与义、彭元逊这类非著名词人，以为"用意用笔天生具词心之人"。如果说词心天赐，那么小眉是很早就省察到自身的奇禀，选择词作为自己的"托命之具"的。在她的词中，生命感"随遇发生，随生随盛"[②]，故此"小眉体"是活的，它与作者品格高度相合，伴着词人的生命历程而成长。

一千年中"以词托命"者如后主、小晏、纳兰、大鹤等，皆如蚌病孕珠般贡献出了词史上最动人的作品，作为网坛第一"体验派"的发初覆眉正接续了这一久焉不继的传统。"小眉体"皮相或多机变，精神内核则始终未改。

（二）极致空灵的艺术风貌

"情动而言形"。小眉体一纸风行的原因，正在那摄魂夺魄的摇曳空灵。上文盘点小眉词十年来凡三变，然字句间那一线清气或潜或浮，未曾

① 作者自言首句灵感系来自文艺复兴时期名画《维纳斯的诞生》。

② 叶燮：《原诗·内篇》。

塞绝。选读三首作品：

那回一瞥，是睡痕未褪，波眼能摄。漫卷冰心，趺坐琉璃，入定九天无热。前盟误了归桡过，去去远，清凉时节。剩自然、添著青衫，淡却白衣吹雪。　铅水商量采采，有斑驳仿佛，不剉风骨。扇薄荒寒，盖掇萧疏，怪这生香磨灭。临流短褐摇空色，听雨处、一番情别。待兹夕，滴破苍茫，隔作半江传说。

——绿意·咏荷叶兼答人

弦月开成满月，白蛇逢着青蛇。缟袂三生参夜话，人世百年修到花。问君何以嗟。　负尽斜阳微雨，诀他沧海天涯。春也小瓶风骨好，秋也小窗岁月赊。旧香淡一些。

——破阵子·题栀子图

新月，初雪，想清晖。相对一枝一卮，相看开时摇落时。将离，春风起路岐。　远道客裳犹露迹，值梦夕，贪此隔花忆。是绸缪，是温柔，是愁，如吾者白头。

——河传·白芍药

不涉理路、不落言筌，白石无此垂眉敛睫之婉委，竹垞无此晶莹剔透之清寒，发初覆眉将词体空灵一格别开境界。网间有论者云："小眉体确实不是一般人能够模仿好的，那种朦朦胧胧似不明所以的味道……读之令人惘惘依依"，即古人所谓"幽渺以为理，想象以为事，倘恍以为情"①。

清空一脉词人向来规避秾密质实的审美路径，小眉亦然。此外重要一点是，因小眉纯以个人感受作为创作出发点，故情语虽多而思不涉邪，无一艳笔，男性词人固少此纯情心眼也：

若非宿命，我寤春风君不醒。世事如尘，一脉传奇到掌纹。

① 叶燮：《原诗·内篇》。

死生契阔，过去未来谁可说。午夜回声，变换誓言为永恒。

——减兰·第二夜

（三）“诗家自有诗家语，非关白话与文言”①

小眉为体，或直目为古典，或划归为实验，皆未尽惬。比之添雪斋氏摧陷廓清式的奇创，小眉的“变”是润物无声的。有好事者举添雪诗“末世界中遗世音，教堂谁奏管风琴。风中淹灭玫瑰色，冷漠何如圣母心”与小眉词句“城市遥遥闻圣唱，终古靡音，爰有风琴响。合眼默然然合掌，一年祈去平安望”对照，以为神似，其实二者虽题材相近，而内在精神与审美祈向则相去甚远。读《蝶恋花》调下的“今题”《平安夜》与《写在情人节前》：

一带镜天生秘字，冷色炎光，烟火流如矢。肖紫满城失姓氏，白衣吹却珠尘事。　我自长街行且止，呵气灯窗，静与冰花拭。圣诞红开青岁尾，年年谢在春风始。

漠漠深寒花夜缟，婉娩流年，消得眉枯槁。长似莲开颜色好，有人传说江南老。　去住成悲归远道，采采终朝，所思心如扫。遗我风中香一抱，是谁种作情人草。

仅以“圣诞红”“情人草”稍事点染，而所蕴情感仍是极具古典味的相思相望，更不消说后首“去住成悲归远道，采采终朝，所思心如扫”几乎就是“采之欲遗谁，所思在远道”的词体改写。小眉词只求适意，不欲以新题自脱于古，这与添雪斋的创作理路是绝不相同的。

小眉词对今典偶有受纳，而能圆融于整体风格，略无斧凿痕。如“为谁打马，过客魂兮亦无那”（《暗香·古镇夜归》）脱化自郑愁予新诗《错误》意，“想见人生，一袭华衣矣”（《蝶恋花·是夜重读张爱玲》）、“江湖身世冷，第一炉香定”（《菩萨蛮·香座》）是对张爱玲名句名篇的

① 书生霸王《彼岸诗话》，网文。

演绎，“不须沧海忆斜晖，且唱《红玫瑰》复《白玫瑰》”（《踏莎美人·得林君赠玫瑰》）直接嵌入陈奕迅歌曲名而自然合度。至于较显眼的口语倾向如《金缕曲·莲恋莲》组词之“忘了吧，那年夏”“如不可知君知么，管定那时开么”，则全是“行于所当行”，并未刻意出以白话。这与以解构为能事的“实验派”作品虽有交集而手段殊异，不可一概而论。

小眉自言：“我深明我所有的不足最终都还是只能通过自省矫正，为词如此，为人亦如此。”故小眉词的新变，与其说凌驾前人，不如说超越自身。《空花集》也即前期偏重造境，关注点很少旁落；中后期则专精造语，在炼字谋句上力避平熟，转而追求拗峭，“意象上的选取与动词上的使用”每“无先例”①：“雨想秾春，风思枯夏”（《一捻红·叠前韵再咏荷》）、“振衣情在光阴促，任朽深眉目”（《虞美人·连日加班，夜归口占》）、“隔容辉旧游疏旷，慨想年涯羁束”（《子夜歌》）、“只身如匹素由刀尺”（《踏歌·可惜我是异性恋》）、“嚼龈血、书剑无功也”《踏歌·天刀见闻》，皆戛戛独造、迥不犹人。蚕经三眠方可吐丝，小眉未来之“变”良可期也。

女性与文学遇合时产生的美妙的“化学反应”，往往为世所惊诧。正如四十年前，舒婷、席慕蓉为新诗铺就了一条玫瑰路，发初覆眉以女性特有的敏慧多情填平了古典词体与普通读者间的“阅读落差”②，其辐射之广、影响之深网间殆无第二人。小眉作词或出乎偶然，由“小眉体”而生发出的“发初覆眉现象”，则是词史运转到网络时代的必然。

三　非烟、让眉、苏画舸、岛姬

非烟（1970—　），原名姜学敏，又网名段云，辽宁丹东人，环保部门工程师，辽宁诗词学会理事，作品入选《海岳天风集》。非烟虽略早一辈，而灵心慧思与女性化特质皆近似发初覆眉，宜划入“小眉词群”。

---

① 松鼠吃松鼠鱼：《发初覆眉词的艺术特色》。

② 借前注文章说法。

在网络女性作者中，非烟是较有理论自觉的一个，她关于性别文学的一番论述，以真切深刻、本色当行，足可借观：

> 女性之自我内在本质与男性并无不同，女性既可以纯然女性之眼光和面目体物处世，也可以普泛意义的人的身份来面对世界。而以这两种不同的心理态度之融合，表现在女性之诗词写作及至其他文艺创作上，便不需要较多的所谓女性气质。女性诗词作品完全可以独立于既有审美体系及标准，亦完全不必以竞争的心态和方式，去复制或填补男性的姿态和语言。
>
> 文学源自生活，是生活的艺术反映。古代女性诗词作者和作品数量较男性虽少之又少，但其作品中为历来多数评论家诟病的"闺阁气"，恰恰体现了女性诗词的独特之处，伤春悲秋、离愁别恨之题材亦反映了女性生活的真实性……至当今信息化时代，在诗词创作之新的视点、角度、机遇和平台上，女性诗词中展现的是对自己独特于他人的精神自诩，和对世间万物诸相、社会历史领域的感性、理性之双重思考及精神关怀。
>
> 恰诗词是偏重于感性的产物。女子原就有较胜于男子的原始感性，加之以人性的自我内在之本质，是最适合以挚诚的诗心和语言来表现的："非以大地灵秀之气，不钟于男子；若将宇宙文字之场，应属乎妇人。""海内灵秀，或不钟男子而钟女人。其称灵秀者何？盖美其诗文及其人也。"所以，随缘且保持住自己的特质吧：女性，可以是一个很女人的诗人，慧之纤之；也可以是一个很汉子的诗人，豪之烈之。①

秉持着这种"原始感性"，非烟词用力不在题材与风格的拓土开疆，而在内向的精与深、"慧"与"纤"上：

> 如痴如化，如诉如难舍。弦上手，怀中帕。持将胡蝶影，栖与西

① 《吟坛女诗人六家》，《诗书画》2015 年第 4 期。

窗话。翻送入、碧纱帘里深深夏。　　君解长相惜，我欲长相谢。花外梦，天涯夜。春来同宛转，风去同飘洒。黄昏又、深红数点琉璃瓦。

——千秋岁·楼下蔷薇花期将尽犹有余香

小菊花间栖小蝶。一缕阳光，一梦凭莹澈。肯与姗姗同细说，记谁初挂眉边月。　　信是重来重为瞥。摄我于魂，镌汝于双靥。盈手清风真可悦，借他百转千千结。

——蝶恋花·蝶与菊

忘也如何忘。是当时、擦肩一瞬，神思都恍。流水浮云都无数，只此人间相望。相望五湖烟浪。我有翠裳君执佩，被青山、照取盟双掌。翻叠作、春形状。　　夕阳几度红潮涨。算飘来、前尘万点，夜光为酿。手捻风华眉藏月，伫待梅花新放。暗香里、最宜同唱。信我今生终能候，这容颜、莫许成凄惘。暂一曲，听清旷。

——金缕曲·听歌曲传奇

"春来同宛转，风去同飘洒""流水浮云都无数，只此人间相望"之心境固不必女性独有，然"弦上手，怀中帕""摄我于魂，镌汝于双靥""我有翠裳君执佩""手捻风华眉藏月，伫待梅花新放"似只有诉诸女子之口才妥适自然。余者如《定风波令》"执手曾看千里地，倚窗重画一双鱼"之深情，《玉楼春·推窗》"一江水共一窗云，缓缓分将春两半"之妍巧，《春声碎》"深愁若能卸，况我相逢此夜"之娟静，皆是"我"之幽绪慧思与词体的"花面交映"。闺词正体在当代大不乏人，而多数止步于清浅才人层面而整体呈同质化，非烟是其中形貌清晰、艺术成就较高的一位。

世学"小眉体"者大多肖形而遗神，能抉精髓、纳秀气而自具特色者应推让眉与苏画舸两家。让眉，北京人，曾任光明顶诗词论坛版主，有《泯恩集》《冰沤集》《秋听集》三编，近年出版《所思不远：

清代诗词家生平品述》，因“苍茫人海，两处闲云，同一个眉字”①，网中戏称“小小眉”。让眉词亦多抒写女儿情怀而才调不凡，读《虞美人·听刘若英演唱会》与《喝火令·听莫文蔚〈当你老了〉》：

情歌飘曳迴澜止，遗壁听幽事。悬嗔忽复嘒花前，证此零瀼轻笑是他年。　后来芳草合前夏，艳语秋坟下。不能忘亦不应悲，不管归时一月正当眉。

梦梦红炉火，盈盈白蕊花。百年影事绿窗纱。映见小鬟簪底，霜雪正低哗。　此夜曾深坐，谁人会暂嗟？到无清怨与年赊。始是情真，始是两天涯。始是茫茫广宇，星子又添些②。

刘若英、莫文蔚“八〇后”一代人偶像，《当你老了》更是近年热歌，写来古味悠然：“不能忘亦不应悲”“始是情真，始是两天涯。始是茫茫广宇，星子又添些”，这样的情语和经典金曲一样，能够刺透时空，在每个人的心头叩弹出深长共鸣。这样看来，“古”“今”之限到底是为庸人所设，自由“穿越”的能力，每在诗心真诚与否。

苏画舸本名郭姹妍，温州人，从事广告策划业，2007年入手学词，有《枕手集》《画舸集》。画舸早期受小眉体影响，近年渐具面目，《金缕曲·与设计师饮酒徒为广告人一叹》《定风波·温州朔门棉花糖》等作品能结合自家心绪与时代感，其中佳篇如《定风波·温州印象之财富中心》为都市夜生活作一剪影，最可观：

浓夜浮城小黑裙，经年鬓影马车轮。童话生涯香迭灭，陈列，隔窗有美忘回身。　肯爱人前灰白调？微笑。繁荣与我错毗邻。十里霓虹楼厦晚，流转，华灯不照壁前尘。

---

① 让眉词《眉妩·寄小眉姐姐》句。

② 女词人叶慧有《喝火令·听刘若英〈后来〉》，可附一观：“一曲清歌起，当时梦烬燃。掌中曾画是何言。惜得软柔片刻，欲握已随烟，　幻境终非境，心尘积绪年。后来谁与立花间？问也惘然，问也不能还。问也燕辞归去，华发换青颜。”

为发初覆眉许为“出少年场，唯君故意长”（《霜天晓角》）的岛姬（1985— ）涉足网坛较浅，作品亦不多，然词格殊异，不可不谈。岛姬，南京人，供职海关[①]，谐谑放达，人多悦之，《沁园春·2008 自寿》之“算卦哲学，诗词歌赋，陪我值班与下厨。得闲来，看星星月亮，谈百科书”正可活画出慧黠眉眼。在遍植愁桃怨柳的女性词苑中，岛姬的《弃疗》《撸猫》二集不啻一株令人宽心启颜的忘忧草。

与俳谐大家启功一样，岛姬也是“非不能为正格”[②]的。“山雨烟浮青伞斜，晚歌声递雪蒹葭”（《浣溪沙》）、“芳华不似星华永，愿明年明月相惜。共栖迟定、拥余梦稳、待乌头白”（《疏帘淡月·乙未中秋》）等作品不可谓不典雅矜庄。而最脱出常轨、令人耳目一新的应是《卜算子·各种死系列》组词。看其中几首：

斟盏月光凉，掺以情花蜜。快快干了这一杯，好捡今宵醉。
对饮两欢欣，共向云乡坠。你在忘川盼我时，我在红尘尾。（服毒）

吹落紫莲花，锁尽青窗户。开到荼蘼那点香，是我芳情吐。
如此梦沉酣，似与君曾度。淡了铅华与锦年，只映腮红故。（煤气）

敬启俏甜心，亲爱的安娜：“海上花开海浪升，我是初来者。”
前路必无歧，敧枕听车马。或有村头小黑鸦，识我于荒野。（卧轨）

眸是紫罗兰，腰是金星桦。白马高歌 Катюша，万物安然夏。
莫许凯而旋，莫许归来嫁。听哪前方号角声，до свидания！（AK47）[③]

---

① 岛姬有为“12306 海关”代言之《双调望江南》曰：“我强调！我们不订票！燕窝水果检疫扣！不用钢戳盖护照！以上感叹号！ 新年到，还请多关照。一祝邮包发得快，二祝通关都高效。Not at all！”

② 马大勇师《百年词史（1900—2000）》之《“清空如话斯如话，不作藏头露尾人”——论启功词》一节标题。

③ 词下自注：两个俄文单词分别是“喀秋莎”和“再见”。

咏“死”者求诸诗歌史或还屈指可计，咏“死之方式”则旷古未有。令人悚惧的词题下，其实是饱含想象力与黑色幽默且并未走失词体之美的奇作。不管是对殉情、中毒情状的形象摹绘，还是对东欧经典文艺形象安娜·卡列尼娜、喀秋莎甚至俄语单词的巧妙调和，都令人大出乎意表，转而拊掌称异。这一组匠心独运的词作，究其精神内核，乃是对死亡的艺术化解构。然岛姬也并不走添雪斋、无以为名那样深拗晦涩的实验路线，她的探索点到即止，且始终是围绕着梁任公所谓“趣味主义”的。

岛姬嗜蟹，若袁中郎、袁子才然，特作《貂裘换酒·初蟹》云：“酬矣相思债！又经年、西风浩荡，别来无恙？一握绒螯犹亲切，细数尖团凸盖。旋煮酒、乌梅姜块。可羡笠翁知三昧，笑随园、落釜非真爱。秋尚久，静心待。　战袍轻解黄金铠。束寒蒲、红脂封玉，黍禾香在。君是人间深隽味，遂使调和醯醢。要痛饮、名流潇洒。堪叹谁谁终痴绝，道湖光不用青钱买。多大事，且食蟹。”词前半还略嫌平熟，至下片“要痛饮”后则愈出愈佳，直托起结句“多大事，且食蟹”。好个“多大事，且食蟹”！在好景佳肴的千金一刻面前，俗世劳扰不过如西风掠耳，“痴绝”大不必也。这不单单是字面的诙谐通透，更传递出了一种似曾相识的豁达超然的人生态度——这不就是坡翁的“日啖荔枝三百颗，不辞长作岭南人”？不就是启功的“天知道，今天且唱渔家傲”？不就是林语堂口中那种“秉性难改的乐天派”[①]？如同千年、百年词史不能独缺俳谐一格，这样的作品自有值得珍视的“人间深隽味”，更何况女性自古善病工愁，于俳谐鲜有创获？岛姬其人其词，曰好奇，曰出格，实不过“真名士自风流”耳！

第四节　性灵小兽夏婉墨

夏婉墨（1982—　），本名尹椿溢，又常用网名豹嘤嘤、悟七宝、一切观见池、野孩子等，重庆人，铭社成员，诗词结集《嘤嘤集》《野仙子》

① 《苏东坡传》，陕西师范大学出版社2006年版，第6页。

《非天》等。婉墨词特质极鲜明，往往一望可知，网评曰“拗俏活泼，常能于今人浮辞中得人耳目”[①]，甚确。婉墨年长于发初覆眉而出道成名略晚，可为新生代词人领衔。

一 “会有心花出我襟”[②]

网络词坛三代“偶像级”女性词人作品风格有其嬗迁、进化过程：孟依依的“清”“隽”使人重拾关于传统才女的温馨记忆；发初覆眉以“痴”“慧”足销魂夺魄，将词体抒情深度掘至极幽邃；夏婉墨的关键词，则正是那知易行难、历久愈新的两字——性灵。

性灵诗学集大成者随园老人的理论核心“主情性，反门户”，“强调的是涵义似宽而实际没有游移性的个人一己的真情实感”[③]。“词别是一家”，性灵之于词的意义固与诗有别，而内在实质则共同指向艺术个性的真实、自由与独立。

性，天性，性情。或云文学作品“高于生活”，但绝不应僭离于真实鲜活的生命。自学词之初到成为网络名手的七八年间，夏婉墨有一以贯之的明确表达[④]：“写作只是一种生命生活的需要”“我对诗词的体悟，基本都涵于生活体悟之中”“文章……因真而妙，而非因妙而真”；她标举“赤子之心”，以为诗词真旨：

> 赤子之心……的定义，其实是指人对某事某物的原始感受。例如稚子学画，老师可能会从简笔画教起，令用简单的线条，来直接地表达所见所感，就似任何动物第一次触摸这个世界。而我们也往往会发现，儿童在这一域所表现出来的精炼和老辣，盖连成人亦有所不及。原因无非是他们心无旁骛，以简单回应简单。作诗词也是一样的道理，拈到最初的那丝感受，反映出来，好诗词的基础也便建好。至于

---

① “国风诗社”微信公众平台。

② 夏婉墨《减兰·接雨》句。

③ 严迪昌：《清诗史》，第702—703页。

④ 本节夏婉墨自我论述引自2008年“邳州论坛网”采访与2015年第4期《诗书画》之《吟坛女诗人六家》，下文不一一标注。

修辞润色，多半还是打磨功夫，可以通过学习来提升。只有感受的真相，若捕捉不到，又或者强为更改，那便连诗词本身也伪，从而失去写作的意义了。

“拈到最初的那丝感受”“以简单回应简单”，最诚朴，亦最难为。将其投注于创作实践，首先体现在“人之大欲”即饮食男女的最“私我”空间。看夏婉墨的爱情词：

晓梦初醒窗户左。半盏红茶迷局破。风吟露响卜花声，伊爱我，不爱我。蝴蝶驮些轻叹过。　　云影依依金粉堕。一线年光高下簸。十岁我，廿岁我，等是嚬香栏角坐。

——天仙子①

花气恼人，是秋梦醒翻身乍。啸从寒发，嫩嫩的、蛮将风惹。点额经营些力，宿露怦然下。光景似、笑逐他打。　　那时诈。赌手上、瓣单瓣复，要押个、心中话。投红掷白，总不肯、和盘舍。觑见指头绷着，忍耐星星怕。弹来却、轻吻依依也。

——簇水

城黛苍苍，雪意茫茫。与个人、偎坐灯窗。玉糕酥烙，翠茗稍凉。试绵滋味，甜风趣，糯心肠。　　影斜对对，眸接双双。笑新诗、才二三行。移瓶来就，苞愈声张。乍疯颜色，活花气，闹思量。

——行香子

词若观电影，细节历历可见：风中卜花，卜的是“伊爱我，不爱我”，写尽女儿相思情状。弹额轻吻的情趣，“偎坐灯窗”的旖旎，又何减古人

---

①　石任之读后作同调词云：“刻玉为簪琼玉脆。检梦抽丝盈竹纸。织成去翼不归来，白是悔，红是悔。蝴蝶秋前终见髓。　　触手新词如掬泪。楼外蝉声鸣此世。如何哀乐总相偕，影在地，光在地。一样年华飘与坠。”风调各异而俱臻佳境。

之“一向发娇嗔，碎挼花打人”“走来窗下笑相扶，爱道画眉深浅入时无”？情词这个看似被写滥了的主题，在夏婉墨笔下因无限趋“真”而洗尽铅华，回到了南唐北宋时“最初的模样”。

食事入词，也是婉墨一大创举。除了写到“玉糕酥烙”的《行香子》外，还有相当一批佳作：

山骨吹凉，深青未了，分与灯窗。鞋软声轻，漫回头处，来叠衣裳。　接眸笑说先尝。小炉上、温烟热香。暮巷人归，檐花颤雨，一碗浓汤。

——柳梢青

窗树倾光。胖玲珑月，小寂寥香。众叶鸣风，阶虫问蕊，说道秋凉。　合书一霎惊霜。欲拂案、溶溶似糖。柚茗深杯，海棠数脯，来荐宵长。

——前调

与子成言，一宿三餐。共檐下、忙碌安闲。风翻雪吃，月转花蔫。是长伴护，相语笑，度经年。　此身他事，分付芸编。更厨中、解释温寒。虎斑知绕，鞋畔衣边。觑河间腴，湖心腻，海头鲜。

——行香子·与男友议饮食事有记

雨脚，轻落，入人烟。与子石桥并肩，行行笑笑青伞圆。风前，行过潮一湾。　循声寻到清阴满，天似晚。漫把咸亨见，豆回香，笋剥双。“尝尝。趁些黄酒汤。”

——河传·绍兴小食

没有奇险的境界，没有高深的哲思，有的只是居家言语、日常态度。时至今日，词不能仅是士大夫的案头清供，不能仅用来摹写那些去现代生活日远的古趣遗韵。词的生命力，在小店中的数支青笋，在深秋的一盏柚子茶，在暮雨独归时家人端上的“一碗浓汤”。李子有言：“只有大量的日常生活进入诗词，诗词才不会贫血，才能更接近文学的本质”①，但取材的生活化，也并不意味着就要将创作与“雅”完全对立起来——如果日常生活就是如此诗意盎然，那么镜头实录下的作品风格必然还是要更偏向于雅的。夏婉墨的雅化的日常生活词，是女性审美与现代精神的调和，也在实践层面予李子为代表的网络词人的创作理论以积极补益。

至于“灵”，则应是婉墨词开卷第一观感，至论者有谓“词的精灵”②云。杨夔生在《续词品·灵活》中这样形象描述：“天孙弄梭，腕无暂停。麻姑掷米，走珠跳星。荷露入握，菊香到瓶。如泉过山，如屋建瓴。虚籁集响，流云幻形。四无人语，佛阁风铃。”若想达到这种流动跳跃、通透圆活的境界，就要相应地放弃对深邃、孤高等风格的追求，不能反复地皴擦琢刻，而应专力于泼墨、点染等写意“技法”，才能不滞涩或破碎，“拽之通体俱动”：

> 今年雨足。便匆匆夏首，晓凉生粟。半臂花烟，蝴蝶清酣不来逐。败叶零星拾了，恍料理、卅陂红绿。记和君、谈笑将来，庐结水云曲。　扑簌。就嘉木。漫煮茗芳阴，消受幽独。三餐一宿。而外轻风是浓福。天末旁无消息，想平安、总如侬祝。望亭亭、圆盖也，十龄又六。
>
> ——暗香

> 月弓风弦，夜色凭窗探。悄悄春心抽一箭。秀出兰丛青欲远。攻艳惟香，守清须战。　发魂千梦万。轻寒驰骋遍。极一射之疆花事满。结阵依然衾枕畔。鸣露收兵，叶痕萧散。③
>
> ——侍香金童

① 《来做神州操蛋人——李子访谈录》，转引自李子新浪博客。

② 网友“小尾寒羊”新浪微博评语。

③ 茅于美《鹊桥仙》词旨趣颇近而手段异之：“红灯影里，欢情场上，偏有存心如锁。但知无计拨神弓，一箭地千逃万躲。　愁丝如茧，恨丝如束，每怪自缠自裹。低声寻问：‘意如何？’却讳道：‘不曾真个！’”

水做太宵风涌涌，泻月白墙空似梦。红竞蜕，绿于飞，小拳一双蝴蝶蛹。　　向隅片时翻手影，变幻凌虚花满径。吹香天上有人来，如何迢递春都迥。

——木兰花令

为了葆持自然流畅感，这些看似若不经意的作品其实颇费裁剪锤炼："有较长的一段时间，我都在尝试如何像拍电影一样去填词。电影有很多场景是无声的，景就是景，没有对话与旁白，但依然给我们以感染触动。究其原因，盖彼景有视角，已被'情感化'，能产生强烈的代入感。同样，词是否也可以相近的手法来写作，使读者读词如观影，字字活泼，字字流动，达到视觉和精神的双重享受——这是我当时给自己提出的一个问题。实践发现可以达成，关键在于谋篇炼字。首先要非常明确写作目的，思维条理清晰，使布局结构如镜头取舍，然后把握最贴切、最有表现力的字、词，来完成自己的'纸上电影'。当然仅仅如此不够，稍有不慎，流于雕琢，失于雕琢，反而破坏了词特有的艺术美感。用更为平畅的语言来摄住灵感的火花，保持真挚，深察善感，将是我要继续努力的方向。""像拍电影一般填词"——未经人道语，她的努力无疑是成功的。

谈到治词门径，夏婉墨的表述更清晰、更具体化："风格是在写作的过程中逐步形成的。广博的学习当然总要并且必要，但是不代表要模仿。对我来说，更多的可能是参考。看得越多，参考得越多，那么也发现原来可以有这样的语言表述方式，有那样的表述方式，从而融会贯通，最终还是要形成自己的一路。不然的话只能获得匠气十足的描红而已。""我……尽量做到不要以辞害义，即使有些用法和现今的习惯不同，我也希望自己尽量做到言之有理，成文有据。"为了给自己找到美学风格上的依托，创作者往往急切地皈依某一家门，方觉有底气，夏婉墨则明言对古人只是"参考"而已，重要的"还是要形成自己的一路"，这恰是以拟古为要务的新生代词人所最稀缺的独立品格。

不主故常，无所倚傍，数年间，婉墨逐渐构建起了自己的艺术面貌：亦古亦今，新旧错杂，在格律制式下咏今题，阑入新名词、现代口语乃至英文，清畅又绝不平熟，掉运自如，转侧得宜，灵思逸想栩栩然字间，正是网间独一无二的“豹体”：

多风长椅临高树。云绪其间山意妩。携书人带夕阳来，掠影禽衔秋果去。　上回读到他城午，岁晏重逢烟水渡。蒹葭白发想苍苍，裙角忽栖花栗鼠。

——玉楼春

陌上春阑风断续，陌上人来如美玉。珊珊偎坐素裙旁，邻乔木，花扑簌，也许凝光金鬓馥。　伴我翻书经意触，问我年华谁与录，可曾旷野忆仙踪？祖母绿，双明目，恍一千年赊一触。

——天仙子·赠小正太

一岁花飞趁酒阑，偏冷清馥倚栏杆。余勇谁言犹可恃，in silence。路人经过久相看。　年少偕行纤手执，greet thee。莫从灯火忆今番。天气增凉街等是，with tears。酴醾重贾暗流连[①]。

——定风波

坐坐行行，来来去去，晚晴树隙如霖。夏长春生轻印，仰首愔愔。分暖飞花剔却，记当时、与子沉吟。息息并、卧连云芳草，耳角风侵。　挂碍鬓丝一线，抿犹怕、惊了梦蝶初临。漫罥指尖眉上，别后光阴。笑说催人太易，曳思量、频过深心。又秋近、问长平安否，却付提琴。

——声声慢·Like Sunday，Like Rain[②]

“我还是走自己的路数最好，最畅快。这不仅是一种写作状态的需求，也是心理上的满足。”夏婉墨的雅化的性灵，是对时下盛行的拟古风气的纠偏肃弊，她的“路数”，代表着网络词坛未来最具希望的发展方向。

---

① 三处英文应摘自拜伦《春逝》，词意亦靠近英文原诗。

② 《Like Sunday，Like Rain》为美国2014年文艺电影。

二 “生气百年虎虎”[①]

“赋诗分气象”[②]。文学批评中的“气象论”，是由具有重要本原意义的“气”派生、提炼出的理论范畴，概括了创作主体生命力和创造力的本质[③]。以“气象”指称的词作，大抵不囿于春愁秋恨，有情致逸迈的一面。婉墨尝言“气象是我喜欢一个文人的先决条件”，她本人的“气象”，则不在宏大壮阔，而在飞扬变幻；不在沉雄激宕，而在超朗轻捷：

玉碗吹香清夜，绮窗窥月高楼。飞光初落入谁喉，未曾生我时候。　不敢轻嘘酒气，长嗟万一惊秋。思量天际有凝眸，譬若伊人仰首。

——西江月

山骨身前俊，关河局面长。暖风吹木下微阳。一萼当千气势，先我赴遐方。　漫让春三子，落棋如奠芳。恁时后会未思量。只道寻常，相对总无央。只道杯茶才已，枰上竟云荒。

——喝火令

去天一臂，漫最高楼上，清光消洒。云海分波圆月出，太古浓寒来骤。似兔茕茕，甚愁耿耿，西顾而东走。是香幽蔼，短嗟添入脉候。　便替桂木清嘉，飞仙请下，移榻容稍就。我欲乘风卿欲世，负己辜人都久。听露谈玄，指城说梦，投晓还乌有。不妨今夕，撒灯相看如昼。

——念奴娇

在今天，“伊人仰首”，观乎万物，绝不仅会局限在“点对风月花鸟，脱

① 夏婉墨《清平乐·我的诗词理想》句。

② 杜甫《秋日寄题郑监湖上亭三首》句。

③ 参考汪涌豪《范畴论》，复旦大学出版社1999年版。

换前人别情闺思”的“力量轻，边幅窘”① 的小家数，夏婉墨在探索性灵所能达到的上限的同时，也在尝试拓展这一路线的审美宽度。看“不敢轻嘘酒气，长嗟万一惊秋”“一萼当千气势，先我赴遐方”“云海分波圆月出，太古浓寒来骤”，想象境界之奇丽，方之易安“天接云涛连晓雾，星河欲转千帆舞”，圣因“彗尾腾光明月缺，天地悠悠，问我将何托”，未遑多让也。

婉墨自有其格局和“理想”：“山城海树，写尽关情处。总似龙蛇拘不住，生气百年虎虎。”她的这种“生气”萌动发越，鼓荡成了云蒸霞蔚、异彩纷披的气象：

篷船细竹篙，点破莲根水。过去小金鳞，叠叠云生背。　时争微雨前，时在疏风尾。一泼嫩春寒，分与晨烟翠。

——生查子

晓风能号，扑面沧桑小。四海余谁言梦好，太古原来一棹。泛起泡影西东，捎过日暮尘红。也许长滩拾起，老僧侧耳听钟。

——清平乐·螺

奋桨曾量天水青，水天皆梦太多情。记否重来湖海客，未得。归犹未得鬓星星。　载酒和君谈笑处，霜树。大风长画意难平。览尽云山消水墨，惜白。飞鸿一点以为名。

——定风波

山山树树，似万里为盟，酹花如血。我乘一叶。望飞烟架窦，乱霞筑堞。涧籁溪声，变幻林禽应接。出还没。甫落影素澜，泊云重叠。　媿婳将军骨。遍闲坐徐行，藤崖苔穴。是城是阙？拾旧人阶上，夕阳能撷。托体崚嶒，但证死生契阔。定成说。最高峰，袖风来谒。

——扫花游·本意

① 刘克庄：《听蛙诗序》，《后村集》卷九七，转引自郭绍虞《中国文学批评史（下）》，商务印书馆2010年版，第92页。

若说前一千年词史中的婉约一脉大抵是一部“男子作闺音”的合唱，为数不多的女性作者因束肩敛息的创作姿态，审美开拓极为有限，那么在今天，经由女词人自由选择后“复得返自然”的女性化书写能走多远？从孟依依到发初覆眉，再到夏婉墨，我们收获了一份惊才绝艳的答卷。再将视角拉远，百年女性词史从时序上由吕凤启幕，又由豹嘤嘤收关，这条“凤头豹尾”的时间线实在天然凑泊之至。桐花夫人的盈盈凝望，曾给世纪之初的词苑增添了几分绰态柔情；而夏婉墨正在以性灵、以气象，为网络词也为百年词史的末页留下一笔大写的“她说”：

十年前打吴门桨吴藻，花雨层台上顾太清。乾坤苍莽蕴奇忧吕碧城。如此、江山留与后人愁李清照。　眼前明月圆如梦丁宁，把酒何时共朱淑真。阳春歌在唤新词鱼玄机。她说、临风容易得相思柳如是。

——虞美人·丁酉元宵集句

三　“浩歌悲泣”的陆蓓容词

陆蓓容（1987—　），杭州人，网名宛凌，中国美术学院中国美术史专业博士。著有《更与何人说》《宋荦和他的朋友们：康熙年间上层文人的收藏、交游与形象》，词作结集为《人间行路词》。蓓容有家学，祖父陆培元（1927 年生，字道先，笔名雪克）为杭州大学古籍所离休教授，曾与吴熊和共同担任夏承焘《唐宋词论丛》校对工作。家学之外，蓓容亦尝得瞿禅弟子亲炙。

蓓容为人较低调，几不入吟坛，自外于网间争逐。对自己的创作道路，她有相当诚恳而深刻的自白：

予学词初嗜小晏，兼及北宋数家，益以女儿情态。以今视之，惶悚惊心。儿女情销，替以意气，徘徊静安、定庵之间者五六年。时复渐广交游，纪事录别，往往成章。篇什泛滥，十不存一。旋以小令易学，长调难工，而白石两兼之，遂与白石血战。所惜性情不侔，徒成画虎，稍得其言志之旨耳。比年困学未已，绠短汲深，意气消沉，以至茫然。杂取清季诸家观之，寒蝉蟪蛄之词，无不深动予衷，又勾留蕙风彊村之门。十四年来大略如此。

予词不甚佞古，复无意于趋新。当代吟坛曾经涉足，深知诸君子具备万物，妙造自然，抑予不欲长争竞之气，亦遂自甘一隅；所谓学古人者，则取其精神可感而已，至于神情肌理，不必似我，亦不必定似前贤。其一一逼似者，皆所谓寄托之词，非徒以描摹面目为工者。①

小晏、静安、定庵、蕙风、彊村共通处，在执着入世，在一“情”字，与白石“性情不侔”，应亦以白石徒画“空中语”也。蓓容词之执著深情首先体现在未能尽销的“儿女情”，《望江南·有寄东瀛》似为恋人所作：“春畹晚，闲花隔水深。起看芊绵连到海，十分雨色在眉心。香炧梦初沉”“天水碧，青枝袅絮飞。小冷还成东望极，重樱万朵照芳蹊。为我向伊垂”，清丽中见缠绵，是言情佳什。然集中最杰出的应是那一声声“浩歌悲泣”即表达忧生之嗟、忧时之叹的作品。读《金缕曲·乙酉夏洪水作。沙兰小学校中惨死儿童数十。生命已逝，手印犹在。闻之惨苦无端，不能沉默。拈金缕曲为调，写怀代柬示人》与《水龙吟》：

向晚浑无味。偶然间、滔滔情绪、竟来胸次。磊落光阴萧条意，一一倾之如水。天降我、终究何事？曾在长街深夜里，看茫茫、一个人间世。灯冷落、车流逝。　浩歌悲泣皆于此。似刑天、舞其干戚，陨身无悔。惯见花凋人殒后，终有心怀未死。长拚作、逡巡再四。伊甸桃源终古梦，纵繁华、我哂之而已。书不尽，为君示。

谁斟桑落新醅，一樽对此茫茫世。听风江上，看云山里，吟诗燕市。暗里频惊，优游俯仰，俱成流水。总轻抛浪掷，纷然不记，青骢马、曾经系。　似此匆匆去岁。向风前，沉吟无已。寒天似诉，波心地底沙兰洪水、七台河矿难也，几多新鬼。怕过新年，怕韶光老，怕情怀异。怕萧条夜里，又还抱恨、又还伤逝。

① 《吟坛女诗人六家》，《诗书画》2015 年第 4 期。

二词作于2005年高考后，十八岁的陆蓓容已经有了强烈的现实担当感，面对“波心地底，几多新鬼”，陡生“天降我、终究何事？曾在长街深夜里，看茫茫、一个人间世”的浩叹，终于“不能沉默”，振笔直书。这种怵惕恻隐的士子情怀今已久焉不闻，又特为词界晚生一代所罕。同样宣吐“如此江山”之感的《贺新郎·自寿用稼轩韵》作于功力渐深的五年后，思致笔法或得自她未提及的云起轩：

老大那堪说。对长窗，天高地迥，乱云纠葛。片语温凉劳客问，又报长安飞雪。极望里，中原一发。如此江山谁措手，政东山妓语秦淮月。花气冷，却调瑟。　生朝一样伤心别。倩熏风、吹愁到海，水光离合。料想南冥应在迩，只恐鱼龙烬骨。谁为我、冰弦弹绝？拍石波涛都碎尽，莽神州依旧城如铁。听惨睹，�吹裂。

同前两首相比，此篇心绪转向幽隐曲折，但外冷内热，抒情力量丝毫不减。掩藏在歌舞、“熏风”“花气”之后的，仍是“乱云纠葛”，仍是“波涛碎尽”。结句以昆剧《千忠戮·惨睹》一折轻点题旨，弦外之音颇耐人寻味。

蓓容近年事科研，涵泳文学、艺术史，为词每苍劲沉郁，如出野遗老宿之手。雅趣背后，尤可觇青年学人的与古为徒的精诚志节：

三百年间，故迹丛残，矧可具陈。想戴牛韩马，其存其毁；虞山娄水，常见常闻。朝市初成，儿郎好手，一辈英贤爱古人。闲屈指，计当时雅士，半数耆臣。　我来凭吊逡巡，甚重劫之后换局新。对天涯霜雪，徒呼负负；高楼风雨，频唤真真。逝者如斯，道之云远，敢遣苍茫入释文。空筹笔，任满身秋气，幻作春温。

——沁园春·博士学位论文后记

四　黄佳娜、罗恺文、唐颢宇

2010年前后是诗词创作界重要转捩点：一方面，此前的核心作者们陆续步入中年，锐气磨挫，整体创作水准出现“凝冻期”；另一方面，年轻的“学院派”即“八五后”“九零后”一代渐次登上坛坫，施展才华[①]，展现出旺盛的创作力。前辈放缓步伐，新生代萌生可喜，这本是我们习见的文学规律。然而需要指出的是，自二十一世纪之初的“黄金十年”[②]后词界风气一转，“开新”后续乏力，“守正”成了最显著的代际特征。或因来自文本的“虚假体验”往往超过根植于生活的“实际体悟”之故[③]，绝大多数青年词人并未沿着前辈们踏出的创新之路高歌猛进下去，而是回到拟古的老路上，追求字面、意境的古雅，几乎经营到了“诗必同光，词必梦窗”的程度。他们的写作，冲淡了网络诗词因创新而迸发出的独特性，改变了此前“开新”“守正”二派平分秋色而互相尊重涵容的格局。这里选出的黄佳娜、罗恺文、唐颢宇三家，或师古不失性情，或别具新创意识，是词界后进中难能可贵者。

黄佳娜（1989—　），字子岫，先后就读于韩江师范学院、云南大学，余社、翠微吟社成员。子岫词虽陈言未能尽去，而较少无艰涩破碎之病，《琵琶仙·登大观楼并怀无庵先生》一首最可观：

> 经浴沧波，碎荷荡、万古楼头风色。芳信条柳吹残，浪喧浦鸥急。嗟客里、情怀未减，更何处、短烟飘笛。半桨沉浮，三杯契阔，孰道今昔。　想箫剑、腥雨当年，最无那，青袍黯行迹。愁睇海桑何世，有猿惊虫唧。清泪晚、狂澜未定，海日红、一角狼藉。漫看楼外河山，雾随南北。

① 此期词人多数名隶高校、民间诗词社团。较具规模与影响者如北京大学北社、武汉大学春英诗社、中山大学岭南诗词研习社、复旦大学古诗词协会、南京大学林下诗社、铭社、唐社、承社、余社、子曰诗社、翠微吟社、乾社及高校诗词联盟长安诗社等。又，中山大学曾于 2009 年、2014 年两次举办“广东省诗词传承与实践研究生暑期学校”，人数逾百，进修者包括高校青年教师、研究生、本科生，也可看作较松散的诗词社团。

② 马大勇师《百年词史（1900—2000）》：“自 2000 年至 2010 年，几乎所有重要的诗人及其作品都已‘登台亮相’，我们完全可以‘黄金十年’指称二十一世纪伊始在诗词界出现的令人振奋的这一幕景观。”此说亦获诗人嘘堂、独孤食肉兽等认同。

③ 借用茱萸说法。《断裂后的修复——网络旧体诗坛问卷实录（四）：顾青翎、张子璇、唐海棠、茱萸》，《新文学评论》2016 年第 1 期。

无庵抗战中曾随中大短期寓滇，有作《琵琶仙·登昆明大观楼》，词写对“旧日天涯旧乐”的追忆，通篇皆是“恁伤春伤别”的历乱心绪与客中孤怀，子岫同调词正是七十年之后的呼应。过片一“想”字穿越时光，仿佛以楼中他人视角摄入正在“愁睇海桑”的书生侧影，“青袍黯行迹”五字堪为这位“南中国士”① 的惨淡人生作一定评。

罗恺文（1993— ），字悦周，号蘋末，上海人，华东师范大学古籍所硕士，承社成员，曾获首届“国诗大赛”词部探花。作品为当代名家莼客、徐晋如等推挹，军持特重之，称“取径正，堂庑大”。悦周温然一古典淑女，词也是较纯粹的守正气味。书写少年情愁的小令真挚深婉，怨而不怒，有小山、纳兰风致：

> 一片丹枫落小词。可能长是惯单栖。歌台还任红梨冷，肩影同随素月低。　才罢想，却怜谁。寻思浅语总添悲。疏帘不觉风吹满，隔断春温只自垂。
>
> ——鹧鸪天·用陈苍虬韵

> 护阴一叶流光，劝人忘。却带飘痕千曲似回肠。　栏犹隔，花犹湿，总微茫。又是秋心如海最难量。
>
> ——乌夜啼

> 云外是红楼。可有风幽。吹开新月饰残秋。旧约五湖灰烬冷，剩有扁舟。　夜气冷香篝，潮涨灯柔，荷香扶影小帘钩。不信桨声惊梦破。曾愿回头。
>
> ——浪淘沙·和定庵

唐颢宇（1991— ），字海棠，南京人，承社成员，就读华东师范大学时得钟振振点拨指导，由理科转文科，后考入南京大学。颢宇自我意识与个性颇强烈，在朴厚大气的代表作《沁园春》中，听得到“我”对天

① “南中国士”出自唐圭璋《浣溪沙·题无著庵词》“国士南中人尽知”句。

地、对他者、对自身的声声追问：

> 我自何来，去向何方，惑实未消。但来时静默，诸天落日；去时静默，大海生潮。海水沉沉，天风澹澹，我立当中独寂寥。抬头望，见白鸥飞起，没入云涛。　周遭世路迢遥，似引我能行无一条。记我逢君处，散花为梦；君遗我处，画地为牢。天作情天，海成恨海，我有相思不可逃。消凝后，化余生为酒，此意难浇。

作为背负“宿命感”与“使命感”① 的创作者，颙宇是青年词人群体中较早由自身实践中主动提炼出理论祈向的一个：“是以今人学古，一切谋篇、构景、造境、用字都可以沿袭不变，但必须写自身之事，抒自我之情方能够真。填词尤是如此”“对于任何一种文学形式，仅仅靠继承是不够的，必须保持创新意识，不断注入源头活水……实验体的出现，正是古典诗词在当今社会发展的希望所在”②。求真容变的意识——尤其是对大多数新生代词人较疏离的“实验体”的认同与接纳，使颙宇在纷纷过江之鲫中颖拔而出。她曾有实验体习作《菩萨蛮》云：“红衫谁似飘摇火。石榴花与无聊我。夏夜的星空，时而会起风。　迷离了方向，随着风摇荡。山上一茸灯，如山的眼睛”，新鲜活泼，很得“实验”真旨。

未言“实验”而更具新创精神的是获得“2016 中华大学生研究生诗词大赛”词组季军的争议之作③《水龙吟·读〈国殇〉》：

---

① 唐颙宇语。《断裂后的修复——网络旧体诗坛问卷实录（四）：顾青翎、张子璇、唐海棠、茱萸》。

② 《不薄今人爱古人——以部分当代诗作为例试析旧体诗词在今世的发展演变》，《中国韵文学刊》2012 年第 1 期。

③ 钟振振评曰：“作者独具只眼于楚侵略战争之祸国殃民，主题升华至‘止战’高度，悲天悯人，具见人文情怀。此大赛其他获奖作品之多所缺乏，宜加奖劝者也。”张海鸥评曰：“作者不仅仔细读书，而且善于思考，其对战争之悲壮惨烈惨酷的体味深得《国殇》本意，但对于战争的意义和代价、对战争与和平，与人类存续发展之关系的思考，更深长一些，因而表达就比《国殇》更显在一些。这是超越皇权、种族、国界的普世情怀……但‘称兮楚’这个句法确实有点不妥。多数评委认为简直就是不通。我认为即便宽容地不算病句，至少也是过于刻意‘兮’化。其实‘称之楚’就行了，何必刻意‘兮’反成其累。”“诗词水云轩”微信公众平台。

览皇书纪年兮，郢中有国称兮楚。用兵踊跃，平随与越，援桴击鼓。林莽陆沉，穹云黯淡，马嘶神怒。遍丹阳原野，魂兮归去，尽飞作、湘江雨。　王室征伐靡盬。问苍天、悠悠无语。兴师十万，家亲何怙，曷其为所。似血军旗，如山毅魄，爰居爰处。作歌兮止战，将王勿忘，戒其伤女。

将现代反战主义精神注入格律制式，可乎？咏上古经典则效其体（如虚词“兮”的反复运用）①，可乎？或云此篇失于拗僻梗涩，但整体来看，这是青年词人在新创一路上迈出的可贵一步，值得肯定与鼓励。或者说，在保持了一定水准的诗性品质的前提下，任何向度上的尝试都是有意义的。

颢宇新生代圈内人，故能摸准当今旧体诗词界的复杂“脉象”，同时登高俯瞰，将包括自己在内的创作者们纳入文学史的宏大叙事，作出了“今必胜古”的乐观瞻望：

……写诗的人太多了。多了一些无病呻吟的还喜欢写宫词的女生，还喜欢写出塞的男生。还有一种不良风气，专去复兴诘屈聱牙的四言或长古，或是好用冷僻字，用久已废除的古字作诗，如能写作通假或异体，绝不写本字。这种风气是可以预见的。因为厚古薄今的人尤多，这就导致越是古老神秘，越是令人崇拜，纵然不能理解，也要大起佩服之心，以证明自己是“真学术，真渊博”……只要诚心正意，存乎其真，拟古体对于当代人的生活和思想表达，也不会有隔阂。

我们这几代可以说是承前启后阶段的诗人，贡献出自己的肩膀让后人踏上，以冀能迎接之后盛唐风雅的到来。也许我们之中最优秀又最幸运的也不过成为四杰甚至王绩；也并不能确定之后的年代里会不会有杜甫出现，但是如果我不努力，我们不努力，那肯定不会有。

---

① 以楚辞体入词其实已有辛弃疾《水龙吟·用些语再题瓢泉，歌以饮客，声韵甚谐，客皆为之釂》、蒋捷《水龙吟·效稼轩体，招落梅之魂》等先例。

愿意做最好的预测，我们后人的成就定会超过古人。[①]

壮哉少年！网络诗词生长至今，尽管那一场狂飙突进的高峰期已经过去，出现了种种阻滞甚至逆流，但面对这样一番胆气十足的话语，我们又有什么理由不在内心深处保存一份美好的希望？在思想、艺术资源已达到了前所未有的丰富、队伍也日趋年轻化[②]的今天，对女性创作群体乃至旧体诗词的发展前景，我们都"愿意"也应该做出"最好的预测"。

---

① 《断裂后的修复——网络旧体诗坛问卷实录（四）》。

② 《中华诗词发展报告2020》："截至（2020）年底，诗词创作群体中18—24岁数量首次跃居榜首，达到了35.21%的亮眼占比……2020年是'00后'诗人群体的弱冠之年，也是他们正式登台亮相的元年。"中华诗词研究院编，中国书籍出版社2021年版，第22页。

第七章　中国港台及海外女性词坛

准“嬗变”与“分布”诗史之概念①，将地域作为考量因素引入此前的一维线性文学史叙事自有其意义。何况自二十世纪中叶鼎革以还，文化界岭另一端的“孤悬海外”之所，在“中西混杂，新旧混杂，雅俗混杂，忠奸混杂，舞影灯光，繁华似梦”② 的文化背景下，势必催生出迥异于前代的创作生态。香港、台湾及海外诸国女词人数量不丰，但艺术成就之高者如张纫诗，与民国文化界关联密切者如张充和等，都应在主流词史视角下予以充分观照。又，尉素秋、顾青瑶、周素子、叶嘉莹、月如等相关词人已于前文安置，不列入本章。

第一节　“海自波涛云自闲”③：中国香港女性词坛

一　南海女子张纫诗

纵目百年香江词苑，若廖恩焘可目为“旧头领”，刘景堂④是毫无争议

① 王培军提出，依照时间主线写出的诗史可以叫作“嬗变诗史”，如果把空间作为主坐标，把诗人的具体分布描述出来，可以称为“分布诗史”。《王培军谈近代诗人排名风尚》，《东方早报·上海书评》2014 年 12 月 14 日。

② 黄坤尧：《陈步墀〈绣诗楼丛书〉与晚清文学在香港的延续和发展》，《香港诗词论稿》，第 3 页。

③ 张纫诗《长相思·端午太平山二阕》句。

④ 刘景堂（1887—1963），字韶生，号伯端，别署璞翁、守璞等，广东番禺人。早年供职广东学务公所，与丘逢甲等前辈游处，颇得器重，又加入南社。1911 年黄花岗起义后移居香港，任华民署文案，抗战时走澳门、桂平，回港后创立坚社，又主持环翠阁周末茶座，奖倡风雅，功莫大焉。作品有《心影词》《海客词》《沧海楼词》《沧海楼词别钞》《沧海楼词续钞》《空桑梦语》六卷，合以《补编》，计六百七十余。

的集大成者，那么张纫诗（1911—1972）则应是女性第一名家。纫诗原名宜，后名转换，自署南海女子，纫诗其字，出身富商家庭，复旦大学肄业。纫诗少年受业于叶士洪及翰林桂坫，以诗古文辞见称，书法钟王，擅写牡丹，又尝为民国政要、诗人陈融掌书录。寓广州时加盟越社、棉社。1950 年赴港，"纱幔授徒，自修慧业"①，后入坚社、硕果社②，人称"诗姑"。1958 年挟艺走东南亚、北美，倾动一时。1965 年适越南华侨蔡念因③，偕隐太平山麓宜楼。著有《文象庐诗集》《仪端馆词》《文象庐文集》《张纫诗题画诗集》等④。纫诗早岁与叶恭绰、冒广生、詹安泰、朱庸斋、黄咏雩、陈寂、佟绍弼诸公交游，在港时同廖恩焘、刘景堂、饶宗颐、潘小磐、黄松鹤等文酒酬唱，数十年间往来者俱一时隽才，真可谓身负半部岭南词史也。

纫诗词才富艳，时誉颇隆，若说林盛之、徐菊初"不信易安称绝世""漱玉齐观论未颇"之题诗尚属套语，刘景堂"一洗近代靡靡之习，进而直叩两宋之阈"、饶宗颐"绮靡缘情，未易接武，佳篇络绎，调感怆于融会之中"⑤ 之评则可当无愧色。举同时期港、台及海外诸国，女词人之首座不应作第二人想，然以僻处粤港，致声名不逾珠江，未得角逐中原，惜哉。

（一）张纫诗与港岛词坛

坚社——这个规模较小、且前后只存续了三四年的词社，却因群贤毕集、佳篇琳琅而代表着此期港岛词业的最高成就，并"推动香港词风，影

① 高拜石：《妹夫棒打鸳鸯——陈协棠梨之恋》，《古春风楼琐纪（九）》，台湾新生报社 1979 年版，第 221 页。

② 硕果社由伍宪子、黄棣华、冯渐逵、谢焜彝等 1945 年创立，每月两会，赋诗填词，时敲诗钟。后社员发展至七十余人，为香港历史较久之重要诗社。

③ 蔡念因（1913—2013），原籍广东三水，越南传奇华侨企业家，晚年居美国旧金山。蔡、张结缡，各方名流以诗画祝贺，遂刊《百年好合集》酬赠友好，并志纪念。纫诗殁后，念因作哀思录云："余……甲辰之春，获识南海张纫诗女士于香港，旋同赴越美……纫诗之诗之画，莫不视若隋珠，珍如赵璧，相趣相爱，是以百年之合。但岁月茫茫，瞬经九载，梁孟之敬，俨同一日。"纫诗《文象楼诗文集》《仪端馆词集》均为蔡氏手刻。

④ 张纫诗生平参考自余祖名《广东历代诗钞》（香港能仁书院 1980 年版）、黄昏《画里有诗诗有画——诗画兼工的张纫诗》（《岭南才女》，广东人民出版社 2002 年版）等。又，生年有 1911、1912 二说，俟考。此从查考较详的黄昏说法。

⑤ 《张纫诗诗词文集》，1962 年自印本，第 1 页。

响至为深远”①。张纫诗列席其中，为唯一女性成员。

坚社1950年春由廖恩焘、刘景堂计议首倡，最初的核心成员除廖刘二老外，尚有张叔俦、罗忼烈、王韶生、张纫诗，后纳入林汝珩、曾希颖、王季友、区少干、陈一峰、汤定华、任援道等。1951年冬，林氏向廖恩焘建议取名为“坚社”，盖“坚”字一语双关：一指位于港岛半山区坚尼地道之廖氏住所（社集地点），一指成员坚固团结，词社自此方定名。词社“每月集于忏庵之影树亭，各出所作，互相评骘，及研讨古今声家之得失。无汲汲求名之弊，而有唱和应求之乐”②。至1954年词社祭酒廖恩焘以九十龄辞世，共举办二十三期社课的坚社亦告解散③。

据鲁晓鹏《一九五〇年代香港词坛：坚社与林碧城》一文所考，张纫诗参与社课十六次，贯穿坚社始终。1951年年底，七名社员集于林汝珩碧城词馆，张纫诗画牡丹，曾希颖补石，廖恩焘、刘景堂、汤定华题词，同社诸子各赋《石州慢》，这是坚社社史上一场别开生面的社集。廖恩焘另于归家途中口占《鹧鸪天》以纪盛况，并在其后录于牡丹图上：

> 不买燕支画此花，怎生得黑女词家。图非和靖梅魂鹤，色是昭阳日影鸦余请女士画墨梅，女士援墨作牡丹。　凭补石，笔槎枒。文章子固正如他。雾中吾约刘晨看，一朵分明洞口霞。

词虽为游戏作，亦可一觇忏翁深湛功力与“既感且乐”④ 之情怀。“怎生得黑”语带双关，既指墨牡丹，又以李清照喻张纫诗，其下接连以林逋比同姓林碧城、曾巩比曾希颖、刘晨比刘景堂，雅兴高谊可想。坚社社课虽多咏物、节令一类常题，但诸词人以缅忆故国、感怀身世之真切，百七十首作品中可称佳篇琳琅。张纫诗《蝶恋花》二首一写人，一写己，于眼

① 黄坤尧：《香港词人刘景堂及其〈沧海楼词〉》，《词学》2006年第16辑，第202页。

② 刘景堂：《〈碧城乐府〉序》，转引自鲁晓鹏《一九五〇年代香港词坛：坚社与林碧城》，《现代中文文学学报》2015年第2期。

③ 坚社社史主要参考鲁晓鹏《一九五〇年代香港词坛：坚社与林碧城》，《现代中文文学学报》2015年第2期。

④ 同上。

前语中托寄海桑之感，似平淡实极厚重：

> 今岁清明逢上巳，沧海题襟，四十三年事。一半模糊如梦寐，东风又到人间世。　为问归梁双燕子，知否前身，此日谁家里。检点春词千万字，平生都替花垂泪。
>
> 今岁清明逢上巳，门隔桃花，闲却东风意。前度踏青修禊地，不知谁赌阴晴醉。　旧事人间烟雨里，白首新声，又改当时味。窗下十年春似水，斜阳只照人憔悴。
>
> ——今岁清明逢上巳，梅溪词也，四十三年前伯端曾用此句谱此调。今又逢之，再赋，索和。溯时余尚未来人世也

坚社之于张纫诗，在于从飘流江海、避地殊方的“麟角故人子”[①] 的嘤鸣友声中寻得慰藉，这还属于寓港才人的共同心态，而以《麦秀两歧·春阴，几日心事千回，倚声遣夜，意不自知也》与《行香子·燕归馆主人有“春何必夜”之句，属赋其意，我本无愁，恐言之尚浅耳》为代表的社外作品则传递出了更加私人与女性化的特殊心绪：

> 春要花无数。香满东西屋。可怜红，无意绿。翠袖辞修竹。佳人自古悲空谷。为谁怅触。　莫怨江河浊。山上棋收局。梦终沉，书可读。灯火留金粟。东风又送回肠曲。月移难捉。
>
> 风过低墙，车后尘香。地浮烟、不见垂杨。十分情绪，送了斜阳。怕花开，怕灯上，怕宵长。　如此春光，燕未归梁。任新词、弹入清商。人间半老，何日能忘：旧阑干，旧星斗，旧梳妆。

去大陆十载之际，张纫诗接向迪琮老人自沪滨所寄《水龙吟》词扇，勾起羁怀，即依韵和之。在词里，她慨叹“十年不见江南树”，想起“笼

① 汪兆铨《水调歌头·香港赠刘伯端景堂》句。

烟柳煦”的龙华，但最后也仅能“借天涯淡墨，新声独倚，寄春来处”。“此心安处是吾乡”，她一片苍茫乡思其实早已若无奈、若有意地湮散在“翠环蛮海楼头”的“书尘”与“词意”之中了。

（二）“佳章络绎”“众美兼备”的张纫诗词

纫诗父尝为择配某氏子，不合，遂赋仳离。后与陈融有婚姻之约，为陈氏妹婿胡汉民所阻而含恨分携①。纫诗有《何满子》二首有句云：“梦是檐头残雪，朝来溶到无痕”“不信今生缘薄，何日同看花开”即指此事，陈融赠诗云：“萧凉濠月如秋夕，得句能否托梦来”，亦足见相思爱赏。故纫诗早期情词皆有所本：

> 一从抛撇似云泥。秋压远山眉。女娲留石磨金剑，照当时、绿鬓飘丝。泪眼乍晴又雨，灰心欲死犹痴。　英雄肝胆美人诗，两两不相宜。词中短梦成幽谶，怪如今、梦影都非。青鸟不传消息，绿窗关住相思。
>
> ——风入松②

> 一段无情芳草地。问谁有，嬉游意。更谁念、梨云深院闭。花未落，春心死；春未老，花心死。　若见红泥须踏碎。莫再任，因风起。怕吹上、枝头成血泪。行去也，人憔悴；归去也，天憔悴。
>
> ——酷相思·踏青

一种寄痴耽于旷达、兼有笃挚决绝的风调摇曳字间，足可当“哀艳”二字。别具特色的情语似为此前女词人笔下所罕。

友人卢鼎公为纫诗《仪端馆词》跋，多本色会心之论：“顾其词，大则

① 据高拜石《妹夫棒打鸳鸯——陈协之棠梨之恋》。陈融（1876—1955），字协之，号颙庵，别署松斋、颙园、秋山，广东番禺人。早年肄业于菊坡精舍，攻词章之学。1904 年入日本东京法政大学速成科，翌年加入同盟会。1911 年参与黄花岗之役。广东光复后，历任司法厅厅长、高等法院院长等，1931 年任广州国民政府秘书长，旋任西南政务委员会秘书长。1948 年受聘国民党证通服国策顾问，逝世于澳门。著有《读岭南人诗绝句》《黄梅花屋诗稿》《颙园诗话》等。

② 较 1949 年第六十六期《岭雅》原作略有改动。

放乎六合，小则不遗一粟。言此指彼，迷离惝怳，能言而不能尽言之……精微莹澈，沉郁幽深，众美兼备，不专一家，处处有己，亦处处有人。”又结合以作者为人，特举集中俊句佐证“处处有己”的判断：“《玉楼春》之‘江山千古在诗中，不放天涯三月去’，其抱负也；《小重山》之‘知君不肯嫁东风。天作主，休问为谁红’，其操守也；《双调天仙子》之‘天阙莫嫌今夜短，人生百年如露电’，其人生观也……《唐多令》之‘怅醒时不是前身’，《玉楼春》之‘试从天上念人间，人爱春晴人爱雨’，殆人而仙者乎？而《画堂春》之‘有酒有诗换日，栖心人境何妨’，《换巢鸾凤》之‘修到神仙也相思，分沉人海悲天老’，则仙而佛矣。”① 张纫诗确乎在主性情的基础上不落斧凿痕地抟合了多层次的美感，形成了一种丰融和谐、情文相生的风格，“仙”“佛”云云不嫌玄奥。拈纫诗称许黄松鹤之语“不袭古人形貌，以标置其同；不矫奇风格，以声扬其变”② 转誉自家，更觉妥洽：

绿灯如海，颇黎窗户，乍忆儿时。阿娘裁胜，阿爷剪柏，鸦髻读唐诗。　而今文酒、游宴情绪都非。明朝又是，春花压担，风雨一帘低。

——庆春时

城上蛮花台榭，心中宝剑江山。将军未老解征鞍。残照一声长叹。　重听天涯短笛，已非望里雕阑，秋深万里水云闲，斜度几行归雁。

逐鹿原头明月，斩蛇草畔斜阳。至今仍照草根黄。冷落歌风台上。　千古群雄割据，六朝五季兴亡。史家身世亦茫茫，眼底江山无恙。

——西江月

---

① 《仪端馆词跋》，《张纫诗诗词文集》，第 32 页。

② 张纫诗《〈黄花草堂诗钞〉原序》，《漱园诗摘》，1985 年自印本，第 20 页。

旧江山。夕阳留客盘桓。近清明，东君渐老，天南高树初殷。百年来，风云身世；半生在，烟雨人间。收拾豪情，消磨景物，故家乔木不成看。念鹃梦，一回醒后，春事一回残。休重问，刘王歌舞，赵蔚呼銮。　剩斑枝，撑持日月，霸图还与谁论。野尘终，绛绡憔悴；层楼外，黄鸟绵蛮。万姓绨袍，几番心力，吹绵无计被清寒。但换得，登临瘦杖，划损碧苔痕。猩红照，英魂聚处，新火燎原。

——多丽·木棉

刘伯端序又有云："吾老矣，所期于纫诗切于自期"[①]，作为港岛词界女头领的张纫诗对这份厚望是未尝有负的。

二　"学稼轩"的潘思敏与琴人蔡德允

张纫诗下，可续谈与之交接甚密的潘思敏（1920—　）与蔡德允（1905—2007）[②]。思敏广东南海人，友人谓"人甚爽朗，胜于纫诗"[③]，适名士陈荆鸿[④]，时人比之赵管。"擅诗文，词学尤夺魁"[⑤]，有《词林雅故》连载于香港《华侨日报》艺文副刊。今门人代集之《茹香楼存稿》存词百三十首。何乃文称其词"有序有物，尤觉有气势，类丈夫之言"[⑥]，大体勾勒出"豪胜婉"的整体面目，而傅静庵致朱庸斋函中则将"无半点闺阁气"的原因更具体地判为"学稼轩"[⑦]，明确揭橥其治词门径。

潘思敏的"学稼轩"首先体现在贯注作品之中尽洗绮罗香泽态如"远钟清肃"（《桂枝香》）般的气质。这种美学趣味的追求，直接来自她的那

---

① 《张纫诗诗词文集》，第 1 页。

② 《张纫诗诗词文集》中有与二氏唱和之作。

③ 傅静庵致朱庸斋信中语。李文约《朱庸斋先生年谱》，香港素茂文化出版有限公司 2012 年版，第 175 页。

④ 陈荆鸿（1903—1993），原名文潞，字庚同，号蕴庐，广东顺德人。少时客居上海，研习书画诗文，与吴昌硕、黄宾虹为忘年交，为"岭南三子"之一。三十年代初南返广州，抗战时赴香港，先后任《循环日报》社社长、圣士提反书院教师等职，晚年以书艺获英女皇颁授荣誉勋衔。著有《蕴庐诗草》《独漉诗笺》等。

⑤ 黄绍丰《〈茹香楼存稿〉跋》，2012 年自印本，第 49 页。

⑥ 《〈茹香楼存稿〉序》，第 2 页。

⑦ 傅静庵致朱庸斋信。

种将身世家国打并于一处的幽忧悲懑。乡关之思固常见港人笔下，而思敏应是抒写得最为浓烈深挚的那一个：虽“直北是神州”，而因“闲身端合老遐陬”（《小重山·倚栏》）、“叹十载、不成归计”（《角招·国风艺苑花朝小集龙城醉月楼》），故“登临怆恨，剩有怀乡句”（《摸鱼儿·江村游屐》），《八声甘州·和陈襄陵韵兼柬许晚香词长》中词眼“孤愤以诗鸣”，堪称《茹香楼词》大旨。

于吊古伤今中曲折吐露侘傺失意之感、将典实融化入自家郁勃襟怀，是“学稼轩”应有之义。读《摸鱼儿·九日登太平山》：

> 傍虚栏、白云黄叶，匆匆时序如许。凉秋九月无凉意，料得佩萸人苦。怜倦旅。怕一霎商声，乍起连风雨。吟秋旧处。渐菊老岩柯，霜零木杪，暮色满平楚。　　齐烟外，信有尧封可睹。登临知甚情绪？纷纷蛮触争蜗角，多难愁闻金鼓。夸武库。君不见，星津月地浮槎渡。何堪再语。叹度曲楼荒，思悲响歇，高会未能赋。

思敏娴于长调，而以直笔出之的《渔家傲·过青山红楼，当年孙总理中山曾寓于此》别有大感喟存焉，似更佳：

> 满眼西风黄叶地，当年谁会幽栖意？亿万黄魂呼欲起。嗟已矣。尊前慷慨空余泪。　　历尽红桑楼半圮，定巢燕子归无计。纵目屯门悲逝水。今古事。问君独醒何如醉。

蔡德允号愔愔室主，浙江湖州人，近世古琴名宿，中岁定居香港①。德允遐龄逾百岁，望重海内，再传弟子、网络女诗人石人山挽之曰：“飘零一羽过长川，巢寄香江五十年。落落空梁莫相待，有琴心处即乡天。”《愔愔室诗词稿》存词二百，卷端有饶宗颐所题《金缕曲》，以“翕响如君真美手，便声清、张急徽能别。余音在，久难绝”称许其琴、词二艺。

或与其乐人身份有关，德允较潘氏而言更谨守清真、白石等宋贤矩

① 蔡德允三十年代移居香港，1942 年日军侵占港岛，遂举家北上沪渎，1950 年再返港。

度，故相当程度地湮没自我，能“入”而未见“出”，虽有《绮罗香·吃香酥鸭》《风入松·电扇》等新题而鲜见创获。《琐窗寒》一首可目为词体自传：

> 冷瘦斜阳，红翻落叶，数鸦归去。漫漫远道，谙尽天涯风露。恁凄其，芳尘渐遥，慰情独忆闲言语。而向灯前懊恼，琴边惆怅，梦时伤苦。　难驻。空延伫。只静拨炉烟，搅长愁缕。吟裹欲谢，目断鸡窗俦侣。笑从来，按谱倚声，几番赚得英武妒。慨当年，漱玉风华，也只余黄土。

三　黄倩芬、刘佩蕙等

还应略谈以姻亲关系而同事诗词创作、成就相埒的海声词社成员黄倩芬（1907—　）与刘佩蕙（1923—　）。倩芬广东中山人，香港汉文师范学校毕业，曾任嘉谟学校校长。所存《淡明楼诗词稿》中时现“丘壑胸中”（《浪淘沙·长夏山居》）、“岁寒三友成知己”（《蝶恋花·忆梅》）之女杰心性，就艺术而言，《木兰花慢·燕子来巢》一首可称融浑古雅，寄托意也颇显豁：

> 有南来燕子，巢檐角、尚盘旋。问野水平桥，斜阳曲巷，几度流连。萧然。漫寻故垒，早应知、沧海又桑田。多少琼楼玉宇，如何偏寄低垣。　因缘。软语记当年。晓日傍帘边。自世逐时移，情随境冷，尘梦如烟。林泉。枕流漱石，谢紫禽、青眼共云天。雨润幽阶苔绿，朦胧微月初弦。

佩蕙广东佛山人，中山大学教育系毕业，旅居香港，任耀山小学教员、校长。青年时由舅母黄倩芬引介入海声词社，拜郑水心为师。佩蕙回忆文章《诗梦迷离春复秋》[①] 详细记录了词社“寻幽揽胜，裁笺问字，正拍敲声”（《木兰花慢·水心师逝世二周年祭》）的活动本末，为港岛词史

① 《黔人杂志》2001 年第 18 卷第 3 期。

保存一珍贵文献。《兰馆词草》存词百余篇，其中多《摸鱼儿·夏潦潮生，死难者尸浮珠江，被冲至离岛沙滩，赋此哀之》《念奴娇·丙午濠江秋意，时正“一二·三事件”后》一类关切时事题材。《生查子·初夏》与前引倩芬词心绪颇近而更见蕴藉锤炼：

绿杨烟霭深，阡陌花时短。风雨渡江来，零落篱根艳。　画屏山又山，梦觉深深院。故故惜芹泥，付与梁间燕。

香江才人星聚之地，知名女词人又如蔡纫秋（1908—　）、陈璇珍（1914—1967）、冯影仙（1917—　）等，“乱世中偏安一隅”[1] 之文学盛景良有此也。

第二节　“过江名士，海畋人杰”[2]：中国台湾女词家举述

中国台湾近世女性词人最早可追溯至石中英（1889—1980）[3] 与李德和[4]（1893—1972）。二氏皆生长于台岛，故在“玲珑雒诵”[5] 之外尤多一份“吾土吾民”的忧悯。如石中英作于日据时期的《捣练子·伤时》：“烽火炽，角声哀。鼙鼓惊天动地来。炮发花开人浴血，可怜无处不罹灾”，直笔纪史，激厉痛切。连横《瑞轩诗话》云：“填词一道，我台颇少能手”[6]，这是相当中肯的判断。然而那些鼎革簸荡之际的“过江名士，海

---

① 关志雄：《〈二十世纪香港词钞〉序》，香港东西文化事业公司 2010 年版，第 21 页。

② 张荃《念奴娇》句意，全词见下文。

③ 石中英字俪玉，号如玉，出身台南石鼎美望族。二十年代设芸香阁书房授女徒，以振兴诗学自任。日据时期多次离台内渡，与夫婿从事抗日工作，驰骋闽、赣间，光复后定居台北。有《芸香阁俪玉吟草》，存诗千首、词八十余。丘逢甲之子丘念台序曰：“其诗幽雅安丽，其词尤清整纤美，不独无颓丧沦亡之音，而有怀古攘夷之意。”

④ 李德和字连玉，号罗山女史、古诸罗散人等，出身云林西螺世家，为清儒学劝导李昭元长女。少年即有诗书画三绝之誉，婚后组织琳瑯山阁诗会、题襟亭填词会，晚年居日本。德和诗《震灾吟》百三十二韵，悲壮沉痛，论者谓足与《孔雀东南飞》颉抗千古。今《张李德和诗文集》存词十五首。

⑤ 吴文龙：《琳琅山阁吟草序》，《台湾先贤诗文集汇刊·张李德和诗文集》，台北龙文出版社 1992 年版，第 3 页。

⑥ 许俊雅：《黑暗中的追寻：栎社研究》后附，东方出版中心 2006 年版，第 315 页。

陬人杰”已足撑持起台岛词坛，俾使神州诗歌版图完全。其中女词人可点出琦君、张荃、张雪茵与江芷数家。

一 天风阁传人琦君、张荃

琦君（1917—2006），原名潘希真、希珍，小名春英，浙江永嘉瞿溪镇人。杭州弘道女中卒业后保送入之江文理学院国文系，为夏承焘及门弟子，龙榆生曾为代课。抗战后，榆生以出任伪职遭审判下狱，希真时供职苏州高等法院，遂以学生身份上书层峰，为其申请保外就医并获准，“琦君”之笔名[①]即为纪念此事。琦君1949年赴台，供职司法界，同时从事教育、写作，与林海音、刘枋等渡海女作家交善。后成一代小说、散文名家，被誉为“台湾文坛上闪亮的恒星”[②]，电视连续剧《橘子红了》即为其原作改编。

以同乡父执之谊[③]，瞿禅对琦君关怀勉励备至，有若亲女。《天风阁学词日记》与通信中不唯可觇得师生亲厚，“勉为此业”的惊人预见力尤可见对琦君禀赋、性情的熟谙与知赏：

> 希真来，谈至暝去。予劝其亟亟用功[④]。

> 希真健谈，如春云卷舒，聆之移神[⑤]。

> 小岚自温州来……谓希真近极愁郁瘦削，既失其伯母欢，近又以与黄君兴趣不合，去书商量解约。此至可惊讶。此子聪敏而多不幸，

① 龙、夏通信时为免嫌疑，乃以“琦”字称希真，盖瞿禅尝以“希世之珍琦”许之；龙为表礼貌，再赘“君”字。事详琦君《我的笔名》，《忍寒庐学记——龙榆生的生平与学术》，张晖编，北京三联书店2014年版，第66—67页。

② 方忠：《台湾散文纵横论》，江苏教育出版社2008年版，第49页。

③ 夏承焘早年与琦君父辈交好，尝作诗云：“我年十九客瞿溪，正是希真学语时。”琦君《卅年点滴忆师恩》：“我入之江大学，完全是遵从先父之命，要我追随这位他一生心仪的青年学者与词人。”吴无闻编《夏承焘教授纪念集》，中国文联出版公司1988年版，第154页。

④ 《天风阁学词日记·一九三九年九月四日》，《夏承焘全集》第六卷，浙江古籍出版社1992年版，第129页。

⑤ 《天风阁学词日记·一九四一年八月十九日》，第328页。

惧其竟不永年。午后作书，录歌德语慰之，望其能背定人生，勿为命运所玩侮，并录子在川上二语，说知其不可为而为之精神①。

比来耽阅小说，于迭更司《块肉余生》一书，尤反复沉醉，哀乐不能自主，念汝平生多拂逆，苟不浪费精力，亦可勉为此业。流光不居，幸勿为烦恼蚀其心血。如有英文原本，甚望重温数过，定能益汝神智，富汝心灵，不但文字之娱而已也②。

琦君擅说词，《词人之舟》《寂寞词心——我读辛弃疾词》等甚得夏翁心传，创作亦能接天风阁高朗健拔之余韵而自拔于闺帷常格。下引《水调歌头》即个中典型：

何处寄幽愤，翘首望苍穹。月华千里如练，清啸和长风。梦到中原禾黍，误了平生书剑，痛饮竟谁雄。日日登临意，碌碌百无功。
斜阳外，送归雁，落遥空。凌凭意气自负，独立抚孤松。不记秋归早晚，但觉愁添两鬓，此恨几人同。慷慨一杯酒，弹铗且雍容。

较感慨沉郁的《齐天乐》艺术水准似更高，词序、语意（如“斓斑”“无据”词汇的借用）及技艺（如过片处理）与定庵同题材之《减字木兰花》③ 颇肖似，家国身世感也略同：

余在中学肄业时，尝戏以鲜花嫩叶，排成图案，夹置书中。十年来颜色非故，而娇姿丽质，犹似当年，睹物感怀，枨触靡已，爰取素绢依样绣五彩花卉，旁缀琵琶，什袭珍藏，藉资纪念。因赋此阕，以寄相思。

缥囊也似藏春坞，纷纷断红无数。玉蕊斓斑，娇姿瘦损，莫问春

---

① 《天风阁学词日记·一九四三年四月十九日》，第483—483页。

② 琦君：《卅年点滴忆师恩》，载《夏承焘教授纪念集》，第167页。

③ 龚自珍词云：偶检旧纸中，得花瓣一包，纸背书辛幼安“更能消几番风雨”一阕，乃是京师悯忠寺海棠花，戊辰暮春所戏为也，泫然得句。人天无据，被侬留得香魂住。如梦如烟。枝上花开又十年。　十年千里，风痕雨点斓斑里。莫怪怜他，身世依然是落花。

归何处。纱窗夜雨，欲唤取春魂，与他同住。十载天涯，也应谙尽飘零苦。　飘零莫随尘土。拈金针绣入，万花新谱。一点芳心，无边幽恨，还向琵琶低诉。君应解语，叹渐尽韶华，梦痕无据。写入幺弦，赏心人听取。

瞿禅有诗云："我门几裙襢，宋张扬前麾"①，另一位夏门词弟子张荃（1911—1957）可并谈。荃字荪簃，原籍广东揭阳，生于北京，之江文理学院毕业。抗战中流落港、闽间，1945 年赴台湾，应聘于台湾大学、台湾师范大学等，后以溶血症逝世于马来西亚。

荪簃承乃师词人谱牒之学，有《刘后村年谱》传世。《张荃诗文集》中留存词作三十五首，才调多有可取，不让琦君。雄厚悲慨、遂可为一代渡海才人代言之作当属《念奴娇》：

雾峰千叠，问危楼、高耸谁家城阙？一曲笙歌天不夜，未数江南风物。急管多情，幺弦易怒，梁绕声凄切。过江名士，海陬多少人杰！　犹有呜咽胥潮，兴亡前恨，摇撼堤风咽。楚水吴山都历遍，始信乾坤空阔。万里归云，三年零雨，忍问家残缺。江山遥望，只今空剩寒月。

琢字精警、境界奇矫故而深具"瞿禅味"者如《渔家傲》：

回浪平沙随地涡，惊涛碎剪银花朵。远浦渔舟明豆火。微雨过，阴霾四合天如堕。　霁月忽然来照坐。沙鸥相对参功课。听到潮生娱梦可。珍珠颗，岩根啮浪成龙唾。

瞿髯词才绝代，琦君得其气骨，荪簃得其情致，而大抵精粗杂陈，未臻大成，然就保存词业一息危脉而言，皆可称功臣。

① 宋指宋清如。

二　张雪茵、江芷

“过江名士”中，还应包括张雪茵（1906—？）[①] 与江芷（1912—1987）。她们都在西子湖畔度过了青春岁月，对故国特别是对“江南”的怀恋，几乎成了笔下唯一的主题。

雪茵字双玉，湖南长沙名门之后[②]。十二岁能诗文，里称三湘才女，毕业于湖南私立艺芳大学，历任湖南省民政厅秘书，《湘报》《霹雳报》主编等职，赴台湾后仍任职政界，同时从事新文学创作与研究，以“典雅而秀”[③] 驰名文坛，诗词作品辑为《双玉吟草》。

雪茵才力不能称富，集中成就最高者《梦江南》组词于词调本意下连赋“江南好”“江南月”“江南水”“江南劫”“江南别”“江南望”，意切辞尽，哀婉动人。读“江南忆”二首：

江南忆，最忆是杭州。绿柳因风才结夏，新莲堕粉又边秋。扶梦住湖楼。

江南忆，心事倩谁传？容易天涯芳草绿，偏教明月别时圆。归梦一年年。

江芷字沅子，出身江西婺源书香仕宦之家[④]，幼年接受新式教育，嗣就读上海务本女学，后考取浙江大学化学系唯一名额，与化学家周厚复结缡，1946 年以夫病，举家迁台湾。江芷毕生从事教育，被誉为台湾“一代化学名师”，逝世于美国普林斯顿城，夫妇作品身后合刊为《春云秋梦诗词》行世。林庚白《孑白楼随笔》载其词句“夜凉如水楼休倚，怕西风、

---

① 张雪茵生年有 1907 年、1908 年、1909 年诸说，从《张雪茵自选集》改。

② 雪茵祖父张百熙（1847—1907），字埜秋，晚清政治家、教育家，官终邮传部尚书，谥文达。百熙为近代教育改革先驱，曾制定《钦定学堂章程》，被誉为“大学之父”。

③ 王晋民：《台湾当代文学史》，广西人民出版社 1986 年版，第 392 页。

④ 江芷祖父江峰青（1860—1931）字湘岚，号襄南，光绪十二年（1886）进士，官至江西道员，宣统间任江西省审判厅丞，一品封典，授荣禄大夫，民国时公举为安徽省议会议员，有《林深吟唱集》《醉绿吟红草》等。父江家珩曾任省参议会议员。

吹冷旧温柔”，谓足抗手易安①。以庚白之矜傲，此评语可谓难得。

江芷的一部《秋梦词》是从“此时初识雨西湖”（《浣溪沙·初识西湖》）开始的。她惯看“跳珠声里西湖好”（《丑奴儿》）、“西泠桥畔柳丝柔”（《临江仙》）；去大陆后，无时或忘“晓寒遍踏六桥霜”（《浣溪沙·杭州杂忆》）、“燕掠斜阳天欲暮，归程载满烟和雾”（《蝶恋花·湖游忆旧》）；又收束在对“星棋密布，河汉凝烟”的“三潭月夜”的追忆中。江芷词宗花间、宋初一格，《苏幕遮》一首闲雅雍容，如子野永叔一辈语：

> 旧西湖，新燕子，拂拭闲尘，来饮桃花水。苏小风流何处是。烟柳盈盈，千古登临意。　酒当前，休引避。草草人生，难得消愁计。珍重今宵拚一醉。明日春归，便化胭脂泪。

第三节　海外女性词坛

清季以来，华人蕃息四海。而以文化大环境故，华文文坛中格律诗词之地位久呈边缘化，近数十年来各地“汉诗协会”之属也多庸滥者。在寥若晨星的才士中，女词人似仅见加拿大李祁、美国张充和与转徙香港、星洲、北美间之赵文漪等数家。

一　“掷平生万事天之末”②：论李祁词

李祁（1902—1989），字稚愚，湖南长沙人。早年受业于李肖聃、刘麟生，1933 年由庚款招考入牛津大学攻读英国文学，归国后辗转湖南大学、浙江大学、岭南大学等校讲席，嗣应傅斯年召，讲学台湾。1951 年由香港赴美，先后执教于加州大学、密西根大学及加拿大温哥华 B. C 大学，著有《诗人朱熹》《朱熹的文艺批评》等。

施议对雄文《〈当代词综〉前言》以三万字篇幅对百年词史的分期、

① 见夏承焘《天风阁学词日记·一九四一年四月八日》，《天风阁全集》第六卷，第 293 页。全词已佚。

② 李祁词《贺新凉·十月十八日》句。

流派、词体存续原因、词业现状及发展前景等重大理论问题提供了缜密精严、富于启迪性的回答[①]，具有导夫先路的重要意义。文中将李祁与丁宁、沈祖棻作为女性代表，并举为“第二代十大词人”。与此高位相副，《词综》选录作品达三十篇。

施氏如此推尊，除着眼李祁优秀学者身份外，尝为夏承焘激赏之逸事应也被列入参考重要指标：李祁四十年代执教浙大时与瞿禅临湖比邻而居，常持所作呈览，夏翁亦时与请益西方文学。一日作《浣溪沙》四首状写西湖，瞿禅读至“半湖青玉望风攲”句，即大声称道：“以三分之一西湖换此一句，何如”？李答：“否”。夏曰：“那就半个西湖”，并作《风入松》赠之，足见倾倒[②]。李祁十年后于海外赋得《忆西湖杂咏》有“赢得词人羡慕多”句，即指此节。此组词后又得沈轶刘评曰：“作意深入腠理，尽在言外”；陈葆经评曰：“意境幽远，笔力纵横，井然有序，卓然见胜”[③]，可谓声名藉甚。

且读这组《浣溪沙》第二、四首：

爱看风荷最绿时，飘零雨碎欲无丝。半湖青玉望风攲。　山树倒涵愁绿重，莲衣坠影露红垂。不同秋色作寒滋。

小立长堤月满时，西楼曾记蹙如眉。辛勤夜夜有谁知。　星斗迢遥山莫接，楼台明灭水中窥。此心此月共盈亏。

——观音诞日，夜雨，其后数日小雨，时行凉可衣夹里。西湖一带日隐云青，冷风吹绿，风景气候，非夏非秋，颇疑仙境，暂现人寰

灵感偶一迸发，又得江山风物之助，成此隽逸之篇。“山树”与“莲衣”“星斗”与“楼台”对句工巧不失自然，湖光灯影荡曳纸上，使读者恍然堕入仙幻境界中。李祁入手创作甚早，经夏氏揄扬，至此一组词方奠

① 后删定为《百年词通论》发表于《文学评论》1989 年第 5 期。按：对施氏文章评价参考自马大勇师语意，《词学档案》，谭新红主编，武汉大学出版社 2012 年版，第 243 页。

② 施议对：《〈当代词综〉前言》，第 43 页。

③ 转引自《当代词综》，第 988—989 页。

定词家地位。

比年兵燹中，既隐逸学术、寄志泉林如李祁者亦不能无哀雁之鸣：

> 十载归来仍故我，战墟满目尘埃。可能劫外认余灰。堂深留梦永，寒重拨弦哀。　初日园林桃杏浅，有人曾共徘徊。春风入鬓寸眉开，而今成往事，呜咽逐秦淮。
>
> 北去南来多少路，岭云黯黯长横。山温地暖且消停。幽花堪自摘，薄醉最宜醒。　天末微波分海色，潮来顷刻都青。莫从过去问来程。湖山惊昨梦，风雨感苍生。
>
> ——临江仙·戊子岁暮初抵岭南，过长沙时，返家省母，幼弟携余往视浏阳门外战墟，土路崎岖，见一坡石井阑，疑为余家旧居所在地

战后还乡题材，使人联想起乐府诗《十五从军征》。字句虽略有不甚考究处，但还是将那种糅合了时代沧桑与人世无常的复杂心绪表达靡遗。由“莫从过去问来程”的个人常情跃升至“风雨感苍生”的高境界，襟怀尤难能可贵。

迨中岁羁留海外，抒写去国离思，词技日臻成熟。《满江红·一九六五年二月温哥华》及《沁园春·听飓风终日》等能济柔入刚，视角切换间，乡心飞越重洋：

> 七月勾留，曾看老、丹枫颜色。行到处、沙鸥云树，渐成相识。无竹无梅难说好，有松有水情堪适。最喜是、微雪降山头，迎朝日。
> 地之角，当西北；天欲坠，谁撑得。问鹏程初起，可愁天窄。碧海观澜昨倦矣，清宵听雨今闲极。又回思、故国雨声多，春逾急。
>
> 接夕连朝，一吹千里，海气微腥。想历乱杨翻，柔腰折损；仓皇云断，絮脚飘零。剑翠明湖，倏成荒海，扬作飞澜散八溟。小楼卧，有病魂依黯，枕上难听。　沉沉眼倦还醒，又猛觉西窗扑击声。是

人间蓄怨，都成怒吼；古今积恨，并作长鸣。填海空填，补天何补，天地由来最不平。应未值，向湖楼一角，抵死砰砰。

高手如云的民国女性词坛中，李祁是较具个人面目的一位，但尚难同子苾、怀枫等超一流词人相颉颃，不宜以艺术成就以外的缘由另眼看待、拔高过甚。刘梦芙“风格较质直单一”“可称名手，尚未足跻大家之林”①之语允称确当。

二　“人间装点自由他”②：论张充和词

张充和（1914—2015），安徽合肥人，生于上海，为淮军主将、北洋功臣张树声之孙教育家张武龄第四女。出生后即由叔祖母抱养，十七岁归家，先后就读于上海务本女校、光华实验中学，1934 年以国文满分、数学零分成绩考入北大。抗战中辗转西南，以曲人、书画家身份蜚声文化界。1947 年就聘北大，1949 年与新婚丈夫、德裔汉学家傅汉思同赴美国。后半生先后主加州大学伯克利分校、耶鲁大学教席，致力昆曲教学与传播。

充和为张家十姊弟中唯一系统接受旧式教育者，传统文化“以通驭专”的特质浸润了她的一生。那则著名的联语“十分冷淡存知己，一曲微茫度此生”及沈从文墓四言嵌名诔文“不折不从，亦慈亦让；星斗其文，赤子其人”已能见诗家手眼。她曾不无自谦地说：“我这辈子就是玩”，而“玩票”性质的诗词创作足称萧散沉静，若无措意而本色不失，一如其人。

充和四十年代流寓陪都时供职教育部音乐教育委员会，拜入吴梅、沈尹默门庭③，得与诸名流朝夕过从。她性情简淡，无意声名④，却偶然地成为“桃花鱼”与“仕女图”两次诗词倡和活动的中心，“以百年身世，悠

---

① 《二十世纪名家词述评·女词人二十二家》，第 284 页。

② 充和词《临江仙》句，全词见后文。

③ 事见张充和《从洗砚说起——纪念沈尹默师》，《张充和诗书画集》，生活·读书·新知三联书店 2016 年版，第 350—355 页。余英时赠诗有“霜崖不见秋明远”句。

④ 初到成都时，充和尝谢绝文酒，独自游青城山，作《青城杂咏》组词。《鹊桥仙》云：“有些凉意，昨宵雨急，独上危岭伫立。轻云不解化龙蛇，只贴鬓、凝成珠饰。　万壑逶迤，一天遥碧，望断凭虚双翼。攀拏老树历千年，应解道、个中消息。”王道：《一生充和》，生活·读书·新知三联书店 2017 年版，第 167 页。

游俯仰”[①]，参与到词史的恢宏叙事中。

《临江仙·嘉陵江曲有所谓桃花鱼者，每桃花开时出，形似皂泡。余盛以玻璃盏，灯下细看，如落花点点。余首咏之，诸师友亦和咏》约作于1943年，引来包括汪东、卢前在内的十余位词家的同题、同韵和作[②]：

> 记取武陵溪畔路，东风何限根芽。人间装点自由他。愿为波底蝶，随意到天涯。　　描就春痕无写处，最怜泡影身家。试将飞盖约残花。轻绡都是泪，和雾落平沙。[③]

词深得体物摹神抉髓之妙谛，格调甚高，在一众高水准作品中轻取头筹。秀句“泡影身家”不就是那一批萍飘蓬转的才士的贴切写照？至于全篇词眼“人间装点自由他”则是充和咏物自咏的格外用心所在。

“桃花鱼”唱和次年，充和依秋明诗意，于郑肇经（泉白）书斋中随手作合眼仕女图一幅，后竟得沈尹默、汪东、乔大壮、潘伯鹰、姚鹓鶵、章士钊诸家题词。此画遗失于十年动乱中，至半个多世纪后始自拍卖市场赎回[④]。大洋彼岸的充和感不自胜，遂题小令三首于卷端。读《菩萨蛮》《玉楼春》：

> 画上群贤掩墓草，天涯人亦从容老。渺渺去来鸿，云山几万重。题痕留俊语，一卷知何所。合眼画中人，朱施才半唇。

> 新词一语真成谶，谶得风烟人去汉。当时一味恼孤桐[⑤]，回首阑

① 陆蓓容：《一曲微茫度此生》，《更与何人说》，第227页。

② 唱和者计汪东、王韬甫、冯白华、卢前、韦均一等十余家。

③ 桃花鱼殊品，吟咏者甚罕，此数篇外似唯今人李静凤之《玉漏迟·咏镜湖桃花水母》。词云：“大荒灵泽渺，涟漪冷却，团团飘影。坏劫柔肠，问是九仙几等。还道如环似阕，为孤月、浮沉金镜。兀自肯。菰根竹杪，雨行风暝。　　谁省了尽纤尘，但玉骨娇支、冰心光莹。来去茫茫，天女豢龙谁聘。吹水桃鬟气息，任度与、天台寒磬。初梦醒。清虚白云飞剩。”

④ 事见张充和《〈仕女图〉始末》，《张充和诗书画集》，第376—383页。

⑤ 章士钊观充和《游园惊梦》后，作诗云：“文姬流落于谁事，十八胡笳只自怜”。充和以比拟不伦，不悦。孤桐复以诗自辩：“珠盘和泪争跳脱，续续四弦随手拨。低眉自辨各种情，却恨旁观说流落。青山湿遍无人觉，怕被人呼司马错。为防又是懊侬词，小字密行书纸角。”《一生充和》，第164页。

珊筵已散。　　茫茫夜色今方旦，万里鱼笺来此岸。墨花浼浼泛春风，人与霜毫同雅健。

——泉老来书云，大难后余少作仕女图已失去，题咏诸师长竟无一存者。命将我处图影放大，并嘱系以小词，用志爪迹

这位“闲静而有致”① 的“画中人”带着一段民国记忆，以期颐之寿“合眼”了。她是生长于古典土壤、又移根异邦的风雅与通识之花，她见证过二十世纪文化史的真山真水，又甘作一角小小留白②。在百年女性词视角下对张充和的评赏与解会，正有助于我们拨开“最后的才女”一类熟滥的追谥，进而窥见那个如孤飞野云般“自由而无用”的灵魂。

三　赵文漪等

赵文漪（1923—　），字举之，江苏武进人，况周颐弟子、词学家赵尊岳③长女，适谭泽闿第三子谭德。“赵氏不幸，迭遭丧乱”④，二十年中长子典尧、叔雍、夫人王季淑⑤、幼女芬、长婿谭德相继去世。文漪“其后十余年间仆仆于中、美、加三国，居无定所”⑥，仍勉力主持出版先父遗著《珍重阁词》《高梧轩诗》。如今人咏馨楼主云：“赵先生有此女，可谓一生中不幸中之大幸也”⑦。

“中郎有女能传业。”文漪早承家学，少年时即遍和《珠玉词》一百三十一首，与乃父《和小山词》合刊。词集初刻时，“豆蔻梢头年岁”（《谒

① 沈尹默《仕女图》题词。

② 苏炜语意。见人民网2015年6月24日文《张充和：她是真山真水之间的留白》。

③ 赵尊岳（1898—1965），字叔雍，“民国产婆”赵凤昌子。毕业于上海南洋公学，历任《申报》经理秘书、行政院驻平委员会参议等。抗战中入汪伪政府，任上海市秘书长、铁道部次长、宣传部长等职。战后被捕，出狱后任中华书局编辑，后辗转执教于香港、新加坡等地。辑有《明词汇刊》，著有《珍重阁词》《高梧轩诗》及多部词学论著。以汉奸行径，钱仲联《近百年词坛点将录》点为“地狗星金毛犬段景住”。

④ 赵文漪：《〈和小山词〉跋》，载《和小山词·和珠玉词》，上海古籍出版社2004年版，第159页。

⑤ 王季淑（1900—1966），字静宜，出身福建闽侯望族，亦能词，时人谓“名士才媛，伉俪綦笃……一时比之赵松雪之于管仲姬”。晚年为流言所伤，夫妇失和。

⑥ 赵文漪《〈和小山词〉跋》，第160页。

⑦ 冯永军《海上又见珍重阁》，天涯论坛·闲闲书话。

金门》）的文漪尚处学步阶段，仿拟痕迹浓重，尚未养成一己之风格。时人“大小晏”[①] 之称奖大多出于情面耳。比之叔雍未能尽传蕙风高才，文漪则更等而下之了。集中稍具韵致者仅拈得数首而已，如辞句略近花间的《酒泉子》：

南国春风，剪绿裁红商略好。秦箫声断楚云飞，惜花枝。　　劝君莫惜金缕衣。水样韶华真一瞬，莫教花叶两离披，恋芳时。

当世海外女性词家还有美国之阚家蓂[②]（1921—　）、成应璆[③]（1916—2000）与新加坡之刘情玉（1943—　）等，才力逊于以上诸家，不足观。

① 如卢前《望江南》题词：“蘋香例，常派有斯人。直向易安分一席，高梧家学本清真。二晏得传薪”，其下又注曰：“……同叔父子并有继响，当不寂寥矣”。《和小山词·和珠玉词》，第1页。

② 阚家蓂出身安徽合肥官宦家庭，1940年入浙江大学史地系，抗战后由台湾赴美求学，后任教麻省理工学院、三一学院、台湾大学等，有《阚家蓂诗词集》。

③ 成应璆又名应求，号慕梅，湖南宁乡人。1938年毕业于湖南大学中文系，晚年旅美，有《琅玕室词存》。

附录一　近百年女性词坛点将录

自逊、抗、机、云之死，英灵不钟于世之男子，而钟于妇人[①]；钟灵毓秀之盛，莫甚乎近百年。自南唐北宋倚声初创，女词家罕觏，唯易安、淑真占其名。其后檀火相递，继声如缕。有清一代，闺音复振，徐湘苹、顾贞立导夫路，熊商珍、吴蘋香扬其波，顾太清出，集三百年之大成。洎乎近世，天机转毂，英风鼓荡，词家蔚起。星霜流易，哀丝迸入豪竹；宫徵换移，老凤发为新声。其人何如？足涉沧浪，手搦虹霓；其境何如？上穷碧落，下蹈八荒。巍巍乎，洋洋乎，遂成巨观，此前人所不能限，亦前人所不能及也。

选评现、当代词家者，有钱萼孙《近百年词坛点将录》、刘蓉卿《"五四"以来词坛点将录》，皆称采摭宏富，辞理精峻。然为循文体成例，仅各取女词人三名[②]，数量实未及百年之什一，每引为憾。因作《近百年女性词坛点将录》，录女词家一百八人，以充"分布词史"[③] 一种，纪词国百年之运命。夫词以小道春容大雅，论者宜淹贯百家，转识成智，思及此辄汗下涔涔。"品题天女本来难"[④]，诚哉！余虽未敢希踪前贤，然亦多方搜访，苦心安置，百年女词家之概况已大备于斯。自古皆死，不朽者文[⑤]；风雅之存，何必石碣？青史几番春梦，红尘多少奇才。西人云：永恒之女

---

① 魏同贤主编：《冯梦龙全集·情史》，凤凰出版社2007年版，第191页。

② 钱氏选吕碧城、左又宜、沈祖棻，刘氏选陈家庆、陈翠娜、丁宁。

③ 王培军谓点将录体为"分布诗史"。

④ 龚自珍《己亥杂诗》第二百六十一。

⑤ 宋之问：《祭杨盈川文》，《全唐文》卷二四一。

性，引导我们上升①。

第一，刘永翔序王培军《光宣诗坛点将录笺证》，谓汪展庵“拟之之道非一”②，余作亦然。有以等第拟者，如以词坛都头领并掌管机密军师天魁、天罡、天机、天闲四星拟沈祖棻、丁宁、陈小翠、吕碧城是也。其外有以诨名拟者，如双枪将之配茅于美，铁笛仙之配张充和是也；有以姓名拟者，如皇甫小菱之比皇甫端，宋清如之比宋清是也；有揣其身份者，如叶嘉莹为纳兰氏后裔，则配以柴进，吴无闻为词宗夏承焘夫人，则配以郁保四是也；有以所操之业拟者，如萧娴之比萧让，曾懿之比安道全是也；有以生平行止拟者，如神行太保之比周素子，八臂哪吒之比康同璧是也；词人有姊妹二人者，则拟之以兄弟，如以解珍、解宝之配徐自华、徐蕴华，孔明、孔亮之配王真、王闲是也。人物俱称卓绝，词才如鹤长凫短，不必以座次强为轩轾。

第二，梁山英雄草莽，为彰其粗豪勇武，往往取字不祥。诸如丑、损、罪、败、催命、丧门云云，女词人兰心蕙质，或曰比之不伦。然此亦月旦藻鉴之途也。观者有识，幸勿囿之。

第三，云近百年者，实已延伸至二十一世纪初之网络时代。本录最年少者发初覆眉属网坛“中生代”，年逾而立，已裒然成家矣。余者“八五后”“九零后”虽代有才人，则以所得有限、定论尚早故，未予选入。

词坛旧头领一员

托塔天王晁盖　秋瑾（1875—1907）

女词国，万古夜；俟谁出，鉴湖者。胡君复氏挽秋瑾联云：“化身为自由神，姓氏皆香，剑花飞上天去；呕心作长击语，龙鸾一啸，诗朝还让君传。”③ 璿卿以卅龄慨然赴难，丹心碧血，不独荡涤革命潮流，亦一洗女词苑绮靡故态，振起百年新精神。“肮脏尘寰，问几个、男儿英哲？

---

① 歌德诗剧《浮士德》末句。

② 汪辟疆：《光宣词坛点将录笺证》，王培军笺证，中华书局出版社 2008 年版，第 2 页。

③ 郭长海、秋经武主编：《秋瑾研究资料 · 文献集（上）》，宁夏人民出版社 2007 年版，第 221 页。

算只有蛾眉队里，时闻杰出。良玉勋名襟上泪，云英事业心头血。醉摩挲长剑作龙吟，声悲咽”“智欲萌芽，权犹未复，期君力挽颓风。化痼学应隆。仗粲花莲舌，启瞶振聋。唤起大千姊妹，一听五更钟”（《满江红》《望海潮·送陈彦安、孙多琨二姊回国》句）！女性词至此始大声镗鞳步入“后易安时代”，“觉天炯炯英雌齐下白云乡”（弹词《精卫石》第一回回目）。鉴湖诗句“翠鬟荷戈上将坛”①，堪为定评。拟旧头领，为彼招魂。

词坛都头领二员

天魁星呼保义宋江　沈祖棻（1909—1977）

子苾为近世女词家最负人望者。平生身涉国难，尽发为词，《涉江》六稿甫一梓行，名家耆宿皆称赏不置，一倡百应，直目为百年翘楚、再世易安。子苾词于南唐两宋名家涵泳特深，奄有众妙，浑化无痕，以为韦冯可，以为漱玉可，以为清真、玉田、碧山亦可。然恪守词体之精雅本色而跬步不失，弱于新创，是为遗憾。

天罡星玉麒麟卢俊义　丁宁（1902—1980）

丁宁世家女而命宫磨羯，“种种不幸遭际……‘均寄之于词’”②，《还轩词》诚即“断肠人一生心事化为掩抑之声”③ 也。施蛰存于怀枫极推崇：“并世闺阁词流……以还轩三卷当之，即以文采论，亦足以夺帜摩垒。况其赋情之芳馨悱恻，有过于诸大家者”④，许为当代第一。怀枫重然诺，轻财帛⑤，又尝从武术家刘声如、黄柏年习八卦掌、技击、剑术，作《师友

① 《〈芝龛记〉题后八章》，载《秋瑾诗文选注》，人民文学出版社 2011 年版，郭延礼、郭蓁选注，第 88 页。

② 徐寿凯：《我所知丁宁先生的一些事》，载丁宁著，刘梦芙编校《还轩词》，黄山书社 2012 年版，第 141 页。

③ 扬之水：《开卷书坊·梧柿楼杂稿》，上海辞书出版社 2013 年版，第 118 页。

④ 《北山楼抄本跋》，转引自《还轩词》，第 138 页。

⑤ 指丁宁义藏恩师陈含光诗稿、捐献房产事。见徐寿凯《丁宁先生与诸大家·与陈含光》与《我所知丁宁先生的一些事·不留半片瓦，护书一功臣》，《还轩词》，第 127—128、155—158 页。

渊源录》，缕述武坛故事；从事图书馆工作四十载，数次持剑护书[①]，凛然有古侠之风，颇似“忠肝贯日，壮气凌云，慷慨疏财仗义，论英名播满乾坤”之玉麒麟。怀枫才华幽忧皆称不世，而自甘枕肱饮水，抱残守缺，临终前自作挽联云：“无书卷气，有燕赵风。词笔谨严，可使漱玉倾心，幽栖俯首；擅技击谈，攻流略学。门庭寥落，唯有狸奴为伴，蠹简相依”，能不令人发一太息！又，余乙未秋于图书馆古籍部翻阅民国词集，于罗庄《初日楼集》卷端见题字“怀枫仁姊惠存。子美[②]敬赠”，此书曩时或供于斯人案头者。遥想岁月流迁，感慨不胜。

掌管机密军师二员

天机星智多星吴用　陈小翠（1902—1968）

小翠原名璻，字翠娜，别署翠侯、翠吟楼主、空翠居士，世居钱塘，父陈栩蝶仙、兄陈定山蝶野为两代爱国实业家，兼擅文艺。母朱恕懒云、弟陈次蝶叔宝亦以诗文有声于当时。小翠于三十年代倡中国女子书画会，1949年后首批入上海画院，有文采第一之誉。小翠通人，举凡诗、词、曲、文、书、画、小说，俱造诣超卓。其为词能一空依傍，别开户牖，写少女生活则云：“双髻词仙娇不嫁。嚼蕊吹香，日日红楼下。向晚沙堤风渐大，柳丝扶上桃花马”；写情事则云：“载春船小，恰春人双个。坐近湘裙并肩可。把罗襟兜月，玉笛吹烟，风催放、鬓角素馨一朵”；咏物则云：“怕姊呵腰，恼郎题字，未觉旁人拜倒卿。华灯里，讶花开似伞，缀满明星”（《蝶恋花》《洞仙歌》《沁园春·今美人裙》句）。云霞满纸，奇句纷披，真不知何处飞来！小翠能作壮语，《解佩令》云：“燕卿金弹，信陵珠履。有多少酒人徒旅。斗大孤城，且暂把斜阳悬住。破江山，待侬来补”；《金缕曲·题迦陵集》云：“谁是知音者？猛悲歌、穷途日暮，泪珠盈把。季布千金轻一诺，不识绮罗妖冶。惭愧煞、龙门声价。十载依人厮养耳，

---

① 事见徐寿凯《我所知丁宁先生的一些事》及赵子云《舍命护书话丁宁》，《金陵瞭望》2008年第18期。

② 丁宁好友、学者周子美。

被尘缰、缚煞横空马。吹铁笛，古城下”；《羽仙歌》三首洵为旷代杰作：“旷达竟如斯，知死知生，把千古、哑谜猜着。看蝴蝶花开满山云，比坡老寒梅，一般潇洒”“一寸心灰九分烬。只蛮鞋蹴雨，絮帽披云，忘不了、天下崇山峻岭”“种树小梅花，分占青山，浑不用、大书言行。遣翠羽低低说平生，倘谥作诗人，死而无恨”。遣苏辛见之，当许异代知己。翠楼词堂庑之大，技艺之精，以书论之，则如善琏名管，墨饱笔酣，能作正、侧、偏诸锋，有雍容、姿媚、萧疏各态。小翠性孤介，离异后终身未再醮，至“文革”起，因不堪凌辱而引煤气自绝，刚烈竟如此。小翠生辰为壬寅年中秋后九日，与后主同月同日①，天纵奇才，灵襟夙慧，于后主亦不多让；而遭际之惨酷实过于后主。今我修词史，不能不拭去尘蔽，彰其姓字而还其魂魄。昔邵祖平盛赞翠楼云：“就中疑有女陈平”“聪明绝世又能豪”；我谓翠楼云：“撑住天南灵秀气”“好句能支五百年”（《金缕曲·木笔花》《人日大雪客至戏笔》句）！

天闲星入云龙公孙胜　吕碧城（1883—1943）

碧城原名贤锡，字圣因，一字兰清，法号宝莲，别署信芳词侣、晓珠等，安徽旌德人。碧城少年游津门，得英敛之赏识，委以《大公报》编辑职。又长北洋女学，旋任袁世凯秘书。中年去国，游雪山大洋间，以数十年研习佛法，宣扬护生。后逝世于香港，遗命骨灰和面为丸，投诸海中，结缘水族。碧城为人“手散万金而不措意，笔扫前人而不自矜”②，至有“绛帷独拥人争羡，到处咸推吕碧城”（缪珊如诗句）之盛景。碧城行止既奇，作词每如手采珠尘，随播寰宇，瑰迈无伦。《鹊踏枝》云：“影事花城闻冕邪。海水生寒，一夕霓裳罢。罗袜凌波归去也，遗钿坠珥皆无价。

浥透鲛绡谁与话。泪铸黄金，不为闲情洒。弹彻神弦啼玉姹，四天雷雨冥冥下”、“凤德何曾衰末世。半壁丹山，十树红桐死。哀郢孤累空引睇，微波未许微辞递。　夜有珠光能继晷。见说仙都，不作晨昏计。石破天惊成底事，闲供玉女投壶戏”，读之恍堕梵天花雨中。夫先有奇情，次生

---

① 见郑逸梅《艺林散叶续编》，中华书局2005年版，第1页。

② 樊增祥致碧城书中语。转引自郑逸梅《南社丛谈》，上海人民出版社1981年版，第140页。

奇才，再成奇人（马大勇师词《沁园春》句），碧城者，云龙暂憩于清季也，洵为千年词史异数，非仅三百年之殿军①。

掌管钱粮头领二员

天贵星小旋风柴进　叶嘉莹（1924—　）

嘉莹号迦陵，原姓纳兰，满族镶黄旗人。十七岁入辅仁大学，为顾随入室弟子，尝得“别有开发，能自建树，成为南岳下马祖”② 之寄语，厚望存焉。迦陵垂教席于海外逾三十载，返大陆后以高龄奔走南北，广开讲筵，得“叶旋风”之嘉名。又著作美富，当世仅见，“取径于蟹行文字”③ 阐释中国诗词尤为观堂后首推。迦陵一生舌耕笔种，论词每重“感发”，作词亦多寓人世海桑感，《鹧鸪天》《浣溪沙》云：“明月下，夜潮迟。微波迢递送微辞。遗音沧海如能会，便是千秋共此时”、“莲实有心应不死，人生易老梦偏痴。千春犹待发华滋”，高致遥揖苦水。

天富星扑天雕李应　吕凤（1868—1934）

吕凤字桐花，江苏武进人，赵翼五世孙赵椿年室，世称桐花夫人。桐花有《清声阁诗余》六卷，存词逾六百，为民国女词人之冠。夫妇为聊园词社成员，花朝秋夕，觞咏不绝。《诗余》出，一时雅士，咸来题辞，至有“迭霸红妆”④ 之目。栖梧食竹之凤，亦垂翼敝天之雕也。

马军五虎将五员

天勇星大刀关胜　陈家庆（1903—1970）

家庆字秀元，号碧湘，别署丽湘，湖南宁乡人，与兄家鼎、家鼐，姊

① 龙榆生《近三百年名家词选》置碧城词于卷末。

② 顾随1946年7月13日致叶嘉莹书。河北教育出版社2009年版，第6页。

③ 顾随信中语。同上。

④ 冒广生：《校清声阁诗余辄题二首》。

家英、家杰及夫徐英同隶南社。毕业于东南大学，师事刘毓盘、吴梅。后任教于安徽大学、重庆大学、上海中医学院，“文革”中受迫害致死。家庆词兼东坡稼轩之高逸，茗柯鹿潭之淹雅，堪与张默君称民国湖湘之双璧。伉俪游黄山，佳制绝多，《步蟾宫·观夷女裸泳》云：“桃花溪畔银涛冷。看洛水、惊鸿留影。千岩万壑雪飞来，正潭上、珠流玉迸。　铅华净洗余娇晕。只约略、远山难认。横波无奈使人愁，却飏下、一天风韵。”陈声聪云：“想见其风流胜赏，如天外刘樊矣。”[①] 抗战军兴，家庆闻辽吉失守，怆然作歌：“西风容易惊秋老，愁怀那堪如许！胡马嘶风，岛夷入犯，断送关河无数。辽阳片土。正豕突蛇奔，哀音难诉。月黑天高，夜阑应有鬼私语。　中宵但闻歌舞。叹隔江自昔，尽多商女。帐下美人，刀头壮士，别有幽怀欢绪。英雄甚处？看塞北烽烟，江南笳鼓，不信终军，请缨空有路。”（《如此江山·辽吉失陷和澄宇》）寄声悲慨，骨力端翔，允为词史之作。

天雄星豹子头林冲　尉素秋（1914—2003）

素秋字江月[②]，江苏徐州人。就读中央大学时受吴瞿安引导填词，与沈祖棻、王嘉懿、曾昭燏、龙芷芬结梅社，裙屐飞扬，“切磋琢磨……极一时之胜”[③]。民国三十年夏抗战方酣，素秋由赣入蜀，途中作《浣溪沙》组词，声响沉咽，气韵雄浑，可与少陵纪行诸作同观：“漠漠车尘侵短鬓，迢迢驿路走丛山。任他离恨自年年”；“向晚江风吹面凉。烟波一棹渡潇湘。行人今夜宿衡阳”；“瘴雾冥迷白昼昏。羊肠石道阻轮奔。乱山深处隐苗村”。《齐天乐》咏南京故居老杏树云：“一江南北烽烟满，惊心范阳笳鼓。六代豪华，金陵王气，都入庾郎哀赋”；“谁信芳菲凋殂。天涯倦旅。又泪堕岩荒，梦萦中土。昔日园林，杏泉今在否？”沉郁跌宕，意脉通贯，是军中内家拳法。素秋后辗转赴台，任成功大学中文系主任。自言“（词）

① 转引自《澄碧草堂集》，第82页。

② 素秋本无字，后截在梅社时诨号“西江月”为字。尉素秋：《词林旧侣》，载巩本栋编《程千帆沈祖棻学记》，贵州人民出版社1997年版，第403页。

③ 《秋声词校后记》，台湾帕米尔书店1967年版，第112页。

牵引着我个人的生命内容”[1]；“一直为了延续词的命脉，奉献其余年”[2]。汪旭初尝将沈、尉并称，为“学生中有成就者”[3]，唯素秋以遁去大陆数十年，知之者寡也。

天猛星霹雳火秦明　吕小薇（1915—2006）

小薇名蕴华，号竹邨，江苏武进人，少将吕祖绶女、吕思勉族妹。曾从唐文治、钱基博、陈衍、王蘧常学。抗战中流寓江西，后从事中、高校教学及古籍整理工作四十余年。竹邨性豪宕，能饮，“凭一腔、女儿情性，多惭名士”（《贺新凉》句），集中多势大力沉、气盛胆张之篇什，纪游定情之作《金缕曲》云：“昨夜山灵语。道姑苏、天平幽胜，待小薇去。晓起驰轮三百里，惊破空山烟雾。便谢却、人间尘土。怪石嶒崚森万戟，甚朝天、玉版奴媚主。看列阵，刑天舞。　吴宫废址今何许。上荒台、渺然四顾，凉生袂举。目极沧浪悬一棹，记取盟心尔汝。肯闲誓、明朝牛女。夭矫龙蛇影外路，共斯人、忧乐迈千古。同下拜，松间墓”。家国忧、儿女感，打叠一处，感慨邃深，稼轩见此亦当颔首。

天威星双鞭呼延灼　段晓华（1954—　）

晓华字翘芝，号颖庐，江西萍乡人，当代诗教传承重镇。2010 年与王翼奇、杨启宇、熊盛元、刘梦芙、龚鹏程同登峨眉金顶，创立持社，当选副会长。颖庐词雍容蕴藉，学人正格，尤以对句擅场：“摊书有味拈奇字，枕手无眠数阵鸿”、“草甸风轻容放鹤，桃湾水浅不胜篙”、“新欢未必婵娟子[4]，旧事难防鹦鹉哥”“蝶羽难搧新旧梦，鳞波岂送去来心”，名章俊句，层见叠出，词中好对偶尽矣。非手段高强不可擎双鞭，恐未及伤人先自伤也。《浣溪沙》云：“风挽疏帘扫碧苔。沉沉云叶阁轻雷。西园消息忍重猜。　酒后言辞偏易记，花前意绪总难回。坐听新燕语春来”，感时忧世心，居然大晏。颖庐为吕竹邨高弟子，健笔渊源有自，能掸空胭粉而不强

① 《秋声词校后记》，第 110 页。
② 《词林旧侣》，载《程千帆沈祖棻学记》第 405 页。
③ 尉素秋《梦秋词跋》，载《汪旭初先生遗集》，台湾文海出版社 1974 年版，第 137 页。
④ “新欢”为沈祖棻原句。见《涉江词丙稿·薄幸》，湖南人民出版社 1982 年版，第 100 页。

为丈夫气，唯真名士能此。

天立星双枪将董平　茅于美（1920—1998）

于美为桥梁专家茅以升长女、经济学家茅于轼堂姊。师从吴宓、缪钺，曾赴美国华盛顿大学研究院攻读英国文学，为新中国第一代比较文学学者。于美中英诗歌皆有造诣，能英译汉诗，汉译英诗①，双手写篆，鸣音百啭。《夜珠》《海贝》二集，词心莹澈，纤尘不染，情愈真，格愈古，一洗雕饰，直上花间："云浓雾薄霜风细，侬心一点分明水。水面落花轻，微波感不胜"；"泪盈双睫，低眸旋向君前说：'只缘今日春风别，草草秾华，个个先春活'"（《菩萨蛮》《一斛珠》句）。纯美如新荷垂露，摇动嫣然。《生查子》云："妾有夜光珠，采掬经沧海。悱恻以贻君，奇处凭君解。　近偶失君欢，断弃平生爱。不敢怨华年，但惜珠难再。"此等言语纳兰不曾道，秦七不曾道，子夜清歌尚在人间耶？

马军八骠骑兼先锋使八员

天英星小李广花荣　李舜华（1971—　）

舜华号复庵，江西广昌县人，华东师范大学教授。师事吕小薇，从词人颖庐、晦窗、胡马游。舜华学养深湛，为词得心应手，矩镬从容，又"自是天真""不肯垂眉"，时作"女儿疏放态"（《于网上得晦窗佳作，怅然有怀，兼寄晦窗》《秋日杂诗》《浪淘沙·辛未中秋感怀二首》句）。《水龙吟·和颖庐香江纪念馆黄遵宪词章长卷附骥以答晦窗》云："回首万峰烟暝，但疏星、乍惊还醒。良方莫诩，当时热血、尽成新病。且把芙蓉，天涯望断，野蒿初劲。要寒涛怒起，铁弓迸雪，认鱼龙影。"余者如"回首津桥惊一羽，天风吹下星如雨""等闲浇遍芙蓉土，千树桃花漫水坟""一砚如冰，奇文销尽长夜"（《蝶恋花》《鹧鸪天·上元》《探春慢》句），皆如倚竹清啸，全无俗声，得定庵、芸阁之风概，当代学人词之射雕手也。

① 茅于美有《移植集》，以英文译李清照、韦庄、李煜词；又依五古体译英国诗人华兹华斯、拜伦短诗。《茅于美词集自序》，湖南人民出版社1985年版，第9页。

天佑星金枪手徐宁　景蜀慧（1956—　）

蜀慧蜀中才女，师承缪钺、叶嘉莹，中山大学历史系教授。为词特重寄托，曲尽深心，《玉楼春》二首云："刘郎已去蓬山久。王母白云深户牖。华林园冷月将斜，劝汝长星一杯酒"；"何郎粉面堪经国。右相元功称盛德。独持杯酒向黄昏，今古茫茫风露白"。二词意象重叠明灭，难名喻指，然楚骚心事，终难掩藏，此是正中、易安未至之境①。刘梦芙谓段、景二女史"同时瑜亮，各擅灵芬，未易轩轾"②，拟之妆束，段宜青衿纸扇，景宜玄衣金簪。

天暗星青面兽杨志　刘蘅（1895—1998）

刘蘅字蕙愔，号修明，黄花岗烈士刘元栋胞妹。兄殉难方十六龄，自斯发奋治学，师从闽中名宿陈衍、何振岱。我春室俊彦毕集，蕙愔高才曼寿，领翘流辈，列"福州八才女"之首。蕙愔词多郁伊惆怅感，幽愁暗恨每从字间拂拂生。《苏幕遮·新寒》云："远山低红日坠。雁背西风，冷透相思字。倚枕行吟俱不是。只是魂销，暗洒无声泪。　绕疏林，窥浅水。秋在湖心，人在黄昏里。绝好新寒诗味美。我的心头，这是何滋味。"末句白话一字千钧，堪继武易安。

天空星急先锋索超　李蕴珠（1958—　）

蕴珠号猗竹阁主，甘肃天水人，供职卫生部门，学诗词于张举鹏、文怀沙、袁第锐。蕴珠词情深辞秀而能贯以法度，如《金缕曲·送别》之"情字难图画。问从来、有谁量过，相思尺码"、《木兰花慢》之"侬知。是桃花，沾惹旧相思。忍把长亭寄语，无端写上墙西"，皆妍丽新警，动人心旌。《酹江月·解读〈普罗米修斯受难的一日〉》突作弦歌变徵："高加索冷，有群鹰、啄食殷殷心血。欲使人间知黑暗，窃火照红妖孽。皓月

---

① 蜀慧自言"倚声偏爱冯正中、李易安"。《二十世纪诗词文献汇编·词部第一辑第三册》，巴蜀书社2009年版，第30页。

② 刘梦芙：《冷翠轩词话》，载刘梦芙编选《二十世纪中华词选》，黄山书社2008年版，第1876页。

清霜，丰城剑气，万里寒光彻。铁窗孤胆，壮怀能向谁说。　强权主宰黎元，千年一慨，抗手真豪杰。饮弹从容奇女子，冷眼不图昭雪。填海移山，补天逐日，青史彪英烈。沉吟抚卷，望空涕泪如泄。”壮音发越，声震梁尘，识才胆力，迥不犹人，凭此一阕可名垂词史矣。

天捷星没羽箭张清　张珍怀（1916—2005）

珍怀别署飞霞山民，浙江永嘉人，张之纲女。受古文学于王瑗仲、钱仲联，问词于夏敬观、龙榆生、夏瞿禅，长期从事教学及古籍整理工作。珍怀词名夙著，为诸大家推挹，以陈兼于“清真二窗之间，而时有新题新意，谱时代之新声”①最为的评。珍怀《减字木兰花》咏外星文明云：“夜空灿灿，银汉无声球似霰。几万光年，智慧高峰在那边。　九霄云外，一颗星辰一世界。贝阙珠宫，多少鲛人碧海中。”又《齐天乐》咏荷兰水仙云：“尘生罗袜重洋渡，依稀洛滨流盼。翠羽明珰，丰肌素靥，舞态新翻胡旋。惊鸿已倦。讶淡伫禁寒，异邦幽怨。”雅洁明快，举重若轻，逸思妙想，一时齐飞，所谓飞花摘叶，皆能制敌。

天满星美髯公朱仝　李静凤（1964—　）

静凤字羽闲，斋号散花精舍、褪红簃，网名青凤。青凤为词令慢俱擅，情格兼美，涉网十数年来，以雅厚深挚誉满词界。网间婉约词沉沉夥矣，青凤词则气质殊异，一望而知。盖婉约真境，必先吐纳重大、经营沉郁而后至，如积旬秋茧方能抽出细丝，沾衣微雨须先酿自彤云。青凤之婉约，是学思才性融通所致，固非率尔操觚、腕力纤弱者可及。青凤兼修内外，深于昆曲、古筝、书画慧业，冰心光莹（《玉漏迟·咏镜湖桃花水母》句），或得俊助。

天微星九纹龙史进　发初覆眉（1985—　）

发初覆眉本名许方冬子，另有马甲书生骨相、素手把芙蓉等，上海崇

① 刘梦芙编校：《飞霞山民诗词》，黄山书社2009年版，第14页。

明人，现供职东航。少年甫涉网坛，即予人惊艳之感[1]。刘梦芙《二十世纪中华词选》选百年词人凡八百三十八家，小眉乃“题名处最少年”。《空花》《后身》《天涯清露》《小淹留》数集存词凡三百余，多为抒写一己幽怀之作。发初覆眉词能熔冶文言、白话、西哲、佛家语，而以女子兰息徐徐吐之，空灵清发，罕有俦匹，在气则深秋，在花则白莲，“不似人间笔触”[2]；又拟为姑射仙人，风袂飘举，每一顾盼，则观者魂为之夺，如入琉璃世界。近年词作多打入身世感，味遂转厚。发初覆眉非仅筑网词园圃一隅，更以开创审美范式之功于网间众姝丽中脱颖而出，故成现象级名手。《西厢记》云：“幽僻处可有人行？点苍苔白露泠泠。”余观今词界，自小眉之出，于苍苔小径目送芳尘、心摹手追者，真不知凡几也。

天究星没遮拦穆弘　问余斋主人

问余斋一名贺兰雪，七十年代生人，任“秋雁南回”论坛诗词版版主、网络诗词百花潭潭主等职。问余作诗极快，人称“人工作诗机”[3]，自谓“诗能一日百首，各进六十篇”（《水调歌头·自嘲》句），故存词绝多，大抵峭拔历落，劲装迫人，每有湖海楼雄风。《满江红·杂咏五首》最称纵横捭阖，映带连环：“收长叹，钳恨口；刚易折，柔难守。遇釜下无焰，由他燃豆。欲换清肠移傲骨，祝黄天厚青天寿。酒醒时、愁海正茫茫，羲鞭朽”；“长乐老，兴亡计；王谢宅，闲歌吹。算桃根种后，易成萍柢。无用书生休击楫，消磨忧国文章事。到头来、有恨岂堪言，空中字”；“春不见，天雨粟；秋不见，苍生足。只欢歌唱似，故陵名曲。北毒南船西陕水，更深恻恻鬼听哭。愿明堂、富贵迫人来，时扪腹”。问余交游最广，慷慨好饮，网人尊之曰“女孟尝”。青凤谓“大气浑涵，清刚劲峭，略无脂粉习气”、绍兴师爷谓“若怒潮欲举，铁骑将

① 刘梦芙《冷翠轩词话》：“徐君晋如云网上有少女名‘发初覆眉’者，为词绝佳。余询秦君子云，亦谓彼姝之词，极有灵气……善写锦瑟华年之情思，芬馨悱恻，而炼语殊新，慧心自运……固非小有浮才，妙手空空者可及。”转引自刘梦芙编《二十世纪名家词选》，黄山书社2008年版，第1984页。

② 网文《发初覆眉词的艺术特色》，作者“松鼠吃松鼠鱼”，引自微信公众平台“诗歌大观”。

③ 苏无名：《网络诗坛点将录》。

腾”，嘘堂“以其同声同气”，许为“近代最好的女诗人”“网络诗坛，离开她去谈则毫无意义”①。

马军小彪将兼远滩出哨头领一十六员

地煞星镇三山黄信　蔡淑萍（1946—　）

淑萍为四川营山县人，“文革”中受家庭牵连，未准大学录取，被迫回乡务农，旋以生计赴新疆阿勒泰地区兵团农场劳作十七年。返乡后供职重庆民盟部门，任中华诗词学会常务理事、《中华诗词》杂志特约编审等。淑萍词善写西疆生活经历：“狼食狐偷经夜守，苇棚篝火月如纱”“羊儿扒雪觅衰草，我拾枯枝烤冻馕”“斜日。晚风急。正两两三三，牛马归匿。苍茫大地思无极。待雁字重到，雪原新碧”“炎日彤云，疾风飘雪，素毡白草黄沙。看长烟落日，听怨管悲笳。怎堪异、秦关汉月，蹒跚步履，枯骨饥鸦。叹驼铃，如诉声声，魂断天涯”（《小秦王·忆往事》《兰陵王》《扬州慢·戈壁车行感怀》句），苍凉悲郁，文姬嗣音。杨启宇赠诗云：“已惯人间行路难，风波历尽自心宽。狼河归梦清霜冷，鸡塞栖身毳帐安。词笔信能摅愤懑，萍踪端不负吟冠。铿锵掷地开诚语，恐有男儿带愧看。”淑萍“少当劫乱”，“老际承平”（《浣溪沙》句），坐镇巴蜀词坛。

地勇星病尉迟孙立　王筱婧（1931—　）

筱婧别号青女，福建福州人，毕业于上海外国语学院，后供职福建师范大学。六十年代初得夏承焘激赏，并以通信形式受业于龙榆生，为其私淑高弟子②。《金缕曲·邓拓同志逝世廿周年纪念》云：“忧国书生事。记东林、头颅掷尽，茫茫劫里。三百年来花开落，何意重逢天圮。星乱陨、红羊祸起。万丈罡风吹血雨，问避秦、可有容身地？千载恨，倩谁记。

家山故宅今犹是。想明朝、功成四化，策勋情味。华表归来回首处，猿鹤沙虫俱已。但左海、英灵长识。欲话燕山新消息，向夜台、秉笔应无

① 嘘堂与笔者谈话中语。

② 转引自施议对编纂《当代词综（四）·小传》，海峡文艺出版社2002年版，第2002页。

忌。还更吐，浩然气。”筱婧词“堪称八闽之秀”，“却不轻易出示于人”①，不意笔力勇锐有如此。

地杰星丑郡马宣赞　郭坚忍（1869—1940）

坚忍原名宝珠，字筠笙，江苏扬州人，清民际女杰。光绪维新后，坚忍率先放足，首倡女子不缠足会，宣扬平权思想。尝与秋瑾通函交好，鉴湖殉难后，改名坚忍，字延秋，以继承秋瑾遗志自任。坚忍一生兴办女学，“亘数十年弗衰”②，为中国现代教育先驱。坚忍词擅长调，《满江红·自题停琴拔剑小影》云：“一表英风，只应是、绘图麟阁。却缘何、钗环巾帼，潜藏绣幕”、“长啸处，天惊愕；生铁铸，今生错”，激切耿介，透发淋漓，鉴湖流脉。

地雄星井木犴郝思文　刘韵琴（1884—1945）

韵琴为刘熙载女孙，“九岁能诗，及笄文名藉甚”③，尝旅居马来亚、日本。归国后聘任上海《中华新报》，为中国首位女新闻记者④，以冒死笔伐袁世凯、袁克定闻名。擅以杂文句法入词，《金缕曲·时有假余名投稿于某报者，作此以质之》云：“心地明如雪。转嗤他、须眉巾帼，供人愉悦。女界闻名参特识，谁谓人皆贤哲。独词藻、妍媸能别。尽尔妖魔鸣得意，比寒蛩、徒自吟呜咽。蝉饮露，惟高洁。　寻章摘句拚心血。费无限、揣摩简炼，低回曲折。男子才华须磊落，下笔力同屈铁。何屑效、香闺一辙？大雅骚坛供鉴赏，信品评、月旦非虚设。问叶否，音和节”。周退密题《韵琴诗词》云：“自是文坛不栉才，丰城剑气肯长埋。大家若使生今日，定有雄篇动地来”，与平江不肖生“横扫千人军”之评语异代同心。为越轶文学批评之性别樊篱，特擢为地雄星。

---

① 黄建琛：《养心斋文存·词林遗珠拾翠》，自印本，第54页。

② 杜召棠：《再记郭坚忍》，载陈保定编《郭坚忍纪念文集》，2014年自印本，第30页。

③ 兴化任厚康女士语，转引自李西亭《近代女作家刘韵琴传略》，载《韵琴诗词》，武汉工业大学出版社1996年版，第1页。

④ 《中华新报》记者陈荣广《韵琴杂著序》：“吾国女界能以文字托业于新闻，影响政局，启迪人群者，当推刘女士韵琴始矣。”同上。

地威星百胜将韩韬　苏些雩（1951—　）

些雩祖籍广东虎门，生于广州，早年拜朱庸斋学词。分春馆老人论词尚醇雅，些雩能亭亭独立于侪辈外，自成一格。其词隽快明朗，善融入现代语汇情感，读之如乘轻舟过重山，有寓目骋怀之乐。《忆少年·昙花》云："三分是雪，三分似月，三分如酒。青山待梦醒，捧琼卮相候。　撷取浮云留永昼，这星空，也曾拥有。清芬任一刻，亦天长地久。"《夜游宫·往游丹霞山途中因交通阻塞，车不能前往，遂乘夜徒步廿余里。天黑路滑，时雨时晴，汗雨淋漓莫辨，作此以记》云："闻道丹霞似画。急急地、兼程连夜。我约流萤早迎迓。笑鸣虫，向林间，吹打打。　路在天之下。人世间、行行行也。历雨经风跋涉者。有晨星，在高山，遥遥挂"，风度襟怀堪与东坡相视而笑。

地英星天目将彭玘　梁雪芸（1948—　）

雪芸原名雪卿，广东南海人，现居美国。雪芸亦分春门人，其《浣香词草》婉丽雅正，逼肖古人，如同记风雨夜行，神貌即与些雩迥异："年年春事惊如梦，花飞又成春怨。海市迷烟，珠灯隐雾，怅触高城临远。芳菲漫恋。正骤雨催愁，子规声变。薄幸东皇，尽教残絮逐萍转。　春魂今夜甚处，纵行人满陌，春去谁饯。撼树雷骄，连川草湿，凄断。离巢莺燕。孤悰暂遣。任年少伤春，鬓蓬飘倦。遍拍栏杆，暮潮天外卷"（《台城路》）。梁、苏二女史一守正，一生新，春兰秋菊，各足风流，接绍分春余韵。

地奇星圣水将单廷圭　谷海鹰（1968—　）

海鹰居津沽，受业于王蛰堪。吟咏之外，耽于习医礼佛，自云"曾疑宿世比丘身，错念堕红尘。依稀梦里，浮沉影事，渺渺溯前因"（《少年游》句），集名《捞月》盖取自《法苑珠林》。海鹰词得白石冷香，字字濡冰沃雪，读之凉侵腠理："冻云垂雾，流霜荐瓦，黄昏庭角。细检寒丛，枝老不禁香萼。谁怜寂寞。恨久负、孤山梅鹤。凝眸处，月华仍照，那时衣着"；"漏声断续，寄古寒、蟾光细抚檐棂。春恼残冰，客伤迟暮，难消雾冷烟零。梦谁肯醒。恁醉迷、槐穴风灯。叹年涯、镇逐萍波，践霜迎雨苦兼程”。然非冷眼观世者，殷殷忧生之心多有流露：“轻舒蝶翅绕须弥，千江一苇凭谁渡”、“一自鸿蒙开巧睫，无端轮转滔滔孽”，有观音大士杨枝洒水之概。

地猛星神火将魏定国　周燕婷（1962—　）

燕婷号小梅窗，广东顺德人，熊东遨室，张采庵词弟子。广东师范学院物理系毕业，从事中学教育至今。燕婷当代婉约名手，为词谨守要眇宜修之体，深具女性美。《高阳台》云：“白玉阑边，碧桃花下，那年初解相思。欲赠琼瑶，惊风轻皱春池。飞鸿夜夜西窗过，隔窗纱、梦影低迷。梦醒时、檐角勾留，一撮柔丝。　　人间不是忘情地，正斜阳脉脉，垂柳依依。半掩梨门，东风几度徘徊。倩谁问取情何物，总为伊、瘦损双眉。怎消他、花满楼头，月满桥西。”温柔馨逸，尤为人道。燕婷伉俪以诗词为生活方式，与王蛰堪、魏新河、苏些雩诸名家往来酬唱，极一时风雅。

地辟星摩云金翅欧鹏　飞廉（1982—　）

飞廉本名张印瞳，江苏无锡人，生于沪上，长于纽约，故笔下驱遣东西古今，奇采异质有过于添雪斋者。《千秋岁引·赋云并寄非烟》云：“或作雷霆长恣略，或御沧浪从冰魄。宿雾朝霞任相托。虚空绽成光影梦，娑婆谢在光明萼。此无生，亦无着，何当缚”，驰想无极如抟风扶摇而起，网间开新一派骁将。

地阖星火眼狻猊邓飞　灏子（1968—　）

灏子本名汪顺宁，西方美学博士，现任上海财经大学副教授，有《廓尔集》。灏子词得益于所学，色彩光影感如印象派画，具“幽花静瓶”（《太常引》句）之美。方之网络仝人，则格应在添雪斋、独孤食肉兽间。《一斛珠·明晨谷雨》之“素坛鸟骨沉篑管”、《减兰·夏日雨后的窗前盆花》之“褐灰栀子，殓迹收香开后死”、《疏影·绿旗袍》之“光影如禅似定，有黑猫醒坐，空里游息”，皆诡靡幽艳，令人称异，堪与飞廉称添雪氏麾下两副帅。

地强星锦毛虎燕顺 王兰馨（1907—1992）

兰馨号景逸，广东番禺人。北平师范大学毕业后辑历年所作词百五十首为《将离集》。兰馨词绝似南唐北宋人，如缀诸名家成锦章："雨过月华清，小院人初静。一桁疏帘宛地垂，飞过杨花影"，虽三影郎中不能过也；"年年此地红心草，斜阳荏苒侵幽道。三面藕花风，阑干黯淡红"（《卜算子·用东坡韵》《菩萨蛮·游颐和园》句），虽山抹微云君当袖手也。唯以历经劫波，晚年之《晚晴集》已大不复先前之貌。兰馨为新文学家李广田室，与沈从文、冯至多有交往。广田不作旧诗，兰馨不涉新诗，各守乃业，俱有所成。

地明星铁笛仙马麟 张充和（1914—2015）

充和为合肥张武龄氏季女，天资颖悟，兼有郑虔三绝，尤以昆曲名噪当时。抗战时供职陪都教育部礼乐馆，《思凡》一曲，名动山城。尝私淑于沈尹默，从章孤桐、卢冀野、汪旭初、姚鹓雏诸公游。1949 年后偕夫赴美，从事昆曲教学研究，以百二高龄谢世。其人其词绝去凡响，风神洒落，见之出尘。平生第一咏物佳制《临江仙·桃花鱼》云："记取武陵溪畔路，东风何限根芽。人间装点自由他。愿为波底蝶，随意到天涯"，摹神取髓，非庸庸词匠辈可及。郭频伽《词品·高超》云："潇潇秋雨，泠泠好风。即之愈远，寻之无踪"、"众首俯视，莫穷其通。回顾薮泽，翩哉蜚鸿"，此之谓也。

地周星跳涧虎陈达 杨庄（1878—1940）

杨庄字叔姬，杨度妹、杨钧姊，少以诗文闻名乡里，与兄、弟合称"湘潭三杨"。叔姬学诗于王闿运，后适其四子代懿。《湘潭杨叔姬诗词文录》录三十岁前作品，同门齐璜为署签。杨皙子为"中国近现代史上第一'变形金刚'"[1]，叔姬一生亦数度于新旧界河两岸踟蹰往还，如跳涧然。

---

[1] 马大勇师：《二十世纪诗词史论》，时代文艺出版社 2014 年版，第 54 页。

地隐星白花蛇杨春　罗庄（1896—1941）

罗庄字瘖生，一作婺琛，又字孟康，浙江上虞人，罗振常长女，罗振玉女侄，周子美继室。孟康笄年习作诗词，积《初日楼集》二卷，朱彊村、况蕙风、王国维诸老见之，共讶笔力重大，称异者再。孟康自矜遗民，又以早逝，致声名未传后世也。

地暗星锦豹子杨林　吕惠如（1875—1925）

惠如原名湘，行名贤钟，以字行，圣因长姊[①]，“工书画，善诗词……为人婉嫕淑慎”[②]，“邃于国学，淹贯百家，有巾帼宿儒之概。主持姆教，长江宁国立师范女校有年，人多仰其行谊”[③]，身后龙榆生为遍征海内，得遗词数十篇。惠如词怀抱高华：“似闻鹤语空山，忍寒餐雪，总不向红尘飞到”、“独立水云侧，似信天翁鸟，饥守蒹葭”，深具风人之旨；“满袖落梅风，吹笛石头城下。杨柳小于娇女，倚赤栏低亚。
六朝金粉飘零，燕子伤心话。剩有齐梁夕照，罨青山如画”（《祝英台近》《忆旧游》《好事近》句），笔法酷肖迦陵。点惠如为杨林，盖锦豹子为入云龙介绍入伙之唯一一条好汉也。

地空星小霸王周通　宋亦英（1919—2005）

亦英又名梅，皖南歙县人，毕业于苏州美专，四十年代参加共产党地下工作，1949 年后以画艺供职美术部门。以早年革命经历故，诗词“富于战斗气息”[④]，多作昆冈裂石之声。《满江红·读烈士事迹有感》云：“怒发冲冠，问此是、人间何世？有多少，一字倾家，一言弃市。真理斗争人有几，英雄末路空垂泪。恸丹心碧血委黄沙，谁之罪？　天地转，群魔

① 二姊美荪亦有诗名，与碧城不睦。碧城《惠如长短句跋》云：“（长姊）殁时，家难纠纷，著作湮没，遗稿之求，列入讼案，盖与遗产同被攫夺，亦往古才人所未闻也”，即指美荪侵占遗产事；《晓珠词》中亦有“情死义绝”“萁豆煎催”语。转引自《二十世纪中华词选》，第 1641 页。

② 蔡嵩云：《惠如长短句附识》。转引自《二十世纪中华词选》，第 1640 页。

③ 吕碧城：《惠如长短句跋》，载《吕碧城集》，第 237 页。

④ 刘梦芙：《二十世纪名家词述评》，第 304 页。

溃；云雾散，风光媚。喜沉冤昭雪，石人飞泪。此事此情人共奋，何时何地无此例。乞杨枝水洒一般匀，山河翠。”亦英自言平生秉持“诗言志”，不蹈袭古贤，不拘于格律，“情有所触，笔有所抒”“我之为我”①，然因性情学养未臻高境，诸作多伤于质直空疏而诗意略欠。盖“真我”与“老干”仅一步之遥，诗与非诗则判若云泥矣。

步军头领一十员

天孤星花和尚鲁智深　刘柏丽（1928—2001）

柏丽原名伯利，湖南长沙人，为水利部天津勘测设计研究院英语副教授，学通中外，著作甚夥。柏丽词如巨川海波，灌注潆洄，不假拾掇，笔墨淋漓；又如新磨禅杖，精光照人，脱手而出，气力千钧，堪与苏、辛、刘、陈及清季诸家相视而笑。《贺新郎》云：“我是杂家穷摭拾，不耐烦、两句三年得”，快人奇语，亦似鲁达声口。试题《水调》于其《郁葱葱室词稿》卷末：“伯也何利者，一起百代颓。弹下满身蟫屑，大踏步出来。天遣掌纶铁手，昨夜河图秘授，云气漫鸾台。生男不足许，未近谢家才。　陈迦陵，辛老子，谁复侪。要向君词湔洗，章句古莓苔。谪到曹郎司业，管领清都山水，万夫莫能开。兴至偶咳謦，东海涨碧埃。”

天伤星行者武松　冯沅君（1900—1974）

沅君原名恭兰，后改淑兰，字德馥，冯友兰、冯景兰胞妹，陆侃如室。沅君早岁熏沐“五四”风潮，以新文学家名世，然亦不废旧诗，笔名沅君即出自《湘夫人》。三十年代获巴黎大学文学博士学位，此后专事古典文学教研，著有《张玉田年谱》《古优解》等。沅君《四余词稿》《续稿》存词百篇，风调出入稼轩、白石间。佳制如《点绛唇》组词：“风定云开，远林推上明明月。扁舟如叶，稳泛蛟龙窟。　隐隐前村，渔火明还灭。沧海间，人天悲郁，一啸千岩裂”；“拔地孤峰，濡毫须用如天纸。

① 宋亦英：《宋亦英诗词选后记》，安徽人民出版社 1983 年版，第 223 页。

长天如纸，不尽沧桑意。　　冻雨飘风，袖底重云起。群山外，晴空无际，偷得哥窑翠”。清刚劲健，牢落不群，是绮罗队中掉臂独行者。

天异星赤发鬼刘唐　添雪斋（1976—　）

粤人添雪斋以妖异独造驰名网间，其荒寒诡谲远倍于郊岛。一入添雪国，品添雪辞，则如溺梦魇，如闻梦呓。遍检前贤词论，唯杨夔生“畸士羽衣，露言雷喧”（《续词品·独造》）之语差可拟之。添雪斋喜作僻调，尝以《白雪》自寿、《催雪》自序，以《踏歌》咏希腊神话之卡珊德拉、美狄亚，洵美且异。余初读《影青词》，至“微灯鳞火是耶非，累累冰凌依骨叠”“燃尽骨为灰，乱雨千丝做褐衣。翻野据梧孰与睹，忘归。魂梦如花错落飞”“迷迭香和玫瑰色，缀白纱七十年如雪。覆你我，终同穴”（《木兰花令·冷灰日》《南乡子》《贺新郎·埃利斯》）句，辄诧为鬼语。当是时，冷雨敲窗，残焰昏昏，悚然掷卷，不能卒观。

天退星插翅虎雷横　丁小玲（1947—　）

小玲浙江嵊县人，下放十年，企业退休。四十后始知诗，“口生疮，肘成胝，抄诗不辍”，自云作诗词“未敢有所期，风铎自鸣，孤怀自宣而已”①。因恨“生不在，男儿列”，自号曰半丁。半丁集中《浣溪沙》《临江仙》特多，隽句如“枨触奇愁开倦眼，沉吟大月漫长堤”“海月一轮看李白，寒花万朵说黄巢”“一女投炉剑始出，千金买骨梦诚痴”“子规思小杜，虫梦响深山”“好山藏慧业，风叶是平生”“晚来双燕子，轻剪一行烟”“古今多少梦，南北往来舟”，皆苦心扪剔而后工也。

天煞星黑旋风李逵　张默君（1883—1965）

默君初名昭汉，号涵秋，以字行，湖南湘乡人。默君性颖慧，弱岁已颇可观，后游学上海，龚炼百、黄克强奇之，挽入同盟会。默君与秋瑾交称莫逆，尝阴护其党人，所全非一。辛亥之役，父张伯纯举事苏州，默君制长幡盈二丈，擘窠书“复汉安民”，树北寺浮图顶，数里皆见之。又主

① 丁小玲：《半丁集》，南京出版社2014年版，第4页。

《大汉报》，创办神州妇女协济社、神州女学，鼓吹民治，进导女权。游于欧美时闻巴黎和会将不利，与留学士子奔走呼号，吁恳我代表退席。国民政府甫建，历官杭州教育局长、立法院立法委员、考选委员。默君持文衡最久，树人最多，又以为人率直伉爽，光风霁月，海内识与不识，皆呼先生。内战后赴台，仍任职教育界。默君以诗词文章雄于时，《红树白云山馆词》尤高蹈绝俗，啼笑百端，格最近同世易哭庵。《玉簟凉》云："晶箔飘灯。正梦瘦梅花，月浸空庭。霜钟摇古怨，况雪意沉冥。红墙银汉缥缈，旧阆苑、髣髴曾经。云路冷，甚玉鸾啼处，哀断长更。　平生。当筵说剑，浮海赋诗，游侠肯误功名。鱼龙看变幻，指弱水膻腥。青城幽话未已，忽化鹤，足乱繁星。花雨外，响九天，横展修翎。"邵瑞彭题序曰："……惊采壮志，辚轹千古……默君本非常人，值此非常之境，复葆此非常之才之学，求诸彤史，绝无伦比……世有善知识，慎勿以古来闺秀相提并论，庶几可以读默君之词矣。"①

天巧星浪子燕青　周錬霞（1906—2000）

錬霞原名紫宜，又名茝，字霱，号螺川，笔名忏红等。少年移居上海，从郑德凝学画，蒋梅笙学诗，朱古微学词，与陈小翠、顾青瑶、顾飞等共举中国女子书画会。錬霞词妙趣天成，性灵四溢，真如敲冰戛玉，诵之满颊生香，令人辄生"美人才地太玲珑"之叹。有论词者云："碧城姿首仗严妆，子苾犹薰漱玉香。若比灵心与仙骨，都教输与錬师娘。"② 咏馨楼主《近百年词坛点将录》擢螺川词人为双枪将董平，眼光如炬。錬霞美姿容，善应对，只身周旋沪上文化名流间，有索诗词者，当筵立就。更兼"咳珠唾玉，妙语迭出"③，故"鬓眉衮衮，奉手称臣"（宋训论词《沁园春》句）。迨红羊劫起，陈小翠、庞左玉相继自尽，錬霞勉力维生，始终不肯揭发他人，后竟以"但使两心相照，无灯无月何妨"句见诬，被殴打至一目盲。遂请友人代刻"一目了然""眇眇兮愁予"二印解嘲，旷达乃

① 冯乾编校：《清词序跋汇编（第四册）》，凤凰出版社2013年版，第2136页。

② 柳茺：《螺川韵语辑》，载《诗铎（第二辑）》，复旦大学出版社2012年版，第379页。

③ 刘聪著辑：《无灯无月两心知——周錬霞其人其诗》，北京出版社2012年版，第39页。

尔。八十年代赴美与家人团聚，瞽目复明，寿至耄耋。《水浒》七十四回起首单道着燕青云："他虽是三十六星之末，却机巧心灵，多见广识，了身达命，都强似那三十五个。"此番好言语，移誉鍊霞可也。

天牢星病关索杨雄　汤国梨（1883—1980）

国梨字志莹，号影观，章炳麟室，二人由征婚结合，太炎畸人，多赖相侍①。国梨自言："老先生声名盖世，虽擅诗文而不屑于词曲，我之习倚声，亦有意以示非倚傍老先生者"②，身后之名终未为夫所牢笼。夏夫子谓《影观词》"幽深绵邈"③"婉约深厚"④，细味其"木叶飘摇风不息，残阳影里啼乌集""漫说花灵憔悴，终怜月魄荒唐""支离双泪眼，憔悴一生心"（《蝶恋花》《菩萨蛮》《临江仙·时上海已沦陷》句），佳处则每在含颦衔怨、因病生妍。太炎有奇语云"人之娶妻当饭吃，我之娶妻当药用"，讵知国梨夫人亦一病词女耶?

天慧星拼命三郎石秀　盛静霞（1917—2006）

盛静霞字弢青，扬州人，受业于汪辟疆、吴梅、唐圭璋。汪旭初云："中央大学出了两位女才子，前有沈祖棻，后有盛静霞。"⑤ 弢青特擅歌行，尝以新乐府四十首充毕业论文⑥，《大刀吟》《哀渝州》《壮丁行》诸作诚具诗史之高度。弢青词仙心秀骨，好句纷披："粉蝶飞迷千里路，落花飘下一声钟"、"月易朦胧天易妒，人间别有烟与雾"、"恒沙流尽天难老，烧

---

① 黄朴《影观词序》："大家相先师太炎先生，出处语默之大，米盐酒脯之细，宾萌酬酢之烦，靡不辨色审音，曲尽其道；既又迎奉太夫人，左右无违，南陔戒养，白华自清；所以移风易俗者，可谓能务其本矣。"《文教资料》2000 年第 4 期。

② 徐复：《影观词前言》，转引自《二十世纪中华词选》，第 1678 页。

③ 《影观词序》，载《影观词》，《文教资料》2000 年第 4 期。

④ 《章夫人词集题辞》。转引自《二十世纪中华词选》，第 1678 页。

⑤ 蒋礼鸿、盛静霞：《怀任斋诗词·频伽室语业合集》，香港天马图书有限公司 2004 年版，前言页。

⑥ 蒋遂《粉蝶飞迷千里路，落花飘下一声钟：盛静霞的诗意人生》："转眼间，盛静霞就要毕业了，她一向怕写论文，于是向汪辟疆先生征求意见说：'可否以四十首《新乐府》代替论文?'汪先生说：'别人不可以，你可以'。"杭州市政协文史委员会编《之江大学的神仙眷侣——蒋礼鸿与盛静霞》，杭州出版社 2012 年版，第 17 页。

痕暗发原头草”、“秋风不皱星河水，闲庭一霎愁无已”（《蝶恋花》《菩萨蛮》句），迷离倘恍，思致飘然，慧心若此。弢青为天风阁弟子蒋云从室，夫妇琴瑟甚笃，以诗词文章相濡沫，如频伽灵鸟交颈相鸣，学林佳谈。

天暴星两头蛇解珍　徐自华（1873—1935）

自华字忏慧，号寄尘，别署秋心楼、语溪女士，浙江崇德人。同盟会、光复会会员，南社社友。寄尘为秋瑾义姊，尝倾奁中黄金三十两助其起事。秋瑾赴义后，与吴芝瑛冒死为之营葬。后筹办秋社，主持祭奠，死保秋坟。又职掌竞雄女校，以志秋魂。寄尘于南社文名藉甚，诸宗元径题其词卷云：“我读闺秀词，昔嗜庄莲佩。我读近人词，今慕徐忏慧。”忏慧集中固多悼秋侠篇什，复以豪侠之气格工于侧艳小词，是多面人生之写照。寄尘雅人义士，集句作赞：秋风秋雨愁煞人，河梁分手欲沾巾。古来圣贤皆寂寞，多谢诗人为写真（顺次为秋瑾绝命残句、张耒《出京寄无咎二首其二》、李白《将进酒》、陈维英《太古巢记事》句）。

天哭星双尾蝎解宝　徐蕴华（1884—1962）

蕴华为自华胞妹，字小淑，别字双韵，别署月华、曾立雪人，同盟会、光复会会员，南社社友。小淑自幼受姊课，及长拜秋瑾、陈去病为师。上海爱国女校肄业后，膺教职近三十年，抗战中为拒伪职，流寓浙沪间。小淑才华不逊乃姊，柳亚子并举曰“玉台两妙”“浙江两徐”①；鉴湖亦赠诗云：“丽句天成谢道韫，史才人目汉班姬。”小淑有《金缕曲》题寄尘《忏慧词》：“漱玉清音歇。可颉颃、女儿溪畔，犹留词笔。慧业忏除焚稿矣，黄鹄歌成凄绝。更又是、掌珠坠失。身世茫茫多感慨，抱愁怀、天地为之窄。谁解得，词人郁。　　残山剩水悲家国，最伤心、秋风秋雨，西泠埋骨。风雪山阴劳往返，今日只留残碣。叹一载、空喷热血。造物忌才艰际遇，剩裁云缝月《金荃集》。恐谱人，哀弦烈。”哭秋悲姊，感时伤己，兼而出之。

① 柳亚子1936年拟《文坛点将录》，其中天罡皆为南社、新南社成员，亦点寄尘、小淑为解珍、解宝。

步军将校一十七员

地默星混世魔王樊瑞　薛绍徽（1866—1911）

绍徽字秀玉，号男姒，福建侯官人，适同乡陈寿彭。寿彭福州船政学堂毕业后留学欧洲，获系统西方教育，绍徽由此颇得西学浸润。戊戌变法中，绍徽积投身上海女学运动，创办女学会、女子刊物、女学堂。变法败，退与寿彭合作编译西方文史、科技著作，编辑报刊[①]，凡尔纳之《八十天环游地球》首部中文译本即薛、陈夫妇所作。寿彭游学时尝以海外珍玩寄妻，绍徽遂着意拣选词调，填词回赠。《绕佛阁·绎如夫子由锡兰寄贝叶梵字佛经填此却寄》《穆护砂·绎如又寄埃及古碑拓本数种用题以寄》《八宝妆·绎如寄珍饰数事》《十二时·金表》诸作，无不协调圆融，文藻斐然，有凿通之妙。梦苕翁许绍徽诗为"闺阁中大手笔"[②]，观其词作，诚可随其笔致神游列国也。

地暴星丧门神鲍旭　杨令茀（1887—1978）

令茀名清如，江苏无锡人，名士杨宗济小女、杨味云妹。自幼受新式教育，通法、英、俄文字；又以家学沾濡，诗古文辞深入堂奥。从兄游辇下时，为逊清诸老陈弢庵、樊云门、张季直交口称誉，袁世凯延为子女教读[③]。令茀以画艺名世，曾任北平、沈阳两地故宫博物院画师。"九一八"事变后，日本遣间谍相笼络，令茀慨然书"关东轻弃千钟禄，义不降日气节坚"，去国流亡。经德国，逢画展，其水墨花鸟为希特勒所喜，强请题款。遂以中文题"致战争贩子"，飘然而去。令茀侨居北美四十余年，逝世后将毕生珍藏文物捐献祖国。词有《莪慕室诗余》，曾作《水龙吟》留别武英殿、《金缕曲》重别武英殿，遗民心绪颇浓重。令茀一生传奇，点

---

① 钱南秀：《薛绍徽及其戊戌诗史》，载［加］方秀洁、［美］魏爱莲编《跨越闺门：明清女性作家论》，北京大学出版社 2014 年版，第 287 页。

② 《近百年诗坛点将录》，载《当代学者自选文库·钱仲联卷》，安徽教育出版社 1999 年版，第 684 页。

③ 郑逸梅：《杨令茀诗、书、画三绝》，《郑逸梅选集 6》，黑龙江大学出版社 2001 年版，第 597 页。

为丧门神，以彰其爱国之忧、反战之勇，非恶谥也。

地飞星八臂哪吒项充　康同璧（1889—1969）

同璧字文佩，康南海次女。梁启超《饮冰室诗话》载其“研精史籍，深通英文……孑身独行，省亲于印度，以十九岁之妙龄弱质，凌数千里之莽涛瘴雾，亦可谓虎父无犬子也”①。同璧随父历游海外十余国，自作诗云：“若论女士西游者，我是支那第一人。”同璧于乃父思想宣传最力、维护最坚，为民国女界领袖，曾任万国妇女会副会长、中国全国妇女大会会长。新中国成立前夕任华北七省参议会代表，与人民解放军商议和平解放北平事宜。后于数次政治运动中逐渐边缘化至失声状态，昔时俊杰，晚景凄凉，终因感冒死于医院观察室。同璧有词集名《华鬘》，可为其雄奇跌宕、云龙变幻之生涯作一注脚：“宿雾收云脚，朝云浴涧边。望迷一片绿芊绵。须趁秋深茶熟，踏花田”，何等优容；“雨横风狂葬落花，角声凄咽送行车。长亭迷望远山遮”，何等萧杀；“金粉凋残，神州怅望，妖祲漫漫结。谁挽银河，可能为浣腥血”，何等豪侠（《南歌子·大吉岭秋晚试马》《浣溪沙·送别》《念奴娇·题步月写怀图》句）。集龚定庵、康同璧诗吊之：“天将何福予蛾眉。胸中海岳梦中飞。遥知下界觇乾象，故现华鬘作女儿。”（顺次为龚自珍《己亥杂诗》第一百九十五、三十三、四十三，康同璧《题天女散花图》句）

地走星飞天大圣李衮　黄墨谷（1913—1998）

墨谷名潜，福建同安人。厦门大学肄业，抗战中赴东南亚诸国讲学，归国后辗转各地执教鞭。墨谷曾以词受知于毛夷庚，并师事乔大壮；又研词学，著《重辑李清照集》等。墨谷词集名《谷音》，《永遇乐·题蒲松龄故居》云：“子夜灯昏，荒斋案冷，满腔孤愤。狐鬼奇文，风雷绝唱，托寄痴狂忿。汨罗沉石，寒郊骑驽，一例吞声饮恨。想当年、呕心沥血，总为苍生泪揾。　松溪映带，三间茅舍，依旧烟霞隐隐。魂返魂来，青林黑塞，比黄州困顿。藏之名山，传诸后代，春秋微义谁引。算知我、刺贪刺虐，诗人笔奋。”“满腔孤愤”“汨罗沉石”云云即恸恩师曾劬也。乔

① 舒芜校点：《饮冰室诗话》，人民文学出版社1959年版，第3页。

大壮以人、词横绝民国，有“词坛飞将”之目，墨谷女弟宜拟飞天大圣。

地幽星病大虫薛永　隆莲（1909—2006）

隆莲法师俗名游永康，字德纯、亦名慈，法名隆净、仁法，别号文殊戒子、清时散人。在家时遵父命参加全省文官三场考试，俱荣登榜首，峻谢县长之任命。四十年代出家，师事能海上师，1949 年后出任全国佛教协会副会长，创办尼众佛学院，毕生致力佛门教学事业，世尊之当代第一比丘尼。法师词多言礼佛事，《菩萨蛮》云：“旃檀香袅慈云护。纱窗不许春风度。斗室静无尘。低头礼至人。　庄严瞻妙相。垂臂长相望。游子不归家。池莲空自华。”《沁园春·野望》为声调悲慨之别调：“试上高楼，极目西川，逦迤平原。问二十三年，几王几帝；卧龙跃马，载鹤乘轩。剖腹燃脂，寝皮食肉，万姓同衔九死冤。悲风起，又黄尘匝地，来扑空村。　天高地迥黄昏。向豺虎空山早闭门。信微君之故，天胡此醉；人间何世，予欲无言。彼黍离离，吾其左衽，昨夜西山闻杜鹃。三闾氏，问万方一概，谁与招魂。”法师以慈悲怀发壮音，盖“修持之严”与“爱国之殷”“利生之忧”[①] 原不相妨也。

地伏星金眼彪施恩　陈懋恒（1901—1969）

懋恒又名珊，字稚常，号荔子、墨痕等，福州螺洲人，陈宝琛女侄，合家称“十八姑”。燕京大学历史系毕业，师从顾颉刚、邓之诚、钱穆，为顾氏入室弟子。先后工作于东吴大学、圣约翰大学、上海美术专科学校、上海历史研究所等。懋恒自幼强于记忆，能默诵十三经中十一经，后果成良史，著有《明代倭寇考略》《中国上古史演义》等。兼能诗、词、文、琴、棋[②]，有福州才女班头之誉。“文革”起，挚友陈小翠避居懋恒所，懋恒慨然迎接，毫无畏惧。小翠赠诗云：“狼狈青氈百不存，解衣推食女平原。乞天暂缓三年死，我有平生未报恩。”小翠自尽后，懋恒不顾危难，当即着手为其整理

① 赵朴初：《隆莲诗词选序》，载《隆莲大师文汇》，华夏出版社 2011 年版，第 226 页。

② 懋恒指导两儿之华、之云围棋，居然俱成国手。卢美松《陈懋恒诗文集前言》，海峡文艺出版社 2011 年版，前言页。

年谱及诗词集，三十二年后，终由儿媳许宛云交还小翠之女汤翠雏，合编为《翠楼吟草全集》，于台湾出版①。懋恒词《解语花·翠姊赠藕》云："积尘书笈，仙凡隔，丽句妙香齐灭。苍茫吟徹。又岂独、杜陵愁绝。应念伊，一片冰心，似旧时莹澈"，写尽小翠灵慧。懋恒"形貌虽娇弱，而行事则类丈夫。性豪爽而果敢、诚笃而正直"②，只手出小翠于存亡死生间，直是朱家、郭解一流人物。懋恒后小翠一年而逝，不知地下，翠楼报恩也未？

地镇星小遮拦穆春　柯昌泌（1899—1985）

昌泌字徵君，山东胶州人，柯绍忞女，王广浩室。从王国维学词，有《和观堂长短句》廿三首，追怀乃师。《蝶恋花》云："碾尽香尘车辚辚。别后江南，烟水谁相讯。蜡炬烧残红几寸，今宵归梦犹无分"；"为问闲愁愁几许。日日东风，不绾游丝住。费尽黄莺千万语，落花依旧东流去。"虽细针密缕，仍见"人间"情怀明灭其间。

地僻星打虎将李忠　雪泥萍踪（1974—　）

雪泥网间一奇客，尝披甲穿梭于各大论坛，以疗诗圣手自许，张榜攻讦，语辞锋利，人不堪其伤，雪也不改其乐，大有真理在握、受敌八面之气概。雪泥平生绝句最佳，赠人如"窗前多种相思树，截住萧郎老去秋""郎似红荷依绿叶，不妨莲藕有余丝""依肩才一笑，已抵十年春"，风情摇曳，我见犹怜。词擅短章，立春日为家中小猫小狗作《如梦令》二首云："纵是寒风满路，已露芳菲气数。春似道旁猫，暗里长牙一吐。低语，低语，鱼在桃花红处"、"总算冬成过往，幸此毛皮无恙。试咬春之襟，拖到咱家楼上。独享，独享，春是油油向往"，天然语，新鲜语，每诵为之绝倒。雪泥居随园，或真能得袁子才遗风沾溉。

地异星白面郎君郑天寿　黄润苏（1922—?）

润苏号澹园，四川荣县人，复旦大学教授。曾受业于汪东、陈子展、

① 宋路霞：《上海滩名门闺秀3》，上海科学技术出版社2012年版，第157—158页。

② 懋恒大学同窗、马寅初之女马仰曹语，同上。

蒋天枢，尤惠于卢冀野。润苏词每擅煞尾，如镜头步步推进，定格于细节刻画之上，全词精神顿出。如《御街行》之“更无人处更销魂，野草山花如洗。红衣小髻，断桥流水，并坐横吹笛”、《临江仙》之“呢喃听燕语，风绣每停针”。润苏为人“不傲睨于时，不讽喻于事”[1]，恂恂然一书生。

地魔星云里金刚宋万　梁璆（1913—2005）

梁璆字颂笙，又字庸生，福建闽侯人。中央大学时入吴梅创立之潜社，与盛静霞、陶希华称“三才女”。后适同窗徐益藩，举家辗转宁沪间。夫殁后赴连云港，任海州师范学校教师。“反右”中革去教职，划为右派，下放至图书馆任管理员，所存诗词亦尽抄没，平反后始退还，劫后余灰，弥足珍贵[2]。《菩萨蛮·五都词》作于国难方殷时，其三、其四咏汴梁、临安云：“虫沙海内纷如织，黄袍竟见陈桥驿。奠国几何时，议和三四回。凄然遥望北，一片胡尘墨。卧榻任人眠，天津听杜鹃”；“凄凉一片烽烟逼，皋亭山下胡兵入。半壁纵偏安，行都守亦难。　百年重寂寞，秋水钱塘落。莫过半闲堂，秋原蟋蟀荒。”直笔大书，略无拘忌，是卢冀野《中兴鼓吹》之流亚。

地妖星摸着天杜迁　李淑一（1901—1997）

淑一长沙人，李肖聃女，柳直荀室，杨开慧好友。1957 年以旧作《菩萨蛮》寄主席，词云：“兰闺索寞翻身早，夜来触动离愁了。底事太难堪，惊侬晓梦残。　征人何处觅，六载无消息。醒忆别伊时，满衫清泪滋”，后竟得《蝶恋花》词回赠。横汾之赏，荣逾华衮，淑一由是播名天下。

地短星出林龙邹渊　王季淑（1900—1966）

季淑字静宜，出身闽侯望族，适珍重阁主赵尊岳，“名士才媛，伉俪綦笃……一时比于赵松雪之于管仲姬”[3]。季淑有纪史七绝《悼珍妃》一

① 陈子展：《澹园诗词序》，学林出版社 2001 年版，第 2 页。

② 梁璆《颂笙诗词稿》复印件及年谱等资料由江苏省海州市诗词楹联协会副会长朱成安先生寄赠。

③ 高拜石：《古春风楼琐记》，台湾新生报社 1979 年版，第 112 页。

百首，今已佚。叔雍集中存其《望江南》六首，兹录其二略窥词才："江南好，画舫载娇娆。风里落花红入桨，雨余春水绿平桥。金粉尚南朝"；"江南好，人在木兰船。柳拂一溪如画罨，花为四壁藉书眠。箫鼓夕阳天。"

地角星独角龙邹润　赵文漪（1923—?）

文漪为赵尊岳长女，承庭训，颇能词，有《和珠玉词》一卷，与叔雍《和小山词》合刊。父女而和父子，时人目为大小晏。卢前《望江南》云："蘋香例，常派有斯人。直向易安分一席，高梧家学本清真。二晏得传薪"，并谓"……同叔父子并有继响，为不寂寥矣"。叔雍晚年与夫人失和，往星岛投文漪，老去颓唐，客中寂寞，幸赖女儿奉养。去世后，《高梧轩诗》《珍重阁词》亦由文漪主持刊行。今人咏馨楼主谓"夫人有子，中郎有女"①，文漪功其不泯。

地捷星花项虎龚旺　如月之秋

如月之秋居重庆，出道网络甚早。刘梦芙称"吹气若兰，风韵独绝……心丝一缕，不断绵绵"②，苏无名称"似清茶檀香，久而有味"③，皆言其词清而不疏、雅而能厚也。如月隽句如"人定凉秋深院里，手合刹那优昙""月度楼中，照见小瓶花淡红""一时人倦，衣薄压阑干，云又淡，隔花看，仿佛成相忆"（《河满子·怀旧三首》《减字木兰花》《蓦山溪》句），俱温淡从容，殆杨夔生所谓"采采白蘋，江南晓烟。觅镜照春，逢塘写莲。渔舟还往，相忘岁年。佳语无心，得之自然"（《续词品·澄淡》）之境界。如月隐退经年，生平知之不详，以咏花多故，拟花项虎。

---

① 尊岳父凤昌曾任张之洞文巡捕、总文案，之洞倚之如左右手，虽中宵不离，颇有秽声。章太炎因有"两江总督张之洞，一品夫人赵凤昌"联语讥之。

② 刘梦芙：《冷翠轩词话》，刘梦芙编选《二十世纪中华词选》，黄山书社 2008 年版，第 1978 页。

③ 苏无名：《网络词坛点将录》，网文。

地速星中箭虎丁得孙　萼绿华

萼绿华又有马甲成昆、能饮一杯无，亦能作说部，成名于光明顶①、菊斋。萼绿华名托天女，词亦超逸近仙。《莺啼序·咏兰》云："宿鏊栖崖，披发曳带，任雾凄风恚"、"携灵苓、松阜夜坐，招皓露、篁林晨醉"、"时维夕暮，群芳将秽"、"孤高不在逍遥，且遣余馨，不同风义"，其饮芳食菲之山鬼耶？留取残荷叹曰："绝怜并世风华少，彩笔纵横有几枝？"苏无名赞之曰："灵性较孟依依犹胜，读之如对姑射山人，顾盼倾国，氓童登徒，狂思至矣。"② 仙人其逝何速，空余衣香珮响，令人怀想出尘。

地恶星没面目焦挺　孟依依

依依另有网名谢青青等，2000年即涉网，成名于天涯诗词比兴版块，后加入菊斋网，历任诗词曲联版版主、管理员。依依为网间最早之"偶像派"，清慧才女代表人物。亦以亲历各论坛人事风波，列网坛元老。《月出》一集，清丽缠绵，时见灵心，使置于大观园中，应夺颦卿之位。《风入松·雪花寄江南》云："仙葩惟许种天坛。夜守昼犹监。霜娥偷得琼瑶去，向人间、倾倒花篮。如絮风流体态，痴儿差拟为盐。　爱他一朵鬓边簪。素手苦难拈。方开旋谢知何故？想深情、绝似春蚕。笺札若能封取，与君寄往江南。"《南歌子·周末网上算命》云："抱枕人迟起，居家发懒梳。蓬头且作小妖巫，卜卜将来那个是儿夫。　已自心中有，如何命里无？刷新之后再重输，不信这台电脑总欺奴。"十数载间诸子往来啸聚，倾慕者如草虻江鲫，而依依始终不肯见一人③，真容至今人莫能知，遂为网坛悬案矣。

地丑星石将军石勇　石人山（1976—　）

石人山本名刘芳，河南人，网间名家碰壁斋主室，游于深、港间。石人词气息萧索，惯作出世语，似怀大心事。其最擅《菩萨蛮》一调："茫

---

① QQ聊天室名，依《倚天屠龙记》例设"四大法王"管理，后转型为论坛，网络诗词早期阵地之一。

② 苏无名：《网络词坛点将录》。

③ 同上。

茫失路客，试上危岩立。三面海声寒，乱云驰复还”；“湖山著墨浑如锁，电光千顷倏开破。此际一天波，沉雷波底过”；“黄昏记得深相倚，长堤一水波迤逦。波影荡星光，还同此夜长”。昔时山横壁立，网坛佳话，惜夫妇偕隐有年，琴箫合奏遂绝响于江湖矣。

四寨水军头领八员

天寿星混江龙李俊　李祁（1902—1989）

李祁字稚愚，长沙人。受业于李肖聃、刘麟生。1933 年由庚款招考入牛津大学攻读英国文学，归国后辗转主湖南大学、浙江大学、岭南大学等校讲席，嗣应傅斯年召，讲学台湾。1951 年由香港赴美，先后执教于加州大学、密西根大学及加拿大温哥华 B. C 大学，1964 年以名誉教授退休。1972 年请得研究金，专研朱熹文艺批评。李祁词多抒写去国离思，《满江红·一九六五年二月温哥华》云：“七月勾留，曾看老、丹枫颜色。行到处、沙鸥云树，渐成相识。无竹无梅难说好，有松有水情堪适。最喜是、微雪降山头，迎朝日。　地之角，当西北；天欲坠，谁撑得。问鹏程初起，可愁天窄。碧海观澜昨倦矣，清宵听雨今闲极。又回思、故国雨声多，春逾急。”壮思闲愁，并入瑶章，如守贞写兰，一笔中兼有浓淡，几臻毕生追慕白石“雄浑飘渺两相兼”（《读扬子江歌》句）之境界。

天平星船火儿张横　张纫诗（1912—1972）

纫诗原名宜，后名转换，纫诗其字，自署南海女子。幼从名儒叶士洪及桂坫受经史之学，书法钟王，擅写牡丹，又尝为民国政要、诗人陈融掌书录。寓广州时加盟越社、棉社。1950 年赴港，“纱幔授徒，自修慧业”①，后入坚社、硕果社，有“诗姑”之目。尝挟艺走东南亚、北美，倾动一时。中年适越南华侨蔡念因，偕隐太平山。纫诗早岁与叶恭绰、冒广生、詹安泰、朱庸斋、黄咏雩诸公交游，在港时同廖恩焘、刘景堂、饶宗颐、黄松鹤等文酒酬唱，数十年间往来者俱一时隽才，又居传灯港岛之功，真可谓身负半部

① 高拜石：《妹夫棒打鸳鸯——陈协棠梨之恋》，载《古春风楼琐纪》第九集，第 221 页。

岭南词史也。其词法南宋，出入清真、梅溪间而略近史，思韵双美，阙无率笔，如燕翦掠波，妥帖轻圆。百年香江词苑女性第一名家之位，应无二选。

天损星浪里白条张顺　张荃（1911—1957）

张荃字荪簃，原籍广东揭阳，生于北京，学词于天风阁。之江文理学院国文系毕业后执教鞭十五年，抗战后赴台湾，应聘于台湾大学、台湾师范大学。中年罹患溶血症，逝世于马来亚。《踏莎行》云："险韵吟诗，深杯问字。旧游依约还能记。钱塘乱后少花枝，丹枫合染斑斑泪"，《虞美人》云："从今身世悲飞絮，南北皆歧路。欲抛心事重成眠。无奈一轮明月又当前。"无限深衷，都自浅语中来，是竹山标格。

天剑星立地太岁阮小二　潘思敏（1920—　）

思敏南海人，诗人陈荆鸿室，早岁参加香港海声词社，从郑水心习诗词。思敏品性慈和，襟怀渊若，博学多才，深受时流敬重，尤以填词为文坛称诩。又八十年代为香港《华侨日报》《艺文》副刊撰《词林雅故》百余篇，点评历代词人词作，颇多精识。《渔家傲·过青山红楼，当年孙总理中山先生曾寓于此》云："满眼西风黄叶地，当年谁会幽栖意。亿万黄魂呼欲起。嗟已矣，尊前慷慨空余泪。　历尽红桑楼半圮，定巢燕子归无计。纵目屯门悲逝水。今古事，问君独醒何如醉"，一番寄慨存焉。

天罪星短命二郎阮小五　温倩华（1896—1921）

倩华一字佩萼，江苏无锡人。生具夙慧，幼而能文，年十八，拜杭州天虚我生陈蝶仙门下，与陈小翠结金兰之契。诗文之外，兼工书画，且于医卜星相之术，无所不窥。二十岁适同里过锡卺，后竟以母丧哀毁，得龄仅二十又六①。其天分绝高，栩园弟子中最能承继乃师"鸳蝴"气质。小令笔致隽秀，风韵独绝，长调亦无沉滞之弊，调转灵巧，一气通贯，《壶中天·胡园观荷作》云："晓云笼树，笑看花来早，花还慵起。一角红亭三面水，消受四围香气。露咽蝉声，风惊鸳梦，写出凉无际。采莲儿女，雅怀倜傥如此。

① 刘梦芙：《二十世纪名家词述评·女词人二十二家》，第271页。

远听泉水淙淙，炎氛不到，罗袂侵秋思。十万田田花世界，留得幽人芳趾。拗莲抽丝，跳珠掬水，无限娇憨意。夕阳明处，小鬟催作归计”，神仙境界，唯闺中奇手能造。倩华殁后，小翠尝作《黛吟楼图序》挽之，极尽追思。倘天锡永年，翠黛二楼必足平彏于海上词坛也。

天败星活阎罗阮小七　冼玉清（1895—1965）

玉清别署碧琅玕馆主，生于澳门，长于香港，入名儒陈荣衮私塾习文史六年、圣士提女校习英文两年。自言不喜港岛花花世界，考入“藏修之所”岭南大学（后并入中山大学），毕业后留校执教。玉清为当代著名文献学家、画家、诗人，有“不栉进士”之誉，称“数百年来岭南巾帼无出其右”[①]者。玉清早岁有文名，尝从黄节、陈垣、郑孝胥、夏承焘、吴湖帆游，尤与陈三立、陈寅恪父子两代投契。《碧琅玕馆词》今仅存二十余首，然不肯作一字软媚平熟语，是以少许胜人多许处。玉清“以事业为丈夫，以学校为家庭，以学生为儿女”[②]，终身未婚，遗世独立，不为富贵所累[③]，不为时流裹挟，端的“上上人物”也，“是另一样气色……使人对之，龌龊都销尽”。

地进星出洞蛟童威　琦君（1916—2006）

琦君原名潘希真，小名春英，浙江永嘉瞿溪镇人。师事夏承焘、龙榆生，笔名琦君系二翁所赠[④]。毕业于之江大学国文系，1949 年赴台湾，供职司法界，晚年以小说、散文家名世，电视连续剧《橘子红了》即为其原作改编。瞿禅尝赠诗勉之云：“莫学深颦与浅颦，风光一回一日新。禅机拈来凭君会，未有花时已是春。”希真果能一洗闺中庸弱，得乃师挺健高

---

① 陆键东：《陈寅恪的最后二十年》，生活 · 读书 · 新知三联书店 2013 年版，第 40 页。

② 同上。

③ 玉清出身富商家庭而自甘俭朴，一生数度捐献财产，晚年将近 40 万港元捐给国内统战部门，声明：“此款是已出之物，如何用途，由你们支配，总要用得适当就好了。但此事只系圈内人知道便了。切不可宣传，更不可嘉奖。”

④ 龙榆生陷缧绁中，希真以学生身份上书层峰，为其申请保外就医。龙、夏通信提及此事，为免嫌疑，乃以“琦”字称希真，盖瞿禅尝以“希世之珍琦”许之；龙为表礼貌，再赘“君”字。琦君：《我的笔名》，《忍寒庐学记——龙榆生的生平与学术》，张晖编，北京三联书店 2014 年版，第 66—67 页。

逸之风骨。《水调歌头·随洪洛东、郑曼青诸前辈游碧潭》云："客里逢佳节，蜡屐厕诗翁。黄花莫负今日，直上最高峰。指点蓝桥仙路，一笑轩轩霞举，回首望云中。千片奔岩下，碧水自溶溶。　危楼上，邀明月，舞长风。豪情且付杯酒，百尺羡元龙。我欲高歌击节，更挽箜篌天半，此曲和谁同。禾黍中州梦，泪眼若为容。"瞿髯词才绝代，琦君得其气骨，苏篠得其情致。希真于乃师终身爱敬，词亦为"瞿禅范式"中探骊得珠者。

地退星翻江蜃童猛　张雪茵（1909—?）

雪茵字双玉，湖南长沙人，十二岁能诗文，里称三湘才女。毕业于艺芳大学，历任湖南省民政厅秘书，《湘报》《霹雳报》主编等职，赴台湾后专力从事新文学创作。刘梦芙评希真《双玉吟草》曰："……工于小令，格调在南唐北宋之间，风华凄美。"① 《柳梢青》云："衰柳斜曛。重阳过了，雨湿轻尘。小苑花开，洞箫声落，容易黄昏。　玉屏风冷愁人。误几度、香衾未温。一片新愁，渐吹渐起，如梦如云。"似白头宫女说玄宗，极尽哀婉低回之致。

四店打探声息邀接来宾头领八员

东山酒店

地数星小尉迟孙新　月如

月如另有马甲小微许回、服媚，网坛名宿军持女弟子，其词深情刚健相济，隐有思想锋芒，于词界别树一帜。年尝以《茉苡》二集价倾洛阳，其"向日葵"组词三首云："一霎悲生疼不解。几团浓烈，分明都喊：我在我存在"、"莫待昏黄光线减。呼喊，来人或恐识凡高"、"甚矣其衰孰赦，且倚柱听园歌啸也。向鲁阳开，随秦雨谢"，读之真如观凡高同名油画，其设色鲜明也弗可掩，其生气郁勃也弗可遏。《南乡子·惘然记》云："我是雪皑皑。君是初阳耿素怀。山自失棱天自合，无猜。只恐情浓化不

---

① 《二十世纪中华词选》，第1916页。

开”；“已惯莫能言。已惯相思苦自瞒。偶过广场偷一瞥，军辕。记得当时放纸鸢”；“是我负前盟。君亦何其负我轻。泉下相怜还速忘，狰狞。岁月于今是永刑”。或关乎一时情事，读之令人心魂俱痛，枨触莫名。近年月如远居异域，抚育女儿之暇，有由英文童谣改写之《金缕曲》“河马挪臀部”“气她磨霜爪”“莫怕三更近”数首，兼有童心奇趣，颇可一观。

地阴星母大虫顾大嫂　非烟（1970—　）

非烟本名姜学敏，辽宁丹东人，环保部门工程师。其词造境极深婉，琼思玉想，并入瑶笺；又能运遣现代白话，如盐着水，自然浑凝。《减兰·晨起有不知名鸟儿落于窗台内久之始啼飞而去》云：“君家窗户，应是那年春去处。花落当时。我在盘旋君可知。　乱红欲息。著我双眸和两翼。若许关关。不向珠帘一惘然”；《一捻红·见有白发，用反骨斋韵》尤撩人心弦：“汝身盈尺矣。算一捻当中，两端何事。俄然指尖水”；“三千世界，真成梦，被他记。被琉璃窗上，江潮有意，冻作霜华露蕊。剩肩头、这缕朝云，去来而已。”非烟词不脱于古，不隔于今，能晓畅，能深情，盖女子天性与词体之美灵犀暗通也①。

西山酒店

地行星菜园子张青　王善兰（1904—1998）

善兰有家学。年方及笄，随父王积沂参与陶情诗社，尝以诗钟“乐叙天伦图一幅，俏移仙步露双弓”一联夺魁，为名儒耆宿称赏，遂有平湖才女之名。父谓母曰：“此女必传。”善兰解放后汇箧中吟稿编《畹芬楼诗草》，后毁于劫火。八十寿辰时检录旧作重梓②，周錬霞为署签。善兰老人

① 学敏自言：“女性诗词作品完全可以独立于既有审美体系及标准，亦完全不必以竞争的心态和方式，去复制或填补男性的姿态和语言……恰诗词是偏重于感性的产物，女子原就有较胜于男子的原始感性，加之以人性的自我内在之本质，是最适合以挚诚的诗心和语言来表现的……所以，随缘且保持住自己的特质吧：女性，可以是一个很女人的诗人，慧之纤之；也可以是一个很汉子的诗人，豪之烈之。”《诗书画》2015 年 12 期。

② 王善兰《畹芬楼吟草》由浙江省平湖市政协寄赠。

大隐于乡，老而弥坚，与周振甫、许白凤分占平湖文气。善兰词多家常语，闲闲叙来，真淳自见。《减字木兰花》云："身居茅屋，田野风光长满目。小桨轻流，收入诗囊入乳舟"；《卜算子·酬老许白凤原韵》云："坐雨细谈诗，情味如年少。握手相期岁二千，轧着春红闹。"岂非"百年心事归平淡""人间有味是清欢"也欤？

地壮星母夜叉孙二娘　叶璧华（1841—1915）

璧华字婉仙，号润生，广东嘉应人，咸丰、光绪间闻名岭南文坛，曾受聘为张之洞家庭教师。戊戌后创办懿德女校，嗣任梅县县立女子师范学监，为我国首批现代女性教育家。璧华诗词兼工，丘逢甲题《古香阁集》曰："滴粉搓酥绮意新，溶溶梅水写丰神"；"翩翩独立人间世，赢得香名饮粤中"。

南山酒店

地囚星旱地忽律朱贵　林岫（1945—　）

林岫字蘋中、如意，号紫竹居士，浙江绍兴人，毕业于南开大学。"文革"中，于大兴安岭鄂伦春自治旗林海劳动八年，因有"流水杳然东去，山中稳作诗囚""不辨春秋，无乐无忧一楚囚"（《清平乐·月夜赏映山红》《减兰》句）句。蘋中善绘深山雪景："蘑幻屋，树成梳，醉归未肯倩人扶"、"灯如豆，屋如拳，漫天飞雪压成绵"（《鹧鸪天》句），极北奇观，都入流人眼中。平生佳制多出自晦暗岁月、苦寒边陲，是蘋中诗家幸。

地全星鬼脸儿杜兴　胡蘋秋（1907—1983）

蘋秋名邵，世家子。早岁从戎，官至东北军何柱国部少将秘书长，以枢密位亲历"九一八事变""西安事变"等重大军政活动。又以工花旦、青衣称民国京剧名票，与四大名旦交谊颇深。蘋秋一生数度化身为女性，托名胡芸娘，与男词人酬唱往还。所作词惊才绝艳，诸老宿名家莫不蒙其蛊惑：夏承焘称其足与沈、丁并称"三艳妇"；周采泉以"金闺国士"目之；张伯驹与之通函经岁，渐“情陷于中而不能自拔”[1]，唱和积《秋碧词》五卷。男子作闺音古有之，然易弁而钗，入戏若之深者，则仅蘋秋一人。今列名女将，亦戏仿其颠倒阴阳、变幻色相之狡狯故耳[2]。

北山酒店

地奴星催命判官李立　曾昭燏（1909—1964）

昭燏字子雍，湖南湘乡人，曾国潢曾孙、陈宝箴外孙、陈寅恪表妹。曾氏衣冠雍穆，子雍兄妹七人皆一时才彦[3]。就读中央大学时拜胡小石为师，后赴英国伦敦大学研究院研考古学，1949年前膺中央博物院筹备处代理总干事、代理主任。解放后任南京博物院院长，曾领导南唐二陵发掘，为当代首屈一指之女考古学家。“五反”“四清”中，以蒙冤致精神崩溃，自坠南京灵谷塔。友人沈祖棻赋诗吊之：“自伤暮齿少相亲，朗月清风忆故人。空说高文传海徼，身名荏苒总成尘。”程千帆笺曰：“子雍……位高心寂，鲜友朋之乐，无室家之好，幽忧憔悴……伤哉!”子雍昔与沈祖棻、尉素秋辈交游，为梅社中“学识最渊博”[4]者，其词多毁弃，今止存三四篇。《琐窗寒·孝陵怀古》云：“断阙撑空，荒墀卧石，藓痕萦步。铜盘露冷，洒作一林寒雨。听萧萧断松夜吟，烧痕阅尽兴亡古。自鼎湖去后，葱葱佳气，即今何许。

无据。伤情处，又苑琐边愁，阵喧笳鼓，金瓯破了，漫道山川如故。想煤山犹有怨魂，忆君泪落千万缕。任无言，燕子飞来，对立斜阳暮。”吊古感时，托寄至微，子雍满腔块垒或于斯可觇。

地劣星活闪婆王定六　李慎溶（1878—1903）

慎溶字稚清，闽词人李宗祎女、李宣龚妹。稚清“髫龄绝慧”“吐秀

---

① 罗星昊《胡蘋秋传略》，网文。

② 刘梦芙《“五四”以来词坛点将录》亦点蘋秋为鬼脸儿，原因殆同。

③ 昭燏长兄昭承为哈佛大学硕士，二兄昭抡为麻省理工学院博士，弟昭杰为上海大夏大学学士，大妹昭懿为北平协和医学院博士、著名妇科医师林巧稚弟子，二妹昭镈为西南联大经济系学士，小妹昭楣为西南联大生物学学士。岳南：《南渡北归　第1部：南渡》，湖南文艺出版社2011年版，第323页。

④ 尉素秋：《秋声词校后记》，台湾帕米尔书店1967年版，第112页。

诣微”，因“一夕凉飚辞旧暑。飒飒墙蕉，恐是秋来路”句得名“李墙蕉”，声闻乡里。年二十六，遽然仙逝，所遗《花影吹笙室词》一卷引诸家竞相题咏、频致叹惋。林畏庐题曰：“墙蕉总是秋来路，何事词人即断魂”；樊樊山题曰：“好女莫填词，呕尽冰茧丝”；“红粉女词仙，合生忉利天”。人生倏忽，如露如电，才命相妨，今古同悲。

总探声息头领一员

天速星神行太保戴宗　周素子（1935—2022）

素子号白芷，浙江乐清人，适诗人陈朗。温岭陈氏一门风雅，陈朗父仲齐及叔伯辈伯龄、叔寅、季章（后名沧海）、鹗、凌云，兄弟行让、永言等皆善吟咏。素子生涯流徙，“反右”“文革”中，数度由西北而东南，由山野而海陬，浮家泛宅，迄无宁日①。又以从事民居研究，屐痕遍及全国，1995 年移居新西兰至今。友人周有光遂以“瀚海飘流燕”②喻之，素子亦自言“屈指行程千万里”“身世萍飘星霜历”（《蝶恋花·拟远思》《金缕曲·悼昌米并及昌谷二兄》句）。素子有《晦侬往事》记平生鸿雪、《情感线索》记故人往事，词亦擅传体，《六州歌头·哭胞兄昌谷》云：“孩提往事，历历几人同。和泥土，寻书蠹，比鱼龙。骋芳风。尝有筑巢志，长相聚，勿离别，雁荡麓，山溪厄，旧游踪。师法天然，泼墨写生处，林木葱茏。叹如椽彩笔，输与一毫锋。负笈武林，觅潘翁。　渐关河破，红尘堕，分襟乍，各西东。居难稳，机易失，少何养，老何终。膝下斑衣痛。唯一点，孝心通。不由己，不由彼，梦成空。留得丹青，只把众生相，涂抹其中。共湖边苏白，南北两高峰。烟水濛濛。”画家昌谷一生痛史尽在其中。素子笔锋健朗，得东坡神理，而所居“海外仙岛”③又远于儋州千万里矣。

---

① 见周素子《晦侬往事》之《辗转的户口》《西域探夫记》，生活·读书·新知三联书店 2013 年版。

② 周有光：《海燕其归来乎》，周素子《晦侬往事》，前言页。

③ 同上。

军中走报机密步军头领四员

地乐星铁叫子乐和　刘喜奎（1894—1964）

喜奎本名桂缘，直隶世家女也，少时家道中衰，贫不能自给，乃入梨园。不数载，以“妩媚娇丽，风雅超群”① 倾动海内，“声价之昂，压倒老谭（鑫培）”②，民国五年以选票二十万余与梅兰芳同获“伶界大王”之桂冠。喜奎幼年粗通文翰，会其声名盛隆，名流争与交接，遂从易实甫问业。乙卯重九，尝以易安原韵作《醉花阴》二首，其二尤可诵：“桓景登高曾此昼，厄难消诸兽。畴是费长房，萸菊光阴，为我先参透。　谁张高宴彭城后，剩酒痕沾袖。说甚世之雄，戏马台空，人倚西风瘦。”思力襟概，一如老宿。时人有云：“若刘伶者，非舞台之雄，亦骚坛之健也”③，诚哉。

地贼星鼓上蚤时迁　左又宜（1875—1912）

又宜字鹿孙，一字幼卿，文襄公女孙，夏吷庵继室。钱萼孙《近百年词坛点将录》点为“地壮星母夜叉孙二娘”，称“挺秀湘西”。然检诸《缀芬阁词》，所存六十五首中五十七首系剽窃吴藻、左锡嘉、顾贞立等前人作品④。以侯门闺秀厕身文偷之列，《隋书·韦鼎传》曰：“卿是好人，那忽作贼？”身后名，可不惜哉。

地狗星金毛犬段景住　张清仪

世纪末有少女张清仪者成名网间。清仪自云湖北孝感人，幼时患病切除右肺，伴药炉经年，然乐观开朗，自强不辍，日与网友切磋诗词。1998年夏，清仪因劳累过度殒于电脑前，呕血染红键盘。网友哀之，为建网络灵堂，发布悼念诗文五百余。俄而此事影响渐巨，破绽转多，后证实事系

① 恨我：《刘喜奎小传》，《余兴》1916 年第 15 期。

② 张肖伧：《歌唱摭旧录》，《半月戏剧》1939 年第 2 卷第 4 期。

③ 包天笑：《秋星阁丛钞》，《小说大观》1916 年第 6 期。

④ 详情见本书第一章及附录四。

"星伴论坛"网站捏造，张清仪实乌有先生、亡是君之徒耳[1]。炒作恶道也，虽鸡鸣狗盗不足称其鄙。

地耗星白日鼠百胜　慕容宁馨

慕容宁馨出道于网络诗词肇兴之初，有"网络旧体第一才女"之名。自建"竹[illegible]清课"聊天室，经营三载，网人慕其才貌，尽为羁縻。慕容遂巧言取信，非法筹募网友钱财数万元。未几，有见闻博广者，指其作品盖抄自韩国汉诗，慕容遽携财销匿，聊天室亦宣告解散。一时网坛大哗，慕容遂由枝头凤而过街鼠矣[2]。

守护中军马军骁将二员

地佐星小温侯吕方　曾庆雨（1975—　）

庆雨河北廊坊人，从叶嘉莹治词学、王蛰堪习创作。以"红蕖"弟子[3]身份，有"此夜南塘连梗瘦""朱蕤一朵待师归"（《定风波·送别迦陵师》）句。尝以《鹊踏枝》十首和半塘，其五、九云："知我百年能几许。再整行囊，只影迢迢去。苟遇知音倾盖语，流连又恐归期误。绾住游丝千万缕。不绕巫山，不滞桃源路。回首飞花飞雨处，此生此际关情否"；"小住长留皆有尽。梦未圆时，一例因春困。漫倚虚空书爱恨，剧终犹恋残妆粉。　人海遥时天路尽。冬雪春雷，各递人天信。月鉴山河谁更隐，垂髫老至繁霜鬓"。人生亘古寂寞感宣之于词，令人思老歌《三百六十五里路》。

地佑星赛仁贵郭盛　石任之（1982—　）

任之江苏徐州人，亦为迦陵门人，现任扬州大学教师。自云"欲取

① 事据张咏华《媒介分析：现代传播神话的解读》，复旦大学出版社2002年版，第292—293页；草牧子谦网文《汉语古典诗歌发展、现状及展望》等。

② 事据苏无名《苏子世说》、吴撷《关于"才女"的倒掉》、草牧子谦《汉语古典诗歌发展、现状及展望》等，俱网文。

③ 迦陵有《红蕖留梦：叶嘉莹谈诗忆往》。书名出自其《浣溪沙》"红蕖留梦月中寻"句，盖以荷花自喻。

陶达杜优之中，处乎太上不及之间”，于当代词人尤爱还轩。《未凉灰》《西海玄珠》二集存词凡百余，深情款款，精诚耿耿，俱见乎辞。又有咏美剧《权力的游戏》组词，非仅关合人物个性故事与情节，《忆王孙・提利昂兰尼斯特》《乌夜啼・夜王》《醉花间・桑铎克里冈》诸篇尤极雄健古逸、奇辟纵横之至。任之学词甫数载即手眼不凡，盖夙慧，来日大成良可期也。

守护中军步军骁将二员

地猖星毛头星孔明　王真（1904—1971）

真字道真，又字道之，号耐轩，自署道真室主人，福州人。祖王羹梅官至广东知府，父王寿昌即与林纾同译《巴黎茶花女遗事》者。道真先后从闽中名家郑无辩、何振岱、陈石遗习诗文经史，“积久所诣愈精”[①]。又性勇果，尝救振岱老人全家于横流洪水中。似此才性为词必多劲语，《道真室词》中佳制可推《风入松・初阳》：“腾光出海揭金奁，寒气欲无纤。鱼龙岛屿都惊醒，看仙舟、安稳张帆。重海阴霾都息，古松千尺垂髯”，奇气矫矫，喷薄纸面。振岱《道真室诗序》勉之曰：“吾且期道真为渊龙之潜，不为沼鳞之跃”[②]，道真不负斯言。

地狂星独火星孔亮　王闲（1906—1999）

闲字翼之，号坚庐，道真妹。闽地多滋芝兰玉树之属，寿昌得此二女，作诗勉之：“吾家真与闲，赋性颇奇特。从不理针线，而乃耽文墨”；“偶论及婚嫁，愤怒形于色。谓父既爱女，驱遣何太亟。嫁女未成才，无异手自贼。请观古及今，男女讵相敌”；“儿今欲返古，谋自食其力。女红殊戋戋，不堪供朝夕。要能擅高艺，凌霄长劲翮”（《书真闲二女》）。与道真其姊同为我春室门人，后适振岱次子敦敏。陈曾寿《味闲楼诗词序》云：“其长短句无纤巧轻倩之语，亦无近人堆砌晦涩之习，有白石之清雅，

① 何振岱：《道真诗序》，载《何振岱集・我春室文集》，福建人民出版社2009年版，第32页。
② 同上。

易安之本色，词中可贵之品也。”①

专掌行刑刽子二员

地平星铁臂膊蔡福　看朱成碧（1979—　）

看朱成碧本名秦萤亮，黑龙江人，供职国企企宣部门。昔光明顶上士女嬉游，阿朱词最俊。自言平生师稼轩，其词英气腾郁，得其仿佛。《破阵子·春雷》云：“天际横生水墨，临空蘸下霜锋。渐次远来春轨迹，波澜翻涌到前庭。仰首暮云平。　空自电光拆裂，何曾雪练倾城。千里冬袍花欲染，人间待见草青青。江海破春冰”；《西江月》云：“回首金依林杪，觉来翠抱双肩。铜阳铅月久沉潭，淬得凉波如练。　去路黄花四野，离人红叶三千。西风一入九州寒，遥饮天星对岸。”二短章不袭稼轩一字，以锤炼浑灏与之角胜。

地损星一枝花蔡庆　秦紫箫（1977—　）

世有阿朱，便有阿紫。秦紫箫本名李文卿，广东佛山人。双姝情同姊妹，词亦伯仲间，尝互赠《菩萨蛮》云：“遗簪解珮江皋侣，千山冰雪堪相遇。一纸报梅花，岭南女儿家。　翠楼吟未了，莫道前恩少。秦镜故新磨，皎如明月何”；“藏珠敛玉音尘静，腕底韶华风雨并。绮语祝红颜，半笺菩萨蛮。　一时弦管急，交错莺声呖。不是说相思，相思汝已知”。二人风神笑貌如画。阿紫生女，作词颇多。《南乡子》记女儿满月、病愈云：“赐我万明珠。能及亲亲一笑无。地有山川天有日，何如。如此娇儿真属予”、“开口笑天真。虽是寒冬一室温。月样弯眉星样目，朱唇。渐有雏形近美人”，眷眷焉，殷殷焉，词人为母宜此。阿朱居北，阿紫在南；阿朱俊逸，阿紫娟好；开向一丛，相映成春。

① 转引自《二十世纪中华词选》，第1739页。

掌管三军内探事马军头领二员

地微星矮脚虎王英　李久芸

久芸字蕊仙，适蜀中名士刘明扬，尉素秋寓蜀时与之交好。蕊仙素耽吟咏，值“嗷鸿遍野，烽燧弥天”际，犹“从容艺苑，乐以忘忧”①。《玉露词》存五十七首，《菩萨蛮》云：“嫩寒侵翠袂，照影临潭水。连卷绿云松，恨深双颊红”、“衣宽怜带窄，千里关山隔。归梦正凄迷，满园蝴蝶飞”，沉艳之姿，差近飞卿。蕊仙词未脱闺阁痼习，微见才情耳，以存人故，列地微星。

地慧星一丈青扈三娘　伦鸾（？—1927 后）

伦鸾字灵飞，广东番禺人，杜鹿笙室，尝师事名士邓尔雅。况周颐《玉栖述雅》载其“资禀颖迈”，“年甫十五，即据讲座为人师。于归后，为桂林女学教习数年，授国文、舆地学、算学，生徒百余人”②，后任北大词学教授三十余年③。况氏于灵飞极推崇，盛称其词“清婉可诵，气格渐进沉着，不涉绮纨纤靡之习”“矜持高格，浚发巧心”。其《南乡子·咏雪狮子》云：“蓄锐貌狰狞。抟象精神照玉英。如此雄奇休入梦，梦腾。冷处凭谁一唤醒。　皮相仅堪惊。也似麒麟楦得成。便作虎形应逊汝，聪明。随意堆盐特地精。”灵飞《玉函词》今不存，赖蕙风所传数阕一窥慧业词人眉目。

一同参赞军务头领一员

地魁星神机军师朱武　任淡如

淡如又有网名人淡如菊，网人爱之，径呼“菊菊”。2000 年创办菊斋

---

① 杨正芳：《玉露词序》，博文印书局民国 38 年版。

② 况周颐：《玉栖述雅》，转引自孙克强辑考《蕙风词话　广蕙风词话》，中州古籍出版社 2003 年版，第 168 页。

③ 郑逸梅：《南社丛谈·历史与人物》，中华书局 2006 年版，第 118 页。

网，任“诗词曲联”版版主，积十数年心血维护。菊斋今已注册诗友四万余名，发表今人诗词近百万篇①，为当代诗词最重要阵地之一，网间“奇才俊彦，狂生迁客”（《貂裘换酒・九马画山》句）泰半长驻于此。苏无名《网络诗坛点将录》赞曰：“美人巨眼识英雄，天下英雄半彀中。”淡如词肖其名，婉约一路，《西江月》云：“道是不如不见，相逢何处何乡。旧书一束坐新凉，忽忆槐花小巷。　　我已十年无梦，忘了明月如霜。知君心事换流光，须是双双无恙”，清圆流美，上乘之作。

掌管行文走檄调兵遣将一员

地文星圣手书生萧让　萧娴（1902—1997）

萧娴字雅秋，号蜕阁、枕琴室主。幼从父铁珊学书，年十三，为广州大新百货公司落成书丈二匹对联，震惊海内，世以“南海神童”目之；又随父出入南社，称“南社小友”。康有为跋其临本曰：“笄女萧娴写散盘，雄深苍浑此才难。应惊长老咸避舍，卫管重来主坫坛。”萧娴闻之，书“大哉南海，撮尔须弥”榜书楹联回赠，由兹拜入门墙。中年后居南京，与林散之、高二适、胡小石并称“金陵四家”。萧娴喜作擘窠大字，磅礴浑厚，元气淋漓，阳刚之美直驾须眉而上之。词亦学辛刘一路，可按入铁板铜琶。《满江红・题碧江柳岸钓月图》云：“一片中原，干净土、偏多荆棘。只剩得、沧江风景，尚同畴昔。别有洞天非世间，此中老稚忘休戚。盼崖前、两岸柳如烟，摇空碧。　　天上月，光如揭；波心掩，映虚白。照过了古今，多少豪杰。诗酒如钩月作纶，垂竿不钓寒江雪。遥指点、一幅画图中，谁点缀。”昔弟子俞律撰《女书豪萧娴》毕，持请陈大羽为题签，陈云：“书法家只论大小，不论男女！”遂改题《大书家萧娴》②。词界惜无如此说论。

① 引自“菊斋网”微信公众平台。

② “大书家”之号原为于右任所赠，萧娴时年二十四岁。张昌华：《名家翰墨》，江苏文艺出版社2012年版，第113页。

掌管定功赏罚军政司一员

地正星铁面孔目裴宣　秦月明

月明现居天津，于高校讲授法学。活跃于网络诗词界早、中期，尝主持菊斋版务，为人爽利斩截，网人谓“顾盼自成睥睨”，封“秦王”。自云最喜陈迦陵，以“气场合”故。庚辰年，月明作《菊斋春秋》，捃摭逸事，勾连人物，刀笔老辣，多皮里阳秋之属，合网为大噱，一众皆呼“太史婆”。月明有集名《金错刀》《小神锋》《归匣》，剑气刀光，的的荧烁。其诗绝佳，几可拟“七言长城”，词略逊诗而风怀过之。苏无名雅重之，谓《满江红·迦陵韵》诸篇“直可平视古人”[①]。

掌管考算钱粮支出纳入一员

地会星神算子蒋敬　夏婉墨

夏婉墨本名尹椿溢，重庆人，又有网名豹嘤嘤、悟七宝、一切观见池、野孩子等。其《嘤嘤集》《野仙子集》《非非想》诸集存词绝多而“积万累千，纤毫不差”。网评婉墨曰“拗俏活泼，常能于今人浮辞中得人耳目”[②]，因有“俊逸豹参军”之誉。其词非徒清新可喜，亦富气象，工感慨。又不事依傍，不主故常，往往阑入现代语汇甚或英文，掉运自如，转侧得宜，灵思逸想栩栩然字间，遂成不可无一、不能有二之“豹体”。婉墨洵为小眉后一代网坛奇杰，不可以寻常才媛视之。

掌管专工建造大小战船一员

地满星玉幡竿孟康　张雪风（1917—1998）

雪风为浙江玉环县渔家女，《鹃红集》一卷珠玑久掩，世所罕知。雪

① 苏无名：《网络词坛点将录》。

② 微信公众平台“国风诗社”。

风诗词“不屑屑于引商刻羽，一以率真为归”[①]，诗句“一弯无恙蛾眉月，萧寺楼头挂万愁”尝为名画师写入丹青。雪风与诗人陈沧海结一生情缘[②]，《鹃红词》纯是心花结撰：“荷锄种梅人远去。瓣瓣芳心，开到离人处。制就寒衣寄未寄，寒风已到江南地。　　梅自多情人有意。摘朵梅花，共枕衣裳睡。夜雪无声来万里，梅花梦冷人三起”、“沧海洪波今又起。燕子香笺，烧到名和字。一撮寒灰一勺水，背人葬入回肠底。　　检点旧盟犹在臂。衣袂松烟、只是当时翠。十载重愁何处寄，秋风秋雨夜郎地”，痴缠幽丽，情深一往，何减静志、饮水。雪风“赤脚踏蹴海涂长大”[③]而“独挺出于网罟蓑笠间”[④]，严沧浪云：“诗有别才”，信夫。雪风存词不多，然一观即叹为人间至情。曩岁冬素子老人自新西兰以《鹃红词》书影见寄，言其格律不葺，恐“不入君眼”。答曰词之大者唯情一字，苟真情动人，虽白璧微瑕而不掩真价也。

掌管专造一应兵符印信一员

地巧星玉臂匠金大坚　顾青瑶（1896—1978）

青瑶名申，别署灵姝，斋号绿梅诗屋，以字行，出身吴中望族，为晚清画家顾若波女孙。钱瘦铁称：“江南女子中能通金石、擅才艺者，唯顾青瑶耳。”[⑤]曾为柳亚子治“前身青兕”印、为周鍊霞治“有限温存，无限酸辛”（鍊霞词《一剪梅》句）。青瑶十一岁入栩园学词，“天分学力超

① 陈朗：《鹃红集序》。

② 陈、张订交近三十年。沧海谢世前曾制《金缕曲》六首寄雪风，录第一、第六首：“依黯情何极。记年时、春申江畔，黄昏时节。已恨十年成一面，那更匆匆离别。十五载、又轻抛掷。纵使相逢犹有日，怕两人、面目难相识。泪欲堕，肠暗结。　　前年我渡钱江日，喜探知、故人别后，平安踪迹。明媚江吴都会地，输与廿年栖息。今逸兴、可还如昔。春到孤山山下路，问怎生、分付探梅屐。无恙否，咏絮笔”；“总算生还矣。看门前、春风两度，吹开梅蕊。消息未通君莫怪，愁隔钱塘江水。尝已惯、别离滋味。纵有吴笺三百尺，也无由、一罄萧郎意。屡举笔，旋抛弃。　　故人毕竟情难已，近些时、中宵少睡，挑灯还起。谱出心弦甘苦曲，权当巴山夜雨。念后会、相期何处。老矣文园多病客，愿他生、重结成知己。言至此，沧海启”。

③ 周素子：《追忆张雪风》，载《沧海楼诗词钞》，台湾朗素园书局2015年版，第393页。

④ 陈朗：《鹃红集序》。

⑤ 王本兴：《江苏印人传》，南京大学2012年版，第297页。

诣均迥绝”①，小翠视同骨肉，订半生知己。战后移居香港，任新亚学院艺术讲师，1972 年赴加拿大，终老于北美。其《归砚室词稿》今亡，仅从画稿题识、书信残编中觅得作品若干。《金缕曲》谢友人赠红木秘阁云：“别矣浑难说。恁年时、剪灯披雪，往还深密。最爱灵心天赋厚，艺事磋磨第一。但记取、待人真切。寥落生平哀恸感，倾青罇、解我肠千结。吾有疾，汝先急。　红梨秘阁临歧擘。想低鬟、拈毫腕底，宛然亲炙。粉划丝量刚合手，一任吹霏降屑。要几番、绸缪摩拭。伴去吴云春树里，只殷勤、重叠加胶漆。长把臂，不离隔。”格物入微，印人口角宛然。

掌管专造一应旌旗袍袄一员

地逐星通臂猿侯健　顾飞（1907—2008）

顾飞字墨飞、默飞，别署杜撰楼主，江苏南汇人，红梵精舍主人顾先融妹。墨飞为黄宾虹入室弟子，其画作“一水一石，俱有来历，摹古创作，逸趣横生”②。以诗词论，亦有“女虎头”之诨号，才不让乃兄。墨飞《烬余集》存词五十八首，语淡而隽，多饶画意，是能得北宋声家三昧者。《鹊桥仙》云：“秋云不雨，秋花不语，秋水潺潺不住。凭高何处是天涯，只千里、迢迢江暮。　雁来燕去，燕来雁去，来去匆匆无据。自来辛苦自相催，自谱出、人生律吕。”尝过杭州小翠故居，作《相见欢》《卜算子》：“蕉不展，花不语，竹凄然。寂寞水禽三两、雨中眠”；“波影似年时，照影人何去。纵不凄凉也是秋，几滴黄昏雨”。顾氏一族明、清两朝以“露香园顾绣”名世，墨飞虽无绣名，亦足称缝月裁云手也。

掌管专工医兽一应马匹一员

地兽星紫髯伯皇甫端　皇甫小菱

小菱秋扇词人室，有《白丁香花馆词》。《淡黄柳》云：“西窗剪烛，

---

① 佚名：《顾青瑶女士润格》，《红玫瑰》1929 年第 5 卷第 2 期。

② 《蜗牛居士全集·艺人小志（中卷）》，黄鸿初、丁翔熊编，上海丁寿世草堂 1940 年版，第 60 页。

思绪寻芳迹。正好桐花飞雨密。梦入红衣水陌，都系心心暗香匿。　问消息。啼鹃一声急。算花落、更难觅。叹匆匆往事成今夕。伞底柔肠，烛边心曲，吹入盈盈小笛。”温厚绮丽，绝类秋扇，惜未睹全帙。

掌管专治诸疾内外科医生一员

地灵星神医安道全　曾懿（1853—1927）

曾懿字伯渊，一字朗秋，四川华阳人，才媛左锡嘉女，湖南提法史袁学昌室，翰林院编修、清史馆编纂袁励准母，今学者袁行霈祖母。伯渊自幼失祜，奉母乡居，乃遍览家藏医书。及笄，婴疾五稔，遂涵泳坟典，研习医理。其时西方进化论东渐，伯渊受其影响，主张行医救国，“保康强”“强种族”。伯渊既怜乡民之无告，复恨庸医不识寒温、泥执古方之无能，积三十载撰《医学篇》八卷，成一代女儒医。教育家张百熙序其《古欢室全集》曰：“叹夫人之襟抱宏远，议论明通，不独今之女界无此完人，即求之《列女传》中，亦不可数数觏”①；缪荃孙赞曰：“古今才媛，不可多得之遇，以一身兼之，则又独异也。”② 伯渊有《浣月词》传世，豪婉相兼，女杰之概。

掌管监督打造一应军器铁甲一员

地孤星金钱豹子汤隆　何曦（1899—1980）

何曦字健怡，一字敦良，南华老人何振岱独女、林则徐曾外孙，“福州八才女”之一。振岱视女如男，曦果能“健”而“怡”，词风亢爽。《晴赏楼词》中间有清刚语，如新硎初试，叩之作金石声。《琐窗寒·盆山》云：“谁箝寸塔，隐隐片云来去。问甃成、丘壑无多，教人结想神仙府。待招呼、上界星辰，手扪天尺五”；“翦翎笑我雕龙里，仰望云霄辽

① 张百熙：《女学篇序》，清光绪三十三年（1907）湖南长沙刻本。

② 缪荃孙：《古欢室诗集序》，载张延银、朱玉麒主编《缪荃孙全集·诗文》，凤凰出版社2014年版，第369页。

绝”。《临江仙·剑意》云：“愿铲妖氛消众魅，至刚原属多情。人间悍怯苦相凌。好凭三尺，万恨为君平。　记昔秋霜飞月，寒锋照胆晶莹。剑光人影两分明。云山千叠，来往一身轻。”此等健句必淬冶自肝胆，非闺房苦吟能出也。

掌管专造一应大小号炮一员

地轴星轰天雷凌振　谢叔颐（1913—2002）

叔颐原籍湖南宁乡，毕业于蓝田国师，为“白云诗社”才女，抗战胜利后与同窗陈锦光结缡，任中学教师。“文革”初，叔颐罹文字之劫，后锦光被诬特务，遭造反派以粪勺击死，葬时双目未瞑[①]。奇祸之下，叔颐唯“扶榇吞声”（《醉花阴》句）以自活。叔颐晚岁制《忆江南·回忆录》五十二首，其三十四记锦光冤死、三十五记接受批斗、三十八记干校改造云：“狂飙起，挨斗夜如年。获罪‘顶峰’沦黑籍，无端老伴逐黄泉。肠断鹧鸪天”、“无日夜，战栗讲台边。鞠尽厥躬称罪重，飞来孤掌觉天旋。心事付啼鹃”、“清明雨，传令赴前营。误入苇湖几灭顶，忽窥塔影幸旋旌。无用是书生”，为迷狂年代留下数帧版画质地之剪影。同乡熊鉴题其《山雷吟草》诗云：“一响山雷天地阔，神州五岳自崔嵬。”

掌管专造一起造修葺房舍一员

地察星青眼虎李云　梁令娴（1893—1966）

令娴名思顺，梁任公长女。自幼习倚声，父谓性情所寄，弗之禁也。方父执麦孟华过梁家，即从受业。令娴感于《词综》之浩繁而令人望洋兴叹，复病《词选》《宋四家词选》之严苛而不免主奴之见，故斟酌繁简，不论门户，手录《艺蘅馆词选》。初，备极披览，删珠选玉，得二千余。

① 谢叔颐组诗《哭亡夫陈锦光》详记此事：“天胡懵懵地冥冥，一夕惊雷袭我庭。雨骤风狂行不得，伶仃何处叩仙扃”；“双目不瞑难泄忿，一抔乍掩又开棺。伤心忍作违心论，泣血吞声裂肺肝”。谢叔颐《山雷吟草》，2008 年自印本，第 15—16 页。

后经麦氏甄正，余六百，成五卷①，并列词人小传、词话本事、诸家评语于眉端，搜采浩博，体例井然，成一时文献。“夫选家之业，自古为难”②，令娴以摽梅之年卓然操选政，家学也，禀赋也，勤力也，慧眼也。

掌管专一屠宰牛马猪羊牲口一员

地羁星操刀鬼曹正　许禧身（1858—1916）

禧身字仲萱，一字亭秋，浙江钱塘人，直隶总督兼北洋大臣陈夔龙继室。夔龙为清末权臣，得慈禧、荣禄、奕劻、李鸿章倚重，亲历庭审“戊戌六君子”、平定拳乱、签订《辛丑条约》、筹办两宫西狩、辛亥革命、张勋复辟等大事件。庚子、辛丑间，夔龙官京师，以内外交困“穷于因应”，禧身则“气闲身静，临乱不惊”，“枪弹林中，不失常度”③。禧身《高阳台·感怀》隐记其事：“漫点铜龙，缓敲檐铁，欣闻春雨纷纷。笼雾青纱，照来烛影偏清。隔闹共说安民语，喜听来、句句真诚。黯消凝。炉内香残，案上灯昏。　运筹决尽承平策，奈安边少计，鬓角愁生。一样无眠，静传银箭沉沉。祝天早罢干戈事，愿从今、永庆升平。倚窗听。残溜声低，滴至黎明。”亭秋夫人以命妇政才协夫周旋于晚清危局之中，真乱世操刀手也。

掌管专一排设筵席一员

地俊星铁扇子宋清　宋清如（1911—1997）

清如江苏常熟人，天风阁弟子、莎译专家朱生豪室。朱、宋十年苦

① 其中正编甲卷选唐五代词三十一家一百十一首，以明渊源；乙卷选北宋词三十三家一百二十九首；丙卷选南宋词五十二家一百九十一首；丁卷选清及近人词六十八家一百六十七首，戊卷增选七十八首，并附历代词话若干种。

② 梁令娴：《艺蘅馆词选自序》，载《艺蘅馆词选》，刘逸生校点，广东人民出版社 1981 年版，第 1—2 页。

③ 陈夔龙：《亭秋馆词钞序》《皇清诰封一品夫人陈尚书继配许夫人墓志铭并序》，转引自沈建中《〈皇清诰封一品夫人陈尚书继配许夫人墓志铭并序〉考略》，《杭州文博》第五辑，张建庭主编，杭州出版社 2007 年版。

恋，锦书盈箧，近年结集出版，火热坊间，俨然国民爱情读本[①]。清如才子妇，词亦可读，《蝶恋花》云：“愁到旧时分手处，一桁秋风，帘幕无重数。梦散香消谁共语，心期便恐常相负。　落尽千红啼杜宇，楼外鹦哥，犹作当年语，一自姮娥天上去，人间到处潇潇雨”，似永叔、同叔一辈语。

掌管监造供应一切酒醋一员

地藏星笑面虎朱富　岛姬（1985—　）

岛姬为发初覆眉好友，南京人，供职海关。为人狡黠可喜，自集诗词名曰《弃疗》《撸猫》，序曰“多有刻薄句”“多有掉节操”，不持威仪，謦俊谐谑，一时无两。有《卜算子·各种死系列》咏割腕、服毒、吞枪、跳楼等死法十四种，题目古之未有，叹观止矣。其“卧轨”条目云：“敬启俏甜心，亲爱的安娜：‘海上花开海浪升，我是初来者’。　前路必无歧，攲枕听车马。或有村头小黑鸦，识我于荒野。”“AK47”条目云：“眸是紫罗兰，腰是金星桦。白马高歌 Катюша，万物安然夏。　莫许凯而旋，莫许归来嫁。听哪前方号角声，до свидания（词下自注：两个俄文单词分别是“喀秋莎”和“再见”）！”打油而不卑、不伧极难，非明慧优容不能成此。百年俳谐词，当为此姝虚一席。

掌管专一筑梁山泊一应城垣一员

地理星九尾龟陶宗旺　邓红梅（1966—2012）

红梅江苏句容人，十五岁入苏州大学，二十九岁获博士学位，先后师从吴企明、钱仲联、杨海明，任教于山东师范大学、南京师范大学。其积十年之力撰成《女性词史》，专为千年女词人树碑修史，非仅惠于学林，亦有功之女界。王元化评曰：“……文笔清新，格调高雅……无理障，无

---

① 朱生豪赠宋清如情词实不在其白话情书之下，撷录《鹧鸪天》一首：“楚楚身裁可可名，当年意气亦纵横。同游伴侣呼才子，落笔文华洵不群。　招落月，唤停云，秋山朗似女儿身。不须耳鬓常厮伴，一笑低头意已倾。”

文字障，其才其学多臻妙境。”然托命于学，化心血为蜡炬；花枝纵好，终摧折于东风。愿天国之中，能得漱玉、幽栖辈长相护持。红梅能词，今可由《邓红梅遗集》附录撷得遗作若干，其《清平乐·落梅》真若词谶：“冰姿幽远，不见绡红浅。旧梦檀心空一点，飘零天不管。　回首夕阳依依，寒山无限凄迷。谁见芳尘来去，翠禽夜吟空枝”。红梅仙去五年有奇矣，集唐人句以奠：皓质留残雪，香魂逐断霞。寒梅最堪恨，常作去年花（韦庄《旧居》、李商隐《忆梅》句）。

掌管专一把捧帅字旗一员

地健星险道神郁保四　吴无闻（1917—1989）

吴无闻又名吴闻，浙江乐清人，诗人吴鹭山妹。七十年代与夏承焘结合，瞿禅暮年，幸赖维持。又以古稀之岁整理审订夏氏遗著，付之枣梨，使天风流韵广播天壤。无闻存词不多，然襟怀高朗，足可追陪词宗。《减字木兰花·1973年冬侍夏承焘夫子踏雪杭州西湖白堤，作此以呈》云：“长笻短笛，啸傲湖山追白石。词问笺成，说与梅边旧月听。　断桥西路，抱朴仙翁招手去。不是仙翁，冰雪孤山一老松。”《望江南·羡山夏承焘教授墓》云：“明湖曲，小宅住词仙。映水石莲开一朵，花头趺坐好参禅，入定不知年。”王小波致李银河诗中有语：“你是我的军旗”，移谓吴、夏二先生，亦称允洽。

附录二　望江南咏近百年女词人三十六家

望江南论词词肇迹于戴复古，踵兴于朱彊邨、姚鹓鶵，恢张于卢冀野。此一体容闳论于寸幅，折疑狱于片言，具芥子须弥、摘叶飞花之妙。余撰《点将录》，意有未尽，乃鼓余勇，试作数篇。虽一家言，亦取法乎上，倘得诸老其半愿足矣。

霜叶落，天下遽惊秋。越女声名传季布①，金钗何惜典吴钩②。风雪一江愁。

——秋瑾、徐自华

妆楼上，月第几回圆。照见秋魂来往路③，花候总在秋风前。午梦忆当年。

——李慎溶

苌弘血，三年化碧城。转侧流眄生乾象，身卧诸天最上层。迤逦降双成。

——吕碧城

真女子，敢负奇侠情④。不周山裂潜龙出，拍碎珊瑚连海腥。散作满天星。

——张默君

---

① 寄尘冒死营葬秋瑾，时人谓之“裙钗季布”。

② 徐自华、徐蕴华尝倾尽箧中黄金三十两助秋瑾起事，寄尘《和鉴湖女侠感怀原韵二章》诗云：“好散千金交侠客，相从燕市买吴钩。”

③ 慎溶名句“一夕凉飙辞旧暑。飒飒墙蕉，恐是秋来路”，因得名“李墙蕉”。

④ 默君《如梦令》：“天予此生潇洒，不负奇侠骚雅。”

才一觑，巨眼识重瞳。已工怨语新婚别①，每多豪情思悲翁②。南屏晚来钟③。

——汤国梨

蘅芜梦，幽意冷处浓④。岂必章句多刻镂，伤心人语从来工。八闽旧家风⑤。

——刘蘅

伤禾黍，刻意复伤春。任尔换尽人间世，侬是深闺旧词臣⑥。帘外月一痕。

——罗庄

多歧路，零落剑与琴。砚台十二⑦贮灵墨，小笔垂香到如今，旧游不堪寻⑧。

——顾青瑶

行不得，瘴色遏千云。有泪都作天南雨，此身合是湘夫人。故国春未春。

——冯沅君

横汾赏，九州知令名。江表王气销未尽，一带杨柳厌言兵。隔岸尚青青。

——李淑一

甘索寞，书剑老生涯。凭他倾叶葵与藿⑨，萧然不共赤城霞。颜色异群花。

——丁宁

---

① 章太炎、汤国梨结缡甫一月，太炎即北上讨袁，三年陷缧绁中。

② 国梨《南乡子》："抚缶一高歌，毕竟豪情比怨多。"

③ 章、汤夫妇合葬于西湖畔南屏山荔子峰。

④ 纳兰性德《采桑子》："一片幽情冷处浓。"

⑤ 刘蘅师从我春室老人何振岱，振岱出谢枚如门中。

⑥ 罗庄为民国女性遗民代表。

⑦ 青瑶室名"十二砚斋"。

⑧ 青瑶晚岁取道香港赴北美，终老于加拿大，所遗《归砚室词稿》今已不可寻。

⑨ 丁宁《鹧鸪天·归扬州故居作》："秋来尽有闲庭院，不种黄葵仰面花。"

天成我，蝶梦不须醒[①]。我是梦中传彩笔，忽遇天风吹便行[②]。翩然饮性灵。

——陈小翠

山灵顾，含睇又宜狂。人间无地著仙侣[③]，楚丘有女名碧湘。日暮倚修篁。

——陈家庆

平湖隐，风物最清嘉。农谚原是长短句，村庄儿女可当家[④]。春在荠菜花。

——王善兰

真香色，并世几家胜。每从绮语认豪语，任使无月与无灯[⑤]。闻道最倾城[⑥]。

——周錬霞

寒江涉，无计可避秦[⑦]。欲同易安论宾主，天以百劫成词人[⑧]。抛残一片心[⑨]。

——沈祖棻

迁乔木，是处可传灯。随常才调接片玉，有时韵度近邦卿。入山心太平[⑩]。

——张纫诗

乘槎去[⑪]，心事漫峥嵘。竟能沉咽参老杜，别有萧瑟拟兰成。故园无此声。

——尉素秋

---

① 小翠父陈栩字蝶仙，号天虚我生。

② 二句集李贺《牡丹》、龚自珍《杂诗　己卯自春徂夏，在京师作，得十有四首》。

③ 陈家庆、徐英夫妇游黄山，有《黄山揽胜集》。陈声聪评曰："想见其风流胜赏，如天外刘樊矣。"转引自《澄碧草堂集》，刘梦芙编校，黄山书社2012年版，第82页。

④ 平湖词人男有许白凤，女有王善兰，皆善写乡居生活。

⑤ 錬霞自度曲《庆清平》有句"但使两心相照，无灯无月何妨"。

⑥ 錬霞貌美，苏渊雷称"八十犹倾城"。

⑦ 祖棻《鹧鸪天》："难从故纸觅桃源。"

⑧ 王国维《人间词话》："天以百劫成一词人，果何为哉。"

⑨ 朱祖谋绝笔词《鹧鸪天》："枉抛心力作词人。"

⑩ 纫诗晚岁与夫婿偕隐香港太平山。

⑪ 素秋解放后赴台。

园林好，暂作小谪仙。一自风烟人去后①，我闻此曲惟潸然。何日更思凡②。
——张充和

斫轮手，岂必皆男儿。记题千古忧乐句③，辛刘到此堪低眉。间气赖撑持。
——吕小薇

情苗种，故故生春妍。尽有销魂儿女语，都入周南雅颂篇。风怀不可芟。
——盛静霞

珠无价④，采之欲贻谁。何郎词笔人争唱，小字中央只侬知⑤。春恨却来时。
——茅于美

高梧梦，零落旧家秋。君子论德讳三世，老凤功成小凤囚。是非一转头⑥。
——赵文漪

南岳下，传法见优昙⑦。万里流去海月白，百年种得寸心殷。勋策国士编。
——叶嘉莹

青兕相⑧，分明尘外看。九点齐烟如在掌⑨，一辈洪老许拍肩。柏也诗如仙。
——刘柏丽

---

① 充和远嫁海外，因自云“谶得风烟人去汉”。

② 充和昆曲名家，尤擅《惊梦》《思凡》。

③ 小薇《金缕曲》：“共斯人、忧乐迈千古。”

④ 于美词集名《夜珠词》。《生查子》云：“妾有夜光珠，采掬经沧海。”

⑤ 朱彝尊《两同心》：“洛神赋，小字中央，只有侬知。”

⑥ 文漪祖父赵凤昌称“民国产婆”，父赵尊岳曾任汪伪政府要职，抗战胜利后下狱，其《高梧轩诗》《珍重阁词集》等身后由文漪主持刊印。

⑦ 叶氏业师顾随四十年代曾有寄语：“别有开发，自成建树，成为南岳下马祖”；又有赠诗云：“廿载上堂如梦呓，几人传法见优昙。”

⑧ 《宋史》卷四〇一《辛弃疾传》：“义端曰：‘我识君真相，乃青兕也’。”柏丽词粗豪近稼轩。

⑨ 文廷式词《玉楼春》句。

家国史，十载涩难描。道是离乱诗人幸，剪生裁死作楚骚。泪涨千江潮。

——周素子、张雪风

阳关北，朔风卷龙沙①。茫茫天意高曷极，自磨枯血书岁华。归去已无家。

——蔡淑萍

云鬟冷，垂袂坐古春。偶成一笔界仙俗，天花拂尽还著身②。心事淡于云。

——李静凤

迦陵后，哀乐遣谁传。六合秋气来胸次，一代才人袖手看。推窗望中原。

——问余斋

定公下，侠梦未全荒。大星欲出芒不散，奇句脱腕手犹香。剑衣夜被霜。

——李舜华

新来者，俊逸豹参军③。和烟捕梦最窈窕，投红掷白任天真④。醒眠都是春。

——夏婉墨

呢喃语，痴儿我是莲⑤。侧身人海或能忘，浮生几见小团圆。谁为画远山。

——发初覆眉

声家事，庄谐皆法门。博得狸奴时绝倒，赋到罗刹愈可人⑥。风物入题新。

——岛姬

① 淑萍青年下放新疆阿尔泰兵团，生活十七年。

② 静凤词集名《散花》，谓文字结习难空也。

③ 夏婉墨又网名豹嘤嘤，网人以“豹参军”戏称之。

④ 夏婉墨词《簇水》句。

⑤ 发初覆眉《喝火令》：“那夜谁曾语，痴儿我是莲。”

⑥ 岛姬多咏猫之作，又尝以俄语入词。

天机转，士女各成名。一笑轻夺湖海气，小队蛾眉子弟兵[1]。斯世见中兴。　　——网坛诸女

① 陈小翠诗《画展小纪》句。

附录三　陈小翠年谱

说　　明

一、陈小翠性情简淡，不乐朋俦交游，生平事迹除诗词中有关生活记录外，多采自其自传《半生之回顾》及时人笔记等。以陈氏商业活动与谱主前半生关联密切故，编入“家庭工业社”有关文献。

二、诗词作品大部分较难严格系年，本年谱仅编入明确标注或可推断创作时间者。以两种《翠楼吟草》（上海著易堂书局民国十三年刻本及刘梦芙编校之黄山书社二〇一〇年版）与《翠楼吟草全集》（台湾三友图书有限公司二〇〇一年版）为底本。

三、民国报刊诗词为近百年文学重要截面。本年谱编入陈小翠作品为诸报刊刊载情况，置于每年年末，可视作其文学活动及影响之记录。

四、所涉人物除谱主家庭成员外，不作介绍。

传　　略

陈小翠原名璻，字翠娜，别署翠侯、翠吟楼主、空翠居士等，世居钱塘，清光绪二十八年（1902）生。祖陈福元业医，父陈栩蝶仙、兄陈定山蝶野为两代爱国实业家，兼擅文艺。母朱恕懒云、弟陈次蝶叔宝亦以诗文有声于当时。小翠早慧，八龄能诗。少年移居沪上，至陈氏“家庭工业社”创立，积铢累锱，家道渐隆。二十六岁适萧山汤彦耆，蝶仙刊《翠楼吟草》六卷并文、曲稿以助嫁奁，翌年生女翠雏。后夫妇不睦，竟至分居，小翠终身未再醮。1934 年，中国女子书画会于沪上成立，小翠列常务委员，主持举办展览会数次。1948年受上海无锡国学专修学校聘，任诗词曲教授。1960年入上海中国画院，为首批专职画师。“文化大革命”起，小翠以不堪凌辱，引煤气自尽，终年六十七岁，遗《翠楼吟草》二十卷（1954年后作品未分卷，称第四编），计：《银筝集》《天风集》《心弦集》《香海集》《沧洲集》《绿梦词》《湖山集》《扫眉集》《丹青集》《劫灰集》《江南集》《绿梦词续》《翠楼曲稿》《思痛集》《中兴集》《夜锦集》《绿梦词续》《微云词》《冷香词》《翠楼曲稿》。

小翠通人，举凡诗、词、曲、文、书、画、小说，俱一空依傍，造诣超卓，洵为近百年乃至千年不数觏之奇才。夏承焘评曰：“诗词皆大佳，诚不易得”①；陈声聪径以“女中俊杰”② 呼之；钱名山有诗云：“老子目光高一世，连朝击节翠楼吟”③，与订忘年交；郑逸梅生平阅人最多，而独有“手屈一指”④ 之称赏；刘梦芙《“五四”以来词坛点将录》擢为“地壮星母夜叉孙二娘”，谓“天资奇慧”“真绝代才女也”⑤。

年　谱

1902年　壬寅（清光绪二十八年）　一岁

9月25日（旧历8月24日）出生。是年陈栩二十四岁、朱恕二十六岁、陈小蝶五岁。祖母王氏甚爱之，为取名曰璻，字曰翠娜⑥。

1903年　癸卯（清光绪二十九年）　二岁

① 夏承焘：《天风阁学词日记》（1940年6月10日），浙江古籍出版社1992年版，第207页。

② 陈声聪：《兼于阁诗话》，上海古籍出版社1985年版，第251页。

③ 钱悦诗：《诗人陈小翠》，华道一主编，上海文史研究馆编《海上春秋》，中华书局2005年版，第13页。

④ 郑逸梅：《才媛陈小翠》，载《郑逸梅选集》（第四卷），黑龙江人民出版社2001年版，第758页。

⑤ 刘梦芙：《“五四”以来词坛点将录》，载《二十世纪名家词述评》，安徽文艺出版社2006年版，第357页。

⑥ 陈小翠：《半生之回顾》，《宇宙风》1937年第62期。

1904 年　甲辰（清光绪三十年）　三岁

1905 年　乙巳（清光绪三十一年）　四岁

随兄入塾①。

1906 年　丙午（清光绪三十二年）　五岁

1907 年　丁未（清光绪三十三年）　六岁

1908 年　戊申（清光绪三十四年）　七岁

1909 年　乙酉（清宣统元年）　八岁

随父客居江苏平昌。时乡间匪乱，诸儿失学，小翠以果饵资购《史记》等自修，并课弟读。陈栩为教习四声。小翠试为小诗，父恒称善②。

1910 年　庚戌（清宣统二年）　九岁

1911 年　辛亥（清宣统三年）　十岁

1912 年　壬子（中华民国元年）　十一岁

据陈栩记叙，是年代母写信，小诗婉娈可诵③。

1913 年　癸丑（中华民国二年）　十二岁

举家迁沪上。

陈栩发起成立“三人公司”，与李长觉（新甫）、吴觉迷、陈小蝶、陈

---

① 陈小翠：《半生之回顾》，《宇宙风》1937 年第 62 期。

② 同上。

③ 陈栩：《翠楼吟草序》，

小翠合作翻译英美小说。译本由李长觉主选并口述译文，吴觉迷、陈小蝶、陈小翠分别记录，最后由陈栩删改润饰定稿，署名“太常仙蝶”发表。五年中，“三人公司”合译了包括《福尔摩斯探案集全集》在内的外国长短篇小说七十三部，达三百余万字①。

1914 年　甲寅（中华民国三年）　十三岁

《四时闺咏》载《游戏杂志》第七期；《消夏词和倩华姊》《江楼即景》《刘庄题壁》载《游戏杂志》第九期；《小园散步》《春日》《七夕》《晚窗即事》《晓起》《拟闺怨》《拟宫怨》《春晓》《春夜》《题临江迟来客图》《阿兄见怀和四时闺咏四首，中有“偷进风帘看挽头”之句，阿母谓其憨态犹昨，命作诗责之，戏用其句却寄》载《女子世界》第一期；《题背面美人图》《春日》《秋夜》《山居》载《女子世界》第六期。

与母懒云女士合影载《女子世界》第二期、《游戏杂志》第十期。

1915 年　乙卯（中华民国四年）　十四岁

4 月 30 日—5 月 13 日，小说《劫后花》连载于《申报·自由谈》。

《翠楼吟草》之《银筝集》自是年起存。

《和倩华姊四首》《初夏》《秋思》《戏赠二首》《拟夏日闺情》《春晓》《湖上》载《女子世界》第三期；《记得》《四时闺咏和家兄小蝶》《偶成三首》《喜雪》《月夜》载《游戏杂志》第三期。

滑稽小说《新妇化为犬》载《礼拜六》第七十八期。

1916 年　丙辰（中华民国五年）　十五岁

陈栩设“栩园函授社”教授文学，小翠以“性好胜，耻不若人”，锐意学诗词曲赋②。

9 月，翻译小说《法兰西之魂》（原著者法国 Maacelle Tinayre 夫人）

① 陈小翠、范烟桥、周瘦鹃：《天虚我生与无敌牌牙粉》，中国人民政治协商会议全国委员会文史和学习委员会编《文史资料选辑》第八十辑，文史资料出版社 1982 年版，第 213—214 页。

② 陈小翠：《半生之回顾》。

载《小说海》第二卷第九号。

1917 年　丁巳（中华民国六年）　十六岁

东吴大学理化科毕业、曾助陈栩编《西药指南》的吴觉迷建议开展副业。陈栩以家人常苦冻疮故，与吴集资二百元制成冻疮膏，合家投入生产，自用兼出售，略有盈余。吴觉迷后病故，陈栩遂与李新甫商议，决定改制牙粉[①]。

11 月 18 日，《访小桃花馆二首》载《申报·自由谈》。

小说《熏莸录》《情天劫》由上海中华图书馆出版。

1918 年　戊午（中华民国七年）　十七岁

中学毕业。

8 月 2 日，陈栩出资两千元，李新甫出资五百元，组成两合公司。负无限责任，生产仍赖家人，厂房即设于上海西门静修路十五号家中。因以手工代替机器，故定名“家庭工业社”[②]。陈栩任总经理兼文书、化验，李新甫任经理，小蝶任副经理，小翠负责香精研制（即《司香曲》之本事）[③]，股东计三十三人，选举王钝根、李新甫为监察员，郁慕侠为候补。次日，《申报》刊载《家庭工业社家庭工业会成立会纪事》。家庭工业社所产“无敌牌（谐音‘蝴蝶’）擦面牙粉”以进口“金刚石”及“狮子”牌牙粉为竞争对象，迅速打开销路。广告画《梅边倩影图》中刷牙女孩原型即小翠[④]。

9 月 30 日，因生意不断扩张，陈栩以指挥擘画，日不暇给，辞去《申报·自由谈》主编一职。

陈栩集《申报·自由谈》副刊“家庭常识”专栏文章，整理为《家庭常识汇编》一—四集，交由上海文明书局出版，小蝶、小翠、次蝶助

---

① 陈小翠、范烟桥、周瘦鹃：《天虚我生与无敌牌牙粉》。

② 同上。

③ 陈小翠：《半生之回顾》。

④ 李晓军：《文学以养心，工业以救国——天虚我生与无敌牙粉》，载《牙医史话——中国口腔卫生文史概览》，浙江大学出版社 2014 年版，第 292 页。

编，每期印达十万册[1]。

7月26—27日，小说《美人影》载《申报·自由谈》。

翻译小说《露莳婚事》载《小说大观》第十三期。

1919年　己未（中华民国八年）　十八岁

从杨士猷、冯超然学画。

2月，无敌牌牙粉获准免税。3月，家庭工业社增资至三万元，9月增资至五万元[2]。

家庭工业社于太仓南门设薄荷厂，以解决牙粉原料问题，委邵从龙主持[3]。

《家庭常识汇编》五—八集由文明书局出版。

作《七夕词》。

1920年　庚申（中华民国九年）　十九岁

家庭工业社于江阴街建造厂房，并于无锡惠泉创办制镁厂，牙粉原料基本自给，极大降低成本[4]。

陈小蝶与张婉君成婚。

1921年　辛酉（中华民国十年）　二十岁

家庭工业社于无锡创办惠泉汽水厂，以对抗进口"屈臣氏"牌汽水[5]。至此已有牙粉、原料、牙刷、化妆品、药品、毛巾、饮料等多种日化产品。

1月7日，《吴江夜泊》载《申报·自由谈》。

5月22日，栩园杂志《文艺丛编》第一册出版。小翠文《邃园感旧图记》、词《东风慢·秋夜有怀芝姊》、曲《南仙吕入双角合套·护花旛杂

---

① 陈小翠、范烟桥、周瘦鹃：《天虚我生与无敌牌牙粉》。

② 李晓军：《文学以养心，工业以救国——天虚我生与无敌牙粉》。

③ 陈小翠、范烟桥、周瘦鹃：《天虚我生与无敌牌牙粉》。

④ 同上。

⑤ 同上。

剧》载《栩园弟子集》；诗集《翠楼吟草（一）》（附周拜花评点）载《栩园儿女集》。

7月3日，栩园杂志《文艺丛编》第二册出版。小翠文《黛吟楼诗序》《祭梁溪温氏姊倩华女士文》、曲《自由花杂剧》、诗集《翠楼吟草（二）》（附周拜花评点）载《栩园儿女集》。

9月30日，栩园杂志《文艺丛编》第三册出版。小翠诗集《蕉梦轩诗草》（附周拜花评点）载《栩园儿女集》。

11月28日，栩园杂志《文艺丛编》第四册出版。小翠诗集《百尺楼诗（一）》（附周拜花评点）载《栩园儿女集》。

《戏赠》载《半月》第一卷第四号；《醉歌》载《礼拜六》第一〇二期；《湖楼即景》载《礼拜六》第一〇八期；《七夕词》载《礼拜六》第一一一期。

1922年　壬戌（中华民国十一年）　二十一岁

小蝶独子出生。初名克敏，后改名克言，小翠为取字学诗，即“不学诗，无以言”之意[①]。克言后随父赴台，成知名画家。

1月，《半月》第二十四号刊发施蛰存、陈小翠作《半月儿女词》二十四首。组词后有周瘦鹃按：“松江施青萍君惠题《半月》封面画，成《半月儿女词》十五阕，深用感佩。今《半月》已出至第二十四号，而施君迄未续惠，因倩陈翠娜女士足成之，清词丽句，并足光我《半月》也。附志一言，敬谢施君与陈女士。”施氏表叔、家庭工业社职员沈晓孙遂生文字因缘之想，旋代施蛰存提亲，陈栩提出须得施登门拜访。沈晓孙携小翠照片赴松江施家，施父随即赴之江大学与施蛰存商议此事，施蛰存以“自愧寒素，何敢仰托高门”为由坚谢之[②]。

11月19日，栩园杂志《文艺丛编》第五册出版。小翠词《醉花阴》《天香·题梅花美人画册》载《栩园弟子集》、诗集《百尺楼诗（二）》、曲《焚琴记传奇》载《栩园儿女集》。

---

① 郑逸梅：《才媛陈小翠》。

② 沈建中：《施蛰存先生编年事录（上）》，上海古籍出版社2013年版，第42—43页。

《焚琴记》连载《半月》第一卷第十六—二十号。

与弟阿宝《天女散花》剧照载《半月》第一卷第十三期，下有小翠题诗。诗序云："辛酉秋，宝弟饰为散花天女，强予为花奴，并索题词"；与兄小蝶、弟阿宝、表兄朱瘦鹃合演《拷打寇承玉》（上海新流行剧《狸猫换太子》中一段）剧照载《礼拜六》第一五一期。

1923 年　癸亥（中华民国十二年）　二十二岁

秋，作《蚁游鼻山歌》。

冬，与兄小蝶举为消寒雅集，参与者小蝶、小翠、次蝶与陈家老友周拜花，陈栩亦以捉刀手厕列其中。每逢星期，各拟一题，拈纸团定题、体，往往有滑稽之题出。如小翠拈得"和尚拜丈母"题，限曲体；拜花拈得"活死人"题，限为文等。小翠擅俳谐，往往脱手而出。后作品辑为《栩园字纸簏》之名载王钝根主编之《社会之花》第一卷第四期（新年特刊号）。

"蝴蝶牌擦面牙粉"注册商标并首次招股，资本总数已达两万元，改为有限公司，并自办制盒厂①。

8 月 9 日，《沁园春·新美人裙》载《申报·自由谈》。

8 月 16 日，《夜阑曲　观卡尔登跳舞作》载《申报·自由谈》。

8 月 22 日，《沁园春·新美人手》载《申报·自由谈》。

9 月 4 日，《司香曲》载《申报·自由谈》。

10 月 24 日，《题蘧兄仙山楼阁图》载《申报·自由谈》。

11 月 10 日，《陋室》载《申报·自由谈》。

12 月 19 日，《平昌道中》载《申报·自由谈》。

《遾园感旧图记》载《半月》第二卷第十四号；《碧云仙馆诗稿弁言》载《半月》第二卷第十五号；《西湖诗梦影》诗二十一首载《半月》第二卷第十六号；《翠楼词草》词三首载《半月》第二卷第二十一号；《翠楼吟草》诗三首载《半月》第二卷第二十四号；《古今闺秀诗话征诗启》载《半月》第二卷第十八、十九号；《仙吕入双角合套·梦游月宫曲》载

① 陈小翠、范烟桥、周瘦鹃：《天虚我生与无敌牌牙粉》。

《半月》第三卷第一号。

照片载《半月》第三卷第一期。

1924 年　甲子（中华民国十三年）　二十三岁

往西湖，作《湖上闲居》《西溪》《西湖》。

作《甲子秋杂感》《甲子岁暮感怀和青瑶》。

1 月 17 日，《高阳台 · 消寒雅集拈题得此》载《申报 · 自由谈》。

2 月 12 日《庆春泽 · 红梅》载《申报 · 自由谈》。

2 月 28 日，《镜赋》载《申报 · 自由谈》。

4 月 4 日，《灯赋》载《申报 · 自由谈》。

6 月 2 日，《读项羽本纪》载《申报 · 自由谈》。

8 月 15 日，《古怀》《浣溪沙》载《申报 · 自由谈》。

10 月 18 日，《织为新衣占此调》载《申报 · 自由谈》。

10 月 30 日，《秋兴和蘧兄》载《申报 · 自由谈》。

11 月 17 日，《江氏姊避乱来沪为言途中境况备艰苦，为占二律纪之》载《申报 · 自由谈》。

11 月 26 日，《庆春泽 · 家君咏蟹命和，嘱当细腻，不得作横行语》。

《是耶非耶》载《社会之花》第一卷第十七期；《翠楼吟草》诗三十三首载《半月》第三卷第十二、二十四号；《西湖诗梦影续》诗十六首载《半月》第三卷第十八号；《紫兰花慢》载《紫兰花片》第二十集。

与弟阿宝剧照《曼舞》载《半月》第三卷第十一期。

1925 年　乙丑（中华民国十四年）　二十四岁

与陈栩、陈小蝶、张娴君、丁慕琴、李长觉、涂筱巢、周瘦鹃、徐道邻等游苏州，郑逸梅、赵眠云、程小青导游天平山。郑撰《天平参笏记》，《半月》第三卷第七号第特辟专栏载之，中有“翠娜御高跟鞋，亦冶步而登”语。

7 月 29 日、30 日，《洞仙歌 · 题莲杂存》四首、《高阳台 · 题画白梅莲子》分别载《申报 · 自由谈》。

8 月 15 日，《绿意 · 咏莲蓬和家君》载《申报 · 自由谈》。

《妇女旬刊题词》载《妇女旬刊汇编》第一期；《西湖》诗四首载《紫葡萄》第三号；《慈乌曲为难女李伊作》载《半月》第四卷第五号；《西溪归隐图记》载《半月》第四卷第九号；《洞仙歌》三首载《半月》第四卷第十一号；《翠楼吟草》诗二十首载《半月》第四卷第十三、十五、二十号。

国画《第一仙人萼绿华》载《紫葡萄》第六号；家庭常识画、陈小翠题国画《仕女》载《金石画报》第五期。

1926 年　丙寅（中华民国十五年）　二十五岁

家庭工业社资本达五万元，于陆家浜梅雪路落成新厂房，自此完全脱离家庭手工业生产束缚，并与法租界商行订立经销合同①。小翠作《新居题壁》贺之，诗序云："家庭工业社新屋落成，余所管化合室景最幽倩，绿阴如幄，晶窗四围，而香雪四时尤饶奇趣。"

10 月 18 日，《落叶》载《申报·自由谈》。

10 月 26 日，《落叶》载《益世报》。

10 月 29 日，《续落叶诗》载《申报·自由谈》。

11 月 12 日，载《益世报》。

《近代小说品》载《紫罗兰画报》第一卷第四号；《半淞园夜泛图记》载《紫罗兰画报》第一卷第七号；《踏莎行》《菩萨蛮》载《紫罗兰画报》第一卷第十一号；《高阳台·白梅》《齐天乐·咏蟹》载《紫罗兰画报》第一卷第十七号；《醉太平·题画》载《紫罗兰画报》第一卷第二十一号；《黛吟楼图序》载《紫罗兰画报》第二卷第一号；《山路》《深夜不寐》《感怀》《贺紫姊新婚》载《良友》第七期；《题"影"》载《上海画报》第七十四期。

仕女扇页一角载《上海画报》第一三六期。

1927 年　丁卯（中华民国十六年）　二十六岁

与汤彦耆结婚，婚前作《闺词》五首；十月，陈栩为出版《翠楼吟

① 陈小翠、范烟桥、周瘦鹃：《天虚我生与无敌牌牙粉》。

草》以充嫁妆。

汤彦耆（生卒年不详），字长孺，中华民国首任交通部长、浙江督军汤寿潜长孙，浙江省议会议员汤孝佶长子，诗人、学者马一浮内侄。

5 月 6 日，《湖上偶成》载《申报·自由谈》。

5 月 22 日，《申报》本埠增刊载夏行时《参观无敌牌牙粉厂记》，谓家庭工业社之资产“已达五十万元之巨”。

10 月 19 日，次蝶成婚，小翠以病不克起贺，寄催妆诗四首。

《小园散步》三首载《妇女月刊》第一卷第一号；《春日》《七夕》载《妇女月刊》第一卷第三号；《山居漫兴》四首、《解佩令·醉歌》《蝶恋花》载《紫罗兰画报》第二卷第二号；《翠吟楼诗稿》四首载《紫罗兰画报》第二卷第五号；《西湖杂忆诗》十首载《紫罗兰画报》第二卷第七号；《翠楼吟草》诗三首、词三首载《紫罗兰画报》第二卷第十一号；《西湖诗梦影》二十首载《紫罗兰画报》第二卷第十四号；《书所见》载《南金》第一期。

摄影《春云》《楼上斜阳》载《紫罗兰画报》第二卷第九号；国画《天女散花》载《紫罗兰画报》第二卷第十五号。

照片《心弦》载《紫罗兰画报》第二卷第二十一号。

1928 年　戊辰（中华民国十七年）　二十七岁

生女汤翠雏。

陈小蝶纳郑十云为侧室[①]。

家庭工业社由李新甫专任经理、厂长，负社务全责，陈栩退居幕后，专志改良造纸，意图创新局面[②]。

《翠楼新词》二首载《紫罗兰画报》第三卷第二号；《南仙吕·戏拟闺情》《南南吕·聘猫曲》载《紫罗兰画报》第三卷第十三号。

---

① 蔡登山：《诗、书、画、文俱佳的陈小蝶（定山）》，载《洋场才子与小报文人》，金城出版社 2012 年版，第 149 页。

② 陈小翠、范烟桥、周瘦鹃：《天虚我生与无敌牌牙粉》。

1929 年　己巳（中华民国十八年）　二十八岁

2 月 18 日，《敝裘曲·消寒集拈题得此》载《申报·自由谈》。

《高阳台·怀中粉镜》载《紫罗兰画报》第四卷第四号；《洞仙歌》四首载《紫罗兰画报》第四卷第七号；《闺词》手稿一页载《上海画报》第四七五期。

照片载《妇女杂志》第十五卷第七号，下有顾青瑶介绍云："陈小翠女士为钱塘陈栩园先生女公子，年十三即工诗，少长，诗文词曲无不擅长。才思灵敏，又嗜画，喜作仕女，间写花鸟，多清丽妍逸，不落蹊径。著作甚夥，比年辑《翠楼吟草》暨《曲稿》《文稿》付印，为艺林所推重云。"

1930 年　庚午（中华民国十九年）　二十九岁

家庭工业社于华界车站路购置办公室，名"香雪楼"，新建牙粉厂、制盒厂、彩色印刷厂，生产广受欢迎之"蝶霜"①。

11 月 29 日，《洞仙歌·西泠息养社》《蝶恋花》载《申报·自由谈》。

1931 年　辛未（中华民国二十年）　三十岁

家庭工业社于南京路抛球场开设营业所，附设广告部，以对抗中国化学工业社所控之"中国国货公司"。小蝶任营业所经理，并以此为个人交际据点，开展书画、古董及房地产生意，建成"蝶邨""蒲石新邨""蝶墅"，并扩大杭州西泠"息养社"为"蝶来饭店"，由影星胡蝶、徐来剪彩，轰动杭城②。

春，往莫干山小住，作《莫干山山居》《莫干山看日出》《宿莫干山中》。作《辛未秋感》。

《翠楼吟草》之《湖山集》自是年起存。

5 月 7 日，《偶占》载《申报·自由谈》。

---

① 陈小翠、范烟桥、周瘦鹃：《天虚我生与无敌牌牙粉》。

② 同上。

6 月 17 日，《山中日出》载《申报 · 自由谈》。

12 月 4 日，《边军》载《申报 · 自由谈》。

《翠楼新吟稿》诗十首、词十首载《新家庭》第一卷第三号；《翠楼诗稿》诗二首载《新家庭》第一卷第六号；《送青瑶之庐山》载《紫罗兰画报》第三卷第七号；《南仙吕入双调 · 病中遣怀》载《紫罗兰画报》第三卷第十八号；《边军》载《新亚细亚》第三卷第三号。

1932 年　壬申（中华民国二十一年）　三十一岁

《翠楼吟草》之《扫眉集》存丁卯自是年间剩稿。

秋，作《太湖纪游》《李鸿章祠》《偶占》；归后作《归后琼姊问游踪所之，占此示略》《忆四宜楼寄呈家君》《代家书》。

《山中日出》载《军事杂志》第四十三期；《边军》载《军事杂志》第四十五期；《东风》《西湖杂忆诗》载《川盐特刊》第一六五期；《边军》载《国闻周报》第九卷第四期、《互助周刊》第十三卷第二期。

1933 年　癸酉（中华民国二十二年）　三十二岁

《即事》载《金钢钻月刊》第一卷第三集。

1934 年　甲戌（中华民国二十三年）　三十三岁

《翠楼吟草》之《丹青集》自是年起存。

作《流星》《新柳》《唐冠玉女士以金莲索绘，为写背面美人，戏占题》《夏日》《画南瓜助赈占题》《寄顾飞》《五色诗》《论诗有谢》《偶占》《施孝女行》《自挽曲》。

陈栩营生圹于西湖桃源岭，小翠作《题小桃源图》《羽仙歌》。

3 月 15 日，《五色诗》载《申报 · 自由谈》

与冯文凤、李秋君、顾青瑶、杨雪玖、顾飞等倡导发起中国女子书画会，后得到唐冠玉、虞澹涵、陆小曼、吴青霞、杨雪瑶、庞左玉等人响应。四月二十九日，书画会举行第一次同人大会，会址为海宁路八九〇号（临时主席冯文凤家中）。小翠被选举常务委员，兼任编辑。五月十八日，陈小翠、李秋君被推举为书画会主任。

6月2日，中国女子书画会第一届书画展于宁波同乡会（今西藏中路四八〇号）举行，会上展出五百余幅精品，参观者数千。展会旨在宣扬艺术，故“除非卖品外，特选各会员杰作多幅，廉价发售，以供同好。另有会员合作诗画之执扇数十件，俱属尚品，每件只收墨费二元”，并“用对号抽签法发售，以助雅兴”。展会现场出售由陈小翠、李秋君主编之《中国女子书画展览会特刊》。《特刊》“全用重磅铜版纸精印，内有铜图百余幅，文用活体楷字排印，定价每册一元”。小翠有《画展小纪》七绝十二首记盛况。

6月25日，画作载《申报·自由谈》。

8月28日，中国女子书画会于陶乐春菜馆为冯文凤返粤践行，小翠作《送冯文凤姊为亲寿返粤即席赋赠》七律四首。

10月22日，《翠楼新咏》载《申报·自由谈》。

《淞南吊梦图郑午昌为陆丹林作》载《国画月刊》第一卷第四期；《题画偶存》二首、《题仕女图》及《绘事与诗词之关系》载《国画月刊》第一卷第九—十期；《读大兄蝶野纪游诗书后》《长歌和大兄蝶野韵》《筑堤谣》《咏史》载《国画月刊》第一卷第十一—十二期；《洞仙歌》《浣溪沙》《高阳台》载《词学季刊》第二卷第一号；《五色诗》载《女铎》第二十二期第十一册。

国画作品及照片载《中华日报新年特刊》《晨报·妇女生活画报》《大众画报》第六期；国画作品及女子书画会合影载《时代》第六卷第五期；国画《鹿门采药图》载《中华》第二十八期。

1935年　乙亥（中华民国二十四年）　三十四岁

3月15日，中国女子书画会第二届书画展览筹备会议于李秋君家举行。

5月10日，中国女子书画会第二届书画展于北京路口贵州路湖社举办，展览期间出版《女子书画展览会特刊》。

国民政府法币新政下，房地产市场崩溃。小蝶将所置产业尽数抛售，仍不抵债款之半，因中保关系，累及家庭工业社。陈栩出让社股以偿债务，几濒破产。此后家庭工业社由李新甫主持残局①。

作《蝶庄消夏》《题女弟子周丽岚〈诗剑从军集〉》。

《双调题桃潭送别图》《金缕曲·和青瑶姊》《越调残英曲》载《妇女月报》第一卷第四期；《余春》《索居》《初秋》《汪桂芳女士招引集席占赠》《招魂》载《妇女月报》第一卷第五期；《女弟子周丽岚索题〈诗剑从军集〉为写七截句》《越调妾薄命》载《妇女月报》第一卷第六期；《夏夜》《蝶庄夏日》载《妇女月报》第一卷第十二期；国画作品载《中华》第三十五期。

1936 年　丙子（中华民国二十五年）　三十五岁

4 月 24 日，中国女子书画会举行常会，小翠与会。

5 月 29—31 日，中国女子书画会第三届书画展于宁波同乡会举办，展出作品六百余件②。《申报》赞曰“该会组织之精神，作风之丰伟，洵属现代女界艺坛文化之盛典”。《中华女子书画会第三届特刊》收集作品九十余幅，后附作者小传，采用珂罗版精印。

6 月 17 日，《三夫人庙迎神曲》载《申报·自由谈》。

7 月 1 日，《湖上之什》载《申报·自由谈》。

7 月 20 日，《蝶庄夏日》载《申报·自由谈》

11 月 11 日，《湖上杂记》载《申报·自由谈》。

《倚柱集》录乙亥、丙子两年间诗。

《竹溪》《游山赠次弟》《新妇石》《秋日小园》《偶占》载《妇女月报》第二卷第一期；《莫干山山居》《偶过孤山见曼殊上人墓》载《文艺捃华》第三卷第二册；《避暑西郊寄赠雪蕉女士》载《文艺捃华》第三卷第三册；《山中离诗》四首载《文艺捃华》第三卷第四册；《桐江旅夜题壁》《西台吊谢皋羽》载《国学论衡》第八期；《桐游小记》诗八首载《越风》第十七期；《湖上杂诗》八首载《道路月刊》第五十一卷第一号；《邀琼枝姊仝游富春江代简》《江楼》《桐江旅夜题壁》《君山》《钓山》

① 陈小翠、范烟桥、周瘦鹃：《天虚我生与无敌牌牙粉》。

② 徐建融、刘毅强：《海派书画文献汇编》，上海辞书出版社 2013 年版，第 553 页。

《七里泷道中冒雨独坐船头望烟云四山瞬息变幻不可方物》载《道路月刊》第五十一卷第二号；《冒雨游富春二日杂记》八首载《道路月刊》第五十卷第三号；《边军》载《励志》第四卷第二十三期。

1937 年　丁丑（中华民国二十六年）　三十六岁

2 月 2 日，《桐江二日游记》载《申报·自由谈》。

2 月 20 日，为诗弟子周丽岚所撰之《当代木兰小志》载《申报·自由谈》。

3 月 1 日，《江楼》载《申报·电信特集》。

5 月 15 日，中国女子书画会第四届书画展于宁波同乡会举办。

7 月 26 日，《题匡山图》载《申报·自由谈》。

7 月 31 日，《题匡山图》《感怀寄丽岚女弟，时弟方受军训》载《申报·自由谈》。

10 月 22 日至 11 月 15 日，由中国画会、中国女子书画会主办之慰劳将士书画展于大新公司四楼画厅举办。

11 月 12 日，上海失守。陈栩单车走芜湖，经汉口至昆明，寄小翠书云："吾老矣，久置生死于度外，但曾薄负微名，恐为某方罗致耳。"

《翠楼吟草》之《劫灰集》自是年起存。

作《大江东去·十一月十二日上海失守》《除夕寄蜀》。

《湖上闲居》九首载《越风》增刊第一集；《偶成》载《国学论衡》第十期；《悲西台》载《逸经》第十三期；《女画家陈翠娜女士自传》载《特写》第十四号。

陆丹林撰《陈小翠女士》载《逸经》第三十三期。

1938 年　戊寅（中华民国二十七年）　三十七岁

《翠楼吟草》之《江南集》自是年起存。

作《元宵快雪初晴，月明如昼，夜起闻梅花香甚烈，占此》《戊寅感怀》《初夏寄家君云南》《题山水卷》《仙吕入双角合套·梦江南曲》。

《离乱音书（附近作一首）》载《大风》第六期；《南仙吕入双角合套·梦江南曲》载《金刚画报》复刊第六、七号；《翠楼曲稿》载《家庭》第二卷第四期。

1939 年 己卯（中华民国二十八年） 三十八岁

11 月 11—13 日，中国女子书画会第六届书画展与宁波同乡会举办。

陈栩在云南染病，由小蝶护送从昆明转经越南、香港回沪。

陈栩《欧美名家小说序》载《自修》第六十四期、《梁溪女士过温倩华小传》载《自修》第六十五期、《四宜楼记》载《自修》第六十六期、《李母曾太夫人五十寿序》载《自修》第六十七期、《梅公祠记》载《自修》第六十八期，四文均由小翠作注。

1940 年 庚辰（中华民国二十九年） 三十九岁

3 月 24 日，陈栩病逝。

陈栩（1879—1940），近代爱国实业家、发明家、诗人、小说家、翻译家、画家、报人，南社成员。原名寿嵩，字昆叔，后改名栩，字蝶仙，号天虚我生，别署超然、惜红生、太常仙蝶、樱川三郎、大桥式羽等，钱塘儒医陈福元第三子，表兄顾紫笙为胡雪岩第四婿。清优附贡生，尝作幕平昌、绍兴、靖江、淮安等地。民国七年创立“家庭工业社”，研制成“无敌牌”牙粉，风行全国，自此渐专实业，先后开办化妆品厂、汽水厂、造纸厂等，建立“家庭工业社”日用品生产体系，遂成一代国货巨商。蝶仙著述宏富，传世者达二百四十余种；又尝主《申报》副刊《自由谈》，亲撰科学研究内容。抗战时转移工厂至西南，未及胜利，含恨而逝。陆澹安挽之曰：“公真无敌；天不虚生”，朱大可挽之曰：“文物逍遥，一夕仙踪圆蝶梦；儒林货殖，千秋史笔属龙门”①。小翠忆陈栩平生志业云：“吾父庞眉海口，智力过人，于书无所不览。尝云文学所以养心，工业足以救国，故平生孳孳矻矻，无非致力于二者。每黎明即起，日入未息，或劝其老矣可以少休，则曰：‘生无所息，工作乃人之天职，怠惰即是罪恶。’晚年笃嗜化学，每多发明，创立工厂五六处，赖以生活者近万人。然心薄商

① 郑逸梅：《南社社友事略：陈蝶仙》，载《南社丛谈 历史与人物》，中华书局 2006 年版，第 213 页。

人，耻言功利，为而不有，四壁萧然。丁丑入蜀，议设盐铁纸镁等六厂，为富国之计，规模宏大，当局重之，惜为浅识者所阻。先君乃洁身而归，家居一载，赍志而终。使天假之年，当造福人群，当尤不止是也。”身后小翠为编成《栩园遗稿》，由家庭工业社出版。

5 月 29 日，与冯文凤、谢月眉、顾飞在大新公司四楼合办“名媛书画展览”。

是年初春，小蝶为日本宪兵偕同法巡捕及翻译强指为重庆分子，陷蓬莱市监狱七日。后由十云夫人联络影星徐来搭救，小蝶从此以“定山”名世①。

陈栩口述，小翠、次蝶笔录之《大学新讲》连载于《自修》第一一五——三〇期。

1941 年　辛巳（中华民国三十年）　四十岁

5 月 26 日—6 月 1 日，与冯文凤、谢月眉、顾飞在大新公司四楼画厅合办第二次四家书画展览，展品达三百余。会场附售《翠楼吟草》。小翠为展览会撰序言，载《大陆》第二卷第二期（《画余随笔》载同一期）。

《浣溪沙》四首载《乐观》第一期；《翠楼新语》载《乐观》第三期；《翠楼新语》《新美人发》《新美人足》载《乐观》第六期；《翠楼新语》载《政治月刊》第二卷第二期。

仕女图载《大陆》第二卷第二期。

1942 年　壬午（中华民国三十一年）　四十一岁

《思痛集》自是年起存（《翠楼吟草全集》“时年卅九”系周岁）。

作《壬午岁暮杂兴》《题〈双照楼集〉》。

《翠楼新草》诗十首载《万象》第一期；《翠楼词钞》五首载《万象》第二期。

扇画作品载《万象》第四期。

---

① 陈定山：《特载：我的父亲天虚我生——国货之隐者》，载《春申旧闻续》，海豚出版社 2005 年版。

1943 年 癸未（中华民国三十二年） 四十二岁

7 月 1 日，与冯文凤、谢月眉、顾飞在宁波同乡会四楼合办第三次四家书画展览。

是年日本“女声社”聘请，拒不见。

作《癸未岁暮杂诗》《除夕又书》《双照楼集》。

《翠楼吟》词四首载《春秋》第二期；《感忆》二首载《万象》第九期；《夜阑曲·观跳舞作》载《紫罗兰画报》第三号；《题画》载《永安》第四十五期；《题钟馗嫁妹图》载《永安》第五十六期；《拗春曲》载《永安》第五十八期。

1944 年 甲申（中华民国三十三年） 四十三岁

贺钱振锽寿，作《甲申六月十七日祝名山老伯七十寿即席》《临江仙》。

冬，中华女子书画会第十届书画展举办，小翠《母爱图》参展，作《题〈母爱图〉》。

母朱恕去世。朱恕（1878—1944），字澹香，一字素仙，号懒云，笔名云女士，浙江仁和人，朱祥甫次女。自幼秉家学，工诗词、擅书史，小翠作诗即由母启蒙。有《懒云楼诗钞》《懒云楼词钞》及散曲若干。

《翠楼吟草》诗五首载《大方》第一卷第二号；《大千为心丹造像，丹林属赋》五首载《寰球》第二期、《公路月报》第十五期。

1945 年 乙酉（中华民国三十四年） 四十四岁

清明，作《乙酉清明志哀》。

作《午夜闻炸弹声，知国军来沪喜占》《次夜又作》《乙酉八月十一日我国全面胜利喜书》。

抗战胜利后，与陈仲陶、张红薇、郑曼青、马公愚、方介堪、郑午昌、邓散木、陈运彰等创立纱笼吟社。

年底，中国女子书画会恢复活动，会址设在中正北二路一五八号，小翠负责会务。

1946年　丙戌（中华民国三十五年）　四十五岁

《翠楼吟草》之《绿梦词续》存甲申、乙酉、丙申三年间词。

秋，作《南仙吕答佛影同学兄》。

作《题大漠劫后集》。

《翠楼新稿》词六首、诗三首载《国防月刊》第一卷第三期；《赠錬霞》载《海光》第二十八期。

1947年　丁亥（中华民国三十六年）　四十六岁

4月，国民政府上海教育局发起组织上海市美术馆筹备处，并提请第七十一次市政会议讨论通过，陈小翠任编辑委员。

5月4日，开始招收国画弟子，授课地址为绍兴路十四号。据是年《美术年鉴》，翠楼有弟子七人，具名者如谢美暇、张彤箴、叶世芳、谢景荀等。又，小翠民国间书画润例（据九华堂所藏近代名人书画篆刻润例）为仕女人物婴孩屏条每尺五十六元，花鸟鱼虫每尺四十五元，扇面册页作一尺记，另加墨费二成①。

秋，作《北曲双调·雁字》。

《消夏杂诗》十首、《南仙吕·皂球曲》载《美》第四号；《题大兄定山纪游诗集》《风蝶令·题仕女图》载《美》第五号；《落叶五首》载《美》第七号；《大千写心丹像，丹林嘱赋》五首载《美》第八号；《朱竹歌》《题东坡朱竹图即仿东坡体》载《美》第九号。

1948年　戊子（中华民国三十七年）　四十七岁

10月10日，《中国美术年鉴》由上海市文化运动委员会出版，小翠任编审委员会主任委员。

受无锡国学专修学校（上海分校）之聘，任诗词曲教授。

《翠楼吟草》之《微云词》存丙戌、丁亥、戊子三年间词。

作《感时》《戊子除夕偶书》《洞仙歌》。

---

① 卢辅圣：《近代字画市场实用辞典》，上海书画出版社1999年版，第521页。

陈次蝶因精神疾病去世。次蝶（1905—1948），原名祖翚，字叔宝，卒业于震旦大学理科。婚后原拟赴法留学，俟学成归国，再服务于家庭工业社；后因不忍舍其新夫人，乃罢法兰西之行，径入工厂管理化验。次蝶能诗，有《贮云楼诗》，《翠楼吟草》后附其《戊寅感怀和翠姊原韵》《蝶庄消夏和翠姊韵》。小翠《忆痴弟》诗云："了知弟不痴，为其与我近。觅句忘寝食，游山轻性命。气欲升九天，心若坐深井。好说老庄语，怪幻莫能信。落花一尺深，中有蒲团静。子若惠然来，迟子以苦茗。"

陈小蝶是年挈眷赴台。

《金缕曲·寄答青瑶》《蝶恋花·题蝶庄画卷》载《子曰丛刊》第二辑；《金缕曲·寿陆丹林五十并题李秋君仕女祝画》载《永安月刊》第一〇七期；《踏莎行·题谢月明为枫园绘红叶秋鞠翠鸟》载《永安月刊》第一〇八期；《绮罗香·赏菊》载《永安月刊》第一一五期；《翠楼新曲》载《生活》第六期；《读文山指南录有感》载《国防月刊》第六卷第一期。《北曲双调·咏雁字》载《美》第十号；《题画》《雪》载《美》第十一号。

1949 年　己丑　四十八岁

4 月 15—24 日，作品参展上海美术馆主办之春季美术展览。

1950 年　庚寅　四十九岁

据陈小蝶诗《大妹将发疆中，渡海峤久滞不至，喜惧有怀，用谢康乐四首寄惠连韵》[1]，小翠是年似有赴台之志，不果行。

作《庚寅夏迁居安乐新村，小园饶花木之胜，但苦蚊多，戏占》。

1951 年　辛卯　五十岁

3 月，作《蝶恋花·辛卯花朝后二日，先君忌辰》《金缕曲·寄候佛影居士病中》。

① 陈定山：《萧斋诗存》，载《台湾先贤诗文集汇刊》（第九辑），台北龙文出版社 2011 年版，第 26—27 页。

1952 年　壬辰　五十一岁

《翠楼吟草》之《冷香词》存庚寅、辛卯、壬辰三年间词。

9 月，作《庆春泽·予与李后主同生日。庚寅秋诞辰，故园旧侣寄诗相贺，占答》《前调·八月贱辰，翠楼小晏，喜怡妹来归，占此示同席》。

作《寒流》《重阳雅集占示同席》《蝶恋花·庚寅新除夕有雪》。

1953 年　癸巳　五十二岁

作《癸巳立春后雪》。

9 月 16 日至 10 月 11 日，由文化部、中国美协举办之第一届全国国画展览会于北京北海公园漪澜堂开幕，小翠作品参展。

1954 年　甲午　五十三岁

杭州市政府垦荒征地，龙驹岭陈氏祖坟奉令迁移，桃源岭陈栩墓道充为公路，小翠归乡请愿，作《返杭离诗》。

作《归里》《祭先君墓》《甲午夏日杂书》《回波棹歌四首》《鹧鸪天·甲午冬作于安乐新村时将迁居》。

元旦，当选乐天诗社理事。乐天诗社于一九四九年重阳“诗人节”上发起倡议，一九五〇年元旦正式成立于上海，为新中国第一个传统诗社。诗社成员遍及全国，核心成员包括柳亚子、沈尹默、周鍊霞、张红薇、徐蕴华、吴湖帆等，出版社刊《乐天诗讯》十数卷，“文革”中被迫解散。

1955 年　乙未　五十四岁

作《拟迁居未成，戏言》。

1956 年　丙申　五十五岁

7 月 10—16 日，第二届全国国画展览会于北京开幕，小翠作品《印度舞》参展。

8 月 1 日，上海中国画院筹备委员会成立，举行第一次委员会会议，会上拟聘第一批专、兼职画师六十九人，小翠名列其中。

1957 年　丁酉　五十六岁

正月，汤翠雏赴法国，小翠作《念奴娇·送雏女出国》。

1958 年　戊戌　五十七岁

小翠诗《八月二十日夜与翠雏同赏庭桂》由旅法音乐家许常惠谱曲演出。

1959 年　己亥　五十八岁

是年寄陈定山信云："海上一别，忽逾十年，梦魂时见，鱼雁鲜传。良以欲言者多，可言者少耳。兹以桃源岭先茔必须迁让，湖上一带坟墓皆已迁尽，无可求免，限期四月迁去南山或石虎公墓。人事难知，沧桑倏忽，妹亦老矣。诚恐阿兄他日归来，妹已先化朝露，故特函告，俾吾兄吾侄知先茔所在耳。"①

1960 年　庚子　五十九岁

6 月，上海中国画院成立，小翠入聘。

作《戏作白鸡》。

1961 年　辛丑　六十岁

作《金缕曲·挽周拜花先生》。

1962 年　壬寅　六十一岁

1963 年　癸卯　六十二岁

翠雏来函，请赴法国团聚，不往。

作《金缕曲·题迦陵集　夜读其年词，慷慨激昂，为击碎唾壶，占题即仿其体》《洞仙歌·赠豸儿时年十五矣》《长相思·与春儿夜坐纳凉戏占》

① 陈定山：《十年诗卷　定山词》，台北正中书局 1968 年版，第 42 页。

《迈陂塘·辛卯三月雏儿游杭，予曾作此调寄怀，距今十二年矣。周生见而和之，感旧伤离。予怀黯然，重拈一解寄雏巴黎》《金缕曲·雪夜漫书》。

1964 年　甲辰　六十三岁

2 月，施蛰存自郑逸梅处得知陈小翠住址，同月 20 日即登门拜访。施《闲寂日记》云："访陈小翠于其上海新村寓所，适吴青霞亦在，因得并识之。坐谈片刻即出，陈以《吟草》三册为赠。"此为两人定交之始。同月 23 日日记云："读《翠楼吟草》，竟得十绝句，又书怀二绝，合十二绝句，待写好后寄赠陈小翠。此十二诗甚自赏，谓不让钱牧斋赠王玉映十绝句也。"诗云："花帘人远碧桃空，谁为西泠赋冷红。至竟湖山有间气，翠楼新句动江东（吴蘋香有《花帘词》、赵我佩有《碧桃仙馆词》，皆西泠女史）；一门才调欲飞仙，坛坫声名薄海传。不与而翁叹虚我，几家娇女有吟编（尊人栩园居士，别署天虚我生）；臣妹才曾亚左媛，贤兄纸贵醉灵轩。清华典怨诗兼画，各有风流绍栩园（令兄定山，有《醉灵轩诗集》）；石破天惊琢句奇，雕虫长吉绮年师。春华刊落余秋实，始是红妆郊岛诗（君诗早岁取径昌谷，渐入郊岛。'是何人天外寻诗，红妆郊岛'，君曲子语）；半臂填词耐薄寒，银筝初奏怨春残。娇花宠柳闲滋味，何似平生李易安（君诗初集曰《银筝集》，君词有'一曲银筝人一世'之句。'半臂'句亦君原作）；彩毫闲沉到词余，檀板新声总不虚。饮酒读骚开嗣响，招魂一曲亦愁予（吴蘋香有《饮酒读骚》曲子，君亦有《招魂》一曲）；倚柱频为苦竹吟，更参画理证诗心。闭门不写闲花草，模得南朝女史箴（君诗有《倚柱集》，'身如苦竹''彻夜自吟'，君文中语。君画工于仕女）；绿天深处藕花中，为著奇书稿作丛。传得古文非世用，何妨诗纬续吟红（'绿天深处著奇书'，又'乱世难传伏女经'，皆君诗句。明女史王玉映有《吟红集》，又辑《名媛诗纬》）；茂陵秋老女相如，却扫凝妆惯索居。欲遣风怀归沧海，还珠吟罢泪盈裾（茂陵句，君原作）；历历悲欢入锦囊，三遍吟草一沧桑。知君不向闲中老，珍重花从冷处芳；儿女庚词旧有缘，至今櫜笔藉余奸。碧城长恨蓬山隔，头白相逢亦惘然；樊榭流风孰与修，西溪归梦苦难酬。多君笔有烟霞气，乞取交芦一幅秋。"小翠作《湘月·甲辰正月施君来访感占》答之。

7 月，向画院申请退休，不许，作《乞归》。

1965 年　乙巳　六十四岁

寒食日，陈定山有感小翠己亥信中语，作《寄大妹》五首。诗前序云：“夫至痛无言，何忍成韵，今忽忽又十年，阿兄老矣，恐他年归骨更先吾妹，不得面言，故为诗五章，以代心声。”诗云：“魂梦牵萦十九年，桃源陵谷几移迁。他年化鹤归来日，何处南山有墓田”；“白发天涯忆老兄，阿兄顽健尚能胜。独怜有妹悲穷谷，手葬双亲泪似蒸”；“未必频年两祭扫，何妨胜日一登临（先君自题墓联）。当年达语偏成谶，风木难防六贼侵”；“望祭招魂泪涌泉，声闻犹可达于天。一傢迸作生民泪，社稷丘墟未必然”；“清明岁岁荐黄花，麦饭天涯不到家。已信深山无杜宇，此间还有杜鹃花”①。

1966 年　丙午　六十五岁

5 月，作《良夜》。

“文化大革命”起。小翠时居沪西淮海路上海新村，里弄组织，频肆凌辱，不得已与庞左玉换宅而居。两次逃往外埠，均被捉回画院禁闭，因私藏粮票遭“革命小将”毒打②。避居赵泉澄、陈懋恒家，不久被迫迁出，行前留诗：“狼狈青毡百不存，解衣推食女平原。乞天暂缓三年死，我有平生未报恩。”③

作《丙午人日钱逢吉女士过舍索题寿册》《丙午三月既半携春儿散步画园》《丙午冬雪呈赵泉澄懋恒夫妇》《怀赵夫人感占》《丙午冬避难沪西寄怀雏儿代书》。

1967 年　丁未　六十六岁

1968 年　戊申　六十七岁

由文化局“造反派”安排，搬入长乐路与东湖路交汇处一小洋楼底

---

① 陈定山：《十年诗卷　定山词》，台北正中书局 1968 年版，第 42 页。

② 陈巨来：《安持人物琐忆》，上海书画出版社 2011 年版，第 77 页。

③ 谢忱编撰，许宛云修订：《陈懋恒女史年表》，福建省文史研究馆整理《陈懋恒诗文集》，海峡文艺出版社 2011 年版，第 575 页。

楼。将毕生收集画册变卖废纸[①]。

7月1日晨，小翠甫及画院之门，即望见画师罗列成行接受批斗，旋返身逃回寓所，未料已被红卫兵发觉，追踵而至。小翠坚闭其门不纳，一时叩门如擂鼓，势将破门而入。遂服安眠药物，复引煤气自尽。临终赋绝命诗，为红卫兵撕毁。此前诗文稿已托付陈懋恒代为保存，其自编年谱云："丙午，六十五岁作诗甚多，编翠楼吟草五编。夏，无产阶级文化大革命起，秋遭惨祸……半夜……死复生。丁未，六十六岁骤遭……文字之狱，小人造谣陷害……祸"[②]

1969年　己酉

庞左玉跳楼自杀。临终前语人云："连小翠这样的才女都走了，我还留在这世上干什么。"[③]

10月13日，陈懋恒被迫劳动后跌伤，旋不治。小翠遗稿七十页由懋恒儿媳许宛云保存[④]。

1972年　壬子

陈克言于台北刊印《翠吟楼遗集》。陈小蝶作序云："今距吾妹逝世且数年矣。吾家崩散于东西，中原无人矣。绻念孔怀，及吾族胤，悲不能已，而吾年且七十有六。吾儿克言来告，将为其翠姑重刊《翠吟楼遗集》，乞余为序。"[⑤]

1982年　壬戌

4月24四日，中国美协上海分会主办八位书画家遗作展，在上海美术展览馆展出，小翠为八家之一。

---

① 许宛云：《我所认识的陈小翠先生》，《东方早报》2011年2月27日。
② 同上。
③ 同上。
④ 同上。
⑤ 吴兴文：《翠吟楼遗集》，《书摘》2013年第4期。

1989 年　己巳

陈定山于台湾去世。小蝶（1897—1989），原名祖光、琪，又名蘧，字小蝶，四十岁后改署定山，别署蝶野、萧斋、醉灵、醉灵生、醉灵轩主、定公、定山居士、永和老人等。早年由圣约翰大学退学，随父从事实业，创办家庭工业社。抗战初期任上海市商会执行委员会兼敌后援会副主任。后与父亲将企业内迁，又因父病由昆明返沪。陈栩病逝后，被日伪宪兵逮捕，至日本投降后始获自由。一九四八年携眷赴台湾，历任中兴大学、淡江文理学院、静宜女子文理学院教授，九十三岁逝世于台北。工诗、文、词、曲、小说，与陈栩有大小仲马之誉，兼能作画。著有《醉灵轩诗存》十卷、《醉灵轩文存》三卷、《定山草堂外集》《兰因记》《蝶野画谈》《武林近思录》《画苑近闻》《消夏杂录》《湖上散记》《春申旧闻》《春申续闻》《隋唐闲话》《大唐中兴闲话》《定山论画七种》、三部曲《黄金世界》《龙争虎斗》《一代从豪》《蝶梦花酣》，另有传奇《灵鹣影》《故琴心杂剧》《群仙宴杂剧》等。

1998 年　戊寅

许宛云将小翠手稿交还汤翠雏。

2001 年　辛巳

2 月，三友图书有限公司《翠楼吟草全集》出版。总编陈克言、汤翠雏，协助陈勉华。

2004 年　甲申

4 月 30 日，“朝花夕拾——海上女画家作品回顾展”在上海中国画院开幕，展出曾在中国画院任职的八位已故女画师作品四十五幅，小翠名列其中。

2010 年　庚寅

黄山书社《翠楼吟草》出版，刘梦芙作代前言《二十世纪传统文学的玉树琪花——陈小翠作品综论》，称“陈小翠……是一位在传统文学领域全面发展而极具个性的天才作家兼书画艺术家”。

集　评

夏承焘《天风阁学词日记》：（希真）携示陈小翠女士《翠楼吟草》，诗词皆大佳，诚不易得。

陈声聪《兼于阁诗话·江南诗媛》：陈小翠为栩园居士女，定山先生妹，一门风雅。女士以画名，诗词亦工……脍炙人口，郁有奇气。其绝句泠然可诵……灵襟夙慧，女中俊杰。当十年动乱之始，不肯屈供，引煤气自尽，冤哉。

《荷塘诗话》：女子诗能为古风，词能作长调者，必是杰才。陈小翠才气横溢，两皆能擅……诸篇洋洋洒洒，下笔自如，无矜持拘泥之态，亦未易才也。

《读词枝语》：陈小翠女中俊杰也，家学渊源，非客慧狂花可比。诗画俱有名于世，词……芬芳悱恻，无一点脂粉气。

《论近代词绝句》：栩园家世擅词章，小翠春山眉更长。歌罢数峰人不见，后堂终夜咽寒螿。

黄宾虹与顾飞信：陈小翠女士诗词书画皆第一流，洵为益友。

顾佛影《篋衍丛钞》：陈翠娜女士为钱塘陈蝶仙师之女，近体诗如仙露明珠，奇彩焕射，往往眼前寻常景物，一经写出，便觉警绝，最近《西湖诗梦影》诸作，皆杰构也……七古则瓣香长吉……非孕月为怀、刘花为舌者不能道也……如此才，岂复呢呢闺阁语耶?

郑逸梅《翠楼吟伫图记》：余识陈小翠女史于民十之际。其时，女史随侍其尊人蝶仙前辈杖履，来作吴门之游。余与赵子眠云等，伴之探天平之胜，饮钵盂之泉，女史披茸跻岩，啸引为乐，迄今已五十余寒暑。回首前尘，犹如昨日。此后，余旅食沪渎，盍簪联襼，频亲淑范。而女史诗亦潇澹清放，流宕自然，井水旗亭，竞传佳什，非一辈绨句雕章、震眩俗目者所得追纵并驾。且出其旁艺，绘事法书，莫不结藻英华，雍雍霞举，洵闺襜之奇禀，巾帼之异才，虽谓之凌轹仲姬，抗衡道韫，亦受之无愧色也。奈于数年前，一夕罡风，遽归仙佩，闻之者为之吁嗟惋惜不能自已。我友汤子修梅，喜诵女史吟草，深致钦佩，怀悼之余，乃访得遗影一帧，倩传神圣手胡蔗翁为造翠楼吟伫图，纨质蕙心，宛然纸上，香花供奉，永接光仪。女史有知，当叹我道之不孤，斯文之未坠。盖修梅疏沦性灵，浣濯肺腑，于诗若词亦极其妙趣者。承不弃弇陋，属之为记，谬缀数言，殊滋赧汗，不值大雅一哂也。（张弦生编《郑逸梅文稿》，中州书画社 1981 年版）

《才媛陈小翠》：在近数十年来，称得上才媛的，陈小翠可首屈一指了……小翠的诗，造诣很深，当时沈禹钟眼界甚高，于诗，不轻许人，可是对于小翠却钦佩备至，称为“当代闺阁中唯一隽才”。又前辈常州钱名山，读了她的诗，一再劝她把什么都放弃，专力于诗。将来必传无疑。她从善如流，直窥堂奥。我往往在写作余暇，仿前人摘句图，录存近人的佳句，日积月累，集成一大册，其中所录，小翠的诗比任何人为多……《吟草》分《银筝集》《天风集》《心弦集》，附《绿梦词》，又附《芰剩草》，则兼及长短句，缘情绮靡，不让李清照专美于前（《郑逸梅选集》第四卷，黑龙江人民出版社 2001 年版）。

《品茶韵话》：我熟悉的女诗人，当推陈小翠最为杰出。（《上海食品》1986 年第 3 期）

《艺林散叶》：陈小翠诗“樱颗每因私语小，梨涡常现笑痕圆”，足补王次回《疑雨集》所未及……当四凶猖狂，对陈小翠女诗人横肆暴力，小翠始终抗拒，曰：是可忍，孰不可忍。

《艺林散叶续编》：陈小蝶诗稿，其妹小翠往往戏书其旁：窃自翠句。

《艺林散叶荟编》：陈小蝶诗文，胜于乃翁蝶仙。陈小翠诗文，胜于乃兄小蝶。

钱名山《名山诗话》：仁和陈女士小翠刻《翠楼诗文词稿》。文学齐梁而有新意，诗七言古能作豪语，五言古《游山》有云：“平生不识山，忽到栖霞洞。咽云齿俱寒，扪壁指为肿。艰难缘木鱼，危怖病时梦”，此北宋句法也，殆非时贤所及。

翠楼律句……皆可诵。至云“一赞本来非得已，全家何敢怨流离”，真伟论也！此类句极似吕晚村，而于女子得之尤奇。天使名山不死，获此奇观，岂偶然哉！

《翠楼吟续集》《有谢》云：“欲谒龙门又却回，谢家小女本凡才。清谈何补苍生事，步障青纱况未裁。”以今日申江仕女言，可谓中流砥柱。

仁和陈璱女士《读名山集》云：“填海常嗟力不胜，平生心事望中兴。江干恸哭头如雪，谁识诗人杜少陵。”鄙人得此诗，可以死矣。

《唐玉虬诗文集》：天使老夫不死，暮年得见女士之诗，非偶然也……鄙人得女士此诗，可以死矣。

唐玉虬《读吕碧城集——兼论陈小翠、杨令茀》：抗战中我居成都，吾师名山老人函告新得龚定庵以后之奇诗人陈小翠，举其警句如“不祥士气能鸣雁，垂毙民生入肆鱼”，又咏冰结句云“沧波冻合应千丈，梦里黄河跃马行”等句见示，我启读惊喜，击节不已。

钱悦诗《诗人陈小翠》：先父名山公极为赏识她的才气，有诗云“老子目光高一世”“连朝击节翠楼吟”。小翠亦引先父为知己。（《世纪》2003 年第 6 期）

女画师周鍊霞仕女画法唐寅、仇英，有唐人韵致。陈小翠仕女画近费晓楼，擅三白法。两人均擅诗词，蕴藏珠玑，咸为“金闺国士”。

周采泉《女布衣陈小翠》：陈小翠，以字行，晚号翠侯、翠楼，杭州天虚我生陈蝶仙长女也。颖悟绝人，有“三百年来女布衣”之誉。工诗，风格近晚唐，能词，词则沉着善感，如谭复堂。又擅工笔丹青，当日上海女子画坛以小翠与李秋君为翘楚。小翠曾为我写一扇面，录其《临安怀古》绝句六首，诗固娟秀，字迹亦娟秀可喜……小翠有《金缕曲·佛影示疾》一阕，函咽凄楚，赚人下泪。余有追和一首，并原作收入《金缕百咏》。

冯其庸《剪烛集》：陈小翠是当时最负盛名的女词人，在我们的心目中，她就是当世的李清照。

《秋风集》：他（唐云）问我读过陈小翠的词没有，我说不但读过，而且大为崇拜……我认为陈小翠就是当代的李易安。唐老对我的说法，竟大为激赏。

李唐《四家的书画》：像陈小翠本来是一个早已成名的女诗人，她在旧诗上的成就，实在可以胜过关在房内的女作家如李易安朱淑贞等人。

《翠楼吟草》中有“避弹哀鸿都入地，牵丝傀儡又登场”和“不祥士气能鸣雁，垂毙民生入肆鱼”等句就是李易安朱淑贞所梦想不得到的。所以钱名山曾誉之为“今之杜少陵”。所作的画满是秀逸之气，当然是和寻常画家不同的。（《大陆》1941 年第 2 卷第 3 期《四家书画展特辑》）

题　咏

如梦令·题胡亚光画陈小翠像　周鍊霞

回首翠楼高处，疑有词仙犹驻。纨扇不禁秋，何况风风雨雨。休诉，休诉，煤麝替描心素。

水浅湖滨曾遇，亚字栏边凝驻。玉碎掩珠光，只道乘鸾归去。何处，何处，却被梅花留住。

挽陈小翠联　周鍊霞

笛里词仙，楼头画史，恸一朝彩笔，竟归天上；雨洗尘埃，月明沧海，照千古珠光，犹在人间。

读《翠楼吟草》　钱释云

一编如见骨崚嶒，遗影空存唤不应。生具鬼才诗李贺，死留豪气女陈登。饥鹰脱臂夸钩爪，独雁冲寒斗缴矰。至竟春风苏万象，凄凉宝剑又光腾。

海上女子书画会人物小咏之陈小翠　钱小山

三绝能兼造化奇，父兄原是大宗师。石阑人影清于画，长忆西湖小翠词。

题《翠楼吟草》寄陈小翠女士湖上　秦伯未

翠满湖堤绿满楼，离离藻思望中收。玲珑肺腑成三绝，恻怆情怀拟四愁。习静山居堪隔世，剥蕉诗卷饱经秋。他年谁序吴中集，应让陈思第一流。

戊戌春暮读《翠楼吟草》寄小翠　沈轶刘

江花乱落月如潮，江水东流不可招。肯与兰成赌萧瑟，自骑蝴蝶过南朝。

华发小劫堕烟波，欲割荒云祀汨罗。十万骚魂呼不起，东南秋梦已无多。

腊梅香·柬陈小翠　沈轶刘

半袭斜晖。怅前尘西第，惯挹清徽。吟句当年，写遍翠楼，更乞题遍瑶扉。旧社全非。导游废、文苑谁依？纪十三时，芙蓉斗日，赋笔能飞。应稀。梦坠沧江，差迟晚岁，醒来狂嚼红薇。露夕烟霏。繁星小、散作芳菲。冷香餐杜，闻收蓟北，曾夺唐旗。

水晶帘·以拙集赠陈小翠并索其近集　沈轶刘

重写龙门榜。殿瑶劫、陈芳无两。饱蚀斜阳，剩一卷离骚，几家新样？卷取淞波看晃漾，长太息、东流已往。问都来、剔碎心肝，付谁共赏？　孤放。费十年游屐，谱残荔唱。蛮国参军曾踞上，愿秋社、声华再傍。且休嫌、寒蚓当阶，凤鸣到倘。

迷仙引·以易哭庵《鬘天影事谱》赠小翠　沈轶刘

春明景。斗酒闲曹，古欢难省。岸帻贯歌，禅鬓冷，南天瘿。咒梦蓬筝，写东华哀哽。谁与诉，花里愁千顷？风管露磬。觉后光阴短，三生影。绮怀偷迸。青芜远，红桥迥。乱莺啼罢吴波定。　石烂四魂耿。记吟遍唐秋兴。凄绝湘兰，佩草无人楚烟暝。悲颂橘，嗟灵箫，赚得痴龙听。湘云莹。照离骚、寂寞成销凝。漫思量、探把骊珠赠。

真珠髻·谢小翠题《小瓶水斋图》　沈轶刘

青山入梦，缥缈秋烟，更展前图神夺。小楼无恙，垂杨依旧，二十二番裘葛。长想当初，社集散、孤城瓯脱。漫与惜、左海归来，瘦尽十年单褐。　天涯双鬓犹活。忍春华似水，暗添凄割。劝君休羡，东园菊苋，自有玉尘堪掇。近对西风，应独念，卷帘人渴。待异日、重买沉香，炼取玄浆浓泼。

保寿乐·讯小翠疾　沈轶刘

休问栩园乔木，梦老湖云秋又驶。倚枕数秋蝉，约略花光，苇边螯紫。故园青山，剩飘萧半鬓，眉痕晓来犹渍。记短楫淞浦，短笛江涘。
卌年红鹃心事。更暗入吴蕉诗思。回肠早凄透，焚不断，古芒刺。闲拾旧卷讽，凉消井波新水。月去几人在，重劳驿使。

题《翠楼吟草》　郝少洲

谁薄今人小翠诗？堂阶庸喻古人词。我看饶似王摩诘，杂进微之与牧之。

入眼清凉消夏词，心头楼阁细沉思。未知读竟全诗草，可得全诗似此诗！

妙境徐来咏六麻，清于流水韵于花。分明小笔团红锦，听彻虫鸣透绿纱。

纷名别集走渔洋，乙卯丙申思未央王渔洋句，删诗断自丙申年。细致幽情能切响，雏鬟宜奉老师娘原诗“雏鬟索写新团扇”，借喻今之浅薄儿诗。

读《翠楼吟草》，竟得十绝句，又《书怀》二绝，待写好后寄赠陈小翠。此十二诗甚自赏，谓不让钱牧斋赠王玉映十绝句也。读《翠楼吟草》得十绝句殿以《微忧》二首赠小翠　施蛰存

花帘人远碧桃空，谁为西泠赋冷红。至竟湖山有间气，翠楼新句动江东。吴蘋香有《花帘词》、赵我佩有《碧桃仙馆词》，皆西泠女史。

一门才调欲飞仙，坛坫声名薄海传。不与而翁叹虚我，几家娇女有吟编。尊人栩园居士，别署天虚我生。

臣妹才曾亚左媛，贤兄纸贵醉灵轩。清华典怨诗兼画，各有风流绍栩园。令兄定山，有《醉灵轩诗集》。

石破天惊琢句奇，雕虫长吉绮年师。春华刊落余秋实，始是红妆郊岛诗。君诗早岁取径昌谷，渐入郊岛。“是何人天外寻诗，红妆郊岛”，君曲子语。

半臂填词耐薄寒，银筝初奏怨春残。娇花宠柳闲滋味，何似平生李易安。君诗初集曰《银筝集》，君词有“一曲银筝人一世”之句。“半臂”句亦君原作。

彩毫闲沉到词余，檀板新声总不虚。饮酒读骚开嗣响，招魂一曲亦愁予。吴蘋香有《饮酒读骚》曲子，君亦有《招魂》一曲。

倚柱频为苦竹吟，更参画理证诗心。闭门不写闲花草，模得南朝女史箴。君诗有《倚柱集》，“身如苦竹”“彻夜自吟”，君文中语。君画工于仕女。

绿天深处藕花中，为著奇书稿作丛。传得古文非世用，何妨诗纬续吟红。“绿天深处著奇书”，又“乱世难传伏女经”，皆君诗句。明女史王玉映有《吟红集》，又辑《名媛诗纬》。

茂陵秋老女相如，却扫凝妆惯索居。欲遣风怀归沧海，还珠吟罢泪盈裾。茂陵句，君原作。

历历悲欢入锦囊，三遍吟草一沧桑。知君不向闲中老，珍重花从冷处芳。

儿女庚词旧有缘，至今橐笔藉余奸。碧城长恨蓬山隔，头白相逢亦惘然。

樊榭流风孰与修，西溪归梦苦难酬。多君笔有烟霞气，乞取交芦一幅秋。

悼陈小翠　陈乃文

小妹诗仙小蝶诗，西泠韵事记当时。狂飙吹散神州梦，蝶也南飞翠折枝。

偶诵翠楼女史诗稿高抗绝俗萦念不已为写六绝　留取残荷

风调梅花诚绝代，相如琴致亦情深。烧尽云笺佛前稿，天风海月不须寻。

暮雪千山更不前，偶然谈谑梦生妍。无贻他日梅花笑，照影残荷太自怜。

坫坛飞将似仙游，不废虫声扑玉钩。花鸟吟边荡沙雪，诗人深拜翠吟楼。

长吉神吟擘不开，满篇涛卷定庵来。易安以下无奇杰，壮此河山掷此才！

一生瘖瘵有陈思，罗袜凌波总费辞。徐熨回肠翠楼咏，当时子亦说矜持。

琉璃捧盏谢深知，吹雪梅花送客辞。愿向佛前存定力，心灯更不灼相思。

湘月·陈小翠《翠楼吟草》书后　伊淑桦

仙愁盈尺，被烟霞谱入，一窗浓翠。昔日瑶华留艳想，省识梅花胸次。万劫痴蟫，四弦幽语，翻为红尘累。夜深谁听，九天孤凤嘹唳。
惯看海上风霜，人间凄怆，难觅回身地。梦太芳菲情太洌，枉费灵襟奇字。刻尽心痕，吟枯灯萼，泪共秋星坠。平生清怨，傍楼明月知未？

附录四　左又宜《缀芬阁词》剽窃情况详表

共57首：邓瑜《蕉窗词》6首，吴藻《香南雪北词》、赵我佩《碧桃仙馆词》、陆蓉佩《光霁楼词》各4首，左锡嘉《冷吟仙馆词》、李佩金《生香馆词》、鲍之芬《三秀斋词》、方彦珍《有诚堂诗余》、苏穆《贮素楼词》、刘琬怀《补阑词》、袁绶《瑶花阁词》、顾贞立《栖香阁词》各3首，曹慎仪《玉雨词》、左锡璇《碧梧红蕉馆词》、殷秉玑《玉箫词》、熊琏《淡仙词钞》各2首，孙荪意《衍波词》、徐诵珠《雯窗瘦影词》、汪淑娟《昙花词》、高佩华《芷衫诗余》、顾翎《茝香词》、吴尚憙《写韵楼词》、许庭珠各1首。

原作者	原作 *	左作
邓瑜（1843—1901），字慧珏，号蕉窗主人。江苏金匮人，奉化知县邓恩锡女，钱塘诸可宝继妻，邓似周弟子。有《蕉窗词》一卷，辑入《小檀栾室汇刻闺秀词》第七集。 谭献《清足居集序》："有生气，有真气，一洗绮罗粉泽之态，有徐淑、李清照所不逮者。"	玉楼春・春雨 **小楼人倚阑干立。酥雨和烟宵未息。阶前**润**遍绿苔痕，**花底流莺声寂寂。　**阿侬空有怜花癖。为替花愁眠不得。忍寒燕剪掠波还，零落香泥多带湿。**	玉楼春 **小楼人倚阑干立。酥雨和烟宵未息。阶前**新**遍绿苔痕，**陌上忽添杨柳色。　**阿侬空有怜花癖。为替花愁眠不得。忍寒燕剪掠波还，零落香泥多带湿。**
	浪淘沙・其四　雨夜怀远 帘**外雨潇潇。**凉**透疏寮。玉釭与我两无聊。自是愁人**心易碎，**休怨**芭蕉。　**望远**暗**魂消。双**鲤**迢迢。青溪柳色白门潮。为语**西**风须着力，早送归桡。**	浪淘沙・寄映庵金陵 楼**外雨潇潇。**寒**透疏寮。玉釭与我两无聊。自是**离**人愁**不寐，**休怨**长宵。　**望远**更**魂消。双**桨**迢迢。青溪柳色白门潮。为语**东**风须着力，早送归桡。**

* 加粗字体为雷同部分。

续表

原作者	原作	左作
	满庭芳·柳絮 **如雾如烟，非花非雪，趁风**吹过窗西。**隋宫汉苑，行遍短长堤**。怪底撩人千里，梅花弄最惹人思。莺啼也，才依曲砌，又见入柴扉。　**迷离**。甘冷落，无根无蒂，一任风欺。笑谁拘谁管，随聚随飞。纵作新萍水面，**曾任尔漂泊无依**。**须知**道，**生涯**不定，**世路有高低**。	满庭芳·柳絮 **如雾如烟，非花非雪，趁风**经过練帷。**汉苑隋宫，行遍短长堤**。着意伤春春尽，今古泪点点沾衣。凭高望，江南江北，草长更莺飞。　**迷离**。思故国，飘零何限，只送斜晖。与落红同命，流水难西。明镜已羞华发，**曾任尔漂泊无依**。**须知**是，无**涯**生死，**世路有高低**。
	一萼红·余嗜梅成性，每形咏吟，自累俗尘，近遂荒废。昨读肖菊兄白雪红梅诗画，不禁见猎之思，辄有写怀之句，谱为慢词，并约璞斋夫子同作 **岁朝春**。喜和脂和粉，梅雪一般**新**。虚白含绯，嫣红**碾玉**，**妆点还**胜春**人**。也人事、天工巧占，好煮茗、花**底暖芳樽**。正月平头，百年笑口，难得今辰。　都道几生修到，便**桃绯李素**，总落凡尘。**萼绿娇羞，飞琼薄醉，争似双颊潮痕**。有如此、幽香冷艳，要**屏**风、**猩**色**替传神**。越是清寒那枝，越自清芬。	一萼红·梅 **岁朝春**。柝繁英照眼，千点一枝**新**。冻蕊催冰，寒香**碾玉**，**妆点还**自宜**人**。邃馆静、临风障袖，便移近、林**底暖芳尊**。素被香篝，莫孤花艳，为唤娇云。　休恨开时太早，到**桃绯李素**，一例成尘。**萼绿娇羞，飞琼薄醉，争似双颊潮痕**。倩江郎、为呵彩笔，向**猩屏**、雪壁**替传神**。映水年年清绝，长是销魂。
	醉花阴·供梅 **为恐江城风信动，折取宜珍重**。瘦极更无诗，**纸阁芦帘**，位置**癯仙供**。　**铜瓶雪水初含冻。清入罗浮梦。点缀镜奁边，一种孤芳，还与君相共**。	醉花阴 **为恐江城风信动，折取宜珍重**。剩得两三花，**纸阁芦帘**，只合**癯仙供**。　**铜瓶雪水初**消**冻。清入罗浮梦。点缀镜奁边，一种孤芳，还与君相共**。
	庆春泽·其一　冬夜盼家书 圆**月凝**愁，寒**灯晕影**，**偏惊长夜如年**。盼绝**家**书，恨它千里俄延。误人**鱼雁**无情甚，**漫思量、尺素遥传**。怕累伊，一阵霜风，吹落江烟。　思亲太急胸头恶，**叹蛛丝婉转，方寸长牵。极目**凭**阑，白云**瑶曳南天。吴头楚尾伤心路，纵凝眸、**亲舍**何**边**。最难禁，百叠千行，有泪无言。	庆春泽 霜**月凝**晖，风**灯晕影**，**偏惊长夜如年**。梦断**家**山，迢迢水驿三千。波**鱼**云**雁**浑无准，**漫思量、尺素遥传**。念湘流，日夜东来，尽绕楼前。　乡愁脉脉知何以，**叹蛛丝婉转，方寸长牵。极目**高**阑，白云亲舍**谁**边**。乌啼只傍吴坊树，正四更、城柝催眠。料江头，寸草心枯，还锁秋烟。

续表

原作者	原作	左作
吴藻（1799—1862），字蘋香，号玉岑子，浙江仁和人，晚寓嘉兴，嘉、道间著名女词人。黄燮清编纂《国朝词综续编》，尝与其研订词学，洵为闺阁中作手。有《花帘词》《香南雪北词》各一卷，合称《香雪庐词》，辑入《小檀栾室汇刻闺秀词》第五集。俞陛云《清代闺秀诗话》："清代闺秀词有三大家，湘蘋特起于前，顾太清、吴蘋香扬芬于后，卓然为词坛名媛。"	寿楼春·新岁 **惊东风吹来。有红情绿意，**缀**上瑶钗。恰喜椒盘颂**好，**画堂筵开。残蜡尽、韶光回。费一番、天公安排。**正**彩燕翩翩，新莺呖呖，**笑语到妆台。　**鳌山结，嬉游才。**又试灯天气，纵酒襟怀。**几处银花**影**合，玉梅香猜。城不夜，春无涯。趁踏歌、铜壶休催。但明月随人，人间暗尘飞**六衢。	寿楼春 **惊东风吹来。有红情绿意，**飞**上瑶钗。恰喜椒盘**称**颂，画堂筵开。残蜡尽、韶光回。费一番、天公安排。**看**彩燕翩翩，新莺呖呖，**歌吹旧楼台。　**鳌山结，嬉游才。**想承平粉饰，灯火蓬莱。**几处银花**光**合，玉梅香猜。城不夜，春无涯。趁踏歌、铜壶休催。但明月随人，人间暗尘飞**九衢。
	柳梢青·花朝夜 **帘卷香销。轻寒恻恻，良夜迢迢。春到春分，月圆月半，花发花朝。　年年此夕春饶，花月下，金樽酒浇。邀月长空，祝花生日，且尽今宵。**	柳梢青 **帘卷香销。轻寒恻恻，良夜迢迢。春**过**春分，月圆月半，花发花朝。　年年此夕春饶，花月下，金樽酒浇。邀月长空，祝花生日，且尽今宵。**
	鬓云松令 **漏沉沉，香袅袅。**烛影移**花，帘幕风来小。试拍红牙歌水调。尺半**霜**筠，吹**得**霜天**老。 **醉颜酡，**开口笑。丝竹中年，已觉**输年少。**此境等闲看过了。往后追**思，又说而今好。**	苏幕遮 **漏沉沉，香袅袅。**廊转**花**深，**帘幕风来小。试拍红牙歌水调。尺半**湘**筠，吹**弄**霜天**晓。 **醉颜酡，**明镜照。过尽韶光，事事**输年少。**来日白头今翠葆。自**后思**量，更**说而今好。**
	水调歌头·题柳暗花明又一村图 佳士爱名句，**粉本拓烟霞。峰回路转**何处，**茅屋两三家。**如在山阴道上，步步引人入胜，**望望酒帘斜。一带水杨柳，万树碧桃花。　绕村郭，闻鸡犬，见桑麻。**不因**蜡屐，谁信春色**到**天涯。**好个绿蒙蒙地，添段夕阳罨画，无处不繁**华。**仙亦在尘境，何**必武陵夸。**	水调歌头·题桃花源图 先辈落心画，**粉本拓烟霞。峰回路转**忽露，**茅屋两三家。**似识渔郎能醉，别有仙人为市，**望望酒帘斜。一带水杨柳，万树碧桃花。　绕村郭，闻鸡犬，见桑麻。不因蜡屐，谁信春色**在**天涯。**坐泛镜中红景，人世流尘四散，长驻此韶**华。**展壁卧游得，奚**必武陵夸。**

续表

原作者	原作	左作
赵我佩（生卒年不详），字君兰，浙江仁和人，词人赵庆熺女，举人张上策室，妹君莲、小姑采湘俱工诗。幼年受业于同里魏谦升，与妹与女词人关瑛、吴藻为至友。有《碧桃仙馆词》一卷，辑入《小檀栾室汇刻闺秀词》第三集。 邹弢《三借庐笔谈》："余观女史词，实出先生之上，人言不足信也……清新俊丽，独有千秋，不减蘋香稿也。" 王蕴章《然脂余韵》："所作以清圆流丽见长……每诵一过，口角生香，拟诸秋舲先生《香销酒醒词》，可谓典型不远。"	霓裳中序第一・过旧居感赋，用草窗韵 **苔衣冷翠叠，乱石荒阶飞败叶。蛛网当门暗结**。有**古甃絮蛩**，**颓垣筛月**。**香**罗腻**雪**，**剩**绣巾**和泪封箧**。沧桑事，旧时**燕**子，**软语向侬说**。　悲切。短歌声**咽**，**叹**转眼浮云变**灭**。妆楼曾记赋**别**，怕觅当时，玉佩珊**玦**。**唾壶敲又缺**，早**谱就**幽兰怨**阕**。休重问，花前盟约，**梦**断**故园蝶**。	霓裳中序第一・用草窗韵 **苔衣冷翠叠，乱石荒阶飞败叶。蛛网当门暗结**。**更古甃絮**虫，**颓垣筛月**。**香**消臂**雪**，**剩**锦笺**和泪封箧**。还追念，别巢**燕**老，**软语向侬说**。 凄绝。银屏凉**咽**，**叹**客里流光易**灭**。清商惟是怨**别**，怅泪湿红轮，腰冷金**玦**。**唾壶敲又缺**，怕**谱就**阳关恨**阕**。秋如水，西风庭院，**梦**绕**故园蝶**。 （下片衍一字）
	虞美人 **小楼一夜帘**织**雨**，**酿得春如许**。**暖寒和梦锁银屏**，**倦听街头唤过卖花声**。　踏青人去**清明节**，廊响弓弓屧。病中心绪厌喧哗，低语小鬟帘外步轻些。	虞美人 **小楼一夜帘**纤**雨**，**酿得春如许**。峭**寒和梦锁银屏**，**倦听街头唤过卖花声**。　柳枝知近**清明节**，拂水丝千结。南窗药气不胜花，莫更开帘凝望碧天涯。
	暗香・题孤山饯岁图，用白石韵，为絅士韵梅作 **四山寒色**。把瘦**魂唤醒**，声声长**笛**。绿萼**乍舒**，缟袂盈盈谩**攀摘**。忙了**催春**腊**鼓**，**休闲**了、生香**词笔**。**趁此夕**、约伴寻幽，乌舫载吟**席**。　花国。思岑**寂**。**叹岁去**岁**来**，别绪**萦积**。**翠禽**似**泣**。**仙梦罗浮那堪忆**。冻雪苍苔未扫，**疏竹外**、**云封残碧**。者暮景、将去**也**，问**谁**绾得。	暗香・除夕庭梅盛开，置酒花下，以凤琴谱白石暗香、疏影词，声韵幽美，因与映庵各和之 **四山寒色**。渐冷**魂唤醒**，灯楼横**笛**。细蕊**乍舒**，雪底阑边好**攀摘**。惊听**催春**戏**鼓**，**休闲**搁、吟笺**词笔**。**趁此夕**、一醉屠苏，花暖烛摇**席**。 南国。思寂**寂**。**叹岁去**年**来**，万感**萦积**。**翠禽**漫**泣**。**仙梦罗浮那堪忆**。清漏帘间滴尽，**疏竹外**、**云封残碧**。怕暗暗、年换**也**，有**谁**见得。
	减兰・春分夜偶成 更长梦短，春色平分刚**一半**。水样轻**寒**，**翠袖**宵来**怯倚**栏。　**乱愁如絮**，**无奈东风吹不去**。**碎雨零烟**，**深院**梨**花瘦可怜**。	减字木兰花 春深春浅，九十韶光才**一半**，乍暖还**寒**，**翠袖**娟娟**怯倚**阑。　**乱愁如絮**，**无奈东风吹不去**。**碎雨零烟**，**深院花**枝**瘦可怜**。

续表

原作者	原作	左作
陆蓉佩（1840？—1863），江苏阳湖人，陆鼎晋女，赵念植室。有《光霁楼词》一卷，辑入《小檀栾室汇刻闺秀词》第五集。	疏影·红梅花 阑干曲**曲**。探南**枝**信**早**，占到**春足**。弄**影**姗姗，偶**点**轻**红**，**横斜**那更**妆束**。**空山雪**满添寥寂，**倩纸帐**、**轻笼低覆**。只此间、合住清华，耐冷**傍**依**茅屋**。　描取香魂一缕，待巡檐索笑，**牵动帘**幕。**浅水波明**，**掩映芳痕**，不似寻常夭灼。疏枝**纵染胭脂色**，口**冷艳**、**天然**幽独。对夕阳、一抹晴封，欲画生**绡**几**幅**。 （下片脱一字）	疏影·红梅 廊空槛**曲**。喜一**枝**放**早**，娇恣**春足**。隔**影**娟娟，时**点**繁**红**，**横斜**未假**妆束**。**空山雪**卸魂归后，**倩纸帐**、**轻笼低覆**。总避伊、玉殿温香，**傍**我补萝**茅屋**。　聊共东风一醉，向翠尊尽处，**牵动**帘縠。**浅水波明**，**掩映芳痕**，肯比桃华秾郁。冰肌**纵染胭脂色**，望**冷艳**、**天然**风骨。等乱霞、幻入梨云，写作粉**绡**晴**幅**。
	菩萨蛮·镜影 **年时憔悴常扶病**，**开奁**怕**见菱花**镜。**相对是耶非**，**端**详**还自疑**。　嚬眉非复**旧**，幻相参应破。拂拭费工夫，模糊看欲无。	菩萨蛮·自题小影 **年时憔悴常扶病**，**开奁**怯**见菱花**影。**相对是耶非**，**端**相**还自疑**。　带宽衣自**旧**，天遣愁人瘦。更欲画依愁，谁为顾虎头。
	探春慢·腊梅花 绛蜡凝**黄**，琼枝缀蕊，一**夜微香初**逗。**月冷云封**，**霜欺雪压**，刚**是峭寒时候**。**几度临风看**，**怎玉骨**、这番**消瘦**。**绮窗纸帐**轻**笼**，殷勤珍护知否。　独鹤也**应**闲**守**。**想皓腕轻攀**，**冷香盈袖**。**伴我**孤**吟**，一般清绝，不许春风吹逗。忍记**年时**，红紫零落，那堪回首。插向铜瓶，**岁寒标格如旧**。	探春慢·腊梅 蝶翅胎**黄**，蜂须酿蜜，昨**夜微香初**透。**月冷云封**，**霜欺雪压**，却**是峭寒时候**。**几度临风看**，**怎玉骨**、一般**消瘦**。**绮窗纸帐**深**笼**，仙禽**应**也厮**守**。　枝上金铃系久。**想皓腕轻攀**，**冷香盈袖**。**伴我**清**吟**，松闲竹外，两两素心无负。长记**年时**，里醉妆薄，染腮春酒。窥影冰池，**岁寒标格如旧**。
	金缕曲·冰花 **镂就玲珑**质。爱亭亭、者还不籍，**东风**吹**拂**。**几夜银塘霜**露**进**，算是清寒第一。看满地、**嶙峋瘦骨**。休共素娥闲斗**影**，记**前因**、一片参**空色**。吹乍散，冷还**结**。　**琉璃世界琼瑶**积。问**浮沤**、**无端幻此**，**甚时**了得。冷淡生涯尘不染，难道坚原如铁。**好与共**、**梅魂幽绝**。谁唱阳春高格调，助精神、雪萼三分白。**闲指点**，**信孤洁**。	金缕曲·冰花 **镂就玲珑**叶。纵**东风**、**吹**花有信，不教披**拂**。**几夜银塘霜**威**进**，偏耸**嶙峋瘦骨**。似玉树、奇葩森列。更向月中频顾**影**，问**前因**、**空色**谁生灭。如有恨，自凝**结**。　**琉璃世界琼瑶**戛。怪**浮沤**、**无端幻此**，**甚时**销没。碎蕊两三还拈取，贮向玉壶自澈。**好与共**、**梅魂幽绝**。姑射仙人今何在，对婵娟、千里肌如雪。**闲指点**，**信孤洁**。

续表

原作者	原作	左作
左锡嘉（1830—1889 后），字小云，一字韵卿，晚号冰如，江苏阳湖人，华阳曾咏室，有《冷吟仙馆诗余》一卷，辑入《小檀栾室汇刻闺秀词》第七集。 廖平《冷吟仙馆诗余》："……得玉田清空之旨……自然流露，无不合拍，亦闺中之杰出者。"	临江仙·白荷 仙骨珊珊湖上住，**天然水佩风裳。不须浓抹**靓**时妆。凌波微试步**，的的暗生香。　月堕横塘留粉本，闲鸥梦亦**清凉**。拚**将心苦驻年芳**。但教参**净果**，甘老**水云乡**。	临江仙 几曲银塘光不定，**天然水佩风裳。不须浓抹**斗**时妆。凌波微试步**，栏槛晚飘香。 昨夜西风残暑退，玉肌何限**清凉**。还**将心苦驻年芳**。几生成**净果**，长在**水云乡**。
	一叶落·其一　秋思 **小院落，秋阴薄。夕阳一片画阑角。井梧已渐凋，新凉谁先觉。谁先觉，满眼西风恶。**	一叶落 **小院落，秋阴薄。夕阳一片画阑角。井梧已渐凋，新凉谁先觉。谁先觉，满眼西风恶。**
	一叶落·其二　秋思 **万籁寂，霜天碧。月明满地夜砧急。雁飞紫塞遥，相思无终极。无终极，梦破蛩吟壁。**	一叶落 **万籁寂，霜天碧。月明满地夜砧急。雁飞紫塞遥，相思无终极。无终极，梦破蛩吟壁。**
李佩金（1775？—?），字纫兰，江苏长州人，知州李邦燮女，山阴何仙帆室。有《生香馆词》一卷，辑入《小檀栾室汇刻闺秀词》第一集。 郭麐《灵芬馆词话》云："生香女士，秀骨天成，隽思云构，冰雪比清，兰蕙其穆。" 吴衡照《莲子居词话》："……长洲纫兰李氏《生香馆词》，如鸟中子规，自是天地间愁种。"	满庭芳·暮春偕蕊渊、雪兰、蘅芳、畹兰诸姊妹看海棠 **溪水拖蓝，遥山凝碧，素**心连袂佳辰。**青畦**缓度，**雨洗一犁春。风引残霞漾影，垂**杨外、**烟**锁桥横。听**花杪**、梵钟**远递**，莺语骂金铃。　阑边红玉萦，锦江春色，移种石根。见娇姿、浅晕乍醒芳魂。愁在杜鹃声里，啼破了、新绿如云。归鸦急，斜阳黯淡，情思绕**虚郭**。	满庭芳 **溪水拖蓝，遥山凝碧，素**画环抱柴门。**青畦**方罫，**雨洗一犁春。风引残霞漾影，垂杨**袅、**烟**淡桥曛。惊**花杪**、疏钟**远递**，鸦犊趁归人。 仙源何处是，黄冠白袷，酒畔逃秦。更滋兰、九畹为返骚魂。奈有先鸣啼鴂，空惜此、百草无熏。悲歌老，相遮野舞，劳梦息**虚郭**。
	声声慢·七夕招雪兰、蕊渊、蘅芳、蓉清集生香馆分韵得同心结 兰**云拥鬓**，麝**月修眉**，玉纤捣破遥青。**凉浸**瑶**铺**，炷香低拜**双星**。女伴争缠连爱，向花前、重缔新盟。蛛丝巧、看密牵卍字，细缀同心。　婉转愁萦万缕，愿丝丝龢泪，扣入**回文**。织女机中，年年锦织**离情**。怅望碧罗天远，湿榆花、香露**无声**。依稀听，**恍天风、吹下玉笙**。	声声慢·七夕 微**云拥鬓**，纤**月修眉**，银河奁镜分明。**凉浸**琼**铺**，天街仰睇**双星**。人闲**女**郎好事，早安排、瓜果中庭。珠帘外、垂垂灯火，零乱流萤。　万草千花凝碧，正象床玉手，织金初成。中有**回文**，行行为诉**离情**。此夕露桥自迴，怪下方、乌鹊**无声**。还坠响，**恍天风、吹下玉笙**。

续表

原作者	原作	左作
	生查子·送春 把酒问东风，怨入花铃语。只解送春归，未肯吹愁去。 云影荡轻烟，帘外飘香雨。枉煞柳丝长，不系韶华住。	生查子 把酒问东风，怨入花铃语。只解送春归，未肯吹愁去。 廊外荡轻烟，帘际飘香雨。枉煞柳丝长，不系韶华住。
鲍之芬（生卒年不详），字药缤，一字浣云，号佩芳，乾隆时丹徒名士鲍皋第三女，户部郎中鲍之钟妹，与姊之兰、之蕙并工吟咏。有《三秀斋词》一卷，辑入《小檀栾室汇刻闺秀词》第七集。	台城路·咏瓶菊　其一 十风九雨重阳过，秋光更饶篱菊。败叶阶除，疏桐院落，秀色一天霜足。堆黄熨绿。自不为春华，不因寒肃。野韵幽芳，独开迟暮避尘俗。　书窗分取一束。称诗怀浓淡，瓶水新掬。瘦影离披，清灯暗月，添写屏山六幅。翛然溪谷。伴楚客狂吟，陶家清福。爪擘霜螯，冷香沁樽醁。	齐天乐·菊 十风九雨重阳过，秋光更饶篱菊。败叶阶除，疏桐院落，秀夺一天霜足。堆黄熨绿。自不为春华，不因寒肃。野韵幽芳，独开迟暮避尘俗。　书窗分取一束。称诗怀淡雅，瓶水新掬。瘦影离披，青灯暗月，添写屏山六幅。翛然溪谷。伴楚客狂吟，乱头簪簇。醉擘霜螯，晚香泛樽绿。
	风蝶令·其二　寻梅 梦里香生处，窗前月到时。晴檐鸟语报南枝，定有咏花人已得先期。　残雪梭巡踏，轻风料峭吹。清溪曲处小桥攲，一树寒葩掩映出疏篱。	南歌子·寻梅 梦醒香生处，窗虚日上时。画檐微暖翠禽知，应是东风着意酿南枝。　残雪山皴瘦，轻冰水骨奇。行行且过小桥西，一树寒葩掩映出疏篱。
	忆秦娥·踏雪 山光白。山光白衬天光黑。天光黑。沉沉远水，玻璃冻墨。　羔裘粘满花魂魄。芒鞋印满人踪迹。人踪迹，高低路径，杖藜须策。	忆秦娥 山光白。山光白衬天光黑。天光黑。沉沉远水，玻璃冻墨。　嵌空一片娲皇石。终南太华无人迹。无人迹，无今无古，也无朝夕。
方彦珍（约1824年前后在世），字静云，号岫君，江苏仪征人。有《有诚堂诗余》一卷，辑入《小檀栾室汇刻闺秀词》第六集。	如梦令·其二　题落花胡蝶卷子 芳草天涯青遍。满地落花风旋。春去太无情，惆怅雨丝风片。休怨，休怨。胡蝶殷勤留恋。	如梦令 芳草天涯青遍。满地落花红旋。春去太无情，惆怅雨丝风片。休怨，休怨。胡蝶殷勤留恋。
	月上海棠·对酒 东墙皓月移花影。是谁人、宜此良宵景。把酒吟秋，有娇红、助侬诗兴。高歌唱，未识海棠曾听。　频唤花仙花不应。这宿醒、醉到何时醒。辗转回思，想嫦娥、共伊清韵。待醉了，好去同游幻境。	月上海棠·立秋夜对月 西阑皓月移花影。问何人、能驻片时景。坐对高梧，露华清、叶飘金井。凉飔起，玉殿雕栏自迥。　人间百唤伊谁应。想嫦娥、沉醉未能醒。辗转愁思，玉绳低、索光无定。今宵拚，与汝同游幻境。

续表

原作者	原作	左作
	如梦令·其一 夜咏 **金鸭香残烟**尽。**翠竹无声风定**。举袖欲挑**灯**，**回见月光东映**。**人静**，**人静**，犹自推敲诗韵。	如梦令 **金鸭香残烟**暝。**翠竹无声风定**。**举**袂障银**灯**，**回见月光东映**。**人静**，**人静**，廊外露寒天迥。
苏穆（1790？—?）字佩襄，江苏淮阴人，周济妾，有《储素楼词》一卷，见《小檀栾室汇刻闺秀词》第二集。 《续修四库全书总目提要》："（周）济论词最精，所作亦深密纯正。穆之词学，自有本源。集中多清婉之作，不似济词之深美。"	摸鱼儿·饯秋 念秋来、惜离伤别，**珠帘垂又还捲**。**西风只会吹梧叶**，**那**识**芳园零乱**。晴又晚。最怕是、重阳风雨年年惯。暮云一片。空绕遍天涯，画栏凝伫，**怎**教**黛痕展**。　情未倦。**更**上层楼**望远**，婵娟谁与为伴。供愁惟有东篱菊，解得**愁**深愁浅。秋不管。也不怕、玉关旧路阴晴换。千回万**转**。要寄取相思，庭前为托，疏柳倩征雁。	摸鱼儿 浸寒阶、破云筛月，**珠帘垂又还捲**。**西风只会吹梧叶**，**那**惜**芳园零乱**。荒梦短。听一夜、残蛩病蟀成愁叹。孤城陋馆。但墙柝暗声，壁灯昏影，**怎**放曙**痕展**。　西楼畔。**望**极江天**更远**，南来曾未归雁。吴山越水相重叠，尽是善**愁**眉眼。凝恨满。翘首处、中庭咫尺悬河汉。玉盘自**转**。想桂树凋零，婆娑终老，歌尽舞人散。
	临江仙 **莫道春归愁已绝**，**残秋别样难支**。**画栏凭遍月轻移**。**谁将纤影**，**又送极天西**。　**待倩征鸿传信息**，**断肠空**自**凝思**。**暗风**不**动**小**荷池**。**岸边衰柳**，**独舞**碧丝丝。	临江仙 **莫道春归愁已绝**，**残秋别样难支**。**画栏凭遍月轻移**。**谁将纤影**，**又送极天西**。　**待倩征鸿传信息**，**断肠空**遣**凝思**。**暗风**吹**动**败**荷池**。**岸边衰柳**，**独**自**舞**僛僛。
	长亭怨慢 **乍**闻得、一声**春去**。**料想东园**，落花**无主**。越样离情，**黛痕**只**向翠蛾聚**。**绣帘空卷**，**云迭迭**、**关山暮**。**便诉与常仪**，**只**逗**凄凉**无数。　最**苦**。**袅垂杨**线弱，**谩欲系**情**教住**。**天涯恁远**，**怎但在**、**阑干斜处**。**拌换却**、**满眼流光**，**夜窗听**、**沉沉风雨**。**问燕子能言**，**曾唤春人**醒**否**。 （上片脱一字）	长亭怨慢 **乍**惊觉、一城**春去**。**料想东园**，绿丝**无主**。冀霭燕霾，**黛痕**频**向翠蛾聚**。**绣帘空卷**，**云迭迭**、**关山暮**。**便诉与常仪**，**只**剩得**凄凉**三五。　情**苦**。**袅垂杨**一线，**谩欲系**春**教住**。**天涯恁远**，**怎但在**、**阑干斜处**。**拌换却**、**满眼流光**，**夜窗听**、**沉沉风雨**。**问燕子能言**，**曾唤春人**知**否**。

续表

原作者	原作	左作
刘琬怀（生卒年不详），字撰芳，一字韫如，江苏阳湖人。诗人刘汝器、虞霭仙女，刘嗣绾妹。有《补阑词》一卷，辑入《小檀栾室汇刻闺秀词》第八集。	金缕曲·春日感怀 梦影**双丸逐**。渐**消磨**、辋川**烟水**，平泉**花木**。**龙脑一炉茶**七**碗**，悔不襟期偏**俗**。**分领略、人间清福**。**漫问禁烟明日事，且瞢腾、闲展离骚读**。山鬼笑，湘君哭。　也知生世原**空谷**。太匆匆、隙尘过马，隍阴覆鹿。**我**是个中参透**惯**，冷眼花前银烛。独倚遍、碧栏杆**曲**。满**径云停门**自掩，种**琅玕、几树森森**玉。听**春雨，长新绿**。	金缕曲 莫放**双丸逐**。尽**销磨**、楼前**烟水**，槛边**花木**。**龙脑一炉茶**一**碗**，涤尽平生尘**俗**。**分领略、人间清福**。**漫问禁烟明日事，且瞢腾、闲展离骚读**。众醉也，醒还独。　幽兰并蒂宜**空谷**。有奇葩、与君相赏，其人如玉。**我**已布衣椎髻**惯**，未羡膏粱牢肉。向缥缈、飞阑东**曲**。幽**径云停门**不键，戛**琅玕、几树森森**竹。盎**春雨，长新绿**。
	苏幕遮·鸟声 **雨蒙蒙，春悄悄**。**柳陌花堤，宛转千回绕**。绣舌娇**喉容易掉**。玉润珠圆，相和相争巧。　过池塘，**穿树杪**。爱学清**歌**，宫羽翻颠倒。**短梦惊残晴色好**。**香雾迷离，一带楼台晓**。	苏幕遮·鸟声 **雨蒙蒙，春悄悄**。**柳陌花堤，宛转千回绕**。燕舌莺**喉容易掉**。已解人言，只分伤春老。　度波心，**穿树杪**。一世**歌**唇，含恨知多少。**短梦惊残晴色好**。**香雾迷离，一带楼台晓**。
	苏幕遮·卖花声 **晓云轻，晴旭早**。摘**取红英，欲换榆钱小**。唤**过短墙经曲道**。清脆吟腔，远远酬啼**鸟**。　雨初晴，春正好。忍贷韶光，不管东皇恼。**闲倚楼**头**听渐杳**。**几阵回风，微送余音袅**。	苏幕遮·卖花声 **晓云轻，晴旭早**。折**取红英，欲换榆钱小**。行**过短墙经曲道**。吴语声娇，相和枝头**鸟**。　暖蜂游，妆镜绕。梦隔纱窗，酒醒惊春闹。**闲倚楼**阑**听渐杳**。**几阵回风，微送余音袅**。
袁绶（1795—1866?），字紫卿，浙江钱塘人，袁枚女孙。有《瑶华阁词》一卷，辑入《小檀栾室汇刻闺秀词》第六集。 夏恺《簪芸阁诗词集序》："……其寻声按拍，造语清腴，比之白石、屯田，何多让焉。"	虞美人 **宵长漏尽**兰**灯炧**。残**雪明鸳瓦**。**月波**凉**浸小庭心**。**睡鸭香销**慵展九华**衾**。　**邮签细数程过半**。**肠逐车轮转**。一番离别一番**愁**。待不思量偏又上眉**头**。	虞美人·寄映庵徐州道上 **宵长漏尽灯**初**炧**。积**雪明鸳瓦**。**月波**寒**浸小庭心**。**睡鸭香销**还自拥重**衾**。　**邮签细数程过半**。**肠逐车轮转**。残淮残汴易生**愁**。为恐朔风吹霰白君**头**。
	临江仙·月当头夜待月 未许婵娟全面露，**当头**虚说**相逢**。**痴云**深护**广寒宫**。中**宵明镜掩，可是晚妆慵**。　**窗外**蜜**梅初破蕊，生怜香影迷蒙**。**箫声**吹**彻玉玲珑**。幽怀何处诉，惆怅倚西**风**。	临江仙 月到**当头**何限好，人生几度**相逢**。**痴云**今锁**广寒宫**。终**宵明镜掩，可是晚妆慵**。　**窗外**腊**梅初破蕊，生怜香影迷濛**。**箫声**和**彻玉玲珑**。高阑频缩手，怯听雁啼**风**。

续表

原作者	原作	左作
	蝶恋花·即景偶成，寄怀少兰、小村弟，柔吉妹 **怯试春衫寒尚**峭。**细雨斜风，不管莺花恼**。**上巳清明都过**了，**杜鹃声里韶光老**。　**寂寂重帘香篆袅**。**乍喜新晴**，灵鹊穿花**噪**。宿酒醒来情悄悄，**绿窗自谱**相思调。	蝶恋花 **怯试春衫寒尚**悄。**细雨斜风，不管莺花恼**。**上巳清明都过**了，**杜鹃声里韶光老**。　**寂寂重帘香篆袅**。**乍喜新晴**，簷鹊还相**噪**。花落阑空人窈窕，**绿窗自谱**幽兰操。
顾贞立（1623—1699），原名文婉，字碧汾，自号避秦人，江苏无锡人，顾贞观胞姊。有《栖香阁词》二卷，辑入《小檀栾室汇刻闺秀词》第三集。 郭麐《灵芬馆词话》："语带风云，气含骚雅，殊不似闺阁中人作者，亦奇女子也。" 王蕴章《然脂余韵》云："屹然为闺阁女宗。"	一剪梅·春寒 重**炉**香烬漏迢迢。**不似春宵，还似春宵**。**薄烟深院杏花梢。难道明朝，便是花朝**。　凄风冻雨潇潇。**镜里容销，梦里魂销**。**邻娃莫去踏春郊**。吹断秋**腰**，瘦减**裙腰**。	一剪梅 蜜炬熏**炉**细细烧。**不似春宵，还似**寒**宵**。**薄烟深院杏花梢。难道明朝，便是花朝**。　苔上残红点点飘。香满帘**腰**，绿满**裙腰**。**邻娃莫去踏春郊**。**镜里容销，梦里魂销**。
	桃丝·自制曲 壬子九月二十一夜，梦两仙子，烟鬟云鬓，雾谷霞绡，芬芳袭人，珊珊而来，光彩耀室。遗予草二株，一枝条壁红丝，非花非叶，纤纤可爱，不与垂柳似，云是桃丝。一枝翠叶浅深，如梧如菊，如桂如蕖，方圆斜整，种种可异，云是翠凌波，因其名，遂各制一词记之 **清波难写流虹影，喜梦里垂垂**。**比似人间枝叶异，桃丝**。　**红房烂煮琼花宴，问此会何时**。**四十九年偿慧业，归迟**。	桃丝·自度曲 辛亥四月廿四夜，梦两仙女，遗予异卉二枝，其一条色惨碧，红丝垂垂，非花非叶，名之曰桃丝。其一翠叶浅深相间，方圆斜整，形不一致，名之曰翠凌波。觉而异之，因其名，各制一词 **清波难写流虹影，喜梦里垂垂**。**比似人间枝叶异，桃丝**。　**红房烂煮琼花宴，问此会何时**。**四十九年偿慧业，归迟**。
	翠凌波·自制曲 香逗**衾鸾，鬟攲钗凤**。**断鼓零钟，薄醉和愁拥**。**哀雁啼蛩清露重**。**翠生生、幻出凌波梦**。　**灵根知是瑶台种**。**艳叶柔丝，不与凡花共**。**待展研粉吴绫，写幅屏山清供**。**珠箔深沉，不教风雨吹送**。	翠凌波·自度曲 香逼**衾鸾，鬟攲钗凤**。**断鼓零钟，薄醉和愁拥**。**哀雁啼蛩清露重**。**翠生生、幻出凌波梦**。　**灵根知是瑶台种**。**艳叶柔丝，不与凡花共**。**待展研粉吴绫，写幅屏山清供**。**珠箔深沉，不教风雨吹送**。

续表

原作者	原作	左作
曹慎仪（生卒年不详），字叔惠，号玉雨，江西新建人，兵部侍郎曹云浦女，同里顾清昕室。有《玉雨词》一卷，辑入《小檀栾室汇刻闺秀词》第一集。	天香·牡丹 **叶上新**诗，吟残鹦鹉，惊回谢庭春困。漫拂冰纨，轻拈湘管，小白嫣红**相映**。缓**移**纤**腕**，**闲写出**、翠华春**影**。**佩暖罗松**，腻霞微晕，**宿醒乍醒**。　**低徊宝阑又凭**。罥**霓裳**、**绿云**欲**暝**。玉润珠寒，偏萦粉奴香鬓。**几许胭脂泪**冷，算未解、东风后来讯。**艳照金莲**，**宫袍**眩锦。	天香·牡丹 花**叶新**题，朝云未寄，春眠画阁谁省。绣被犹堆，锦帷旋卷，丽日醉霞**相映**。轻**移**素**腕**，**闲写出**、倾城娇**影**。**佩暖罗松**，对卷玉颜，**宿醒乍醒**。　**低徊宝阑又凭**。谱**霓裳**、**绿云**催**暝**。料不共他，凡蕊强簪霜顶。**几许胭脂泪**染，怕镜里、残妆坏难整。**艳照金莲**，**宫袍**夜炯。
	醉春风·送春 **莫把辞春酒**。**春来浑未久**。**绿腮病起试罗衣**，**瘦**，**瘦**，**瘦**。**觅句阑边**，簪香镜里，**此情非旧**。　折尽长堤**柳**。往事休**回首**。**雨丝风片送春归**，**又**，**又**，**又**。**芳草无边**，**春归何处**，**问花知否**。	醉春风 **莫把辞春酒**。**春来浑未久**。**绿腮病起试罗衣**，**瘦**，**瘦**，**瘦**。**觅句阑边**，插花头上，**此情非旧**。　梦里江潭**柳**。春至先**回首**。**雨丝风片送春归**，**又**，**又**，**又**。**芳草无边**，**春归何处**，**问花知否**。
左锡璇（1829—1895），字芙江，号小桐，江苏阳湖人，左锡嘉姊。有《红蕉碧梧馆诗词集》，辑入《小檀栾室汇刻闺秀词》第七集。	浪淘沙 独自倚空**关**。情绪阑珊。**流光**如矢**去无还**。多少思亲离别泪，暗里偷弹。　七**载失承欢**。云**路漫漫**。**聊凭雁足寄修翰**。**安得乘风生**丝**翼**，**飞到**长安。	浪淘沙 何处望乡**关**。烟锁回阑。**流光**一失**去无还**。千里辞家头易白，遮莫春残。　两**载失承欢**。江**路漫漫**。**聊凭雁足寄修翰**。**安得乘风生**彩**翼**，**飞到**湘南。
	鹊踏枝·其一 月过西窗衾**似水**。**人在天涯**，**秋在虫声里**。**一院**湿**烟飞不起**，**临风**谙尽**相**思味。　珠**楯**玉栏**闲徙倚**。**良夜迢迢**，欲遣愁无计。卜**得**灯花**私自喜**，无言**悄**立帘儿底。	蝶恋花 残月横窗帘**似水**。**人在天涯**，**秋在虫声里**。**一院**暝**烟飞不起**，**临风**戏掷**相**思子。　玉**楯**朱**阑闲徙倚**。**良夜迢迢**，一半消磨醉。觅**得**新词还**自喜**，**悄**吟背立红檀几。

续表

原作者	原作	左作
殷秉玑（1821—1881），字荃仙，江苏常熟人，陈锡祺室，有《玉箫词》一卷，辑入《小檀栾室汇刻闺秀词》第六集。	买陂塘·六月廿一日晓起，偕外子伯唐弟泛舟尚湖，烟水一片，荷香四闻，十里五里红白相间，翠影亭亭，凌波欲笑，正锦峰倒映，开奁晓妆时也，扣舷曼歌，花若解语欲答 趁轻桡、**满船凉翠**，**载将明月同去**。**蝉声唤醒**红闺**梦**，**引我**花间**容与**。**天**乍**曙**，**浑不辨**，弥弥**万顷湖田路**。烟波深**处**。**看架树为巢**，**结芦作屋**，**只有**老渔**住**。　看花意，安得与花常聚。**芳情**领略**何许**。**荷花似**与侬**相识**，**隔**浦盈盈欲**语**。且慢诉，还**怕**被，闲鸥听去先相妒。重来恐阻。索折取卿卿，携手归珍重，付与胆瓶贮。	摸鱼儿·玄武湖夜游 弄熏风、**满船凉翠**，**载将明月同去**。**蝉声唤醒**江南**梦**，**引我**镜波**容与**。**天**未**曙**，**浑不辨**，漫漫**万顷湖田路**。危城尽**处**。**看架树为巢**，**结芦作屋**，**只有**逸民**住**。　蒹葭际，冉冉一汀烟露。**芳情**知寄**何许**。**荷花似**与人**相识**，**隔**水数枝无**语**。休折去，**怕**已有，商飙入抱伤今古。悲秋更苦。恁蘋末吹愁，衰红满眼，瑟瑟绕弦柱。
	浪淘沙·送春 **帘外绿阴浓**。**帘里春慵**。**风风雨雨梦魂中**。**睡起不知春已去**，**一晌惺忪**。　去也怎**匆匆**。何处重**逢**。落花飞絮各西东。荡漾春愁收**不**得，付与**东风**。	浪淘沙 **帘外绿阴浓**。**帘里春慵**。**风风雨雨梦魂中**。**睡起不知春已去**，**一晌惺忪**。　花事太**匆匆**。愁里相**逢**。芭蕉又展一重重。多病却妨身**不**健，还怯**东风**。
熊琏（生卒年不详），字商珍，号淡仙，一号茹雪山人，江苏如皋人，江干弟子，陈遵室。有《淡仙诗钞》《文钞》《赋钞》《淡仙诗话》。《淡仙词钞》四卷辑入《小檀栾室汇刻闺秀词》第六集。 况周颐《玉栖述雅》："熊淡仙秉冰蘗之贞操，振金荃之遗响，一洗春波绮纨，近于朴素浑坚……清疏之笔，雅正之音，自是专家格调，视小慧为词者，自是上下楼之别。"	百字令·题平山女史诗卷 清才慧性，**是**碧翁亲付，蕊珠仙子。**玉手蔷薇**花露**涴**，**净洗脂浓粉**艳。**笔落珠圆**，诗**成**锦**灿**，**一种幽芬气**。平山不远，箐华钟自邗**水**。　堪敬梁孟丰标，闺房师友，千载金兰契。**夜月高楼香雾湿**，秋在凤**箫声里**。愧我微才，瑶编幸接，展卷惊还喜。一词莫赞，惟知拜读而已。	念奴娇·题丹徒包兰瑛女士锦霞阁诗集 瑶编一卷，**是**天孙云锦，霞烘晴腻。**玉手蔷薇**春泪**涴**，**净洗粉浓脂**丽。**笔落珠圆**，吟**成**绮**灿**，**一种幽芬气**。空江浮玉，翠蛾频照秋**水**。　闻道别浦花繁，收将凤纸，小叠回文字。**夜月高楼香雾湿**，肠断紫**箫声里**。明圣湖光，毗陵山色，绣幙莲风起。弄烟题叶，定应香茗能继。

续表

原作者	原作	左作
	解语花·白桃花 净洗胭**脂**，香生**艳雪**，不为红**颜误**。轻盈如**许**。消魂煞，半面文君缟**素**。**天台旧路**。**怕玉洞更无寻处**。听墙**东**，**子夜歌**残，脉脉凭谁诉。　露井春光无数。讶**千红**队里，琼瑶一树。娟娟楚楚。任飘泊，未染人间尘土。芳魂谁主。被**淡月清风**留住。小窗前，**梦入梨花**，**同**按霓裳谱。	解语花·白桃花 肥堆**艳雪**，淡却浓**脂**，生恐朱**颜误**。泪痕弹**许**。清铅水，点滴袂罗娟**素**。**天台旧路**。**怕玉洞更无寻处**。琼树新，春在楼**东**，**子夜歌**谁度。　斜傍雕阑怨暮。恁**千红**成阵，珠玉频睹。倩魂来去。流连久，**露井**粉**光无数**。停尊待语。有**淡月清风**迟汝。愁宴阑，门掩深深，**同梦梨花**雨。
孙荪意（1783—?），字秀芬，一字苕玉，浙江仁和人。孙震元女，萧山儒学劝导高第继室。有《贻砚斋诗稿》，存《衍波词》一卷，辑入《小檀栾室汇刻闺秀词》第一集。 郭麐《灵芬馆词话》："浙西闺秀，首推二孙。" 王蕴章《然脂余韵》："清圆流转，出入频伽、忆云二家，附庸浙派，当之无愧。"	菩萨蛮·锈毬花 丛丛晴雪**阑干曲**，**东风碎剪玲珑玉**。**蝴蝶打成团**，梅**花**一蒂**攒**。　**昨宵林影白**，**错认**团圞**月**。**晓起捲帘**看，罗衣生薄寒。	菩萨蛮·和映庵春雪 柳丝将放**阑干曲**，**东风碎剪玲珑玉**。**蝴蝶打成团**，梨**花**千树**攒**。　**昨宵林影白**，**错认**天街**月**。**晓起捲帘**香，雪花飘满窗。
许诵珠（生卒年不详），字宝娟，号悟红道人，浙江海宁人，督粮道许梿季女，归安朱镜仁室，以婚后九年无出，抑郁而终。《雯窗瘦影词》一卷，辑入《小檀栾室汇刻闺秀词》第八集。	醉落魄·外子久客不归，赋此速驾 倚**窗月透**，**一枝梅影如侬瘦**。脂愁粉怨**人**僝僽，剩有年**时**，别**泪涴红袖**。　焚香轻合纤纤手，金钱暗卜平安否。几时早整归鞍骤。计算**腰围**，**宽减定非旧**。	一斛珠 绮**窗月透**，**一枝梅影如侬瘦**。人间愁恨花应有，小立多**时**，清**泪涴红袖**。　拚取金尊开笑口，与君花底长相守。莫放江南春在柳，春损**腰围**，**宽减定非旧**。
汪淑娟（1835—1853），字玉卿，浙江钱塘人，孝廉金绳武室。有《昙花词》一卷，辑入《小檀栾室汇刻闺秀词》第七集。	卖花声·寄韵仙 独自展鸳衾，情思昏**沉**。芭蕉**滴雨好难禁**。便是当时心也碎，何况如今。　**坐起费**搜寻，**调弄徽音**。七**弦**原是一条心。千万休将心冷了，叮嘱**瑶琴**。	浪淘沙 窗树夜萧森，灯烬香**沉**。荒阶**滴雨好难禁**。不管人间秋思苦，到晓涔涔。　**坐起费**愁吟，**调弄徽音**。冰**弦**瑟瑟雁愔愔。收拾古今无限恨，并入**瑶琴**。

续表

原作者	原作	左作
许庭珠（生卒年不详），字林风，江苏娄县人，姚椿室，与李佩金交好，有词附《生香馆词》中。《全清词钞》收录其作。 郭麐《灵芬馆词话》："婉约之情，一往而深。"	生查子 **珠箔隔轻寒，鹦鹉**玲珑**语**。悄**唤锁重门**，莫**放春归去**。 **桃李可**情**怜**，别我啼**红雨**。**点点带愁飘，吹入春江住**。	生查子 **珠箔隔轻寒，鹦鹉**笼中**语**。犹**唤锁重门**，怕**放春归去**。 **桃李可怜**生，昨夜**啼红雨**。**点点带愁飘，吹入春江住**。
高佩华（生卒年不详），字素香，江苏泰州人，叶雨楼室。有《芷衫诗余》一卷，辑入《小檀栾室汇刻闺秀词》第六集。	风入松·春日记事 阶前**草**色**碧**于油。**粉蝶梦魂留**。闲来偶而**裁诗句**，对残**花**、惹起新**愁**。正是海**棠开**足，斜**阳**一抹红**楼**。　风**筝**犹挂**树梢头**。**彩线不曾收**。**鹦**哥对我喃喃说，便教人、早上**帘钩**。莫**被**好**风吹散**，**炉**香**几缕清幽**。	风入松 玉阶芳**草碧**迎眸。**粉蝶梦魂留**。画阑点笔**裁诗句**，傍吴**花**、浓酿春**愁**。庭院**棠**梨**开**遍，夕**阳**偏在高**楼**。　残**筝**独罥**树梢头**。**彩线不曾收**。笼**鹦**向晚呼灯火，怕遥山、暗对**帘钩**。休**被**东**风吹散**，**炉**烟**几缕清幽**。
顾翎（1779—1860），字羽素，江苏无锡人，顾敏恒女，顾翰姊，杨敏勋室。性爱梅，题所居曰"绿梅影楼"，尝作《绿梅影楼填词图》征题咏，一时士女如林则徐、王嘉禄、刘嗣绾、吴藻等皆应之。有《茝香词》一卷，辑入《小檀栾室汇刻闺秀词》第一集。	齐天乐·新柳 **夕阳**影**外吟情古**，**湖堤几丝飘**碧。轻**染衫痕**，纤描眉样，离恨已堪消得。天涯怨别。**见**罨雨寻鸦，拂晴弄蝶。**尔许青阴**，津桥**初醒**倦游客。　宝钗**楼**畔行过，**有娇莺**幽**语**，啼瘦湘月。擫笛红亭，抛笙香阁，怜我缟衣颜色。芳踪愁绝。待洗竹眠琴，补苔移石，**折赠**归**人**，画桡迟戴笠。	齐天乐·新柳 **夕阳**红**外吟情古**，**湖堤几丝飘**影。乍**染衫痕**，才舒带结，小叶娥妆慵整。轻烟弄暝。**见**浅搭阑干，薄依桃杏。**尔许青阴**，酒边游客梦**初醒**。　谁怜**楼**下逝水，**有娇莺**嫩**语**，愁里难听。故国堪嗟，江潭易老，更奈风狂雨横。娭光换景。叹新恨频添，旧眉都省，**折赠**行**人**，送春春去迥。
吴尚憙（1808—?），字禄卿，一字小荷，广东南海人，荷屋中丞吴荣光女，同邑叶应祺室。有《写韵楼词》，辑入《小檀栾室汇刻闺秀词》第四集。 《佛山忠义乡志》卷十四《人物志十·才媛》："善画，工诗，荷屋宦游所至，挈之以行……生平喜吟咏，其警句多采入梁氏《十二石斋诗话》、临桂倪鸿《桐阴清话》。其自署小印曰：'从父随夫宦游十万里'，其自题词句云：'此身原不让男儿'，豪宕之气，足以凌铄一切，巾帼中豪杰也。"	蝶恋花 **云鬓蓬松钗欲坠**。**日过纱窗，犹自**怏怏**睡**。一线情思**常似醉，身慵半拥**红鸳被。　**脸际销红眉锁翠**。**无**语沉吟，总似多情泪。一缕尖**风侵绣袂**，**镜**儿**偏**晓**人憔悴**。	蝶恋花 **云鬓蓬松钗欲坠**。**日过纱窗，犹自**恹恹**睡**。病起扶头**常似醉，身慵半拥**香罗被。　**脸际销红眉锁翠**。明**镜无**情，**偏**照**人憔悴**。却恐东**风侵绣袂**，落花只在重帘外。

参考文献

徐乃昌：《小檀栾室汇刻百家闺秀词》，南陵徐氏清光绪二十二年（1896）年刻本。

薛绍徽：《黛韵楼诗文集》，宣统三年（1911）刻本。

许禧身：《亭秋馆诗钞》，民国元年（1912）刻本。

许禧身：《亭秋馆词钞》，民国元年（1912）刻本。

左又宜：《缀芬阁集》，民国二年（1913）刻本。

刘鉴：《分绿阁集》，长沙友善书局民国三年（1914）刻本。

陈栩：《栩园丛稿二编》，上海著易堂书局民国十三年（1924）刻本。

吕凤：《清声阁诗余》，民国二十五年（1936）刻本。

王兰馨：《将离集》，北平著者书店民国二十三年（1934）刻本。

杨庄：《湘潭杨叔姬诗文词录》，民国二十九年（1940）刻本。

王德愔等：《寿香社词钞》，三山林心恪民国三十一年（1942）刻本。

陈栩：《天虚我生诗词稿（附曲）》，中华图书馆民国五年（1916）年版。

陈栩：《栩园杂志（一—五册）》，上海著易堂书局民国十一年（1921—1922）年版。

顾佛影：《佛影丛刊》，浦东旬报社民国十二年（1923）年版。王蕴章：《然脂余韵》，商务印书馆民国十五年（1926）版。

杨令茀：《莪慕室吟草》，自印本民国二十一年（1932）版。

冼玉清：《广东女子艺文考》，商务印书馆 1941 年版。

黄鸿初、丁翔熊：《蜗牛居士全集 · 艺人小志》，上海丁寿世草堂 1940 年版。

孟棨、叶申芗：《本事诗·本事词》，古典文学出版社 1957 年版。
梁启超：《饮冰室诗话》，舒芜校点，人民文学出版社 1959 年版。
况周颐、王国维：《蕙风词话·人间词话》，人民文学出版社 1960 年版。
张纫诗：《张纫诗诗词文集》，（香港）自印本 1962 年版。
汪东：《汪旭初先生遗集》，（台北）文海出版社 1974 年版。
尉素秋：《秋声词》，（台北）台湾帕米尔书店 1967 年版。
陈定山：《十年诗卷·定山词合刊》，（台北）正中书局 1968 年版。
琦君：《琦君小品》，（台北）黎明文化事业股份有限公司 1975 年版。
张雪茵：《双玉吟草》，（台北）彩虹出版社 1975 年版。
李祁：《李祁诗词集》，自印本 1975 年版。
魏庆之：《诗人玉屑》，上海古籍出版社 1978 年版。
高拜石：《古春风楼琐记》，（台北）台湾新生报社 1979 年版。
余祖名：《广东历代诗钞》，（香港）能仁书院 1980 年版。
梁令娴：《艺蘅馆词选》，刘逸生校点，广东人民出版社 1981 年版。
沈祖棻：《涉江词》，湖南人民出版社 1982 年版。
王士禛：《池北偶谈》，中华书局 1982 年版。
张默君：《张默君先生文集》，（台北）中国国民党党史委员会 1983 年版。
冯沅君：《冯沅君创作译文集》，山东人民出版社 1983 年版。
刘义庆等：《世说新语校笺》，徐震堮校笺，中华书局 1984 年版。
徐珂：《清稗类钞选》，书目文献出版社 1984 年版。
丁宁：《还轩词》，吴万平注，安徽文艺出版社 1985 年版。
宋若莘、宋若昭：《女论语》，文渊阁四库全书本，上海古籍出版社 1987 年版。
茅于美：《茅于美词集》，湖南人民出版社 1985 年版。
周邦彦：《乔大壮手批周邦彦片玉集》，齐鲁书社 1985 年版。
黄松鹤：《漱园诗摘》，自印本 1985 年版。
唐圭璋：《词话丛编》，中华书局 1986 年版。
陈声聪：《填词要略及词评四篇》，广东人民出版社 1986 年版。
[奥] 斯蒂芬·茨威格：《人类的群星闪耀时》，生活·读书·新知三联书店 1986 年版。

缪钺、叶嘉莹：《灵谿词说》，上海古籍出版社 1987 年版。
阚家蓂：《阚家蓂诗词集》，中国友谊出版公司 1987 年版。
沈善洪等：《夏承焘教授纪念集》，吴无闻编，中国文联出版公司 1988 年版。
周厚复、江芷：《春云秋梦诗词合刊》，自印本 1988 年版。
杨国桢：《林则徐论考》，福建人民出版社 1989 年版。
朱庸斋：《分春馆词话》，广东人民出版社 1989 年版。
黄稚荃：《杜邻存稿》，四川人民出版社 1990 年版。
张雪风：《鹃红集》，自印本 1990 年版。
张荃：《张荃诗文集》，（台北）明文书局 1990 年版。
扬州市政协文史资料委员会：《扬州史志资料》，自印本 1991 年版。
黄文吉：《词学研究书目（1912—1992）》，（台北）文津出版社 1992 年版。
李德和：《台湾先贤诗文集汇刊·张李德和诗文集》，（台北）龙文出版社 1992 年版。
石中英：《台湾先贤诗文集汇刊·芸香阁俪玉吟草》，（台北）龙文出版社 1992 年版。
浙江省文史研究馆：《孤山拾零》，上海书店 1993 年版。
柳亚子：《磨剑室文存》，上海人民出版社 1993 年版。
许白凤：《平湖文史资料第五辑·亭桥词》，中国人民政治协商会议浙江省平湖市委员会文史资料委员会 1993 年版。
杨天石、王学庄《南社史长编》，中国人民大学出版社 1995 年版。
郑逸梅：《艺林散叶荟编》，中华书局 1995 年版。
朱卓鹏：《中国民间收藏集锦》，上海人民出版社 1995 年版。
严迪昌：《近代词钞》，江苏古籍出版社 1996 年版。
刘韵琴：《韵琴诗词》，李西亭注，武汉工业大学出版社 1996 年版。
巩本栋：《程千帆沈祖棻学记》，贵州人民出版社 1997 年版。
扬之水：《脂麻通鉴》，辽宁教育出版社 1997 年版。
周采泉：《金缕百咏》，（澳门）九九学社 1997 年版。
刘情玉：《泊雁诗词选》，新加坡：健龙科技传播贸易公司 1997 年版。
施耐庵、罗贯中：《水浒传》，人民文学出版社 1997 年版。

毛谷风、熊盛元：《海岳风华集》，浙江文艺出版社 1998 年版。
孙祥偈：《荪荃词》，（台北）文海出版社 1998 年版。
徐蕴华、林寒碧：《徐蕴华、林寒碧诗文合集》，周永珍编，社会科学文献出版社 1999 年版。
钱仲联：《当代学者自选文库·钱仲联卷》，合肥教育书社 1999 年版。
汪涌豪：《范畴论》，复旦大学出版社 1999 年版。
顾国华：《文坛杂忆续编》，上海书店 1999 年版。
施蛰存：《北山楼诗》，华东师范大学出版社 2000 年版。
沈祖棻：《沈祖棻全集》，河北教育出版社 2000 年版。
邓红梅：《女性词史》，山东大学出版社 2000 年版。
杜珣：《中国历代妇女文学作品精选》，中国和平出版社 2000 年版。
郑逸梅：《郑逸梅选集（一—六卷）》，黑龙江人民出版社 1991—2001 年版。
梁启超：《饮冰室文集点校》，吴松、卢云昆、王文光、段炳昌点校，云南教育出版社 2001 年版。
康正果：《风骚与艳情》，上海文艺出版社 2001 年版。
邓红梅：《闺中吟——传统女性的精神自画像》，河北人民出版社 2001 年版。
陈巨来：《安持人物琐忆》，上海书画出版社 2001 年版。
陈小翠：《翠楼吟草全集》，陈克言、汤翠雏编，（台北）三友图书有限公司 2001 年版。
严迪昌：《清词史》，江苏古籍出版社 2001 年版。
黄润苏：《澹园诗词》，学林出版社 2001 年版。
严迪昌：《金元明清词精选》，凤凰出版社 2002 年版。
施议对：《当代词综》，海峡文艺出版社 2002 年版。
吕友仁、查洪德：《中州文献总录》，中州古籍出版社 2002 年版。
沈从文：《沈从文全集》，北岳文艺出版社 2002 年版。
朱德慈：《近代词人考录》，中国社会科学出版社 2002 年版。
吴湖帆：《佞宋词痕》，上海书店 2002 年版。
黄昏：《岭南才女》，广东人民出版社 2002 年版。

张咏华：《媒介分析：现代传播神话的解读》，复旦大学出版社 2002 年版。
况周颐：《蕙风词话 · 广蕙风词话》，孙克强辑考，中州古籍出版社 2003 年版。
薛绍徽：《薛绍徽集》，林怡点校，福建省地方志编纂委员会整理，方志出版社 2003 年版。
梁璆：《颂笙诗词集》，自印本 2003 年版。
蔡德允：《愔愔室诗词文稿》，（香港）香港浸会大学出版社 2003 年版。
郑重：《海上收藏世家》，上海书店 2003 年版。
胡兰成：《今生今世》，中国社会科学出版社 2003 年版。
蒋礼鸿、盛静霞：《怀仁斋诗词 · 频伽室语业合集》，（香港）天马图书有限公司 2004 年版。
吴宓：《吴宓诗集》，商务印书馆 2004 年版。
缪钺：《缪钺全集》，河北教育出版社 2004 年版。
陈希：《岭南诗宗：黄节》，广东人民出版社 2004 年版。
林本椿：《福建翻译家研究》，福建教育出版社 2004 年版。
刘柏丽：《柏丽诗词稿》，中州古籍出版社 2004 年版。
黄坤尧：《香港诗词论稿》，（香港）当代文艺出版社 2004 年版。
赵尊岳、赵文漪：《和小山词 · 和珠玉词》，上海古籍出版社 2004 年版。
郑逸梅：《近代名人丛话》，中华书局 2005 年版。
郑逸梅：《艺林散叶》，中华书局 2005 年版。
郑逸梅：《艺林散叶续编》，中华书局 2005 年版。
郑逸梅：《文苑花絮》，中华书局 2005 年版。
郑逸梅：《清末民初文坛轶事》，中华书局 2005 年版。
郑逸梅：《南社丛谈：历史与人物》，中华书局 2006 年版。
成应璆：《琅玕室诗词存》，成应[illegible]编，中华诗词出版社 2005 年版。
徐翼存：《徐翼存诗词选辑》，王晓琪、王平易编注，世界图书出版西安公司 2005 年版。
刘梦芙：《二十世纪名家词述评》，安徽文艺出版社 2006 年版。
章炳麟：《訄书》，内蒙古大学出版社 2006 年版。
裘柱常、顾飞：《梅竹轩诗词集》，西泠印社 2006 年版。

李岫：《岁月、命运、人——李广田传》，人民文学出版社 2006 年版。
徐俊雅：《黑暗中的追寻：栎社研究》，东方出版中心 2006 年版。
杨世纯、杨世缄：《双松百年》，中国社会出版社 2006 年版。
施耐庵：《金圣叹批评第五才子书水浒传》，金圣叹评点，天津古籍出版社 2006 年版。
郭长海、秋经武：《秋瑾研究资料・文献集》，宁夏人民出版社 2007 年版。
王翠艳：《女子高等教育与中国现代女性文学的发生》，文化艺术出版社 2007 年版。
景蜀慧：《魏晋诗人与政治》，中华书局 2007 年版。
曹聚仁：《天一阁人物谭》，生活・读书・新知三联书店 2007 年版。
张宏生、钱南秀：《中国文学传统与现代的对话》，上海古籍出版社 2007 年版。
张建庭：《杭州文博（第 5 辑）》，杭州出版社 2007 年版。
叶嘉莹：《迦陵诗词稿》，中华书局 2007 年版。
汪辟疆：《光宣诗坛点将录笺证》，王培军笺证，中华书局 2008 年版。
胡文楷：《历代妇女著作考（增订本）》，张宏生增订，上海古籍出版社 2008 年版。
陆侃如、冯沅君：《中国诗史》，百花文艺出版社 2008 年版。
沈祖棻：《宋词赏析》，中华书局 2008 年版。
沈祖棻：《唐人七绝诗浅释》，中华书局 2008 年版。
冼玉清：《碧琅玕馆诗钞》，陈永正编订，广东人民出版社 2008 年版。
谢叔颐：《山雷吟草》，自印本 2008 年版。
黄恽：《蠹痕散辑》，上海远东出版社 2008 年版。
刘梦芙：《二十世纪中华词选》，黄山书社 2008 年版。
胡晓明、彭国忠：《江南女性别集初编》，黄山书社 2008 年版。
政协广东省委员会办公厅：《广东文史资料精编》，中国文史出版社 2008 年版。
江苏省地方志编纂委员会：《江苏省志・人物志》，凤凰出版社 2008 年版。
谢忱、吴逸鸥、王鉴风：《述林（第三辑）》，武进南风词社自印本 2008 年版。

李清照：《重辑李清照集（修订本）》，黄墨谷辑校，中华书局2009年版。
刘乃昌：《李清照志·辛弃疾志》，山东人民出版社2009年版。
何振岱：《何振岱集》，福建人民出版社2009年版。
张珍怀：《飞霞山民诗词》，刘梦芙、黄思维编校，黄山书社2009年版。
沈厚韶等：《分春馆门人集》，陈永正编，自印本2009年版。
赵林涛、顾之京：《顾随与叶嘉莹》，河北教育出版社2009年版。
王蛰堪等：《二十世纪诗词文献汇编·词部》第一辑，巴蜀书社2009年版。
王翼奇等：《当代诗词丛话》，黄山书社2009年版。
曾大兴：《词学的星空——20世纪名家传》，河北人民出版社2009年版。
杜桂萍：《文献与文心：元明清文学论考》，中华书局2009年版。
过耀华等：《无锡书画》，凤凰出版社2009年版。
王忠和《吕碧城传》，百花文艺出版社2010年版。
陈小翠：《翠楼吟草》，刘梦芙编校，黄山书社2010年版。
傅璇琮、蒋寅：《中国古代文学通论·清代卷》，人民出版社2010年版。
郭绍虞：《中国文学批评史》，商务印书馆2010年版。
王伟勇：《清代论词绝句初编》，（台北）里仁书局2010年版。
毛谷风：《海岳天风集》，杭州出版社2010年版。
方宽烈：《二十世纪香港词钞》，（香港）东西文化事业公司2010年版。
谷海鹰：《捞月集》，熊盛元编校，黄山书社2010年版。
添雪斋：《添雪韵痕》，刘梦芙校，黄山书社2010年版。
严克勤：《发现无锡》，上海三联书店2010年版。
李遇春：《中国当代旧体诗词论稿》，华中师范大学出版社2010年版。
陈栩：《泪珠缘》，百花洲文艺出版社2011年版。
冯祖贻、曹维琼、敖以深：《辛亥革命——贵州事典》，贵州人民出版社2011年版。
吴宓：《吴宓书信集》，生活·读书·新知三联书店2011年版。
陆侃如、冯沅君著译：《陆侃如冯沅君合集》，袁世硕、张可礼主编，安徽教育出版社2011年版。
严迪昌：《清诗史》，人民文学出版社2011年版。

陈懋恒：《陈懋恒诗文集》，福建文史馆编，海峡文艺出版社 2011 年版。
黄建琛：《养心斋文存》，自印本 2011 年版。
徐培均：《岁寒居论丛》，黄山书社 2011 年版。
蔡淑萍：《萍影词》，巴蜀书社 2011 年版。
隆莲大师：《隆莲大师文汇》，华夏出版社 2011 年版。
曾大兴：《20 世纪词学名家研究》，中华书局 2011 年版。
嶙峋：《闺海吟》，北京时代弄潮文化发展公司 2011 年版。
徐晋如：《缀石轩论诗杂著》，海南出版社 2011 年版。
陆蓓容：《更与何人说》，中华书局 2011 年版。
谭正璧：《中国女性文学史・女性词话》，上海古籍出版社 2012 年版。
张耕华、李永圻：《吕思勉先生年谱长编》，上海古籍出版社 2012 年版。
李文约：《朱庸斋先生年谱》，（香港）素茂文化出版有限公司 2012 年版。
邵洵美：《一朵朵玫瑰》，上海书店 2012 年版。
《文史哲》编辑部：《中国古代文学：作家・作品・文学现象》，商务印书馆 2012 年版。
王本兴：《江苏印人传》，南京大学出版社 2012 年版。
徐英、陈家庆：《澄碧草堂集》，刘梦芙编校，黄山书社 2012 年版。
周鍊霞著，刘聪著辑：《无灯无月两心知——周鍊霞其人其诗》，北京出版集团 2012 年版。
丁宁：《还轩词》，刘梦芙编校，黄山书社 2012 年版。
王闲：《王闲诗词书画集》，何琇编，海峡文艺出版社 2012 年版。
王善兰：《畹芬楼吟草》，自印本 2012 年版。
潘思敏：《茹香楼存稿》，（香港）自印本 2012 年版。
宋路霞：《上海滩名门闺秀 3》，上海科学技术出版社 2012 年版。
茅于美：《中西诗歌比较》，中国人民大学出版社 2012 年版。
谭新红：《词学档案》，武汉大学出版社 2012 年版。
毛谷风：《海岳弦歌集》，（香港）中国国学出版社 2012 年版。
张昌华：《名家翰墨》，江苏文艺出版社 2012 年版，第 113 页。
陈思和、胡中行：《诗铎（第二辑）》，复旦大学出版社 2012 年版。
姜丽静：《历史的背影——一代女知识分子的教育记忆》，教育科学出版社

2012 年版。

杭州市政协文史委员会：《之江大学的神仙眷侣——蒋礼鸿与盛静霞》，杭州出版社 2012 年版。

陈子褒：《陈子褒先生教育遗议》，区朗若、冼玉清、陈德芸编校，广西师范大学出版社 2012 年版。

李清照：《李清照集笺注（修订本）》，徐培均笺注，上海古籍出版社 2013 年版。

郑振铎：《中国俗文学史》，上海古籍出版社 2013 年版。

冯乾：《清词序跋汇编》，凤凰出版社 2013 年版。

罗庄：《初日楼稿》，徐德明、吴琦幸整理，上海辞书出版社 2013 年版。

陈乃文：《陈乃文诗文集》，张晖整理，上海社会科学院出版社 2013 年版。

陆键东：《陈寅恪的最后 20 年》，生活·读书·新知三联书店 2013 年版。

赵金钟：《倚树听流泉：唐河冯氏家族文化评传》，郑州大学出版社 2013 年版。

徐有富：《程千帆沈祖棻年谱长编》，南京大学出版社 2013 年版。

叶嘉莹：《红蕖留梦：叶嘉莹谈诗忆往》，张侯萍撰写，生活·读书·新知三联书店 2013 年版。

孙康宜：《孙康宜自选集：古典文学的现代观》，上海译文出版社 2013 年版。

周素子：《情感线索》，花城出版社 2013 年版。

周素子：《晦侬往事》，生活·读书·新知三联书店 2013 年版。

扬之水：《开卷书坊·棔柿楼杂稿》，上海辞书出版社 2013 年版。

张林岚：《一张文集》，生活·读书·新知三联书店 2013 年版。

刘梦芙：《近百年名家旧体诗词及其流变研究》，学苑出版社 2013 年版。

陈舒劼：《认同生产及其矛盾：近二十年来的文学叙事与文化现象》，江苏大学出版社 2013 年版。

郭建鹏：《南社人物史编年》，团结出版社 2014 年版。

孙克强、裴喆：《论词绝句二千首》，南开大学出版社 2014 年版。

徐自华：《徐自华集》，郭长海、郭君兮编校，浙江古籍出版社 2014 年版。

郭坚忍：《游丝词》，自印本 2014 年版。

陈保定：《郭坚忍纪念文集》，自印本2014年版。
唐玉虬：《唐玉虬诗文集》，刘梦芙、汪茂荣点校，黄山书社2014年版。
顾随：《顾随全集》，顾之京、赵林涛、高献红主编，河北教育出版社2014年版。
章子仲《易安而后见斯人：沈祖棻的文学生涯》，当代中国出版社2014年版。
陈沧海：《沧海楼诗词钞》，陈朗审定，陈诒编辑，何英杰注释加评，（台北）朗素园书局2014年版。
叶嘉莹：《唐宋词名家论稿》，河北教育出版社2014年版。
叶嘉莹：《迦陵诗词稿注》，程滨注，华东师范大学出版社2014年版。
丁小玲：《半丁词》，南京出版社2014年版。
马大勇：《二十世纪诗词史论》，时代文艺出版社2014年版。
马大勇：《百年词史（1900—2000）》，未刊稿。
张晖：《忍寒庐学记——龙榆生的生平与学术》，生活·读书·新知三联书店2014年版。
［加］方秀洁、［美］魏爱莲编：《跨越闺门：明清女性作家论》，北京大学出版社2014年版。
谭延桐：《民国大艺术》，中央广播电视大学出版社2014年版。
龙榆生：《龙榆生全集》，张晖主编，上海古籍出版社2015年版。
陈仲齐：《秋半轩诗词钞》，（台北）朗素园书局2015年版。
金安平：《合肥四姐妹》，生活·读书·新知三联书店2015年版。
吕碧城：《吕碧城集》，李保民校笺，上海古籍出版社2015年版。
徐新韵：《吕碧城三姊妹文学研究》，暨南大学出版社2015年版。
陈定山：《春申旧闻续》，海豚出版社2015年版。
王学泰：《清词丽句细评量》，东方出版社2015年版。
汪梦川：《南社词人研究》，上海古籍出版社2015年版。
张充和：《张充和诗文集》，白谦慎编，生活·读书·新知三联书店2016年版。
周素子：《周素子诗词钞》，陈朗审定，何英杰注释加评，（台北）朗素园书局2016年版。

汪顺宁：《廓尔集——格律诗词自选集》，文化国际出版公司 2016 年版。
马大勇：《晚清民国词史稿》，华中师范大学出版社 2016 年版。
李遇春：《21 世纪新锐吟家编年》，华中师范大学出版社 2016 年版。
王道：《一生充和》，生活 · 读书 · 新知三联书店 2017 年版。
潘建伟：《中国现代旧体译诗研究》，上海三联书店 2017 年版。
黄侃、陈衍、叶长青等：《钟嵘诗品讲义四种》，上海古籍出版社 2018 年版，第 76 页。
琦君：《词人之舟》，现代出版社 2018 年版。
吕美荪：《吕美荪诗文集》，徐新韵校笺，黄山书社 2021 年版。
盛静霞：《盛静霞文集》，蒋遂编，自印本 2022 年版。
佚名：《女词家吕桐花》，《中央时事周报》民国二十三年（1934）第 6—7 期。
陈小翠：《半生之回顾》，《宇宙风》，民国二十六年（1937）第 62 期。
陆丹林：《介绍几位女书画家》，《逸经》民国二十六年（1937）第 33 期。
陈栩：《梁溪女士过温倩华小传》，《自修》民国二十八年（1939）第 65 期。
陈小翠：《画余随笔》，《大陆》民国三十年（1941）第 2 期。
文英：《朱淑真与生查子词》，《妇女世界》民国三十二年（1943）第 11 期。
柯昌泌：《石桥词》，《词学》1986 年第 5 期。
刘纳：《风华与遗憾——吕碧城的词》，《中国文学研究》1998 年第 2 期。
杨义：《李白代言体诗的心理机制（一）》，《海南师范学院学报》（人文科学版）2000 年第 1 期。
汤国梨：《影观词》，章念祖、章念驰、章念翔初订，《文教资料》2000 年第 4 期。
汤国梨：《影观诗稿》，章念祖、章念驰、章念翔初订，《文教资料》2001 年第 1 期。
刘佩蕙：《兰馆诗词》，《黔人杂志》2001 年第 3 期。
张可礼：《陆侃如、冯沅君先生〈中国诗史〉的主要贡献》，《文史哲》2002 年第 2 期。

马大勇：《朱彝尊〈蕃锦集〉平议——兼谈“集句”之价值》，《南京师范大学文学院学报》2003 年第 3 期。

傅瑛：《吕碧城及其研究》，《淮北煤炭师范学院学报（哲学社会科学版）》，2004 年第 2 期。

叶嘉莹：《从李清照到沈祖棻——谈女性词之美感特质的演进》，《文学遗产》2004 年第 5 期。

施议对：《二十世纪词坛飞将黄墨谷》，《词学》2004 年第十五辑。

黄坤尧：《香港词人刘景堂及其〈沧海楼词〉》，《词学》2005 年第十六辑。

马兴荣：《沈祖棻年谱》，《词学》2006 年第十七辑。

施议对：《江山·斜阳·飞燕——沈祖棻〈涉江词〉忧生忧世意识试解》，《中国诗歌研究》2007 年第 1 期。

马大勇：《辛稼轩〈沁园春〉“止酒”二首接受考述》，《中国诗学》2008 年第 13 期。

田晓菲：《隐约一坡青果讲方言：现代汉诗的另类历史》，《南方文坛》2009 年第 6 期。

徐晋如：《易安而后见斯人——对〈涉江词〉在 20 世纪词史中地位的一种认识》，《甘肃联合大学学报（人文科学版）》，2010 年第 4 期。

柯昌泌、郭荦等：《和观堂长短句后记》，《诗书画（试刊）》2011 年第 2 期。

曹辛华：《论民国女词人创作状态与观念的新变》，《中国文学研究》2011 年第 2 期。

许宛云：《我所认识的陈小翠先生》，《东方早报》2011 年 2 月 27 日第 20 版。

薛峰：《周鍊霞的华美人生》，《文艺报》，2011 年第 4 期。

徐有富：《吴梅与潜社》，《古典文学知识》2011 年第 5 期

马大勇：《20 世纪旧体诗词研究的回望与前瞻》，《文学评论》2011 年第 5 期。

唐颢宇：《不薄今人爱古人》，《中国韵文学刊》2012 年第 1 期。

马兴荣：《丁宁年谱》，《词学》2012 年第二十八辑。

尹奇岭：《梅社考》，《新文学评论》2012 年第 4 期。

周啸天：《丁宁及其词》，《中华诗词》2012 年第 10 期。
吴兴文：《翠吟楼遗集》，《书摘》2013 年第 4 期。
黄晓丹：《从林下之风到闺房之秀——盛清女性写作背后的身份认同》，《齐鲁学报》2013 年第 5 期。
李子、嘘堂、徐晋如、孤独食肉兽：《断裂后的修复——网络诗坛旧体诗人问卷实录》，《新文学评论》2014 年第 2 期。
倪博洋：《“而今童话中藏”——添雪斋的诗词造景与情感倾诉》，《现代语文》2013 年第 5 期。
周啸天：《论沈祖棻现象》，《绵阳师范学院学报》2013 年第 12 期。
马大勇：《南中国士，岭海词宗：论詹安泰词——兼论“民国四大词人”》，《求是学刊》2015 年第 2 期。
鲁晓鹏：《一九五〇年代香港词坛：坚社与林碧城》，《现代中文学刊》2015 年第 2 期。
黄阿莎：《“一编珠玉存文献”——沈祖棻的“词史”创作与词学传统》，《中国韵文学刊》2015 年第 2 期。
施灵等：《吟坛女诗人六家》，《诗书画》2015 年第 4 期。
顾青翎、唐海棠、张子璇、茱萸：《断裂后的修复——网络诗坛旧体诗人问卷实录（四）》，《新文学评论》2016 年第 1 期。
严晓博：《罗庄与王国维之词学关系》，《开封教育学院学报》2016 年第 2 期。
徐晋如：《论当代学人诗之特质及源流》，《吉林大学学报》（社会科学版）2016 年第 3 期。
彭玉平：《夏承焘与二十世纪词学生态——以〈天风阁学词日记〉所记况周颐二事为例》，《词学》2016 年第三十五辑。
尘色依旧：《做一树梅花添雪斋》，《诗书画》2016 年第 4 期。
赵郁飞、马大勇：《当代诗词写作的价值确认——读〈21 世纪新锐吟家诗词编年〉》，《长江文艺评论》2017 年第 1 期。
赵郁飞：《晚清女词人左又宜〈缀芬阁词〉剽窃考述》，《文学遗产》2019 年第 3 期。
颜运梅：《陈小翠诗词曲研究》，硕士学位论文，华南师范大学，2005 年。

曾庆雨：《末代遗民陈曾寿及其咏花词》，硕士学位论文，南开大学，2006 年。

邝希恩：《冼玉清研究》，硕士学位论文，中山大学，2010 年。

江晖：《分春馆词话研究》，硕士学位论文，中山大学，2011 年。

周银婷：《民国报刊与词学传播》，硕士学位论文，华东师范大学，2011 年。

王慧敏：《民国女性词研究》，博士学位论文，南开大学，2012 年。

孙衍章：《汤国梨〈影观词〉研究》，硕士学位论文，济南大学，2014 年。

黄晶：《陈小翠旧体诗词创作流变论》，硕士学位论文，华中师范大学，2015 年。

徐燕婷：《民国女性词集研究》，博士学位论文，华东师范大学，2016 年。

彭玉平：《罗庄论》，第八届中国韵文学国际学术研讨会，2016 年。

后　记

选择了一种简净的方式度过迫近三十岁的这几年：离群索居，夙兴夜寐，让自己的大脑成为古今才人的曝书石。出乎导师和我最初的想象，这个随手划定的研究范畴竟也丰美如武陵溪谷，令其后的过程颇有了穿花寻路、烂柯忘归的兴味。

“此间无地着浮名”，却自有潜化之力。我偏执地认为，如果一部学位论文未在写作者的性情——甚至生命——中留下烙印，那么它就是不成功的。于我，这段经历完足了心性中坚劲、唯真的部分，更宝贵的，则是在对近百年女词人——这个时间／空间的双重维度下的边缘群体长久的凝视中获得的共情或曰感发：转身，走近，扪触到她们炽热或温凉的词心，再将她们微弱的唇语一一收集、封存，投入文学史的宏大叙事。

女性生具诗性，“纯白的阿佛洛狄忒在我们这边”。而一切伟大纯粹的人类情感，也并无男女大防横亘其中。现代的、平等的文学批评如何从陈旧的性别观念中获得救赎？我想应是从男性和女性不再以“异质”彼此注目开始的。从这个意义上说，女性词史之“作”是为了“不作”。希望女性的声音传到人类智识的边境之地，无远弗届，使未来者在看待我们这个时代时不再毫不犹疑地代入男性想象；希望卓越的女性不必再怀有被“打入另册”的隐忧，以“词人”而不是“女词人”之名，昂然走进文学史。若到那一日，我的文字尽可速朽。

献给我的师祖严迪昌先生。曾见词人谷海鹰《齐天乐·梦碧词翁九十诞辰祭》“底事缘悭，不教华鬓识眉妩”句，为怅触久之。

感谢马大勇师，少年的造梦人和领航者。比年尝作数截句见呈，此处钞录其二以存念：报道文星入座来，选诗夫子女颜回。不要人夸姓字好，名山终古属我侪；漫向灯前数去程，检点文心报先生。十年尚能矜一语：谢女才华不赁名。

感谢各位师长、亲友、同门，我心头不熄的微光，前行路上的温暖慰藉。

北地春日潦草，如短促无常之人世。在青山乱叠的书页间，我试图探求出一种活法，能够拖缓时间的磨蚀、抵御人生的成住坏空，却又一次折戟而返。也许还不到时候。现在我只能将女诗人辛波丝卡的名句略作改动，赠予自己："我偏爱有诗的荒谬，胜过无诗的荒谬"。而那个静默如谜的终极答案，我想用一生寻找。

丁酉初夏

自博士入学选定近百年女性词作为研究方向，转睫已近十年。书桌延伸成讲台，也算我的小小的陵谷变易。校阅旧稿，觉筋力衰减而思力沉淀，中年大好，好在顽钝。

顷见论者谓人文学科博士论文"不外把一堆尸骨从一个坟墓搬到另一个坟墓里去"，为之失笑。诗人留给世界的背影总是潇洒，研究者望尘趋走，有时姿态确实不甚雅观。然"历史车轮"斡转无停，碾出寂寞文苑或平安战场，打扫清点的工作总要有人做。"火急著书"，因记忆比想象中消散得更快。

老辈学者慨叹苍黄翻覆之世，人、书之运数升沉皆不可逆料。虽知如此，一家言放归江湖之际，总不免有所期想。悬于漠漠时空的文字如能在来者心头叩弹出轻响，即是我平生幸事。

感谢中国社会科学出版社副总编王茵、责编李凯凯及为本书付出心血的师友。近数年此领域文献及研究成果进展与日俱新，增补恐难全面，并立论、表达诸多浅陋失当处，敬祈方家教正。

壬寅仲冬